김동석
비평 선집

김동석
비평 선집

이희환 엮음

현대문학

경성제대 시절의 김동석.

경성제대 동기들과 함께 (뒷열 왼쪽에서 세 번째가 김동석).

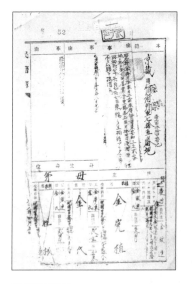

김완식 제적등본 1.

김완식 제적등본 2 (김동석).

김완식 제적등본 3 (김동석의 형제들).

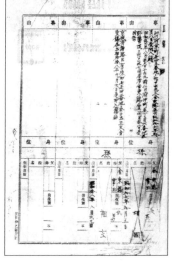

김완식 제적등본 4 (김동석의 자).

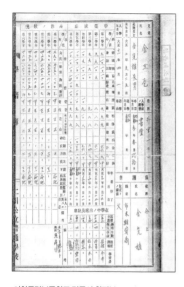

인천공립보통학교 김동석 학적부.

김동석의 최초 평론 「조선시의 편영」.

김동석이 창간한 잡지 《상아탑》.

김동석의 마지막 수필 「봄」.

제1평론집 『예술과 생활』 (1947).

수필집 『해변의 시』 (1946).

3인 공동 수필집 『토끼와 시계와 회심곡』 (1946).

제2평론집 『뿌르조아의 인간상』 (1949).

김동석 · 김동리 대담 《국제신문》 1949. 1. 1).

〈한국문학의 재발견 — 작고문인선집〉을 펴내며

한국현대문학은 지난 백여 년 동안 상당한 문학적 축적을 이루었다. 한국의 근대사는 새로운 문학의 씨가 싹을 틔워 성장하고 좋은 결실을 맺기에는 너무나 가혹한 난세였지만, 한국현대문학은 많은 꽃을 피웠고 괄목할 만한 결실을 축적했다. 뿐만 아니라 스스로의 힘으로 시대정신과 문화의 중심에 서서 한편으로 시대의 어둠에 항거했고 또 한편으로는 시대의 아픔을 위무해왔다.

이제 한국현대문학사는 한눈으로 대중할 수 없는 당당하고 커다란 흐름이 되었다. 백여 년의 세월은 그것을 뒤돌아보는 것조차 점점 어렵게 만들며, 엄청난 양적인 팽창은 보존과 기억의 영역 밖으로 넘쳐나고 있다. 그리하여 문학사의 주류를 형성하는 일부 시인 · 작가들의 작품을 제외한 나머지 많은 문학적 유산들은 자칫 일실의 위험에 처해 있는 것처럼 보인다.

물론 문학사적 선택의 폭은 세월이 흐르면서 점점 좁아질 수밖에 없고, 보편적 의의를 지니지 못한 작품들은 망각의 뒤편으로 사라지는 것이 순리다. 그러나 아주 없어져서는 안 된다. 그것들은 그것들 나름대로 소중한 문학적 유물이다. 그것들은 미래의 새로운 문학의 씨앗을 품고 있을 수도 있고, 새로운 창조의 촉매 기능을 숨기고 있을 수도 있다. 단지 유의미한 과거라는 차원에서 그것들은 잘 정리되고 보존되어야 한다. 월북 작가들의 작품도 마찬가지다. 기존 문학사에서 상대적으로 소외된 작가들을 주목하다보니 자연히 월북 작가들이 다수 포함되었다. 그러나 월북 작가들의 월북 후 작품들은 그것을 산출한 특수한 시대적 상황의 고려 위에서 분별 있게 이해되어야 할 것이다.

이러한 당위적 인식이 2006년 한국문화예술위원회의 문학소위원회에서 정식으로 논의되었다. 그 결과 한국의 문화예술의 바탕을 공고히 하기 위한 공적 작업의 일환으로, 문학사의 변두리에 방치되어 있다시피 한 한국문학의 유산들을 체계적으로 정리, 보존하기로 결정되었다. 그리고 작업의 과정에서 새로운 의미나 새로운 자료가 재발견될 가능성도 예측되었다. 그러나 방대한 문학적 유산을 정리하고 보존하는 것은 시간과 경비와 품이 많이 드는 어려운 일이다. 최초로 이 선집을 구상하고 기획하고 실천에 옮겼던 한국문화예술위원회의 위원들과 담당자들, 그리고 문학적 안목과 학문적 성실성을 갖고 참여해준 연구자들, 또 문학출판의 권위와 경륜을 바탕으로 출판을 맡아준 현대문학사가 있었기에 이 어려운 일이 가능하게 되었다. 이런 사업을 해낼 수 있을 만큼 우리의 문화적 역량이 성장했다는 뿌듯함도 느낀다.

〈한국문학의 재발견-작고문인선집〉은 한국현대문학의 내일을 위해서 한국현대문학의 어제를 잘 보관해둘 수 있는 공간으로서 마련된 것이다. 문인이나 문학연구자들뿐만 아니라 더 많은 사람들이 이 공간에서 시대를 달리하며 새로운 의미와 가치를 발견하기를 기대해본다.

2010년 1월

출판위원 염무웅, 이남호, 강진호, 방민호

1913년 인천에서 출생한 김동석은 경성제국대학과 대학원에서 매슈 아널드와 셰익스피어를 연구한 영문학자이자 시인, 비평가였다. 식민지 시대 홀로 시와 수필로 억눌린 시대를 견뎠던 김동석의 문학활동은 해방기 문학사에 온전히 바쳐졌다. 김동석은 해방과 더불어 거리로 뛰쳐나와 식민잔재의 청산과 근대적 민족국가의 형성을 고창高唱한 문학인이자 진보적 지식인이었다. 그 어느 때보다도 문학과 정치가 혼효混淆하던 그 시기에 의연히 문화적·정치적 실천의 통일을 지향하며 동분서주, 고뇌하며 내달리다가 어느덧 자신도 모르는 사이에 역사의 격류에 휘말려 사라지고 만 실종 문인이 되었다. 실종 문인의 대다수가 그러하듯이 김동석 또한 분단이라는 냉엄한 역사적 현실로 인해 문학사에서 사라지고 만 문제적 인물인 것이다.

그나마 문학사에서 김동석은 이제까지 김동리, 조연현 등과 일대 논전을 벌인 '순수논쟁'의 급진좌익 평론가로만 알려져 왔다. 그러나 김동석은 '순수논쟁'에 참여했던 소장비평가라는 시류적 관심에 그치지 않는 문학사적 비중을 갖는 인물이다. 그는 해방기라는 짧은 기간 동안에 비평집 2권, 수필집 2권, 시집 1권 외에도 여타 신문, 잡지에 다양한 성격의 글들을 왕성하게 발표하였다. 이처럼 단순히 양적인 의미에서뿐만이 아니라 글의 다양함이나 그 내용에서의 치열함 등에서도 그는 해방기에 활동했던 여타 문인과 비교해서 결코 손색없는 문필을 펼쳤던 것이다.

그러나 보다 중요한 점은, 그의 문학활동이 식민지시대의 청산과 근대 민족국가로의 전진이라는 해방기의 문학사적 과제에 직결된다는 점에 있다. 그가 비평의 대상으로 다루었던 이태준, 임화, 김기림, 김광균, 김동리 같은 문인들은 당대에 좌우익을 막론하고 실천의 최전선에서 활약했던 인물들인데, 김동석은 특유의 비평 문체와 비유를 구사하여 당대 문단과 작가들에 대해서뿐만 아니라 사회와 문화에 대한 날카로운 비평을 전개하였다. '상아탑의 정신'으로 요약되는 그의 문학활동은 정치로 혼탁하던 당대에 흔치 않았던 이론적 깊이와 균형 잡힌 감각을 선보인 비평적 구상이었다는 점에서 문학사적 대상이 되기에 충분하다. 정치뿐만이 아니라 문학도 '좌와 우'라는 이데올로기에 의해 갈리고 짓눌렸던 해방기의 문단에서 그의 문학관과 실천은 그만큼 독자적이었던 것이다. 그러므로 우리는 그를 통해서 해방기의 문학사를 보다 풍부하게 살펴볼 수 있는 관점을 얻을 수 있으며, 분단 극복이라는 민족사적 과제와 민족문학사의 복원이라는 문학사적 과제를 구상하는 데도 그의 문학 속에서 자그마한 단초를 마련할 수 있을 것이다.

그러나 아직까지도 김동석의 문학활동 전모를 살펴볼 수 있는 전집 발간은 이루어지지 못하였다. 그에 따라서 다방면에 걸친 문학활동에 대한 연구도 아직까지는 온전히 이루어졌다고 할 수 없는 정도에 머물고 있다. 김동석이 남긴 작품집으로는 시집 『길』과 수필집 『해변의 시』, 『토끼와 시계와 회심곡』(3인 공저), 평론집 『예술과 생활』, 『뿌르조아의 인간상』 등이 있으나, 이들 작품집 이외에도 여러 신문과 잡지에 발표된 글들은 연구의 사각지대로 방치되어 왔다. 소시민의 일상을 위트와 우수를 곁들여 그려낸 수필집 『해변의 시』가 범우문고를 통해 세상에 소개되기도 하였고, 그의 두 평론집은 1980년대 말에 영인본과 활자본으로 각각 간행되기도 하였다. 그리고 최근에 '범우비평판한국문학 시리즈'의 하나로 김동석의 작품집에 미수록 글 일부를 수록한『예술과 생활(외)』이 간행되기는 하였지만, 전집에 준할 만한 작업은 이루어지지 못했다.

이러한 상황을 염두에 두고 필자는 시와 수필을 제외한 그의 모든 글들을 최대한 발굴, 수록하기 위하여 노력하였다. 그리고 이렇게 묶여 나오게 된 책을『김동석 비평 전집』으로 묶어내려 하였다. 그러나 '작고문인선집'의 체제상 시와 수필을 포함한 그의 모든 글을 수록하기는 어렵기에 김동석의 시와 수필 및 사회비평의 일부 글을 제외하고『예술과 생활(외)』에 포함되지 않은 글을 추가하여 '비평 전집'에 준하는『김동석 비평 선집』을 출간하게 된 것을 다행스럽게 생각한다. 새로 선보이는 글 가운데에는 이미 그 존재는 알려져 있었지만 자료 상태가 좋지 않은 글들이 있었는데, 새로 찾은 「희곡집『동승』」을 비롯한 여러 편의 글을 이번에 어렵게 입력작업을 마쳐 독자들에게 선보이게 되어 기쁘다. 하지만 아쉽게도 김동석이 남긴 현장 르포인 「남원사건의 진상」, 「예술과 테러와 모략」, 「암흑과 광명」은 분량상 부득이 제외하게 되었다.

이번에 출간하는 이 책이 '작고문인선집' 편집체계와 분량의 제한으로 인하여 '선집'이 되고 만 것이 아쉽기는 하지만, 온전한『김동석 문학 전집』을 출간하기 위해서는 좀더 체계적인 조사와 연구가 이루어지고 복자와 식자 불능의 상태를 극복한 바탕 위에서 김동석의 작품들을 보다 다양하면서도 풍부하게 해석하고 연구하는 작업이 이루어져야 할 것이다. 아쉬운 대로 이 정도에서 『김동석 비평 선집』을 서둘러 출간하는 이유가 바로 여기에 있다. 모쪼록 일반 독자들이 널리 읽을 수 있는 편집체계를 갖추어 『김동석 비평 선집』이 출간되는 것을 계기로 하여 김동석이 몸소 실천했던 '상아탑의 정신'이 우리 사회에 널리 퍼지고, 그리하여 아직도 통일된 민주주의 국가를 이루지 못한 우리 시대의 과제를 도모하는 데 자그마한 지적 계기가 되기를 바라 마지않는다.

2010년 1월
이희환

＊ 일러두기

1. 이 책은 김동석이 남긴 글 중에서 시와 수필을 제외한 비평적 성격의 글을 모아 간행한 『김동석 비평 선집』이다. 다만, 김동석의 사회비평 중 일부 글을 부득이 제외하고 수필 중에서 외국문학 연구와 관련한 글을 일부 포함하였다.

2. 이 책의 체제는 김동석이 남긴 평론집 2권(『예술과 생활』, 『뿌르조아의 인간상』)의 체제에 따르지 않고, 평론집에 실리지 않은 신문, 잡지에 발표된 글까지 최대한 발굴, 수록하여 5부로 구성하였다. 제1부는 작가론, 제2부는 문학비평·서평, 제3부는 사회·문화비평, 제4부는 외국문학 연구, 제5부는 대담·기타의 글들을 묶었다.

3. 작품의 배열은 각 부마다 발표순을 원칙으로 하였고, 작품의 원 출처는 작품의 말미에 밝혔다. 작품의 이해를 돕기 위해 어려운 용어나 단어, 사항에 대해서는 주석을 붙였다.

4. 지문은 현대 표준어로 고치되 어법은 김동석 고유의 문체와 표현을 최대한 살리기 위해 가급적 원문의 표현을 따랐다. 다만, 가급적 현대 독자들이 읽기 쉽도록 하기 위하여 지금은 사용하지 않는 문장 표현들은 일부 수정하였다. 외래어 표기와 띄어쓰기도 가급적 현행 규정에 따라 고쳤다.

5. 원문의 한자는 가급적 줄이되, 해독의 편리를 위하여 필요하다고 판단할 경우에만 병기하였다. 원문의 오자는 바로잡고, 보이지 않는 글자는 ○으로 처리하였다.

6. 대화는 "", 독백은 ' '로, 논문이나 단편, 장편과 시, 단문은 「」로, 단행본은 『』로, 잡지와 신문 명은 《 》로, 연극·영화·기타는 〈 〉로 표시하였다.

7. 잘 알려지지 않은 작가나 정보, 특정한 용어나 한문 표현 등에 대해서는 주석을 달아 독자들의 이해를 돕고자 하였다.

8. 김동석이 인용한 시 작품을 비롯한 인용문과 그 출처가 원본과의 대조를 통해 상이한 경우가 확인되었다. 가급적 최초의 원본에 따라 수정하였고, 주석을 통해 그 출처를 바로잡았다.

차례

제3부_사회 · 문화비평

제4부_외국문학 연구

제5부_대담, 기타

해설_ '상아탑'의 지식인, 김동석의 삶과 문학 • 483

제1부
작가론

예술과 생활
— 이태준李泰俊의 문장

조선문단에서 이태준 씨처럼 문장에 관심이 많은 이도 드물다. 그가 편집하던 잡지의 이름을 '문장文章'이라 한 것이라든지 『문장강화文章講話』라는 호저好著를 내놓은 것이라든지 모두 이것을 증명한다. 그러나 그의 소설이 더 웅변으로 이 사실을 말하고 있다. 말을 골라 쓰기로는 지용芝溶을 따를 자 없겠지만 그는 시인이라 그것이 당연하다 하겠지만 소설가가 말 한 마디, 한 줄 글에도 조탁을 게을리하지 않는다는 것은 그리 쉬운 일이 아니다. 그러기에 세상에서 상허尚虛의 글을 문장으로 치는 바이요 누구나 그의 글을 아름답다 한다.

그러면 이것이 과연 소설가가 소설로서 성공한 것이라 할 수 있을까. 상허 자신이 세계문학의 최대 걸작이라 단언한 톨스토이의 『전쟁과 평화』를 읽고 우리는 거대하고 절실한 리얼리티에 압도를 당하기는 하지만 톨스토이의 문장이 어떻다는 의식이 생기지는 않는다. 매슈 아널드가 『안나 카레니나』를 평하여 "우리는 이것을 일편의 생활로 보아야 한다. ……저자는 현실을 생각하는 그대로 보고 이야기하는 것이다. 그러므로 그의 소설은 이렇게 예술을 상실하는 대신에 리얼리티를 얻었다." 한 것은 소설의 본질을 파악한 말이라 할 수 있다. 소설의 대로大路는 산문정신이다. 그리고 산문정신이란 '사달이기의辭達而己矣(말은 목적을 달하면 그만이다)'라는 공자의 말로써 단적으로 표현할 수 있다. 문장은 수단에 지나지 않는다. "모로 가도 서울만 가면 된다." 극단으로 말한다면 이렇게도 비유할 수 있다. 문장만 가지고는 소설이라 할 수 없다. 아니, '생활'이라든가 '현실'과 유리된 소설은 꺾어다 병에 꽂은 꽃과 같아서 그 수명이 길 수는 없다. 하물며 자랄 수 있을까 보냐.

그렇다면 상허의 소설을 읽고 누구나 먼저 그 문장의 인상이 전면에 나타나게 되는 것은 무엇을 말하는가.

> 오늘 작가들로서 가장 반성해야 될 것은…… 산문을 수예화手藝化시키려는 데서 일어나는 '욕교반졸欲巧反拙 *'이 아닐까. 이것은 누구에게보다 내 자신에게 하는 말이다.
>
> —『무서록無序錄』

상허는 자기의 소설을 이렇게 비판했다. 상허 자신이 문장에 치중했기 때문에 읽는 우리에게도 문장의 의식이 앞서는 것이다. 그것은 소설로서는 '욕교반졸'이라 아니할 수 없다. 인물이 약동하는 생활. 이 생활을 독자 스스로 체험하게 만드는 것이 소설이다. 「농군」이나 「돌다리」 같은 극소수의 예외적 작품을 빼놓으면 그의 단편은 거개가 시적이요 수필적이다. 그의 장편은 신간소설인 탓이기도 하겠지만 그의 단편에다 물을 탄 것 같다—단편을 채우기에도 모자라는 그의 '생활'과 '현실'이 어찌 그보다 크고 깊은 장편소설을 채울 수 있으랴.

| * 잘 만들려고 너무 기교를 다하다가 도리어 졸렬한 결과를 보게 되다.

상허의 단편은 모두 사소설이 아니면 골동품을 어루만지는 솜씨로 평범치 않은 인물을 그렸다. 무직의 청년이기도 하고 기자이기도 하고 선생이기도 한 작가가 자기의 신변을 이야기하거나 그렇지 않으면 작가 자신이 그렇게 행동하고 싶되 약한 성격 때문에 따를 수 없는 영월영감이기도 하고 「달밤」의 주인공 황수건 같은 반편이거나 「서글픈 이야기」의 강군 같은 허무주의자이기도 하다. 이러한 작품에서 이태준 씨의 양면을 추상할 수 있다―살려고 꿈틀거리는 그와 모든 것을 체관한 그. 다시 말하면 생활자와 허무주의자의 대립이다.

"자연으로 돌아가야 할 건 서양사람들이지. 우린 반대야. 문명으로 도회지로 역사가 만들어지는 데루 자꾸 나가야 돼……." 이렇게 작가는 영월영감의 입을 빌려 자기의 일면을 내세운다. 이러한 일면이 「농군」이나 「돌다리」 같은 일견 상허답지 않은 작품을 쓰게 하였다. 또 기자요 작가로서 이렇게도 외쳤다.

나의 붓은 칼이 되자. 저들을 위해서 칼이 되자. 나는 한 잡지사의 기자가 된 것보다 한 군대軍隊의 군인으로 입영한 각오가 있어야 한다.

―「아무 일도 없소」

나의 무덤 위에 화환 대신 칼을 얹어놔 달라 한 하이네의 기개를 연상하게 하지 않는가. 하지만 붓은 결국 칼일 수가 없다. 칼을 찬 순사부장에게 추방을 당하는 「실락원 이야기」의 주인공 '나'는 생활전선에서 패배한 작가 이태준 씨의 자화상이다. 그래서 그는 전쟁 중에 낚시질과 사냥을 다녔다. 또는 「석양」에서와 같이 골동품을 완상하며 고적을 순례했다. 아니 '사실'한테 굴屈한 것은 상허 하나뿐이 아니다. 조선문단 전체가 전쟁에게 압도당한 것이었다. 아니 세계를 통틀어 문학은 제일선에

서 총퇴각을 한 것이었다. 《문장》이 발간되기 전에 영국서는 《Criterion》
과 《Mercury》*가 없어졌다. 예술은 폭풍에 속절없이 쓰러지는 한 송이
꽃이었다.

그러나 춘원처럼 일본제국주의의 주졸走卒이 되지 않고 강원도 시골
로 은거해버린 상허를 우리는 축하하지 않을 수 없다. 「토끼 이야기」에
보듯이 그의 생활은 앞길이 탁 막히었다.

현은 펄석 주저앉을 듯이 먼 산마루를 처다보았다. 산마루엔 구름만
허어옇게 떠 있었다.

이것이 「토끼 이야기」를 끝막은 문장이요 생활전선에서 패배한 상허
자신의 심경이었음은 다시 말할 나위도 없다. 「토끼 이야기」가 상허의
앞날을 약속하는 무엇이 있는 것은 그가 골동품이나 묵화를 바라보듯 하
던 창작 태도를 버리고 발가벗고 생활 속에 뛰어들어 현실을 태클하려
한 데 있다. 진정한 의미의 소설가로선 상허는 「토끼 이야기」에서 출발
하는 것이다.

장래는 몰라도 아직까지의 작품활동을 총결단한다면 상허는 장르로
선 소설 형식을 취하였으되 그의 본질은 시인인 데 있다 해도 과언이 아
니다. 『청춘무성靑春茂盛』 같은 신문소설까지 그 문장이 빚어내는 무지갯
빛 찬란한 느낌……. 시가 독자를 매료한다. 거기 나오는 인물들의 생활
은 공중누각에 지나지 않는다.

실증, 실증, 이것은 산문의 육체요 정신이다.

| * 영국의 순수문학 표방 잡지.

라고 상허는 『문장강화』에서 단안을 내리었지만 상허 자신은 그의 소설에서 '실증'에 철저하지 못했다. 소설의 실증정신이란 작가가 자아를 송두리째 털어서 생활에 투사하는 정신이다. 활을 떠난 화살같이 현실을 뚫고 들어가는 정신이다. 그런데 상허는 생활의 와중에 뛰어들지 못하고 한 걸음 뒤에서 생활을 바라보았다. "그는 생각하였다. 단돈 삼십 원으로도 달아날 수 있는 그 양복조끼에게는 세상이 얼마나 넓으랴! 싫었다." (「사냥」) 골목에서 사라지는 '뒷방마냄'의 뒷모양을 바라본 감상만 가지고 소설을 쓰기도 했다. 상허의 문장이 회화적, 그것도 묵화인 것이 여기에 원인했을 것이다.

예술가가 취할 수 있는 태도는 결국 둘밖에 없다. 생활을 긍정하느냐? 부정하느냐? 다시 말하면 예술을 위한 예술이냐? 생활을 위한 예술이냐? 시냐? 산문이냐? 상허는 형식은 산문을 취하였으되 정신은 시인이었다. 「서글픈 이야기」나 「아담의 후예」나 「달밤」이나 다 주인공은 그 시대의 생활을 대표하는 인물이 아니다. 작가가 생활을 부정하는 데서 취재된 예술적인 인간들이다.

나는 그(허무주의자인 강군姜君)를 좋아하였다. 아니, 존경하였다.

이렇게 상허는 솔직히 고백하고 다시 허무주의를 버리고 현실로 돌아간 강군이 안경을 쓰고 금니를 박고 동서남북표가 달린 금시계 줄을 달고 아들에게 준다고 세발자전거를 사던 꼴을 보고 다음과 같이 위연탄장태식喟然嘆長太息*을 하였다.

| * 한숨 쉬며 장탄식을 하다.

나는 몹시 불쾌하다. 차라리 강군이 전날의 그 면목으로 밥값에 붙잡힌 누추한 여관에서 나를 기다린다면 나는 얼마나 반가워 뛰어가랴. 그러나 강군은 지금 금시계를 차고 금니를 박고 시원한 사랑을 치고 맛난 음식으로 나를 기다리겠노라 한다. 허허 얼마나 서글픈 일인가!

좌익이 아니었던 상허가 부르주아의 본색을 나타낸 강군을 보고 서글프게 느낀 것은 계급적 의식이 아니라 시인적 이상—그것은 구극究極에 니힐리즘이다—을 가지고 부르주아적인 생활을 부정한 데 지나지 않는다. 부정을 위한 부정. 동양인의 이상이 자고로 이러했다. 상허라는 호 자체가 '허虛'를 추구하는 이태준 씨의 예술관을 웅변으로 말하고 있지 아니한가. 상허의 니힐리즘은 최근에 이르러서는 바흐의 음악같이 '무한'을 바라보고 우화등선羽化登仙했다.

오릉의 아름다움은 이 처녀가 발견한 이 소나무의 중턱에서가 가장 효과적인 포즈일 것 같았다. 볼수록 그윽함에 사무치게 한다. 능이라기엔 너무나 소박한 그냥 흙의 모음이다. 무덤이라 하기엔 선에 너무나 애착이 간다. 무지개가 솟듯 땅에서 일어 땅으로 가 잠긴 선들이면서 무궁한 공간으로 흘러간 맛이다. 매암이 소리가 오되 고요하다. 고요히 바라보면 울어야 할지, 탄식해야 할지 그냥 나중엔 멍—해지고 만다.

—「석양」

이것은 소설의 일절이라기보다 한 편 시가 아닌가. 상허의 문장이 아름다운 비밀이 어데 있는지 이것으로 짐작하기에 족할 것이다. 본래 미美란 '시'의 세계지 '산문'의 세계가 아니다. 압박과 착취가 있는 사회란 추하기 짝이 없는 것이며, 그 압박과 그 착취에 반항하는 정신은 '힘'이지

(즉, 양적인 것이다) 우리가 여태껏 사용하던 '미'라는 개념은 산문정신이 될 수 없다. 그러면 좌익예술관은 종래 모든 미한 것을 부정하느냐? '시' 란 역사적으로 볼 때 귀족사회의 산물이다. 단테의 『신곡』이나 셰익스피어의 『리어왕』이 귀족의 정신을 형상화한 것은 명백한 사실이며, 특히 후자의 희곡에 있어서 귀족계급의 말은 귀글(운문)로 표현하고 시민계급의 말은 줄글(산문)로 표현했다는 것은 가볍게 볼 수 없는 사실이다. 봉건사회가 무너질 때 시도 무너져 산문이 되었다.

> 부르주아지는 정권을 잡자마자 모든 봉건적, 가장적, 목가적 제관계를 파괴해버렸다. ……종교적 정열이라든가 무사적 감격이라든가 평민적 인정이라든가 하는 신성한 갈앙심渴仰心을 얼음같이 차디찬 이기적 타산의 물속에 가라앉히고 말았다. 사람의 가치를 교환가치 속에 사라져 없어지게 하고 무수한 일껏 얻은 특허적 자유 대신에 다만 하나인 말 못할 상업의 자유를 설립했다.
>
> ─『공산당선언』

부르주아지는 문학에 있어서도 '시'를 부정하고 '산문'을 생산했다. 춘원의 『무정』은 젊은이들을 미국으로 유학 보내고 대단원에서는 공장과 산업을 찬미하는 문장을 낳았다. 춘원은 조선 토착 부르주아지를 대변하는 작가다. 이미 춘원은 부정되었다. 좌익의 산문이 탄생할 때는 왔다. 조선의 산문이 완전히 탈피해야 될 때는 왔다.

그러나 그것이 귀족사회의 것이든 시민사회의 것이든 예술은 예술이다. 다만 그것이 '순수'한 점에 있어서 귀족사회의 예술이 시민사회의 예술보다 우월하다는 것은 의심할 여지가 없다. 바흐, 모차르트의 음악이나 라파엘의 회화나 단테의 문학만치 앙양된 시 정신이 어떤 시민사회에 또 있었느냐. '시민의 서사시'라는 소설은 불순하기 짝이 없었다. 그 표본을 우리는 춘원의 글과 사람에서 볼 수 있는 것이다. 조선문단이 인민의 심판을 받을 때가 오겠지만 순수의 상아탑을 사수한 예술가들이야말로 다행하다 하겠다. 그러나 예술은 꽃이지만 예술가는 꽃나무가 될 수는 없다. 아니, 꽃나무라 가정하자. 그 나무에 누가 물을 주느냐 하는 것이 문제가 된다. 서울에서 복작거리는 예술가들도 혁명의 폭풍 속에서는 순수할 수 없으리라. 좌냐? 우냐? 조선문화는 시방 역사적 비약을 하느냐? 뒤로 물러서느냐? 이는 오로지 조선문화인의 자기 결정에 달려 있다.

민족해방 혁명단계인 오늘날 예술가들이 과연 어떠한 역할을 할지. 자유란 예술가들의 금과옥조이지만 조선민족 전체의 자유를 팔아서 몇 사람 인텔리의 양키적 자유를 획득하느냐. 몇 사람 인텔리의 자유를 희생함으로써 조선민족 전체의 자유를 획득하느냐.

상허여 결단하라. 시와 산문 새 중간에서 배회할 때가 아니다. "장래에 성립할 우리 정부의 문화예술정책이 서고, 그 기관이 탄생하여 이 모든 임무를 수행하게 될 때까지 우선, 현단계의 문화제반역의 통일적 연락과 각 부문 활동의 질서화를 위하여 형성된 협의기관으로서, 현하 모든 문화의 총력을 모아 신조선 건설에서 이바지하고자" 하는 조선문화건설중앙협의회 조선문학건설본부 중앙위원장인 상허가 이제 또 '순수'를 주장할 수는 없는 입장이다.

—《상아탑》 1~2, 1945. 12. 10, 17.

시와 행동

─ 임화林和론

'문협文協'의 의장인 임화 씨가 정치적으로 민족해방을 위하야 얼만한 역할을 하였는지 모른다. 그러나 시집 『현해탄』을 통해서 본다면 그는 시인이면서 시인이 아니었다. 한때 임화의 이름을 드날리게 한 「네거리의 순이」를 다시 한 번 보자.

눈바람 찬 불쌍한 도시 종로 복판에 순이야!
너와 나는 지나간 꽃 피는 봄에 사랑하는 한 어머니를
눈물 나는 가난 속에서 여의었지!
그리하여 너는 이 믿지 못할 얼굴 하얀 오빠를 염려하고,
오빠는 가냘픈 너를 근심하는,
서글프고 가난한 그 날 속에서도,
순이야, 너는 마음을 맡길 믿음성 있는 이곳 청년을 가졌었고,
내 사랑하는 동무는……
청년의 연인 근로하는 여자 너를 가졌었다.

이 시는 편순編順이 연대순으로 된 『현해탄』 맨 처음에 있고 그 이전의 것은 '전향기의 작품'이요 그보다도 전의 것은 '어린 다다이스트이었던 시기의 작품'이며 이 시집이 임화 씨가 "작품 위에서 걸어온 정신적 행정을 짐작하기엔 과히 부족됨이 없다."(「후서」) 하였으니 이것으로써 세상에서 말하는 프로시인 임화를 논하기 시작하자.

동지가 검거된 뒤면 그 여윈 손가락으로 지금은 굳은 벽돌담에다 달력을 그리겠구나! 종로네거리에서 순이를 붙들고 울 것이 아니라 무슨 행동이 있어야 할 것이지 "불쌍한 도시"니 "눈물나는 가난"이니 "얼굴 하얀 오빠"니 "가냘픈 너"니 "서글프고 가난한 그날"이니 하다가,

> 어서 너와 나는 번개처럼 두 손을 잡고,
> 내일을 위하여 저 골목으로 들어가자,

했으니 막다른 골목으로 들어간 센티멘털리즘이 아니고 무엇이냐. 누가 임화의 시를 일컬어 "얻은 것은 이데올로기뿐이요 잃은 것은 예술이라" 하는가. 이 시 어느 구석에 잉여가치학설과 유물사관이 숨어 있다는 말이냐. "믿지 못할 얼굴 하얀" 임화! 그와 대조되는 행동인도 "용감한 사내", "근로하는 청년"이라 하였을 뿐 추상적이다. 알짱 구체적이라야 할 데 가서는 주관적이 되어버리는 것이 시집 『현해탄』 전체가 지니고 있는 흠이다. 검열! 그렇다. 죄는 일본제국주의에 있다. 하지만 "계급을 위해 울었다."는 것만으론 시인도 될 수 없고 공산주의자도 될 수 없다. 운 사람이 어찌 임화뿐이랴. 무솔리니 같은 자도 "스물 전에 사회주의자가 아니면 사람이 아니다." 하지 않았던가.

형상화가 가장 잘된, 다시 말하면 현실을 가장 잘 표현한 「골프장」에서도 임화는 센티멘털리즘을 벗어나지 못했다.

까만 발들이 바쁘게 지나간다.
이슬방울이 우수수 떨어지며
흙 새에 끼었던 흰 모래알이
의붓자식처럼 한 귀퉁이에 밀려난다.
그러면 어린 풀잎들이 느껴 운다.

이렇게 감상적인 시가 또 어디 있겠는가. 흰 모래알이 의붓자식이 되고 풀잎들이 느껴 우는 세계—이런 세계는 시인의 관념 속에나 있지 실재할 수는 없다. 그러면 임화는 왜 이다지도 슬펐을까.

아이들아, 너희들은 공을 물어오는 사냥개!

아이들을 이렇게 부려가며 "담뱃대 같은 공채"를 가지고 골프를 하는 부르주아지를 비판하려면 '자본론'이 되어버리니 임화는 시인인지라 불쌍한 아이를 붙들고 울다가 모래알과 풀포기에까지 그의 눈물이 스며든 것일까. 아니다. 폐병으로 다 죽게 된 문학청년이 성 밖을 거닐다가 골프장 밖에서 멍하니 바라볼 때, 시시대거리는 건강한 유한남녀를 볼 때, 장난해야 될 나이의 아이들이 어른의 장난감을 주어다주는 광경을 볼 때, 히스테리컬하지 않으면 센티멘털하게 되는 것이었다. 슬픈 임화, 가난한 임화, 병든 임화. 그러나 골프 하는 부르주아지를 쫓아가서 주먹으로 지를 용기도 없고, 골프공을 주워오는 나 어린 프롤레타리아를 얼싸안고 목 놓아 울 애정도 없는 임화였다. 춘원이 민족주의자연然 하되—사실은 호랑이를 그린다고 개를 그린 작가이지만 시를 쓰면 센티멘털리즘의 포로가 되어버리는 것과 매한가지로 공산주의자연 하는 임화의 시가 감상적인 이유는 그 또한 병든 지식인이기 때문이었다. 종로네거리에서 순이

를 붙들고 울었다는 시가 춘원의

> 형제여 자매여
> 임 너를 그리워 그 가슴속이 그리워,
> 성문 밖에 서서 울고 기다리는 나를
> 보는가―보는가.

한 시와 무엇이 다르냐. 그때나 이때나 민족이든 계급이든 정말 위할 마음이 있거든 암말도 말고 민족과 계급을 위하여 실행하라. 춘원이 민족을 위해서 쓴다는 시나 임화가 계급을 위해서 쓴다는 시가 다 시로서 실패한 것은 둘 다 불순했기 때문이 아닐까. 자기네들 하나를 어쩌지 못하는 사람들이 민족을 위하느니 계급을 위하느니 하고 그것도 산문이 아니요 순수해야 할 시로 떠들어댄다는 것은 병든 지식인의 자의식이 낳은 비애였다.

또 검열 검열하지만 「네거리의 순이」가 패스pass되는 검열은 너무 허술해서 임화의 시조차 허술한 울음이 되어버리고 말았다. 그러기에 일제의 압박이 심해가서 『현해탄』의 시들이 압살을 당할 지경이 되었을 때 정말 시가 탄생하였다.

> 시인의 입에
> 마이크 대신
> 재갈이 물려질 때
> 노래하는 열정이
> 침묵 가운데
> 최후를 의탁할 때

바다야!

너는 육체의 곡조를

반주해라.

이 「바다의 찬가」가 임화의 시집 맨 끝에 있고 임화 자신이 "「바다의
찬가」는 이로부터 내가 작품을 쓰는 새 영역의 출발점으로서 특히 넣었
다고 할 수 있다." 한 것은 흥미 있는 사실이라 아니할 수 없다. 그러나
임화는 시인으론 아직도 출발 전이다. 지용처럼 단순치 않은 임화인지라
시에만 만족할 수 없음으로 그러나 시를 버리기도 아깝고 해서 8월 15
일 이후 '문협'의 의장이 되어 문화정책가로 발 벗고(?) 나서게 된 것이
다. 하지만 임화의 관념 속엔 얼마나 굉장한 시가 들었는지 모르되 작품
행동으로 볼 때 아직 일가를 이룬 시인이라 할 수는 없다.

감격벽感激癖이 시인의 미명이 아니고 말았다. 이 비정기적 육체적
지진 때문에 예의 수원이 붕괴되는 수가 많았다. 정열이란 상양賞揚하
기보다도 어떻게 정리할 것인가 관료가 지위에 자만하듯이 시인은 빈곤
하니까 정열을 유일의 것으로 자랑하던 나머지에 택 없이 침울하지 않으
면 슬프고 울지 않으면 히스테리칼하다…….

— 정지용, 「시의 위의威儀」, 《문장》 1. 10

이것은 임화평이 아니면서도—사실은 임화평인지도 모른다—『현해
탄』에 적용하면 빈틈없다. 감격벽이 『현해탄』의 시들을 익기 전에 땅에
떨어진 풋사과의 꼴을 만들어버렸다. 감격부호(!)가 200개 가까이 사용
되었으니 시 하나에 평균 넷 이상을 사용한 폭이며 !의 대용품이라고 볼
수 있는 의문부호(?)가 150개 이상 나오고 '오오'라는 감탄사만 해도 39

개인가 나온다. 이밖에도 '아아' 같은 감탄사와

　　원컨대 거리여! 그들 모두에게 전하여다오!
　　잘 있거라! 고향의 거리여!

하는 종류의 명령형이 많다. '청년'이라는 말이 많이 나오는 것도 이 시집의 특징이요 절규니 노호니 하는 말도 여기저기서 볼 수 있다. 이런 것은 두말할 것도 없이 일제의 압박에 못 이겨 몸부림친 청춘의 자태다. 하지만 울고 몸부림치는 것은 예술로선 시 이전이요 정치로선 센티멘털리즘이다. 임화 씨 자신이 누구보다 그것을 더 잘 알고 있다. 그러기에 「후서後序」에서 "쓸 때에 그렇게 열중했던 소위 노력의 소산이란 것이 뒷날 돌아보면 이렇게 초라한가를 생각하면 부끄럽다는 이보다도 일종 두려움이 앞을 선다."고 고백하였을 것이다. 일언이폐지하면 『현해탄』의 시는 거의 다 유산된 정열이라 할까. 시는 감정의 배양이 아니라 감정의 교양인 것이다. 사과나무도 야생으로 제멋대로 자라나면 열매를 맺지 못하는 것이거늘 시의 붉은 과일이 정성스런 '전정剪定' 없이 열매를 맺을 수 있을까 보냐. 최재서가 임화의 시는 아직 조잡함을 면치 못하면서도 커다란 '내부세계'를 가지고 있다 한 것은 시가 뭔지 백판 모르고 한 소리요 시는 표현을 떠나서 존재하는 것이 아니니 표현으로써 실패한 글은 화산 같은 '내부세계'에서 터져나왔다 해도 시라 할 수 없다. 또 임화의 시를 무슨 공장의 기계 소리처럼 요란스럽게 만든 원인의 하나는 임화는 시를 목적으로 하지 않고 수단으로 썼다는 것이다. 시와 행동 새 중간에서 갈팡질팡하는 자의식이 임화로 하여금 시의 세계에 안주하지 못하게 하고 압력이 강한 현실을 시로써 움직여보려는 청춘의 만용이 그를 시인으로서 오류를 범하게 한 것이었다. 물론 우리들 청년시대에 누구나 한

번은 범해야 되는 아름다운 오류이지만.

조선의 시도 이미 서른의 고개를 넘었다. 청춘의 흥분만 가지고 시를 쓰는 과오는 청산해야 할 것이다. 그렇다고 『현해탄』의 시가 흥분뿐이라는 것은 절대 아니고 오히려 최재서 등이 떠들어대던 이른바 '지성'이 너무 삐져나와서 시의 음악을 상실하게 하였다. 그 증거로는 『현해탄』은 처음부터 끝까지 줄글(산문)로 내리 써도 조금도 어긋나는 데가 없을 것이다. 뒤집어 말하면 『현해탄』은 산문을 잘라서 시 모양 늘어놓은 시집 아닌 시집이다. 진정한 지성이란 분류할 줄을 알아야 할 것이니 자기의 세계에서 시적인 것과 산문적인 것을 따로따로 놓아서 표현하지 못하고 우주가 코스모스가 되기 전 혼돈이었을 때와 같은 사상을 나열한다는 것은 과학의 세기인 현대에 있어서 지성의 소산이라 할 수는 없다.

분명히 태초에 행위가 있다……

고 「지상의 시」는 결론지었지만 시는 분명히 말이지 행위는 아니다. 시를 떠나서 시인의 행위가 있을 수 없다면 시는 행위가 되겠지만.

임화여, 자의식을 청산하고 현실 속에 자아를 송두리째 담가버리라. 농민이 되든지 노동자가 되든지 그때 비로소 프로 시인으로서 임화가 이 땅의 별이 될 것이다. 허지만 말이 쉽지 지식인이 농민이 된다든지 노동자가 된다는 것은 불가능에 가깝다. 그래서 임화의 시가 8·15 이후의 것도 자의식을 버리지 못했다.

허긴 임화 씨가 시인이 되어야만 맛이 아니다. 정치의 무대에서 진보적인 역할을 하고 있는 그를 볼 때 명철보신을 금과옥조로 하는 조선의 지식계급을 위하여 모범이 되어주기를 축원하지 않는 사람이 있을까. 그가 '문협'의 의장이 되었을 때도 문화계에서는 성원을 아끼지 않았었다.

그럼에도 불구하고 '문협'이 용두사미가 된 것은 여러 가지 원인이 있겠지만 애초에 '한데 뭉치자'는 식의 무원칙 통일이었다는 것이 최대 원인이다. 그러니 8·15의 흥분도 가시고 해서 문화인들도 자기결정 단계에 이르렀으니 의장인 임화 씨가 뚜렷한 통일안을 내세워가지고 '문협'을 개조한다면 다시 소생하는 길이 있을 것이다. 조직체란 애초부터 대가리와 팔다리가 있어야 되는 것이 아니요 세포를 형성해야 되는 것이니 적어도 그 자체로서 살고 성장하는 것이라야 한다. '문협'이 처음엔 크고 차차 적어졌다면 그것이 조직이 아니라 명부名簿였다는 것을 의미하게 된다. 더군다나 그 속에 문화인이 아니면서 문화인 행세를 하는 불순분자가 끼어 있다면 그 조직체는 날이 갈수록 내부에 균열이 커지는 것이다.

임화 씨가 『현해탄』에서 시인으로서 실패한 것은 현대인으로선 불명예도 아무것도 아니다. 『현해탄』의 시가 행동하려고 몸부림치던 그의 노호怒呼요 절규이었다면 이제야말로 행동인으로서 빛날 때가 왔다. 《자유신문》에 발표된 시 「길」은 임화 씨의 이러한 결의의 표명이라고 보면 의미심장한 것이다. (이것이 그냥 시에 그친다면 또 하나 실패한 시일 것이다.)

> 말 두렵지 않고
> 말 믿지 아니할 것을
> 나에게 익혀준 그대는
> 기인 침묵에 살아
> 어려운 행동에 죽고
> ....
> ....

—《상아탑》 3~4, 1946. 1. 14. 30.

시를 위한 시
─ 정지용鄭芝溶론

　술을 마시면 망나니요─술 취한 개라니─이따금 뾰족집에 가서 '고해'와 '영성체'를 하지 않고는 배기지 못하는 사람이지만 조선문단에서 순수하기로는 아직까지 정지용을 따를 자 없다. '시를 위한 시', 이것은 결코 말만 가지고 되는 일이 아니다. 내 손으로 내 목을 매달 듯 조선말을 말살하려던 작가와 평론가가 있는 이 땅에서 한평생 조선시를 붙들고 늘어질 수 있었다는 데는 지용 아니면 어려운 무엇이 있다. 벽초碧初나 위당爲堂이나 안재홍安在鴻 씨나 이극로李克魯 씨도 깨끗한 듯하되 결국은 입을 다물고 있던 것이 아니면 완고덩어리라는 것을 중앙문화협회에서 출판한 『해방기념시집』이 웅변으로 말하고 있지 아니한가.

　일본제국주의의 탄압 밑에서 가장 순수한 행동인이 누구였나 하는 것은 좀더 두고 보기로 하고 정지용 씨의 시는 가장 순수한 정신이었다.

　시집 『백록담』은 이가 저리도록 차디차다 할 사람도 있을 게다. 아닌 게 아니라 희랍의 대리석같이 차다. 하지만 춘원春園처럼 뜨거운 체하는 사람이 아니면 현민玄民처럼 미지근한 사람들이 횡행하던 조선문단에서 이렇게 깨끗할 수 있었다는 것은 축하하지 않을 수 없다.

시름은 바람도 일지 않는 고요에 심히 흔들리우노니 오오 견디련다
차고 올연兀然히 슬픔도 끝도 없이 장수산 속 겨울 한밤내—

이 이상 정신의 순수를 지킨 사람이 있다면 나서라.

하긴 지용에게도 한때 청춘은 있었다. 『정지용시집』 제2부를 보면,
거기엔 카페도 있고 향수도 있고 홍춘紅椿*도 있었다. 청춘은 가장 화려
한 시의 동산이요 시들은 조선, 메마른 조선, 젊기 전에 늙어버리는 조선
에도 청춘의 시가 있었다.

사람은 태중에 열 달 있을 동안 인류가 지구상에 단세포생물로 태어
나서 오늘날까지 진화해온 과정을 되풀이하는 것과 꼭 마찬가지로 한 사
람의 생애를 통하여 그 정신의 변천과정을 관찰하면(이것은 누구나 스스
로 내성할 수 있는 일이다.) 인류의 정신사를 엿볼 수 있는 것이다. 그러면
시와 산문이 각각 어느 시대에 속할 것인가. 하나는 청춘의 것이요 또 하
나는 노년의 것이다. 아니, 청춘에도 벌써 산문이 섞인다. 자아 밖에 있
는 '사실'이 압도적이 될 때 시의 계절은 지나가고 산문의 시대가 오는
것이다. 이리하여 현대를 '사실의 세기'라 하는 것이며 이 '사실'을 인식
하는 데는 과학을 따를 자 없고 또 과학은 더 많은 생산을 가져온다. 그
래서 현대를 과학시대라고 하는 것이다. 현대인이 일찌감치 어른이 되어
버리는 것이 이상할 리 없다.

시인 정지용도 또한 현대인인지라 현대의식이 없을 수 없다. 「태극
선」은 '시'와 현대의식을 대질시킨 상징시라고 보면 흥미가 있다.

이 아이는 고무볼을 따러

| * 홍동백의 일본명.

흰 산양이 서로 부르는 푸른 잔디 우로 달리는지도 모른다.

이 아이는 범나비 뒤를 그리여
소스라치게 위태한 절벽 갓을 내닷는지도 모른다.

이 아이는 내처 날개가 돋혀
꽃잠자리 제자를 쓴 하늘로 도는지도 모른다.

(이 아이가 내 무릎 우에 누운 것이 아니라)

새와 꽃, 인형 납병정 기관차들을 거느리고
모래밭과 바다, 달과 별 사이로
다리 긴 왕자처럼 다니는 것이려니,

(나도 일찍이, 저물도록 흐르는 강가에
이 아이를 뜻도 아니 한시름에 겨워
풀피리만 찢은 일이 있다.)

이 아이의 비단결 숨소리를 보라.
이 아이의 씩씩하고도 보드라운 모습을 보라.
이 아이 입술에 깃들인 박꽃 웃음을 보라.

(나는, 쌀, 돈셈, 지붕 샐 것이 문득 마음 키인다)

반딧불 흐릿하게 날고

지렁이 기름불만치 우는 밤,

모와 드는 훗훗한 바람에

슬프지도 않은 태극선자루가 나부끼다.[*]

　어른이 볼 때 '시'란 꿈이다. 그러나 아이들에게는 세계 자체가 '시'다. 지용은 시인이기 때문에 현실을 괄호 속에 넣고 '꿈'을 전면에 내세웠다. 시인이란 요컨대 어린이의 세계를 찬미하는 자다. 영문학을 공부한 지용이 사옹沙翁[**]을 덮어놓고 배리[***]를 누구보다 좋아하는 이유도 배리가 영원한 동심의 심볼인 '피터 팬'의 창조자이기 때문일 것이다. 또 그가 현대의 바리세교라고 할 수 있는 화석이 되어버린 천주교의 신자인 이유도 그 형식적인 의식의 테 속에 들려는 데 있지 않고 "어린이와 같지 않을진댄 천당에 들어갈 수 없으리라." 한 『복음서』에 끌려서 그런 것인지도 모른다.

　하여튼 『정지용시집』의 본질은 동심에 있다 할 것이다. 「해바라기 씨」와 「피리」. 이제부터라도 조선문학에서 이런 씨는 얼마든지 뿌려도 좋고 이런 피리는 얼마든지 불어도 좋다. 동심을 잃는 날 '시'는 없어지고 말리라.

　그러나 지용도 이젠 나이 먹었다. 얼굴만 쭈구렁바가지가 된 것이 아니라 말도 나이 먹었다. 『백록담』은 차고 맑되 늙은이가 다 된 사람의 시집이다.

　　　　응무소주이생기심應無所住而生其心[****] (『금강경』 제10장)

---

[*] 김동석이 인용한 시 원문과 『정지용시집』에 수록된 원문이 달라 『정지용시집』의 원본을 따라 수정하였다.
[**] 셰익스피어.
[***] J. M. 배리. 영국의 소설가, 극작가.
[****] 마땅히 머무는 바 없이 그 마음이 펼쳐지나니.

이러한 선사禪師 같은 시는 좋다. 하지만 시집『백록담』에 집어넣은 산문은 무엇을 의미하는 것이냐. '시'만 가지고『백록담』을 채울 수 없던 지용—이 늙어빠진 지용아, 그대의 시혼을 짓밟아 죽이려던 강도 일본제국주의의 목은 잘려졌으니 다시 용勇을 내어 젊어져라. 그리하여 아직도 살아 꿈틀거리는 일본제국주의를 물리치는 민족해방의 노래를 부르라.

『해방기념시집』에 있는—《신조선보》에도 났었다지—「그대들 돌아오시니」는 좀 위태위태한 시다.

　　국사國祀에 사신邪神이

　　오연傲然히 앉은 지

　　죽음보다 어두운

　　오호 삼십육 년!

하며 '천조대신天照大神*'이 없어진 기쁨을 노래한 것은 신사참배를 강박당하던 교원으로선 시가 됨직도 하지만 이 시를 천주교회당 속에서 '임정臨政' 요인들 앞에서 낭독하였다는 데는 찬성할 수 없다. 지용이 성당엘 다니든 '임정'을 지지하든 종교는 담배요 지용도 정치적 동물이니까 눈감아준다 하더라도 '시'를 교회당에까지 끌고 들어가 눈코 달린 정치가에게 헌납한다는 것은 순수하다 할 수 없다. '시'는 '시'를 위해서만 존재할 수 있는 것이다.

하긴 예수도—떠가는 구름도 움켜잡을 수 있다고 믿었던 인류의 최대 시인도—십자가에 못 박혀 죽을 때

　　"엘리 엘리 라마 사박다니!(하느님이시어 왜 나를 버리시었나!)"하고

* 아마테라스 오미카미(天照大神). 고대 야마토족이 숭배한 여신이자 일본 황실의 조신으로 일본의 민족과 국가를 상징한다.

절망의 부르짖음을 남기었거늘 현대에 더욱이 조선에서 '시'만 가지고 살라는 건 무리한 주문일는지 모른다. 그렇다고 시인이 천주교당이나 '임정'밖에 기대설 때가 없다는 말이냐. 군정청을 가보고 와서 "공기가 탁하고 복작거리는 광경이 지옥이야 지옥. 뭐니 뭐니 해도 여기가 천당이지." 하고 이전梨專의 상아탑을 찬미했다는 지용. 그렇다 누가 오건 관청은 관청이다—폰시오 필라투스* 이래 인간성을 잃어버린 곳이 아니냐. 허지만 상아탑을 피난처로 알아선 안 된다. 시탄詩彈을 내쏘는 토치카가 되어야 한다. 상허의 『청춘무성』이 이전梨專에서 실패한 것은 그것이 산문이었기 때문이다. 신노심불로身老心不老**라. 지용이여, '인디언 썸머'***를 노래하지 않으려나. 이것이 결코 비아냥거리는 것이 아니다. 누구모양 여학생을 데리고 고비원주高飛遠走**** 하는 희비극을 연출하지 않는 한 그대의 연정을 읊은들 죄 될 것이 무엇이랴. 점잖은 개 부뚜막에 잘 오르는 조선봉건주의를 타파하는 데 시인이 한 몫 본다면 그런 데서 차라리 빛나라.

> 자네는 인어를 잡아
> 아씨를 삼을 수 있나?
> ………………………
> ………………………
> 아무도 없는 나무 그늘 속에서
> 피리와 단둘이 이야기하노니.

---

* Pontius Pilatus. 본디오 빌라도의 라틴어 이름.
** 몸은 늙어도 마음은 늙지 않는다.
*** 북아메리카 대륙에서 발생하는 기상 현상을 일컫는 말로, 늦가을에서 겨울로 넘어가기 직전 일주일 정도 따뜻한 날이 계속되는 것을 말한다. 종종 서리가 내린 후에도 이런 현상이 생긴다. 절망 가운데에 뜻하지 않는 희망적인 것을 비유적으로 표현할 때 쓰인다.
**** 자취를 감추려 남모르게 멀리 달아남을 이른다.

일전에 오장환 말이 지용은 이전의 선생이 되어 안이한 생활로 들어 갔으니 시가 나오기 어렵다 한 것은 동감이다. 《문장》에서 그가 추천한 시인들은 박두진, 조지훈, 박영종을 비롯해 바야흐로 쪽빛보다 더 푸른 시를 생산하고 있다. 지용의 시방 자세를 뛰려고 움츠린 자세로만 보고 싶다.

언젠가 지용은 술에 곤드레만드레 취하여 가지고 "못 쓰는 차표와 함께 찍힌 청춘의 조각이 흩어져 있고 병든 역사歷史가 화물차에 실리어" 가는 개찰구에서 바래다주러 나온 길진섭吉鎭燮에게 손을 내저으며 폼으로 내려가면서,

"나처럼 좋은 친구를 가진 사람은 행복이야. 당신은 바래다주는 친구 하나 없지 않소." 하였다. 술과 친구를 좋아하는 지용. 그대에겐 성당이고 임정이고 가외의 것이다. 셰익스피어도 친구와 술을 마시다가 쓰러져 죽었다. 이태백이가 술 먹고 달 잡으려다 물에 빠져 죽었다는 이야기는 너무도 유명하지만—

그러나 시인도 밥 먹어야 하고 옷 입어야 한다. 이태백 같은 시인도 집에선 처자가 쌀 사오라 옷 해주라 하는 데 골머리를 앓고

중조고비진 고운독거한 衆鳥高飛盡 孤雲獨去閑
상간량불염 지유경정산 相看兩不厭 只有敬亭山*

하였다. 경정산敬亭山 같은 안식처가 없이는 당나라 귀족시인도 구름과 새를 즐길 수 없었거늘 삼십육 년 동안 아니 오백하고 삼십육 년 동안 고 혈을 빨린 조선에서 시를 읊고 술을 마실 수 있었다는 것이 누구의 덕인

---

* 뭇 새들 높이 날아 사라진 푸른하늘에 한 조각 하얀 구름 유유히 떠서 흐르네.
서로 마주 보아도 물리지 않음은 오로지 경정산 너뿐인가 하노라.(이백李白, 「독좌경정산獨坐敬亭山」)

가를 인식하라.

　　그대들 돌아오시니 피 흘리신 보람 찬란히 돌아오시니!

하고 그대가 맞이한 몇 사람 정치가보다도 이마에 땀을 흘려 낫을 잡는
사람, 해머를 휘두르는 사람이 시인을 밥 먹이고 옷 입히지 않았던가.
"손발을 움직이지 않고 오곡을 구별할 줄도 모르고 무슨 선생인가."(『논
어』미자微子) 하고 공자를 꾸짖은 노인은 지팡이에 대광주리를 꿰어 어
깨에 메고 와서 지팡이를 꽂아놓고 김을 매었다. 지용도 세상이 귀찮거
든 전원으로 돌아가 자연시인이 되는 것이 어떨꼬. 왜냐면 잡지의 이름
이《상아탑》이라는 데 깜짝 놀라

　　"상아탑이요? 인민전선이 펼쳐졌는데《상아탑》이 무사할까요?"

하였으니 말이다. 그렇다. 인민전선이 펼쳐졌다.

　　　　우리 모든 인민의 이름으로
　　　　우리네 인민 공통된 행복을 위하여
　　　　우리들은 얼마나 이것을 바라는 것이냐.
　　　　아, 인민의 힘으로 되는 새나라.

　　　　　　　　　　　　　　　　　　　— 오장환, 「병든 서울」

　　그러나 지용이여 안심하라. 상아탑은 인민의 나라에도 있다. 좌익소
아병자의 시 아닌 시를 보고 인민의 나라에는 '시'가 없을 거라고 지레
짐작을 말지니 노동자 농민 속에서 '시'가 용솟음쳐 나올 때—그것은 먼

장래의 일이기는 하지만—가늘어지고 잦아들었던 조선의 시가 우렁차게 삼천리강산에 메아리 짖을 것이다.

지용은 맑은 샘이거니 대하장강을 이루지 못할진대 차라리 끝끝내 백록담인 양 차고 깨끗하라.

　　나의 얼굴에 한나절 포긴 백록담은 쓸쓸하다. 나는 깨다 졸다 기도조차 잊었더니라.

—《상아탑》5, 1946. 4. 1.

소시민의 문학

― 유진오兪鎭午론

언젠가 현민은 『봄』이라는 단편집 출판기념축하회 지상에서 춘원의 축사에 바로 뒤이어 답사해 가로대

"나는 우리 선배들처럼 조선문학에 플러스한 것은 없을지 몰라도 또한 그들처럼 마이너스를 하고 싶지도 않다."

하였다. 이것은 춘원에게 쏜 화살이었다. 그런데 그 말이 우리의 청각에서 사라지기 전에 현민은 두 번이나 조선문단을 대표하야 이른바 대동아 문학자대회에 나가서 명백히 마이너스되는 연설을 했다. 그의 연설 내용을 이 자리에서 되풀이하고 싶지는 않지만.

"지식계급이라는 것은 이 사회에서는 이중 삼중 사중 아니 칠중 팔중 구중의 중첩된 인격을 갖도록 강제되고 있는 것이다. 그 많은 중에서 어떤 것이 정말 자기의 인격인가는 남모르게 저 혼자만 알고 있으면 그만인 것이다.✻

라고 현민은 「김강사와 T교수」 속에서 지식계급인 자기를 변호했지만 사실 세상에서 그의 정체를 아는 사람이 드물다. 그를 '동반작가'라고도 하고 심지어 어떤 사람은 그를 '공산주의자'라고도 하지만 다 그를 몰라 보고 하는 소리다.

현민이 수재인 것은 사실이다. 제일고보 출신 중에 시험점수를 제일 많이 딴 사람이요 빌리어드도 고점자요 그의 단편 「나비」가 말하듯 그가 맛본 지식도 한두 가지 꽃에 그치지 않는다. 바둑도 두고. 하지만 무엇보 다도 현민을 규정하는 사실은 그가 양반계급 출신이라는 것이다. 그의 머리맡에는 언제고 유씨 일문의 족보가 있고 그 모든 전통을 깨트리기 위하여 그것을 본다는 표정으로 손님에게 내보이기도 한다. 발에 물 안 묻히고 물고기 잡으려는 그의 문학적 태도는 결국 따지고 보면 그가 이 조 양반계급의 나쁜 버릇을 벗어나지 못했다는 데서 원인하는 것이다. 희랍의 지성을 가지고도 힘 드는 일은 노예에게 맡겨두고 아리스토텔레 스의 무리들이 아테네로 통하는 길을 산보하며 대화나 일삼았기 때문에 형이상학을 낳았을 뿐 이렇다 할 생산적인 사상을 낳지 못했거늘, 20세 기에 족보를 들추어거리는 샌님이 소설을 쓰다니! 어떤 바의 여급이 현 민의 소설을 '설화적'이라 단정한 것이 흥미 있지 아니한가.

"설화적이 뭐냐고요? 인물의 말과 행동이 저절로 이야기가 되게스리 창작하지 않고 작가의 두뇌가 이야기한다는 것이 너무나 명백한 소설을 설화적이라고 그랬습니다."

과연 그렇다. 「가을」이라는 단편을 보라. '또는 기호杞壺의 산보'라는 부제목이 붙었지만 이 산보조차 실지로 한 산보가 아니라 머릿속에서 한 관념적 산보다. 그러기에 한시가 다섯 번이나 나오고 영시가 나오고 습

작 시대의 원고가 길게 인용되고 하는 것이 아니냐. 하긴 『화상보華想譜』
는 현민의 관념이 일대 장편소설을 이루고 있지 아니한가. 관념만 가지
고 소설을 쓸 수 있는 현민은 자기의 관념을 과신한 나머지 소련엘 가본
일도 없이 앙드레 지드*의 「소련여행기」를 변호하다가 코를 잡아 뗀 일이
있다. 그때 현민의 글을 한번 다시 꺼내 본다면 오늘의 정세에 비추어 현
민의 정체를 뚜렷이 드러낼 것이지만.

현민에게 왜 당신은 문학을 전공하지 않고 법학을 하느냐고 묻는다
면 그는 서슴지 않고

"사회조직의 비밀을 알고 싶어서"

—「상해의 기억」

라고 대답할 것이다. 춘원이 민족을 위하여 소설을 쓴다고 떠들어대던
것이 병이듯이 현민 또한 공산주의자인 체하는 것이 병이다. 「간호부장」
만 하더라도 '다무라 기요꼬'를 일인칭으로 하는 단편인데 '나'와 'K'라
는 두 사람은 왜 퉁그러져 나와 있느냐. 「무명無明」에서도 춘원의 꼬리가
보이듯 현민의 단편에서도 그의 꼬리는 나타나고야 만다. 여우가 암만
도술을 잘 부려도 꼬리만은 감추지 못한다던가. 학예사에서 출판한 『유
진오단편집』을 보면 「스리」에다 주를 달아 가로되 "원작에는 차문에 각
각 수행이 있으나 생략하였다." 하였으니 생략한—또는 삭제당한—수
행이 얼마나 대단한 관념인지 몰라도 「스리」는 소아병자의 작품이요 주
는 더더군다나 소시민적인 사족이다.

---

* 앙드레 지드(André-Paul-Guillaume Gide, 1869~1951). 프랑스 소설가. 《신프랑스평론》 주간의 한 사람
  으로 프랑스 문단에 새로운 기풍을 불어넣어 20세기 문학의 진전에 지대한 공헌을 하였다. 대표작으로
  『사전꾼들』, 『좁은 문』 등이 있으며 노벨 문학상을 수상했다.

S신문 기자 K는 요전에 나를 보고 쁘띠 부르라 매도하였다. 그 말이 사실인지도 모른다. 그런데 시골 일가들은 우리 집을 '부잣집'이라고 한다. 그 말이 사실이면 나는 당당한 부르 계급의 한 사람이다. 하지만 어떻게 생각하면 지금의 우리 집 살림살이란 영국이라는 나라 좀 넉넉한 석탄 광부의 그것만도 못한 것같이도 생각된다. 그렇다면 나도 프롤레타리아의 한 사람일 것도 같은데

— 「스리」

이 어인 관념의 유희이뇨. 그러나 이것은 유진오 씨 자신의 자화상이라 보면 이 이상 그의 본질을 갈파하기도 어려울 것이다. 백여 석 하는—그의 말이니까—생산수단을 가지고 있으되 아들딸이 여섯이나 있어, 『자본론』의 진리는 알되 더 편히 살고 싶기는 하고. 이리해서 그의 유전과 환경과 반응의 삼각형은 현민을 옴짝달싹 못하는 소시민으로 만들고 만 것이다. 현민이 유물론자인 것은 사실이로되 처자를 먹여 살리겠다는 유물론이요 문학자로선 그의 주의주장은 정체불명이다. 그는 신변소설 「가을」에서 이 사실을 솔직히 고백하고 있다.

그때 그는 아직 무슨 주의도 사상도 아무것도 모르고 오로지 문학을 지망하는 열정에 타는 소년이었다. 집에는 상당한 재산도 있고 부모도 두 분 다 계셨다. 그때의 그 열정은 지금 어디로 가고 재산은 부모는 다 어디로 갔는가. 모든 것이 다 한때의 꿈이었던가.

한마디로 말하면 금단의 열매를 따먹어 자의식이 생기기 전 현민은 시인이었다. 그때의 기억이 「창랑정기滄浪亭記」 같은 시미가 넘치는 작품을 낳았다. 또 그는 늘 입버릇처럼, 경찰이 가택수색을 할 때 뺏어간 네

권이나 되는 시 원고가 있었으면 인스피레이션의 샘이 될 텐데 하기도 하였다. 그러나 경찰이 앗아간 현민의 시가 어느 수준에 달한 것인지는 몰라도 세상이 알기에 그는 시인이 아니라 철두철미 산문가다. 그리고 산문가가 부모가 없다고 재산이 없다고 한숨만 질 것인가. 현민의 살림살이가 "좀 넉넉한 석탄광부의 그것만도 못한 것같이도 생각된다." 한 영국에서도 "진정한 예술가는 아내를 굶게 하고 아들딸을 헐벗게 하고 칠십 된 노모가 그를 먹여 살리느라 고생을 하게 한다."는 말이 버나드 쇼'의 「인간과 초인」의 무대에 오르는 것이거늘 쪼들린 조선의 현실에서 글을 써서 대가족을 배불리 밥 먹이고 떳떳이 옷 입히겠다는 것은 그 자체가 벌써 비현실적인 관념이다. 현민은 그것을 잘 아는지라 보전普專의 교수가 되고 과장이 되었었다. 허긴 그에게는 학자적인 일면도 있다. 일본제국주의 밑에서 헌법과 행정법을 강의했으니까 그렇지 그가 좌고우시左顧右視하지 않고 기능을 발휘할 수 있는 학문을 했었더라면 큰 학자가 되었을는지도 모를 일이다.

　「김강사와 T교수」의 김강사는 성대城大 예과에서 법제와 경제를 강의하던 유강사요 그때 다전多田이라는 교수가 있었다. (T는 그의 이니셜이다.) 기타 교장실의 위치에 이르기까지 성대 예과 그대로다. 다시 말하면 이 소설은 현민 자신의 체험을 그대로 소설화했기 때문에 조선문단에서 리얼리즘을 확립하는 공을 세울 수 있었던 것이다. 그런데 현민의 체험은 여기서 한 걸음도 내딛지 못했다. 아니, 몇 걸음 후퇴한 것이나 아닐까. '대동아문학자대회'를 전후한 그의 과오는 불문에 부친다 하더라도 그의 생활과 사상은 작품에서 심화 확대된 것을 아직 보지 못했다. 「나

* 버나드 쇼(George Bernard Shaw, 1856~1950). 영국의 극작가 겸 소설가, 비평가. 온건좌파 단체인 '페이비언협회'를 설립했다. 최대걸작인 『인간과 초인』을 써서 세계적인 극작가가 되었다. 노벨 문학상을 수상했다.

비」는 정교한 작품이로되 한낱 댄스와 같은 작품이요 「창랑정기」는 아름답되 '시'지 '산문'은 아니다. 그러고 보니 현민은 결국 강사요 교수요 과장이 그의 본질이었지 문학인이 아니었던가.

"알트 하이델베르히!"

이렇게 「가을」에서 그는 외쳤지만 사실 현민에게는 학원이 격이다. 교수회에 내놓지 않고 총장 야마다(山田)가 구겨 쥐고 있었던 유진오 조교수 안은 드디어 한 계급 올려서 실현되었다. 성대 헌법교수, 적어도 일국의 헌법교수가 소설을 쓸 틈이 있겠느냐. 우리는 현민이 T교수의 신세가 되지 말기를 빌어 마지않는 바이다.

현민의 문학이 예술로서 실패한 원인은 그가 소시민이었다는 데 있지만 더 깊은 원인은 그가 '자연'을 갖지 못했다는 데 있다.

나 어린 시절을 경개 아름다운 시골서 보낸 사람은 이런 의미에서 대단히 행복된 사람이다.

서울서 나서 서울서 자라난 나는 남들과 같이 가끔가끔 가슴을 졸이며 그리워할 아름다운 고향을 갖고 있지 못하다.

―「창랑정기」

그러나 현민의 소설은 상당히 인기가 있다. 조선의 독자층이 아직껏 소시민적인 인텔리였기 때문에 소시민의 문학인 현민의 소설이 많이 읽혀진 것은 당연한 일이다. 하지만 8월 15일을 계기로 해서 새로운 시대가 오려 한다. 유진오 씨 자신이 그것을 모를 리 없다. 아니, 언제고 그는 시대의 선구자인 체한다. 8월 15일 밤에 그는 재빠르게 '문협'을 조직하고 그 후에 자기는 싹 빠져버렸다. 세상에서는 유진오 씨가 오미트Omit를 당했다는 사람들도 있지만 사실을 모르고 하는 말이다. 현민은 스스로 빠져나간 것이다.

그러면 현민은 자기가 주동이 되어 만든 '문협'에서 왜 발뺌을 한 것일까. "어떤 것이 정말 자기의 인격인가는 남모르게 저 혼자만 알고 있으면 그만인 것이다." 하는 현민의 동기를 따질 필요도 없거니와 그가 그 뒤에 성대 교수 전형위원이 된 것을 보면 일본제국주의 시대에 자기가 범한 과오를 뉘우치는 기색은 적어도 행동엔 나타나 있지 않다. 누구보다 양심적이어야 할 문학자로서 민족의 자기비판이 가장 요구되는 때에 현민이 조선 최초의 국립대학 교수를 전형詮衡했다는 것은 그의 두 번째 경거망동이었다고 아니할 수 없다. 학자로 전향하려거든 몇 년이고 칩거해서 좋은 저서를 내놓은 다음에 세상에서 추대하거든 나서도 늦지 않을 것이요 문학이 끝끝내 목적이라면 더더군다나 헌법교수가 될 말인가.

현민이여, 기회주의를 청산하라.

좌익인이라면 붙들리는 대로 총살해버리는 지금 이판에 왜 별다른 일도 없으면서 나는 서군과 비밀히 만나기를 약속한 것일까. 무엇보다도 나는 아무 일 한 것 없이 아무 이유도 없이 자칫하면 이곳에서 쥐도 모르게 생명을 잃을 것을 생각하니 기가 막혔다.

그러고 보니 서울 있는 집 생각이 몹시 났다. 지금 어린애를 안고 잠들어 있을 나의 처는 나의 지금 이 꼴을 상상이나 할까?

—「상해의 기억」

이것이 아마 유진오 씨의 진심일진댄 섣불리 정치에 관여를 말라. 정치는 생명을 내거는 무대다. 섣불리 소시민이 정치에 나섰다가 겁을 집어먹고 노선에서 빗나가는 때는 그 뒤를 따르던 대중은 어찌 되느냐 생각만 하여도 위태위태한 짓이다. 그러므로 현민 보고 기회주의를 버리라는 것은 정치적으로 좌우를 결정하라는 것이 아니라 문학을 하든지 버리든지 양단간 결정하라는 것이다.

민족양심의 도량인 문단에 기회주의가 신출귀몰한다는 것은 새 중간에 끼어서 살던 조선이 아니고는 볼 수 없는 비문학적인 현상이다.

현민이여, '지식의 열매'와 '생명의 열매'를 둘 다 욕심내는 것도 좋지만 하나도 못 따먹고 말면 어떻게 그대의 생애를 변명할 작정인가. 불연不然이면 현민은 벌써 둘 다 따먹었다는 말인가. 현민이여, 소성小成에 만족치 말고 우물 안 개구리가 되지 말지니, 일본제국주의 탄압 밑에서 우리가 '생명의 열매'를 따먹었으면 몇 개나 따먹었겠으며 더더군다나 우리가 따먹은 '지식의 열매'는 일본이 독을 넣어서 우리에게 주던 것이 아닌가. 이미 대학교수가 되어버렸으니,

"강을 넘고 산을 넘고 국경을 넘어 단숨에 대륙의 하늘을 무찌르려는 전금속제全金屬制 최신식 여객기"(「창랑정기」)와 같은 교수가 되어지이다.

—《상아탑》6, 1946. 5. 10.

탁류의 음악

─ 오장환吳章煥론

아직까지 인류의 역사는 탁류였다. 더럽힌 것은 가라앉고 처지기는 하지만 아직까지 한 번도 맑아보지 못한 것이 인류의 역사다. 히틀러, 무솔리니, 히로히토裕仁의 무리들이 흐려놓은 물은 아직도 흐린 채로 흘러가고 있다. 주검이 풍기는 균으로 말미암아 한때 인류의 심장이 크게 뛰던 구라파엔 폐병, 흑사병, 천연두, 디프테리아가 난만하며 미국의 식량을 다 갖다준대도 구라파는 굶어죽게 되었다 한다. 음악의 나라인 독일에서도 인젠 음악의 음악인 모차르트가 한 조각 빵만 못하리다. 빵을! 빵을! 아 빵을 다오! 구라파의 인민은 이렇게 외치고 있다.

그러면 조선의 인민은? 삼십육 년 동안 아니 오백하고 삼십육 년 동안 한번 크게 외쳐봤을 뿐 말을 못한 지 너무 오래기 때문에 이젠 마음 놓고 소리치라 해도 무서워서 말을 못하게 되었다. 굶으면서도 배고프다 아우성치지 못하는 인민들─누가 그들의 소리를 대변할 것이냐. 그들의 소리는 그들 자신의 말밖에는 없다. 당장 먹을 것이 없고, 입을 것이 없는 그들의 욕구는 그들 자신이 밥과 옷을 달라 부르짖을 때 가장 절실한 소리가 되는 것이다. 그러나 시나 소설이나 희곡은 밥과 옷을 장만한 연후라야 쓸 수 있는 것이다. 그래서 시방 역사의 주류는 행동이지 말은 아니다. 행동하는 사람만이 현대사의 주인공이 될 수 있는 것이다.

인류의 역사는 탁류다. 파시스트의 총칼에 쓰러진 시체를 품고 흘러가는 이 피비린내 나는 대하장강—맑아지려면 앞으로도 몇 해가 더 걸릴는지, 더더군다나 원자폭탄을 가지고 제3차대전을 일으켜서 가뜩이나 흐린 물을 더 휘저어보려고 호시탐탐한 무리들이 있으니 걱정이다. 걱정은 걱정이지만 오예汚穢와 혼탁은 결국 가라앉아 뒤처지고 말 것이며 인류의 역사는 언제까지든지 탁류로만 있을 것이 아니다.

하지만 인류의 역사는 탁류다. 과거 삼십육 년의 조선 역사는 하수도 같은 역사였다. 더러운 것이 겉으로 떠올라와 날치던 역사. 헌신짝이나 떠돌아다니던 시궁창. 물고기들은 물속에 숨어버린 역사. 아아 이 시궁창이 겨우 흐르기 시작했거늘 어찌 일조일석에 맑은 강물을 바랄 수 있으랴.

저기 한줄기 외로운 강물이 흘러

깜깜한 속에서 차디찬 배암이 흘러……

사탄이 흘러……

눈이 따갑도록 빠알간 장미가 흘러……

이렇게 오장환은 「할렐루야」에서 노래했지만 이보다 훨씬 폭이 넓고 물이 거세고 탁한 것이 역사다.

그러나 조선 시인 가운데서 장환만치 역사의 탁류를 잘 표현한 시인도 없다. 기림이 가장 파악력이 있는 시인이로되 그의 논리가 너무 날카로워 역사를 오리고 저며서 초현실파의 그림처럼 되어버리고 말았다. 지용은 너무 맑다. 송사리 한 마리 없게스리 너무 맑다.

조선처럼 물질적으로 가난하고 시인이 많은 나라도 없다. 그러나 그들의 대부분이 나비처럼 연약하다. 아름답지만 약하다. 역사는 탁류가 되어 도도히 흘러예거늘…… 강 언덕에 핀 꽃에 누워 떠가는 구름이나 바라다보는 시인들—그 구름을 역사의 흐름으로 착각하지나 말았으면 좋으련만. 태준, 원조, 남천, 임화를 문단명부에서 제명 처분한 《예술부락》의 시인들—그들은 꽃다운 호접胡蝶이다. 탁류 속에서 몸부림치는 물고기를 비웃는 나비들이여! 두고 보라. 시대는 어언간에 흘러가버리고 그대들은 시들은 꽃 위에서 백일몽을 깨리니 때는 이미 늦으리라. 아름다운 호접.

> 까만 눈동자 살포시 들어
> 먼 하늘 한개 별빛에 모두우고
> 복사꽃 고운 뺨에 아롱질 듯 두 방울이야 얇은 사紗 하이얀 고깔은 고이 접어서 나빌레라.

그들의 춤은 지훈의 「승무」가 여실히 표현했다. 나비의 춤은 아름다운지고.

하지만 인류의 역사는 탁류다. 장환의 시가 지훈의 시처럼 맑지 못한 것은 역사 속에 살고 있기 때문이 아닐까.

> 저 멀리서 또 이 가차이서도 나의 오장에서도 개울물이 흐르는 소리

장환은 달의 여신(Artemis)에게 이렇게 헌사한 적이 있지만 장환 자신이 '개울물' 속에 있지 않고서야 어떻게 자기 속에서도 개울물이 흐르는 것을 의식할 수 있으랴. 《예술부락》의 시인 같으면 「화사花蛇」나 쫓아다

니었을 것을. 꽃의 빛깔과 냄새에 취한 나비들. 그들이 꽃다님 같은 배암의 뒤를 쫓고 있을 때 장환은 역사의 탁류 속에서 몸부림치고 있었던 것이다.

여기 쓸쓸한 자유는 곁에 있으나

풋풋이 흰 눈은 흩날려, 이정표 썩은 막대 고이 묻히고
더런 발자국 함부로 찍혀
오직 치미는 미움 낯선 집 울타리에 돌을 던지니 개가 짖는다.
—「소야의 노래」

이렇게 압박감을 이기지 못하던 장환. 아니, 조선인민. 그 쇠사슬이 끊어진 찰나의 조선 역사를 가장 잘 노래한 것이 「병든 서울」이다. 장환은 언제나 시대의 강물 속에 몸을 잠그고 있었기에 이러한 '탁류의 음악'을 파악 표현할 수 있었던 것이다.

장환의 시를 병적이라 하는 사람도 있지만 그것은 조선의 역사가 병들었기 때문이요 의식은 존재의 반영인 것을 알라. 상용尚鎔의 「남으로 창을 내겠소」 같은 시를 건전하다고 보면 큰 과오를 범할 것이다.

"새 노래는 공으로 들으랴오? 공것은 무척 좋아하는군. 새 노래를 어떻게 공으로 듣는단 말인지." 하던 장환의 말이 생각난다. 사실 유한계급이 아니고는 새 노래를 공으로 들을 수 없을 것이요,

"머리에 형관 쓰기를 자원하는 이 어찌 골고다의 청년 예언자뿐이었을까."
—《인문평론》Ⅱ—2

「방황하는 시 정신」이라는 산문에서 장환은 이렇게 선언했지만 장환이라는 물고기의 몸부림은 무어니 무어니 해도 나비의 춤보다는 더 괴롭고 슬펐을 것이 아니냐. 두진의 「묘지송墓地頌」을 읽고 좋다 하면서,

"시란 사람을 따뜻하게 해주는 것이다."

한 장환. 최재서나 유진오가 대동아문학자대회에 갔다 왔다 하던 때의 이야기다. 장환은 빵을 구하러 노동판에 들어갔다가 늑막염에 걸려서─시방은 신장을 앓는다지만─건강이 좋지 못했는데《상아탑》2호에 실린 「종소리」를 썼다. 발표할 수 없는 시를 쓴 장환 시에도 지하운동이라는 것이 있는 것이다.

이러한 장환인지라, 8·15의 해방이 그로 하여금 「병든 서울」 같은 시를 낳게 하였다. 해방 후 시가 쏟아져 나왔지만 이 시만치 시대를 잘 읊은 시는 없으리라. 장환은 이 한 편으로도 족히 '탁류의 시인'이라 할 수 있다.

　　　　무거운 쇠사슬 끄으는 소리 내 맘의 뒤를 따르고

상용이 농부라면 또 모를까…… 종로 한복판에 꽃가게를 벌려놨댔자 새가 와서 공으로 노래 부를 것 같지 않다. 상용도 그의 호號 말마따나 달빛 비낀 언덕에서 꿈꾸는 한 마리 호접인저!(사실은 그는 나비도 아니다.)

장환의 시가 음악적인 것을 논란하는 사람이 있다. 음악적인 것은 현대적인 것이 되지 못하기 때문이라고. 그렇다, 숫자적인 사상이 가장 현대적이다. 하지만 시는 본질이 우주를 한 개의 흐름이요 율동이라 보고 동시에 그렇게 파악하는 것이기 때문에 시는 어느 시대고 역사의 음악이

지 토막토막 잘라놓은 논리는 아니다. 「설야雪夜」의 음악을 버리고 기림의 주장대로 회화적이 되려다 시를 상실한 광균. 그는 그래도 낫다. 숫제 음악을 무시하고 경제학 논문 쓰듯이 시를 쓸 수 있다고 생각하는 아니, 꼭 그래야만 된다고 우기는 자칭 프로 시인들. 정말 경제학을 안다면 그들은 그 시를 쓰고 있지는 않을 터인데. 시를 끝끝내 고집하려거든 장환의 시—탁류의 음악을 배우라. 프로시란 농민이나 노동자가 쓰는 시를 일컬음이요 농민이나 노동자가 시를 쓰려면 시방 조선의 생산력을 가지고는 당장에는 어려울 것 같다. 다시 말하면 농민 노동자들도 그대들처럼 책 읽고 글을 쓸 수 있는 나라, 즉 사회주의의 나라가 되어야 할 것이 아니냐. 부르주아 민주주의의 혁명도 완수 못한 이 땅에서 사회주의사회의 시가 나올 턱이 없다. 하물며 의식은 존재보다 하로 뒤떨어진다 하거늘.

인류의 역사는 탁류다. 그러나 맑아야 하는 것이 시인이다. 참 어려운 노릇이다.

거세개탁擧世皆濁이나 아독청我獨淸하고*, 한 것이 어찌 굴원 한 사람의 한탄이랴. 과거 삼십육 년 동안 시인이 춘원이나 현민처럼 이른바 현실 속에서 섞였더라면 조선의 시가 어찌 되었을까를 생각해보라. 프로 시인이 됐다가 『대동아시집』을 쓴 김용제金龍濟의 꼴이 되지 않겠느냐. 그래서 조선시단을 사수한 월계관은 상아탑파 시인 지용의 머리에 얹어놔야 하지만 스스로 맑고 탁류 속에 있으면서 탁류를 노래한 시인으로는 장환을 엄지손가락 꼽아야 할 것이다. 사실 앞으로 지용은 어려울 것이다. 장환의 「지도자」니 「나의 길」이니 하는 시는 시로선 덜 됐지만 장환이 언제고 탁류 속에서 몸부림치고 있음을 말하며 따라서 「병든 서울」 같은 걸작시가 앞으로도 쏟아져 나오리라 기대할 수 있다.

| * 온 세상 모두가 흐려 있는데 나 혼자만 맑고 깨끗하다.(굴원屈原, 「어부사漁父辭」)

그러나 나비의 춤도 '고요하고 슬픈 인간성의 음악'임에는 틀림없다.
장환 자신도 때로 나비가 된다.

> 고운 달밤에
> 상여야, 나가라
> 처량히 요령 흔들며
>
> 상주도 없는
> 삿갓가마에
> 나의 쓸쓸한 마음을 싣고
>
> 오늘밤도
> 소리 없이 지는 눈물
> 달빛에 젖어
>
> 상여야 고웁다
> 어두운 숲속
> 두견이 목청은 피에 적시어……

—「상열喪列」

탁류 속에 있으면 산문적이 되기 쉽다. 그러니 시인은 때로 강 언덕
꽃에 쉬어 새 노래며 구름을 즐기는 것도 좋다. 「The Last Train」만이 장
환의 노래가 아니다.

더욱이 이제야말로 봄이 오려 한다.

지금은 남의 땅 빼앗긴 들에도 봄은 오는가?

이상화의 「빼앗긴 들에도 봄은 오는가」를 조선 최고의 시로 추대한 장환. 아 아 그때 봄은 좀체로 올 것 같지 않았더니―8 · 15 전해 겨울 '심원心園'이란 다방이었다―인제 진정 봄이 오고야 말련다. 얼어붙었던 조선문단도 얼음이 풀려 흐르려 한다. 실낱 같던 조선의 시. 그나마 마저 서리를 맞고 얼어붙었던 조선의 시가 대하장강을 이룰 때가 반드시 오리라. 그것은 이 봄보다 더 먼 봄이기는 하지만―.

> 나는 온몸에 햇살을 받고
> 푸른 하늘 푸른 들이 맞붙은 곳으로
> 가르마 같은 논길을 따라 꿈속을 가듯 걸어만 간다.

> 입술을 다문 하늘아, 들아
> 내 맘에는 내 혼자 온 것 같지를 않구나.
> 네가 끌었느냐 누가 부르더냐 답답해라 말을 해다오.
>
> ―「빼앗긴 들에도 봄은 오는가」

이 답답한 삼천만 조선인민의 마음을 마음껏 노래할 때는 왔다. "조선의 시단에서는…… 영원히 집단적인 한 종족의 커다란 울음소리나 자랑을 노래하지 못할 것인가."(「방황하는 시 정신」) 한 장환. 이제야말로 그대의 커다란 울음소리와 자랑을 노래할 때는 왔다. '탁류'―나비들은 역사를 이렇게 본다― '탁류'를 마음껏 노래하라. 조선시단이 '탁류의 음악'을 낳을 수 있다면 장환이 누구보다 기대되는 바 클 것이다.

―《민성》, 1946. 5~6.

금단의 과실

—김기림金起林론

> 그리하야 그들 둘은 눈을 뜨고 그들이 벌거숭이라는 것을 알았느니라.
>
> —『창세기』

여기 절세미인이 있어 얼굴도 가리고 세상없는 남자의 구혼도 다 거절한다면 아니 그 여자를 본 사람이 하나도 없다면 이 여자가 과연 미인인지 아닌지를 누가 증명하느냐. 김기림이 바로 이러한 미인이었다. 그의 나체는커녕 얼굴을 본 자도 없으리라.

그러하던 기림이 「우리들의 8월로 돌아가자」라는 시를 가지고 얼굴을 드러내자 사람들은 '미인'이라고 감탄했다. 독수공방에서 남몰래 창틈으로 내다보며 이 남자 저 남자 지나가는 남자들을 비평하던 미인이 창문을 열고 내다보았을 땐 무슨 곡절이 있을 게다. 해방! 그렇다. 8월 15일의 감격이 온 세상을 백안시하던 이 차디찬 미인을 뜨겁게 한 것이었다.

장시 『기상도』와 시집 『태양의 풍속』에도 '시'가 없는 것은 아니로되 기림은 '시'를 남부끄러운 것으로 알고 무화과 나뭇잎으로 가리려고만 애썼다.

> 헐덕이는 들 위에
> 늙은 향수를 뿌리는
> 교당의 녹쓰른 종소리.

이는 정녕 미인의 소리로되 미인은 얼굴을 가리고 있다.

> 빼뚤어진 성벽 우에
> 부러진 소나무 하나……

이것은 틀림없이 문틈으로 내다본 풍경이다. 『기상도』가 「세계의 아침」, 「시민행렬」, 「태풍의 기침시간」, 「자취」, 「병든 풍경」, 「올빼미의 주문」, 「쇠바퀴의 노래」의 여덟 폭 그림이로되 그것을 짠 미인의 얼굴은 상상할 수도 없는 사라센의 비단 폭 같다.

모더니스트의 그림은 그러한 것이라고 우길 사람이 있다면 피카소의 그림을 보라. 데포르마시옹*을 통해서 보이는 서반아인西班牙人의 적나라한 정열— '정열'이 어폐가 있다면 '인간'이라고 하자. 논리를 가지고는 기하학적 원형은 될지 몰라도 회화가 될 수 없다. 하물며 시는 회화가 아닌 것을.

하지만 편석촌片石村은 시는 회화라고 주장한다.

> 청각의 문명은 '기사騎士 로맨스'나 민요와 함께 흘러가고 시각의 문

---

* déformation. 회화나 조각에서 대상이나 소재가 되는 자연물을 사실적으로 그리지 아니하고, 주관적으로 확대하거나 변형하여 표현하는 기법.

명, 촉각의 문명이 대두해서 지상의 면모를 일변시켰다. 그러다가 입체파의 이론에 의해서 더욱 고조된 조소의 정신은 다름이 아니라 19세기 말엽이래 인류를 엄습해온 불안 동요 속에서 안전을 찾는, 다시 말하면 조형예술로서 고정하려는 의욕의 발현이 아닐까?

—「시단의 동태動態」,《인문평론》

이리해서 모더니스트 편석촌은 김광균의 『와사등』을 '성년의 시'라 추키고 오장환의 『헌사』를 '청년의 시'라 깎아내렸다. 『와사등』의 시편들이 "소리조차를 모양으로 번역하는 기이한 재조"의 산물이로되 김광균 씨가 「설야」의 음악을 잃었다는 것은 어른이 되어 그러한진 또 모를 일이지만 그만큼 '시'를 상실했다. 시가 회화가 될 수 없다는 것은 벌써 라신*의 「라오콘」이 해결 지은 문제가 아니냐. 기림이나 광균의 시가 회화적이 되는 원인은 논리적이 되려 했기 때문이다. 우주는 흐르는 건축이요 4차원적인 것인데, 유동하는 만상 속에서 2차원적인 회화나 3차원적인 입체를 언어로써 구성하려는 것은 현대인이 '논리'를 과신했기 때문이다. 기림은 어떤 친한 '시의 벗'에게 "너는 저 언문이라고 하는 예복을 너무나 낡았다고 생각해본 일은 없느냐? 아무래도 그것은 벌써 우리들의 의상이 아닌 것 같다."(『태양의 풍속』) 하였지만 언문 아닌 글, 즉 산문이 현대를 대변하기는 하나 그만큼 예술을 상실하는 것도 계산에 넣어야 할 것이다. 하물며 논리적 산문이 시가 될 수 있을까 보냐. 논리로 시를 만들 때 언어의 곡예가 되어버린다.

날마다 황혼이 채워주는

* 장 바티스트 라신(Jean-Baptiste Racine, 1639~1699). 17세기 프랑스의 3대 극작가. 삼일치의 법칙을 지킨 정념비극의 결작들을 남겼다. 『베레니스』, 『이피제니』, 『페드르』 등이 있다.

전등의 훈장을 번쩍이며

이 얼마나 놀라운 재조才操냐. 그러나 결국 그것은 재조에 지나지 않는다. 날이 저물면 전깃불이 들어온다는 것을 논리적으로 뒤집었을 뿐. 미인은 종시 얼굴을 나타내지 않는다. 『기상도』가 제국주의의 비판인 것은 사실이지만 레닌의 『제국주의론』 같은 본격적인 비판이 아니요 산문기사를 가지고 몇 번 재주를 넘은 유희적 비판이다. 그것을 편석촌 자신이 의식지 못했을 리 없다.

> 대체 자정이 넘었는데 이 미운 시를 쓰노라고 베개로 가슴을 고인 동물은 하느님의 눈동자에는 어떻게 가엾은 모양으로 비칠까?

따지고 보면 편석촌은 금단의 과실을 따먹은 지성인이라 시마다 자의식이 퉁그러져 나온다. 시인으로서 시를 부정하는 그는 시를 과학이라고 우겨대기도 했다. 숫자가 없는 과학, 방정식이 없는 과학은 자연과학은 아닐 게다. 그러면 그의 시는 무슨 과학에 속하는 겐지. 자의식의 과학이라고나 할까.

요컨대 김기림의 시가 순수하지 않은 것은 자의식의 잡음이 너무 많이 섞여 있기 때문이다. 다시 말하면 기림은 시가 무엇인지 너무 잘 알기 때문에 시에 만족할 수 없었던 것이다. '시'란 발가벗고 에덴동산을 산보하는 아담과 이브. 선악과를 따먹은 현대인이 자기를 송두리째 내뵈는 시를 쓰기란 지극히 곤란한 일이다.

그러나 8월 15일의 해방이 기적을 낳았다. 미인이 드디어 얼굴을 내밀었다. 「우리들의 8월로 돌아가자」는 편석촌이 쓰려고 맘먹으면 언제나 쓸 수 있는 시인데도 점잖은 체면에 지성을 자부하느라고 가려왔던 것이다. 그러나 이젠 체면을 차릴 때가 아니다. 또 진정 과학을 내세우려거든 시를 아예 버리고 과학자가 되라. 또 시를 회화라 주장하는 것도 시를 위해선 해롭다. '의미의 음악'이 시의 본질일진대 음악을 무시하는 시가 꾸준할 수 있으랴. 언젠가 이원조 씨가 「시의 고향」이라는 편석촌에게 주는 글에서,

> 나는 현대시를 생각할 때 전 세기에서 받은 것도 없고 다음 세기에 남겨줄 것도 없는 한 개의 단절된 상태이라고 합니다.
>
> 그러므로 나는 언젠가 「현대시의 혼란」이란 적은 글 가운데서 현대시가 해조諧調를 잃어버린 것은 현대인이 감정의 조화를 가지지 못한 때문이라고 한 일이 있습니다마는 해조란 것이 본래 음악적인 데 비해서 현대시가 너무나 회화적인 이마쥬를 추궁한 나머지 마침내는 언문이 아니어도 좋다는 범람한 결론에까지 이르지 않았는가 합니다.
>
> 편석촌 형! 시의 고향은 형이 앞서 부르짖던 모더니즘의 군호가 아니라 우리 여러 사람이 다 같이 느끼는 심정의 세계—거기는 '공동묘지'이기도 하고 '못' 가이기도 한가 봅니다.
>
> ―《문장》Ⅲ-4

한 것은 정곡을 얻었다 하겠다.

편석촌이 음악에 만족할 수 없는 이유는 사실인즉슨 딴 데 있다. 그는 언제고 행동인이 되고 싶어하는 데 음악이 행동의 원리가 될 수 없기 때문이다.

> "난 잠자코 있을 수가 없어. 자넨 또 무엇 땜에 예까지 왔나?"
> "괴테를 찾아다니네."

"괴테는 자네를 내버리지 않았나?"

"하지만 그는 내게 생각하라고만 가르쳐주었지 행동할 줄은 가르쳐 주지 않았다네. 나는 지금 그게 가지고 싶네."

—『기상도』

일본제국주의의 탄압 밑에서 이렇게 행동하고 싶어했거든 하물며 작금의 편석촌이랴. 하지만 「우리들의 8월로 돌아가자」는 지식인이 느낀 환멸의 비애였다. 시는 늘 앞을 바라보아야지 뒤돌아다보면 돌이 된다는 이야기처럼 위험하다. 8월의 흥분을 가지고 조선의 혁명을 완수할 수 있다고 생각할 편석촌이 아니지만 시인으로선 그럴 법도 한 일이다. 때로 울기도 하고 웃기도 하라. 논리와 체면을 가지고 시가 될 수는 없다.

시로선 순수하지 못했던 편석촌이 인간으로선 가장 순수한 사람의 하나였다는 데는 호랑이한테 물려가도 정신을 차리는 그의 지성이 가르친 바일 것이다. 이리해서 지성은 그에게 뗄 수 없는 본질이 되어버렸다.

시와 과학—이 모순을 어떻게 지양하느냐 하는 것이 앞으로 편석촌이 짊어진 과제일 것이다.

《신조선보新朝鮮報》 12월 29일부터 사흘 동안 연재된 장시—사실은 그렇게 길 것도 없지만—「세계에 외치노라」는 시와 과학의 문제를 한번 다시 되풀이한 것 같은 인상을 준다. 아니 사실로 『기상도』의 재판이다. 물론 그때보다 더 절실하게스리 시방 세계는 '제국주의'의 위협을 느끼고 있으니까 이 괴물을 비판하는 것은 시대적 요청이다.

하지만 제국을 떠받치던 해골의 서까래도 기둥도 "화롯불에 던져라 어서 사뤄버려라." 했으니 이 '화롯불'은 얼마나 굉장한 것인지는 모르되

전쟁은 벌써 끝나지 않았느냐.

한 것은 시인의 너무나 희망적인 관측이라 아니할 수 없다. 미영가美英加 삼국이 원자폭탄을 가지고 소련에 대하여 이른바 '원자폭탄외교'를 하고 있는 것이 무엇을 말하며 지난 11월 17일에 모스크바에서 발표된 키르사노프*의 시 「내일」이

원자폭탄이 우리에게
수수께끼로 남게 하지 말지며
우라늄의 마술적 원자에다
창조적 영혼을 부어넣으라.

고 노래한 것이 무엇을 말하는가. 이 시와 편석촌의 시가 다른 것은 소련에는 원자폭탄을 연구하는 단체가 오십이나 있어서 일만 명이나 되는 과학자가 연구에 전력을 다하고 있다는 것을 전제로 「내일」이라는 시가 나오는데 시인 혼자서 세계에 외친댔자 달걀로써 원자폭탄과 싸우자는 격이 된다. 불연不然이면 돼지에게 던지는 진주의 꼴이 되고 만다.

편석촌이여, 진정 제국주의를 비판하려거든 경제학자가 되든지 정치가가 되라. '시'도 내면으로부터 사람을 움직이는 힘이 있는 것이니 시인도 행동인이 될 수 있다. 하지만 지성의 곡예 같은 시는 시도 아니요 과학도 아니다.

—《신문학》, 1946. 8.

---

* 키르사노프(Semyon Isaakovich Kirsanov, 1906~1972). 우크라이나의 시인. 마야콥스키 등과 함께 잡지 《레프》에 참여하였다. 시집으로 『조준照準』, 『희망봉』 등이 있으며 1951년 스탈린상을 수상하였다.

시인의 위기

—김광균金光均론

시는 적어도 체험할 것이지 공론을 희롱할 것이 아니다.

이상理想을 말하면 시란 닭이 알을 낳듯 낳을 것이다. 알을 낳아놓고 꼬꼬대거리는 것은 좋다. 아니 그것조차 알과 더불어 닭의 창조다. 마찬가지로 시인이 시를 창조한 연후 시론을 발표하는 것은 생리의 자연이라 하겠다. 그런데 알을 낳는 것보다 꼬꼬대거리는 것을 일삼는 문학가가 있다. 예하면 나와 김광균 씨. (언젠가 《경향신문》에서 김광균 씨를 올챙이라고 했더니 몇 달이 지나서 그는 《서울신문》에서 인격을 손상당했다는 뜻을 발표한 것을 보면 꽤 분했던 모양인데 시에 관한 한 나 역亦 씨와 더불어 올챙이라는 것을 첨부해둔다.) 나나 김광균 씨나 8·15 이후에 이렇다 할 만한 시를 내놓지 못했는데 어떤 시인에게도 지지 않게 시를 많이 논했다. 그는 '평론의 빈곤'을 입버릇처럼 말한다. 그렇다. 알을 낳은 닭들—『전위시인집』을 낳은 시인들이 좋은 예다—은 꼬꼬대거리지 않는데 나나 김광균 씨 같은 혹간 껍질이 물렁물렁한 시를 낳은 닭들만 유난스럽게 꼬꼬대거린다는 것은 적어도 시단의 이상異狀이라 아니할 수 없다. 내가 최근에 시에 대해서 비교적 침묵을 지킨 것은 이러한 자기비판에서였다.

그러나 김광균 씨가 《신천지》 작년 12월호에서 그리고 《서울신문》 3월 4일호에서 '조선문학가동맹'을 마치 양두구육羊頭狗肉의 단체인 것 같은 인상을 주는 글을 발표한 데 대해서는 같은 동맹원으로서 비판이 없을 수 없다. 물론 김광균 씨를 철저히 비판하려면 문학작품으로 응수하는 것이 상책이다. 그러나 그것은 시일을 요하는 것이요 동맹원 자신이 동맹을 중상한 데서 말미암은 무의식 대중의 오해를 풀어야 할 것은 시각을 다투는 문제이기 때문에 부득이 하책下策에 지나지 않는 이 평필을 드는 바이다.

김광균 씨는 '시를 중심으로 한 1년'이라는 부제가 붙어 있는 「문학의 위기」(《신천지》)에서 붓을 들자마자

국치기념일 날 밤 문학가동맹 주최로 종로청년회관에서 열린 문예강연회에서 두어 사람이 시를 낭독하였다. 읽은 사람은 오장환, 유진오 두 사람이고 시 내용은 태반 잊어버렸으나 그날 밤의 열광적인 두 시간은 어젯밤 일같이 역력히 생각난다. '쌀은 누가 먹고 말먹이 밀가루만 주느냐', '온종일 기다려도 전차는 안 오는데 기름진 배가 자가용을 몰고 간다'는 뜻의 시구가 나올 적마다 박수 소리 아수성 소리 '옳소', '그렇소' 마루를 발로 구르는 소리, 의자를 치는 소리에 시 낭독은 가끔 중단되었다. 낭독 중이건 아니건 이 노호는 계속되어 얼마 안 되어서 시 읽은 소리는 아우성 속에 잠겨 잘 들리지도 않았다. 문예강연회 같은 분위기는 조금도 없고 무슨 정치강연회 가까운 삼엄한 공기에 충혈되었었다. 맨 앞줄에 앉아 듣고 있던 나의 등줄기에 땀도 같고 바람도 같은 것이 선득하였다.

하였으니 김영석* 씨가 김광균 씨의 문학론이 수도청의 고시문과 오십보 백보라 한 것은 '우의에서 나온' 불공평한 말이고, 만약 김광균 씨가 그

때 경찰 책임자였더라면 유진오 씨가 시를 낭독하는 도중에 중지 명령을 내렸을는지 모를 일이 아닌가. 몇 달이 지난 후에 쓴 글이 이러할 때야 그 즉석의 김광균 씨의 심경은 얼마만 하였으랴. 그가 시인이라 자처하기에 망정이지 경찰관이었더라면? ……생각만 하여도 '등줄기에 땀도 같고 바람도 같은 것이 선득하지' 않은가. 그러면 유진오 씨가 그때 읽은 시는 과연 김광균 씨에게 '문학의 위기'를 느끼게 할 만큼 비시적인 '정치적인 아이디어에만 치중한' 시였던가?

  밀가루는 밀가루
  빵은 되어도 밥은 아니다.

이 두 줄만 인용해보더라도 그때 읽은 유진오 씨의 시 「삼팔이남」이 얼마나 소박하고도 진실한 시이며 이에 박수갈채를 보낸 청중 또한 얼마나 솔직하였던가를 알 수 있지 아니한가. 아마 김광균 씨를 빼놓고는 경비하던 경관들까지도 이 시에 공명하였을 것이다. 간접적이고 상징적이고 때로는 비틀어지고 알쏭달쏭한 표현만이 시라는 관념은 세기말적인 것에 불과하다.

  시계점 지붕 우에 청동비둘기
  바람이 부는 날은 구구 울었다.

  — 시집 『와사등』에서

이런 것만이 시라면 시는 신경질적인 문학청년의 것이지 '인간'의 것

---

* 김영석(金永錫, 1913~?). 소설가. 1930년대 말 등단하여 해방 후 조선문학가동맹에 가담하였다. 제1회 조선 전국문학자대회에서 서기로 피선되었다. 소설집 『지하로 뚫린 길』(1948)이 있다.

이 될 수는 없을 것이다. 인간이란 '열매를 먹으러 태어난 자'이기 때문에. 김광균 씨가 하도 '인간 인간' 해쌓으니 말이다. 하긴 김광균 씨의 '인간'은 밀가루나 밥을 먹지 않고 사는 특수한 인간인지도 모를 일이다.

"8·15 이전의 문학 대상이 인간이었으면 8·15 이후의 문학 대상은 마치 정치인 듯이 있으나 ……인간성을 몰각한 문학이란 한 가상에 지나지 않을 것이다." 한 김광균 씨여, '인간성'이란 '시'나 '문학'보다도 더 막연한 개념이라는 것을 아시는가. 현단계의 조선문학을 규정한 평론이 없다고 따라서 8·15 이후에 있어온 것은 민족주의 문학과 프롤레타리아 문학뿐이었다고 주장하는 그는 과연 '민족주의 문학'이 무엇인지 '프롤레타리아 문학'이 무엇인지 알고 이런 개념을 사용하는지? 적어도 그의 평론이나 시에서는 명백하지 않다. 조선문학가동맹의 문학을 프롤레타리아 문학─민족문학이라는 가면을 쓴 프롤레타리아 문학─이라고 중상하는 김광균 씨에게 문학이 무엇인지 또는 시가 무엇인지 밝혀달라는 것은 무리한 주문이겠지만 '인간성'이 무엇이냐고 반문하고 싶다. 그는 문제의 제기자로서 '인간성'이라는 개념을 밝혀야 할 의무가 있는 것이다. 관념론자란─나는 김광균 씨를 관념론자로 단정한다─순환논리나 토톨로지tautology를 일삼는 것이 고작이고 때로는 논적을 미궁으로 끌고 들어간다. 시나 문학을 인간성이라는 더 막연한 개념을 가지고 정의하려는 것이 미궁으로 끌고 들어가는 것이 아니고 무엇이냐. '인간성'을 또 무슨 황당한 관념을 가지고 규정하려는지 모를 일이다. 내 미리 예언하노니, 그의 평론이 다다르는 곳은 '신비'거나 고작해야 전前 19세기적인 3차원적 이념에 지나지 않을 것이다. '인간성'이 르네상스 시대에 예술을 설명하던 원리라는 것 또는 이 개념의 예술사적인 공로를 무시하는 것은 아니다.

나는 인간이다. 인간적인 것으로서 나에게 관계없는 것이 있다고는 생각지 않는다.

Homo sum, humani nihil a me alienum puto. —Terentius*

이러한 '휴머니즘'이 모든 것이 신에게 예속되었던 중세기의 암흑을 뚫는 광명이었다는 것을 누가 부정하겠느냐. 그러나 현대에 와서 그냥 막연히 휴머니즘이라 해서는 의미가 통하지 않는다. 현대의 휴머니즘은 소련의 사회주의적 휴머니즘으로부터 미국의 부르주아 휴머니즘에 이르기까지 여러 가지 휴머니즘이 있는 것이다.

그것은 그렇다 하고라도 인간과 가장 심각한 관계를 가진 정치가 김광균 씨의 '등줄기의 땀도 같고 바람도 같은 것이 선득하였다' 하였으니 이는 무슨 까닭이 있을 것이다. 그의 정치관이 민주주의와는 당토 않는 곳에 뿌리박고 있기 때문이다.

베니토 무솔리니는 『엔치클로페디아 이탈리아나』(이태리 백과사전)에서 파시스트의 정치이념을 다음과 같이 내세웠다.

파시스트의 입장에서 보면 모든 것은 국가 속에 있고 인간적인 또는 정신적인 것은 존재하지 않으며 더군다나 국가 밖에 가치 있는 것은 존재하지 않는다. ……국가는 사실에 있어서 보편적인 윤리적 의지로서 권리의 창조자이다…….

이 파시스트 원흉의 정치관이 8 · 15 전에 이 땅에서 어떠한 현상으

---

* 테렌티우스(Publius Terentius Afer, BC195?~BC159). 고대 로마 초기의 희극작가이다. 그러나 희극작가로서보다는 명상적이고 감상적인 인생비평가로 후세에 인구人口에 회자膾炙되는 수많은 명구名句를 남겼다. 인용한 구절은 마르크스가 평생의 신조信條로 삼았다고 한다.

로 나타났는가 하는 것은 친일파 민족반역자 또는 해외에서 호강하던 사람을 빼놓고는 시방 생각만 하여도 '등줄기에 땀도 같고 바람도 같은 것이 선득'하는 것을 금치 못할 것이다. 파시즘이 주는 공포는 아직도 이 땅에 그 검은 그림자를 끌고 있다. 아아! 이 공포의 가위 눌리어 전전긍긍하던 이 땅의 젊은이들이 다른 날도 아닌 '국치기념일' 날 밤에 그들 가슴에 뭉치고 뭉치었던 응어리를 풀어주는 청년시인의 시를 듣고 '열광하는 청중의 노호 속에서 부자연한 것이 느껴졌다'는 김광균 씨는 도대체 어떠한 사람이냐? 그날 밤 무솔리니가 와서 들었으면 느끼었을 그러한 것을 느낀 김광균 씨는 어느 모에서나 민족주의자로 보기는 곤란한 일이다. 그렇다고 전기등을 켜는 시대에 와사등을 켜고 살았기 때문에 시대적 감각이 둔하다고 그렇게 간단히 치워버릴 수 있는 김광균 씨가 아니다. 그는 누구보다도

　　　　구름에 달 가듯이 가는 나그네

인 이른바 순수시인들을 경시하니 말이다. 민주주의자도 아니고—민주주의자라면 인민의 감정에 공명하지 않을 까닭이 없다—시대의 심포니에 대해선 음치에 지나지 않는 '달과 구름의 시인'도 아니라면 김광균 씨는 어떠한 범주에 넣을 사람인가? 봉건적 일제적 공포의 정치에 대항하는 인민에 의한 인민을 위한 인민의 정치를 마다하는 그렇다고 상아탑의 인간도 아닌 김광균 씨는 적어도 내가 아는 어휘의 범위 내에서는 무어라 부를지를 알 수 없다. 그의 정치관이 무솔리니와 비교될 수 있다는 것은 사실이지만 파시스트라고 부르기에는 정치적으로 너무 무력하다. 그렇다고 막연히 시인이라고 부르기도 곤란하다.『와사등』이라는 시집을 내고「은수저」라는 시를 썼는데 웬 말이냐 할 사람—김광균 씨의 아류?—

이 있을지 모르나 시인은 다 시를 쓰지만 '끊어진 글'을 쓰는 사람을 다 시인이라 할 수는 없는 것이다. 그리고 시인이면 두 가지 종류밖에 있을 수 없다. 즉 현명한 시인과 바보 시인—시보다는 인민을 사랑하는 것이 더 시적인 것을 아는 시인과 인민이 또 어느 놈의 종이 되든 나는 영풍명월詠風明月이나 하겠다는 시인. 내가 그날 개회사에서도 말했지만 민족을 문학보다 더 아끼는 것이 어찌하여 문학자의 욕이 될 것이냐. 민족문학—민족에 의하여 민족을 위한 민족의 문학이 이광수의 '황도문학皇道文學'일 수 없고 그렇다고 청년문학가협회의 '순수문학'일 수도 없다는 것은 누구보다도 김광균 씨가 잘 아는 바다. 그러면 민족문학이란 민족주의 문학인가? 민족주의 문학이 일본이나 독일이나 이태리나 서반아에서만 파시즘 문학이 되고 조선에서는 민주주의 문학이 될 수 있다는 이론은 바보의 우론이 아니면 반동의 간론奸論일 것이다. 그러면 남은 것은 프롤레타리아 문학밖에는 없는가? 김광균 씨의 용어를 차용하면 '약소민족문학'이 있지 않은가. 그러면 약소민족이란 무엇이냐? 봉건주의와 제국주의에서 해방되지 못한 민족을 일컬음이다. 조선문학가동맹 강령이 '반봉건', '반제'를 표방한 까닭이 여기에 있는 것이다. 그러나 김광균 씨는 이렇게 항변한다.

'일제 잔재의 소탕' '봉건 잔재의 소탕' 또 무엇 무엇은 이에 신물이 나도록 들었으나 이것이 '일제 잔재'이다 이것이 '봉건 잔재'라고 구체적으로 지적한 평론은 아직까지 보지 못했다. 작품을 들어 자세히 가르쳐주기 전엔 실감으로 잡히는 것이 없으므로 남는 것은 문자 그대로 공소한 슬로건에 그치고 만다.

— 「문학의 위기」

'일제 잔재의 소탕'이니 '봉건 잔재의 소탕'이니 하는 것이 작품활동으로 실천화되지 않고 평론으로만 논해지는 것은 문학적으로 볼 때 공소하다 할 수 있다. 그러나 평론에서 구체적으로 지적하라는 것은 무엇을 의미하는 것일까. 「해방 전후」의 '김직원'은 봉건 잔재라는 식으로 지적을 하라는 말인가. 불연不然이면 김광균 씨가 봉건 잔재나 일제 잔재가 무엇인지 구체적으로 모르니 해설을 하라는 말인가. 경제학이나 사회학이나 정치학으로써 논해달라는 것은 아닌 모양인데 구체적이니 실감이니 하는 것을 보면 김광균 씨 자신을 예로 들어 설명하는 수밖에 더 좋은 방법이 있는 것 같지 않다. (나 자신을 예로 들어도 마찬가지다.)

와사등瓦斯燈

차단―한 등불이 하나 비인 하늘에 걸리어 있다
내 호올로 어델 가라는 슬픈 신호냐

공허한 군중의 행렬에 섞이어
내 어디서 그리 무거운 비애를 지고 왔기에
길―게 늘인 그림자 이다지 어두워

내 어디로 어떻게 가라는 슬픈 신호기
차단―한 등불이 하나 비인 하늘에 걸리어 있다.

이 시와 그의 평론 「문학의 위기」를 대비해볼 때 8 · 15는 김광균 씨에게 아무 변화도 가져오지 않았다는 것을 알 수 있다. 그때나 이때나 김광균 씨는 역사와 유리된 인간이다. 인민은 그에게는 '공허한 군중'에 지나지 않으며 인민 속에서 그는 언제나 '부자연한 것'을 느끼는 사람이다. 인민보다—김광균 씨여, 인민이란 프롤레타리아를 의미하는 것이 아니라 해방되려는 약소민족을 의미한다—자기의 개성이 중요한 김광균 씨는

　　수수나 감자나 주정이 돼 나오려면 감자라는 재료가 주조기라는 개성 속에 썩어야 한다. 이것은 예술의 비밀이며 숙명이다.

라고 주장한다. 그러나 8·15의 혁명을 겪고도 변하지 않는 개성이란 주조기酒造器는 무엇을 의미하는 것이냐. 8·15를 만나자

　　아 그동안 슬픔에 울기만 하여 이냥 질척거리는 내 눈
　　아 그동안 독한 술과 끝없는 비굴과 절망에 문드러진 내 쓸개
　　내 눈깔을 뽑아버리랴 내 쓸개를 잡아떼어 길거리에 팽개치랴

하고 노래한 시인이 있거든 8·15 전 그 눈과 그 쓸개를 가지고 '개성'이니 '인간성'이니 하는 김광균 씨는 혁명가가 아닐진대 '일제 잔재'가 아니면 '봉건 잔재' 혹은 그런 것들의 변호자가 아니라고 어떻게 변명하겠는가. 나 역亦 씨와 같이 8·15 전엔 '상아탑'에 칩거해 있던 자다.

　　약하고 가난한 겨레
　　아름다움이 짓밟혀 숨은 땅
　　조선의 괴로움을 안고 눈물을 깨물어 죽이며
　　마음의 칼을 품고 살아왔거늘
　　불이의 싸움터로

그대들 목매어

왜노한테 끌리어 갈 때도

나는 울지 않은

악독한 마음을 가진 놈이었거늘*

　내가 이렇게 학병의 죽음을 노래한 뜻도 일제가 발악할 때 행동인이 되지 못하고 학원이나 서재에 웅크리고 있던 자신을 비판한 것이다. 김광균 씨는 나의 개성보다 얼마나 중뿔난 개성을 가졌는지 몰라도 『와사등』이라는 시집 하나로서 그 개성을 무슨 신주나 되는 듯이 모시는 것은 지주가 땅문서를 지고 늘어지는 것이나 진배없다. 낡은 가죽부대에 새 술을 담겠느냐는 말이 있지만, 8·15 전

　　내 호올로 어델 가는 슬픈 신호냐

하던 그 낡은 주조기를 갖고 민족시라는 술을 양조할 수는 없다. 시인을 주조기라 한 것은 그럴듯한 비유지만 시인은 봉건주의자의 대가리같이 돌로 된 주조기도 아니요 친일파의 심장같이 무쇠로 된 주조기도 아니다. 민족의 운명과 더불어 변화하는 주조기다. 민족이 일제에 짓밟혔을 때 혁명가가 될 수 없는 시인들은 ‘상아탑’ 속에서 “개인의 정밀한 세계나 꽃과 풀을 노래하는 것으로써 역으로 민족……의 운명에 통하는 사람”(「문학의 위기」)이 될 수도 있었다. 그러나 ‘상아탑’에 있던 시인들이 예외 없이 ‘민족의 운명’에 통해 있었던 것은 아니다.

　8·15 후에도 여전히 ‘상아탑’을 고집하는 시인들이 있는 것을 보면

| ＊ 김동석, 「나는 울었다―학병 영전에서」, 《자유신문》, 1946. 2. 4.

80

'상아탑'은 그들이 피해 들어간 토치카가 아니라 그들의 메카인 도화원이었다. 그러니 그들 보고 '상아탑'을 나와서 인민 속으로 들어가라는 것은 율리시즈가 망우수忘憂樹*의 열매를 먹은 부하들을 고향으로 끌고 가는 것만큼이나 곤란한 일이다. 물론 그의 생리가 일조일석에 완전히 변화할 수는 없지만 8·15 이후 1년 반이 지나도록 개성(또는 인간성 용어는 김광균 씨 좋으실 대로)에 변화가 없는 그런 개성의 소유자가 올챙이 시인이 아니고 무엇이란 말인가. 그러나 거듭 말하거니와 김광균 씨는 그때나 이때나 상아탑의 시인이 아니다. 「설야」를 빼놓고는 '의미의 음악'이 된 시는 없다. 시집 『와사등』의 시는 "대부분이 데쌍을 거치지 않고 데포르마시옹으로 뛰어들은 불행한 화가들의 그림 같다." 이 불행한 데포르마시옹이 어디서 원인한 것일까. 그의 시와 그의 생활이 조화되지 않은 데서 오는 것이 아닐까. 그의 생활은 그때나 이때나 노동자 농민 근로지식인 등 이른바 인민의 생활보다는 여유 있는 생활인데—그 여유가 어디서 유래하는 것인지는 이 자리에서 문제 삼으려 하지 않는다—마치 시대의 감각을 대변하는 시를 쓰려고 애쓰는 것이다. 시대란 인민의 것인데 인민 아닌 사람이 시대의 시를 쓰려는 데서 모더니스트 김광균 씨의 트레지 코미디**가 비롯하는 것이다. 그러나 김광균 씨는 인민의 한 사람이라고 우긴다.

'인민 속으로 들어가자', '인민의 감정을 바로잡아야 한다'는 말도 공소한 말이다. 문학자 자신이 인민의 한 사람인 까닭이다.

이 말을 그대로 시인하려면 김광균 씨가 문학자가 무엇인지 모르거

---

* 열매를 먹으면 황홀경에 들어가 속세의 시름을 잊는다는 그리스 신화에 나오는 나무.
** 희비극(喜悲劇, tragicomedy). 전통적 극 형식인 비극과 희극의 형식과 주제가 혼합되어 나타나는 연극.

나 인민이 무엇인지 모르거나 또는 둘 다 무엇인지 모른다고 가정하지 않으면 아니 된다. 문학자가 되기도 어렵지만 문학자가 인민이 되기란 더욱 어렵다. 시집『와사등』을 불후의 업적이라 생각하든지 시「은수저」를 인민의 시라고 생각한다면 자기도취도 이만저만이 아니다. 하물며 김광균 씨의 시를 읽고

> 아 아 으슥한 달밤
> 산새는 구슬이 울음 울 것만
> 푸른 달빛 아래 창백히 비치는
> 저 외로운 묘표
>
> 보라 그의 시를
> 후폐한 묘표 속에
> 파아란 시구의 나열……
> 그의 시를 읽으면 무엇하리
> 그의 시를 읽어도 모르거늘
>
> — 어떤 중학생의 시에서

하는 젊은이가 있음을 어찌하랴.

시대와 더불어 사는 문학자가 되기란 그리 용이한 일이 아니다. 더군다나 인민의 한 사람이 된다는 것은 소작료를 받아먹고 시를 쓰던 사람이나 일제의 덕으로 시를 쓸 수 있던 사람에게는 참으로 어려운 일이다. (적어도 나에게는 그렇다.) 김광균 씨가 인민의 한 사람이 못 되었다는 것은 누구보다도 자기 자신이「문학의 위기」에서 설명하고 있다.

그날 밤의 청중은 문학청년이 대부분이었을 터인데 그렇다면 문학청년의 질이 달라졌다는 것보다 그 사람들이 시를 향수하는 태도와 및 문학관은 과연 옳은 것일까가 의심되었다. 이러한 현상이 갈대로 가면 남는 것은 구할 수 없는 예술의 황량뿐일 것이다.

이렇게 한 세대를 통틀어 부정하려는 완고한 개성, 천황만 믿고 역사를 거부하던 무리만이 아니라 시만 믿고 시대에 반항하는 자 역亦 문학자가 될 수는 없다.

> 그의 시도 한때는 생명을 가졌으리
> 그의 시도 한때에는 좋아라 읽었으리
> 그러나 세월은 흘러
> ⋯⋯⋯⋯⋯⋯⋯⋯
> ⋯⋯⋯⋯⋯⋯⋯⋯
> 그의 시는 못되게 썩었더라
> 그의 시는 못되게 굳었더라

한 어떤 중학생의 시는 그림 속의 꽃같이 춘추春秋를 모르는 개성을 잘도 비판하였다. 그래도 김광균 씨는 올챙이의 개성을 고집할 것인가? 같은 올챙이로서 진심으로 충고하노니 「문학의 위기」를 읽고 '김광균 씨의 위기'를 느낀 것은 나 하나뿐이 아니리라. 올챙이인 내가 이렇게 느꼈을 때야 그날 밤 오장환, 유진오 양씨의 시 낭독을 듣고 감격한 새로운 세대의 감상은 어떠하였으랴. 김광균 씨여, 제발 인민의 가슴에 소생하는 삶의 불길에 찬물을 끼얹지 말라. 하긴 그대의 낡은 개성은 이 역사적인 불을 거세하기는커녕 유월 태양을 맞이한 서리처럼 흔적도 없어질

것이다. (1947년 4월 문화일보)

—《문화일보》, 1947. 3. 30〜4. 5.

순수의 정체

—김동리金東里론

1

현민이나 춘원이 재사才士이듯이 김동리 군도 재사다. 다만 한 세대 뒤떨어진 재사일 뿐이다. 현민이나 춘원이 작가로서 낙제한 것은 벌써 일제시대의 이야기지만 동리는 바야흐로 작가정신을 상실하며 있다. 우리 문단이 이미 춘원 등의 재사를 일제한테 빼앗긴 것도 원통한데 김동리를 이제 또 '순수'라는 허무한 귀신에게 빼앗긴다는 것은 애석한 일이라 아니할 수 없다. 그러므로 성복후成服 약방문藥方文*이 되기 전에 군의 병을 진단하려는 것이다.

거북이 모가지와 팔다리를 그 껍질 속에 감추듯 조선의 문학자들이 폭압과 착취의 객관세계로부터 이른바 '순수' 속으로 움츠러들기만 한 때가 있었다. 그러나 움츠러들었을망정 거북은 바위조각과 스스로 달라야 할 것이 아닌가. 즉 일제라는 적이 물러났을 때 응당 모가지와 팔다리

| * 때가 늦어서 소용없이 되다.

를 내놓고 움직여야 했을 것이다. 그런데 일제가 물러난 지 2년이 지난 오늘날도 사상의 모가지와 팔다리를 내놓지 못하고 순수문학을 고집하는 동리는 결국 거북이 아니라 바위조각이었던가?

그러나 이 바위는 이 세상에 있는 그런 4차원적 바위가 아니라 손오공을 낳은 바위 같은 기상천외의 바위인 것이다. 그러기에 이 바위는 도를 닦아 맹랑한 '제3세계관'을 낳으려 하고 있다.

　　—가야 된다 가야 된다!
이 한 가지 의식은 잠시도 잊을 수 없어 진흙에도 구을고 시궁창에도 빠지고 하면서 그 먼 거리의 불빛 한 점도 보이지 않는 후미끼리 밑 주막을 찾아 골목을 지나고 집 모퉁이를 돌아 캄캄한 어둠에서 어둠 속으로 사실 그의 몸은 가고 있는 것이었다.

동리는 그의 단편집 『무녀도』 맨 끝에 있는 「혼구昏衢」를 이렇게 끝막았는데 어둠 속으로 가고 있는 주인공 강정우는 다름 아닌 작가 김동리 자신인 것이다. 변증법적으로 발전하는 역사를 표상할 세계관을 가지고 있지 못하기 때문에 암중모색을 하면서—사실은 그것도 주관적인 비동非動의 동動이다—제3세계관을 찾고 있는 것이다.

나의 강정우들이 이 시대 이 현실에 대한 적극적 의지와 신념을 갖지 못했다고 하면 우선 일면의 견해임엔 틀림없을 것이다. 그러나 그러한 적극적 의지의 신념이라 할 것이 각자의 생명과 개성의 구경에서 나는 것이 아니고 어떤 외래의 '이데올로기'나 시대적 조류의 그것이라면 이것은 대체 무엇을 의미하는 것인가. 한 시대나 현실에 대한 작가의 진정한 의지와 신념이란 이미 인생 자체에 대한 그것이 아니면 안 된다.

그는 강정우, 즉 자기를 이렇게 변명한다. 모가지가 움츠러들었으니 밖이 보이지 않아 캄캄하고 팔다리 역亦 움츠러들어 행동이 없어 역사를 관념적으로밖에 사유할 수 없어 『무녀도』 같은 이른바 '순수문학'을 낳을 수밖에 없지 않으냐 하면 그만이다. 즉 『무녀도』가 동리의 '생명과 개성의 구경'에서 나온 것을 부정하는 것이 아니라 작가는 누구나 동리와 같은 '생명과 개성의 구경'을 가져야 하고 그렇지 않으면 '어떤 외래의 이데올로기나 시대적 조류의 그것'이라는 데 문제가 있는 것이다. "유랑하는 우리 민족의 눈물겨운 기록, 조국에 대한 비길 데 없는 애정, 자유에 대한 누를 수 없는 희원"을 형상화한 「낙동강」의 저자 포석抱石* 같은 작가는 왜 소련으로 망명했는가? 그것은 일제에 대한 반항이 다시 말하면 그의 '생명과 개성'이 동리의 그것보다 훨씬 컸기 때문이다. 다시 말하면 일제시대에도 순수문학은 조선문학의 전부가 아니라 다른 꽃이 모두 짓밟힌 뒤에 남은 가련한 꽃이었던 것이다. 조선문학을 떠받쳐온 힘이 실로 반항정신인데, 일제는 떡 하나 주면 안 잡아먹지 하는 식으로 반항의 꽃을 하나하나 짓밟고 가장 반항이 약한 순수한 꽃만 남겨두었던 것이다. 이때 생산된 것이 『무녀도』인데 『무녀도』엔 반항정신이 없다는 것은 아니다. 순망치한脣亡齒寒이라, 일제가 최후 발악할 때 다시 말하면 조선민족의 행동이 지하로 숨어버려서 소설의 주인공으로 등장할 수 없었을 때 순수문학은 무저항의 저항으로서 훌륭한 반항이었던 것이다. 플레하노프**가 어떤 논문에선가 지적했듯이 '예술을 위한 예술'의 주장은

---

* 포석 조명희(趙明熙, 1892~1942). 시인·소설가·극작가. 충북 진천에서 태어나 1919년 일본 동양대학 동양철학과에서 수학하였다. 1923년 귀국한 후 KFPF에 가담하고 소설 「낙동강」 등의 경향소설을 발표하였다. 1928년 소련으로 망명하였다. 1936년 하바로프스크로 이주하여 소련작가동맹 극동지국 상무위원을 역임하였다.

예술가가 그의 사회적 환경을 긍정할 수 없을 때 생기는 것이며 예하면 19세기 전반의 낭만주의는 심미적인 반항인 것이다. 강정우가 술을 마시는 것조차 반항으로 볼 수 있었던 때가 있었다.

> 그러타. 병든 서울아,
> 지난날에 네가, 이 잡놈 저 잡놈
> 모두 다 술 취한 놈들과 밤늦도록 어깨동무를 하다시피
> 아 다정한 서울아
> 나도 밑천을 털고 보면 그런 놈들 중의 하나이다.
> 나라 없는 원통함에
> 에이 나라 없는 우리들 청춘의 반항은 이러한 것이었다.
> 반항이여! 반항이여! 이 얼마나 눈물 나게 신명나는 일이냐.

그러나 8·15가 왔다. "가야 된다. 가야 된다!"고 어둠 속에서 헤매던 김동리에게도 환히 길이 보이는 8·15가 왔다. 그러나 김동리는 여전히 순수를 주장한다. 그러면 그의 "가야 된다. 가야 된다!"는 구호는 무엇을 의미하는 것이냐? 이하, 그의 작품을 분석해보기로 하자.

2

'제1장의 윤리'라는 부제가 붙은 「혼구」는

** 플레하노프(Georgii Valentinovich Plekhanov, 1856~1918). 러시아의 사상가이자 혁명가. 마르크스주의를 러시아에 소개하였으며 러시아 사회민주노동당의 조직에 참여하였고 멘셰비키의 지도자가 되기도 하였다. 마르크스주의 예술이론의 창건자 중 한 명이기도 하다.

―가야 된다. 가야 된다!

는 것이 주제로서 시방 기로에 서 있는 남조선의 현실과 대조해볼 때 흥미 있는 단편이며 김동리 같은 지식인들이 제3노선을 찾는 이유를 설명하는 좋은 재료이다.

낙동강 철교 놓는 일을 하다가 바른 팔을 부러트려 일생 노동을 할수 없게 된 '토목공사 경험자 송차상宋且祥'은 딸을 전북 도의원 하는 부자의 첩으로 주어 그 덕에 얻어먹고 산다. 이에 재미를 붙인 그는 소학교 5학년에 다니는 둘째 딸 학숙學淑이마저 장래 맏딸같이 되는 수업을 시키기 위하여 학교를 중도에서 퇴학시키려 한다. 송차상의 논리는 간단명료하다. 가난한 조선사람이 다 걸어가는 길은 불행한 길이다. 그러므로자기 딸은 그런 길을 걷게 하지 않고 편히 잘 살 수 있는 길을 택하게 하려는 것이다. 그것이 송차상 자신에게 유리하기 때문이라는 것은 다시말할 필요도 없지만―.

"선생님 생각해보십시오 이 점을 깊이깊이 생각해보십시오 만약 내딸이 처음부터 노래를 배우지 않고 세상에 꽉 찬 다른 여자들과 같이 길쌈질이나 바느질 같은 걸 배웠으면 지금 어떻게 됐겠습니까?"

학숙의 선생 강정우는 이 점을 깊이깊이 생각해본다. 일제시대에 지식인이 당면한 문제도 이와 비슷하다. 아니 꼭 같다. 성경의 말을 빌진대지옥으로 통하는 문은 넓고 천당으로 통하는 문은 좁다. 양심적으로 사는 길이란 다시 말하면 식민지의 백성인 민족과 더불어 사는 길이란 괴로웠으며 이리하야 민족을 배반하고 저 하나만 '특등인물'이 되려는 송차상의 길이 생겨난 것이다. 이 두 갈래 길은 남조선에 있어서 바야흐로 더욱 그 예각을 드러내고 있다. 지금쯤 송차상은 무엇을 하고 있을까?

강정우는 학숙의 문제를 물질적으로 고려하기를 싫어한다. 왜냐면 물질적으로는 인간의 근본문제가 해결될 수 없다는 것이 작가 김동리의 '개성과 생활의 구경'에서 나오는 신념이기 때문이다. 그가 볼 때 물질적으로 문제를 해결할 수 있다고 생각하는 자는 송차상 같은 속물에 지나지 않는 것이다. 조선의 경제력이 일제에 강점되었을 때 그리고 일제가 대륙으로 진출하여 더욱더욱 기승할 때 세계사를 몸소 체험하는 능력을 갖지 못한—아니 유물사관을 의식적으로 배격하는—김동리 같은 '정저와井底蛙'들이 이렇게밖에 생각이 돌아가지 않은 것은 무리가 아니다. 다시 말하면 학숙의 운명을 근본적으로 타개해주며 일제와 싸우는 지하와 국외의 세력이 있었음을 알 리 만무하다. 하긴 아까도 말했지만 동리 자신도 학숙을 노예화하려는 일제나 일제에 기대어 사는 자들에 대하여 무저항의 반항을 하였다는 것을 부정하는 것은 아니다. 다만 송차상의 노선을 물리치려면

> 엇쇠 귀신아 썩 물러가거라. 서역 십만 리로 꽁무니에 불을 달고 네 귀에 방울 달고 왈강 달강 왈강 달강 벼락같이 떠나거라.

하는 모화 식의 넋두리 같은 관념론을 가지고는 어림도 없다는 것이다. 자신도 그것을 깨달았음인지 강정우로 하여금 이렇게 번민하게 하였다.

> 즉, 송가의 생활감의 세계에서는 유령보다도 더 허황하게만 들릴 '영혼'이니 '생명'이니 하는 문구를 비켜놓고 송가와 더불어 현실적이요 물질적이요 육체적인 견지에서 그리고 또 어디까지 합리적이요 상식적인 논리를 어떻게 추출할 수 있으며 그리하여 그것으로 송가와 학숙의 사이

의 선악과 흑백을 과연 어떻게 가릴 수 있느냐 하는 것이었다.

이것으로써 족히 김동리가 유물론자를 욕하는 근거가 얼마나 치기만만한 물질관에서 나왔느냐 하는 것을 알 수 있다. 그는 송차상처럼 물질의 노예가 되는 것이 유물론자인 줄 알고 있는 모양이다. (그러기에 8·15 이후 그는 유물론자를 맹렬히 욕하기 시작했다.) 진정한 유물론자란 인간을 물질의 노예가 되지 않게 하기 위하여 생각할 뿐 아니라 행동하는 사람이다. 다만 동리 등 이른바 순수관념론자와 다른 것은 '생명이니 영혼이니 하는 문구'나 '합리적이요 상식적인 논리'만 가지고는 도저히 인간을 해방할 수 없다는 것이다.

학숙이가 조선의 딸이라면 조선이 "누더기로 살을 가리고 죽 국물로 목에 풀칠을" 할 때 혼자만이 몸에 기라綺羅를 떨치고 도의원의 자동차를 타고 다니며 술을 마시는 것으로서 구원 받았다 할 수는 없는 것이다. 강정우의 고민 아니 김동리의 고민이 여기에 있는 것이다.

　　―가야 된다. 가야 된다!

하는 의식에 사로잡혀 "진흙에도 구르고 시궁창에도 빠지고 하면서" 관념의 혼구를 헤매는 강정우 아니 김동리의 고민은 여기에 있는 것이다. 진실을 볼 수 있는 천진스런 학동들이 '노인'이니 '담배쟁이'니 하는 별명을 지었을 때야 강정우 아니, 김동리의 성격은 가히 알조가 아닌가. "아무런 흥미도 정열도 없는 기계적" 인간에 지나지 않았다. 그러나 이것은 겉으로 본 4차원적 현실의 강정우, 아니 김동리이고 모가지와 팔다리가 움츠러들어 일견 거북이 아니라 복바위처럼 되어버렸지만 '제3세계관'이라는 손오공을 낳으려 진통을 앓고 있었던 것이다. 그래서 8·15

후 김동리가 '청년문학가협회'라는 것을 낳은 것이다. 그러면 학숙의 그 후 소식은 어찌 되었나? 8·15 후에도 김동리가 학숙에게 약속한 것은 여전히 '개성'이니 '생명'이니 '영혼'이니 하는 순수한 관념뿐이다. 학숙은―동리의 소설에나 나오지 실재하는 인물이 아니라면 모를까―순수 관념만을 먹고 살 수 없다. 강정우가 진정으로 양심적 교원이라면 8·15가 되었다고 제자 학숙에 대한 걱정을 그쳤을 리 만무하다. 그는 아직도 "불빛 한 점도 보이지 않는" 혼구를 헤매고 있을 것이다. 김동리 역시 양심 있는 작가라면 자기가 창조한 인물에 대해서 끝까지 책임을 져야 할 것이다.

8·15 때문에 송차상의 인물관이 변했다고 생각하리만큼 그렇게 천진난만한 김동리는 아닐 게다. 그러면 이 자의 독아毒牙로부터 학숙은 어떻게 구출될 것인가? 동리의 제3세계관은 아직도 ?(물음표)다.

3

작자의 주관과 아무런 교섭도 없는 현실(객관)이란 어떠한 경우에도 그 작가적 리얼리즘과는 아무런 상관도 없는 것이다. 한 작가의 생명(개성)적 진실에서 파악된 '세계(현실)'에 비로소 그 작가적 리얼리즘은 시작하는 것이며, 그 '세계'의 여율呂律과 그 작자의 인간적 맥박脈搏이 어떤 문장적 약속 아래 유기적으로 육체화하는 데서 그 작품(작가)의 '리얼'은 성취되는 것이다. 그러므로 아무리 몽환적이고 비과학적이고 초자연적인 현상이라도, 그것은 가장 현실적이고 상식적이고 과학적인 다른 어떤 현실과 꼭 마찬가지로 어떤 작가에 있어서는 훌륭히 리얼리즘이 될 수 있는 것이다.

이것은 《문장》 2권 3호에 실린 동리의 논문 「레알리즘으로 본 당대 작가의 운명」에서 인용한 것인데 최근에 발표되는 그의 논문에서도 똑같은 소리가 반복되고 있다. 그러면 『무녀도』가 표현한 '몽환적이고 비과학적이고 초자연적인 현상'은 일제적 현실을 부정하는 의도에서 나온 상징적인 것이 아니라 그 자체를 목적으로 하는 '예술을 위한 예술'이었다는 것이 명백하다. 다시 말하면 동리는 소설가가 아니라 상아탑적 시인이었다. 그러기에 벼랑이 햇빛에 붉게 타는 것을 본 직관만 가지고 「황토」라는 단편소설을 쓰기도 했다. 또 '작자(동리)의 주관과 아무런 교섭도 없는 현실(세계)'이 8·15를 만나 지하와 국외에서 나오고 밀려들어 인민의 손으로 되는 인민을 위한 인민의 정권을 수립하려 했을 때 동리는 이 사실이 동리의 '생명(개성)적 진실에서 파악된 세계(현실)'가 아니라 하여 붉은 보자기를 본 서반아의 투우처럼 흥분해서 '청년문학가협회'를 결성하고는 문학가동맹의 작가들이 이 사실 속에 투신한 것을 공격하기 시작했다. 하긴 김동리가 리얼리스트들을—리얼리즘의 어원 레스는 '물(物)'을 의미한다—욕한 것은 8·15 후에 비롯한 것은 아니다. 《문장》 2권 5호에 실린 「신세대의 정신」은 "몽환적이고 비과학적이고 초자연적인" 모화, 낭이, 욱이 같은 인물들의 리얼리티를 옹호하기 위하여 쓴 것으로

> 이 땅의 경향문학이 '물질'이란 이념적 우상의 전제하(專制下)에 인간의 개성과 생활을 예속 내지 봉쇄시켰다.

고 주장하였다. 문학을 위한 문학이냐 생활을 위한 문학이냐 하는 것은 조선문단에서도 두 파로 갈라져 싸웠을 것은 시방 우리가 생각하여도 이상할 것은 없다. 하지만 '인간의 개성과 생명을 예속 내지 봉쇄'시킨 것

은 조선민족과 운명을 같이한 사람이면 이에서 신물이 나도록 잘 알다시피 일제인데 이 사실을 의식적인지 무의식적인지 은폐하고 그 죄를 자기와 대립되는 문학적 유파에다 돌린다는 것은 로맨티시즘을 리얼리즘이라 강견부회強牽附會하는 김동리다운 논법이라 할 것이다. 총력연맹의 평론가 방촌향도芳村香道인지 박영희인지가 '단기 4280년 4월 25일'에 『문장의 이론과 실제』라는 책을 발행하여 김동리와 똑같은 소리를 하고 있는 것은 흥미 있는 사실이다.

> 목상木像을 인간으로 바꾸어놓아…… 문학이 질식상태에 빠졌던 것은 문학적 기술 문제보다도 사상 문제에 그 원인이 있는 것이다. 맑스주의의 중압과 구속을 벗어나지 못하는 한 상론한 바와 같은 예술 문제는 옛것이 아니라 또한 새로운 과제의 하나일 것이다.
>
> ─「서문」

이 무슨 뻔뻔스런 소리냐. 향산광랑香山光郎이가 '황민문학'에 정신挺身하고 석전경조石田耕造가 '국민문학'에 열중하여 조선문학이 질식상태에 빠졌던 것이 맑시즘의 죄란 말인가? 하긴 일본제국주의와 맑시즘은 불구대천지원수이었다.

또 모화, 낭이, 욱이 등이 '목상'은 아니라고 해도 '현실적이고 상식적이고 과학적인' 인간이 되지 못한 까닭도 작가 자신이 의식했건 못했건 간에 그 죄는 일본제국주의에 있었으며 일제가 최후 발악을 할 때는 이러한 '몽환적이고 비과학적이고 초자연적인' 인물조차 조선어를 사용한다는 단 한 가지 이유로서 탄압해버려 '문학이 질식상태에 빠지고', '인간의 개성과 생명'은 예속 내지 봉쇄되었던 것이다.

하긴 김동리 등 순수문학파는 사상성을 가진 작가들이 탄압을 받아

글을 쓰지 못하게 되었을 때 무호동중리작호無虎洞中狸作虎*라 문단은 그들의 독단장獨壇場이었는데 8 · 15가 되자 문학의 비중이 별안간 딴 데로 옮겨간 사실을 그대로 수긍하기는 인정상 곤란하다. 그래서 일제의 암흑이 물러난 사실을 기뻐하기보다는 그들의 별빛을 흐리게 하는 사상의 태양이 솟아난 사실에 당황하고 있는 것이다. 또 박영희 등 일제의 선전도구가 되어 무문곡필無紋曲筆**한 자들은 그들이 배반한 민족의 전위될 자격을 상실했음으로, 그렇다고 조선이 반半해방된 오늘날 노골적으로 민족의 적으로 행세할 수도 없고 해서 궁여窮餘의 일책으로 순수를 표방하지만 '영혼이니 생명이니 하는 문구'를 가지고 죄를 씻을 수는 없다.

> 이튿날 마을 사람들이 이 바위 곁에 모이었다. 그들은 모두 침을 뱉으며 말했다.
> "더러운 게 하필 예서 죽었군."
> "문둥이가 복바위를 안고 죽었군."
> "아까운 바위를……."

김동리는 그의 단편소설 「바위」를 이렇게 끝막았지만, 한때 자칭 맑시스트였다가 일제적 이데올로기의 선전자가 된 박영희 등이 이를테면 사상의 문둥이가 김동리 같은 순수의 복바위를 얼싸안고 소원성취를 기다린다는 것은 한심할 일이다.

순수문학의 비순수성은 이렇게 순수치 못한 사람들에게 이용을 당하기가 쉽기 때문이다. '순수'란 결코 조선문단에서만 문제되는 것이 아니

---

* 범 없는 골에 이리가 범 노릇한다.
** 붓을 함부로 놀리어 왜곡된 글을 씀. 또는 그렇게 쓴 글.

라 특히 독일의 나치스 문학자, 일본, 이태리 등의 전범문학자들이 전후에 자기들의 정체를 캄푸라치camouflage 하기 위하여 이용하는 일견 아름다운 미색迷色인 것이다. 또 이것은 문학에만 있는 현상이 아니라 노동운동에 있어서 정치를 배제하고 순수한 노동운동으로 나아가자는 것이 노동귀족들의 반동적 슬로건인 것이며 미국에 있어서 노동운동이 통일되지 못하여 '태프트-하틀리 법안'*을 통과시켜 미국 민주주의 세력에 협위를 가하게 된 것도 따지고 보면 '순수주의자'가 독점자본의 괴뢰 노릇을 하기 때문이다. 조선문단의 순수주의자 김동리 씨께서는 이러한 세계사적 사실을 알고 계신지 모르고 계신지? 아마 이러한 사실은 김동리라는 '작가의 주관과 아무런 교섭도 없는 현실(객관)'일 것이다. 그러나 이러한 현실(객관)이 학숙의 운동까지 좌우하는 것이 시방 남조선의 현실이다. 동리가 작가로서 끝끝내 학숙의 운명에 대하여 추구한다면 이런 것을 모르고 지낼 수는 없는 것이다. 언제까지나 3차원적 혼구를 헤매며

　　　어둠 속으로 사실 그의 몸은 가고 있는 것이었다.

고 자위를 일삼을 수 없게스리 조선민족의 운명은 너무나 뚜렷이 세계사의 무대에 등장하고 있는 것이다. 학숙도 이에 따라 좌우간 그의 운명이 결정될 단계에 있다. 송차상의 노선을 따라 또다시 외래 자본에 의존하여 전북도의원 아닌 또 어떤 모리배의 첩이 되어 몸에 기라를 떨치고 자동차를 타고 다니게 하고 싶겠거든 막부幕府 삼상결정三相決定을 반대함

---

* 태프트-하틀리법Taft-Hartley Act. 1935년의 와그너법을 수정한 미국의 현행 노동기본법으로 1947년 제정되었다. 법안 제안자인 태프트(공화당 상원의원)와 하틀리(민주당 하원의원)의 이름을 딴 노동기본법이다. 파업권의 제한, 노조에 가입하고 있는 근로자가 아니면 고용하지 않는 클로즈드 숍Closed Shop의 금지, 유니언 숍Union Shop의 대폭 제한, 부당노동 행위의 금지, 쟁의의 조정절차로서 긴급조정제도의 신설 등을 그 주요 내용으로 하였다.

도 좋고 군정을 꿈꾸는 것도 좋다. 그러나 김동리는 순수문학자인지라 이러한 반동노선을 가고 싶지는 않을 게다—사실상 이 길을 걷고 있다 하더라도.

　　—가야 된다. 가야 된다!

　강정우, 아니 김동리는 '이 한 가지 의식은 잠시도 잊을 수 없이 진흙에도 구르고 시궁창에도 빠지고 하면서' 길을 찾고 있는 것은 사실일 게다. 그러나 어디로 가려는 것인가? 또 학숙을 어디로 보내려는 것인가?

　좌도 아니요 우도 아닌 제3노선? 희랍 신화의 영웅 아킬레스가 영원히 거북의 느린 걸음을 따라가지 못하는 그 노선을 김동리는 걸어가려고 하고 있는 것이다. 김동리가 이렇게 순수한 3차원적 노선을 찾는 것은 그의 자유에 맡긴다 하더라도 학숙과 더불어 우리 가난한 민족이 다 같이 염원하는 해방의 길이 이렇게 '몽환적이고 비과학적이고 초자연적인' 길일 수는 없는 것이다.

　　4

　김동리는 '화랑의 후예'로 자처하고 있지만 황일재黃逸齋의 꼴이 되어 가고 있다. 다만 황일재는 밥을 먹기 위하여 그 짓을 하고 돌아다니는데 김동리가 단편을 쓴다든지 평론을 쓰는 것은 밥이라는 물질과는 아무 관계가 없다고 우기는 것이 다를 뿐이다. 김동리의 '제3세계관'이니 '순수문학'이니 하는 것이 학숙의 운명을 개척해줄 아무 능력이 없다는 것은 모화가 '몽환적이고 비과학적이고 초자연적인' 제3세계관을 믿는 나머지

지 아들 욱이를 죽이고 자기 또한 이 "넋대를 따라 점점 깊은 소를 향해 들어" 죽고 마는 것이라든지 술이 모친이 '원바위'를 껴안고 죽는 것이 '순수문학'의 결론인 것만 보아도 알 것이다. 절망밖에 아무것도 줄 수 없는 이 '제3세계관'이니 '순수문학'이니 하는 것을 마치 황일재가 "흙에 다 겨 가루를 섞은 것"을 가지고

거 쇠똥 위에 개똥 눈 겐데 아주 며 며 명약이유.

하는 식으로 병든 남조선을 구할 수 있는 세계관이나 되는 듯이 떠들어 대는 김동리. 김동리가 그의 창작집에서 순수문학의 표본이라 한 『햄릿』의 주인공은 이렇게 부르짖는다.

사느냐 또는 죽느냐 그것이 문제다
억울한 운명의 돌팔매와 화살을
참는 것이 더 고귀한 정신이냐
불연不然이면 칼을 들어 산더미 같은 불행을
반항의 힘으로 쳐부실 것이냐?

햄릿은 드디어 칼을 들어 원수 클로디어스를 죽이고 자기도 칼에 맞아 죽었다. 다시 말하면 『햄릿』은 비극인 것이다. 제3세계관이니 순수문학이니 하는 것과는 아무 상관도 없다. 아전인수도 분수가 있지 햄릿의 번민은 김동리의 번민과는 본질적으로 다른 것으로 '사느냐 또는 죽느냐'하는 배중률적排中律的 번민인 것이다. 또 햄릿은 끝에 가서 죽되 그것은 부정을 부정하기 위한 죽음인 것이다. 김동리의 소설에 나오는 제호니 강정우니 하는 인물들처럼 사는 것도 죽는 것도 아닌 길을 찾는 인물

들과 햄릿을 동일시하는 것조차가 동리는 세계관이 무엇인지도 모를 뿐
아니라 문학이 무엇인지도 모른다 할 수밖에 없다.

일제시대에 우리가 다 같이 절망상태에 빠졌을 때 학란이가 발견한
'다음 항구'나 순녀가 걸어가는 '동구 앞길'을 햄릿의 죽음과 꼭 같은 문
학적 해결이라고 본다면 동리가 말하는 개성이니 생명이니 운명이니 하
는 것이 얼마나 값싼 문학청년적 공상의 산물인가를 알 수 있을 것이다.
학숙의 갈 길도 '다음 항구'나 '동구 앞길'이라면 김동리의 작가로서의
생명은 『무녀도』 한 권으로서 끝을 막고 말 것이다. 순녀가 "낡은 흰 고
무신에 새빨간 수탉을 안고 가는" 길은 봉건사회로밖에 통하지 않으니
일제 못지않게 조선민족을 못살게 만들은 이 길을 우리가 새삼스레 문제
삼을 필요는 없지만 학란이가 발견했다는 「다음 항구」는 순수문학이라
든가 제3세계관을 잘 설명하는 것이니 인용하기로 하자.

오빠! 저를 꾸지럼해주서요. 지금 학란이 있는 곳은 대련이올시다.
역시 부산서와 마찬가지 바다로 향해 창문이 난 카페에 안이올시다. 여기
에는 상해上海 광도廣島 태고太沽 한구漢口 문사門司 혹은 그보다 더 먼
곳의 화려한 기선이 나타날 때마다 술과 담배를 먹으며 더없는 행복을 깨
다릅니다. 그리하야 그 기선에서 금방 내린 낯선 손님의 바닷바람이 흠뿍
젖은 옷깃에서 저는 일찍이 저를 버리고 간 사람들의 체취를 깨달으며 하
로밤을 즐겁게 또한 슬프게 지낼 수 있습니다. 이것이 타락이래도 저는
어찌할 수 없습니다. 그것은 일찍이 저에게서 어머니와 그 사람들을 앗어
간 저어 운명에 책임이 있을 겝니다.

이것으로서 순수문학이 다다르는 곳이 한때 오스카 와일드 등의 탐
미파가 '술과 담배를 먹으며 더없는 행복을 깨닫던' 카페에 불과하다는

것을 알 수 있을 것이다. 학숙도 학란이처럼 계모와 난봉 피우는 아버지로부터 도피하여 '다음 항구'에서 '술과 담배를 먹으며 더없는 행복을 깨닫게' 하기 위하여 강정우는 아니 김동리는 혼구를 헤매었던가? "우리는 마땅히 이 문학의 구경적究竟的 목적에까지 관심을 가지지 않을 수 없다. 여기에 순수문학은 출발하고 있는 것이다."(『무녀도』의 자서)라고 뽐내지만 김동리가 학숙으로 하여금 아니 스스로 출발하려는 그 길은 구라파에서는 이미 시험이 끝난 지 오래인 팽 드 시에클* 문학에서 청년들이 걸어가려다 실패한 길이다. 그렇지 않아도 민주주의 노선을 뒤늦게 출발하려는 조선에서 하필 구라파에서 이미 실패한 노선을 걸어가려는 것은 무슨 까닭인가. 김동리의 문학적 교양이라든지 지식 수순이라든지 또는 인생 체험이 남보다 뒤떨어져 있기 때문이다. 영국의 평론가 허버트 리드가 전 19세기적인 지성을 3차원적이라 한 것은 흥미 있는 말로써 20세기에 살면서 한 세기 전 세계관을 갖고 있는 작가 김동리에다 적용하면 딱 들어맞는 말이다. 즉 대한만을 고집하는 김동리의 제3세계관이라는 것은 테제와 안티테제를 지양한 진테제가 아니라 3차원적 세계관에 불과한 것이다. 3차원적 세계엔 '운동'이라는 것이 있을 수 없는 것이니

—가야 된다, 가야 된다!

고 암만 '개성과 생명의 구경'에서 부르짖지만 조금도 가고 있지 않은 것이다. 그러기에 8·15 이후 대다수의 작가가 사상적으로 크게 발전하였는데 김동리만이 유독 8·15 전과 조금도 변함없는 사상을 갖고 있다는 것은 이상할 것이 조금도 없다. 따라서 김동리가 무엇이라 말하든 여전

| *fin de siècle. 세기말 프랑스를 중심으로 유럽에 퍼진 염세적·퇴폐적·탐미적 사조.

히 학숙의 운명에 대해서 확실한 대답을 기대할 수는 없는 것이다. 이에

> 목상을 인간으로 바꾸어 문학이 질식상태에 빠졌던 것은 문학적 기술 문제보다도 사상 문제에 그 원인이 있는 것이다.

라는 박영희의 말은 그가 의도한 바와는 정반대로 그가 옹호하려던 순수 문학을 공격하는 말이 된다. 즉 학숙으로 하여금 목상처럼 인생의 길을 걷지 못하게 하는 원인은 동리의 기술이 부족해서가 아니라―기술은 아마도 어느 단편작가에게도 지지 않을 것이다―사상이 부족해서다.

5

「완미설玩味說」의 스토리는 이러하다.

재호가 "자연이라는 운명의 진흙밭에서 한 개 모래알만 한 생의 알맹이라도 건져보련다고 그래 일곱 살인가 된 고아 하나를 더불어 자기의 업력業力을 다스리기 시작했던 것이…… 그 고아는 훌륭히 장성하여 이제 그 생활의 유일한 증거요 반려가 되지 않으면 아니 될 그 즈음에 이르러 일조에 이를 배반하고 저이 세간으로 돌아가버렸던 것이니 이에 그의 일생이란 속담 그대로 닭 쫓던 개 모양이 된 셈이었다." 즉 재호 누이의 딸 정아와 연애결혼을 해버린 것이다. 그래서 누이는 재호의 보람을 뺏어버린 것이 미안하던 차인데 홀아비로 늙을 줄 알았던 재호가 중매를 청한다. 단 아이 못 낳을 늙은 기생. 재호가 드디어 결혼한 후 정아 부부와 그들이 난 애기를 만나는 장면으로 끝을 막는다.

재호는 어느덧 자기의 눈언저리에 어뚝어뚝 현기를 깨달으며 표나게 덜덜덜 떨리는 손으로 어린애의 턱밑을 만져주었다.

동리는 입버릇처럼 '개성과 생명'을 추구한다 하면서도 이렇게 어린 '개성과 생명' 앞에서도 덜덜덜 떨고만 있는 것이다.

《문장》 1권 10호에 「완미설」이 처음 발표되었을 때 부기附記라 하여 이 작품을 "운명의 발전이요 변모"라 하였는데 무엇이 운명이며 발전이며 변모라는 것인가? 학숙이가 결혼을 해서 애기를 났단 말인가? 불연不然이면 학란이가 결혼을 해서 애기를 났단 말인가?(순녀는 이미 아들을 셋이나 났어도 하등 '운명의 발전'이 없으니 치지도외置之度外 하고.)

하긴 점과 선과 평면밖에 있을 수 없는 3차원적 순수 속에서 '생의 알맹이'인 애기가 탄생했다는 것은 기적적인 발전이요 변모라 아니할 수 없다. 그러나 문제는 그 어린애가 학숙이나 학란이나 낭이처럼 처녀가 되었을 때—일제 때 슬프고도 아름다운 조선의 심볼이다—그 운명이 어떻게 되느냐 하는 데 있는 것이다. 혼구를 헤매게 한다든지 다음 항구에서 술과 담배를 먹게 한다든지 무녀도를 그리게 함으로써 '문학의 구경적 목적'을 달했다고 생각한다면 그것이 따는 순수문학인지는 모를 일이로되 '생활의 비평'으로서의 문학은 아닌 것이다.

문호 막심 고리키'의 말이 생각난다.

노서아문학이 문제 삼아 해결하려고 노력하지 않는 문제는 하나도 없다. 노서아문학은 언제나 다음과 같은 문제에 골몰하고 있는 것이다. '무

---

* 막심 고리키(Maksim Gor'kii, 1868~1936). 러시아의 작가. 제정 러시아의 밑바닥에서 허덕이는 사람들의 생활을 묘사하여 프롤레타리아 문학의 선구가 되었다. 러시아혁명 성공 이후 '사회주의 리얼리즘'을 제창하여 소비에트 문학의 기수旗手가 되었다.

엇을 할 것이냐?' '우리에게 최선은 무엇이냐?' '누구의 죄냐?'

어찌 노서아문학뿐이랴. 진정한 문학은 마땅히 이러해야 할 것이다. 호랑이를 그리려고 해도 개가 되기 쉽겠거든 굳이 관계되는 모든 문제를 문제 삼아 해결하려는 문학을 버리고 하필 왈 순수문학이냐? 그것은 다름 아니라 조선문학이 일제의 탄압 때문에 문제를 국한하지 아니치 못할 슬픈 운명에서 나온 것이다. 다시 말하면 일제의 압박에 못 이겨 기형적 작가가 된 김동리 같은 위축된 '한 개 모래알만 한 생'에서 빚어진 것이 순수문학인 것이다. 그러나 8 · 15가 왔다. 조선문학이 무슨 문제든지 문제 삼고 해결하려고 노력할 수는 있는 다시 말하면 민족문학을 수립할 때는 왔다. 학숙으로 하여금 혼구를 헤매게 한다든지 학란으로 하여금 다음 항구 카페에서 술과 담배를 먹게 한다든지 또는 낭이로 하여금 무녀도를 그리게 한다든지 하는 것으로 소설을 끝막을 필요가 없는 조선― 누구나 '개성과 생명의 구경에서' 행동할 수 있는 조선이 바야흐로 도래하련다. 아니 반은 이미 도래하였다.

　―가야 된다, 가야 된다!

김동리 홀로 민족과 민족문학을 두고 어디로 가려는 것인가?(9월10일)

―《신천지》, 1947. 12.

부계의 문학

─안회남安懷南론

시를 질質의 문학이라 하면 소설은 양量의 문학이라 할 수 있다. 나폴레옹의 초상에다가 "그대는 칼로 구라파를 정복했지만 나는 철필로 세계를 지배하리라."고 썼다는 발자크 같은 체력이 소설가에게 요구되는 것이 이 까닭이다. 소설가가 되고 싶어하는 시인 설정식의 말이 생각난다. 소설가가 되려면 남천이나 회남 같은 육체적 건강을 타고나야 돼!

사실 회남은 소설가로서 천부의 체질을 타고나왔다. 요새 서울 문인들이 술은커녕 밥도 못 먹으니 말이지 만약 무슨 수가 생겨서 술 마시기 내기를 한다면─남천은 술을 잘 안 하니 예외로 돌리고─회남이 우승할 것은 틀림없다.

그런데 이 위대한 소설적 체력의 소유자 회남은 돌아가신 아버지를 생각만 하여도 '라파엘 전파前派'*의 시인처럼 되어버리고 만다.

    깨끗하고 위대하셨으나 너무도 불행하였던 우리 아버님, 그러나 그분

---

* 1848년 런던에서 결성한 젊은 예술가 그룹. 르네상스 말기의 문학·회화의 전통을 반대하고, 중세 이탈리아의 화가 라파엘 이전의 화풍으로 되돌아갈 것을 주장하였다.

도 인생의 가장 행복된 순간을 가지셨었다고 나는 믿는다. 그것은 그분의 아들 '갈범'이가 나의 어린놈 '병휘'처럼 기어다니고 소리를 지르고 한 그때가 아닌가. 내가 어린것의 자라는 꼴을 보며 느끼는 그 즐거움과 똑같은 것이 아버님의 즐거움이요 행복이었을 것이다.

—「명상」

이 무슨 감상적인 행복론이냐. 불행이 행복이라는 역설을 세운다면 또 모를까. '우리 아버님'의 불행이 그 시대의 우리 민족이 지닌 불행이었을진대 또 하나 불행한 존재로 태어나 기어다니는 아들을 보고 어찌 행복할 수 있었으랴. 더더군다나 '갈범'이가 자라서 술에 얼근히 취하여

"이놈 병휘야."
"이놈 병휘야."

—「명상」

하는 것으로 만족하는 아버지가 될 것을 상상만 하였더라면 '우리 아버님'의 가슴은 쓰리고 아팠을 것이다. 그렇지 않고서야 어디 '깨끗하고 위대하셨으나 너무도 불행하셨던 우리 아버님'이라 할 수 있겠는가. 《야뢰夜雷》라는 잡지를 창간하여 조선 잡지계의 선구자가 되었으며 몽양夢陽이 애독하여 마지않았다는 『연설법방演說法方』의 저자이며 아직까지도 조선 출판계의 최고기록이라고 볼 수 있게스리 당장에 4만 부가 나갔다는 『금수회의록』을 쓴 분*, 아니 먼저 참형의 선고를 받았다가 적류謫流로 되고 "옥에 갇히셨을 때 매일 형벌을 하는데 정강이가 엿가락처럼 늘어

| * 안국선(安國善, 1878~1926). 개화기의 지식인이자 신소설 작가이다. 소설가 안회남은 그의 외아들이다.

났다고 한번 주석에서 말씀하셨다는" 분이 일본제국주의의 멍에를 쓰고 '기어다니고 소리를 지르고 한' '갈범'을 보고 어떻게 행복할 수 있었단 말인가?

연작燕雀이 안지홍곡지지安知鴻鵠之志리오!* 아버님의 뜻을 모르는 '갈범' 아니 회남이라 아니할 수 없다. 회남은 아버지를 긍정하려다 아버지를 부정하는 어리석음을 범하였다. 투르게네프의 『아버지들과 아들』**이 아니라도 아버지는 아들로 말미암아 부정됨으로써 긍정되는 것이 역사의 논리인데, 아들이 아버지를 긍정해야만 한다는 이조의 봉건논리가 조선의 생명을 시들게 하고 자라지 못하게 하였다는 것은 우리가 뼈아프게 체험한 그릇된 역사다. 아들이 아버지를 긍정해야만 된다는 것은 아들이 아버지로 말미암아 부정되어야 한다는 것을 의미하며 노송 밑 그늘 속에서 자라지 못하는 어린 소나무 같은 신세가 되라는 것에 지나지 않는다. 작가는 누구보다도 먼저 이러한 봉건적 이데올로기와 싸워야 할 것이 아닌가.

회남은 스스로 자기의 소설을 부계의 문학이라 한다. 고려문화사에서 낸 단편집 『전원』은 더구나 그러하다. 이 속에 있는 「명상」을 '부자父子'라고 개제하여 이 단편집의 이름으로 삼았더라면 더 좋았을 것이다. 그러면 스스로 그렇게 생각하고 또 남도 인정하는 회남의 '부계의 문학'이란 과연 무엇인가. 그것을 봉건주의 문학이라면 고만이지만……

앞으로 한 작가의 작품을 말할 때는 그것을 완전히 이론적으로 분석하라. 가령 어느 작가는 왜 퇴폐적이냐 어째서 퇴폐적일 수밖에 없느냐.

---

* 제비나 참새 따위가 어찌 기러기나 고니의 뜻을 알겠는가.
** 러시아의 작가 이반 투르게네프(Ivan Sergeevich Turgenev, 1818~1883)가 농노가 해방된 1861년에 완성, 이듬해 1862년 《러시아보도報道》지에 발표한 장편소설이다. '아버지와 아들'의 사상적 상극相克을 다루었다.

또 그것을 앞으로 어떠한 방법으로서 청산하지 않으면 안 되느냐. 우리 문학운동과 어떻게 관련하며 어떻게 처리해야 하느냐.

—「제1회 소설가 간담회를 마치고」,《민성民聲》6호

하는 회남 자신의 요청을 들어주기 위하여 그의 작품을 좀더 친절하게 비평하자.

회남이 『전원』의 발문에서 고백했듯이 그의 신변문학은 일본제국주의의 야만적 식민지 정책에 쫓기어 자기 자신 속으로만 파고 들어간 문학이다. 그러면 작가는 자기 자신 속에서 무엇을 발견했던가? 붕어가 연못에서 떠나 살 수 없듯이 사회와 역사를 떠나 살 수는 없는 인간이 객관 세계를 피하여 자아 속으로 들어가 발견할 수 있는 것은 '무'밖에 없다. 최근에 '노벨문학상'을 탄 작가 헤르만 헤세가 일생 자아를 탐구한 그의 결론이 걸작소설 『싯다르타』*에 표현된 열반정신이라는 것은 자아 탐구가 다다르는 곳이 니힐리즘이라는 막다른 골목밖에 없다는 것을 의미한다. 회남 역시 예외일 수는 없다.

하마하면 우리네 사람이 모두 저렇게 연기가 되지나 않을까―걷잡을 수 없는 센티멘털한 생각이 뒤를 치받쳐 뭉게뭉게 오르는 시꺼먼 연기를 바라보고 있는 두 눈이 어느덧 뿌옇게 흐리어졌다.

―「연기」

일제는 작가를 압박하여 이렇게 '허무'로 몰거나 불연不然이면 감옥

---

* 독일의 작가 헤르만 헤세(Hermann Hesse, 1877~1962)가 1922년에 발표한 장편소설이다. 인도의 성담聖譚을 소재로 하여 '인도의 시詩'라는 부제가 붙었다. 헤르만 헤세가 초기의 몽상적 경향을 탈피하면서 소설의 무대를 동양으로 옮겨 내면의 길을 탐색한 작품이다.

에 가두었다. 회남의 선고先考가 옥에 갇히어 악형을 당한 것이 후자의 좋은 실례다. 그러나 니힐리즘이 소설의 원천이 될 수는 없다. 헤르만 헤세의 소설도 소설로서 성공한 것이 아니라 그 독특한 음악적인 문체로써 독자를 시적인 분위기로 끌고 들어가는 데 불과하다. 그러므로 회남도 허무한 자아 속에서 무엇을 붙들려고 번민했을 것은 불문가지다. 하긴 그 자아의 껍데기를 깨트리고 나오려는 방향이 작가의 옳은 길인데 일제의 압력이 너무 강했음인지 또는 회남의 성격이 그 압력에 반항할 만큼 강하지 못했음인지 그는 내향적이기만 하려고 애썼다. 이것은 비단 회남에 한限한 것이 아니었다. 최명익崔明翊같이 사회에 대한 의욕이 강한 작가들도 그 소설을 제題하여 「심문心紋」이라 하였고 더더군다나 이 소설의 끝은 이렇게 막았다.

여옥이는 그러한 제 심정을 바칠 곳이 없어 죽었거니! 나는 그러한 여옥이의 심정을 받아들일 수 없었거니! 하는 생각에 자연 복받쳐 오르는 설움을 참을 수 없었다.

나는 그 싸늘한 여옥이의 손을 이불 속에 넣어주면서 갱생을 위하여 따라나서기보다 이렇게 죽어가는 것이 여옥이의 여옥이다운 운명이라고 도 생각하였다.

아니 이상李霜의 「날개」가 더 좋은 예일 것이다. 자아의 진공 속에서 날아보려고 날갯짓하다가 거꾸로 박혀 죽은 작가정신의 비극을 여기서 볼 수 있다. 물론 죄는 일본제국주의에 있다. 그러나 작가의 정신이 이렇게 부정적으로 나간 것을 그때는 그럴 수밖에 없었다고 해서 무조건으로 긍정만 할 수 없는 오늘날의 현실이다. 일제의 야만적인 탄압 때문에 객관세계를 단념하고 주관 속으로만 파고 들어간 문학을 오늘날도 오히려

신주 모시듯 모시고 새로운 문학정신을 이단시하는 이른바 순수문학파가 있으니 말이다.

이에 우리는 일제시대에 생산된 회남의 작품을 가혹히 비평하여서 이 위대한 소설적 체력의 소유자가 이때까지의 자기를 양기揚棄하여 큰 비약이 있기를 꾀하는 바이다.

회남이 이상처럼 절망에 빠지지 않은 것은 그가 자기 속에서 '아버지'라는 우상을 발견했기 때문이다. 회남의 작품 속에 도처에 나오는 이 '아버지'를 분석함으로 말미암아 우리는 자타가 공인하는 회남의 '부계의 문학'의 정체를 파악할 수 있을 것이다.

바자로프*가 아니라도 '아버지'를 긍정할 수 없는 것이 동서고금의 아들의 입장인데 회남이 '아버지'를 긍정할 뿐 아니라 우상으로 모신 까닭은 '아버지'와 '나'와 '아들'의 삼위일체에서 영원성을 발견했기 때문이다.

> 그러면 지금까지의 내가 그 시절의 나의 아버님이요 현재의 내 어린
> 놈이 옛날의 내 자신일 것이라고 마음에 왈칵 반갑고도 야릇하여 어떻게
> 형용할 수 없는 느낌이 있었다.
>
> ─「악마」

또 이 아버지와 나와 아들은 모계와 싸우는 '악마'이기도 하다. 회남은 프로이트의 오이디푸스 콤플렉스 설을 가벼이 일축하고는

> 예수 그리스도 역시 남자요 남자면은 우리 집처럼 어머니의 아들이요
> 어머님의 아들이면 옳지 악마다 악마다. 예수 그리스도 역시 악마다. 어

| * 투르게네프 소설 『아버지와 아들』의 주인공.

머님의 아들은 누구든지 악마가 될 수밖에 없다. 술이 취하여 곤드레가 된 악마 나는 이렇게 함부로 생각을 하였다.

라고 창작 「악마」를 끝막았다.

낡은 세대가 새로운 세대로 말미암아 양기되고 따라서 발전하는 것이 역사의 철칙이다. 하긴 일제 밑에서 자아 속으로 숨어버린 작가가 역사에 대해서 신념을 상실한 것은 무리가 아니라 하더라도 테제와 안티테제의 숙명을 지닌 아버지와 아들을 3차원적 일체로 본 것은 착각이라 아니할 수 없다. 그러면 이 착각이 어디서 온 것이냐? 회남의 선고先考가 회남이 보기에 '깨끗하고 위대하셨으나 너무도 불행하셨던' 때문이다. 뒤집어 말하면 회남이 '너무 샌님'(「향기」)이기 때문에 아버지의 대를 발전시키지 못하고 안이하게 선대를 긍정하고 자기 역亦 그의 아들이라는 것으로서 안이하게 긍정한 데 불과하다. 심하게 말하면 회남은 부성의 노예가 됨으로써 아들의 대에 부과된 임무를 도피할 수 있다고 생각하는 것이다. 그것은 흡사히 8·15 전에 허공에서 구름을 잡으려다 8·15를 당하여 절망에 빠진 김동리 등 이른바 순수문학파가 비행기로 하강하신 대한인들의 충복이 됨으로써 자기들의 공허한 문학정신을 수호할 수 있다고 착각하는 것이나 진배없다.

악마의 관념만 하더라도 그렇다. 회남은 이것이 무슨 문학정신이라도 될 것처럼 생각한 모양이나 가부장적인 봉건의식을 문학적으로 윤색한 데 불과하다. 기나긴 아시아적 속박 속에 있던 할머니나 어머니나 아내가 술 취한 아버지나 남편이나 아들 때문에 히스테리컬하게 되는 것을

이러고 보면 할머님과 어머님과 나의 아내가 한편이 되고 아버님과 나와 나의 아들 녀석이 한편이 되어가지고는 대대로 두고 내려오며 남자

패와 여자 패가 서로 싸워온 것이 아닌가.

—「악마」

라고 생각하였을 뿐 아니라 "아내의 뒤통수를 주먹으로 쥐어박고는……
제가 가장 아무도 당하지 못하는 악마인 척 취한 기분에 맡겨 점점 눈알
을 부라리고" 하는 것이었다.

일언이폐지하면 회남은 조선에서 항용 볼 수 있는 평범한 봉건주의
자였다. 물론 무엇이 그를 그렇게 만들었느냐 하는 것은 아까도 말했지
만 일본제국주의가 무서워 자아 속으로 도피하고 그 자아 속에서 '아버
지'라는 우상을 발견한 데 기인하는 것이다. 하물며 그 '아버지'가 문학
청년들을 유혹하기 쉬운 영원성과 악마의 상징임에랴.

그러나 8·15가 왔다. 이 거대한 사실 앞에 영원성이니 악마니 하는
관념이 혼비백산한 것은 물론이다. 《민성》에 연재된 「탄갱炭坑」을 보면
작가가 관념적인 천당으로부터 현실적인 지옥으로 곤두박질해 들어간
것 같은 인상을 준다. 회남이 그렇게 애지중지하던 '나'는 흔적도 없는
것 같다. 그러면 그의 '나'는 어떻게 청산되었는가? 그것이 과연 일본제
국주의를 완전히 소탕한 데서 오는 자아청산이었을까? 일본제국주의를
청산하지 않는 한 회남의 신변문학이 변모할 리 없다는 것은 회남 스스
로 주장하는 바다.

일본제국주의의 야만적 식민지정책 아래에서는 우리는 문학에서도
객관세계와 서로 간섭할 수 없었기 까닭이다. 그래서 나는 조개가 단단한
껍데기를 쓰는 것처럼 의식적 무의식적으로 자기 자신 속으로만 파고들
었던 것이 아닌가 한다.

—『전원』의 발문

이러한 회남이 일조—朝에 '나'를 버렸다면 그것은 일제가 패망한 저 위대한 8·15를 가지고 설명할 수밖에 없다. 그러나 이 외부적인 사실만 가지고 회남의 작품을 설명하는 것은 누구보다도 회남 자신이 수긍하지 않을 것이다.

이에 우리는 일제가 회남의 목에 징용이라는 칼을 씌워 구주 탄광으로 끌고 가던 사실을 상기할 필요가 있다. 회남은 자기 자신 속으로만 파고들면 일제를 피할 수 있으리 하고 생각했는데 강도 일제는 드디어 회남을 송두리째 수천 리 이역, 그도 천길 탄갱 속에다 가져다 넣은 것이다. 그래서 그의 일인칭 소설이 일제의 소산이던 것과 마찬가지로 일인칭 없는 「탄갱」 역시 일제의 소산이라는 얄궂은 결과를 가져온 것이다. 그래서 「탄갱」은 일인칭으로 쓰지 않았으되 일인칭으로 쓴 이상으로 회남의 주관적 센티멘트가 언언구구에 스며 있다. 즉 '아버지'의 나라에 대한 향수에 젖어 있는 것이다. 그리고 그 나라는 "나의 모양은 물론이고 나의 선친 나의 아내 나의 아이들 또 많은 동무들의 모양"이 들어 있는 나라다.

그러나 그 나라가 민주주의 국가가 되려면 작가 회남은 앞으로 많은 문제를 남기고 있다. 왜냐면 민주주의는 아버지와 '나'와 아들이 삼위일체가 되는 3차원적인 나라가 아니라 아버지보다 '나'가 더 위대하고 '나'보다 아들이 더 위대해지는 발전하는 4차원적인 나라이며 부계가 악마가 되어 모계와 싸우는 봉건적 사회가 아니라 부계와 모계가 동등한 권리와 주장을 가지고 인민이 되는 나라이기 때문이다. 또 그것은

산과 언덕에 해마다 새로 나는 풀과 나무들은 옛것이 아니로되 옛것과 같고 시내에 흐르는 물은 지나가되 한결같으며 그와 마찬가지로 그의 부친과 나의 아버님은 이미 오래전에 돌아가셨으되 그와 나와는 오늘날

아버님을 재현하여 이렇게 여전하지 않으냐. 저기 버드나무 숲 위에 나는 한 마리 솔개미도 이십여 년 전의 바로 그놈은 아니로되 지금까지 살아 있는 것 같다.

고 회남이 찬미한 『전원』이 아니라

용광로에 불을 켜라. 새 나라의 심장에—
철선을 뽑고 철근을 늘이고 철판을 펴자.
시멘과 철과 희망 위에 아무도 흔들 수 없는 새나라

인 것이다. B29가 조선의 하늘을 나는 오늘날 솔개미를 노래할 수 없을 것이다. 회남이 영원이라 착각한 것은 일본제국주의 때문에 남과 같이 발전해보지 못한 봉건주의 조선이었다는 것, 따라서 조선이 이 모양 요대로만 있다가는 또 한 번 식민지가 되는 수밖에 없다는 것은 회남 亦 통절히 느끼고 있다. 그래서 그는 창작 「불」에서 과거의 모든 것을 불살라버리려 했던 것이다. 그러나 회남은 이서방으로 하여금 모든 것을 불살라버리게 하였으되 알짱 불살라야 될—그것을 불살라버리지 않고는 진정한 의미의 소설가가 될 수 없는—신주神主인 '나'를 불사르지 못했다.

내가 앞으로 좀더 큰 소설가 노릇을 하기 위하여서는 새로 사려고 하는 그와 함께 모든 새로운 타입의 인물을 붙잡아야 할 것이다.

라고 「불」을 끝막았는데 회남이 정말 큰 소설가가 되려면 누구보다도 먼저 스스로 새로운 타입의 인물이 되지 않으면 아니 될 것이다. 스스로 새로운 타입의 인물이 되지 않고는 새로운 타입의 인물을 붙잡을 수 없다는 것은 소설의 상식이다. 스스로 민족을 사랑하지 못하고 민족을 사랑하는 인물을 주인공으로 소설을 쓴 춘원과 그의 소설을 기억만 하면 이 문제는 자명할 것이 아닌가. 회남은 어떠하면 '나'를 지양할 수 있나 하고 제면製綿공장에 들어가본 일도 있고―「망량魍魎」, 「기계」, 「그 전날 밤에 생긴 일」, 「투계」 네 편은 그때 체험의 소산이다―끌리어갔다 하되 탄갱에서 일했고 농촌에도 있어보았고 도시생활도 하여보았다. 그래서 회남은 작가로서 체험할 수 있는 것은 다 체험했다고 생각할는지 모른다. 그러나 이 작가의 세계관이 '부계의 문학'이라는 굴레를 벗지 못하는 한 여하한 체험도 문학이 될 수 없을 것이다. 물론 이 작가를 '부계의 문학'으로부터 해방하는 길은 결국 심각한 체험과 과학적 세계관밖에는 있을 수 없지만 이 둘을 다 작가에게 주는 기회를 8·15는 가져왔다. 그러므로 회남이 아직껏 8·15 이전에 가졌던 낡은 세계관을 청산하지 못했다면 작가로서 노력이 부족했다 아니할 수 없다.

신변소설이지만 십여 년을 줄기차게 소설에 정진했으며 또 앞으로도 소설가로 대성하려는 뜻을 품고 있는 회남이기에 다시 말하면 그의 미래를 긍정하기 위하여 우리는 감히 그의 과거를 부정하는 바이다. 제1회 소설가간담회에서 한 회남의 말은 이러한 의미에서 우리가 다 같이 명심해야 할 것이다.

기성문인들도 진부한 옛 관념과 조그마한 자기의 과거에 집착지 말고 용감히 한번 신인이 됨으로써 새로운 문학운동의 주인공이 될 수 있지 않은가 한다. 우리가 일평생 문학한다는 것은 일평생 문학의 신인이 된다는 말과 마찬가지인 것 같다.

부기附記―이 소론은 쓴 지가 벌써 일 년도 넘은 것이다. 《우리문학》

에 게재하려던 것이 그동안 이 잡지가 나오지 못해서 구고가 되어버렸다. 그래서 최근에 「폭풍의 역사」, 「농민의 비애」 등 회남이 완전히 구각을 벗어버린 작품을 발표한 데 대해서 새로 「비약하는 작가」(《우리문학》)라 제하여 회남을 다시 논했다. 이 「부계의 문학」과 「비약하는 작가」는 한데 합쳐서 발표해야 전후가 맞는 회남론이 되겠는데 지면관계로 이렇게 두 잡지에 분재하게 된 것이다. (1948년 6월 16일, 《예술평론》)

—《예술평론》, 1948. 6.

비약하는 작가
─(속)안회남론

나의 김동리론에 대한 반박이 동리 자신과 유상무상에서 나왔을 때 날 보고 그것을 또 반박하라는 사람도 있었다. 그러나 나는 찾아온 동리 자신 보고 "하지를 만나본 일이 없는 내가 하지 중장을 만난 자랑을 했다니 순수문학파는 거짓말을 해도 괜찮은가?" 하고 반박하였을 뿐 그 이상 더 반박하고 싶지 않았다. 왜냐면 남은 신경질로 볼지 모르나 나 자신은 모기나 빈대나 벼룩이 물어도 잠을 잘 수 있는 건강한, 아니 때로는 둔한 신경을 가지고 있기 까닭이다.

그러나 「부계의 문학」이라는 인물론에서 회남을 그렇게 혹독하게 비평하였는데—동리 같으면 울고불고 하면서 동네 아이들을 다 불러다가 나를 욕했을 것이다—회남은 읽고 나더니

"과연 잘 보셨습니다."

하고는 심각한 표정을 하였다. 『전원』을 축하하는 자리에서 그의 인물평을 했더니 자기를 평할 수 있는 사람은 김만선밖에 없다기에 따라서 평론가(?)인 나를 무시하기에 분김에 쓴 것이 「부계의 문학」이라 가뜩이나 지용 말마따나 덕이 없는 깍쟁이의 붓끝으로 깎을 대로 깎았는데 그 글

을 읽고 나서

"과연 잘 보셨습니다."

하는 회남을 나는 속으로 은근히 두려워하고 있었다. 왜냐면 상허가 나의 「예술과 생활」(이태준의 문장)을 읽고 회남과 꼭 같은 말을 했고 후에 「소련기행」 같은 비약인 문장을 낳아 우리들 평론가를 닭 쫓던 개 울 쳐다보는 꼴을 만들어놓은 일이 있었기 때문이다.

아니나 다를까 「폭풍의 역사」(《문학평론》)와 「농민의 비애」(《문학》)에서 작가 회남은 비약적인 발전을 보여주었다. 나의 회남론이 무효가 되려면 상당한 기간을 요하리라고 믿었던 나는 깜짝 놀라 낮잠 자다 깨어난 토끼가 산등성이에 올라간 거북을 발견했을 때처럼 깜짝 놀라 부랴부랴 이 붓을 들었다.

작품집 『불』이나 중편소설 「탄갱」이 8·15 전 작품과 비교해볼 때 다르지 않은 것이 아니로되 작가의 자기혁명을 보여준 작품은 아니었다. 이것은 작가 자신이 솔직하게 인정하는 바다.

> 나의 기왕의 리리칼lyrical 하고 심리적이고 내성적인 제 작품과는 그 성격과 경향을 달리해보려고 했다. 그러나 그럼에도 불구하고 이 소설들이나 나의 신변소설의 계열과 계통을 다시 한 번 더 이끌고 나아가며 있는 것은 진중히 용인하는 바이다.
>
> ─『불』의 서문

그러므로 「폭풍의 역사」와 「농민의 비애」에서 비로소 회남은 작가로서 구각을 벗어버렸다 할 것이다. 물론 완전하다고는 할 수 없다. 아니 작품에서 새로운 세계로 뛰어 들어가기란 그리 쉬운 노릇이 아니다. 그러나 회남이 개인에서 역사 속으로 뛰어 들어갔다는 것을 부정할 사람은 없을 것이다. 회남으로 하여금 이렇게 비약하게 한 힘은 밖으로는 3·1 운동과 인민항쟁이요 안으로는 아버지에게서 물려받은 혁명적 정열이다. 이 정열이 오랫동안 일제의 폭압 때문에 자아 속으로만 파고들고 심지어는 그 위축된 자아 속에서 지난날의 아버지를 발견하여 '영원'을 명상하는 그 아버지의 아들답지 못한 세계관을 빚어냈던 것이 8·15를 만나고 인민항쟁을 겪고는 희미해가던 3·1운동의 기억과 아버지에게서 유전한 정열이 일시에 봄바람에 피어난 진달래처럼 붉게 피어난 것이다. 이러한 작가의 자기혁명의 과정을 작가 자신으로 하여금 이야기하게 하자. 「폭풍의 역사」에서 인민항쟁에 쓰러진 돌쇠의 최후를 이야기하는 장면은 회남 자신의 이러한 자기탈피를 잘도 설명했다.

> "돌쇠가 운명을 할 때 아버지를 불렀다는군……."
> '아버지!'
> '아버지!'
> 평범한 것이면서 평범한 것이 아니었다. 현구는 입 속으로 자기 가슴 속으로 돌쇠를 대신하여 다시 불러보았다. 그리고 28년 전 어렸을 때 포달이가 마지막으로
> "나는 조선 백성이다!"
> 하고 부르짖는 소리를 그 후 장성해가며 그것을 한동안 농민의 소리로는 좀 부자연하다고 생각했다가 나중 그것을 잘 이해하게 됐던 것처럼 돌쇠의
> "아버지!"
> 소리 속에서도 그와 똑같은 감정을 경험하게 되는 것이었다. 같은 감격이었다.
> (돌쇠가 아버지 하고 부른 그 아버지는 농사짓고 자기를 낳은 아버지 그것보다 죽어가면서 "나는 조선의 백성이다." 하고 부르짖는 그 아버지

를 생각하고 불러본 것이다!……)

　현구는 이렇게 해석했다. 돌쇠가 아버지 한 것은 나는 조선 백성이다 한 소리와 마찬가지의 절규라고 생각했다. 돌쇠는 남몰래 오랫동안 자기 아버지를 생각하고 해석하고 하며 있었으리라. 돌쇠의 가슴속에는 깊이 그 아버지 포달이 때부터 비약했던 한 가닥 혁명적 정신이 자연 깃들어 있었구나 하고 느꼈다.

　'돌쇠'도 '현구'도 회남 자신이라는 것은 그의 작품집 『전원』을 읽은 사람이면 알 것이다. 그러면 이 작품이 종래의 작품 특히 『전원』에 수록된 신변소설과 무엇이 다르냐 할 사람이 있을 게다. 그러나 작가가 자기 자신을 이야기하느냐 아니냐에 따라서 신변소설이냐 아니냐가 결정되는 것이 아니라 작가가 자기 자신을 역사와 괴리시켜 이른바 개성으로서 표현하느냐 역사 속에 살고 죽는 전형으로서 표현하느냐에 달린 것이다. 『전원』에 실린 저 작품 속에서 작가는 고립되어 있다. 물론 그것은 일본 제국주의의 죄다. 그 오예의 역사 속에 뛰어든 작가들이 춘원을 비롯해서 신세를 망친 것을 생각할 때 회남이 자아 속으로 도피한 것을 축하하지 않을 수 없다. 8·15를 거쳐 인민항쟁에서 한번 다시 용솟음친 생명의 약동을 체험한 작가로서 어찌 위축된 자아만을 고집할 수 있을 것인가? 하물며 혁명가였던 아버지의 아들로서 어찌 역사의 폭풍을 피하여 순수라는 온실 속에 안여晏如할 수 있겠는가? 그러나 순수라는 온실 속에 있던 작가가 역사의 폭풍 속에 뛰어든다는 것은 용이한 일이 아니다. 구주 탄갱 속으로 끌리어갔고 8·15 후에도 문학가동맹에서 언제나 전진하려 애쓴 작가 회남도 「폭풍의 역사」를 쓰기에 이르기까지 이개 성상 星霜을 요했고 그러면서도 형상화에는 실패하였다. 물론 오늘 남조선의 현실이 작가로 하여금 소재를 완전히 소화하여 완미한 형식을 줄 수 있는 여유를 주지 않는 것이 더 큰 원인이겠지만 작가 자신의 역량의 부족, 즉 작가가 아직도 역사 속에서 자아를 재확립하지 못했기 때문이다.

　　사실 나는 전진하고 싶습니다. 그러나 오늘날 앞으로 나아가는 것 같은 나의 길이 기실 선이 아니고 원일까 봐 무섭고 무섭습니다. 직선이 아니고 곡선이라도 좋습니다. 느리게라도 답보를 하면서라도 어떻든지 간에 선을 따라 나아가고 싶습니다.

　회남은 임화 씨에게 보낸 편지에서 「폭풍의 역사」에 있어서의 자신의 위치를 이렇게 말했지만 신변 작가의 구각을 완전히 벗어버리지 못한 증거다. 역사는 변증법적으로 발전하는 것이며 그 역사와 일여—如가 된 작가라면 자기발전에 대해서 이렇게 자신이 없을 수 없다. 막부 삼상결정에 대한 부분만 해도 그렇다. 미국의 신문들까지 일부 극 반동 신문을 빼놓고는 UN 기구와 더불어 세계 평화의 양대 지주의 하나가 될 것이라고 극구 찬양한 이 결정을 조선의 작가로서, 즉 세계가 전쟁의 위기에서 구원되므로 말미암아 가장 많이 혜택을 입을 수 있는 조선의 작가로서 그 고마움을 몸소 깨달을 수 없었다는 것은 세계사의 움직임에 대해서 둔감했기 때문이다. 물론 어떤 개인이 머릿속에서 이상적 조선을 건설할 수도 있다. 그러나 그것은 춘원이 이미 『흙』을 비롯한 제 작품 속에서 이룩하려다 실패한 공중누각이었다. 이제 정말 꿈이 아닌 현실에서 민주주의 혁명을 완수할 수 있는 마당에서 터무니없는 공상을 일삼을 것인가?

　　진정한 리얼리스트는 암흑과 광명의 양면을 똑같이 보면서도 언제나 광명을 향하여 전진하며 이 광명을 향하여 간 길만을 리얼리티(실재)라고 생각하는 사람이다.

라고 한 소련의 작가 미하일 프리시빈*의 말이 생각난다. 카이로와 포츠담에서 동트기 시작한 조선독립이라는 광명이 막부 삼상결정에서 가장 빛나는 민주주의의 광휘를 발하였을 때―민주주의적으로밖에 조선은 독립할 수 없다―조선의 작가들이 이 광명을 향하여 돌진하지 못하였다는 것은 리얼리스트가 아니었기 때문이다. 정치가의 영도 하에 작가들이 뒤늦게 이 광명을 향하여 어슬렁거리고 갔다는 것은 작가들이 혁명적 정치가처럼 역사 속에 살고 있지 않았기 때문이다. 「폭풍의 역사」가 지닌 중대한 결함은 역사 속에서 움직이는 인물들의 언동을 통하여 역사를 이야기하게 하지 못하고 작가의 관념이 퉁그러져 나와 있는 것인데 그것은 작가가 완전히 관념적 자아를 양기하지 못했기 때문이다. 엥겔스Engels는 영국의 여류작가 하크네스Harkness 양에게 보낸 서한에서 "작가의 의견이 숨어서 나타나지 않을수록 그 예술작품은 그만큼 더 좋다."고 말하였지만 회남의 정치의 주견이 「폭풍의 역사」에서는 너무 두드러져서 작품의 예술성을 저하시키었다. 이러한 의미에서 또 어떠한 의미에서든지 「농민의 비애」는 회남이 작가로서 비약한 것을 증명하는 획기적 작품이다. 이 작품으로 말미암아 회남은 리얼리스트로서 자기를 확립했다. 독자는 의식 못하겠지만 '먹는다'는 말이 이 작품에서처럼 많이 나오는 예는 또 없으리라. 또 먹는다는 것이 이렇게 절실한 문제라는 것을 이만큼 형상화한 작품도 드물다. 문학이 먹는 것과는 아무 상관도 없는 것이라 생각하는 소위 순수문학파에게는 더군다나 읽히고 싶은 작품이다. 남조선 같은 현실에서 이렇게 좋은 작품이 나왔다는 것은 덮어놓고 칭찬을 해야 될 일일는지 모르지만 쾌夬를 든다면―중대한 결점이기 때문에 들

---

* 미하일 프리시빈(Mikhail M. Prishvin, 1873~1954). 소련의 작가. 러시아의 민속과 자연을 섬세한 필치로 그렸으며, '자연에서 인간의 흘륭한 면을 발견하는 일'을 일관된 작품의 주제로 삼았다. 주요 작품으로 『카시체이의 사슬』(1927), 『학의 고향』(1929), 『조선인삼』(1932), 『카프카스 이야기』(1939), 『휘파람새』(1943), 『자연의 달력』(1957) 등이 있다.

지 않을 수 없다— '서대웅' 노인을 자살케 한 것이다. 물론 자살하는 농민도 있다. 하지만 시방 남조선의 전형적인 농민의 최후를 자살로 끝막게 한다는 것은 작가가 작품의 활자화를 위하여 고의로 그렇게 한 것이라면 또 모를까 「폭풍의 역사」에서 이미 시대의 주인공을 그리려고 결심한 작가로서 일보 후퇴라 아니할 수 없다. 차라리 총에 맞아 쓰러지는 노루야말로 오늘의 역사를 상징한다. 이러한 의미에서 이 작품은 제목을 「노루」라 하였다면 더 좋았을 것이다. 사실

　　　노루를 잡세 노루를 잡아 만주 좁쌀 양밀가루 배가 고프니 노루나 잡세 노루는 저만큼 나는 이만큼. 노루가 뛰면 나도 뛴다. 노루를 잡세 노루를 잡아 눈 벌판 위에서 나막신 신고 꺼겅충 뛰면서 노루나 잡세…… 모냐?

하는 노루 타령을 작품 허두에 내걸었고 농민들이 윷 노는 장면에서 또 한 번 나오게 한 것만 보더라도 아니 '서대웅' 노인이 노루를 잡으려다 나막신 한 짝을 눈 속에 잃어버리고 그 나막신이 노루가 총 맞아 쓰러진 자리에 굴러 있는 것으로 끝막는 것이라든지가 무엇을 말하는가? 또 '서대웅' 노인이 노루 잡으려던 와이어로 목을 매 죽고 그 시체가 매달려 있는 집으로 노루의 발자국만이 통해 있는 것을 묘사한 것은 무엇을 말하는가? 이 작품에서 노루는 용의주도한 복선이 되어 있는 것이며 철두철미 리얼리스틱한 이 작품을 낭만적으로 윤색하였다. 거듭 말하거니와 남조선의 농민을 끝까지 리얼리즘으로 추구한다면 그 최후는 이 노루와 같을 것이다. 그러나 이른바 언론의 자유는 작가로 하여금 굶주린 농민들이 쌀 구루마 앞에 눕게 하고 '서대웅' 노인 대신 노루가 총 맞아 죽는 것으로 끝막게 하였다. 이 한 가지 사실을 보더라도 리얼리즘의 확립은 문

학자의 힘만 가지고는 부족하고 진실을 그대로 아무 거리낌 없이 이야기 할 수 있는 사회가 되어야 한다는 것을 알 수 있을 것이다.

그러나 「노루」 아니 「농민의 비애」는 8·15 후 남조선문단 최대의 수확임에는 이의가 있을 수 없고 예술가가 예술 속에 칩거하느니보다 역사 속에 투신함으로써 더 좋은 아니 비약적으로 좋은 작품을 낳을 수 있다는 산 교훈이기도 하다. 물론 작품의 비약은 작가 자신으로만 이루어지기는 대단 힘드는 일이며 만약 회남이 조선문학가동맹의 작가가 아니었다면, 아니 여전히 일제 때처럼 자아 속에 칩거해서 폭풍 같은 인민의 역사를 백안시하는 작가였더라면 도저히 오늘의 비약이 있을 수 없을 것이다. 김동리 같은 작가들이 비약은커녕 뒷걸음치고 있는 사실이 그것을 말하고 있지 아니한가? 거의 일 년 전에 쓴 나의 회남론 「부계의 문학」이 비약한 오늘의 회남을 따르지 못하기에 급히 뒤 따르노라고 이 글을 쓰기는 했지만 이 글이 발표되기도 전에 회남이 더 큰 비약이 있을지도 모른다. 사실 오늘의 역사는 비약적으로 발표할 모든 계기를 품고 있다. 그 역사 속에 뛰어든 작가 회남이 또한 비약적으로 발전할 것은 역사적 필연이라 하겠다. 이러한 작가의 뒤를 따라간다는 것이 어찌 평론가의 기쁨이 아니랴. 내가 인물론을 쓴 작가 시인들은 유진오, 김동리, 김광균을 빼놓고는 또 한 번 논하지 아니치 못하게스리 비약적 발전을 했다. 유진오, 김동리, 김광균도 발전이 있기를 빌어 마지않는 바이다. 아니, 그들이 영영 버림받을 사람이 아닐진댄 응당 자기혁명을 해야 할 것이요 따라서 비약이 있어야 할 것이다. 현대는 사실의 세기다. 역사가 도도히 흘러가거늘 소시민적 지성과 교양과 기교만 가지고 문학을 할 수 있다고 생각하느냐. 현대에 있어서 문학은 민족의 역사를 등지거나 초절할 수는 없다. 민족과 역사를 떠나서 문학이 있을 수 있다고 생각하는 작가 시인들이여 회남을 보라. 8·15 전에 그대들과 더불어 있던 그가 어찌해서 그대들이 우러러보아야 할 높은 경지에로 비약했는가? 전진과 후퇴의 거리는 날로 커갈 것이다.

이 평론은 회남의 비약을 축하하는 데 그치려는 것이 아니라 더 큰 비약이 있을 것을 믿고 쓰는 것이다. 그러한 의미에서 「폭풍의 역사」를 끝막은 의미심장한 문장을 인용하고서 이 난필을 끝막고자 한다.

오늘 3월 1일은 28년 전 옛날의 3·1을 기념하기 위한 날이 아니다. 정말은, 그보다 더 크고 더 힘찬 새로운 3월 1일을 가져와야 할 것이다.

(1948년 4월 12일, 《우리문학》)

—《우리문학》, 1948. 4.

위선자의 문학

―이광수李光洙론

이해利害는 항용 변절을 요구하는 것이다. 절節만 변하면 해를 면한다. 절만 잠간 변하면 수가 난다 하는 것은 사람의─더구나 지도자급인 인물의 일생에 매양 오는 유혹이다. 그래서 만일 자칫하면 그 유혹에 넘어가(?) 그의 공인적 생명은 영영 멸절하고 마는 것이다. 민중이란 이런 점으로는 대단히 엄정한 재판관이다. 그리고 이 재판은 대역죄의 재판과 같이 1번이 곧 종번이다. 그 판결은 영영 번복될 기회가 없는 것이다. 궁곤窮困이나 생명의 위험은 결코 변절을 정당화하는 이유는 못 되는 것이다.

이것은 다른 사람이 아닌 춘원 자신이 「청년에게 아뢰노라」라는 논문에서 한 말을 인용한 것이다. 이렇게 자기가 천하에다 대고 한 말을 잊었듯이 춘원이 향산광랑香山光郎으로 창씨개명 하여 말로 문장으로 행동으로 민족을 배반하고 일제의 주구 노릇을 충실히 하여 전에 소설가로서의 명성이 높았던 만큼 센세이션을 일으킨 것은 엊그제 같은 일임으로 내가 여기서 새삼스레 꼬집어내지 않아도 누구나 아는 사실이요 또 '엄정한 재판관'인 조선인민이 '영영 번복될 기회가 없는' 판결을 내린 지도 이미 오래다.

그러므로 다만 두어 가지 문학에 내린 관련되는 사실만 예로 들고 그의 과거의 죄악을 여기서는 불문에 부치기로 한다. 그 하나는 그를 사숙하던 문학청년 하나가 춘원을 공판장에서 보고 나서 한 이야기요 또 하나는 아직도 오장환, 장만영 양 시인의 기억에 새로운 싱가포르 함락 때 이야기다. 민족주의자로서 일제의 공판장에 선 춘원이 눈물을 좔좔 흘리며 진심에서 우러나오는 듯한 말로 "와다꾸시와 천황폐하노 적자赤子데스"라고 하니까 일인 검사가

"이놈아 네가 어째서 천황폐하의 적자냐. 노서아 사람 앞에선 공산주의자라고 하겠지. 이놈아 너는 이때까지 민족주의자로 행세하지 않았느냐. 그러니까 네가 그렇게 지도한 청년들에 대한 책임으로 보더라도 어떻게 뻔뻔스럽게 천황폐하의 적자라고 하느냐."

고 호령호령하였다 한다. 그랬더니 춘원은 더욱 많은 눈물을 흘리며 목소리를 더욱 간절하게 하여 '천황폐하의 적자'라는 것을, 몇 번이고 몇 번이고 되풀이하여 맹서하였다 한다. 그때의 춘원을 당할 만한 연극배우는 이 세상에 태어나지도 않았다는 것이 그 청년의 감상이요 그렇게 좋아하던 춘원에 대하여 환멸의 비애를 느꼈다는 것이다.

싱가포르가 함락하였을 때 오장환 씨는 장만영 씨가 사는 지방에 놀러갔다가 우연히 한 여관에서 춘원을 만났는데 춘원은 반갑게 인사를 하였다 한다. 그런데 며칠 후에 《경성일보》를 보니 춘원이 오장환 등을 시국에 대하여 인식이 부족한 또 협력하려 하지 않는 '아오지로키 인텔리'

라고 욕을 썼더라는 것이다. 그때 조선의 문학자들은 붓을 꺾었고 오장
환은 남몰래

　　늙은이는 지팡이 짚고
　　젊은이는 봇짐을 지고
　　북망산이 어데인고
　　저 건너 저 산이 북망이라

는 민요를 주제로 하는 시를—발표하지 못할 시를—구상하고 있던 숨
막히던 때다.

　이와 같이 향산광랑이가 '천황의 적자'라는 것은 사실이지만 문학가
이광수는 달리 보아야 하지 않느냐 하는 의견이 있다. 그는 일시적으로
어찌어찌하다가 민족반역자가 되었지 그의 문학은 그와는 따로이 보아
야 한다는 것이다. (일전에 어떤 여학교 선생이 학생들에게 향산광랑의 글과
이광수의 글을 구별할 줄 알아야 한다고 했더니 그것을 전해들은 춘원이 그 학
교 교장에게 그런 좌익 교원은 내쫓아버리라고 항의를 제출하였다는 말을 들으
면 춘원 자신은 이광수와 향산광랑을 분리하여 보는 것을 못마땅하게 생각하시
는 모양이지만⋯⋯) 향산광랑의 언행과 이광수의 문학을 구별해서 보라
는 의미가 향산광랑의 죄 때문에 『무정』이라든가 『흙』이라든가 「무명」이
라든가 하는 이광수의 문학까지 덮어놓고 나쁘다고 해서는 아니 된다는
의미라면 나도 찬성이다. 그래서 이 이광수론은 향산광랑이가 일제의 주
구가 되어 민족을 파는 언행을 한 것에 대하여는 그 판결이 인민에게 자
재自在함으로 치지도외 하고 오로지 문학현상으로써 특히 8 · 15 후에 발

| ＊靑白きインテリ. 창백한 인텔리. 따지기만 좋아하고 행동력이 결여된 지식인을 조롱하는 말이다.

표된 작품을 중심으로 춘원의 정체를 밝히려는 것이다.

2

스승은 돈을 받고 글을 팔고 중은 돈을 받고 도를 팔고 관리는 돈을 받고 노역을 팔고 이 모양으로 사람들이 모두 다 저 먹고 살기를 위하여서 중이 되고 스승이 되고 관리가 되고 시인이 되고—이런다고 해서야 세상이 정 떨어져서 살 수가 없을 것이다. ……나는 무엇을 다 팔아먹어도 글을 팔아서 먹고 싶지는 아니하다.

—『나』의 서문

그의 수필집 『돌벼개』를 읽어보면 8·15 후에 사릉思陵에다 땅도 사고 소도 사고 게다가 머슴과 소아비까지 두어 지주가 되었고 또 서울엔 서울대로 따로 생활의 근거가 있는 모양이니까 "아무것도 아니하고 가만히 산수 간에 방랑하는 것이 지금의 내 몸으로는 가장 편안하고"(『나』의 서문) 또 그랬더라면 그에 대한 우리들의 쓰디쓴 기억은 흐리어졌으면 흐리어졌지 이렇게 쓴 맛을 더하지 않았을 것이다. 춘원은 그의 말이 하도 능란하고 변하기 잘하니까—교언영색선의인巧言令色鮮矣仁*!—어느 말이 정말 그의 말인지 믿기가 어렵겠지만 그가 적어도 글로나 또는 말로는 돈을 위하여 글을 쓰지 않는다는 것은 평생을 두고 시종이 여일한 주장이니까 8·15 후에 써서 발표한 자전소설 『나』의 서문은 춘원의 진담이라 해두자. 그러면 8·15 전에 일제가 조선어를 말살하려 했을 때

| * 교묘한 말만 하고 보기 좋은 낯빛만 꾸미는 사람치고 어진 경우가 드물다.(『논어論語』 「학이편學而篇」)

시국 인식에 남달리 민첩한 춘원이 판권까지 송두리째 팔아먹은 불교소설 『원효대사』를 8·15 후에 그 서점에서 양심상 출판하지 않으니까 애걸애걸해서 판권을 거저 찾아다가 돈을 받아먹고 출판한 의도가 어디 있는가? 그는 천 번이고 만 번이고 돈 때문에 글을 쓰는 것이 아니라 한다. 그리고 『원효대사』를 쓴 동기는

> 내가 원효대사를 내 소설의 주인공으로 택한 까닭은 그가 내 마음을 끄는 사람이기 때문이다. 그의 장처 속에서도 나를 발견하고 그의 단처 속에서도 나를 발견한다. 이것으로 보아서 그는 가장 우리 민족적 특성을 구비한 것 같다.

라고 그 서序에서 말했다. 이 서만은 8·15 후에 새로 쓴 것이다. 원효대사가 춘원의 장점과 단점을 가지고 있기 때문에 조선민족의 특징을 구비했다니! 춘원은 아직도 조선민족을 대표하는 인물이라는 자만심을 버리지 않고 있다. 그의 수필집 『돌벼개』를 읽어보면 조선민족은 다 무명無明 속에 있는데 춘원 하나만 각자覺者인 것이다. 그가 "나는 지나간 삼십여 년 내에 수십 권의 책을 발표하였지마는 이 책처럼 참으로 내 것이라 하는 것은 없었다." 한 『돌벼개』니만치 진담이라 가정하고—왜냐면 춘원의 말은 콩으로 메주를 쑨다 해도 믿을 수 없게스리 우리는 번번이 속았으니까—한 대목 인용하여 8·15 후의 그의 태도를 엿보기로 하자.

> 그러면 그들의 거짓과 미움은 얼마나 한 효과를 거두는고? 과연 다들 잘 사는가. 그들은 목적한 행복을 얻었는가. 돌아보니 모두들 가난뱅이요 초라한 무리들이다. 얼굴에나 눈찌에는 궁상과 천상과 간악한 상이 드러나지 아니하였는가. 종각 모퉁이에 서서 온종일 그 앞으로 지나가는 남녀

의 상을 보라. 참으로 복상과 덕상을 가진 사람이 몇이나 있나? (156페이지)

그러면 농촌에 있는 조선인민에 대한 그의 태도는 어떠한가?

사릉이라고 특별히 내 마음을 끄는 것은 없다. 있다면 자라나는 제비 새끼를 바라보는 것, 강아지와 병아리를 보는 것, 새소리를 듣는 것쯤이 었다. 이웃끼리 물싸움으로 으릉거리는 것, 남의 논에 대어놓은 물을 훔 치는 것, 물을 훔쳤대서 욕설을 퍼부으며 논두렁을 끊는 것, 농촌의 유머 라기에는 너무 악착스러웠다. (162페이지)

하긴 춘원이 조선민족을 통틀어 욕하고 저 하나만 잘났다는 것은 8·15 후에 비롯한 버릇은 아니다. 조선민족이 결함이 있다 하면 그것은 "강남 귤이 강북에서 탱자가 된다."는 말마따나 일제 통치의 죄지 '모두들 가 난뱅이요 초라한' 것이 어째서 조선민족의 죄란 말인가. 8·15 후도 역 시 조선민족이 못나서 자유 발전을 못하고 있는 것이 아니라 봉건과 일 제 잔재인 춘원 같은 요소와 외래 제국주의 세력이 방해하기 때문이다.

나를 없이해야지. 시님께 오욕五慾이야 남았겠소마는 아직도 아만 我慢이 남았는가 보아. 아마 내가 이만한데, 내가 중생을 건질 텐데 하는 마음이 아만야.

—『원효대사』하(40페이지)

이 말은 '방울시님'이 원효대사에게 충고하는 말인데 춘원은 자칭 원 효대사와 같은 단점을 가지고 있다 말했으니 자기 자신에게 하는 말인지

도 모르지만 이 말은 그대로 우리가 춘원에게 하고 싶은 말이다. 춘원이
야 불교에 도통했다니까 돈에 욕심이 있을 까닭도 없고 '아사가'처럼 아
름답고 능동적인 처녀하고 사흘 동안 한 방에서 같이 자도 아무 탈이 없
겠지만 향산광랑이가 이광수가 된 지가 며칠이 안 되서 소설을 쓰되 그
제목을 '나'라고 하였고

> 나는 재주 있는 아이라는 소문을 내게 되었다. 나는 舜 임금 모양으
> 로 눈동자가 둘이라는 둥, 무엇이나 한번 들으면 잊지 아니한다는 둥……
> 그들의 말에 의하면 나는 천에 하나 만에 하나도 드문 큰 사람이 될 것이
> 었다.
>
> ―『나』의 첫 이야기

는 투로 자기의 소년 시절을 이야기했다. 춘원의 소설은 어느 것이고 잘
생기고 재주 있는 이광수 자신이 주인공으로 되어 있는데, 말하자면 그
의 소설 쳐놓고 자화자찬 아닌 것이 없는데 8·15 후엔 좀 겸손해질 줄
알았더니―향산광랑의 죄를 뉘우치는 자기비판을 기대하는 것은 어리
석다 하더라도―여전히 '나' 잘났다는 자랑이니 그의 아만은 어지간히
질기다 할 것이다. 융희 3년 11월 20일에 쓴 그의 일기를 보면

> 나는 호텔 체경에 비추인 내 얼굴의 아름다움에 잠시 황홀하였다.

하였는데 이러한 자기도취가 일생을 지배하고 있는 듯하다.

그러면 춘원이 소설을 쓴다든지 글을 쓴다든지 하는 동기가 그의 잘
나고 아름다운 '나'를 표현하는 데 있을까? 그가 소설가로서의 최후를
장식했고 또 그가 쓴 소설 중에선 가장 객관적이라고 볼 수 있는 「무명」

에서도 역시 그의 여우꼬리 같은 '나'만은 감추지 못한 것을 보면 그의 소설은 예외 없이 자기자랑인 것이다. 그러나 8 · 15 후에 그가 소설을 쓰는 동기는 무엇일까. 춘원이 아무리 저 잘났다는 사람이기로서니 향산 광랑의 추악한 꼴을 자기가 모를 까닭이 없고 그가 조선민족을 암만 업신여기기로서니 이제 와서 그를 찬미해달라고 할 수는 없지 않은가. 그러면 그의 목적은 무엇인가.

내 나이가 이제 쉬인여섯이다. 잔글자가 잘 아니 보이고 하루에 단 열 장의 원고를 써도 가쁨을 느낀다. 이 건강으로 장편 창작을 한다는 것은 제 생명을 깎고 저미는 억지다. 그런데 왜 나는 이 붓을 들었나.

— 『나』의 서문

춘원의 글에서 자기반성이라든지 뉘우침이라든지 하는 것을 찾으려는 사람은 실망할 것이다. 일전에 모 신문에 투고가 들어왔는데 『돌벼개』라는 책이름이 구약성경의 야곱이 돌베개를 베고 자다가 꿈꾼 이야기를 연상시켜서 심각한 자기비판의 서인 줄 알고 사서 읽었더니 백죄 도둑이 매를 들어도 유분수지 설교를 늘어놓은 책이더라고, 이광수는 어쩌면 그렇게도 철저한 위선자냐고 한 것이 있었는데 『돌벼개』뿐 아니라 『나』라는 자전소설에서도 무슨 자기반성을 기대하는 독자가 있다면 실망할 것이다. 그러면 그의 '생명을 깎고 저미는 억지'는 무엇을 위한 것인가.

3

> 나는 죄인. 비록 대청광서大淸光緒에 나고
> 명치明治 대정大正의 거상 입고
> 천조天照, 소화昭和에 절한, 더러운 몸이건마는
> 조국은 나를 용납하여 불렀다.

이렇게 춘원은 「나는 독립국 자유민이다」라는 시 아닌 시를 《삼천리》에다 발표하여 대한민국이 자기의 죄를 다 용서해주었다고 좋아라 했다. 그런데 이 대한민국에서도 춘원의 글은 교재로 사용해서는 안 된다는 것이 학무국장 회의에서 결의되었다 한다. 그러면 춘원의 조국은 일제의 패망과 더불어 영영 돌아오지 않을 것인가? (남북이 민주주의적으로 통일되어 자주독립 조선이 되는 것을 그는 싫어한다. 왜냐면 민주주의는 춘원을 숙청할 것을 그는 알기 때문에.) 아니다. 그의 조국은 반드시 황국이 아니어도 좋다. 그러기에 '귀축미영鬼畜米英'이라고 연설로 문장으로 외치던 그가 그 입에서 그 침이 마르기도 전에 그 글 쓴 종이에서 그 잉크가 마르기도 전에

> 일본 쫓은 미군이 온 것은 몰라도
> 난데없는 개평꾼 아라사는 왠일고?
>
> ―「나는 독립국 자유민이다」

하여 재빠르게 미군에게 아부하였다. 그래서 그런지 어떤 미 군인이 이광수를 어떻게 생각하느냐 하기에 나의 의견을 솔직하게 말했더니

"당신은 이광수 씨가 우익이 되어서 좋아하지 않는구료."

하고는 못마땅한 표정이었다. 그는 자주 이광수를 만나보는데 영어를 잘한다고 칭찬했다. 발라마치는 영어야 잘하겠지. 어제까지 민족주의자로 행세하다가 공판정에 서자 별안간에 '天皇の赤子'로 표변할 수 있는 춘원이니만치 이런 것은 놀랄 거리가 되지 않는다.

이러한 춘원이 '생명을 깎고 저미는 억지'를 써가며 글을 쓸 때야 반드시 숨은 의도가 있을 것이 아닌가. 「나는 독립국 자유민이다」라든지 「내 나라」라든지 하는 그의 글은 정권에 아부하려는 의도가 명백하고 또 위선자의 마각이 노골적으로 드러나니까 문제가 되지 않지만 『꿈』이라든지 하는 소설의 의도는 얼른 알기는 어렵다. 『나』의 서문에서 그는 자기의 의도를 말했지만 늑대가 나온다고 거짓말을 한 소년의 이솝 이야기 같아서 어떤 것이 정말인지 분간하기가 어렵다. 가령 다음과 같은 그의 말을 들어 생각해보자.

> 내 못생김과 더러움이 사정없이 내 눈에 뜨일 때가 되었다. 내 속을 뉘가 들여다보랴 하고 마음 놓고 하늘과 땅까지도 속이고 살라던 어린 날도 다 지나가고 귀신의 눈이 끊임없이 내 꿈 속까지도 보살피는 줄을 알아차릴 나이가 되었다.

어째서 인민의 눈이 아니고 '귀신의 눈'이냐?

그것은 춘원이 인민을 보살필 수 있을지언정 인민이 춘원을 보살필 수 없다는 그의 아만에서 오는 것이다. 남보다 먼저 향산광랑이라고 창씨개명을 하고는 조선인민을 향하여 창씨개명을 하라고 한 것이라든지 동경까지 출장 가서 학병을 권유한 까닭도 자기 혼자만 시국 인식이 바르고 다른 사람들은 눈이 어두우니까 그렇게 하는 것이 조선민족에게 유리하다는 춘원 독특한 '사랑'에서 나온 것이다. 그는 자기 일신의 이해나 생각을 가지고 조선인민 전체의 이해나 생각이라고 생각하는 특별한 재주가 있는 사람이다. 그러기에 『나』의 서문에서 말하는 '내 못생김과 더러움'이란 인민의 눈에 비친 향산광랑이라든지 '나는 독립국 자유민이다'라고 뽐내는 이광수가 아니라 '귀신의 눈'이 보살피는 춘원, 즉 여태까지 꽃다운 여인과 같은 방에서 자도 아무 탈이 없고 설사 껴안더라도 '아모르겐amorgen'이 아니라 '아우라몬auramon'이 분비되던 성인 이광수가 어떤 과부하고 관계를 했더니 '아우라몬'이 아니라 '아모르겐'이 나왔다는 고백이다.

더군다나 문이 가져온 독한 곧소주는 나를 죄악의 구덩이로 쓸어넣는 데 큰 도움이 되었다. 문의 누님은 점잖은 여자로서 육례를 갖추지 아니한 남자의 요구에 대하여 반항할 수 있는 절차는 다 하였으나, 그도 사람이요 젊은 여자요, 또 과부였다. 마침내 나는 그를 나의 정욕의 독한 이빨로 씹어버렸다. 이리하여서 나는 악인의 적에 등록이 되고, 양심의 옥합을 깨트린 사람이 되었다. 이것이 내 소년시대의 입맛 쓴 끝이다.

이것이 그의 자전소설 『나』의 소년 편을 끝막은 문장인데 그가 소년 때 쓴 일기와 대조해보면 이 소설이 '사진사가 사진을 박듯이' 쓴 데가 없지 않아 있는 것은 사실이로되 끝까지도 허구가 아니고 자전적이라고 단언하기는 어렵다. 왜냐면 그의 소설에 나오는 아름답고 재주 있는 주인공이 아름다운 처녀하고 한 방에서 잔다든지 껴안는다든지 해도 아무 탈이 없는 것이 공식처럼 되어 있었고, 그래서 춘원을 위선자라고 하는 근거의 하나가 여기에 있었는데 이 소설에서는 그 공식을 뒤집어 결국 춘원도 사람이라 '악인의 적에 등록되고, 양심의 옥합을 깨트린 사람'으로 그리었는데 그 의도가 과연 자기 죄악을 드러내어 스스로 반성하자는 데 있는지 종래의 그가 위선자라는 비난을 받던 근거를 없애버리자는 데 있는지 얼른 알아내기 어렵다. 다시 말하면 『사랑』 같은 소설에서 춘원이 위선자로 나타나는 것은 누구나 알기 쉽지만 『나』에서는 그렇게 간단하지 않다. 따라서 『나』는 그만큼 성공한 소설이다. 그러면 춘원은 『나』에서 완전히 위선의 여우 탈을 벗어버리고 적나라한 인간으로 나타나 있는가? 이것은 후에 논하기로 하고 춘원이 8·15 후에 글을 쓰는 동기는 민족의 처단을 피하려는 데 있는 것은 분명하다. 그러기에 8·15 후에 처음 나온 소설은 그 이름도 『꿈』이려니와 서문도 발문도 없다. 황도문학皇道文學을 주장하던 그로서 일언반구의 변명이 없다는 것은 이것이 여간 용의주도한 고려에서 나온 것이 아닐 것이다. 아니나 다를까 사람들은 호기심에 사서 읽었고 처음엔 남이 흉볼까 봐 겉장을 싸가지고 다니며 읽더니 내종에는 버젓이 읽는 사람도 생기고 드디어 몇 달이 안 되어서 재판을 하게 되었다. 춘원의 계교는 성공한 것이다. 적어도 그는 그렇게 생각하였다. 그래서 그 다음에 발표한 소설 『나』에 단 「『나』를 쓰는 말」이라는 서문을 붙여서 마치 과거의 죄를 뉘우치기 위하여 자전소설을 쓰는 것같이 가장하였다. 그러나 이것은 소년편에 그쳤고 『나』를 출판한 서점의 근간 광고엔 『나』(청춘 편)라 하였으니 향산광랑의 참회가 나올 날은 아직 멀었다. '나'라는 제목이 자기비판 같은 인상을 주었기 때문에 이것도 일 년이 못 되어 재판이 되었다. 그래서 춘원은 자신을 회복한 것이다. 그러면 그렇지 내가 어떤 사람인데!

내 쓰자 임 읽으시고
내 부르자 들으시네.

임 안 겨오시면 내 노래 없을 것이

임 계시오니 내 노래 늘 있어라.

사십 년 부른 노래 어디어디 가더인고
삼천리 고붓고붓에 임 찾아가더이다.

하는 「독자와 저자」라는 노래를 『나』 다음에 발표한 수필집 『돌벼개』 첫
꼭대기에다 집어넣은 것이 그러한 자신을 말하는 것이 아니고 무엇이냐.
이리하여 『돌벼개』에서는 안심하고 또다시 설법을 시작한 것이다. 그리
고는 드디어 본심을 드러내어 《삼천리》에다 「나는 독립국 자유민이다」라
는 선언문을 발표하여

칠월 십칠일 헌법 공포식 중계방송 듣고
흘린 감격의 눈물로 먹을 갈아,
사는 날까지 조국 찬양의 노래를 쓰란다.
그리고 독립국 자유민으로 눈 감으란다.

하고 날쌔게 대한민국정부에 편승하였다. 춘원이 『천일야화千一夜話』*의
고지故智를 배우려거든 왜 철두철미

나는 일찍 문학을 짓는 나를 길가에 주막을 짓고 앉았는 이야기꾼에
비긴 일이 있었다.

— 『나』의 서문

* 천일야화(Alf laylah wa laylah). 아라비안 나이트(The Arabian Nights' Entertainment)라고도 한다. 주요 이야
  기 180편과 짧은 이야기 108여 편이 있다. 6세기경 사산왕조 때 페르시아에서 모은 《천의 이야기》가 8세기
  말경까지 아랍어로 번역되었다.

한 자기의 의견을 고집하지 못했던가. 하긴 『천일야화』의 수많은 이야기를 한 셰헤라자데Shekherazade는 자기 하나의 목숨을 살리기 위한 것이 아니라 왕 샤리아르가 간통한 왕비를 죽이고 세상 여자를 다 의심하여 밤마다 새로 처녀를 왕비로 맞이하여 그 이튿날이면 죽여버리는 짓을 참다 참다 못해서 스스로 희생이 될 것을 자원하고 나선 처녀였다.* 셰헤라자데의 꾀를 배워 『꿈』이니 『나』니 『원효대사』니 하는 아라비안나이트 같은 이야기로 민족의 주의를 끌어 자기가 마땅히 받아야 될 벌을 면하려는 춘원이 셰헤라자데의 꾀 뒤에 숨은 그의 숭고한 희생정신을 이해했을 리 만무하다. 셰헤라자데는 그의 아버지가 말리는 것을

제가 죽으면 적어도 저의 죽음은 영광스러울 것입니다. 또 만약 제가 성공한다면 조국에 대하여 귀중한 공헌을 할 것입니다.

하고는 샤리아르의 왕비가 되어 천일야나 계속되는 이야기를 하는 것이다. 그러나 춘원의 의도가 불순한 것을 번연히 알면서도 여기서 그의 작품을 분석해보려는 것은 춘원은 인간적으로는 위선자이지만 그의 문학은 좋다는 사람들의 옳지 못한 춘원관 또는 문학관을 분쇄하기 위해서다. (지도적인 시인 겸 평론가라고 자처하는 사람 하나하나가 춘원의 작품은 길이길이 읽히리라 한 말이 생각난다.)

---

* 모든 여자들이 성실하지 못하다고 믿는 술탄 샤리아르는 어떤 아내든 첫날밤을 지낸 뒤에는 죽여버렸다. 이에 자원하고 나선 셰헤라자데는 첫날밤 재미있는 이야기로 술탄의 관심을 끌어 목숨을 보존하는 데 성공하고, 셰헤라자데의 이야기에 호기심을 갖게 된 술탄은 마침내 자신의 포악한 행동을 포기하고 만다는 이야기이다.

4

『원효대사』는 8·15 전에 쓴 것이고 또 황당무계한 야담 또는 괴담에 지나지 않으니 문제시할 것도 없고 『꿈』 역시 소설이라 할 수는 없다.

> 『삼국유사』를 뒤적이어 그야말로 꿈같은 섬어讖語를 흥얼거릴 줄 뉘 꿈이나 꾸었으랴. 춘원 같은, 말썽이 없는 작가로도 이 시국에 그따위 잠 꼬대는 삼갈 것이거늘 종이 부족하고 온갖 것이 혼란 상태인 이 시국에서 구작을 재편한 것도 아니고 '신작'을 그런 것을 쓸 용기가 있었던가. 대중 은 깜짝 속았다. 제호가 '꿈'이요 입장이 참회록을 써야 할 입장이요 참회 록이 나올 만한 날짜도 되었는지라 의례히 참회록으로 믿은 것도 무리라 할 수 없다.
>
> —김동인, 「춘원의 『나』」, 《신천지》

김동인 씨는 『나』도 진실이 없는 허위라고 하였지만 필자도 동감이로 되 김동인 씨와는 좀 다른 각도에서 이 '위선자의 문학'을 비판하려는 것 이다.

"나는 일찍이 덕을 좋아하기를 색을 좋아하는 것처럼 하는 자를 듣지 못했다."고 공자 같은 분도 고백했거니와 춘원이 색을 좋아한다 하기로 서니 놀랄 것이 없지만 그의 소설은 예외 없이 색을 초월한 이광수가 주 인공으로 나타나느니만치 오랫동안 『사랑』 같은 소설에 중독된 어리석 은 독자에게는 이광수가 호색한이라는 말은 귀에 새로울 것이다. 그러나 사실인 것을 어찌하랴. 융희隆熙 3년(1909) 때 쓴, 즉 소년 때 쓴 그의 일 기를 몇 토막 인용하면 이 사실은 저절로 드러날 것이다.

11월 7일 (일요) 음陰, 청晴, 한寒

새벽 한 시경에 한기의 깨움이 되어 격렬하게 성욕으로 고생을 하였다. 아아, 나는 악마화하였는가. 이렇게 성욕의 충동을 받는 것은 악마의 포로가 됨인가. 나는 몰라, 나는 몰라.

나는 어떤 소녀를 사랑한다. 그를 사랑한 지 벌써 오래다. 이것이 내 외짝사랑인 줄을 잘 안다. 그러나 그도 혹시 나를 생각하는지 모른다. 인생이란 그럴 것이니까, 나는 그에게 편지를 보내련다. 사회는 반드시 공격하리라. 이것은 위험이다. 나는 사회의 공격을 안 두려워하련다. 그래도 두려우니 어쩌랴.

11월 16일 (화요) 청晴, 한寒

밤에 「연가戀か」를 쓰다. 아름다운 소녀를 사랑하여, 그를 안고 키스하는 꿈을 꾸다, 하하.

11월 20일 (토요) 청晴, 한寒

나는 호텔 체경에 비추인 내 얼굴의 아름다움에 잠시 황홀하였다.

11월 24일 (수요) 음陰. 온溫. 우雨. 한寒

조조早朝에 ○욕으로 고생하다. 셋째 시간 후에 몸이 아프고 학과는 싫어서, 집에 돌아와 자다.

춘원의 소설은 이러한 리비도의 산물이다. 명치학원에 다니던 소년 이광수가 벌써 성욕을 이기지 못하여 '소년의 동성애'를 그린 단편 「사랑인가(戀か)」를 일본말로 써서 《부의 일본富の日本》이라는 잡지에 발표'하고(「문단생활 30년을 돌아보며」) 좋아라 하였거든 하물며 청년 장년기의

이광수랴. 그의 호가 여럿 있는 가운데 '춘원'이 가장 잘 그의 이러한 면을 나타냈다 할 것이다. 춘원의 소설이 독자를 끄는 힘이 실로 미국 유행소설처럼 이렇게 섹시한 데 있는 것이다.

> — "웬 연애 이야기를 써서 청년들을 부패하게 하느냐."
> 하고 톡톡한 질문의 투서를 받은 때에는 참으로 고소를 불금하였다. 나는 음담패설을 쓰는 사람으로, 모처럼 신생활론 기타의 논문에서 얻은 명성을 많이 잃어버렸다.
>
> —「문단생활 30년을 돌아보며」

춘원은 『무정』을 쓰던 때를 이렇게 추억하였는데 그의 소설은 음담패설보다도 더 유해한 '아우라몬'을 품고 있는 것이다. 나는 일찍이 「신연애론」에서

> 춘원의 『사랑』은 모르면 몰라도 아마 고금동서에 제일가는 그릇된 연애관의 표현일 것이다. 속된 남녀가 껴안으면 혈액에서 '아모르겐'이 나오고 성스런 남녀가 껴안으면 '아우라몬'이 나온다는 춘원. 그는 꽃다운 처녀하고 한 방에 잤는데도 껴안지 않았다고 '그의 자서전'에서 자랑삼아 말했지만 아마 껴안고 잤더라도 춘원의 혈액엔 '아우라몬'이 분비되었을 것이다. 이 『사랑』이 잘 팔리는 소설 중에서도 베스트셀러였다는 것이 무엇을 말하는가. 하물며 이 소설을 읽고 그 주인공 같은 춘원의 품안에 안기어보았으면 하는 성스런 처녀들이 생겼다는 말을 들을 때 춘원의 죄악은 신돈의 그것보다 더 크다 아니할 수 없다. 춘원의 문학은 연애

| * 이광수의 처녀작인 이 작품이 실제 실린 지면은 명치학원의 교지 《백금학보白金學報》 제19호(1909. 12)이다.

도 허위의 연애관을 그 놀라운 필치로 철딱서니 없는 남녀에게 들씌웠던 것이다.

라고 지적한 일이 있지만 성적인 것으로 독자를 끌고 나가려는 의도가 있어서 그의 소설에는 반드시 꽃다운 청춘남녀가 껴안는다든지 한 방이나 산 속에서 같이 잔다든지 하는 양면이 나오는데 예외 없이 성적인 관계는 부도덕한 것이라는 춘원 일류—流의 설교가 사족처럼 첨가되는 것이다. 첫사랑한테 연애편지를 쓰려다가도 "사회는 반드시 공격하리라. 이것은 위험이다. 나는 사회의 공격을 안 두려워하련다. 그래도 두려우니 어쩌랴." 한 춘원이니 그의 위선적인 남녀관이나 연애관은 그 죄의 일반—半이 봉건적 사회에 있기도 하지만 하여튼 김동인 씨 말마따나 이광수의 집안이 양반일 까닭이 없는데 양반으로 행세하려는 허위보다도 그의 소설의 중심을 이루는 남녀관계가 변태적이 아니면 위선적인 것은 봉건적 잔재라 아니할 수 없다. 타고나기를 남달리 색을 좋아하는 춘원이 '사회의 공격'이 무서워서 호색을 자유로 만족시키지 못하고는 일그러지고 퉁그러진 성욕을 가지고 소설을 쓴 것이다. 또 그의 사회적인 활동도 그 동기가 이러한 성욕의 변태에 지나지 않는다. 이것은 적어도 『나』에서 춘원이 취한 태도를 곧이곧대로 받아들인 해석이다.

첫사랑의 대상이었던 실단을 인연이라는 되지도 않는 구실로—자기와 실단은 물론 일가친척들까지 둘이 결혼하기를 바랐다고 썼으니 말이다—"침을 질질 흘리고 반벙어리"인 열다섯 살 된 신랑에게 시집을 보내고 (하긴 춘원은 혼자만 잘났다는 사람이니까 그의 첫사랑을 뺏은 사람은 사실은 평범한 신랑인지도 모르지만) 스무 섬 지기 땅을 가지고 온다는 바람에 홀딱 맘이 댕겨서 결혼한 첫 아내한테 그의 변태 성욕은 만족을 얻을 수가 없었다.

나는 아내를 사랑하려고 애써도 보고 사랑을 못할 바에는 불쌍히나
여기려고 애를 써보았다. 그러나 애정을 억지로 짜내려고 아내를 껴안으
면 실단의 어여쁜 모양이 나타나고 불쌍한 동정을 짜내려 하면 불쌍한 것
은 내요 그가 아닌 것 같았다. ……열아홉, 스무 살의 소년인 나로서는
만족할 수 없는 무엇이 있었다. 그것은 불타는 애욕이었다. 사랑하고 싶
고 사랑받고 싶은 욕심이었다. 내 아내는 이에 대하여서 다만 만족을 주
지 못할 뿐 아니라, 더욱더욱 내 애욕으로 하여금 배고프고 목마르게 하
는 것이었다.

—『나』 여섯째 이야기

낮에 오산학교에서 가르치는 것으로만은 그의 노력을 다 소모할 수
없고 그렇다고 아내에게서 만족을 얻을 수도 없고 해서 이광수는 "동네
남녀를 모아 놓고 야학도 하고 예배당에도 열심히 댕겼다."

나 자신으로 보더라도 나는 변하였다. 나는 술을 끊고 담배를 끊고 서
생식인 아무렇게나 날치는 것을 버리고 말이나 걸음걸이나 무거워졌다.
이것은 내 마음이 괴롭고 적막한 까닭도 되거니와 내가 의식적으로 인생
의 향락을 단념하고 나라를 위하여 세상을 위하여 살리라, 죽으리라 하고
마음먹음에도 말미암는다.

춘원의 성인군자 애국자연하는 태도가 이렇게 '불타는 애욕'을 누르
려는 수단에 지나지 않는다는 것은 위선자로서의 그의 본질을 설명하는
열쇠가 될 것이다. 그가 내세우는 사랑이니 무슨 주의니 무슨 도니 하는
것이 민족의 역사나 과학적 진리나 인민의 노동 같은 객관적인 것에서
우러나온 것이 아니고 경중鏡中 미인 같은 이광수 개인의 '리비도'에 뿌

리를 박고 있는 데 지나지 않기 때문에 변하기를 잘한다. 민족주의랬다가 황도주의皇道主義랬다가 이제 와서는 이상야릇한 방공주의防共主義를 제창하는 것이 다 그 까닭이다. 춘원이 역사나 진실을 우습게 여기는 것은 그의 역사소설과 연애소설이 거리낌 없이 말하고 있지만 김동인 씨가 이야기한 다음과 같은 에피소드는 춘원의 진면목을 약여躍如하게 하는 것이다.

『단종애사』 중에 경성 남대문에 걸려 있는 '숭례문'이라는 3자가 세종대왕의 제3왕자 안평대군의 필적이라는 군君이 있다. 그래서 여余는 춘원에게 "그것은 안평대군이 아니라 양녕대군의 필적이라고 온갖 문헌에 나타나 있다."고 알렸더니 춘원은 "누가 쓰는 현장을 보았답디까. 어느 전라도 유생이라는 말도 있습디다."고 웃어버렸다. 이것이 『단종애사』를 쓴 춘원의 태도다.

―『춘원 연구』

춘원에게 소중한 것은 거울에 비친 자기 얼굴의 아름다움이나 아내를 껴안아도 보이는 실단의 어여쁜 모양이나 황은皇恩이나 추상적 도道니 무어니 하는 것밖에 없다. 민족이란 말을 그는 즐겨 쓰지만 그때나 이때나 수단으로 쓰는 데 불과하다. 선의로 해석하면 춘원은 허공에 무지갯빛 같은 이상을 환각으로 보는 모양인데 그것이 따지고 보면 거울에 비친 자기의 얼굴이거나 성욕의 변형이거나 하는 것에 지나지 않는다는 것을 의식 못하는 사람이다. 춘원을 철두철미 유심론자로 만든 원인이 실로 그 아내도 만족을 주지 못한 '불타는 애욕'에 있는 것이다. 다시 말하면 대상을 발견하지 못한 성욕이 춘원의 본질이다. '문의 누님'은 응당 '나'의 성욕을 만족시켰어야 할 것인데 '육례를 갖추지 아니한' 관계라

해서 죄악이라고 그의 자전소설의 소년 편을 끝막았으니 육례를 갖춘 아
내는 아내대로 성적 만족을 주지 못하고 하니 춘원의 성욕은 언제나 되
어야 해결될 것인가?

마음속에 아내 아닌 여인에게 음심을 품는 것도 간음이라고 예수는
칼날 같은 말씀을 하였다. 나는 이미 문의 누님에게 간음을 행한 죄인이었
다. 세상의 눈은 속일 수가 있어도 내 마음과 하나님을 속일 수는 없었다.
그러나 그 달콤한 생각이란 대체 무엇인고? 시인과 소설가들 중에
그것이 끔찍이 좋은 것인 것처럼 말하는 이도 있었다. 그것을 사랑이라
고 이름 지어서 사랑을 위하여서는 집도 명예도 목숨도 희생하는 주인공
을 용기 있는 자라고 찬양한 것조차 있었다. 마치 문학은 도덕을 반항하
는 것을 큰 옳은 일로 아는 것 같았다. 내가 동경에 있을 때에 유행하던
자연주의 문학이란 것이 이러하였다. 구라파의 로맨티시즘이 의리 있는
남녀의 사랑을 찬양하는 데 대하여서 자연주의 문학의 대부분은 불의 남
녀 간의 사랑을 즐겨서 묘사하고 찬양하였다. 이것을 자유라고 일컫고
해방이라고 일컬었다. 불의의 애욕을 심각하게 그린 문학일수록 애독자
가 많았다.

춘원은 이와 같이 『나』에서 그가 한 세대 동안 끌고 온 문학론을 되풀
이하였는데 춘원 자신의 문학이 가지고 있는 모순 결함을 이 이상 정확히
폭로하기도 어려울 것이다. 춘원은 '의리 있는 남녀의 사랑을 찬양하는'
로맨티스트로 자처하였는데 무엇이 의리인지 분명치 않다. '불의 남녀
간의 사랑'은 『나』의 주인공과 '문의 누님'과의 사랑 같은 '육례를 갖추지
아니한 남자'와 여자의 관계를 의미하는 것이 분명한데 그렇다고 이 주인
공이—춘원 자신 말이다—육례를 갖춘 아내와의 관계를 '의리 있는 남

녀의 사랑'이라고 보지 않는 것도 분명하니 춘원은 도대체 무엇을 가지고 의리라는 것이냐? 그렇다고 아내를 껴안아도 나타나는 '실단의 어여쁜 모양'을 의리 있는 사랑이라고 할 수도 없지 않은가. 왜냐면 실단은 이미 남의 아내요 '남의 아내를 탐하지 말라'는 십계명을 어기고 딴 데 의리가 있을 까닭이 없지 않은가. 호색문학을 공격한 것은 좋으나 춘원 자신이 가장 나쁜 의미의 호색문학자라는 것을 잊어버리고 한 말이다.

『나』의 줄거리는 주인공이 '닭, 개, 짐승의 배우하는 것'과 '소, 말, 당나귀가 흘레하는 것'을 본 기억으로부터 시작하여 어릴 때 동무인 '몽 급'이라는 아이가 '내 말을 안 믿거든 오늘 저녁 우리 집에 가서 나하구 자. 그러면 우리 아버지하구 어머니허구 자는 것을 보여줄게' 하는 꼬임에 빠져 '안 볼 것을 보았다'는 이야기, 열다섯 살 때 달 밝은 밤에 실단이가 수풀 속에서 자기 품에 안기던 이야기를 하고는 스무 섬 지기 바람에 정책 결혼한 아내를 껴안아도 '실단의 어여쁜 모양'이 나타났다는 이야기를 하고 결국 과부인 '문의 누님'과 간통하여 '양심의 옥합을 깨트린 사람이 되었다'는 것으로 끝막았다. 조선문학에서 이 이상 가는 호색문학이 또 있는가? 그도 자연주의자들처럼 정정당당하게 남녀관계를 묘사하는 것이 아니고 자기는 도덕가인 양 가면을 쓰고 예수니 불타니 톨스토이니 하는 사람들을 끌어다가 자기의 악질적 호색문학에다 도덕적 가치를 도금하려 애쓰는 것이 춘원이다. 조선민족이 모두 지독한 건망증에 걸리지 않는 바에야 향산광랑을 잊을 수 없을 것이요 향산광랑이와 이명동인인 이광수가 이제 와서 민족개조론식의 설교를 가지고 독자를 획득할 수 없는 것은 누구보다 자기 자신이 잘 아는지라 '불의의 애욕을 심각하게 그린 문학일수록 애독자가 많다'는 간지奸智에서 『원효대사』니 『꿈』이니 『나』니 하는 가장 악질적인 호색문학을 가지고 셰헤라자데의 고지故智를 닮아 조선민족을 또 한 번 속이고 자기의 문학적 생명을 하루라도 연장시켜 보려고 꾀한 것이다.

　민족에 대해서도 의리부동한 이광수가 여자에 대해서 의리가 있었을 리가 만무한데 '의리 있는 남녀의 사랑을 찬양하는' 문학자인 체하려는 데서 그가 쓴 소설이 위선적으로 되는 것이요

　　『나』를 읽은 뒤에 누구든 '이광수가 날 속였네'라는 불만의 소리를 내지 않고는 두지 않는다. 진실한 사죄문 진실한 참회기를 바라던 대중은 『꿈』에서 첫 번 속고 『나』에서 두 번째 속은 것이다.

　　　　　　　　　　　　　　　　　　　　— 김동인, 「춘원의 『나』」

하는 말이 춘원에 대해서 아직도 미련을 가지고 있는 사람의 입에서까지 나오게 하는 것이다.

　　내가 금후에 얼마를 더 살는지, 또는 어떻게 발전이 되어 무엇을 할는지 그것은 옥합에 담긴 비밀이다. 그러나 나는 얼마 동안 이 몸을 가지고 더 살 것이다. 그리고 진리의 길을 더듬어서 끝까지 헤맬 것이다.

　춘원은 『나』 다음에 발표한 수필집 『돌벼개』의 서문에서 이렇게 말했다. 『원효대사』, 『꿈』, 『나』 같은 도착성욕적 소설이 독자를 완전히 고혹蠱惑하여 이제는 자기에게는 미래가 있을 뿐 과거는 문제도 되지 않는다는 자신을 얻은 것이다. 조선 인민이 세기적 행진을 개시한 이 마당에 그 대열에서 낙오하는 자기에게 무슨 '발전'이며 '진리의 길'이 따로 옥합에 담겨 있다는 것인가. 춘원이 발 벗고 뛰어도 인제 그 낡아빠진 지성과 마비된 양심과 하늘 끝까지 닿은 아만을 가지고는 도저히 인민과 보조를 같이할 수 없겠거늘 인민을 '가난뱅이요 초라한 무리들'(「인토忍土」)이라 해

서 업신여기고 대한민국의 권세나 월가街에 달러만 믿고 아부하여 공산주의가 어떠니 민주주의가 어떠니 하고 설교를 퍼부은 것이 『돌벼개』다. 그러니만치 『돌벼개』는 그의 소설과는 달리 노골적으로 위선자의 마각을 드러내고 있다. 그는 서문에서 『돌벼개』의 수필이 '일 점 일 획이 다 내혼의 사진이다' 하였는데 이 말만은 곧이들어도 좋을 것이다. 왜냐면 이 수필집만큼 춘원의 위선적인 일면을 잘 나타낸 글은 없으니까. 한 대목만 인용해도 충분히 이 위선자의 진면목을 드러낼 것이다.

'육백여 명 떨어진 아이들을 생각하면'
하고 교장은 울음이 복받쳐서 목이 메었다.
"해방이 되었다는데 왜 우리 아들딸들이 마음대로 입학을 못하오? 전에는 일본의 죄거니와 지금은 뉘 죄요?"
하고 외치는 소리가 교장의 목매인 성의를 증명하였다. 나도 울었다.
입학시험에서 이러한 광경이 벌어지는 동안에 덕수궁에는 미소공동위원회가 열리고 좌우익의 정치가들은 바쁘게 머리와 입을 움직이고 있었다.
딸의 입학수속을 끝낸 나는 서울에는 더 흥미 있는 일도 없었다.

—「서울 열흘」

여기 나오는 교장이 "夢も國語でみませう" 하던 유명한 교장이 아니기를 바라거니와 춘원이 울었다는 것은 새빨간 거짓말이다. 그 증거로는 시골서 온 누이동생을 시험 보이는 어떤 실업중학교 학생이

모두들 유력한 청이 있거나 돈을 많이 내어야 들어가죠. 제 동생같이 시골서 혼자 올라와가지고 어떻게 들어가요? 오만 원만 내면 누구나 들

어간답니다.

한 데 대하여

"그럴 리가 있나? 그렇게 생각해서 쓰나? 간혹 그런 부정한 일을 하는 학교도 있겠지만 다 그럴 리가 있나? 그렇게 생각하면 못 쓰는 게야."

하고 나는 그 소년을 경계하였다

한 춘원이 이 소년의 누이가 합격되었는지 떨어졌는지는 일언반구가 없고 자기 딸 붙은 것은 흔희작약欣喜雀躍하고는 떨어진 수험생을 위하여 '나도 울었다' 했으니 더군다나 소미공동위원회에 다 죄를 넘겨씌우고 좌우익의 정치가들을 욕했으니 어쩌면 춘원의 위선과 아만은 이리도 철저하뇨! 8 · 15 후에도 정치를 왜놈이나 향산광랑이한테 맡겼으면 되겠다는 말인가. 위선자는 말로는 큰소리를 해도 실천에 있어서는 좀스런 것인데 춘원이 농민들이 물싸움한다고 말로는 욕하면서 자기 스스로는 머슴 박군이 밤을 타서 남의 논에서 이광수의 논에다 물을 도적질해 넣으러 가는 것을 말리지 않았다. 춘원은 신변사를 쓸 때 부지중에 이러한 자기의 소인적 일면을 폭로하는 수가 많다.

춘원의 소설에 나오는 주인공이 성인군자거나 애국지사거나 영웅호걸이거나 한데 구체적 행동에 있어서는 성인, 군자, 애국지사, 영웅호걸다운 데가 없고 '바쁘게 머리와 입을 움직이고' 기껏해야 아름다운 여자하고 껴안거나 한 방에서 자도 '아모르겐'이라는 '애의 인자'가 아니라 '금'을 의미하는 '아우라몬'이 혈액에 나오는 까닭은 춘원이 관념적으로는 성인군자 애국지사 영웅호걸이로되 행동적으로는 이기적 자기중심적 소인에 불과하기 때문이다. 헤겔 같은 철저한 관념론자도

—미네르바의 올빼미는 밤 그늘이 짙어야 나래를 편다.

하였거든, 즉 관념이란 행동의 대낮이 있는 후에야 생기는 것이라 하였거늘 구약이나 불경이나 '의리 있는 남녀의 사랑을 찬양하는 구라파의 로맨티시즘'의 서적이나 읽고서 소설에서 성인군자 애국지사 영웅호걸을 창조하려 하였으니 행동 없는 관념의 허수애비, 따라서 위선자를 만들어낸 데 불과하다. 즉 춘원 자신이—조선민족을 대표하는 큰 인물이라고 자처하는 춘원 자신이 '바쁘게 머리와 입을 움직이고' 손가락 발가락 하나 까딱하기 싫어하는 '양반'(김동인 씨는 춘원이 양반일 까닭이 없다 하지만 춘원은 글마다 자기가 양반이라는 것을 내세우니 양반이라 해두자.)이기 때문에 피를 흘리지 않고 민주주의 통일정권을 세우려 소미공동위원회에 모인 정치가들도 자기 같은 위선자로 알고 욕을 한 모양이다. 조선 인민을 통틀어 "모두들 가난뱅이요 초라한 무리들이다. 얼굴에나 눈찌들에는 궁상과 천상과 간악한 상이 드러나지 아니하였는가"(「인토」) 하고 욕한 것도 이기지심以己之心으로 도타인지심度他人之心* 한 것이거나 불연不然이면 조선 인민을 적대시하던 일본 천황의 뜻을 아직도 그대로 받들고 있기 까닭이리라. 아니 이것은 지나친 호의의 해석이고 춘원은 조선민족과 상반되는 이해를 가지고 있기 때문에 공동위원회가 성공적으로 진행될 때 행여 조선민족이 오랜 식민지적 운명에서 해방되어 춘원보다 잘 살게 될까 저어하여 발악적으로 정치가들과 인민을 욕한 것이다.

　『돌벼개』의 결론이라고 볼 수 있는 맨 끝에 있는 「내 나라」라는 논문에서 춘원은

| * 자기 마음을 기준으로 타인의 마음을 재다.

150

오늘날에도 양반의 특색은 첫째로 공부를 하는 것, 둘째로 예절을 지키는 것. 그리고 셋째로 영리를 직업으로 아니하는 것이다. 이른바 양반 행세를 하려면 학문이 있어야 하고 관혼상제는 물론이거니와 일상생활에도 말하는 것, 걸음걸이, 옷 입는 것이 모두 법도와 체통에 맞아야 하고 농사는 허하나 장사를 하여서는 아니 되는 것이니 대개 장사는 재물을 욕심내는 일일뿐더러 고개 아니 숙일 데 고개를 숙이고, 속이는 일을 하기 쉬운 때문이다.

이상에 말한 바와 같이 양반이란 민족의 꽃이요 지도자를 의미함이요, 홍익인간의 민족적 이상을 지키고 발전하고 실현하는 것으로 제 구실을 삼는 사람

이라 하였는데 '고개 아니 숙일 데 고개를 숙이고 속이는 일을 하기 쉬운' 점만 빼놓으면 춘원이 이 '양반'의 조건을 구비하고 있는 것은 사실인데 그러면 춘원은 조선 '민족의 꽃이요 지도자'인가? 춘원은 자기와 민족운동의 동지였다는 'C할머니'의 입을 빌려 자기의 정체를 무의식중에 폭로했다.

민족운동? 말이야 좋지. 아주 애국자인 체. 내 마음에는 나라밖에는 없는 것 같지. 그렇지만 정말 애국한 날이 몇 일 되오? 내 이름을 내자니 애국잔 체 미운 사람들을 욕을 하자니 내가 가장 애국잔 체—그저 그런 겝니다. 내가 그런 사람들이란 말이요. 에 퇴! 생각하면 구역이 나지요.

—「옥당할머니」

그렇다. 춘원이 애국적 실천을 했더라면 그것이 저절로 그 소설에 표현되어 위선자가 아니라 진정한 애국자가 주인공이 되었을 것이 아닌가.

나는 선의로 해석하여 춘원이 일생 거울에 비친 자기 얼굴에 황홀하거나 어여쁜 여자의 환상을 껴안고 자거나 또는 성욕을 누르려고 애국자인 체도 하고 기독교도인 체도 하고 불교도인 체도 하였기 때문에 민족이 무엇이며 어떻게 해야 민족을 위하는 행동이 된다는 것을 몰랐다고 본다. 자기의 이해와 민족의 이해가 일치되는 사람은 손발을 움직여 역사의 수레를 전진시키는 사람, 즉 노동자 농민을 주체로 하는 인민뿐이다. 춘원 같은 '붓 한 자루'만 가지고 중류 이상의 안이한 생활을 하면서 자기의 이해에 따라서 이렇게도 글을 쓰고 저렇게도 글을 써가지고 민족을 지도하는 것처럼 착각한 데서 그의 희비극이 원인하는 것이다. 8·15 후에 춘원은 배 먹고 이 닦이로 글을 가지고 자기의 죄를 은폐했을 뿐 아니라 돈도 많이 번 모양인데 인제는 그래서 그런지 다음과 같은 배부른 소리를 하고 있다.

> 이제 인류는 고개를 숙여서 반성할 때가 되었다. 지금까지 살아온 생활 원리에 어디 큰 잘못이 있는 것을 찾아볼 수밖에 없다. 어디 무슨 크게 잘못된 구석이 있길래로, 자연과학이 발달되면 발달될수록, 생명 능력이 증가하면 증가할수록 인류는 더욱더욱 불행에 빠져가는 것이 아니겠는가.
>
> ―「내 나라」

그래 남조선처럼 자연과학이 발달되지 않고 생산력이 날로 저하되고 전기기술자를 미국인이나 일본인을 불러다 써야만 행복하게 된다는 것인가. 하긴 조선이 외래 자본과 상품의 시장이 되어야 춘원같이 외래세력에 아부하여 날치던 사람에게는 잃었던 행복을 도로 찾을 수 있을 것이다. 향산광랑이와 다른 전략전술로써 이광수는 또다시 민족을 외래 제

국주의 세력에다 팔려 하고 있다. 민족과 민족 문화를 이러한 흉계에서
옹호하려는 생각에서 나는 이광수와 그의 문학을 비판한 것이다. (10월
15일)

—《국제신문》, 1948. 10. 16~26.

제2부

문학비평·서평

조선시의 편영片影

아아 석류알을 알알이 비추어보며

신라 천년의 푸른 하늘을 꿈꾸노니

—『정지용시집』에서

금모래 무늬 있는 붉은 껍질을 떡 쪼개고 보면 석류알이 홍보석같이 알알이 빛난다. 그 찬연함을 보고 문화의 신라와 그 푸른 하늘을 연상한 것이다. 아름다운 감각이다.

나도『석류』를 읽었다. 임학수* 씨의 시집이다. 그러나 나는 이『석류』를 보고 옛 향기를 꿈꿀 것의 열매를 또 한 번 맛보려 한다.

나는 그것이 한시이든 시조이든 간에 우리의 고전문학을 사랑한다. 그 시가 담은 바 모럴을 귀히 여긴다. "백설이 만건곤할 제 독야청청"하던 그 절개를 존경한다. "황도일비黄稻日肥에 계목희鷄鶩喜하고 벽오추로

---

* 임학수(林學洙, 1911~?). 시인, 영문학자. 경성제대 영문과를 졸업하고 1936년부터 조수로 일하였다. 1931년 등단하여 1937년 시집『석류』를 펴냈다. 일제말 친일문학에 가담하였다. 해방 후 전국문학자대회에 참석하였고 월북하여 김일성대 교수를 지냈다.

碧梧秋老에 봉황수鳳凰愁라."* 하여 이욕이 넘노는 소인배가 어깨춤을 추고 이상이 땅에 떨어지매 지사가 풀이 죽는 시대를 빈정대며 한편 개탄한 그 풍자를 좋아한다. 그러나 조선 한시는 당시에 비길 만한 훌륭한 시를 많이 가지고 있지만 한글을 버리고 김서포金西浦의 말마따나 "앵무지인언鸚鵡之人言"**을 취한 것은 못내 유감이다. 이 점에 있어서 우리는 시조를 존중히 여긴다. 그것이 한글로 되었다는 한 가지 사실만으로도 충분히 시조는 아낌을 받아야 한다. 그러나 시로서 본다면 시조는 멀리 조선 한시에 미치지 못하는 바이다. "노자노자 젊어 노자. 늙어지면 못 노나니." 식의 술주정이 많다. 『시조유취時調類聚』속에 시절류時節類, 화목류花木類 같은 것을 보라. 아니 취중류醉衆類조차 따로 있지 아니한가.

그리고 한시에다 토를 다는 데 지나지 않는 것이 너무 많다. 물론 시조라 해서 다 그런 것은 아니다. 아까도 말했거니와 모럴을 담은 것이 많다. 태종이 "이런들 어떠하리 저러한들 어떠하리. 만수산 드렁 칡이 얽혀진들 그 어떠하리. 우리도 이같이 얽혀져서 백년까지 하리라."는 시조를 읊어 어떤 석상席上에서 정몽주에게 훼절하라 암시를 주었더니 그는 저 유명한 "이 몸이 죽고 죽어 일백 번 고쳐 죽어. 백골이 진토 되어 넋이라도 있고 없고. 임 향한 일편단심이야 가실 줄이 있으랴." 하는 시조를 지어 자기의 굳은 뜻을 명백히 하고 마침내 죽었다. 조선고전문학에서 우리는 "시즉실천詩卽實踐"의 허다한 예를 들 수 있다. 그러나 이러한 시조도 거의 전부가 형상화에 불완전하다. 즉 무결한 예술품이 되지 못했다. 비교적 형상화가 된 시조는 흔히 센티멘털리즘을 벗어나지 못했다.

---

* 벼가 익어서 먹을 것이 생겼다고 따오기 같은 새들은 좋아하지만, 오동이 아니면 깃들이지 않는 봉황새는 오동잎이 떨어지매 슬퍼한다.(이규보李奎報)
** 조선 숙종 때 서포 김만중이 당시의 한문학을 비판하며 썼던 표현으로 '앵무새가 흉내 내는 사람의 말'이라는 뜻.

녹양綠楊이 천만사千萬絲를 가는 춘풍春風 매어두고
탐화봉접探花蜂蝶인들 지는 꽃 어이하리
아무리 사랑이 중한들 가는 님을 어이하리

센티멘털리즘은 생활의욕을 좀먹고 판단력을 흐리게 한다. 시에 있어서 이는 불건전한 요소이며 불미스런 표현법이다.

나는 너무 시조의 결점만 들춰 적었다. 부정만을 일삼는 것은 비평의 본도가 아니다. 센티멘털리즘은 그르다. 그러나 이 그릇된 것을 부정만 했지 그를 극복하는 옳은 것을 구체적으로 명시하지 않는 한 그것은 '부정의 부정'임에도 불구하고 긍정이 될 수 없다. 공자의 "군자君子 성인지미成人之美, 불성인지악不成人之惡, 소인반시小人反是"*라는 말은 무엇보다도 비평에 있어서 금언이라 하겠다. 내가 이 붓을 들게 된 동기도 고인이 한문으로 시를 지은 것을 책하려는 데 있지 않고 하물며 시조의 가치를 덜려는 데 있지 않고 한시와 시조를 지양한 현대 조선시의 좋은 예를 몇 개 소개하려 함이다.

바다는 다만
어둠에 반란하는
영원한 불평가다.
바다는 자꾸만
흰 이빨로 밤을 깨문다.

— 김기림, 『기상도』에서

---

* 군자는 다른 사람의 좋은 점만 드러내고 소인은 이와 반대로 나쁜 점만 꼬집어낸다.(『논어』 「안연편顔淵篇」)

달도 없는 밤이다. 다만 바위에 부딪혀 깨지는 물결이 "흰 이빨"같이 바위를 깨물 뿐이다. 이 시는 움직이는 바다의 영원한 순간을 그려낸 절세의 묵화다. 유구한 인류 역사에 있어서 '암흑'을 깨트리는 빛나는 행동과 사상의 찬가다. 형상화가 완벽에 가깝고 예지가 빛나는 시다. 그러나 이 시를 여기에 추천하는 바는 결코 그 이지적인 점을 추키는 데 있지 않다. 사상과 자연을 혼연한 일체로 형상화한 좋은 예를 보이려 함이다. 흔히 사람들은 형식과 내용을 이원시한다.

그러나 그것은 마치 육체와 정신을 둘로 쪼개보는 것과 같다. 정신 없는 육체가 시체에 지나지 않은 것과 같이 육체 없는 정신이 있을 수 없다. 또 불완전한 육체를 가진 사람은 그만큼 불완전한 사람이 아닐까. 시가 종교와 철학과 다르고 또 그보다 나은 점은 실로 내용과 형식을 통일하여 새로운 것을 창조하는 데 있을 것이다. "헐벗고 거친 진리는 정신 속에서 완전히 소화되지 못한 것을 증명한다."(주베르Joubert) "성모마리아를 사랑하라." 하면 짓궂은 신부의 설교가 된다.

　　　온 고을이 그러나 받들 만한
　　　장미 한 가지가 솟아난다 하기로
　　　그래도 나는 고하 아니하련다.

　　　나는 나의 나히와 별과 바람에도 피로웁다.

　　　이제 태양을 금시 잃어버린다 하기로
　　　그래도 그리 놀라울 리 없다.

　　　실상 나는 또 하나 다른 태양으로 살았다.

사랑을 위하얀 입맛도 잃는다.
외로운 사슴처럼 벙어리 되어 산길에 슬지라도—

오오, 나의 행복은 나의 성모마리아!

—『정지용시집』에서*

는 벌써 훌륭한 예술이다. 직업적 논자의 말이 아니다. 작자의 가장 속에서 우러난 인생관이다. 물론 이 인생관 자체가 문제된다. 그러나 여하튼 설교 취미가 없다. 그 사람의 말을 듣는다는 이보다 그 사람 전체를 대하는 감을 주는 것이다.

　홍에 겨운 시간이 호올로 나직히
　자개고동을 불며 섰는 곳.

—「시내」의 일절, 『석류』에서

"저 망각의 섬기슭 풀 엉키어 향기한 속에"서는 시간이 응당 서성거리고 있는 것 같을 것이다. 시간 가는 줄 모를 것이다. 그 시간이 눈에 보이지 않는가. 이러한 감각성이 시에서는 중요한 것이다.
　이보다도 더 감각적인 시를 하나 들면,

　모래밭은
　푸른 꿈을 꾸었고
　푸른 꿈은

| * 정지용, 「또 하나 다른 태양」 전문.

푸른 장미를 낳았고

푸른 장미는

빨간 꿈을 보았고

빨간 꿈은

빨간 꽃을 게웠다

빨간 꽃은

사랑의 열매를 맺었고

열정의 열매는

가시울타리 속에서

새로운 꿈을 키운다

새로운 꿈을—

그러나 벌써

그 행복한 꿈은

이 황소 같은 가슴에

몰래 감추어 넣었다

길이길이 기르고저—

— 월파越波*, 「장미」에서(이효석, 『관북통신』)

그러나 시는 결코 감각에 머물러서는 안 된다. 이 「장미」도 감각 이상
의 '꿈'을 깃들이고 있지 아니한가. 이 '꿈'이 빨간 꽃을 낳을 것이며 그
꽃이 열매를 맺을 것이 아닌가. 그리고 "이 열정의 열매는 가시 울타리
속에서 새로운 꿈을 키운다". 이 '꿈'이 또다시 더 많은 꽃과 열매를 가져

---

* 월파 김상용(金尙鎔, 1902~1951). 「남으로 창을 내겠소」로 유명한 시인. 인생을 관조하며 살아가는 담담한
심정과 동양적 허무를 느끼게 하는 독특한 시세계를 보여주었다.

올 것이다.

　　이 마음은 땅 밑에 잠자는 무명의 구근! 동면을 계속한 지 오래여 머리로 지각을 부비며 촉촉이 젖어지는 봄비의 촉수를 기다리나니 아 피고 살아 붉은 잎 그 정열의 송이로 타고 타고 봄아지랑이 이 밑에 타고 실어…….

— 춘성春城*, 「무명無名의 구근球根」에서

　　이제 비록 눌리어 '무명의 구근'같이 땅속에 있다 할지라도 장차 지각을 뚫고 나와 함박꽃같이 붉게 붉게 필 것이 아닌가. 나는 조선의 시가 "붉은 잎 그 정열의 송이로" 필 날이 있을 것을 믿는다. 그러나 거기에 이르기까지는 형극의 길일 것이다.

　　　　우리의 붓끝은 날마다
　　　　흰 종이 위를 갈며 나간다
　　　　한 자루의 붓 그것은
　　　　우리의 장기요 유일한 연장이다.
　　　　거칠은 산기슭에 한 이랑의 황전을 일랴면
　　　　돌부리와 나무 등걸에 호미 끝이 부러지듯이
　　　　아아 우리의 꿋꿋한 붓대가
　　　　그 몇 번이나 꺾였었던고!

— 심훈, 「필경筆耕」

---

* 춘성 노자영(盧子泳, 1901~1940). 《백조》의 창간동인으로 작품활동을 벌였고 잡지 《신인문학》을 창간하여 후진 양성에 힘썼다. 소녀적인 센티멘털리즘으로 일관하여 자기의 시에 '수필시'라는 특이한 명칭을 붙였다.

로맹 롤랑*은 형극의 길을 걷는 현대인에게 고뇌 속에서 일생을 걷다가 마친 베토벤의 전설을 선사할 때 권두에다 다음과 같은 베토벤의 말을 내걸었다.

"누구나 선하고 고상하게 행동하는 사람은 그것으로써 벌써 불행을 참을 수가 있다는 것을 나는 증명하고자 한다."

무보수의 불행도 달가이 받는다거늘 '황소 같은 가슴'에다 장차 꽃피고 열매 맺을 '행복한 꿈을 몰래 감추어 넣'은 조선의 시인들이여 화전을 일어 씨 뿌리고 오곡이 고개 숙일 때까지 꾸준하라.

시인의 입에
마이크 대신
자갈이 물려질 때
노래하는 열정이
침묵 가운데
최후를 의탁할 때
바다야
너는 몸부림치는
육체의 곡조를
반주해라.

— 임화, 「바다의 찬가」에서

---

* 로맹 롤랑(Romain Rolland, 1866~1944). 프랑스의 소설가·극작가·평론가. 대하소설의 선구가 된 『장 크리스토프』로 1915년 노벨문학상을 수상하였다. 평화운동에 진력하고, 국제주의 입장에서 애국주의를 비판했다. 『베토벤의 생애La Vie de Beethoven』(1903)를 비롯한 여러 예술가들의 평전도 집필하였다.

이는 바다의 찬가라기보다 침통한 시인의 진군나팔이다.

> 그러나 피 오른 내 목은
> 이 깨어진 나팔을 불고 있습니다.
> 이리하여 내 목에 기운이 다하는 날까지 나는 이 나팔을 불 것입니다.
>
> — 이규원*, 「깨어진 나팔」에서

나는 여기에서 시의 창조 그것을 보이는 이보다 주로 의욕을 보였다. 오늘날 우리에게 생물학적 생명욕이 더 많이 필요하듯이 조선시에 있어서도 시인적 의욕은 다다익변多多益辯**이다. 발자크는 나폴레옹의 초상화를 걸어놓고 거기다가 "너는 칼로 구라파를 정복했지만 나는 철필로 세계를 지배하리라."고 대서하였다 한다. 이만한 패기가 있었기에 그만한 대작이 있었으리라.

예술을 생각할 때에도 우리는 현실과 시대를 아울러 생각해야 되므로 나는 '의욕'과 '경향'을 조선 현대시에 있어서 최선의 요소로서 천거했다. 그러나 이외에도 좋은 점이 또 없다는 것은 결코 아니다. 신시가 탄생한 지 삼십 년이 채 못 되었지만 질로나 양으로나 장족의 발전을 보았다. 젊은 나이로는 풍부한 사상과 감정을 담고 있다. 미화된 형식을 갖췄다. 말의 세련으로만 보더라도 시집 『님의 침묵』을 보고 『석류』를 보면 실로 금석의 감이 있다. 그것은 개인의 차가 아니다. 시대의 차라 하겠다. 그러나 형식론은 다음 기회로 미루기로 한다. 이왕 말이 나왔으니 조선적 정취가 있는 시를 몇 구 소개해볼까.

---

* 이규원(李揆元). 생몰연대를 알 수 없는 시인 겸 소설가이다. 일제 말기에 여러 편의 시를 발표하는 한편 해방 후 「해방공장」이라는 소설도 발표한 바 있다.
** 많으면 많을수록 힘쓸 수 있다.(『사기史記』 「회음후전淮陰侯傳」)

뒷동산에 꽃 캐러
언니 따라 갔더니
솔가지에 걸리어
당홍 치마 찢어졌네.

누가 행여 볼까 하여
지름길로 왔더니
오늘따라 새 베는 님이
지름길로 나왔었네.

뽕밭 옆에 김 안 매고
새 베러 나왔었네.
(원주: 오늘따라＝하필 오늘, 새＝소먹이는 풀)

— 주요한, 「부끄러움」, 『시가집』에서

조선의 향토적 정서를 가장 잘 표현한 것은 '춤'이다. 그 고운 선의
흐름. 그 애틋한 감상. 그러나 어디인가 느릿한 낙관. 이 「부끄러움」에서
도 우리는 이러한 코리안 멜로디를 들을 수 있다. 조선처녀의 '숫된 마음
씨'가 잘 표현되었다. 『석류』의 시인은 "너무나 수줍은 조선의 소녀 오직
그대만이 나의 사랑"이라고 노래하고 있다. 아마 「부끄러움」은 조선 여
성의 상징인지도 모른다.

서리까마귀 우지짖고 지나가는 초라한 지붕
흐릿한 불빛 아래 돌아앉아 도란도란거리는 곳.

— 「향수」, 『정지용시집』에서

아늑한 농촌의 겨울밤을 눈앞에 방불케 한다. 소위 즉경卽景이다. 자연묘사 속에 벌써 시가 있다. "그곳이 차마 꿈엔들 잊힐리야." 하는 후렴을 붙이지 않아도 농촌에서 잔뼈가 굵은 사람이면 이 두 줄만 보아도 향수를 느끼리라. 리얼리즘의 극치라 하겠다. 이 시와 다음 시를 비교해보면 표현으로써 본 리얼리즘과 센티멘털리즘의 다른 점을 잘 알 수 있다.

> 연못에 오리 네 마리
> 그 뒤에 풀언덕 하나
> 푸른 봄 하늘엔
> 흰 구름 떴네.
> 해가 가도 못 잊힐 적은 이 광경
> 눈물로 추억될 풍경이어라.
>
> ― 김상용 역(윌리엄 앨링엄* 작)

연못, 오리, 언덕 그리고 봄하늘의 구름만 가지고 시를 만들기에 실패하고 작자의 센티를 강요하여 "해가 가도 못 잊힐 적은 이 광경 눈물로 추억될 풍경이어라." 하는 결구를 붙인 것이다.

감상을 표현했다 해서 그 시가 반드시 '센티멘털리즘'에 사로잡히는 것은 아니다. 시인의 사상 감정과 그것을 의탁한 객관이 일여가 되지 못할 때에 그것을 센티멘털하다 하는 것이다.

> 석양을 받은 채 소년은
> 고개를 떨어뜨리고 있었다.

| * 윌리엄 앨링엄(William Allingham, 1824/1828~1889). 아일랜드의 문필가이자 시인.

어두운 소년의 우수를 싣고
소의 걸음은 한없이 느리었다.

저녁해는 산서마루에서
쓸쓸한 냉소를 짓더라
개도 말 없고 소년도 말 없고
먼 산은 더욱 말이 없었다.

— 함지咸池,「풍경」에서

　이것은 앨링엄의 시와 비슷한 시다. 그러나 시인의 주관이 퉁명스럽게 비쭉 나서지 않았다. 풍경을 아지랑이같이 싸고 있다. 뒤집어 말하면 풍경 속에 '우수'가 떠돌고 있다. '눈물로 추억될 풍경이어라' 하는 설명을 붙이지 않아도 '개도 말 없고 소년도 말 없고' 시인은 더욱 말이 없어도 풍경은 제 스스로 황혼의 시를 말하고 있지 아니한가. 시인의 우수를 말하고 있지 아니한가.

　자연의 한 조각을 사진기처럼 그려내도 회화가 될 수 없다는 것은 오늘날 미술에 있어서 한 상식이다. 그와 꼭 마찬가지로 시인의 주관을 불쑥 써놓은 것도 시가 될 수 없는 것이다. 그러므로 형식과 내용의 문제는 단순히 말초적 기교에 관하는 것이 아니라 실로 시의 본질에 관하는 것이다. 괴테의 말을 빌면 시의 두 가지 엉터리(딜레탄티Dilettanti)가 있다. 하나는 뺄 수 없는 기교적 일면을 무시하고 사상과 감정을 내보이기만 하면 할 것 다했다는 자요 또 하나는 직공의 손재주는 있으나 알맹이와 내용이 없는 기교만 가지고서 시에 도달하기를 꾀하는 자다. 전자는 예술을 가장 해치는 자요 후자는 자기 자신을 해치는 자다. 조선시에도 이러한 엉터리 시가 두 가지 다 존재한다. 그러나 나는 그것을 여기서 구체적으로 예시하기를 삼간다. 그들이 징검다리가 되어 그것을 딛고 넘어선 것이 오늘날 조선시의 좋은 점임을 생각할 때 그 역사적 공적을 칭송은 못할지언정 어찌 그 과오만을 꾸짖겠는가. 그것을 들춰 적으려 한다면 "개구리가 올챙이 적 생각을 못하는" 것이 되겠지.

우리는 돌을 깨트리고 금을 캐는 사람이다. 참되고 아름다운 것을 찾아야 한다. 비평의 최영광은 좋은 것을 북돋아주는 데 있다. 메피스토펠레스같이 부정을 일삼는다면 그것은 비평의 악한 일면이다. 현 문단에서 작가와 평가가 으르렁대고 있는 것을 볼 때 한심함을 금치 못한다.

그 어느 편에 잘못이 있는지 나는 모른다. 양편에 다 잘못이 있을 것이다. 그러나 나는 그 반목의 원인이 더 많이 평가 쪽에 있다고 생각한다. 좋은 점을 내세우는 비평보다 나쁜 점을 꼬집어내는 비평이 득세한 때도 있다. 군자君子는 성인지미成人之美하고 부성인지악不成人之惡하나니 오늘을 소인발호의 시대라고 할까.

창작방법을 작가에게 들씌우려고 한 때도 있다. "고양이 목에 방울을 거는" 것이 좋은지 모르는 작가가 있을까. 맘대로 안 되는 것이 현실이다. 이상과 현실 사이는 천인절벽이다. 창작방법은 이상에 지나지 않고 작품은 현실 그것이다. 하기야 조선에 신문학이 발생한 지 날짜가 얕은 만치 위대한 결실을 보지 못한 것만은 사실이다. 그리고 유치한 점이 많았던 것도 사실이다. 그러면 좋은 점이 절무하였던가.

그것이 비록 돌 틈에 금맥이듯이 희소하다 하더라도 찬연히 빛나고 있지 아니한가. 부정을 일삼는 수많은 엉터리 비평이여, "천양지피千羊之皮 불여일호지액 不如一狐之腋"*이로다. 일전에는 또 하나 자미 없는 사실을 발견했다.

| * 양 가죽 천 개가 여우 가죽 한 개만 못하다.

악단에서도 연주가와 평론가가 그다지 의가 좋지 못하다는 것이다. "그 평에 왈 '정훈모鄭勳謨의 무대에 나선 꼴은 추하고 그의 태도는 너무도 전전긍긍하야 조금도 자신이 없어서 함은 연주가로서의 위신을 하나도 갖추지 못하였다' 운운이었습니다. 이 글에서 보시는 바와 같이 연주 내용에는 조금도 붓을 댐이 없이 오직 골상학자의 학설 같은 말만을 적었으므로 퍽도 웃었습니다만 또 그럴 것이 그 후 전언에 의하면 그 실 그 선생은 회에 참석도 못하고 타인의 말만을 듣고 적은 명평名評이었습니다."

정훈모 여사를 비평한 이 '선생'의 추한 꼴을 비웃기 전에 우리는 "견불현이내자성見不賢而內自省"*할진저. 비평이 '골상학자의 학설같이' 보일 때 또는 사유가 사유의 꼬리를 물고 맴을 도는 추상론(철학적!)이 될 때도 그것은 흔히 '회에 참석도 못하고 타인의 말만을 듣고 적은 명평'에 지나지 않는다.

비평이란 언제든지 대상을 철저히 이해한 후에야 가능한 것이다. 그리고 이 '철저한 이해'란 대상 속에서 좋은 점을 발견하는 것을 이름이다. 대상 속에 좋은 점이 하나도 없거든 애초에 비평을 말라. 불가여언不可與言이 여언與言이면 실언失言이라** 하지 않는가. 비평이란 "세계에서 가장 좋은 지식과 사상을 추구하며 또 그것을 전파하려는 공정무사한 노력이다."(아널드)

자, 힘을 합하여(작가여, 평가여, 독자여!) 세계에서 가장 좋은 사상과 지식을 찾자. 그리고 그것을 세상에 퍼뜨리기에 힘쓰자. "조그만 겨레에게 위대한 시를 남기고 금잔디 위에서 달가이 죽음"(키츠)이 불역낙호不亦樂乎아!

---

* 어질지 않은 자를 보았거든 안으로 스스로 (그렇지 않은가) 반성해본다.(『논어』「이인편里仁篇」)
** 더불어 말할 수 없는데도 더불어 말하면 말을 잃는 것이다.(『논어』「위령공편衛靈公篇」)

검은 진흙에서도 연꽃이 피네
니나니, 나니나,
보이진 않아도 뿌리가 살았는 걸세

새는 노래하고 하늘은 맑다.
태양은 장천 웃고 있다.
실개천 모여서 대동강 되네
니나니, 나니나,
한바다 향해서 다 모인 땜일세
새는 노래하고 하늘은 맑다.
태양은 장천 웃고 있다.
두드리고 두드리면 바위도 갈라지네
니나니, 나니나
그러나 그것은 작심이 있어야 하네
새는 노래하고 하늘은 맑다
태양은 장천 웃고 있다.

— 요한, 「생의 찬미」, 『시가집』에서

—《동아일보》, 1937. 9. 9~14.

시와 정치

— 이용악 시 「38도에서」를 읽고

8월 15일을 계기로 해서 조선의 시는 표변했다. '사상'이 없다고 산문가들이 백안시하던 시가 일조에 정치 시로 변한 것은 해방이 낳은 한편 기쁘고도 한편 서글픈 현상이다. 문학소녀의 시 같은 시를 쓰던 시인이 별안간에 혁명투사가 된 것같이 정치를 외치는 시를 쓰게 된 것은 세상이 다 놀라는 바이오. 연합군의 여광餘光을 받아 환해진 달밤의 조선을

오, 빛나는 조국!
악몽은 걷히도다
눈부신 아침은 오도다

하고 노래한 소설가의 착각은 그가 시인이 아닌데 시를 썼다는 데서 원인한 것이 아니라 '순수'를 표방하던 그가 8월 15일의 흥분에 휩쓸려 동요했기 때문이 아닐까. 하여튼 조선시단에도 8월 15일의 해방이 낳은 '아름다운 오묘'가 많았다—애당초부터 시가 무엇인지 모르는 사람들이 정치 브로커적인 시인 행세를 하게 된 것은 치지도외 하거니와. 그러나

홍분의 물결은 지나가고 차디찬 현실의 조약돌이 드러난 오늘날 그런 과오는 다시 용납되지 않을 것이다. 그러므로 《신조선보》에 이달 열이틀날 실린 이용악 씨의 시 「38도에서」는 값싼 홍분의 소산이 아니요 그가 시인으로서 자타가 공인하는 자리를 차지하고 있는 이상 또 이 시가 시로서 홈잡을 데가 없는 이상(?) 우리가 한번 비판해보는 것도 조선시를 위하여 무의미한 짓은 아닐 것이다. "미네르바의 올빼미는 밤 그늘이 짙어야 난다."던가. 조선의 시인들도 스스로 반성할 때가 아닐까.

한마디로 말하면 「38도에서」는 조선을 허리 동강낸 북위 38도선을 저주하는 노래다. 이것은 확실히 어떤 잠재의식의 표현이라 할 수 있다.

> 누가 우리의 가슴에 함부로 금을 그어
> 강물이 검푸른 강물이 구비쳐 흐르느냐
> 모두들 국경이라고 부르는 삼십팔 도에
> 날은 저물어 구름이 모여

이 어찌 이용악의 개인적 감정이랴. 허지만 이 시는 편견을 품고 있다. 그것이 값싼 편견이라면 내가 평필을 들 필요조차 없겠지만 이용악은 시인이요 시인의 편견은 스스로 뿌리 깊을 뿐 아니라 그의 시를 읽는 사람에게까지 그 뿌리를 깊이 박는 것이기 때문에 불가불 배보다 배꼽이 더 큰 이 원고를 쓰게 된 것이다.

먼저 38도의 본질을 말하여두자. 시인들이 어떻게 생각하든 간에 38도는 미소양국이 공동책임을 져야 할 것이다. 노골적으로 말하면 38도선은 자본주의와 사회주의가 균형을 얻은 실력선이다. 이 선을 없이 하는 데는 세 가지 길밖에 없다. 이 선을 조선북단으로 옮기든지 그와 정반대로 조선남단으로 가져가든지 또는 이 선을 둘로 쪼개서 하나는 북단으로 하나는 남단으로 옮기는 것—즉 조선이 자주독립하는 길이다.

그러면 이용악 씨에게 물어보자. 어찌해서 "고향으로 통하는 단 하나의 길"은 38도 이남으로만 통하는 것이냐.

야폰스키가 아니요 우리는 거린 채요 거리인 체

라 한 이용악 씨의 심경에 동정하지 않는 바 아니로되

쟁이 아니요 우리는 코리안이요 코리안

할 사람도 있을 것이 아닌가. '군청과 면사무소'는 '콤민탄트와 인민위원회'보다 더 비시적非詩的이 아닌가. 시인이 순수하려면 공정무사해야 할 것이 아니냐. 이용악 씨의 감각의 진실성을 부인하는 것은 아니로되 어찌 나무만을 보고 숲을 보지 못하는가. 철학자 칸트는 시인을 경계하여 가로되 "개념이 없는 직관은 장님이니라." 하였다. 정치학이란 모든 체험과 학문의 총결산이라야 한다. '38도'는 유클리드적인 관념선이 아니라 복잡다단한 현실선이다. 시인이여 그대의 감각을 과신하지 말지니 지구의 둥굶을 우리가 감각할 수 없듯이 38도선은 정치적으로밖에 파악할 수 없는 것이다. 시방 국제정세를 살펴보면 비록 도수는 다를망정 38도선 같은 선이 지구를 한 바퀴 뺑 둘렀다. 조선의 38도선도 세계사의 일환으로 보아야 그 본질이 드러날 것이다. 최근 《뉴욕타임스》를 보니 미국이라는 신사가 입고 있는 연미복의 두 꼬리를 하나는 자본가가 바른쪽으로 잡아 다니고 또 하나는 노동자가 왼쪽으로 잡아 다니는 만화가 있었다. 이는 미국에도 '38도선'이 있다는 것을 말하는 것이 아닐까.

하여튼 「38도에서」와 같은 시를 발표할 때는 신중해야 할 것이다. 이 시가 대중에게 끼치는 정치적 영향이 크기 때문이다. 이용악 씨가 이 시를 38도 이북에서 발표할 용기가 있었다면 문제는 전연 다르다. 다만 미군과 군정청밖에 없는 서울에서 소련병정과 콤민탄트를 비판한댔자 돌아서서 침 뱉기지 시인다운 태도라고는 볼 수 없다.

시인이여 순수하라. 섣불리 정치를 건드리지 말지니 숫자 없는 정치관은 위험하기 짝이 없는 것이다. 일본제국주의의 관념정치가 얼마나 위태로운 것이었나를 그래 시인은 모른단 말인가. 시가 아무리 파악력이 있다 해도 결국 붙잡는 것은 새요 구름이다. 정치를 논하려거든 우선 경제학부터 공부하라. 정치의 본질은 옷이요 밥이지 새나 구름은 아니다. 차라리

이윽고 어름ㅅ길이 밝으면
나는 눈보라 휘감아치는 벌판에 우줄우줄 나설 게다
가시내야
노래도 없이 사라질 게다
자욱도 없이 사라질 게다

한 때가 이용악 씨는 더 시인답지 아니한가. 그의 길이 분명히 워싱턴으로만 통한다면 암만해도 순수하다고는 볼 수 없을 것이다.

그러나 「38도에서」는 이용악 씨가 무심코 쓴 시인지도 모른다. 이것이 이용악 씨로서 무의식적 탈선이었다면 오히려 다행일 것이다.

—《신조선》, 1945. 12. 17~18.

희곡집 『동승童僧』

조선 최대의 역사극 「기미년 3월 1일」을 쓴 함세덕咸世德은 적어도 불혹의 나이는 넘었으리라. 일대 혁명극 「태백산맥」을 쓴 함세덕은 몸집이 장대한 사나이리라. 풍자극 「혹」을 쓴 함세덕은 너털웃음을 호걸답게 웃는 반죽 좋은 사나이리라. 8·15 이후에 조선극단에 거보를 내딛은 극작가 함세덕에 대한 연극비평가의 상상력은 이렇게 이 모든 극의 주인공을 그릴 것이다.

허나 함세덕 군은 나이 겨우 서른을 간신히 넘은 키가 다 컸자 네 치가 못 되는 강파르게 생긴 '쪽제비'의 우태牛太(소작인)로 나오는 명배우 이재현李載玄 씨를 연상케 하는 신경질형神經質型이다. 여학생과 나란히 길을 걸어가는 것을 보면 어느 모로 보나 꼭 문학청년이다.

이러한 함세덕 군이 잔인무도한 일본제국주의의 강압 밑에서 연극행동을 할 때 이번에 박문서관사에서 간행될 희곡집 『동승』과 같이 정치판을 추상한 극을 위한 극이 된 것은 오히려 그 현명을 찬양해야 할 것이다. 군은 겸손하게도 발문에서

"이 희곡집은 작자 함세덕의 전 시대의 유물로 보관되는 데만 간행의 의의를 찾을 수 있을 줄로만 안다. 나는 8 · 15를 계기로 완전히 이 작품의 세계에서는 탈피하였다."

하였는데 오늘날의 발전을 위한 일제와의 투쟁기록이 희곡집 『동승』이라는 것을 잊어서는 아니 된다.

남조선의 현실과 대조할 때 너무나 미술적인 것 같은 이 희곡집 어느 구석에 투쟁적인 것이 있느냐 하는 사람이 있다면 잠시 눈을 감아 스스로 사상가로 자처하던 무리들이 불문곡직 무문곡필舞文曲筆하여 일제의 발을 핥고 대중에게 그릇된 정치관을 강요하던 때를 상기하라. 아니 그때 신문, 잡지를 떠들썩하게 하던 그들의 매족賣族의 문장은 시방도 우리가 눈으로 볼 수 있지 않은가. 「흑룡강」이나 「북진대」* 같은 이른바 국민극이 횡행하던 그때에 「동승」이나 「쪽제비」 같은 극을 썼다는 것은 그것만으로도 눈물 나는 투쟁이었다.

빈곤에 쪼들리면서─인천상업학교를 졸업한 사무원이었다─틈틈이 인천으로 다니며 영어를 수학하던 군의 모습이 생각난다. 그때 군은 애란愛蘭의 의리 극작가 싱**을 사숙하는 청년으로 「말 타고 바다로 가는 사람들」을 외우다시피 하였다. 「해연海燕」엔 싱의 영향이 역력하다.

여하튼 함세덕 군의 1막극집 『동승』은 일제에 짓밟혔던 조선의 슬픔을 표현한 연극으로 된 서정시집이다. 오늘의 ○○○과 조선민족 ○○을 ○하기 위하여는 더욱이 읽어야 할 책인 것은 다시 말할 나위도 없다.

* 동랑 유치진의 대표적인 친일작품.
** 존 밀링턴 싱(John Millington Synge, 1871~1909). 아일랜드의 극작가. 황량한 자연을 배경으로 하고 빈곤과 싸우는 농어민의 생활과 전설에 심취하여 아일랜드 토착민의 일상어와 생활, 전설을 소재로 한 진실되고 아름다운 세계를 7편의 희곡을 통해 개척하였다. 대표작으로 「바다로 달려가는 사람들 Riders to the Sea」(1904)이 있다.

끝으로 함세덕 군의 과거의 모습이라고 볼 수 있는 「동승」의 주인공 도념이의 말을 인용하여 나의 동승평도 삼고자 한다.

"스님, 이 잣은 다람쥐가 겨울에 먹을랴구 등걸 구멍에다 뫄둔 것을 제가 아침이면 몰래 끄내 뒀었어요. 어머니 오시면 드릴려구요. 동지섣달 긴긴 밤 잠이 안 오시어 심심하실 때 깨무십시오."

—《문화일보》, 1946. 4. 21.

신연애론

부르는 나와 따르는 너의 정情이로다

— 고본 『춘향전』

'남녀칠세부동석'이라는 쇠사슬에 묶이었던 이조의 여성은 연애가 무언지 알기 전에 며느리가 되고 시어머니가 되고 또 시어머니의 시어머니가 되어버렸던 것이다. 당나귀를 타고 달랑달랑 장가들러 오다가 장난꾼들이 던지는 재 꾸러미에 놀라 떨어져서 코를 훌쩍거리며 들어오는 나이 어린 신랑을 맞이하여 신부는 첫날밤부터 성의 불만을 느꼈던 것이다. 그러나 참아야 한다. 또 참아야 한다. 인종! 이것이 이조 오백 년의 부덕이었다.

그래서 이조가 낳은 아들 가운덴 샌님이 많다. 의무적으로 껴안는 부부 사이에 탐스런 아들이 생길 까닭이 없지 않으냐.

봄바람에 나뭇가지가 싹트듯이 부풀어오르는 젖가슴에 연정이 싹트고 처녀도 모르는 사이에 탐스런 육체가 되어 무르녹는 녹음 속에서 한 쌍 꾀꼬리가 노래하듯 속삭일 수 있는 남성을 만날 때 비로소 건강한 결혼생활이 있을 수 있는 것이다. 남녀의 결합이란 자연 속에서도 가장 자연스런 현상이다.

> 만상을 껴안아 붙드는 자
> '그대'며 '나'며 그 자신을
> 껴안어 붙들지 않는가?
> 우에 하늘이 둥글고 아래
> 땅이 굳건히 놓여 있지 않은가?
> 그리고 구원한 별들이
> 다정한 빛을 던지며 오르지 않는가?
> 그리고 내가 마주 그대를 보며
> 일체가 그대의 머리와 가슴으로 몰려와서 보일 듯 말듯이 영원한 신비가
> 그대 곁에 떠돌지 않는가?
> 그대의 크나큰 가슴을 그것으로 채우라 그래서 그 기분으로 축복 받을진댄
> 그것을 행복이라 하든! 애정이라 하든! 사랑이라 하든!

파우스트가 마르가르레에게 주는 이 말은 어느 시대고 타당한 '연애관'이다.

비컨대 청춘은 신록과 같다. 그 속에서 꽃도 필 것이요 열매도 맺을 것이다. 또 신록은 그 자체가 목적이요 꽃은 열매를 위하야 피고 열매는 더 많은 신록을 낳기 위하야 땅에 떨어져 죽는 것이 자연의 윤리일진댄 이 논리를 거꾸로 세워서 신부를 시부모에게 희생으로 바친 이조의 봉건사회가 나날이 시들어 드디어 몰락하고 말았다는 것은 부자연이 낳은 비

극이었다.

부자연! 그렇다. 조선에는 아직도 너무 많은 부자연이 남녀 사이에 가지가지 불미스런 관계를 빚어낸다.

시조문학에서 이렇다 할 연애관을 엿볼 수 없듯이 현대 조선문학에서도 참다운 연애관을 발견하기 곤란한 것은 조선민족은 오백 년 동안 연애 한번 변변히 해보지 못했다는 것을 의미하는 것이 아닐까? 『임꺽정전林巨正傳』엔 연애가 있으되 이조 적 에로(erotic)에 흐르고 만다. 조혼 때문에 또는 봉건적 가족제도 때문에 부부 사이에 혼연한 정신과 육체의 결합을 가져보지 못한 이조의 양반들은 사랑 노름에서 그들의 변태성욕을 만족시켰던 것이다. 점잖은 개 부뚜막에 오르는 격으로……

춘원의 『사랑』은 모르면 몰라도 아마 고금동서에 제일가는 그릇된 연애관의 표현일 것이다. 속된 남녀가 껴안으면 혈액에서 '아모르겐'이 나오고 성스런 남녀가 껴안으면 '아우라몬'이 나온다는 춘원. 그는 꽃다운 처녀하고 한 방에 잤는데도 껴안지 않았다고 '그의 자서전'에서 자랑삼아 말했지만 아마 껴안고 잤더라도 춘원의 혈액엔 '아우라몬'이 분비되었을 것이다. 이 『사랑』이 잘 팔리는 소설 중에도 베스트셀러였다는 것이 무엇을 말하는가. 하물며 이 소설을 읽고 주인공 안빈安賓 같은 춘원의 품 안에 안기어보았으면 하는 성스런 처녀들이 생겼다는 말을 들을 때 춘원의 죄악은 신돈辛旽의 그것보다 더 크다 아니할 수 없다. 춘원의 문학은 연애도 허위의 연애관을 그 놀라운 필치로 철딱서니 없는 남녀에게 들씌웠던 것이다. 『사랑』과 좋은 짝이 되는 것이 모윤숙毛允淑 여사의 『렌의 애가』다.

참다운 연애가 없이 좋은 연애문학이 있을 수 없다. 하물며 처녀하고 한 방에서 자도 아무 일 없고 여자와 껴안아도 '애愛의 소소素'인 '아모르겐'이 아니라 '금金'을 의미하는 '아우라몬'이 피에 섞이게 되는 춘원 같은 성인들이 소설을 썼다는 것이 조선문학을 병들게 하였을 뿐 아니라 많은 선남선녀의 피를 불순하게 만들었다.

진실을 드러내는 것이 문학이다. 잠재의식까지도 파고 들어가 표현하는 것이 문학인데 자의식에다 몇 겹으로 옷을 입혀 체면 차리기에 볼일을 못 보는 조선의 문학가들―그들이 봉건주의를 벗어버리려면 아직도 멀었다. 수줍어서 그런지 점잖아서 그런지, 그들이 무슨 체하는 옷을 훌훌 벗어버리고 천둥벌거숭이가 된다는 것은 참으로 어려운 일이다. 하물며 일반사회 인사랴.

추문 때문에 얼굴을 붉히고 말문이 막혀야 할 여사가 시(?)로써 분장하고 플라톤의 사도인 양 행세하는 조선문단이다. "무엇이 그 여사를 그렇게 만들었느냐?" 조선의 사회통념은 아직도 너 나 할 것 없이 봉건주의인데 양키이즘―난숙한 자본주의―에 심취한 나머지 불에 뛰어드는 하루살이의 꼴이 되고 만 것이다. 우리는 이런 여자를 욕하기 전에 우리의 봉건의식을 청산해야 할 것이다. 하지만 자기의 연애생활과는 얼토당토 안 한 연애시를 쓰는 여류문사의 맹성猛省을 바라는 것은 새로운 조선의 문학과 연애를 위하여 마땅히 있어야 할 자기비판이다. '뒤로 호박씨 깐다'는 말이 있다. 가면을 쓴 연애문학을 소탕하기 전에는 건전한 연애관이 수립될 수 없다. 물론 가면 없이 연애하고 문학할 수 있는 사회를 출현시키는 것이 선결문제이지만.

어떤 일본인 심리학자가 졸업기를 앞둔 여학생들에게 테니슨*의 연애시 「이노크 아든Enoch Arden」을 읽어주고 감상문을 써내게 해서 통계표를 꾸민 일이 있는데 거지반 다 이구동성으로 애니의 입장을 옹호했건만 일본인 여학생 속에 섞여 있던 조선인 여학생 둘은 애니를 타매唾罵했

* 앨프리드 테니슨(Alfred Tennyson, 1809~1892). 영국 빅토리아 시대의 시인. 1850년에 걸작 『인 메모리엄 In Memoriam』이 출판되어 호평을 받았으며, 워즈워스의 후임으로 계관시인桂冠詩人이 되었다.

다. 동물원의 학을 보라. 학도 남편이 죽으면 다른 학과 결혼하지 않거늘 만물의 영장인 인간으로서 바다로 나가서 돌아오지 않는다고—설사 죽었다 하자—남편 이노크를 저버리고 필립과 재혼한 애니는 정조관념이 없는 여자다. 둘이 다 이러한 의미의 감상문을 썼다. 일본인 여학생 가운덴 생활을 위해서는 애니가 마땅히 재혼해야 한다는 의견이 많았고 심지어 건전한 성생활을 위하여는 마땅히 그러해야 한다는 의견도 있었다.

조선여성의 정조관념이 강한 것은 이 심리학자의 보고를 들을 것 없이 자타가 공인하는 사실이다. 하지만 그것이 일종의 봉건적 강박관념이었다는 것을 잊어서는 안 될 것이다. 여성을 규방에 가두어두고 남자들이 일방적으로 조작한 논리가 어느덧 여성의 마음 깊이 뿌리박은 정조관념이 되어버린 것이다. 이 부부와 저 부부 사이에 차별이 있어야 된다는 '부부유별'까지도 의식적으로 곡해하여서 젊은 부부의 사이를 이간한 것이 이조의 양반사회인데 결국 희생당한 것은 여성이요 남자들은 기생과 수작하며 공공연하게 축첩할 수 있었던 것이다.

요컨대 조선의 정조관념이라는 것은 남자 본위의 속박관념이었다. 자유에서 우러난 것이 아니기 때문에 강한 듯하되 약하다. 가족적 감시를 받을 땐 강한 여성도 자유의사대로 행동할 수 있는 환경에 들어가선 어처구니없이 약해지는 것이 조선여성이다. 조선여성은 쓰개치마를 쓰고 있었던 것이 아닐까? 친정에서 또는 시가에서 일가친척이 들씌워준 쓰개치마를 그대로 뒤집어쓰고 살아온 것이 아닐까? 그렇다면 조선여성은 시방 중대한 위기에 당면했다 아니할 수 없다. 왜냐면 조선이 해방되려면 봉건주의를 벗어나야 할 것이요 따라서 심규深閨에 갇혀 있던 여성도 자유의 몸이 될 것이므로. 자유란 마음대로 갈 수 있는 길인 동시에 빗나가기도 쉬운 길이다.

사랑 없는 결혼생활은 수녀나 매춘부가 아니면 참을 수 없는 것이다.

그러나 그것을 여성에게 강요한 것이 조선의 봉건사회다. 봉건주의의 껍질을 벗고 새로운 생활이 비롯하는 마당에 조선에 많은 노라가 '인형의 집'을 뛰어나올 것이다. 그것이 좋건 그르건 한번은 필연적으로 일어날 현상이다. 그러니 우리는 이러한 여성들을 붙잡아 가둘 궁리를 하기 전에 그들이 길을 잘못 밟지 않게 하기 위하여 건전한 연애관과 결혼관을 확립하기에 노력해야 할 것이다.

'사랑'을 정신적인 것으로만 생각하는 것은 '사랑'을 육체적인 것으로만 느끼는 것이나 매한가지로 위험하다. 육체 없는 정신은 현실과 유리되며 정신 없는 육체는 현실과 야합한다. 주요섭의 「사랑손님과 어머니」가 전자의 좋은 예요 이효석의 「화분」이 후자의 좋은 예다.

그러나 영육이 혼연한 일체가 되는 남녀관계란 이상이지 현실에선, 더욱이 조선 같은 현실에선 얻기 어려운 행복이다. 부부 본위가 아니고 가장 본위의 가족제도이며 경제력도 가장 혼자서 움켜쥐고 있는 조선에서 결혼이 자유주의에 뿌리박지 못한 것은 당연하지만 젊은이들의 입장에서 본다면 불행한 환경이다. 이상적 결혼생활은 시방 현실로 보아서는 불가능에 가깝다. 배우자의 선택을 자유의사에 맡기더라도 먼발치로 꽃 보듯 '미아이'*라는 것을 해서 결혼하는 수밖에 별 도리가 없는 것이 조선사회다. 자유연애란 일종의 도색유희가 되어 있는 것이 조선사회다. 여성뿐 아니라 남자도 하루바삐 '인형의 집'을 뛰어나와서 그대들의 손으로 빵 문제를 해결하기 위하여 싸우라. 생활의 승리자만이 연애와 결혼에도 축복 받을 수 있는 것이다. 부모의 덕으로 무위도식하는 청춘남녀가 연애의 자유를 부르짖는다는 것은 우스운 자기모순이다.

하지만 조선은 아직도 일본제국주의의 여독과 봉건주의의 잔재로 말

| * 見合い. 맞선.

미암아 청춘의 자유는 청춘의 힘만 가지고는 얻을 수 없게 되어 있다. 연애란 생활의 위협이 없어야 날 수 있는 나비인데 꽃은커녕 쌀도 없는 백사지白砂地에 나비가 날 수 있을까 보냐. 그러지 않아도 피를 빨려서 삐쩍 마른 조선에서 그나마 피는—경제력을 의미한다—일본제국주의의 잔존세력과 봉건주의자들의 혈관에만 흐르고 있으니 청춘남녀에게 연애하고 결혼할 여력이 있을 리 없다. 이러한 경제 상태를 그대로 두고서 청춘남녀보고 자유연애를 하라면 사생아를 많이 낳게 되거나 불연不然이면 일본제국주의와 봉건주의의 잔재인 사람들의 며느리가 되든지 사위가 되는 수밖에는 없을 것이 아니냐. 조선민족의 생명력은 어느 때나 되어야 자유발전의 길이 열릴는지……

그러나 청춘은 젊었다는 이 한 가지 사실만으로도 축복 받은 존재다. 일본제국주의와 봉건주의의 잔재가 황금과 지위와 권력을 독차지하고 있지만 그들은 이미 청춘의 고개를 넘은 낙일이다. 그들이 아무리 발악을 한댔자 시간의 흐름을 거꾸로 흐르게 할 수는 없지 않으냐. 햄릿이 원수인 왕의 주구요, 연인 오필리아의 아버지인 플로니어스를 미친 척하고 빈정대는 말이 생각난다.

여보시오. 당신이 만약 게 모양 뒤로 걸어갈 수 있다면 내 나이와 같아질 것이오.

그러나 조선의 플로니어스들도 역사에 거슬려 뒤로 걸어가는 재주는 없을 것이다. 그런데도 무슨 짓을 다 해서든지 역사의 차륜을 뒤로 돌리려 하는 자들이 있으니 걱정이다. 걱정은 걱정이지만 오래오래 길게길게 없어지지 않을 걱정은 아니다. 낙일이 떨어지기가 안타까워 서해 물을 피로 물들이고 발버둥 쳐도 그들의 밤은 오고야 말 것이요 새로운 청춘의 태양이 금빛 찬연히 동쪽 봉우리 우에 홰치며 솟을 것이 아닌가.

젊은이들이여, 하루 바삐 '인형의 집'을 나오라. 노라는 여자 혼자였기 때문에 그의 앞길에는 어디인지 모르게 고독이 있었지만 남녀가 같이 손에 손을 잡고 '인형의 집'을 뛰어나온다면 동반자들은 얼마든지 있을 것이다. 노라는 "여자가 되기 전에 인간이 되기 위하야" 과거를 청산했지만 조선의 젊은이들은 여성이고 남자 간에 인민이 되기 위하여 인민 속으로 들어갈 것이다. 이것은 누구에게보다도 일본제국주의와 봉건주의의 잔재를 부모로 모신 청춘남녀에게 주고 싶은 말이다. 조선민족이 완전히 해방되어 인민을 위하여 인민의 손으로 인민의 나라를 건설하기 전에는 정말 연애의 자유는 있을 수 없는 것이다. 그러니 과거로 하여금 과거의 시체를 묻게 하고 새로운 시대의 주인이 될 젊은이들은 스스로 생활의 터전을 닦고 주춧돌을 놓고 하기에 힘써라. 그들의 손으로 그들의 경제생활을 건설하기 전에 자유연애를 탐하고자 하는 것은 또 한 번 구세력의 노예가 되기를 스스로 꾀하는 짓이 될 것이다.

근로하는 인민 속에서 자유로운 연애가 움터 나올 때 비로소 조선에는 순결한 생명이 싹틀 것이다.

그리하여 청춘남녀가 신록처럼 지나간 삼동의 공포에서 완전히 해방되어 스스로 생활을 즐길 수 있는 사회가 될 때 조선민족은 무한한 축복을 약속 받을 것이다. 녹음이 무르녹을수록 꽃과 열매도 탐스러울 것이 아니냐.

하지만 청춘은 아직도 '일제'와 '봉건'에 억눌려 동면하고 있다.

—《신천지》, 1946. 5.

신간평 『병든 서울』

　현대는 시인에게는 불행한 시대다. 시도 상품이기는 하지만 대량으로 생산할 수 없는 상품이요 또한 팔리는 상품도 아니다. 적어도 소비자가 극히 소수다. 그러니 자유주의 경제가 맘껏 성리成利를 하고 있는 삼팔이남 조선에서 시인이 시만 가지고 산다는 것은 참 어려운 일이라 아니랄 수 없다. 그러나 장환은 십년을 하루같이 시만 쓰고 살아왔다. 일제 시대에 시인들이 현실에서 월越한 그 정성情性이 8·15의 돌을 맞이하게 되는 오늘날도 남아 있어서 여간해서는 현실 속으로 뛰어들려 하지 않는다. 첫째 정치가 무서워서 그러하고 둘째 저희들이 간직하고 있는 시심을 상실할까 두려워함에서리라. 하지만 장환은 용감히 현실 속에 뛰어들었다.

　시집 『병든 서울』이 장환 제2시집 『헌사獻詞』에 대하면 산문화한 것은 부인할 수 없다. 하지만 그것은 시심의 고갈에서 오는 그러한 산문화가 아니라 시인이 거센 현실 속에 뛰어 들어가 새로 살아나려고 애쓰는 데서 오는 것이다. 시인이면 누구나 8·15 이후에 한 번은 있어야 하는 탈피 과정의 산문이 섞여 있기 때문이다. 조선에 새로운 시가 탄생하려는 기운을 달성한 것만으로도 『병든 서울』의 존재 이유는 뚜렷하다 할 것이다.

시방 서울은 병들었다. 그러나 서울만 병든 것이 아니라 병든 서울에게 '카타르시스'를 일으키게 하여 건강한 서울이 되게 하는 의사醫師인 시인 장환도 병들었다. 모리배의 내민 배는 나날이 압력을 가하여 건강의 북소리를 울리는데 시인은 나날이 건강을 잃어간다.

시집 『병든 서울』의 출판을 하賀하는 동시에 시인 장환의 병이 완쾌되기를 빌어마지 않는 바이다. (8월 13일)

—《일간예술신문》, 1946. 8. 17.

시와 자유

조선을 사랑한다면서 조선말을 사랑하지 않을 수 있겠습니까. 또 조선말을 사랑한다면서 조선의 시를 사랑하지 않을 수 있겠습니까. 시는 말 가운데 가장 아름다운 말이올시다. 그러므로 조선의 시를 사랑하는 마음은 아름다운 조선말을 사랑하는 마음이며 그것은 또 아름다운 조선을 사랑하는 마음입니다. 시인 유진오 씨가 「누구를 위한 벅찬 우리의 젊음이냐?」라는 시를 읽고 경찰에 구금되었을 때 조선문학가동맹이 항의한 뜻은 아름다운 조선의 시가 짓밟힐까 저어해서, 다시 말하면 조선의 시와 말과 민족을 사랑하는 마음에서 우러나온 것이 아니겠습니까.

그 항의문 말마따나 시인이 시를 읽다가 경찰에 붙들려간 일은 일본 제국주의 폭정하에도 없었습니다.

시는 산문과 달라서 상징적인 말을 즐겨 쓰기 때문에 그 의미는 해석하기에 따라서 정반대가 될 수도 있습니다. 다시 말하면 시란 트집을 잡으려 들면 얼마든지 트집을 잡을 수 있는 것입니다. 만약 일본의 경찰이 시를 가지고 조선의 시인을 탄압했더라면 잡혀가지 않았을 시인이 어디 있었겠습니까. 자유가 없는 민족의 시에는 반드시 반항정신이 숨어 있는 것인데 그것을 꼬치꼬치 집어낸다면 일본제국주의에 저촉되지 않는 시는 없었을 것입니다.

조선을 식민지화하고 조선민족을 노예로 만들려던 일본제국주의자가 좋아하는 것이라면, 벌써 그것만으로도 충분히 그것이 조선의 시가 아니라는 것은 증명됩니다. 강약의 차는 있을지언정, 적극적이냐 소극적이냐 하는 차이는 있을지언정, 상징의 도가 다를지언정, 그것은 조선의 시인이 노래한 것이고 그것을 조선의 독자가 즐겨하는 시인 바에야 일제에 대한 반항정신이 없을 수 없습니다. 의식적으로 정치적인 것을 추상해버리고 순수의 상아탑을 고수한 정지용 씨의 시에도 이런 것이 있습니다.

　　　나는 나라도 집도 없단다
　　　오오 이국종 강아지야
　　　내 발을 빨아다오
　　　내 발을 빨아다오

　　　　　　　　　　　　　　　　　　　　　—「카페 프랑스」

일본 제정帝政하에 조선사람이 '나라가 없다'고 말할 자유가 있었습니까. 일본여급 보고 '이국종 강아지야 내 발을 빨아다오' 할 자유가 있었습니까? 그러나 「카페 프랑스」라는 이 시는 인구에 회자하였을 뿐 아니라 일본경찰은 정지용 씨를 잡아다 가두지 않았습니다.

시는 민족의 호흡이며 이 숨구멍을 막아버리면 민족은 큰 몸부림을 칠 위험성이 있는 것입니다. 그것을 알고 그러했는지 또는 모르고 그러했는지 '일제'는 조선의 시를 경이원지敬而遠之*한 것입니다. 일본인을 통

| * 겉으로는 공경하는 체하면서 가까이 하지는 아니함.

틀어 조선말로 읽고 조선 현대시를 이해하는 자는 한 놈도 없었습니다. 또 도서과나 고등과에서 조선의 사상을 일일이 왜놈에게 고해 바치는 조선인도 조선시를 이해하는 자는 없었습니다. (조선시를 이해하는 사람이 어떻게 그런 데서 왜놈의 종노릇을 하겠습니까.) 그러니까 조선의 시가 다른 사상의 분야보다 자유로운 표현을 가질 수 있었는지도 모르지요.

그러나 시가 무엇인지 몰라서 일본경찰이 시인을 잡아가지 않은 것이 아니라는 예가 얼마든지 있습니다. 지금은 이미 이 세상에 없는 정열의 시인 상화尙火가

지금은 남의 땅,
빼앗긴 들에도 봄은 오는가?

하고 《개벽》 제70호에서 노래했을 때 검열에 눈이 벌건 왜놈들이나 그들의 주구가 천치 바보가 아닌 이상 '빼앗긴 들'이 왜놈에게 빼앗긴 조선을 의미한 것을 몰랐을 리 만무합니다. 그런데도 그때 경찰은 이「빼앗긴 들에도 봄은 오는가」의 시인을 잡아가지 않았습니다. 그것은 다름이 아니라 이것이 시였기 때문에 그 내용이 어떻게 되었든 내버려둔 것이리라 그렇게 해석할 수밖에 없을 것입니다.

일전에 어떤 관리의 말이 오장환의 시는 위험하다 하였다는데 또 그 사람은 시를 잘 안다고 자랑한다는데 일제시대에 쓴 장환의 시는 더 '위험'한 것이 있습니다. 하나만 예로 들지요. (더 많이 필요하신 분은 시집 『헌사』를 읽어보십시오.)

무거운 쇠사슬 끄으는 소리
내 맘의 뒤를 따르고

여기 쓸쓸한 자유는 곁에 있으나……
오직 치미는 미움
낯선 집 울타리에 돌을 던지니
개가 짖는다.

―「소야小夜의 노래」

'무거운 쇠사슬'이 무엇을 의미하는지 그래 왜놈들이나 그놈들에게
일러바치는 것을 직업으로 하는 조선인이 몰랐다고 생각하십니까. 왜놈
들은 혹 몰랐을지 몰라도 그들의 안테나 노릇을 하는 조선인들이 이것이
무엇을 의미하는지 모르고서 돈과 권력을 얻을 수 있었다고 생각하십니
까? 왜놈이란 그렇게 어리석지 않으며 그놈들이 부리던 조선인들은 더
군다나 어리석은 무리들이 아닙니다. 그놈들에게 묵묵히 압박받은 조선
의 인민이 황소처럼 미련했을 따름입니다.

이러한 노예가 된 민족의 운명을 생각할 때 시인은 자기에게 주어진
자유가 '쓸쓸한 자유'에 지나지 않았던 것입니다.

이것은 딴 이야기지만 미국의 유명한 사상가 소로*가 흑인에 대한 정
부의 노예정책에 반대하여 세금을 내지 않아 경찰 유치장에 있을 때 이
야기입니다. 그의 친구 에머슨이 유치장으로 면회 가서 "왜 자네는 이런
데 와 있나?" 하고 물으니까 소로의 대답이 "왜 자네는 이런 데 와 있지
않나?" 하였다 합니다. 흑인종이 압박 받는 것을 참지 못하여 경찰 유치
장을 오히려 자기들 사상가의 있을 곳으로 안 미국인이 있거늘 하물며
자기의 민족이 타민족에게 압박받을 때 어찌 시인 홀로 자유를 누릴 수
있겠습니까. 그래서 일본제국주의에 대한 '치미는 미움'을 이기지 못하

---

* 헨리 소로(Henry David Thoreau, 1817~1862). 미국 사상가 겸 문학자. 자연에 대해서뿐만 아니라 사회문제
에 대해서도 발언하고 글을 남겼다. 그의 책 『시민의 반항』은 후에 간디에게도 영향을 주었다.

여 '낯선 집' 울타리에 돌을 던지니 '개'가 짖더랍니다. '낯선 집'은 왜놈의 집이 분명하고 '개'는 일제의 주구를 의미한다고 해석할 수도 있습니다. 그럼에도 불구하고 일본경찰은 시인 오장환을 붙잡아가지 않았습니다.

그렇다고 일본제국주의가 우리에게 언론의 자유를 주었다는 말은 천만 아닙니까. 칼을 절거덕거리며 우리들의 집집을 낱낱이 샅샅이 뒤져서 성姓을 뺏어가고 젊은이들을 뺏어가고 나중에는 숟가락까지 뺏어간 일본제국주의도 시를 트집 잡아 시인을 붙들어가지는 않았다는 말씀입니다.

결국엔 소련으로 망명하고 말았지만 포석抱石이

주여! 그대가 운명의 저箸로
이 구더기를 집어 세상에 들어뜨릴 제
그대도 응당 모순의 한숨을 쉬었으리라
이 모욕의 탈의 땅 위에 나둥겨질 제
저 많은 햇빛도 응당 찡그렸으리라
오. 이 더러운 몸을 어찌하여야 좋으랴
이 더러운 피를 어따가 흘려야 좋으랴
주여! 그대가 만일 영영 버릴 물건일진대
차라리 벼락의 영광을 주시겠나이까
벼락의 영광을!

하고 외쳤을 때 이것은 일본경찰 보고 "나를 잡아다 가두라."는 말과 다름없지 않습니까. 일본의 노예로 태어났음을 원통이 여겨 몸부림치는 젊은이, 그 젊은이가 원하는 '벼락의 영광'이 무엇을 의미하는 것이겠습니까. 그래 일본경찰이 그 뜻을 몰랐다고 생각하십니까. 하지만 이것이 연설이 아니라 시였다는 단순한 이유로 경찰은 이 시인의 신체를 구금하지 않았습니다. 조선에서 출판된 소설책 중에서 복자覆字 많기로 유명한 「낙동강」은 드디어 금서가 되었건만 일본제국을 떠엎어버리는 '벼락의 영광'을 울부짖은 이 시는 시집 『봄 잔디 밭 위에』 속에 끼인 채 끝끝내 탄압을 받지 않았습니다.

그러나 일본제국주의는 '떡 하나 주면 안 잡아먹지' 하면서 야금야금 빼앗아가다가 나중에는 우리의 호흡과 다름없는 언어까지 뺏으려 하였습니다. 그러니 시도 위기에 빠진 것입니다. 그때 이미 여명餘命이 얼마 남지 않은 신문에 임화 씨가 발표한 「바다의 찬가」라는 시가 그것을 잘 말했습니다.

시인의 입에
마이크 대신
재갈이 물려질 때
노래하는 열정이
침묵 가운데
최후를 의탁할 때

바다야!
너는 몸부림치는
육체의 곡조를
반주해라

이 얼마나 침통한 몸부림입니까. 임화 씨의 시가 일본제국주의의 철쇄를 끊고 싶어하는 몸부림 아닌 것이 없으되, 이 시만치 심각한 몸부림은 없습니다. 시인의 입에까지 재갈을 물리려는 일본제국주의는 단말마의 발악을 하고 있었던 것입니다. 그러나 그 발악하는 일본경찰도 이 시를 결박 체포하지 않았습니다.

여기까지 말씀하면 조선의 시는 일본 식민지에 태어났음에도 불구하고 끝끝내 자유로울 수 있었다는 것같이 들릴 염려가 있습니다만, 사실은 그런 것이 아니라 조선시는 자유 없는 조선민족이 자유를 그리워하는 '꿈'의 표현이기 때문에 설사 시인의 신체를 구속할 수 있었을지 모르나 그의 시까지 구속할 수는 없었으리라는 것입니다.

조선의 시가 자유를 노래하지 않은 것이 없는데, 그러니까 조선민족에게 자유를 주지 않고는 그 시가 담은 바 제국주의에 대한 반항심을 제거할 수 없는 것인데 몇 사람 시인의 신체를 구속했댔자 조선민족의 몸부림치는 시를 구속할 수 없었을 것이 아니겠습니까.

정신분석학자 프로이트의 책에 이런 그림이 있습니다. 죄수가 잠자는 감방에 동쪽으로 뚫린 철창으로부터 햇빛이 흘러 들어오고 날개 달린 선동들이 무동을 타고 창을 넘어가는 광경입니다. 이것은 다시 해설할 것도 없이 옥에 갇힌 자는 옥에서 탈출할 꿈을 꾼다는 것입니다.

다시 말하면 죄수를 옥에 가둔 사람들은 그 죄수의 신체만은 구속할 수 있을지 모르지만 그의 꿈까지 옥에 가둘 수는 없다는 '꿈'의 권위자 프로이트 박사의 학설을 설명하는 그림입니다. 일본제국주의라는 옥 안에 갇히어 있던 조선민족이 자유를 꿈꾸는 그 꿈을 왜놈이나 친일파인들 어찌 속박할 수 있었겠습니까. 조선시는 이러한 민족이 자유를 그리워하고 슬퍼하고 안타까워하던 노래입니다.

'마돈나' 밤이 주는 꿈 우리가 얽는 꿈 사람이 안고 궁그는 목숨의 꿈
이 다르지 않느니

아 어린애 가슴처럼 세월 모르는 나의 침실로 가자 아름답고 오랜 세계로

— 이상화, 「나의 침실로」

이러한 민족의 꿈을 과학적 방법과 행동으로써 실현하려던 것이 공산주의자입니다. 그래서 일본경찰은 공산주의자라면 인적이 끊어진 산속까지도 토끼사냥 하듯 뒤져서라도 잡아 가두었습니다. 공산주의자뿐 아니라 그 사람들과 만난 적만 있어도 아무렇지도 않은 사람까지 잡아다 가둔 것입니다. 민족의 자유를 부르짖는 시인은 그냥 내버려두는 일본경찰이 공산주의자라면 호열자虎列刺보다 더 무서워했던 것입니다.

그것은 꿈은 암만 꾸어도 꿈에 지나지 않는 것이라는 것을 그들이 잘 알기 때문에 그러했던 것입니다. 꿈은 탄압하지 않아도 위험한 것은 아니올시다. 아니 섣불리 탄압했다가는 퉁그러져서 위험한 것이 되는 것이 꿈입니다. 만약 일본제국주의가 조선의 시인으로부터 꿈꾸는 자유까지 뺏었더라면 남달리 정열에 넘치는 시인들이 가만히 있었을 리 만무합니다.

그러나 이상은 일본 제정시대의 이야기고 시방 조선의 사정은 전연 달라야 할 것이 아니겠습니까. 민족의 자유를 위하여 과학적 행동을 하는 사람을 위험시하기는커녕 찬송해야 될 오늘의 조선이 아니겠습니까. 하물며 민족의 자유를 꿈꾸는 꿈에 지나지 않는 시가 탄압 받을 이유가 어디 있겠습니까. 시방 조선민족은 자유를 꿈꿀 때가 아니라 자유를 위하여 행동할 때입니다. 그럼에도 불구하고 자유를 꿈꾸는 시조차 위험시하는 사람이 있다면 그런 사람은 시를 너무 모르는 사람이거나 어학적으로 알되 민족의 입장과 반대되는 입장에서 해석하는 것이라 아니할 수 없습니다.

이상 말씀은 조선사람에게, 진정으로 조선의 시와 말과 인민을 사랑하는 조선사람에게 드리는 바입니다.

—《중외신보》, 1946. 9. 11~14.

조선문학의 주류

　막연히 '문학'이라 하지만 문학이라는 개념은 '시'와 '산문'의 두 개념을 내포하고 있다. 이를테면 셰익스피어의 『리어왕』과 톨스토이의 『전쟁과 평화』를 문학이라는 말로 일괄하지만 그 본질을 따지고 볼 말이면 하나는 시요 또 하나는 산문인 것이다. 시와 산문—문학을 이렇게 둘로 분석하여 이해하는 것이 문학론의 혼란을 정리할 수 있을 것이다. 톨스토이가 셰익스피어의 시극을 통틀어 예술이 아니라 한 것을 어떻게 이해해야 될지를 모르는 사람이 있지만 톨스토이의 소설과 셰익스피어의 희곡을 그냥 문학이라고 한데 몰아칠 것이 아니라 전자는 산문문학이요 후자는 시문학이라 하면—시와 산문이 대립하는 것이라는 전제를 필요로 하지만—톨스토이가 셰익스피어를 부정한 것은 오히려 당연하다 할 것이다.

　그러면 시와 산문은 과연 대립되는 것인가. 17세기 불란서 시인 말레르브*가 시를 무용에다 그리고 산문을 보행에다 비한 것은 시와 산문의 차점差点을 잘 표현했다 하겠다. 같은 발을 움직이되 춤은 뼹뼹 돌기만 하지만 걸음은 뚜렷한 목적지가 있는 것이다. 춤은 가는 곳이 정해 있지 않은 대신 아름다워야 하지만 걸음은 아름답지 않더라도 지향한 곳에 다다르기만 하면 되는 것이다.

8·15 전 '일제'의 총칼이 우리의 갈 바 길을 막았을 때 산문문학이 위축해버리고 시문학이 간신히 명맥을 이어오다가 드디어는 언어말살정책 때문에 그것조차 존립할 수가 없었는데, 8·15가 되자 시보다도—형식이 아니라 정신을 의미한다—산문이 조선문단을 풍미한 것은 어떤 청년문학가가 슬퍼하듯이 비문학적인 현상은 아니다. 시적인 것만이 문학에서 순수한 것이라고 우기는 문학가는 모름지기 시만이 문학이 아니고 산문도 문학이라는 것, 민족이 8·15를 맞이하여 갈 바 길을 찾았을 때 방향 없이 춤추는 시보다는 방향이 있어 걸어가는 산문이 민족문학을 대표한다는 것, 이 두 가지 객관적 사실을 인식하도록 노력해야 할 것이다.

이른바 순수를 표방하는 문학가들은 '사실'을 싫어한다. 아니 무서워한다. '일제'의 압박에 못 이겨 갈 바 길을 잃고 '꿈' 속에서 춤이나 추던 그 타성이 그대로 남아 있기 때문이다. 하긴 문학 특히 시는 생리적인 것인데 그들의 생리가 일조일석에 변할 수는 없는 노릇이다. 하지만 조선의 사실은 8·15를 계기로 일대전환을 했다. 문학가라면 적어도 이 거대한 사실과 더불어 내적인 변화를 체험했을 것이다. 다시 말하면 8·15를 계기로 조선문학은 신문학 발생 후 처음으로 정말 마음 놓고 걸어갈 목표를 발견한 것이다. 그래서 시도 우선은 그 애달픈 춤을 버리고 산문과 보조를 같이하여 씩씩한 첫걸음을 내딛은 것이다. 그 걸음이 그 춤에 비하여 미를 상실했다 하자. 민족이 제국주의자에게 목매어 끌려갈 때 남몰래 추던 그 춤보다는 민족과 더불어 해방의 붉은 태양을 맞으러 걸어

---

* 프랑수아 드 말레르브(Francois de Malherbe, 1555~1628). 프랑스의 서정시인. 프랑스어를 순화·정리하였고 이성을 존중하고 보편적인 내용을 명쾌히 표현하도록 주장한 고전주의 시대의 선구자로 평가된다. 작품으로 《섭정의 성과를 축하하여 왕비 마리 드 메디시스에게 바치는 오드》(1610)가 있다.

가는 그 걸음이야말로 더 민족적인 문학일 것이다.

조선문학의 현단계는 민족문학이다. 그리고 민족문학이란 민족의 문학을 의미한다. 그러므로 민족의 역사적인 방향을 모르고 여전히 빵빵대는 문학은 후세에 골동품이 될 수 있을지는 또 모를 일이로되 8 · 15 후 조선문학의 주류는 될 수 없는 것이다. (10월 28일)

—《경향신문》, 1946. 10. 31.

시단의 제삼당
─김광균의 「시단의 두 산맥」을 읽고

《서울신문》 12월 3일호에 실린 김광균 씨의 「시단의 두 산맥」이라는 평론은 솔직한 고백이라는 데 인상 깊었다. 그냥 두면 곪아서 부스럼이 될 것을 남김없이 토로했다는 데 대해서 경의를 표하지 않을 수 없다. 이미 김광균 씨는 노신魯迅에 의탁하여 《예술신문》 지상에서 또는 회남의 『전원』을 중심으로 몇몇 문학가가 모인 자리에서 말한 바 있었지만 이번처럼 노골적으로 자기의 정체를 드러내놓지는 않았었다.

조선의 시단을 두 산맥으로 나눈 것은 분류의 원리와 대상이 객관적으로 존재한다 하더라도, 김광균 씨의 의도는 시단에는 두 산맥이 있다는 것을 말하는 데 그치지 않고 제삼 산맥이 있다는 것을 증명하려는 데 있다.

민족에 대한 개념마저 다른 시단의 이 두 산맥이 앞으로 어떻게 변형할지 꽉이 모르고 조급한 결론을 지을 것도 없으나, 나 개인으로는 김기림 씨가 말한 '공동단체의 발견'과 김광섭 씨의 '시의 당면한 임무'라는 두 가지 발언이 강렬히 인상에 남아 있다.

고 결론한 김광균 씨는 명백히 시단에 있어서 제삼당을 기도하고 있는 것이다. 정계에 있어서의 소위 '좌우합작'과 같은 노선을 시단에서 걸어가고 있는 자신의 정체를 발견하고 놀랄 것은 없다. 그로 하여금 자신의 길을 걷게 하라. 다만 문학가동맹의 김기림 씨와 문필가협회의 김광섭 씨를 맞붙여가지고 시단의 제삼당을 결성할 수 있다고 생각하는 김광균 씨의 어리석은 기도를 반박하지 않을 수 없다는 것이다. 김광균 씨가 김기림 씨의 뒤를 따라온 시인인 것은 사실이다. 그러나 그 역은 김광균 씨의 주문대로는 되지 않을 것이다. 김기림 씨는 벌써 두 산맥 중 하나에 속해 있는 것이다.

"문학을 최후로 결정하는 것은 역시 문학자의 생활이란 것을 다시 한 번 절규하고 싶다."고 한 김광균 씨여. 김기림 씨가 그대와 더불어 끝끝내 소시민적인 생활을 고집하고, 그대가 찾고자 애쓰는 샛길을 같이 찾을 줄 알았던가. 박목월, 박두진, 조지훈 등 이른바 '순수시인'을 길러낸 정지용 씨가 이들 후배들이 '청년문학가협회'를 조직하여 문학가동맹에 대해서 반기를 들었을 때 한 말이 생각난다.

— 이놈들아 그래 날 보고 너희들의 뒤를 따라오라는 말이냐?

「시단의 두 산맥」은 정책적인 면을 덮어두고 본다면 이론을 위한 이론으로선 그럴듯하다. 한쪽 시인들 보고 예술성을 높이라고 충고하고, 또 한쪽 시인 보고 시대정신을 파악하라고 충고한 것은 그럴듯하다. 그러나 이 두 가지 충고는 둘 다 한꺼번에 김광균 씨가 누구보다도 자신에게 줄 충고였다.

다시 말하면 예술과 시대를 변증법적으로 파악하지 못하고 기로에서 방황하는 김광균 씨는 '관념적인 중용'에다 자기의 위치를 정하고선 자기야말로 예술과 시대의 대립을 지양한 시인이라고 착각하고 있는 것이다. 이 착각이 어디서 유인하는 것이냐? 김광균 씨가 8·15 이전의 생활

태도를 발전시키지 못한 것과 씨의 '예술'이라는 것이 그러한 생활태도에서 규정된 어떤 일정한 한계의 예술이라는 데서 생긴 것이다. 비컨대 시방 조선시단엔 여전히 올챙이인 채 만족하는 이른바 순수시인이 있고, 개구리가 되는 과정에 있으므로 올챙이의 꼬리가 남아 있어서 어색한 오장환, 이용악을 비롯한 문학가동맹의 시인이 있고, 자기는 올챙이면서 개구리인 체 올챙이와 아직 꼬리가 달린 개구리들을 다 비웃는 김광균 씨 같은 시인이 있다. 누가 먼저 완전한 개구리가 될 것인가?

—《경향신문》, 1946. 12. 5.

민족의 종

― 『설정식시집』을 읽고

녹슬고 깨어진 종―조선민족을 이렇게 상징할 수 있다. 국제민주주의 세력이 삼상결정을 가지고도 조선의 친일적인 녹을 닦고 민족반역적인 결차을 없애지 못하고 있는 까닭은 세계 또한 녹슬고 깨진 종이기 때문이다. 히틀러, 무솔리니는 죽었으되 히로히토와 프랑코는 여전히 살아있다. 아니, 파시즘이 인류에게 끼친 녹과 결이 그렇게 쉽사리 소탕되지는 않을 것이다. 설형薛兄이 자기의 시를

대리석에 쪼아 쓴 언어들이 아니라
그것은 뼈에 금이 실려
절그럭거리는 원래의 소리외다

한 것은 그의 시가 이렇게 금이 간 세계의 반향이기 때문이다. 또 「태양 없는 땅」을 비롯해서 이 시집의 시가 어느 하나고 '빛'을 그리워하지 않음이 없음도 녹슨 종의 지당한 염원이리라.

허나 설형의 『종』은 조선의 녹과 결을 노래했으되 그 녹을 뚫고 빛나

려 하며 그 결을 기워 크게 울리려 하는 인민의 심정을 표현하지 못했다. 조선민족의 녹과 결은 인민의 힘으로만 없앨 수 있는 것이다.

그러나 두 세계로 갈려진 조선에서 "풀밭에 오즉 쟌은 꽃을 가려 디디던" 인텔리겐치아가 이른바 '양심'을 고백할 때 우선은 이렇게 녹슬고 깨여진 종의 소리로 표현될 수밖에 없다. 그의 생활이 한 세계로부터 다다른 또 하나의 세계로 발전해야 될 것은 역사의 지상명령이지만 시인의 생리가 일 년 반 동안에 완전히 변할 수는 없는 것이다. 설형이여, 일층 분발하라. 형의 시가 읽는 우리로 하여금 이렇게 분하고 슬프지만 않고 기쁨을 줄 수 있게 될 때까지 분투하라. 형의 시는 자칫하면 부정으로 흐른다. 그것이 부정을 부정하기 위한 부정인 것을 우리는 잘 안다. 하지만 시인이라 바야흐로 이 땅에 움트고 있는 긍정적인 새로운 삶을 발견하지 못할진댄 누가 민족의 종이 될 것인가.

곡식이 익어도 익어도 쓸데없는 땅 모든 인민이 돌아선 땅

—「태양 없는 땅」

이것은 군정하의 조선을 말한다. 남은 북과 북은 남과 통일되어 하나가 되려는 민주주의의 의지—이러한 태양이 빛나고 있는 땅이 있음을 형도 알련만. 하여튼 『종』은 우리 지식인에게 많은 시사를 주는 시집이다.

—《중앙신문》, 1947. 4. 24.

비판의 비판

―청년문학가에게 주는 글

문학을 위한 문학―이는 한때 청춘의 오류라 한다. 그러나 그것은 아름다운 오류이다. 하지만 그대들 청춘의 과오가 문학의 범주를 일탈할 때 응당 사회적인 비판을 받아야 할 것이다.

"미는 진리고 진리는 미라."

한 낭만시인 키츠처럼, 예술지상주의를 떠들고 실천하는 한 그대들은 "영원한 시간을 향해 호흡하는 문인"이 될 수도 있다. 하지만 승무의 멜로디나 황토의 빛깔만이 '조선의 얼'이라고 맹신하는 나머지 그대들 순수문학파를 빼놓으면 나머지 문인은 다 "문학정신을 유린하고 다시 나아가 사조와 정국에 대한 천박한 해석과 조급한 판단으로 말미암아 직접 간접으로 조국과 민족의 해체와 파괴에 급급할 뿐"(청년문학가대회 선언)이라 단斷을 내린 것은 "사조와 정국에 대한 천박한 해석과 조급한 판단"이라 아니할 수 없다. 문학은 그대들이 주장하는 영원성을 가져야 하는 동시에 시대성도 가져야 할 것이 아니냐. 다시 말하면 순수문학, 즉 시만이 문학이 아니요 시대문학, 즉 산문도 문학인 것이다. 물론 위대한 문학은 시와 산문을 혼연한 일체로 한 것이라야 하지만 로마는 일조일석에 되는 것이 아니다.

과거 삼십육 년 동안 조선의 사실을 지배한 것은 일본제국주의였기 때문에 시대문학이 성립하기가 곤란하였다. 그래서 문학가들은 사실에서 도피하여 남몰래 상아탑을 건설하려 했다. 산문을 주장하던 최재서가 '일제'와 야합하고 시를 고집한 정지용 씨가 끝끝내 문학가의 절개를 지킬 수 있었다는 것이 결코 우연이 아니다. 동리와 현민이 네가 무슨 순수냐 내가 더 순수지 하고 순수문학을 가지고 설왕설래하던 때가 있었지만 결국 절간으로 달아나 숨어버린 동리가 대동아문학자대회에 나간 현민보다 현명했다. 다시 말하면 '일제' 밑에서는 순수문학, 즉 시가 조선문학의 주류이었던 것이다. 동리의 소설은 보다 더 직관적이요 현민의 소설은 보다 더 개념적인 것을 비교해보면 일제시대에 누가 더 순수했느냐 하는 것은 저절로 결론이 나올 것이다.

그러나 조선에는 8·15의 혁명이 왔다. 김동리 씨도 「조선문학의 지표」(《청년신문》)에서 조선문학의 현단계를 '혁명의 단계'라고 규정하였다. 그러면 시방 조선에 있어서 혁명이란 무엇이냐? 김동리 씨를 비롯해 이른바 청년문학가들이 두려워하는 프롤레타리아혁명의 단계가 아니라는 것은 동감이다. 아니, 사실이다. 봉건지주와 친일세력이 아직껏 조선 경제의 주권을 쥐고 있는데 프롤레타리아혁명이 될 말이냐. 부르주아 데모크라시의 나라를 만들려 해도 조선민족은 한참 진통을 겪어야 할 것이다. 입으로만 떠드는 자유 평등이 아니라 정말 자유와 평등이 인민에게 허여되려면 '일제'와 야합해서 조선인민을 착취하던 봉건지주와 친일세력이 인민과 화광동진和光同塵*하여 인민과 더불어 이마의 땀으로 사는 나라가 되어야 할 것이 아니냐. 조선민족이 해방되려면 승무를 잘 춘다

---

* 『노자老子』에 나오는 구절로, 자기의 지혜와 덕을 밖으로 드러내지 않고 속인과 어울려 지내면서 참된 자아를 보여준다는 뜻이다.

든지 무녀도를 잘 그린다든지 하는 것이 선결문제가 아니라 '일제' 삼십육 년 동안 압박과 자취를 당하던 노동자, 농민, 근로지식인 등 이른바 조선의 인민이 먼저 물질적으로 자유로운 나라가 되어야 할 것이다.

"사람은 빵만 가지고 사는 것이 아니니라." 하고 그대들은 주장할는지 모른다. 그러나 그것은 그대들 문학청년들의 의식이지 결코 조선민족의 정신은 아니다. 조선민족은 시방 정치적 경제적 자유를 달라는 것이지 '일제'에 빼앗기었던 땅이나 공장이 어찌되든 시나 읊고 소설이나 쓰겠다는 정신을 가지고 있지는 않다. 그대들이 하도 '민족정신 민족정신' 하고 염불 외우듯 하니 말이다. 민족의 토지와 공장이 어찌되든 내버려두고 '문학의 존엄'이니, '문학의 시민'이니, '순수의 정신'이니, '문학의 위기'니, '문학의 종교'니, '개성의 문학'이니 하면서 무슨 대단한 민족정신을 가지고 있다는 것이냐. 그대들의 「선언」 말마따나 "농부는 농사에 진력하고 상인은 상도에 성실하며 공인은 공업에 매진할 거와 같이 문인은 또한 문학 분야를 지켜야" 할 것이다. 하지만 문학가 중에 조선문학보다도 조선민족의 문제를 더 생각함으로 말미암아 문학에 탈선한 것을 그대들은 흉보지만 똥 묻은 개가 겨 묻은 개를 나무라는 것인 줄이나 아는지. 왜냐면 그대들은 민족보다도 문학을 위하는 나머지 민족적인 과오를 범하고 있기 때문이다. 그대들은 문학가동맹의 간부들을 염두에 두고 "삼천만 동포가 전부 다 정치가로 나서야만 할 필요가 없음은 분명하였다."(「선언」) 한듯한데 문학가가 자기의 생명인 문학을 버리고 정치에 나섰다면 그들이 돈이나 벼슬 때문이 아니라는 것이 명백한 이상 그들의 애국심을 칭송은 못할지언정 욕할 것인가. 청년들은 솔직하고 용감해야 할 것이다. 왜 떳떳이 주장하지 못하는가.

"우리는 정치도 모르고 경제도 모른다. 그것은 정치가에게 일임한다. 우리는 문학밖에 모르니 문학만 하겠다."

라든지,

　"우리는 예술지상주의자다. 조선민족의 정치적 또는 경제적 운명이 여하히 되든지 우리는 문학을 하면 그만이다."

이렇게 주장하는 동지가 모여서 청년문학가협회를 조직했다면 그 의기야말로 장하다 하겠다. 연然이나 '자주독립촉성'(「강령」)을 위해서 순수문학을 한다는 데는 그대들을 그냥 정치에 무지하다고만 할 것이 아니다. 그대들의 의도조차를 의심하지 않을 수 없다. 불연不然이면 그대들 배후에는 반드시 정치적 인형사人形師가 숨어 있을 것이다.

　그대들은 '순수, 순수' 하지만 칸트는 『순수이성비판』에서

　　Anschauungen ohne inhalt sind blind.
　　(개념이 없는 직관은 장님이니라.)

하였다. 그대들은 시인의 감각이나 직관이나 기분이나 감정이나 또는 제육감을 과신하는 나머지 민주주의가 어떠니 공산주의가 어떠니 떠들어대지만 장님이 코끼리를 만지는 격이라는 것을 자각하라.

　"8·15 이후 장맛물에 밀려드는 오물과 같이 처처에 성盛한 채 오늘래 갖은 죄악과 추태 속에서 오히려 덜릴 줄을 모르는 그 불한당들의 모양은 정말이지 우리를 가만히 있게 할 수 없지 않습니까." 하고 최태응씨는 '이북동지에게' 격문을 썼지만 "정국에 대한 천박한 해석과 조급한 판단"이라 아니할 수 없다. 8·15가 되자 친일파, 민족반역자까지도 공산주의를 표방하고 나섰던 것은 사실이다. 그러나 역사는 탁류로되 숙청의 작용을 한다. 시인이여 뮤즈만 신봉할 것이 아니다. 역사를 믿으라. 역사를 모르고 역사를 논하는 것은 시를 모르고 시를 논하는 것보다 잘못이 더 크다. 문학가동맹의 간부들은 역사 속에 뛰어들었기 때문에 혹

시나 '일제'가 최후 발악할 때 역사 속에 뛰어들려다 몸을 더럽히고 만 춘원이나 요한의 꼴이 될까 우려하는 모양이지만 그것은 기우에 지나지 않는다.

8·15의 혁명은 조선민족을 해방했다. 바야흐로 지구는 통틀어 '인민의 손으로 인민을 위한 인민의 세계'가 되려 한다. 이러한 역사의 흐름 속에 몸을 던진 문학가에겐 광영이 있을지언정 치욕이 있을 수 없다. 물론 명예나 지위나 권력을 바라고 정치에 투신한 문학가가 있다면 그런 자는 글뿐 아니라 신세까지 망치겠지만……. 문학가의 생명인 대학까지도 버리고 민족해방의 전사가 된다면 그런 사람은 행동만으로도 충분히 문학가의 영예를 가질 수 있는 것이다.

조선의 지식인은 '사실'을 싫어하고 무서워한다. 그것은 유교적인 교양이라든지 놀고먹던 양반계급의 버릇이라든지 하는 봉건적인 것과 '일제' 밑에 더럽힌 조선의 사실을 증오하는 양심이 그들을 이렇게 샌님을 만든 것이다. 거기다가 아리스토텔레스를 비조鼻祖로 하는 서구적 관념철학이 그들의 병을 불치의 것을 만들고 말았다. 청년문학가 제공諸公은 이러한 것을 자기비판해본 적은 없는가. 버트런드 러셀*은 1919년에 『신비주의와 논리학』이라는 저서에서

"시방도 영국에서 유클리드를 학도에게 가르쳐야 한다는 것은 창피한 짓이라 할 수밖에 없다."

하였지만 더군다나 어느 나라보다도 물질적 발전이 급선무인 조선에서, 이천 년 전에 플라톤의 무리들이 산보하던 3차원적 관념세계에서 방황하고 있으면서 민족의 지도자연然하는 인텔리겐치아가 행세한다는 것은

---

* 버트런드 러셀(Bertrand Arthur William Russell, 1872~1970). 영국의 수학자, 철학자이자 논리학자로 20세기를 대표하는 지성인이다. 제1차 세계대전 때 전쟁을 반대하는 글을 썼다는 이유로 6개월의 구금형에 처해졌다. 전쟁 뒤에는 세계 각지를 돌아다니며 철학과 수학에 관한 논문을 발표하였다. 『서양 철학사』, 기독교 비평서 『나는 왜 기독교인이 아닌가』를 비롯해 많은 저서를 남겼다. 1950년에 노벨 문학상을 받았다.

아무래도 조선은 미개한 나라라 할 수밖에 없다. 차라리 목월처럼

> 내ㅅ사 애달픈 꿈꾸는 사람
> 내ㅅ사 어리석은 꿈꾸는 사람

하고 노래한다면 현실에서 초연한 서정시의 세계가 성립한다. 하지만 정치는 민족의 밥과 옷을 장만하려는 것인데 경제학의 ABC도 모르고 아니, 유물사관을 의식적으로 배격하면서 '순수문학'을 가지고 '독립촉성'을 하려는 것은 불순한 결과를 낳을 것이다. 의도가 순수하더라도 결과가 불순하면 그 의도조차 의심 아니할 수 없다. 나무는 그 열매를 가지고 따진다 하지 않는가.

　일언이폐지하면 청년문학가들은 이상에 불타는 나머지 '이상'을 '현실'이라 착각했다. 조선의 현실은 결코 그대들의 철학적(?) 또는 예술적인 두뇌가 생각하는 것과는 다르다. 그대들은 탁류 밖에서 초연히 탁류를 내려다봄으로 말미암아 탁류를 인식했다고 잘못 생각하고 있지만 탁류는 탁류 속에 있는 사람만이 정말 그 진상을 파악할 수 있는 것이다. 그대들은 그대들만이 깨끗한 듯이 자부하고 있지만 역사의 탁류는 그대들 신선神仙을 무지개와 더불어 남겨놓고 그대들이 전연 모르는 딴 방향으로 흘러가고 있는 것이다. 특히 김동리 씨에게 일언하거니와 8·15 이전에는 산문을 주장하던 사람이 몸을 더럽혔지만, 8·15 이후에는 시를 주장하는 사람이 몸을 더럽힐 염려가 더 많다는 것을 알라. 언젠가 김동리 씨는 시와 산문의 갈등을 생리적으로 체험하지 못한 사람은 현대문학자라 할 수 없다고 《문장》에 쓴 듯한 것이 생각나기 때문이다. 엥겔스는 씨와 같은 관념론자에게 이렇게 경고했다.

현대처럼 동요적動搖的인 현대에 공적인 제 문제에 관한 영역에서는 이론가에 지나지 않는 자는 다만 반동 측에 있는 데 불과하며 또 그러하니까 이러한 제군은 결코 진실한 이론가가 아니요 이러한 반동의 단순한 변호론자인 것이다.

　　우리가 알기에 김동리 씨는 시인적 소설가지 정치가는 아니다. 그런데 그가 청년문학가협회라는 "자주독립촉성에 문화적 헌신을 기"하는 정치단체를 조직 지도한다는 것은 그 철학적(?)인 의도는 어찌 되었든 탈선적 행위라 아니할 수 없다. 정치에는 진보냐, 반동이냐, 민주냐, 반민주냐의 길밖에 없다. '순수'라는 샛길이 있을 수 없다. '문학정신'이니 '민족정신'이니 하는 추상적 관념을 가지고 정치이념을 삼는다면 '반동의 단순한 변호론자'가 되기나 십상팔구다. 불연이면 반동진영에게 이용당하고 있는 것이다. 일본이나 독일의 비과학적 문학정신과 민족정신이 그들의 "조국과 민족의 해체와 파괴에 급급할 뿐"이었다는 것은 누구보다도 김동리 씨가 잘 알 것이다. 스스로 조선의 로젠베르크*가 되기를 꾀하는 김동리 씨에게 충심으로 충고하노니 고루한 민족주의자들의 '어용논객'이 되려거든 차라리 붓을 꺾고 칼을 잡으라. 그것이 차라리 우익청년다운 기상일 것이다. 하지만 김동리 씨는 우익이 아니라고 주장한다. 그것은 그의 '우익'이라는 개념이 명확하지 않기 때문이다. 공산주의에다 민주주의를 대립시키는 그의 정치적 수준으로 볼 때 그것은 무리가 아니다. 민주주의라는 개념은 자본주의나 사회주의나 공산주의를 다 내포하는 외연이 대단히 넓은, 따라서 막연한 개념이라는 것을 김동리 씨

---

* 알프레트 로젠베르크(Alfred Rosenberg, 1893~1946). 나치스 독일의 정치가이자 이론가. 초기 나치스 운동을 지도하였고 나치스 외교정책국장을 지냈다. 독일민족의 세계정복 정당성을 주장하였으며 전범으로 처형되었다.

는 아는지 모르는지. 미국이 민주주의의 나라인 것도 사실이지만 소련이 민주주의의 나라인 것도 사실이다.

그러므로 조선에서 대립되고 있는 것은 민주주의와 공산주의가 아니라 봉건주의 대 민주주의, 일본제국주의 대 민주주의다. 그러기에 미소가 합작하야 조선인민을 북돋아 민주주의의 조선을 건설하려는 것이다. 조선에서 시방 충돌하고 있는 것은 봉건주의와 일제 잔재가 연합군이 해방해준 조선인민을 다시 짓밟고 올라서려는 데서 생기는 충돌이다. 물론 삼팔 이북에는 최태응 씨가 분개하듯이 극좌적 오류가 있었을 것이다. 하지만 혁명기에는 일시적 혼돈이 없을 수 없지 않은가. 그 혼돈을 두려워해서 일본제국주의와 봉건주의의 질서를 그대로 고스란히 유지하란 말인가. 하긴 어떤 친일검사는 시방도—해방의 군대 미군 군정하에서—8·15 이전에 조선독립운동을 하다가 이른바 치안유지법에 걸린 사람들을 다시 잡아다 가둘 수 있다고 선언했지만, 그래 이런 검사가 주장하는 일제의 악법도 그대로 두라는 것인가. 김동리 씨는

"민족문학 수립의 단계에 있어 특히 성찰을 요하는 것은 민족정신이나 조선적 성격과 이즘에 소위 '봉건적' 혹은 '일제적'이라는 것과에 대한 개념적 혼선이다. 조국과 민족의 해체와 파괴를 기도하는 시류 논객들의 소견에 의하면 조선사람이 가진 일체의 과거의 것이나 민족적 문화적 전통에 속하는 것은 모두 다 '일제적' 혹은 '봉건적' 잔재라는 것이다. 나는 이러한 '삐라' 논객들의 기원에 도저히 찬성할 수 없다."(「조선문학의 지표」) 하였지만, 김동리 씨 자신이 '개념적 혼선'을 일으키고 있는 것을 모르고 있다. '문필가협회' 결성 때 김광섭 씨가 '문학가동맹'의 강령을 반박한 논지도 김동리 씨의 「조선문학의 지표」와 똑같은 것을 보면 이분들은 다 시인인지라. 자기네의 예술적(?) 철학적(?) 관념을 가지고 '문맹'의 강령을 곡해한 것이 분명하다. 물론 양씨는 그렇지 않다고 우길

것이다. 그들은 베이컨의 이른바 네 우상— '종족의 우상', '동굴의 우상', '시장의 우상', '극장의 우상'—을 숭배하기 때문에 진실을 과학적으로 파악할 능력이 없다. '문맹'이 내건,

1. 일본제국주의 잔재의 소탕
2. 봉건주의의 잔재의 청산
3. 국수주의의 배격

이라는 강령은 먼저 정치적으로 해석하고 다음에 문학적으로 설명할 것이다. 문학가동맹은 그대들 문학청년들 같은 예술지상주의자의 단체가 아니라 "자주독립촉성에 문화적 헌신을 기"하는 단체라는 것을 알라. 일본제국주의의 잔재와 봉건주의의 잔재는 국수주의자에게 아부하여서 민족의 해방을 지연시키고 있는 것이 조선의 정치적 현실이다. 만약 그렇지 않다고 주장하려거든 김광섭 씨나 김동리 씨가 문필가협회니 청년문학가협회니 하는 정치적으로 우원한 길을 취하지 말고 당당히 정치무대에 나서서 정치적 책임을 지고 언동하라. 그렇다고 '문맹'에선 민족만 생각하고 문학을 치지도외 하는 것이 아니다.

4. 민족문학의 건설
5. 조선문학의 국제문학과의 제휴

라는 강령이 있지 않은가.

허긴 '상아탑'의 입장에서 비평한다면 문필가협회는 국수주의 문학가들의 집단이요 따라서 정치적으로나 문화적으로나 조선의 자유발전을 방해하고 있다. 물론 그들은 석두石頭의 완고파이기 때문에 자기네들의

역할을 자기비판할 능력이 없다.(그들의 애국심만은 충분히 인정한다. 하지만 독일이나 일본의 지도자들은 애국심이 없어서 민족을 멸망으로 끌어넣었느냐. 두렵도다, 눈먼 애국심이여!)

청년문학가협회는 문학만 위하려다 민족을 해칠 염려가 있다. 왜냐면 그들은 단순하기 때문에 단순치 않은 사람들에게 이용당할 염려가 있는 것이기 때문이다. '백년전쟁' 때 불란서를 구원한 잔 다르크의 입을 빌려 버나드 쇼 옹翁은 민족보다 문학을 소중히 여기는 문학청년에게 이렇게 경고했다.

불란서는 피를 흘리고 쓰러져가는데 우리 아버지는 날보고 양이나 지키라고 때리고 야단이었어요.

조선에 있어서 시방 가장 시급한 것은 일본제국주의 잔재의 소탕과 봉건주의의 청산이다. 그렇지 않고는 미국과 같은 데모크라시의 나라로 발전할 수는 없는 것이다. 김동리 씨는 미국적인 데모크라시를 소련적인 데모크라시보다 우월하다 하니 말이다. (사실은 조선은 진보적 민주주의라야만 하지만, 즉 조선엔 조선현실의 반영인 민주주의라야만 하지만.)

문학가동맹은 민족만 생각하다가 문학을 소홀히 한 느낌이 없지 않다. 문학가는 문학을 통하여 민족을 위하도록 노력해야 할 것이다. '기능에 응해서 노동'한다는 원칙에서 볼 때 시인은 시로 소설가는 소설로 평론가는 평론으로 일본제국주의를 소탕하고 봉건주의를 청산하고 국수주의를 배격해야 할 것이다.

허긴 '일제' 밑에서 문학가가 그 기능을 발휘할 수 없었듯이 남조선의 경제적, 정치적 토대가 의연히 '일제'와 '봉건'의 잔재를 소탕하지 못하는 한 '기능에 응해서 노동'할 수 없다. "농부는 농사에 진력하고 상인은 상도에 성실하며 공인은 공업에 매진해야 할 것과 같이 문인은 또한 문학 분야를 지켜 각자의 작품세계에 충실함으로써 문학을 '신'이나 '황금'이나 혹은 '당파'나 기타 어떠한 세력에도 예속시키지 않고 문학은 문학으로서의 존엄을 확보"하는 것이 좋은 줄 모르는 문학가가 어디 있겠느냐. 그러나 시방 조선 현실에선 '상인은 상도商道에 성실'할 수 있지만 문인은 문학에 성실할 수 없다. 시방 서울서 문인이 문학만 하고 밥을 먹을 수 있을까? 물질적 자유 없이 정신적 자유는 있을 수 없다. 그렇다고 청년문학가 제공諸公 보고 상도에 성실하여서 모리謀利를 한 연후에—어떤 시인모양—문학을 하라는 것이 아니다. 조선문학이 자유 발전할 수 있는 나라가 되도록 실천운동을 하라는 것이다. 그러니 청년문학가들도 '문맹'에 참가하는 것이 '문학의 존엄'을 확보하는 첩경일 것이다.

물론 청년은 정열이 남으니까 일부러 우원한 길을 취하여도 좋다. 그대들이 '신'이나 '황금'이나 혹은 '당파'나 기타 어떠한 세력에도 예속하지 않고 순수한 정열을 가지고 앞으로 나아간다면

서로 갈려 올라가도 봉우린 하나
피 흘린 자국마다 꽃이 피리라.

— 박두진, 「새벽 바람에」

하지만 그대들이 시나 소설을 쓸 동안 밥을 누가 먹여주느냐가 문제다.

봉우리엘 올라서면 바다가 보이리라.
찬란히 트이는 아침이사 오리라.

하지만 그 봉우리에 올라서기 전에 빛나는 해방의 아침을 보기 전에

그대들이 굶어죽을까 저어한다. 그 약점을 알고 '신'이나 '황금'이나 '당파'가 손을 뻗칠까를 두려워한다.

> 어느 날에사
> 어둡고 아득한 바위에
> 절로 임과 하늘이 비치리오
>
> — 박목월, 「임」

'임'은 임만이 임이 아니다. 인민대중이야말로 그대들의 임인 것이다. 그대들이 조선의 인민적 시인이 되는 날이 이 모든 회의의 안개는 걷히리라. 그러나 그것은 일조일석에 되는 것은 아니다. 청년문학가들이여 많이 고민하라.

—『예술과 생활』, 1947. 6. 10.

시의 번역

─ 유석빈柳錫彬 역 『시경詩經』 서문

시는 번역이 불가능하다 한다. 하지만 그 나라 말을 모르는 대중을 위하여 번역은 반드시 있어야 할 일이다. 그런데 이조의 양반들은 세계의 으뜸가는 글자와 음악적인 말을 가지고도 한문을 숭상하는 사대주의와 문화를 독차지하려는 귀족주의로 말미암아 『시경』을

관관저구關關雎鳩는
재하지주在河之洲로다
요조숙녀窈窕淑女는
군자호구君子好逑로다*

로밖에 가르치지 않았다.

그러나 바야흐로 문화는 인민의 것이 되려 한다. 인제는 문화도 봉건

* 關關雎鳩 관관히 우는 물수리새는
  在河之洲 냇물 모래톱에 노니네.
  窈窕淑女 그윽히 아름다운 숙녀는
  君子好逑 군자의 좋은 짝이라네.(『시경』「관저편關雎篇」)

주의의 굴레를 벗을 때가 왔다. 『시경』은 중국에서도 현대어로 번역하지 않고는 민중이 이해하지 못하는 것이거늘 조선에 있어서랴. 『시경』의 번역은 모든 것이 인민의 것이 되어야 한다는 시대적 요구의 산물이라 하겠다.

> 시 삼백을 한마디로 평한다면 거기 들어 있는 생각에 조금도 비틀린 데가 없다.

고 공자가 단언한 『시경』은 이천오백 년 뒤에 우리가 읽어도 동감이다. 그것은 '시'가 영원히 흘러내리는 인간성의 음악이기 때문이 아닐까.

조선의 문화는 노동자 농민 속에서 우러나와야만 봉건주의와 일본제국주의의 잔재가 완전히 소탕될 것이다. 그러려면 우선 인간의 유산으로 계승되어온 문화가 인민 속에 침투해야 할 것이다. 『시경』은 동양에 하고많은 고전 중에 조선인민 속에 들어가서 새로운 문화의 싹을 움트게 할 수 있는 문화재의 하나다.

앞으로도 동서고금의 참되고 아름다운 작품이 조선말로 번역되어 영양부족에 걸렸던 조선문화가 세계무대의 각광을 받을 준비를 하기를 빌며 그 본보기로 유석빈 씨의 『시경』을 세상에 소개하는 바이다.

—『예술과 생활』, 1947. 6. 10.

시와 혁명

― 오장환 역 『에세닌시집』을 읽고

혁명기의 시인은 어느 때고 어느 나라에서고 불행한 인간이다. 시란 생리적인 것인데 시인의 생리가 일조일석에 변할 수 없는 것이기 때문이다. 역자도 이 시집 끝에 「에세닌에 관하여」라는 후기를 쓸 때 "공식적이요 기계적이며 공리적인 관념적 사회주의자들"을 타기했지만 시는 논리가 아닌 만큼 그렇다고 행동도 아니기 때문에 시인이 시인으로서 사회주의자가 된다는 것은 불가능에 가까운 일이다. 에세닌*의 고민도 여기에 있었다. 장환이 러시아어를 모르면서도 에세닌에 대하여 생리적인 공감을 느끼고 역까지 하였다는 것은 장환 또한 에세닌과 꼭 같은 혁명기의 시인이기 때문이다. 시방 조선에서 에세닌과 같은 시대적인 자아의 모순 갈등을 체험하지 않고 시인으로 자처하는 사람이 있다면 민족과 보조를 같이하지 않으려는 반동적 또는 상아탑적 시인이거나 불연이면 너무나

---

* 세르게이 에세닌(Sergei Aleksandrovich Yesenin, 1895~1925). 러시아의 시인. 랴잔 출생. 빈농 집안에 태어나, 17세 때는 모스크바에서 상점·인쇄소의 직공으로 일하면서 틈틈이 시를 썼다. 첫 시집 『초혼제招魂祭 Radunitsa』(1916) 이후 러시아 농촌의 자연과 생활을 노래한 섬세한 서정시와 러시아 민중의 역사를 취재한 반역적 서사시 등으로 유명하여 '마지막 농촌시인'이라고도 일컬어졌다. 그는 음주벽과 신경증이 겹쳐 상트페테르부르크의 한 여관에서 마지막 시 「잘 있거라, 벗이여」를 남기고 자살하였다.

안이한 좌익시인일 것이다.

시란 한번 번역해도 그 생명의 절반을 잃어버리는 것이거늘 중역은 더 말할 나위도 없다. 하지만 이 시집을 장환이 에세닌에 의탁하여 시방 조선의 시대와 시인을 읊은 것이라 보면 많은 독자에게 크나큰 공명을 일으킬 것이다.

에세닌은 마침내 자살하였다. 그리하여 루나차르스키*로 하여금 이렇게 부르짖게 하였다.

아 우리는 한 사람의 세료오샤조차 구할 수 없었다. 그러나 그의 뒤를 따르는 수많은 청년들을 위하여 우리는 어떠한 일이라도 해야만 한다.

그러면 시방 조선에서 우리들은 어떠한 일을 해야 하느냐? 적어도 시대와 더불어 새로워지려고 애쓰는 시인들을 반동진영에 넘기거나 자살하게 내버려두거나 해서는 안 될 것이다.

대지여!
너는 쇠철판이 아니다
쇠철판 우에
어떻게 새싹이 눈을 트겠느냐
이거다! 나는 똑바로
책 줄의 말뜻을 받아들였다
그리하야

---

* 아나토리 루나차르스키(Anatorii Vasil'evich Lunacharskii, 1875~1933). 러시아의 평론가 · 정치가. 사회주의 문학예술 영역에서 조직가 · 계몽가 · 평론가 · 연구자로 활약, 소비에트 문화예술의 발전에 공헌했다. 주요저서로는 『실증미학의 기초』(1904), 『서구문학사』(1924) 등이 있다.

나는 자본론을 이해한다.

— 에세닌, 「봄」에서

—『예술과 생활』, 1947. 6. 10.

인민의 시
― 『전위시인집』을 읽고

막부 삼상결정 1주년 기념 시민대회에서 어떤 시인이 혼잣말 비슷이

이 많은 사람 가운데에서 시가 안 나올 까닭이 있나. 나 같은 시인이
시를 안 써도 시가 나오지 않고 배기지 못할 거야.

라고 한 말이 생각난다. 그는 고고한 릴케를 사숙해온 시인으로 이런 종
류의 모임엔 처음으로 참가했던 것이다.

김광현 · 김상훈 · 이병철 · 박산운 · 유진오 다섯 분들의 『전위시인
집』이 시민대회와 어떤 시인의 말을 연상케 하는 것은 결코 우연이 아니
다. 학병의 장례, 전평세계노련가입축하대회, 고 전해련全海鍊 영결식, 전
국인민대표대회, 국제청년데이대회 등―인민의 분노, 환희, 애도, 결의,
감격 등을 아무 꾸밈없이 그대로 노래한 시집이기 때문이다. "우리 선배
들이 일본총독의 치하에서 작품활동을 하였을 때처럼 누구의 눈치를 본
다거나 같은 말을 둘러한다거나 하는 일이 없이 일사천리 격으로 나아가
는 새로운 활기를 가져온 것도 기꺼운 현상의 하나일 것이다."라고 오장

환 형도 발跋에서 말했지만 우리 민족은 일찍이 이렇게 대담 솔직한 표현을 가져본 적이 없었다. 일제의 총칼이 두려워 떠가는 구름이나 바라보던, 그 본새대로 8·15 후에도 여전히 대중과 정치를 무서워하는 이른바 '순수시인'들은 『전위시인집』을 읽고 한인韓人들이 적기가赤旗歌를 두려워하듯 두려워할 것이다.

> 한인들이 범의 울음보다도 두려워하는
> 적기가 부르며 한 깃발 밑으로 모이자
> 옳은 노선으로 나라 이끄는 신호기
> 가슴마다 간직하고 선비들은 죽어갔느니라
>
> 우리 모두 하늘보다 푸른 자유를 안고
> 조상의 피 꾸물거리는 땅 위에서
> 힘껏 노동이 자랑스러우며 사는 날까지 모이자
> 믿어온 한 깃발 밑으로
>
> — 김상훈, 「기旗폭」에서

그러나 유진오 동무는 이 시집 맨 끝에 있는 시 「누구를 위한 벅찬 우리의 젊음이냐?」 때문에 검거되어 시방 영어囹圄에 있다. 이것이 무엇을 의미하느냐?

시의 자유는 민주주의 정권의 보장 없이 시만 가지고는 있을 수 없다는 것을 의미한다. 그러기에 유진오 동무를 비롯해서 이들 전위시인들은 민주주의 정권을 수립하기 위하여 싸우는 인민을 노래하는 것이다.

—『예술과 생활』, 1947. 6. 10.

분노의 시
─김용호 시집 『해마다 피는 꽃』

우리에게는 슬픈 유산이 있다. 일제와 봉건의 잔재. 아니, 미국의 데모크라시가 가지고 온 상업의 자유조차 우리에게는 슬픈 유산이다. 그러나 시인은 사람마다 공통으로 지닌 이러한 유산에다 '시'라는 또 하나 슬픈 유산을 지닌 자다. 그래서 김용호金容浩 시인은 누구보다도 슬픈 것이다. 그는 시집 『해마다 피는 꽃』의 발문에서

　　이제 초라한 이 한 권을 엮어 세상에 내놓음에 있어서도 역시 나는 기쁨보다도 도리어 슬픈 말하자면 저도 모르게 가슴 한구석이 터엉 비는 듯한 그러한 슬픔이 자꾸 치받는 것은 웬일인가.

하였는데 시인다운 말이다. 그러나 이 시인은 그 슬픔 속에 자위를 일삼지 않고 그 슬픔을 주는 적을 향하여 돌팔매질을 했다.

　　차암다 참다
　　원수의 이마박을 까준

삶의 단 한번.

　일제가 그의 제3시집 『부동항』을 압수한 것도 그 까닭이었다. 그때 이미 반항하던 시인이니 시방 남조선에서랴. 이 시집 제일부에 있는 「독이 되어라」는 누구나 읽는 사람의 가슴을 찌를 것이다. 시인이 숙명적으로 짊어진 ‘시’라는 슬픈 유산을 지닌 채 또다시 밀려드는 더 큰 ××주의에 항거하는 몸부림을 이 이상 표현하기는 어려울 것이다.

　그러나 시에 연연하고 있는 동안은 더 큰 시인이 될 수 없다. 바라노니 시보다 더 위대한 세계를 찾기에 힘쓰라. 그릇된 현실―××주의에 항거하는 시인의 몸부림이 시가 아닌 것은 아니나 그 현실을 물리치고야 말 새로운 현실, 즉 싸우는 인민 속에서 새로운 시, 슬픔이 아니라 용기를 주는 시의 샘을 발견할 것이다.

　시를 좋아하는 사람들에게 이 시집을 권하여 마지않는다.

—《조선중앙일보》, 1948. 7. 13.

행동의 시

─시집 『새벽길』*을 읽고

조국을 지키는 글발

가슴 가슴에 터지는 글발을

들고

안고

바람벽이나

전신주나………

모두들 일어섰다.

　8·15 후의 조선역사를 불과 몇 마디 안 되는 평범한 말로 잘도 표현
했다. 이 놀라운 표현력이 어디서 오는 것이냐? 한마디로 말하면 행동의
소산이다. 더 구체적으로는 이 시인의 동창인 작곡가 김순남金順男 씨가
발문에서 다음과 같이 설명했다.

| * 1948년 8월 조선사朝鮮社에서 나온 시집 『새벽길』에는 16편의 시가 수록되어 있다.

해방 후 석두石斗는 어느 누구보다도 투쟁 속에서 몸소 절규하는 시인이 되었다. 그는 과거의 자기에 대한 무자비한 비판 위에 반기를 든 강정強情한 시인이 되었다. 피 비린내 나는 투쟁 속에서 홀어머니를 잃고 아내를 영어囹圄로 보내고 자식을 굶기면서도 눈물 한 방울 안 보이며 오직 조국의 민주독립을 위하여 제일선에 힘차게 나섰다.

그러니 이 시집에는 감상이나 아롱진 수식이 있을 수 없다. 소박, 직절直截이 특징이다. 그러면서도 조국과 동지, 어머니와 아내와 누이에 대한 사랑이 뼈에 사무치리만큼 표현되어 있다. 아니, 시집에 노래된 사람은 "찌들은 살림에 지쳐 겨우 잠들은 시민"까지도 심지어 "바람벽이나 전신주"도 창조되어가는 새로운 조선역사와 관련 없는 것이 없다. 시인 스스로 역사 창조의 용감한 행동인이기 때문에 그가 체험하는 것이 역사와 직결되지 않는 것이 없으며 따라서 그것을 표현한 시가 다방이나 서재나 꽃동산에서 나오는 사이비 시와 종류를 같이할 수 없다.

우리 민족이 우리 민족의 힘으로 우리 민족의 역사를 창조하기 시작한 저 위대한 순간인 8·15는 시와 행동의 변증법적인 결합을 가져왔다. 그 전에도 시와 행동이 있었으나 하나는 지하에 또 하나는 상아탑에 따로따로 숨어 있었던 것이다.

행동의 시인 석두*도 십삼 년 전엔

저녁노을이 옛 언덕을 안았다

이슬 나린 풀밭에 누어

---

* 최석두(崔石斗, 1917~1951). 전남 함평 출생. 본명은 최석두崔錫斗. 광주공립농업학교를 거쳐 경성사범 강습과 졸업. 음악가 김순남과 교류하면서 사회주의 사상을 습득했다. 해방 직후에는 광주에서 조선문학가동맹 전남지부 책임자로 일하였다. 이후 서울에 올라와 지하활동을 계속하다가 투옥되어 6·25 전쟁의 발발과 더불어 이용악 등과 함께 풀려나 월북했다.

옛 노래를 부르자………

하던 센티멘털한 시인이었다. 이 시인이 끝끝내 꽃의 잔물을 핥는 봉접인
양 시에 연연했더라면 이른바 순수시인들 모양 조국을 등질 뿐 아니라 사
이비 시밖에 쓰지 못했을 것이다. 이 점도 김순남 씨가 잘 설명했다.

> 이 시절의 그의 몸은 더욱 파리했으며 시는 쓰지 않았으나 나는 그 두
> 눈에서 과거의 석두가 가졌던 감상도 낭만도 아닌 똑바로 현실을 내려다
> 보려는 시 아닌 시를 발견했던 것이다.(발跋)

다시 말하면 이 시인의 행동은 8·15 후에 비롯한 것이 아니다. 오랜
세월 결집된 행동이 "토끼와 너구리와 늑대와 오소리들만 다니는 골짜구
니를" 뚫고 새벽길에 다다랐을 때 비로소 우리 눈에 띈 것이 이 시집이리
라. 8·15 후 가장 빛나는 시집이라는 것을 단언한다.

—《문학평론》, 1948. 8. 28.

제3부

사회·문화비평

문화인에게
―『상아탑』을 내며

　지식인이란 금단의 열매를 따먹은 자다. 자의식이 없을 수 없다. 이 '자의식' 때문에 시방 조선의 인텔리겐치아는 정치적으로 볼 때 부동하고 있다. 때로는 경거망동하고 있다. 관념적으론 좌익이요 물질적으론 우익인 그들이 갈팡질팡하는 것은 일조일석엔 지양할 수 없는 모순이다. 혁명적인 인텔리는 저 역사적 의문인 8월 15일부터 농촌과 공장으로 들어가 화광동진和光同塵했고 반동적인 유식자는 이권을 위하여 민족을 배반했다. 다시 말하면 공산주의자였던 인텔리겐치아는 감옥과 지하실에서 뛰어나와 대중과 손을 잡았고 대학전문 출신 중 일본제국주의가 골수에 배긴 자는 자본가와 대지주의 주구가 되었다. 그러나 양심적인 인텔리의 절대다수가 아직도 자기결정을 하지 못한 채 구체제인 직장과 학원으로 돌아가고 있다. 빵을 위하여 할 수 없는 노릇이다. "선비만은 항산恒産이 없어도 항심恒心이 있다." 한 것은 지식인 전체가 특권계급이었던 봉건사회에 있어서 타당할지 몰라도 상업주의가 최후의 발악을 하고 있는 현단계에 있어서 동요하지 않는 인텔리가 과연 몇 사람이나 될 것이냐. 맹자 자신도 시방 조선 현실에 처한다면 "무항산무항심無恒産無恒心"*

이리라. 아니 공자도 "오기포과야재吾豈匏瓜也哉! 언능계이불식焉能繫而不食!"**이라 하지 않았던가.

> 불힐佛肸***이 부르매 공자가 가고자 하니 자로子路 가로대 언젠가 선생님이 이렇게 말씀하시지 않았습니까. 좋지 못한 일을 하는 자에겐 군자는 섞이지 않는 것이라고. 그런데 시방 불힐이 중모에서 반란을 일으키고 선생님을 청하니까 선생님이 가시려 함은 어찌된 셈입니까. 하니 공자가 가라사대 그렇다 내가 그런 말을 한 일이 있지. 하지만 내 어찌 뒴박처럼 매달려 먹지 않고 살 수 있겠느냐.
>
> ─『논어』「양화陽貨」

그러나 조선민족해방이란 역사적 현단계에 있어서 양심적인 지식인이 자기의 빵 문제를 해결함으로써 만족할 수 있겠느냐. 여기서 숙명적인 지식인의 자의식이 비롯하는 것이다. 황금과 권력과 명예가 압살하려 하되 '슬프고 고요한 인간성의 음악'이 들려온다. 물론 센티멘털리즘이다. 그러나 이조 오백 년 동안 압박받아온 '청춘'과 일본제국주의의 유린을 당한 '양심'이 빚어낸 것은 결국 이렇게 가늘고 약하고 슬픈 문화다. 끊일 듯 말 듯 간신히 이어온 조선의 문화. 그것은 '사실의 세기'인 현대에 있어서 너무나 빈약한 존재라 아니할 수 없다. 고려교향악단이 한국민주당 결성식에 반주를 하고 경성삼중주단이 프로예술을 표방하게 된 것이 다 그들 문화인이 약한 탓이다. 불연이면 불순한 탓이다. 음악가는

---

* 항산이 없으면 항심이 없다는 말로, 생활이 안정되지 않으면 바른 마음을 견지하기 어렵다는 뜻이다.
** 내 어찌 박처럼 능히 매달리며 먹지 못하는 것이 되랴.(『논어』「미자편微子篇」)
*** 불힐佛肸은 춘추시대 당진唐晉 범씨范氏들의 가신으로 중모의 읍재에 임명되었다. 당진의 정공 2년(기원전 490년), 조간자趙簡子가 범씨와 중행씨를 공격하고 중모를 포위했다. 그는 중모에 들어앉아 조간자에 항거하면서 공자를 불러 도움을 받으려 하였다.

무엇보다 순수해야 할 것이 아니냐!

제위에 오르라니까 더러운 소리를 들었다고 강물에 귀를 씻은 이도 있고 불의를 피하여 산속으로 달아나 고비고사리만 먹다가 굶어 죽은 이도 있다. 이것이 '동양의 양심'이다. 조선의 문화도 이렇게 양심을 가진 예술가와 학자가 남몰래 슬퍼하며 기뻐하면서 창조를 게을리하지 않았기 때문에 가늘면서도 길 수가 있었던 것이다. 혁명가와 더불어 이러한 문화인들이야말로 현대조선 인텔리겐치아의 정수분자라 할 수 있다. 조선의 문화는 이들 손에 달려 있다.

문화라는 것은 경제와 정치란 흙에서 피는 꽃이기 때문에 상업주의가 단말마의 발악을 하고 있는 이때에 상아탑을 지키기는 불가능에 가깝다. 하지만 양심적인 문화인이 단결하여 경제적인 협위脅威와 정치적인 압박과 싸워나가면 반드시 조선의 인민이 지지할 때가 올 것이다.

—《상아탑》1, 1945. 12. 10.

학원의 자유

무솔리니가 이태리의 정권을 잡으려 할 때 무엇보다도 먼저 무기고를 점령한 것은 민주주의적 해결을 두려워했기 때문이다. 꼭 마찬가지로 조선의 우익진영이 성대城大를 비롯해서 학원의 책임 있는 자리를 뺏고 들어앉은 것은—문제는 컸지만—현명한 정책이라 아니할 수 없다. 학생대중이 그들을 좋아할 리 없거늘 '학원의 자유'가 오기 전에 군정의 힘을 빌려 상아탑을 점령한 것은 무솔리니 못지않은 꾀였다.

Eppur si muove!(그래도 지구는 움직인다!) 몇 사람 때문에 조선의 학원이 일본이나 이태리나 독일처럼 파시스트의 아성이 되지는 않을 것이다. 미국이 자유의 나라요 조선학도들 또한 우익의 학문이 무엇인가를 너무나 잘 알고 있기 때문이다. 민족을 팔아 자기네들의 공허를 가장하며, 민족을 팔아 진보적 학자들을 꺾는 자들이 학원의 책임자로 있는 한 조선의 학원은 일보도 전진하지 못할 것이다.

과거에 연연한 보수주의자가 어찌 혁명기에 처한 조선의 청년들을 가르칠 수 있으랴. 때는 또 과학의 세기가 아니냐. 학문의 대로는 진보일로다. 역사의 전진을 막으려는 무리들은 학원에서 물러나라. 무기고를

점령하는 것이 차라리 그대들다울 것이다. 상아탑을 정치의 무대로 알고
버티고 있는 그대들의 꼴―웃지 못할 희극이다. 선배연하는 그대들. 우
리들 후배에게 그대들의 썩어빠진, 사이비학문까지 강제하려는 셈이냐.
조선은 새로워져야 할 것이 아니냐. 그대들이 점잖은 체 버티고 있는 동
안에 세계의 문화는 조선을 뒤에 남기고 줄달음치고 있다. 그대들에게
주고 싶은 시가 있다. 이것은 그대들이 숭상하는 아니, 우리 젊은이들도
부러워하여 마지않는 미국의 시인 W. T. 스커트가 올여름에 내놓은 시집
에서 뽑은 것이다.

> 여기 아이들이 온다
> 걷잡을 수 없는 흩어놓은 나뭇잎처럼.
> 들바람에 불리며 저기
> 아이들이 산을 내려간다.
> 그들을 낳은 우리들은 바라만 볼 뿐
> 누구의 아이들인지 모른다.
> 그들은 결코 우리의 것이 아닐지며
> 그들의 수효는 늘어만 간다.

구세대가 신세대에 대한 태도는 마땅히 이러해야 할 것이다. 그대들
의 교육을 곧이곧대로 받았더라면 조선의 젊은이들은 모다 얼빠진 '황국
신민'이 되었을 것이 아니냐. 조선은 무엇보다도 먼저 젊어져야 할 것이
다. 일본제국주의와 봉건주의의 잔재를 소탕해야 할 곳은 어디보다도 학
원이다. 바야흐로 학원에 모이는 인텔리겐치아여, 학원의 자유를 위하야
싸우라.
 과학의 빈곤―이는 조선의 학원이 극복해야 할 난관이다. 이조의 허

학虛學과 일본의 관념론이 조선의 학자들을 병들게 하였다. 조선은 무엇보다도 과학이 없는 나라다. 그러니 민족의 자유발전을 위해서 학원은 무엇보다도 먼저 과학에 주력해야 할 것이다. 그런데 허학파와 관념론자들이 일본인과 바꾸어 들었으니 문제는 크다.

학원의 자유는 조선민족의 해방을 전제로 한다. 자유와 독립이 없는 민족에게 자유의 학원이 있을까 보냐. 학생과 교수를 막론하고 학원은 있는 힘을 다하여 조선민족의 해방이라는 혁명사업에 이바지하여야 할 것이다. 단적으로 말하면 학원은 정확한 숫자에 입각한 정실이 없는 정치의 원리원칙을 생산하며 공급하는 공장이 되어야 할 것이다. 양심적인 기술자의 양성소가 바로 학원이다. 학원이 양로원이 될 때 관념론자의 유희장이 될 때, 반동적 정치가의 도피처가 될 때, 학원의 자유는 무참히도 짓밟히고 마는 것이다.

—《상아탑》2, 1945. 12. 17.

예술과 과학

문자 그대로 시방 서울의 지가紙價는 올라가고 있다. 종로네거리에서 아이들이 지나가는 사람들의 소매를 잡아당기다시피 파는 수많은 신문과 노점상인이 벌여놓은 가지각색 출판물을 볼 때 언론자유의 전람회를 보는 듯하다.

그러면 이 신문들이 모두 조선민족에게 바른 정치노선을 가르쳐주고 있으며 이 출판물이 정말 조선문화를 향상시키고 있는 것일까. 우후죽순 같던 정당이 좌우 양익으로 정리되고 이 좌우의 균형을 얻은 통일정권, 즉 진보적 민주주의정권을 수립하는 것이 화룡점정畵龍點睛으로 남은 과제인 오늘날 활자로 표현된 조선문화는 시방 혼돈에 빠져 있지 아니한가 의심된다.

정치에서 극좌 극우가 다 과오이듯 문화에서도 좌익소아병과 국수주의를 배격하지 않을 수는 없다. 문화반역자는 다시 말할 것도 없거니와.

그러면 조선문화전선 통일의 기준은 무엇이냐. '덮어놓고 한데 뭉치자'는 식의 통일은 더욱이 문화에 있어서는 위험천만이다. '문협'의 실패도 무원칙 통일이었다는 데 기인했다.

'문화'라는 말은 아름다운 말이기는 하나 명석 판명한 개념은 아니다. 그러므로 문화가 무엇인지 규정되기 전에 문화인이 규정될 리 없고 문화인이 규정되지 않고서 문화인의 대동단결체인 조선문화건설중앙협의회가 성립할 수는 없다. 몇 사람 문인이 조선문화를 대표하려 한 것은, 민주주의의 원리를 무시한 것은 또 모르지만 문화주체에 대한 인식이 부족했다 할 것이다. 이는 다 조선의 문화가 아직껏 저널리즘의 소산이었다는 결론이기도 하다.

현대는 과학의 세기다. 조선은 민족의 양심이 가장 요망되는 때다. 예술은 고금동서를 막론하고 양심의 고백이었다. 과학자와 더불어 예술가는 현대조선 문화인의 쌍벽이라 하겠다.

요컨대 문화는 과학과 예술의 총칭이지만 이 둘을 뒤범벅을 해서는 안 된다. 시와 산문을 구별하지 못하고 현대문학자라 할 수 없듯이 예술가도 아니요 과학자도 아닌 사람을 문화인이라 할 수 없다. 억지로 문화인으로 대접하려면 문화의 기회주의자라고 할까.

시방처럼 예술도 아니요 과학도 아닌 글이 신문과 잡지를 번거롭게 하고 있는 한 조선문화는 갈 바 길이 아득하고 멀다. 그도 그럴 것이다. '구라파'에서는 150년 전에 완수한 민주주의 혁명을 아직도 숙제로 남기고 있는 조선에서 이십 세기의 문화가 화려하게 꽃피기를 바라는 것이 꿈일는지 모른다.

하지만 시방 서울의 지가는 연방 올라가고 있다. 8월 16일 날 저마다 국기를 내걸고 독립만세를 부르던 흥분이 아직도 남아서 활자가 되어 나온다면 그것은 또 인정으로 돌릴 수도 있다. 다만 정치에 민족을 파는 야심가와 모리배가 끼듯 문화라는 간판을 내걸고 명예와 지위를 노리는 자들의 지상 폭동이라면 가만 내버려둘 수는 없다. 문화의 반역자란 8 · 15 이전에만 있었던 것이 아니라는 것을 명기하고 문화인 아닌 문화인들은 스스로 내성內省할진저……

—《상아탑》 3, 1946. 1. 14.

상아탑

저속한 현실에서 초연한 것이 상아탑象牙塔이다. 그러나 그것은 생트 뵈브*가 시인 알프레드 드 비니**를 비평할 때 쓴 "tour d'ivoire"라는 말과는 의미가 같지 않다. 말은 현실의 반영이라 시대를 따라 그 의미하는 바 내용이 변한다. 드 비니는 불란서의 귀족이요 이 귀족이 들어 있던 '투우르 디보아르'는 문자 그대로 현실을 무시한 관념의 세계였지만 일제의 탄압 밑에 이룩한 조선의 상아탑은 짓밟힌 현실 속에서 피어난 꽃이었다. 조선민족은 굶주리고 헐벗고 쪼들린 민족이니 밥과 옷을 장만하기 전에는 꽃이 다 무슨 말라비틀어질 꽃이냐 하면 문제는 다르다. 삼천만이 다 앞을 다투어 노동자 농민이 되어 과감히 투쟁을 전개한다면 조선의 생산력은 비약적으로 발전할 것이요 '탁치託治'니 무어니 하는 것이 애시당초부터 거치적거릴 이치가 없지 않으냐.

* 샤를 생트뵈브(Charles Augustin Sainte-Beuve, 1804~1869). 19세기 프랑스의 문예비평가 · 시인 · 소설가. 프랑스 근대비평의 아버지라고 불린다. 인상주의, 과학적 비평을 융합한 새로운 형의 비평에 전념했다.
** 알프레드 드 비니(Alfred Victor de Vigny, 1797~1863). 프랑스의 낭만파 시인 · 소설가 · 극작가이다. 프랑스 혁명으로 인해 몰락한 지방 귀족 출신으로, 위고의 권유로 시를 쓰기 시작했다. 1826년 『고금古今 시집』을 발표하였다. 인생 후반기에는 이른 바 '상아탑象牙塔' 속에 은거하여 고독하게 지냈다. 사후에 『운명시집』이 출판되었다.

그러나 식구가 백만이 넘는 서울을 비롯해 일제 착취의 사령부이던 도시에는 근로하지 않고 먹는 사람들이 왜 그렇게 많은지. "내 땅에서 나는 쌀 가지고 먹는데"라든지 "내 회사에서 나는 이익을 가지고 먹는데" 하는 따위에 지주나 자본가는 물론, 이른바 정신노동자들 가운데에도 일본제국주의가 물려준 유산의 덕으로 호의호식하는 자가 많다.

　조선민족은 그러지 않아도 가난한 민족이다. 이 많은 기생충적 존재는 근로하는 조선민족에게 감사는 고사하고 재물과 권력과 지능을 가지고 파시스트로 군림하려 한다. 이러한 현실 속에서 예술의 전당이요 과학의 상징인 상아탑을 건설하려 애쓰는 사람들—명리名利를 초월하여 자기의 시간을 전부 바쳐서 조선의 자랑인 꽃을 가꾸며 자연과 사회의 비밀을 여는 '깨'를 거두는 예술가와 과학자들은 상아탑밖에는 아무 데도 갈 곳이 없다. 농촌! 공장! 물론 혁명적인 인텔리겐치아는 벌써 다 그 속에 들어가 있을 것이다. 역사를 움직이는 힘은 생산력이요 생산력을 발전시키는 원동력이 공장과 농촌에 있거든 역사를 움직이려는 혁명가들이 '소돔'이나 '고모라' 같이 부패한 도시에서 관념을 무슨 원자폭탄이나 되는 것처럼 자랑하는 가두街頭정치가가 될 말이냐. 서울 같은 데서 가장 정치를 아는 체 떠들어대는 인텔리겐치아의 주관이 외국통신 하나로 이리 뒤뚱 저리 뒤뚱 하는 것을 볼 때 그들을 상아탑에다 잡아 가두고 싶은 생각이 어째 안 나겠느냐. 조선의 역사와 운명은 조선인민의 혈관속에 흐르고 있는 것이거늘 그들 속에 들어가 그들의 손을 잡지 않고 부동浮動하고 있는 인텔리겐치아여, 섣불리 정치를 건드리지 말라. 조선어학회를 비롯해 상아탑 속에선 진보적 역할을 하던 문화단체가 정치무대에 나설 때 얼마나 서투르고 보잘것없는 배우이었느냐. 8·15와 '탁치'의 흥분이 그들의 마각을 드러내고 말았다.

　상아탑은 희고 차다. 그것은 조선의 이성을 상징한다. 또 그것은 산란 때가 되어 물 위에 뛰어 솟은 백어白魚 같은 생명의 약동을 의미하기도 한다. 문화설비를 독점하고 있는 도시엔 모리謀利의 탁류가 흐르고 있거늘 이성과 약동이 없이 문화의 상아탑이 그 속에서 솟아날 수 있겠느냐. 문화인이여, 힘을 합하여 상아탑을 키우자.

—《상아탑》4, 1946. 1. 30.

전쟁과 평화

일본과 독일처럼 전쟁을 구가한 나라도 없다. 무력을 자랑하던 나머지 역사의 쇠바퀴를 거꾸로 돌릴 수 있다고 자신한 일본군부와 나치스— 그들이 비육지탄髀肉之嘆을 발하다 발하다 제2차 세계대전을 터트려놓고 말았던 것이다. 이른바 추축국은 군대와 무기에 있어서 압도적으로 강했기 때문에 세계를 송두리째 삼켜버릴 수 있을 것 같았다. 파시스트들이 민주주의 진영의 내재력内在力을 과소평가한 것은 아니었지만 아니, 민주주의의 위대한 가능성을 너무나 잘 알고 두려워했기 때문에 전격전으로서 쇠뿔을 단숨에 빼려고 대든 것이었다. 독일이 파죽지세로 소련을 석권하여 모스크바에 육박했을 때, 또는 일본이 싱가포르를 함락시켰을 때, 그때 파시스트들의 의기야말로 하늘을 찔렀으며 민주주의 진영에서도 반동한 무리들이 부지기수였다. 조선의 친일파와 민족반역자가 득세한 것도 그때요, 미영米英을 '귀축鬼畜'이라 부르는 예수교도와 미국 유생들이 생겨난 것도 그때부터다. '전쟁은 문화의 어머니'라는 일본군부의 궤변을 증명하러 나선 것처럼 날뛰는 문인학자가 정치무대에 올라서게 된 것도 바로 이때부터가 아닐까.

그런데 그때 그 반동적 세력이 아직도 이 땅에서 반동적 역할을 하고 있다는 것은 어찌된 노릇이냐. 하물며 그들이 하늘같이 믿고 바라는 것이 미소충돌이라는 것을 알고도 잠자코 있을 수는 없다. 원자폭탄을 사용해서라도 38도선을 없애주, 하는 것이 그들의 입버릇이 되기 시작했으니 말이다. 일독이 최후의 승리를 얻을 줄 알고 갖은 추태를 연출하던 어리석은 무리들. 그들이 이제 또 인류의 역사보다 원자폭탄의 위력을 과대평가하여서 위험한 불장난을 하고 있으니 말이다. 그들이 제 수중에 원자폭탄을 가지고 있다면 또 모를까.

하여튼 전쟁은 인류의 적이요 특히 약소민족에게는 지긋지긋한 원수다. 전쟁바람에 왜놈과 결탁하여 지위와 명예와 권력과 재산을 자랑하던 자들이 왜놈이 가졌던 이 모든 것까지 제 것을 만들려다 뜻대로 아니 되니까 제3차 세계대전 일어나기만 바라고 제 딴엔 미리부터 승리자편에 가담하고 있다고 생각하고 있는 것이다. 이자들의 우상을 타파하는 데는 정말 원자폭탄이 필요할는지 모른다. 그러나 제3차 세계대전이 나는 날 조선민족이 어느 나라보다도 먼저 희생될 것을 생각할 때 "집 타는 것은 아깝지만 벼룩 타 죽는 것이 고소하다."는 말이 쑥 들어가고 만다.

문화인이여, 전쟁을 저주하고 평화를 찬미하자. 조선민족은 오랜 문화를 가졌다고 자랑만 할 것이 아니라 그 문화를 살리기 위하여서도 문화의 적인 전쟁과 싸우자. 그리고 문화의 온상인 평화를 위하여 전력을 다하자.

《상아탑》은 전쟁을 공격하는 토치카이며 문화의 씨를 뿌리는 온상이 되고자 한다.

—《상아탑》 5, 1946. 4. 1.

민족의 양심

·

그대들은 이 땅이 소금이니라. 연然이나 그 소금이 짠맛을 잃었다면 무엇으로 그것을 짜게 할 수 있을 것이냐? 소금은 그때부터 무용지장물無用之長物일지니 내버림을 당하여 사람들의 발아래 짓밟히게 되리라.

약소민족이요 피압박민족인 유태가 낳은 위대한 혁명가 예수는 산상에서 이렇게 제자들에게 외친 일이 있다. 반동적 단체인 바리세와 사두개의 무리들이 권력을 다투고 있을 때, 로마제국의 창검을 믿고 모리謀利의 행위만을 일삼는 무리가 늘어갈 때, 자포자기自暴自棄의 독주를 마시고 비틀거리는 무리가 거리거리를 가로막을 때, 이렇게 나날이 더럽혀가는 민족성을 순화 정화하는 소금이 되고자 한 것이 예수와 및 그의 제자다.

그런데 20세기 조선에 있어서 이 말이 뼈아픈 진리인 것을 예수교도들도 모르는 모양이다. 그러지 않고야 천조대신天照大神을 제단에 모시고 미영을 '귀축'이라 부르던 목사와 신부가 여전히 설교를 하게 내버려둘 까닭이 없다. 하물며 그들이 정치 브로커가 되고 모리배가 되는 것도 모른 척한다면 예수교도 자체가 소금의 맛을 잃어버렸다 아니할 수 없다.

예수의 참뜻을 모르는 예수교도—그들은 사이비 예수교도가 아니냐. 그 대들은 이 땅의 소금이 되어야 할 것이다.

유태민족을 짓밟던 로마제국. 조선을 짓밟던 일본제국주의도 그만 못지않은 학정자虐政者였다. 그러던 그 밑에서 과연 누가 예수였으며 누가 사두개와 바리세였으며 누가 유다였더냐. 피를 흘린 사람, 철창에 신음한 사람, 남몰래 괴로워하면서 민족의 길을 가르쳐준 사람, 그 사람들만이 조선의 예수였다. 사두개와 바리세는 대지주와 자본가였으며 유다는 말하고 싶지도 않다. 스스로 반성함이 있을과저…….

그러나 시방 조선이 지닌 더 크나큰 슬픔은 과거 삼십육 년 동안 민족의 양심을 간직해온 사람들 가운데 소금의 짠맛을 잃어가는 사람이 있다는 사실이다. 민족을 위하여 싸워왔다는 사람 가운데 민족을 짓밟고라도 올라서려는 사람은 없는지. 조선은 아직도 약하고 가난한 민족이라는 것을 몽매간에도 잊어서는 지도자 될 자격을 상실할 것이다. 조선민족의 대다수가 아직도 가난과 핍박 속에 있거늘, 몇몇 분자만이 잘 먹고 잘 산다고 민족 전체가 잘 살게 된 것은 천만 아니다. 그런데 그런 자들에게 에워싸여서 조선현실에 눈 어두워진 지도자는 없는지. 지도자는 이 땅의 소금일진댄 짠맛을 잃는다면 짓밟혀버릴 것을 알라.

'일제'의 총칼 밑에서 상아탑을 사수한 문화인들도 또한 소금의 짠맛을 잃어가는 사람이 있다. 스스로 짠맛이 없이 어찌 남을 짜게 할 수 있으랴. 《상아탑》의 예술가와 과학자는 누구보다도 먼저 민족양심의 사표가 되라. '상아탑'은 양심의 상징이 되고자 한다.

—《상아탑》 6, 1946. 5. 10.

애국심

　시방 조선에는 민족을 사랑하는 사람은 많지만 어떻게 사랑해야 될지를 아는 사람이 드물다.

　'사랑'이라는 말, '나라'라는 말, '마음'이라는 말―다 좋은 말이다. 하지만 너무나 추상적인 말이다. 그러기에 '애국심'이라는 말이 흥분이나 감정이나 기분을 의미하게 되기 쉽다. 민족의 살 길을 과학적으로 추구하는 사람들을 제쳐놓고, 무슨 일이 있을 때마다 발작적으로 날뛰는 사람이 애국자라는 인상을 주는 것이 시방 조선의 일그러진 현실이다. 진정한 애국자라면 언제나 꾸준히 민족을 위하여 행동할 것이지 이따금 가다가 소리소리 지를 뿐, 민족 사이에 감정적인 분열을 꾀한다니 될 말이냐.

　노동자 농민은 원칙적으로 애국자이다. 뭐니 뭐니 해도 조선을 떠받치고 있는 것은 이들의 힘이다. 조선의 자주독립도 이 이천오백만 근로대중이 정치적으로 각성하는 데 달려 있다. 그러나 그들은 묵묵히 일할 뿐 애국자라고 떠들고 나서지 않는다. 그만큼 그들은 더 애국자다. 그러나 그들은 잠자고 있는 사자라 아니할 수 없다. 이들이 한 사람도 빼놓지 않고 눈뜬다면 애국자의 탈을 쓰고 정치무대에서 날뛰는 여우 이리 등속이 꼼짝이나 할 수 있을까 보냐.

새무얼 존슨*은 "애국심은 악당의 최후 피난처라." 간파했지만 히틀러, 히로히토, 무솔리니의 무리들이 이용한 것은 병기창보다도 실로 이 애국심이었던 것이다. 애국심이란 총칼보다도 위력을 발휘하는 것이기 때문에 역사의 반역자들은 언제고 애국심을 악용하여 정권을 획득했었다. 사랑은 눈먼 것이기 때문에 이렇게 역용逆用을 당하기가 쉬운 것이다.

그러므로 애국심은 하루바삐 눈을 떠야 할 것이다. 황금이나 권력에게 사주되지 않게스리 스스로 갈 바 길을 찾을 줄 알아야 할 것이다. 그러려면 우선 '사랑'이라는 말, '나라'라는 말, '마음'이라는 말이 과학적으로 규정되어야 할 것이다. 정치, 경제, 교육, 출판에 있어서 '애국심'이라는 말이 흥분이나 감정이나 기분을 의미하는 채 지배력을 갖게 된다면 무지와 욕심이 가장 득세할 것이요 진정한 애국자는 스스로 숨어버리지 않으면 구축驅逐을 당할 것이다. 악화가 양화를 쫓아버리는 것은 화폐에만 타당한 진리가 아니다. 사실 조선의 자주독립이 지연된다는 의식이 생길 때마다 불순분자가 날뛰고 양심분자가 풀이 죽는 것은 무엇을 의미하는 것이냐!

일진일퇴, 역사에는 우여곡절이 있으되 가는 방향은 정해 있는 것이며 결국은 진보밖에는 아무것도 없는 것이다. 시방 조선은 역사적 정돈 상태에 빠진 것은 사실이지만 반동분자들의 구호가 암만 소리 높을지라도 또다시 조선역사가 일제 밑에서처럼 뒷걸음질치지는 않을 것이요 반드시 전진하고야 말 것이 아니냐.

---

* 새무얼 존슨(Samuel Johnson, 1709~1784). 영국의 시인 · 평론가. 1755년 영국에서는 처음으로 영어사전을 만들어 영문학 발전에 크게 이바지하였다. 영국 시인 52명의 전기와 작품론을 정리한 『영국 시인전』 10권을 발간하였다.

    그러니 문화인들은 좌고우시左顧右視할 것 없이 창조와 연구를 게을리하지 말자. 그대들의 애국심은 그대들이 생산하는 문화의 질과 양으로 측정하는 수밖에 없는 것이다. 이러한 의미에서 《상아탑》은 조그마하나마 아름답고 참된 애국심의 결실이고자 한다.

—《상아탑》7, 1946. 6. 25.

기독의 정신

"거짓 예언자를 경계하라. 그들은 양의 탈을 쓰고 그대들 앞에 나타난다.

하지만 속으론 그들은 피를 빨려는 늑대이니라."

— 「마태복음」 제7장 15절

시방 조선의 기독교도들은—신교이건 구교이건—바리세가 되어간다. '바리세'란 해부라이 말로 '분열파'를 의미하며 메시아와 그의 재림은 역설하면서 기독을 부정한 자들이다. 꼭 마찬가지로 시방 조선의 기독교들은 대한大韓과 그 부활만을 주장하므로 말미암아 민족통일에 분열을 가져왔다. 또 현대의 기독이라 할 수 있는 애국자들을 바리세가 로마의 대관代官 폰시오 필라투스한테 모함했듯이 미군정에다 중상하고 있다. 조선의 공산주의자들이 당한 일제경찰의 악형은 결코 예수가 짊어진 십자가 못지않았다. 예수가 약소민족이요 피압박민족이던 유태민족을 위하여 형관을 쓰고 피를 흘린 혁명가이던 것과 진배없이 조선의 공산주의자들도 민족해방을 위하여 스스로 나서서 거꾸로 매달리고 물을 먹고 가죽조끼를 입고 피를 흘린 혁명가들이다. 이러한 애국자들을 욕하는 한인 기독교도들은 기독의 정신을 배반하고 있다는 것을 아는지 모르는지.

앙드레 지드는『전원교향악』에서 "신약에는 빛깔의 관념이 없다." 했지만 그것은 예수나 그의 제자들에게 예술가적인 감각이 결여되었기 때문에 그런 것은 아니다.『신약』의 사상을 중세기적인 비육체적인 비감각적인 것이라 단정한 지드. 그는 제2차 세계대전에 승리를 얻은 불란서인이었기 때문에 약소민족이요 피압박민족인 유태의 지도자 예수와 및 그의 종도宗徒들의 심리를 이해할 수 없었던 것이다. 로마병의 창검이 번득이고 민족반역자 헤롯왕의 아들들이 로마의 금취金鷲를 믿고 득세하며 석두완고파石頭頑固派의 국수주의자 바리세와 사두개가 권세를 다투어 민족은 사분오열되고 민족성은 나날이 더럽혀갈 때 이 민족을 구해보겠다고 나선 것이 구세주 예수라는 것을 잊어서는 안 된다. 그때의 비밀경찰과 고문은 역사상에도 유명한 것이다. 예수가 해외로 망명하지 않고 끝끝내 국내에서 투쟁할 수 있었다는 것은 그의 혁명가적 정열 못지않은 탁월한 그의 지성 때문이다. 민족을 위해 한 놈이나 두 놈 죽이고 자기도 죽거나 해외로 달아나는 것도 애국자이지만 민중 속에서 민중과 더불어 갖은 굴욕과 갖은 핍박을 참아가면서 그 민중을 사는 길로 이끌어나가다가 마침내 십자가에 못 박혀 죽은 예수는 더 큰 애국자가 아니겠느냐.

"주여! 어디로 가시나이까?"
"로마로."

이것은 시엔키에비츠의『쿼바디스』*의 유명한 대목이지만 폭군 네로

| * 폴란드 작가 헨리크 시엔키에비츠(Henryk Sienkiewicz)가 1896년에 발표한 소설.

가 무서워서 로마를 피해 나타나는 베드로에게 주는 경고인 동시에 어느 때고 어느 나라에서고 해외망명객보다 국내혁명가가 더 애국자라는 좋은 교훈이기도 하다.

『신약』이 지드의 말마따나 선명한 빛깔을 지니지 못한 이유는 그것이 로마병 친로파 민족반역자 앞에서 당당히 떠들어댄 기독의 언어인 탓이다. 상징! 극도의 상징만이 놈들을 피하여 민중의 가슴속으로 스며들 수 있었던 것이다. 그래서 『신약』은 사상으로선 우원迂遠하고 간접적인 '시'가 되는 수밖에 없었던 것이다. 그래서 '천당'의 관념만 하더라도 오늘날 무식한 기독교도가 말하듯 개인이 사후에 가는 곳이 아니라 유태민족이 해방되어 잘 살 수 있는 역사적 미래를 상징한 것이었다. 다시 말하면 현재는 비록 약하고 억눌린 민족이라도 반드시 행복하게 살 수 있는 시대가 온다는 사상이다. 그래서 르낭'은 『예수전』에서 '천당'을 이렇게 찬미했다. '천당'의 사상은 세계사에 가장 빛나는 사상이다. 왜냐면 황금시대를 과거에다 두는 민족은 많았지만 미래에다 두고 기다린 민족은 유태민족밖에 없다. 일본제국주의의 탄압 밑에서 한용운의 민족주의가 『님의 침묵』이라는 시집의 형식을 빌리는 수밖에 없었듯이 예수의 피압박민족 해방사상은 '천당'이라는 상징을 빌리는 수밖에 없었던 것이다.

일언이폐지하면 『신약』은 시다. 그러나 그것은 시를 위한 시가 아니라 민족을 위한 시였다. 따라서 극도로 지적인 시다. 민족을 생각할 때 구름의 옥색이나 꽃의 당홍이 추상될 것이다. 그래서 지드는 『신약』엔 빛깔의 관념이 없다 한 것이다. 그러나 그렇다고 『신약』과 중세기를 연결하는 것은 잘못이다. 중세기의 암흑은 아리스토텔레스의 형식 논리만

---

* 조제프 르낭(Joseph Ernest Renan, 1823~1892). 프랑스의 사상가이자 종교사가・언어학자. 프랑스 실증주의 대표자 중 한 사람이다. 그의 주요 저서인 『그리스도교 기원사』(전7권, 1863~1883)는 예수의 인간화, 그리스도교의 문화사적 연구, 성서의 세계를 심리적・문학적으로 재현했다는 데 큰 의의가 있다. 이 책의 제1권이 유명한 『예수전Vie de Jésus』이다.

가지고 천당을 구성하려다 육체와 현실과 자연을 상실한 암흑이지만 『신약』의 암흑은 로마제국의 말발굽에 짓밟혀 피를 흘리면서도 광명을 모색한 암흑이라는 것을 잊어서는 안 된다.

> "백합꽃이 어떻게 사는가 생각하여보아라. 그들은 애써 일하지 않고 길쌈하지 않느니라. 그러나 내 너희들에게 이르노니 솔로몬의 영화로도 이 꽃의 하나만치 옷 입지 못하였더니라.
>
> 만약 하느님께서 오늘은 들에 있고 내일은 아궁이에 들어갈 풀을 이렇게 옷 입히실진댄 너희들은 얼마나 잘 옷 입히시겠느냐? 아 너희들은 믿음이 적은 자인지."
>
> —「누가복음」 12장 27~28절

이것을 한낱 귀족시인의 관조나 관념론자의 초월이라고 본다면 『신약』을 거꾸로 해석하는 것이 되고 만다. 민족의 운명이 어찌되든 사리사욕에 눈이 어두워진 무리들을 경계하는 이 말을 그때 그 현실과 유리시켜서 문면文面만 가지고 해석하는 것은 너무나 형식적인 오류다. 이 대목은 오늘날 빈틈없는 '인생의 비판'이 될 것이다. 민족의 지도자라 자칭하는 사람들이 돈 모을 궁리부터 한다. 말은 좋다. 정치에는 돈이 필요하다고. 하지만 그 돈은 정치가가 잘 먹고 잘 입고 개인적 권세를 얻으려 사람을 매수하라는 돈은 아닐 게다. 몇 사람 자기들만이 조선민족을 해방할 수 있다는 오만한 생각에서(마음으로 겸손한 자는 진복자로다!) 가난한 민족의 돈으로 명예와 지위와 권력을 꾀하는 자들이여 「누가복음」 제12장을 한번 다시 읽어보라.

> "너희들은 차라리 하느님의 나라를 구하라. 그러면 이 모든 것은 그

대들에게 저절로 생기리라."

거듭 말하거니와 '하느님의 나라'라는 것은 『자본론』에 이른바 '자유의 왕국'을 의미하는 것이다. 조선민족이 "기능에 응해서 노동하고 필요에 응해서 소비하는" 민족이 되게스리 만들어놓는다면 그대들처럼 신통한 기능이 없는 양반들도 행복하게 될 수 있을 것이 아니냐. 그러니 돈모을 걱정보다 민족을 해방할 걱정을 하라고 예수가 가르치는 것이다. 하긴 '하느님의 나라'란 '저 세상'이라고 끝끝내 우길 기독교신자가 있을 게다. 우길 테면 우기라. 그건 말리지 않는다. 하로 바삐 죽어서 그리로 가도록 하라. 다만 두려운 것은 '하느님의 나라'로 인도한다고 얼토당토 않은 대한민국으로 끌고 가는 사이비 기독교도들이다.

성당이나 예배당이 현실에서 초연한 '상아탑'이 된다면 그는 기독의 정신에는 좀 어그러지지만 그도 좋다. 하지만 섣불리 신부나 목사가 정치에다 발을 들여놓고서 신도대중을 과거로 떠다박지른다면 기독의 정신을 전연 반역하는 짓이라 아니할 수 없다. 대한이 봉건주의 조선인 것을 그들은 모를 리 없거늘. 어쩌다 '대한인'들만 섬기느냐 말이다.

기독의 정신은 「마태복음」 제22장에 다음과 같이 요약되어 있다.

"마음과 영혼과 정신을 다 바치어 너의 주 하느님을 사랑하라."
"너의 이웃을 네 자신처럼 사랑하라."

다시 말하면 우주를 무목적인 혼돈으로 보지 않고 유목적인 조화라 믿어 의심치 않으며 인간사회에 있어서는 애타주의를 주장하는 것이다. 로마제국에게 유린을 당하야—조선이 일제 밑에 그러했듯이—민족반역자와 모리배와 패배주의자가 나날이 늘어가고 인민은 도탄에 빠져 헤맬 때 그 속에서도 숙명론자나 허무주의자가 되지 않고 민족의 해방과 우주의 섭리를 믿은 기독이 초인적인 신념의 소유자이었던 것은 부인할 수 없다. 그리고 그의 신념이 그가 가까이 하는 사람들에게까지 옮아간 것은 사실이다. 그러나 단순한 동물적인 신념만 가지고는 유태의 국내혁명세력을 형성할 수 없었을 것이니 예수의 혁명가적 정열이 뜨거우면 뜨거울수록

"엘리 엘리 라마 사박다니?"
(하느님이시여 하느님이시여 왜 나를 버리시었나이까?)

—「마태복음」 27장 46절*

하는 절망의 소리가 일찌감치 그의 입에서 튀어나왔을 것이다. 십자가에 못 박힌 지 아홉 시간 만에야 고통을 참다참다 못해 이 소리를 크게 부르짖은 예수는 철저한 이성인이었다고 아니할 수 없다. 민족반역자 헤로드의 무리와 보수파 바리세들이 예수를 로마군공에 옭아 넣으려고

"로마황제에게 세금을 바치는 것이 오롯한 짓입니까 아닙니까?"(「마가복음」 12장 14절**)

하고 물어본 일이 있다.

그때 형편으론 예수는 '예스'라 할 수도 없고 '노'라 할 수도 없었다. 왜냐면 민족을 로마의 기반에서 벗어나게 하려는 혁명적 지도자로서 세금을 바치는 것이 옳다 할 수도 없고 그렇다고 세금을 바치는 것이 그르다 하면 그놈들이 일러바쳐서 당장에 사형을 당할 것이다. 그래서 예수는 돈 한 푼을 가져오라 해서 그 돈에 로마황제의 초상이 있는 것을 가리키며,

---

* 김동석의 글 원본에는 "27, 48"로 표기되었는데 출처를 확인하여 바로잡았다.
** 김동석의 글 원본에는 "XI-11"로 표기되었는데 출처를 확인하여 바로잡았다.

"시저의 것은 시저에게 돌리고 하느님의 것은 하느님에게로 바치라." 한 것이다. 이 말이 가지는 의미는 정치가로서 예수가 비범한 두뇌를 가졌다는 것과 생명의 제위를 느끼면서도 추호도 타협하지 않았다는 것이다. 일견 정치는 로마군정에 일임하고 자기는 하느님이나 모시는 종교자처럼 행세한 예수의 하느님은 유태민족의 자유를 의미한다는 사실을 잊어서는 기독의 정신을 파악할 수 없는 것이다. "뱀같이 슬기롭고 비둘기같이 어질라." 한 것이 예수의 언행을 단적으로 표현한 것으로 "늑대 속에 있는 양" 같은 그로선 가장 현명한 길이었다. 뱀같이 슬기롭지 못할진댄 로마병이나 민족반역자나 정적에게 넘어갈 것이요 비둘기처럼 어질지 못할진댄 피압박인민이 뒤따르지 않을 것이다. 약소민족의 지도자란 참으로 어려운 운명을 타고나왔다 할 것이다.

현대정신은 과학을 토대로 한다. 그러므로 『신약』에 나오는 기적이 문젯거리다. 빵 다섯 조각과 생선 두 마리를 가지고 오천 명을 배불리 먹이고도 열두 광주리가 남았다는 '빵의 기적'을 (「마태복음」 4장, 「마가복음」 6장) 어떻게 해석할 것인가. 신부나 목사는 이것을 그냥 그대로 덮어놓고 믿으라 한다. 말은 좋다. 기적이라고. 그러니 기적을 믿으라고. 그러나 기적이란 무엇이냐. 배가 고프면서 배가 부른 척하는 것은 좋다. 하지만 적은 수의 빵과 생선을 가지고 많은 수의 사람을 배부르게 하고도 더 많은 수의 빵과 생선이 남았다는 이 '수'는 무시할 수 없는 것이다. 이 숫자를 염두에 두지 않고 기적이니 믿어라 우기는 것은 예수를 마술사라 주장하는 것이나 매일반이다. 우리는 눈앞에 마술사의 마술을 보고도 기이히 여기지 않는 현대인이거든 이천 년 전 일이랴. 그러므로 사이비 기독교도들이 어떻게 주장하든 '빵의 문제'는 다음과 같이 해석하는 것이 가장 옳은 파악일 것이다.

예수는 자기 먹을 빵을 군중에게 나눠주라고 제자에게 명했다.

예수는 제자들을 자기한테 오라 해 가로대 나는 저 무리들을 가엾게 여긴다. 왜 그런고 하면 사흘 동안이나 나를 따라다녔는데 먹을 것이 없으니까.

그러니 도중에서 기진해 쓰러질 테니 굶주린 채로 돌려보내고 싶지는 않다.

—「마태복음」15장 32절*

예수도 사흘 굶주린 끝이리라. "사람들이 하도 오고 가고 해서 밥 먹을 틈도 없었기 때문에" 종도들만 데리고 배를 타고 남몰래 사람 없는 곳을 찾아간 것인데(「마가복음」6장 31~32절) 사람들은 벌써 알고 육로를 뛰어서 앞질러가서 기다리고 있었던 것이다. 그때나 이때나 민중의 지도자란 이렇게 밥 먹을 시간도 없는 것이다. 그래서 예수는 민중과 더불어 사흘을 굶었을 것이다. "너의 이웃을 네 자신처럼 사랑하라." 가르친 예수가 굶주린 대중 속에서 혼자만 먹을 수 있었겠느냐. 그래서 제자에게 명하여, 가지고 다니던 빵 다섯 덩어리와 생선 두 마리를 군중에게 나눠주라 한 것이었다. 예수가 아무리 현실을 무시한 시인이었기로서니 빵다섯 조각과 생선 두 마리를 가지고 오천 명이나 되는 굶주린 대중을 배부르게 할 수 있다고 믿었을 리는 만무하다. 다만 굶주린 대중을 앞에 놓고 혼자만 먹기가 딱하여 배를 타고 도망하다시피 해서까지 사람 없는 곳을 찾아간 것인데 끝끝내 군중이 따라다니니까 자기는 굶을 심 잡고 '양심'을 배불리기 위하여 자기의 빵과 생선을 군중에게 나눠준 것이었다.

그리하여 예수는 군중더러 풀 위에 앉으라고 명하고는 그 빵 다섯 덩

| * 김동석의 글 원본에는 "16장 32"로 표기되었는데 출처를 확인하여 바로잡았다.

이와 생선 두 마리를 그의 제자에게 주니 제자는 다시 군중에게 주었더니라.

—「마태복음」 14장 19절, 15장 35~36절, 「마가복음」 6장 39~41절

여기에서 비로소 기적이 나타난 것이다. 예수 자신이 군중 때문에 빵을 가지고도 식사를 하지 못하고 기회를 기다렸듯이 군중 속에도 빵을 가지고도 먹지 않고 있던 사람이 있었을 것이다. 아니 혼자만 먹고 남은 빵을 가지고 있던 자도 있었을 것이다. 다시 말하면 거기 모인 군중은—예수까지도—혼자만 먹으려고 한 것이었다. 그것이 자연이다. 배고픈 것은 인간도 늑대에 진배없다. "Homo homini lupus(인간은 인간에 대하여 늑대)"라는 토마스 홉스의 말은 이런 경우엔 참으로 진리라 아니할 수 없다. 하지만 예수는 보통 인간이 아니었다. 만인의 사표가 될 만한 사람이었다. 그래서 스스로 배고픔을 참고 최후의 식량을 군중에게 놓아준 것이었다. 예수를 지도자로 알고 쫓아다니던 무리들이 이에 감동하지 않을 까닭이 없다. 보통 때 같으면 서로 덤벼 뺏고 야단이 날 텐데 예수의 감화를 받아—"너의 이웃을 네 자신처럼 사랑하라."—서로서로 사양할 뿐 아니라, 되레 감추어두었던 빵과 생선을 내놓은 것이었다. 그래서 "여자와 어린애들은 빼놓고" 오천 명이나 '양심'을 배부르게 하고 열두 광주리가 남은 것이었다. 이것은 확실히 기적이다. 유태는 약소민족이요 피압박민족이었기 때문에 이기주의로 흘러가고 심한 자는 민족반역자가 되어가는데, 거기서 굶주린 군중이 서로서로 먹을 것을 사양하고 감추어두었던 것까지 성출誠出하게 만들었다는 것은 기적이 아닐 수 없다.

이러한 기적을 시방 조선도 바라고 있다. 그러나 조선의 기독교도들은 '대한'은 모시고 섬기면서 자기네들이 감추어가지고 있는 물질은 민족 앞에 내놓으려 하지 않는다. 그리고 무슨 예수교도라는 것이냐. 기독의 정신을 저버리고 무슨 예수교도라는 것이냐. 말은 좋다. "사람은 빵만

가지고 사는 것이 아니라."고. 그러나 『구약』의 이 유명한 문구는 돈 많은 사람들을 훈계한 말이지 가난하고 피를 빨린 근로대중에게 신부나 목사나 기독교 지도자들이 설교할 때 이용하라는 말은 아니다. 스스로 '빵'을 장만하기에 아니 좋은 집과 재산을 장만하기에 급급한 자들이 어찌 입으론 굶주린 대중에게 '빵'을 생각지 말라는 것일까. 특히 조선의 토착부르주아지들이 대중의 의식을 '빵' 이외의 것에 쏠리게 하려는 것은 행여나 자기네들이 감추어가지고 남몰래 먹으려는 빵과 생선을 뺏으려 덤빌까 겁내서다. 하지만 안심하라. 노동자와 농민은 '이마의 땀'으로 빵을 구하는 사람들이다. 그대들처럼 대통령이 되고 싶거나 고대광실에서 놀고먹으려는 사람들이 아니니. 빵을 달라. 일을 해줄게 빵을 달라. 이들의 이 지극히 겸손하고 정당한 요구를 들어줄 수 없거든 아예 지도자 될 생각을 말라.

시방 조선은 이천 년 전 유태와 꼭 같다. 바리세와 사두개가 있고 군정이 있고 헤로드의 무리가 있고 유다까지도 있다. 그러면 과연 누가 예수냐?

"너희들은 그들이 맺는 열매로써 그들을 알 수 있으리라. 가시덤불에서 포도를 거두며 엉겅퀴에서 무화과를 거두는 일이 있느냐.

그와 매한가지로 좋은 나무는 좋은 열매를 맺고 좋지 못한 나무는 나쁜 열매를 맺느니라."

— 「마태복음」 7장 16~17절

시방 조선에는 민족을 혼자 사랑하는 체 떠들어대는 사람들이 있다. 특히 '반탁反託'을 운운하여서 가장 애국자인 체하는 사람들이 많다. 허지만 말만 가지고는 애국자가 될 수 없을지니 그들이 맺는 열매를 보기 전에는 그들이 무슨 나무라 단정하기 어려운 것이다. 그들 가운덴 뒤론

민족의 피땀을 긁어모으면서 우리 앞에 나타날 땐 양의 탈을 쓰고 나오는 거짓 예언자가 있다. 이 양의 탈을 쓴 늑대를 경계하라.

유다는 은전 서른 닢에 매수되어 자기의 스승이요 민족의 지도자인 예수를 팔아먹었다. 수제자 베드로까지도 닭 울기 전에 세 번이나 예수를 부정했다. 그리하여 바리세와 사두개의 무리들은 예수를 로마군정관 폰시오 필라투스에게 넘겨 십자가에 못 박기를 요구했다. 필라투스는 죄 없는 예수를 사형에 처하기는 차마 양심의 가책을 받았다. 그러나 보수주의자들과 민족반역자들은 예수를 십자가에 못 박기를 강요했다. 필라투스는 이 폭도들이 무서워서(「마태복음」 27장 24절) 예수를 그들이 하는 대로 내맡겼다. 그리하여 이 '극열분자'들은 예수의 옷을 벗기고 붉은 옷을 입힌 뒤에 머리에다 가시관을 눌러 씌우고는 '유태인의 왕'이라 놀리면서 얼굴에 침을 뱉고 다시 옷 벗기고 매질하여 골고다의 언덕으로 끌고 가서 십자가에 못 박아 매달았던 것이다.

일본제국주의 밑에서 과연 누가 예수이었더냐. 머리에 가시관을 쓴 자 누구이며 붉은 옷을 입는 자 누구이냐. 그리고 이 예수의 얼굴에 침을 뱉고 이 예수를 십자가에 못 박은 자 누구이냐.

시방 대한기독교도들은 이천 년 전 유태의 기독만 내세우고 알짱 조선의 기독을 부정한다. 그것은 바리세들이 『구약』의 메시아만 내세우고 눈앞에 있는 예수를 부정한 것이나 꼭 마찬가지 짓이다. 우리는 약소민족이요 피압박민족이다. 그러므로 예수는 약소민족이요 피압박민족인 유태를 해방하려다 놈들에게 붙잡히어 십자가에 못 박혀 죽은 혁명가였다는 것을 잊어서는 아니 될 것이다.

—《상아탑》 7, 1946. 6. 25.

민족의 자유

자유는 영원한 우수憂愁를 또한 이 국토에 더하노라.

— 시집 『동경憧憬』에서

1

한난양류寒暖兩流가 합치는 곳엔 물고기가 많다 한다. 꼭 마찬가지로 세계의 삼대사조가 부딪히는 조선엔 바야흐로 많은 사상의 물고기가 꿈틀거리고 있다. 붉고 희고 검고……. 각종각양의 물고기들. 이렇게 가지각색의 물고기가 조선민족의 관념 속에서 헤엄친 일은 일찍이 없었다. 그러나 이 많은 물고기들도 바라고 향하는 곳은 다만 하나 '자유의 왕국'이다.

어느 때인들 우리 겨레가 자유를 마다하였으리오만 거족적으로 자유를 부르짖기 오늘날보다 심각한 때는 없었다. 더욱이 인제는 민족의 자유가 아득하나마 바라다 보이는 곳에 있지 않은가. 그래서 난파선이 섬을 바라본 것처럼 모두들 흥분하고 있는 것이다.

그러나 자유란 그렇게 간단한 것이 아니다. 누구나 이구동성으로 자유를 부르짖고 있지만 그 자유란 그 이름이 아름답듯이 내용도 순수 무잡한 것은 아니다. 노동자가 부르짖는 자유는 자본가가 욕심내는 자유와 조화되기 어려우며 소작인이 얻고자 하는 자유는 지주가 쥐고 늘어지는 자유와 모순된다. 일제시대에 놀고먹던 사람은 또 놀고먹어야 자유로울 것이오, 권세를 부리던 사람은 또 권세를 부려야 자유로울 것이오, 명예를 누리던 사람은 또 명예를 누려야 자유로울 것이다. 다시 말하면 '일제'의 질서가 깡그리 그대로 유지되어야만 나무뿌리가 고토를 즐기듯이 자유를 향락할 수 있는 사람들이 있다. 이 사람들은 입으론 무엇을 떠들어대든 간에 속심으론 더 많은 재산과 권력과 명예를 꿈꾸고 있는 것이다. 움직이는 것은 계속하여 움직이고 정지한 것은 계속하여 정지한다는 타성의 법칙은 인간사회에도 타당한 것이어서 일제시대에 자유로 움직이던 사람은 여전히 자유로 움직이고 있는 반면에 압박 밑에 웅크리고 있던 사람은 여전히 자유로 움직이지 못하고 있는 것이 시방 조선의 현실이다.

한 세기 전 이 땅에 구미의 자유주의가 물밀어 들어왔을 때, 상투를 깎아버리고 양반이니 쌍놈이니 할 것 없이 제 멋대로 제 재주껏 새로운 생활을 건설하기 위하여 부지런히 또는 재빠르게 움직이었던들—봉건주의를 버리고 자본주의를 채용하였더라면—조선은 일본의 침략을 면할 수 있었을 것이다. 다시 말하면 이조의 양반들이 저희 계급이 독점하고 있던 자유를 쌍놈에게도 허여하거나 쌍놈이 양반과 싸워서 자유를 얻거나 해서 조선민족이 봉건사회보다는 더 많은 자유를 가질 수 있었던들 우리는 그렇게 호락호락이 식민지의 백성이 되지는 않았을 것이다. 피를 흘리지 않고 국민과 국사를 고스란히 남의 나라에다 바치다니! 이완용 하나만을 욕할 것이 아니라 그때의 전 책임은 양반계급이 져야 할 것이다.

그때 조선이 양반 쌍놈의 차별이 없는 나라이었다면 문제는 다르다. 그 책임은 전 민족이 져야 할 것이요 따라서 피가 흘렀을 것이다. 그러나 불행히도 상민常民에겐 자유가 없었다. 이조 오백 년 동안 상민의 고혈膏血을 빨아먹어가며 당쟁을 일삼던 양반들은 드디어 나라를 팔아먹고 말았던 것이다. 물론 양반 가운데 진보적인 분자도 있었다. 그러나 전체적으로 볼 때 그들은 도저히 민족의 운명을 떠받치고 나갈 기력이 없었음에도 불구하고 완명頑冥히도 그때의 세계사조인 자유주의를 거부하고 상민의 자유발전을 누르고 그대로 이조 오백 년의 양반몽兩班夢을 계속 꿈꾸었던 것이다. 국호를 대한이라고 고쳤다고 그 나라가 별안간 커지는 것이 아니요, 왕을 황제라고 고쳐 불렀다고 그 나라의 위신이 갑작스레 높아지는 것이 아니다. 자유로운 국민의 수가 많을수록, 그 자유의 도가 높을수록 그 나라 그 민족은 강대하며 명예로운 것이다. 이조 말엽의 정치적 책임자들이 조선을 대한이라 고치고 왕을 황제라 부르는 대신에 상투를 깎아버리고 상민과 악수하여 민주주의 조선 건설에 매진하였더라면 우리의 역사는 빛나는 페이지를 기록했을 것이다.

그러나 양반은 결국 양반이었다.

'양반'이라는 말이 욕이 된 것은 결코 우연이 아니다. 선의로 해석해서 그들은 너무 점잖기 때문에 시대에 뒤떨어져 양반걸음으로 걸어가는 아니, 때로는 버티고 서 있기만 하는 석두石頭 완고파들이었다. 뒤꽁무니 빼는 샌님들은 일부러 말할 것도 없고…… 일본의 양반인 사무라이들은 칼쌈을 일삼아 기동적인 정신과 육체를 길러왔기 때문에 재빠르게 존마게*를 깎고 칼을 떼어 팽개쳐버리고 주판을 손에 들었다. 그리하여 일본

---

* 일본 무사의 머리 상투. 오늘날에는 스모 선수의 머리 모양으로 남아 있다. 스모 선수가 존마게를 자르는 것은 은퇴하는 것을 의미한다.

은 나날이 자유를 증산하여서 드디어 그 상품은 잠자는 사자, 봉건주의의 꿈에서 깨어날 줄을 모르는 대륙으로 진출하게 된 것이다. 이리하여 일본의 자본주의가 조선을 침략하기 시작한 것이다. 물론 봉건주의는 자본주의의 적이 아니었다.

2

일본인의 자유가 조선인의 자유가 아니라는 것은 대한의 국호를 사용하던 사람들이 누구보다도 뼈아프게 느꼈을 것이다. 조선을 병탄했을 때 일본은 자유주의의 나라였다. (일본이 파시스트가 된 것은 훨씬 후다.) 자유주의가 일본인에겐 더 많은 자유를 준 것은 사실이지만 조선민족의 자유를 뺏어버린 것도 또한 사실이다. "한 사람에겐 살로 가지만 다른 사람에겐 독이 된다."는 격언이 있다. 일본인을 기름지게 한 자유는 조선민족에겐 독이었다. 춘원은 『무정』의 대단원에서 공장의 마치 소리가 요란해감을 찬미했지만 그 마치 소리는 조선민족의 소리가 아니었다. 조선은 의연히 봉건사회인 채로 이왕李王을 비롯한 봉건지주들이 지배계급이었다. 그러므로 공장의 마치 소리를 해방의 찬미가로 들은 조선인이 있다면 친일파거나 극소수의 민족자본가와 및 그 도당이었을 것이다. 그 마치 소리는 조선민족을 착취하자 울리는 자본주의 일본의 소리였던 것이다.

조선이 '일제'의 지배 삼십육 년에 자본주의의 도금鍍金을 입은 것은 사실이다. 어떤 자유주의자의 말투를 빌면 "땅 우엔 기차, 전차, 자동차가 달리고 바다엔 기선이 떠 있고 하늘엔 비행기가 날랐다." 그러나 이 비까번쩍하는 껍데기는 왜놈이나 친일파나 봉건지주의 것이었지 알짱 알맹이인 조선민족은 영어에서 신음하며 땅에서 기며 공장에 갇히어 있던 것이 아니냐. 일본의 문화정치란 것이 주효해서 조선인 식자 중에도 이 가면의 자본가 사회를 조선의 역사로 착각하고 이에 타협해버린 자가 부지기수였다. 그들은 일본적인 자유주의가 정말 조선민족에게도 자유를 주는 줄 잘못 알았던 것이다. 아니, 이것은 선의의 해석이고 사실은 의식적이건 무의식적이건 간에 그 물결 속에 들어가면 들어간 사람만은 더 많은 자유가 약속되었기 때문에 그 속에 뛰어들었던 것이다. 대일협력자가 나날이 재산과 권력과 지위를 늘리고 넓히고 높인 것이 무엇을 의미하느냐?

이리하여 일제시대에 조선민족의 자유와는 괴리된 아니, 배치된 자유가 형성되었다. 이 두 갈래 자유가 8 · 15를 계기로 하여 그 모순 갈등을 뚜렷이 드러내고야 말았다. 일제시대에 없던 구거溝渠가 민족 사이에 갑작스레 생긴 것 같은 느낌을 주는 것은 '일제'의 탄압 밑에선 인민의 자유가 전연 말살을 당해서 한 가지 자유밖엔 있을 수 없었기 때문이다. 이조의 양반계급이 하나둘 몰락해간 것은 사실이다. 하지만 '일제'라는 온실이 조락기凋落期를 만난 이조의 양반들을 보호했기 때문에 그 이파리들은 여간해선 땅에 떨어져 쌍놈과 화광동진和光同塵하지 않았다. 이왕을 비롯해서 이 전대의 유물들은 여전히 높은 데서 인민을 내려다보고 있었다.

약빠른 양반은 '일제'와 타협해서 자본가가 되었다. 양반계급과 더불어 자유를 누린 자가 이른바, 친일파다. 이것이 조선민족의 자유가 일본제국주의의 말굽에 짓밟혔던 삼십육 년 동안에 자유를 향락亨樂한 조선인이다. 물론 양반계급은 이조 때보다는 자유롭지 못하다는 심리를 가지고 있었을 것이지만 조선의 봉건사회가 조선인의 손으로 타도되어 조선인의 손으로 자본주의 사회가 형성되었더라면 그들은 깡그리 몰락했을는지도 모를 일이 아닌가. 그들의 느린 걸음으론 도저히 자본주의의 발전 템포를 따라갈 수 없었을 것이다. 시방도 봉건주의자들이 일제적인 구질서에 연연한 것은 그들이 '일제'의 보호정책 때문에 편안히 살아왔다는 산 증좌가 아니겠느냐. 더군다나 그들의 정치적, 사회적, 경제적 지반인 동시에 신성불가침이라 믿어 의심치 않았던 토지소유권이 북선北鮮의 토지개혁으로 말미암아 위협을 느끼게 된 오늘날 새로운 조선에 대해서 심한 자는 악의까지 품게 된 것은 어찌할 수 없는 인정이라 하겠다. 시방 조선에서 지주계급이 반동성이 강한 것은 민족의 자유가 그들의 자유와 모순되기 때문이다.

3

일전, 어떤 신문이 사설에서 부르주아 데모크라시 조선을 반대한 일이 있다. 조선을 부르주아의 손에다 넘겨서 될 말이냐는 것이다. 신문의 사설을 쓰는 사람이 이렇게 '자본가 민주주의'가 무엇인지 모르고 있을 때야 조선이 부르주아 데모크라시의 나라가 되기는 참 어려운 일이라 아니할 수 없다. 적어도 남선南鮮에서는 토지소유 형태가 의연히 봉건적이다. (일본인에게 빼앗기었던 토지는 아직도 그것이 어떻게 해결될지 모른다.) 공장은 대부분이 제대로 기능을 발휘하지 못하고 있다. 거듭 말하거니와 일제시대에 조선을 자본주의화한 그 자본은 일본인의 것이었던 것이다. (친일파의 자본이나 양심적 민족자본가의 자본은 합쳐도 백분지 육을 넘지 못했던 것이다.) 다시 말하면 조선은 유사 이래 자본가 민주주의의 나라가 되어본 적이 없다. 그러나 역사가 반드시 한번은 가져야 하는 부르주아 데모크라시의 조선을 건설하자는 것이다. 봉건주의보다는 자본주의가 더 많은 자유를 가져오기 때문이다. 물론 이 자본주의란 조선민족이 조선민족을 위하여 부르짖는 자본주의를 의미한다. 이러한 자본주의가 친일파 자본가나 대지주의 반대를 받는 이유는 그들이 일본인이 물러간 뒤를 이어 조선의 정권을 잡으려는 야망을 가지고 있기 때문이다. 일본인이 가지고 있던 공장이나 토지는 어떤 개인의 것이 되어서는 안 되고— 하물며 친일자본가나 대지주의 것이 되어서 될 말이냐—조선민족의 것이 되어야 한다는 것은 딴 나라 사람은 몰라도 조선사람이라면 반대할 사람은 없을 것이다. 아니 적어도 표면으로 나서서 이것을 반대할 사람은 없다.

그러나 8 · 15 이후 조선이 부르주아 데모크라시의 나라가 되는 것을 반대한 자들이 많았다. 봉건주의자가 자본가 민주주의를 싫어하는 것은 당연한 일이다. 하지만 조선의 자본가들이 지주계급과 합세하야 건국을 방해한 것은 어찌된 심판이냐? 그것은 지극히 간단한 문제다. 양심적 자본가가 아니었다는 데 있다. '일제'의 덕택으로 자본가가 된 자들은 여전히 일제적인 질서의 존속을 꾀하여 봉건주의자와 더불어 보수주의자가 된 것은 무리가 아니다. 즉 조선민족이 조선민족을 위한 조선민족의 부르주아 데모크라시의 나라를 건설하는 아침에는 자기네들의 봉건적 또는 독점적 지반이 없어진다는 것을 그들은 누구보다 잘 알고 있기 때문이다. 일본인이 없어졌으니 천하는 응당 자기네들이 차지할 것이라는 것이 그들의 야심인데 쇠사슬이 풀려지자 죽은 줄 알았던 조선인민이 자유와 평등을 외치고 일어섰으니 그들이 인민을 미워하게 되고 금권과 지능을 총동원시켜 인민을 누르려 한 것은 봉건지주나 친일자본가다운 짓이라 아니할 수 없다.

부르주아 데모크라시의 슬로건은 '자유, 평등, 동포애'라야 하는데, 이조의 양반은 그대로 대지주이며 일제시대에 자본가는 일산까지 물려가졌다면 과연 조선민족이 '자유, 평등, 동포애'의 이상을 실현할 수 있을까. 말뿐 아니라 정말 자유롭고 평등하고 서로 사랑하는 민족이 될 수 있을까. 이조시대에 상민을 압박 착취하던 양반과 대일협력으로 말미암아 부자가 된 사람들은 조선민족을 위하여 일대 양보를 해야 할 것이거늘 이제 와서 또 정권력政權力에 눈이 어두워 민족의 자유발전을 저해하는 자가 있다. 특히 삼팔 이남의 정치이념이 자유주의이기 때문에 구세력이 더욱 창궐해간다. 일인이 가지고 있던 동산이 친일파와 모리배 손에 넘어간 것은 할 수 없는 노릇이었다 하더라도 부동산의 이용권 기타 이권을 구세력이 독점해버린 것은 외래의 자유주의가 조선민족에게 자유를 주기가 대단히 힘들다는 산 증거다. 조선의 토착 부르주아지라는 것이 '일제'에 기대서 재미를 본 나쁜 버릇이 생겨서 이제 또 미군정을 이용하여서 그 세력의 확대강화를 꾀하고 있는 것이다. 민족의 자유는 그들 염두에 없고 오로지 자기네들의 이욕을 채우려 눈이 벌겋다.

　　병든 서울아, 나는 보았다.
　　언제나 눈물 없이 지날 수 없는 너의 거리마다 오늘은 더욱 짐승보담 더러운 심사에 눈깔에
　　불을 켜들고 날뛰는 장사치와, 나다니는 사람에게
　　호기 있어 몬지를 씌워주는 무슨 본부, 무슨 본부, 무슨 당, 무슨 당의, 자동차.

오장환은 시인의 날카로운 직관을 가지고 경제학적 사실을 이렇게 노래했지만 서울만 병든 것이 아니라 조선이 '일제' 삼십육 년 동안에 부패한 것이다. 그 부패한 부분이 여전히 조선의 새로워지려는 생명력을 병들게 하고 있는 것이다.

4

그러나 이미 때는 왔다. 미국의 자유주의와 소련의 사회주의가 지속
遲速의 차는 있을지언정 조선적 봉건주의와 일본제국주의를 구축驅逐하
고 있는 것은 부인할 수 없는 사실이다. 더군다나 미소가 삼상회의 결정
을 계기로 해서 조선문제에 있어서 일치점을 발견하게 되었다. 자유주의
와 사회주의가 대립되는 이념인 것은 사실이지만 다행히도—조선민족
을 위하여 아니, 세계의 평화를 위하여—실로 다행히도 조선문제에 있
어서는 삼상결정이라는 호양互讓의 미덕을 결과했다. 인제 남은 문제는
조선민족이 국제정세를 정당히 파악하여서 국가백년의 대계를 그르치지
않는 데 달려 있다. 만약 조선민족이 사대주의자나 국수주의자나 반민주
주의자에게 오도되어 국제민주주의 노선에서 탈선하는 나달*이면 조선
은 제3차 세계대전의 화약고가 되고 말 것이다. 조선 땅을 탱크가 석권
하고 원자폭탄이 파괴할 것을 상상만 함도 끔직 끔직한 일이 아닌가.

조선민족은 시방 천당과 지옥 사이에서 갈팡질팡하고 있다는 것을
잊어서는 안 된다. 민족 전체의 자유를 획득하느냐 몇 분자의 자유를 위
하여 민족의 자유를 희생하느냐? 두 가지 자유 중에 어떤 것을 택할 것
이냐. 기왕에 있던 자유냐 불연이면 새로운 자유냐? 이 두 자유가 모순
대립되어 시방 조선의 정계는 내부적으론 혼란에 빠져 있는 것이다. (국
제적으로야 독립이 약속되어 있을 뿐 아니라 미소공동위원회가 그 약속을 실천
하려 하지 않았느냐.)

경제적으로 독립하지 않고 독립국가가 될 수 없듯이 물질적으로 자
유롭지 못한 국민은 자유국민이라 할 수 없다. 정신적인 자유를 부르짖

| * '세월'의 유의어.

는 사람이 있지만

"여余에게 악몽이 없다면 호도胡桃 껍질 속에 갇히어 있으면서 무한 공간의 왕으로 자처할 수 있으리라."

한 햄릿 같은 불건전한 이상주의자거나 불연不然이면 물질적으로 자유로 워지려는 대중을 기만하여 그 물질을 자기네가 독점하려는 구세력의 대 변자일 것이다. 하긴 물질적으로 부자유하면서 자유를 향락할 수 있는 특수한 천재가 없는 것은 아니다. 특히 조선에는 이런 천재가 딴 나라보 다 많다. 하지만 조선민족이 이런 천재가 될 수는 없는 것이다. 조선민족 이 바라는 민주주의는 물질적으로도 자유의 양을 넓히고 질을 높이는 민 주주의다. 조선민족의 팔 할이나 되는 농민이 바라는 자유나 나머지 조 선민족의 대부분을 점령하고 있는 노동자와 소시민이 바라는 자유는 반 동정객이나 공상주의 지식분자가 떠들어대는 그런 추상적 관념적 자유 가 아니라는 것은 너무나 명백한 사실이다.

부르주아 데모크라시의 이념인 기회균등을 실현하려면 그저 덮어놓 고 뭉치자는 식의 자유방임주의만 가지고는 불가능한 것이다. 민족의 이 름으로 봉건주의와 일본제국주의의 잔재를 소탕하지 않고는 불가능할 것이다. 연합국의 힘만 가지고는 어려운 것이다. 여기에서 오해가 있어 서는 안 될 것은 봉건주의자나 일본제국주의자를 모두 새 조선나라에서 제외하자는 것이 아니라 그들이 양반이나 지주이었던 것이, 또는 일본제 국주의자에 협력했다는 것이 오늘날 결코 자랑거리가 아니니 기왕에 가 졌던 사회적 정치적 특권을 민족에게 돌려보내고 인민과 더불어 부지런 히 일하는 사람이 되라는 것이다.

자, 이제부터는 양반이니 쌍놈이니, 남자니, 여자니, 관이니, 민이니, 부자니, 가난뱅이니, 하는 차별이 없이 다 같이 하나의 인권을 가질 수 있는 나라를 만들자. 자유가 봉건주의자나 일본제국주의자에게 편재해 있는 한 조선은 민족적으로 자유로울 수 없고 따라서 해방될 수는 없다. 하물며 완전 자유 독립을 바랄 수 있을까 보냐. 동포여, 힘을 합하여 민족의 자유를 획득하자.

—《신천지》, 1946. 8.

조선문화의 현단계

― 어떤 문화인에게 주는 글

최근 어떤 잡지 권두에 「독서론」이라 제하야 다음과 같은 말이 있었다.

예술에 관한 교양도 이 땅에서는 일반적으로 대단 빈약하다. 어떻게 보면 일제 삼십육 년 동안에 그래도 명맥을 유지해온 것은 예술 방면뿐이요 그러니만치 예술 방면은 다른 방면보다 좀 나은 것같이도 생각이 되나 나의 보는 바로는 안즉 멀었다. 하늘의 별같이 수많은 정계의 요인 중 실례의 말이나 문학, 미술, 음악 등에 관해 무식 정도를 벗어난 이가 몇 분이나 되느뇨. 이러한 의미에서 나는 수월 전에 미국《라이프》지 표지에서 여송연을 물고 캔버스를 향해 채필을 휘두르고 있는 전 영수상英首相 처칠 씨의 사진을 보고 역시 우리와는 다르구나 하는 감명을 깊이 하였다.

이 글을 쓴 분은 한때 조선에서 손꼽던 문화인의 한 사람이다. 그러니만치 8·15 이후에는 이렇다 할 문화적 활동을 하지 않았지만 잡지편집자가 특별 대우를 해서 참 오래간만에 쓴 이분의 글을 권두에 실었을 것이다. 이분의 이름을 말하지 않더라도 독자는 이 인용문만 보더라도 이분이 '문학, 미술, 음악 등'에 관해서 교양이 높으신 분이라는 것을 판단하기에 부족을 느끼지 않을 것이다. 그러므로 우리는 잡지편집자와 더불어 이분의 문화관을 중요시하지 않으면 아니 될 것이다.

인용한 글을 분석하면 다음과 같은 세 가지 명제를 꺼낼 수 있다.

(1) 조선민족은 문화적 교양이 대단 빈약하다.

(2) 조선의 정치적 지도자들은 대부분이 문화에 대해서 무식하다.

(3) 전 영수상 처칠 씨는 문화의 교양이 높다.

제1명제에 대해선 이론이 있을 수 없다. 조선민족의 주체인 노동자 농민은 '문학, 미술, 음악 등'은커녕 낫 놓고 격자도 모르게스리 만들어 놓은 것이 일본제국주의다. 일 년 삼백예순닷새 뼈가 빠지도록 노동을 해도 입에 풀칠하기가 어려운 그들이었다. 조선민족의 구십 퍼센트 이상을 차지한 노동계급이 이러한 환경에 있었으니 문화가 특수한 개인에 의지해서 간신히 명맥을 이어온 것은 할 수 없는 노릇이었다. 그러니 조선민족의 문화적 교양이 빈약할 수밖에.

제2명제는 좀 주를 달아야 할 것이다. 조선의 정치적 지도자를 '하늘의 별같이 수많은 정계의 요인'이라 한 이분의 의도를 어떻게 이해할 것인가. 좌건 우건 '정계의 요인'이 하늘의 별같이 수가 많다는 말은 문구 그대로 이해하기는 곤란하다. 과장이 아니면 풍자일 것이다. 리얼리스트로 자처하는 이분이 어찌해서 '정계의 요인'을 수식하는 데 모 푸로프트(적어適語)를 쓰지 않고 이렇게 이해하기에 뒤숭숭한 문구를 사용했을까. 이것은 obscurum per obscurius*인지 모르나 정신분석학적으로 해석하는 수밖에 없는 것 같다. 즉 이분은 문화의 교양이 없는 자들이 문화의 교양이 높은 자기보다도 정치적으로 요인이 된 것에 대해서 아니꼽게 생각하

| * 불분명한 것을 더욱 불분명한 것으로 설명하기.

고 있는 것이다. 뒤집어 말하면 당연히 '정계의 요인'이 되어야 할 자기는 되지 못했는데, 다시 말하면 자기 같은 사람을 빼놓고는 '정계의 요인'이 있을 수 없는데 '문학, 미술, 음악 등에 관해서 무식 정도를 면하지 못한' 사람들이 '정계의 요인'이 된 사람이 하나둘이 아닌 것이 비위에 맞지 않아 하늘의 별같이 수가 많아 보인 것이다. 이것은 이분뿐 아니라 조선의 이른바 문화인들이 품고 있는 잠재의식이다. 정치를 경시하는 문화인은 민족의 정치적 운명이 어찌되든 오불관언이라는 예술지상주의자거나 이러한 잠재의식의 소유자일 것이다.

조선의 정치적 지도자는 감옥이나 지하실에서 '여송연을 물고 캔버스를 향해 채필彩筆을 휘두르고 있는 전 영수상 처칠 씨'처럼 한가할 수가 없었던 것이다. 일제 삼십육 년 동안 조선에서 시나 읊고 그림이나 그리고 바이올린이나 켜면서 민족해방의 투사가 될 수 있었을까. 그러므로 시방 조선정치가의 비중을 문화의 교양 정도로 저울질해서는 안 될 것이다. 뒤집어 말하면 문화인들이 조선정치의 영도권을 주장할 수 없는 것이다. 일제시대엔 기껏해야 현실에서 도피해 있거나 그렇지 않으면 정치적으로 과오를 범하지 않은 사람이 드문 문화인들이 이제 와서는 정치의 영도권을 주장한다면 기회주의자밖에 아무것도 아니다. 민족이 또다시 압박을 받게 되면 또다시 문화 속으로 도피하거나 반동을 하거나 할 것이다. 사실 조선민족의 역사적 발전을 방해하던 봉건주의와 일본제국주의는 아직도 이 땅에서 발악을 하고 있어서 《라이프》지의 표지나 보고 있는 샌님이 '정계의 요인'이 될 수는 없는 정세다. 그러므로 제2명제는 이렇게 뒤집어 꾸며야 할 것이다. "조선의 문화인은 대부분이 정치에 대해서 무기력하다."

제3명제는 문화의 본질을 긍정한 것이라고 볼 수 있다. '처칠의 여송연과 채필'은 문화를 상징한다. 그러면 과연 이것이 옳은 문화관인가? 처칠은 '문학, 미술, 음악 등'보다는 탱크와 대포를 더 소중히 여기는 사람이라는 것은 앙드레 모루아*가 『불란서는 패했다』에서 여실히 알려주고 있다. 전쟁을 준비하지 않고 문화에만 전심한다고 불란서의 인텔리겐치아를 욕한 사람이 처칠이다. 그 사람이 《라이프》지 표지에서 그림을 그리고 있다 해서 문화인이라고 속단할 수는 없다. 우리는 무솔리니가 바이올린을 켜는 사진을 잡지에서 보아왔고 히틀러가 화가라는 신문보도를 읽어왔다. 하지만 그들은 문화인이기는커녕 가장 무서운 문화의 적—파시스트였다.

그러나 이렇게 말할 수는 있다. 처칠의 관심이 탱크나 대포인 것은 사실이지만 그것은 정치가로서의 처칠이지 인간 처칠은 아니다. '여송연을 물고 캔버스를 향해 채필을 휘두르고 있는' 처칠이야말로 인간 처칠인 것이다. 이러한 '인간성'이 조선의 정치가에겐 결여되어 있는 것이다. 이러한 견해는 이분이 「독서론」에서 비로소 피력한 것은 아니다. 불란서 문화인 앙드레 지드가 『소련기행』에서 소련엔 인간성이 눌려 있다고 말했을 때 이분이 신문지상에서 찬의를 표하다가 코를 잡아 떼인 일이 있었다. 이런 것 저런 것으로 미루어보건대 '처칠의 여송연과 채필'은 '인간성'을 상징하는 것이라 할 수 있다. 우리 정치가들을 문화적으로 무식하다고 욕한 사람이 '처칠의 여송연과 채필'을 보고 '역시 우리와는 다르구나 하는 감명을 깊이 하였다' 한 것은 조선정치가에서 발견할 수 없는 '인간성'이 처칠 같은 귀족적 정치가에게는 풍부하게 있다는 뜻이다.

그러면 '처칠의 여송연과 채필'은 과연 우리가 오늘날 우러러볼 만한 인간성의 상징일까? '실례의 말이나' 여송연을 물고 캔버스를 향해 채필을 휘두르는 전 영수상 처칠 씨는

| * 앙드레 모루아(André Maurois, 1885~1967). 20세기 프랑스의 소설가 · 전기작가 · 평론가.

채국동리하采菊東籬下

유연견남산悠然見南山*

하던 도연명陶淵明의 현대적 캐리커처에 지나지 않는 것이다. 도연명을 가지고도 문화를 대변시킬 수 없는 오늘 조선의 현실이거든 하물며 그 속된 아류에 지나지 않는 처칠이랴. 도연명을 흉내 내어 국화를 감상하는 국민당의 완고파들을 욕한 노신의 글이 생각난다. 처칠의 여송연과 채필에 얼이 빠지는 샌님은 한번 다시 자기의 문화의식을 내성함이 있을 과저.

그러나 현실을 떠난 도원경에서 인간성을 찾으려 한 도연명의 이상이 오늘날도 조선문화인 속에 뿌리 깊이 숨어 있다는 사실을 부인할 수는 없다. 세계를 둘로 갈라놓은 두 가지 대립되는 거대한 사실이 이 땅에서 부딪히어 회오리바람을 일으키고 있는 이때에 그 혼탁한 속에서도 오히려 티끌 한 점 없는 진공과 같은 정밀靜謐을 찾으려는 문화인이 있다는 것을 잊어서는 아니 될 것이다. 「독서론」의 필자도 선의로 해석하면 이러한 사람의 하나일 것이다. 자고로 동양문화의 이념은 현실을 지배하려는 데 있지 않고 현실에서 도피하는 데 있었다. 노자의 '무'나 고다마의 '열반'이 무엇보다도 이것을 웅변으로 말하고 있지 아니한가. 그러나 이것은 동양에 한한 것이 아니다.

한때 구라파의 천지를 뒤덮은 문화운동인 르네상스의 이념도 페이터**가 말하듯 '음악적 상태' 즉 바흐의 음악이 표현한 '무한'에 있었던 것이다. '표표호여유세독립우화이등선飄飄乎如遺世獨立羽化而登仙'*** 하려는 것

---

* 동쪽 울타리 아래서 국화를 따라, 아득히 남산을 바라본다.(도연명陶淵明, 「음주飮酒」)
** 월터 페이터(Walter Horatio Pater, 1839~1894). 영국의 비평가. 19세기 말 데카당스 문예사조의 선구자이다.
*** 표표히 홀로 속세를 떠나 날개 달고 선경에 오르는 듯하다.(소동파蘇東坡, 「적벽부赤壁賦」)

이 동서양을 막론하고 문화인의 이상이던 때가 있었던 것이다. 우리는 오늘날도 바흐의 음악을 들을 때 목계牧溪의 그림이나 고려자기를 볼 때 셰익스피어나 도연명의 시를 읽을 때, 현실과 피투성이가 되어 싸우는 '우리와는 역시 다르구나 하는 감명을 깊이' 하는 것이다. 그러나 '처칠의 여송연과 채필'에 얼이 빠진 샌님처럼 얼이 빠져서는 안 될 것이다.

> 구름을 뚫고 솟은 탑도 화려한 궁전도
> 장엄한 사찰도 크나큰 지구덩어리까지도
> 아니, 우주 전체도 무너져
> 무로 돌아갈지니라. 우리는
> 꿈과 똑같은 내용이며 우리의 짧은 생은
> 잠으로 끝막느니라.

> — 셰익스피어, 『태풍』 4막 1장에서

이러한 세계관을 가지고 현실에서 도피한 문화를 그냥 곧이곧대로 받아들일 수 없는 시방 조선의 현실이다. 일언이폐지하면 니힐리즘이 조선문화의 이념이 될 수는 없는 것이다.

이조 오백 년 동안 문화는 양반들이 명철보신明哲保身하는 데 필요한 도구였고 일제 삼십육 년 동안 문화는 특수인들이 노예된 신세를 자위하는 데 사용한 수단이었다. 다시 말하면 이조 봉건주의와 일본제국주의가 조선의 문화를 현실이나 대중과 괴리된 기형적인 것으로 만들어버린 것이었다. 그래서 '문학, 미술, 음악 등에 관해 무식 정도를 벗어난 분'은 몇 분 안 되고 '하늘의 별같이 수많은' 인민대중은 신문 하나 읽을 수 없는 조선이 되었다. 이러한 조선에서 '처칠의 여송연과 채필'에 넋을 잃고 있는 사람이 문화인이라면 그러한 사람에게서 민주주의를 내용으로 하는 민족문화 건설을 기대할 수는 없을 것이다. 조선문화의 현단계가 민족문화요 그 구체적 내용이 민주주의라는 데 대해서는 이론이 있을 수 없지만 누가 그 문화건설을 담당하느냐에 대해선 문제가 있을 것이다. 여송연을 물고 그림을 그리는 처칠 씨가 스탈린 씨를 문화파괴자라고 생각하듯이 '처칠의 여송연과 채필'에 얼이 빠진 샌님들은 자기네들만이 문화를 이해하고 따라서 건설한다고 자부하고 있다. 사실 이러한 샌님들은 이조나 일제시대에도 문화를 향락할 여유가 있었더니만치 문화적 교양이 높은 것은 사실이다. 그러나 8·15의 혁명을 겪은 오늘날도 이러한 샌님들은 여전히 이조나 일제 때 같은 문화적 특권계급이 되려 하는 것이 탈이다. 이조 봉건사회에서 문화가 양반계급에서 독점되었던 것이나 일제 식민지에서 특수한 계급만이 문화를 즐길 수 있었던 것은 할 수 없는 노릇이었다 하더라도 8·15의 혁명이 온 오늘날도 문화를 민족에게 돌려보내려 하지 않고 높은 데서 인민을 내려다보는 오만한 태도를 취하는 문화인이 있다면 그는 틀림없는 봉건주의와 일본제국주의의 잔재일 것이다.

조선민족은 일반적으로 문화적 교양이 빈약한 것은 사실이다. 그러나 문화적 교양이 풍부하다고 자부하는 이른바 문화인들이 '처칠의 여송연과 채필'이나 감상한다고—이조 오백 년 동안 일제 삼십육 년 동안 그러했듯이—조선민족의 문화적 교양이 풍부해질 수는 없다. 지주가 잘 먹고 잘 입는 것이 농민이 잘 먹고 잘 입는 조건이 될 수 없는 거나 마찬가지로 「독서론」의 필자 같은 이른바 문화인들이 책이나 읽고 그림이나 보고 음악이나 듣는다고 인민대중의 문화적 수준이 높아지는 것이 아니다. 지주가 농민에게 토지를 무상으로 돌려보내야 농민뿐 아니라 조선민족 전체의 정신적 부가 급속히 증대할 수 있듯이 문화인도 무보수로 인민에게 문화를 돌려보내야 조선민족 전체의 정신적 부가 급속히 증대할 것이다. 지주가 땅을 거저 뺏기기가 싫듯이 문화인도 문화를 거저 내놓기는 싫다. 시방 조선이 요청하는 것은 '애국심'인데 입으로만 떠드는 애국심이나 자기네 특권계급만을 위하자는 애국심이나가 아니라 진정으로 민족을 위한 애국심을 발휘하는 사람이 지주계급에서 찾기가 어렵듯이 소위 문화인이란 사람에서 찾기가 어렵다. 정말 애국심이 강한 지주라면 토지개혁을 반대할 리 만무하듯이 정말 애국심이 강한 문화인이라면

채국동리하采菊東籬下

유연견남산悠然見南山

할 수는 없을 것이다. 하물며 지주나 자본가들을 위하여는 노래도 부르고 그림도 그리고 글도 쓰면서 노동자, 농민은 그러한 고가의 상품을 살 능력이 없다 해서 사갈시蛇蝎視할 수 있을 것인가.

시방 조선은 부르주아 데모크라시의 단계라 하지만 일제 삼십육 년 동안에 부르주아가 부패했음인지 정치의 추진력이 되기커녕 반동화해가고 있다. 그래서 시방 조선의 민주주의 세력은 프롤레타리아의 영도하에 있다. 그러나 문화만은 장래는 몰라도 우선은 문화인이 영도해야 할 것이다. 그런데 그 문화인이 프롤레타리아에게 지주의 토지를 무상으로 농민에게 주듯이 문화를 돌려보내지 않는다면 땅을 쥐고 늘어지는 지주가 결국 땅도 빼앗길 뿐 아니라 민족의 역사를 배반하는 반동분자가 되듯이 문화를 잃어버릴 뿐 아니라 민족의 정치적 방향에서 탈락하고 말 것이다. 사실 '처칠의 여송연과 채필'에 얼이 빠진 문화인은 '정계의 요인'은 커녕 낫 놓고 격자도 모르는 농민만큼도 역사가 가는 방향을 모르고 있는 것이다. 그대들 문화인들이 도사리고 앉아서 책이나 읽고 그림이나 보고 음악이나 듣고 있을 때 그대들이 흉보는 '문학, 미술, 음악 등에 관

해 무식 정도를 벗어나지 못한 정계의 요인'의 지도를 받아 노동자 농민은 봉건주의를 타파하고 일본제국주의를 소탕하여 정말 조선민족을 위한 독립국가를 건설하기에 분투하고 있는 것이다.

이러한 민족의 역사를 무시한 '무'를 이념으로 하는 문화는 현단계의 조선문화가 될 수 없으며 이러한 민족의 역사에서 초연한 문화인은 현단계의 조선문화인이라 할 수 없는 것이다. 시방 삼천리 방방곡곡에서 대중은 문화에 목말라 하고 있다. 이러한 대중이 욕구하는 문화는 '처칠의 여송연과 채필'이 아닌 것은 물론이다. 그들의 눈을 가리는 봉건적인 또는 일제적인 잔재를 뚫고 해방의 태양을 볼 수 있게 만드는 계몽적인 문화야말로 시방 조선이 긴급히 요청하는 문화인 것이다. 민주주의의 문화—인민에 의하여 인민을 위한 인민의 문화를 건설하는 주춧돌을 놓는 공작자가 될 것이 문화인이 당면한 사명일 것이다. 물론 그러한 문화운동이 그대들 몸에 니코틴 배듯 밴 오랜 타성에는 맞지 않을 것이다. '처칠의 여송연과 채필'이 더 유쾌하고 고상할 것이다. 하지만 '처칠의 여송연과 채필'은 조선민족에게는 문자 그대로 '그림의 떡'인 것이다. 정말 대중의 입에 들어가서 대중의 피가 되고 살이 될 문화를 생산하여서 대중에게 '무상분배'하는 사람만이 시방 조선에서는 민족문화를 담당한 영예를 누릴 수 있을 것이다.

그러나 말이 쉽지 대중을 위한 문화인이 된다는 것은 어려운 일이다. 문화인들이여 끝끝내 '상아탑'을 고집한다면 그래도 좋다. 하지만 여송연을 물고 캔버스를 향하여 채필을 휘두르는 체하고 민주주의를 어떻게 무찌를까를 궁리하지나 말라. 처칠처럼 의식적이 아니더라도 '상아탑'의 문화인들이 까딱하면 민족의 갈 길에서 탈선하거나 반동하기 쉬운 것이 시방 조선의 현실이다. '상아탑'은 이를테면 폭풍 속의 진공인데 시방 조선의 현실은 그 진공의 존재를 위협하고 있다. '상아탑'의 문화인은 다음의 격언을 한번 다시 음미해보라.

— 자연은 진공眞空을 증오한다.

—《신천지》, 1946. 11.

조선의 사상
― 학생에게 주는 글

아직도 조선엔 상투를 튼 사람이 있다. 그것은 대개가 나이 많은 완고한 노인이다. 그러나 때로 어느 두메산골서 왔는지 새파란 젊은이가 상투를 틀고 삼팔 두루마기에 갓을 쓴 광경을 종로네거리에서 볼 수 있다. 그러면 지나가던 남녀학생들이 보고 웃음을 참지 못한다. 그러나 이들 학생 가운덴 이 촌뜨기의 볼쥐어지르게 시대에 뒤떨어진 상투를 사상思想 속에 깊이 간직하고 있는 사람이 있다. 사방모를 쓰고 또는 단발을 하고 시대의 첨단을 걷는 것처럼 자부하는 학생들이지만 그들의 정신 속엔 아직도 깎아버려야 할 상투가 매달려 있는 것이다. 그것이 눈에 보이는 것이 아니기 때문에 남의 눈에 띄지 않을 뿐이다. 혹시 흉금을 터놓는 벗이 있어서 그 눈에 보이지 않는 상투를 발견하고 웃든가 깎아버리라고 충고를 하든가 하면 감사하기는커녕 골을 내곤 하는 것이다. 너는 좌익 학생이라고. 아무것도 모르고 공산주의자한테 선동을 받아서 날뛰는 극렬분자라고. 그것은 무리가 아니다. 상투 튼 사람보고 비웃든지 상투를 깎으라 하면 그 사람이 펄쩍 뛸 것이 아닌가. 그러나 상투는 완고한 사람들이 아무리 쥐고 늘어져도 결국은 진화의 법칙에 따라서 도태되고 말 것이다. 인간이 달고 다니던 꼬리도 오랜 세월에 씻기어 점점 짧아지고 인제는 흔적만 남기고 없어졌거늘 머리를 길러 틀고 동곳을 꽂은 것에 불과한 상투쯤이랴. 조선민족을 끝끝내 압박하고 착취하여 발전을 저해하던 일본제국주의의 쇠사슬이 끊어진 오늘날 우리의 사상이나 행동이 일사천리로 달음질쳐야 할 것은 지엄한 역사의 요청이다.

우리 세대에 중국에 있어서 안정을 바라는 것은 어리석은 짓일 게다. 중국은 변혁하지 않으면 멸망할 것이다. 절망적으로 짧은 수년 동안에 오억이나 되는 인민을 중세의 사회로부터 원자탄의 사회로 옮겨놓지 않으면 아니 된다. 모든 폭주輻輳하는 오늘의 문제뿐 아니라 지난날의 문제도 해결하지 않으면 아니 된다. 철도와 공업의 건설, 국민 일반교육의 육성, 과학정신의 함양. 단일국민으로서 내포한 가장 큰 인간의 집단이 불과 수십 년 동안에 서양이 오백 년 동안에 달성하려고 노력해온 그 모든 개혁을 받아들이지 않으면 아니 된다.

이것은 극동에서 가장 유능한 미국인 특파원이라고 정평이 있다는 T. H. 화이트와 A. 째코비 양씨가 《하아퍼즈》 최근호에 실은 「미지수未知數의 중국」이라는 논문의 허두지만 그대로 조선에다 적용해도 별로 어긋나지 않을 것이다. 어물어물하다가는 조선은 또다시 외국자본의 멍에를 쓰고 아시아의 암흑 속에서 우보牛步를 계속할 것이다. 뜻있는 젊은이들이 어찌 분발하지 않겠느냐. 하루바삐 아니, 한시바삐 '사상의 상투'를 깎아버리고 진보적인 사상을 섭취하도록 노력해야 할 것이다. 조선의 학생들이 남보다 뒤떨어진 사상을 가지고 있는 동안은 우리 민족의 사상이 남보다 뒤떨어질 것이요 따라서 사상적으로 독립하지 못하고 만날 남의 뒤만 따라가야 할 것이다. 조선의 학생이 깎아버려야 할 상투가 둘이 있으니 하나는 봉건주의요 또 하나는 일본제국주의다. 지주는 손에 흙을 대지 않고도 농민의 피와 땀으로 결실한 것의 삼분의 일을 차지할 권리가 있다는 생각은 봉건주의인데 조선의 학생이 대다수가 지주계급 출신이기 때문에 이러한 아시아적 봉건사상을 버리지 못한다. 본인은 버리려 해도 학부형이 버리지 못하기 때문에 학비를 타 써야 하고 밥을 얻어먹어야 하는 약한 입장에 서 있는 학생들은 그것이 옳지 못한 것인지 알면서도 학부형의 뒤떨어진 사상을 따르게 되는 것이다. 공산주의가 무엇인지 연구해보지도 않고 덮어놓고 반대하는 학생이 있다. 이것은 반공반소를 외치던 왜놈의 교육을 곧이곧대로 받은 탓이다. 공산주의를 그렇게 간단히 물리친다는 것은 "조문도朝聞道면 석사夕死도 가의可矣"*라는 공자의 치열한 진리탐구의 정신을 본받아야 할 조선의 학도로선 양심상 부끄러워해야 할 짓이다. 왜놈이 염불 외우듯 반소반공을 떠들던 것을 들은 것밖에 공산주의에 대한 팸플릿 하나 얻을 수 없었던 것이 일 년 전 일인데 일 년 동안에 어느새 그렇게 연구가 깊어서 철저한 반공반소의 사상을 체득했겠느냐. 히틀러, 무솔리니, 도조**의 무리가 총칼로써 반공반소를 한 파시스트였다는 것을 아직도 잊지 않았을 터인데 어느새 이들을 본받았느냐. 공산주의를 그것이 무엇인지 정체를 파악하기 전에 배척하는 것은 그것이 무엇인지 모르고 추종하는 것보다 훨씬 위험한 짓이라는 것을 알라. 후자는 너무 급진적이 될 염려가 있지만 전자는 역사의 반역자가 되기 때문이다. 그만큼 세계사는 발전했으며 우리 민족의 운명도 세계사의 일환으로서만 해결할 수밖에 다른 도리가 없기 때문이다. 반소반공을 해가지고 조선이 자주독립을 할 수 있다고 생각하는 사람이 있다

* 아침에 도를 들으면 저녁에 죽어도 좋다.(『논어』 「이인편」)
** 도조 히데키(東條英機, 1884~1948). 일본의 군국주의자. 진주만의 미국함대기지를 기습 공격해 태평양전쟁을 일으켰다. 종전 후 A급 전쟁범죄자로 극동국제군사재판에 회부되어 교수형에 처해졌다.

면 역사를 너무나 모르는 사람이거나 외국독점자본의 제오열일 것이다. 그러나 학생은 그렇게 쉽사리 좌우를 결정하지 않아도 좋다. 자기의 갈 바 길을 결정하기 전에 많이 연구하고 깊이 사색하는 것은 학생의 권리 인 동시에 의무이기도 하다.

이에 세계관이 문제되는 것이다. 알고 행동해야 한다. 모르고 행동하 면 진구렁에도 빠지고 낭떠러지에도 떨어질 위험성이 있는 것이다. 더군 다나 시방 조선처럼 도처에 진구렁이 있고, 낭떠러지가 있는 현실에서 랴. 많은 젊은이들이 학원으로 들어간 뜻은 이런 데 있을 것이다. 세계 관—이것이 그들의 대상이요 목적인 것이다. 그들이 확호부동確乎不動의 세계관을 파악하는 날 조선에는 많은 일꾼이 생길 것이다.

우주의 본질—철학에서 이른바 실재를 관념이라 하느냐 물질이라 하느냐에 따라서 세계관은 관념론적 세계관과 유물론적 세계관으로 갈 라지는 것이다. 물론 무엇을 관념이라 하고 무엇을 물질이라 하느냐의 개념 규정을 해야 하지만 그 개념 규정의 방법에 따라서도 유물론과 관 념론이 구별되는 만큼 그것도 용이한 일이 아니다. 아니, 이야말로 오늘 날까지 관념과 물질의 대립이 학도들의 머리를 괴롭히는 근본적 원인의 하나인 것이다. 과학이 발달한 오늘날 관념이 무엇이냐를 알려면 파블로 프의 '조건반사학'은 적어도 책으로 읽어서라도 알아야 할 것이요 물질 이 무엇이냐를 알려면 전자電子에 관한 지식이 있어야 할 것인데 과학의 방법이 유물론적인 것이기 때문에 이러한 방법으로 관념론자를 탈출시 킬 수는 없는 것이다. 관념론자는 물질적인 것엔 아예 흥미가 없는 것이 다. 그렇지 않다고 우기는 관념론자가 있다면 이렇게 반문해보라. 그들 이 물질적인 것에 관심이 있다면 칸트의『순수이성비판』은 읽되 똑같은 독일어로 씌어 있는 마르크스의『자본론』은 왜 읽으려 하지 않느냐고. 아니 그보다도 책을 읽고 사색을 하고 강단에서 떠드는 것만 가지고 어떻게 물질의 본질을 파악할 수 있느냐고. 퀴리 부인이 방사放射를 가진 물질을 발견하기 위하여 남편과 더불어 사 년 동안이나 피치블렌드와 싸운 것을 모르느냐고. 현미경과 망원경과 메스와 시험관은 무엇에 쓰는 것이냐고. 그러나 관념론자는 이렇게 뻔뻔스럽게 대답할 것이다. 그래 과학자가 물질의 본질을 발견했느냐? 분자, 원자, 전자—이렇게 물질을 분석해가지만 결국은 끝간 데를 모르거나 물질의 본질이 정신이라는 것을 발견하거나 둘 가운데 하나일 것이다. 미국의 유명한 물리학자 화이트헤드를 보라. 『실재와 과정Reality and Process』은 그가 일생 물질을 과학적으로 추구한 결론인 동시에 칸트로 귀의한 것을 의미한다. 그러니 현미경이나 시험관을 들여다보는 것보다 칸트를 연구하는 것이 물질의 본질을 알 수 있는 첩경이라고.

그래서 관념론자들은 희랍어로 플라톤과 아리스토텔레스를 연구하고 나순어羅旬語로 토마스 아퀴나스를 연구하고 독일어로 칸트와 헤겔을 연구하다가 어느덧 머리가 희끗희끗하게 되어 『자본론』은커녕 아담 스미스의 『국부론』도 변변히 이해하지 못하고서 공산주의가 어떠니 유물사관이 어떠니 하고 떠들어댄다. 때로는 '반탁'을 부르짖기도 하고. 흡사 이천오백 년 전 희랍의 관념론자인 플라톤이 아닌 밤중에 홍두깨 격으로 조선에 튀어나와서 조선의 현실을 판단하는 것 같은 엉터리 억설을 가지고 학생들을 황홀하게 만드는 철학자가 있다. 토마스 아퀴나스가 나와도 마찬가지고 칸트가 나와도 마찬가지다. 그들이 얼마나 굉장한 세계관을 가졌는지는 몰라도 시방 조선현실에서 보면 종로네거리에서 본 상투쟁이나 마찬가지로 케케묵은 사상의 소유자인 것이다. 마르크스나 엥겔스도 마찬가지나 아니냐고? 그렇다. 그들도 역亦 레닌이나 스탈린에게 비하면 시대가 틀리는 사상가다. 아니 시방 조선엔 레닌이나 스탈린의 사상을 책으로 읽기만 해서는 이해할 수 없는 더 생생하고 더 구체적인 현실이 있다. 일언이폐지하면 그것이 아무리 진보된 사상이라 하더라도 책을 읽어서 파악하는 데 그친다면 벌써 시대의 선두에 서는 사상은 아니다. 그래서 우리는 나날이 일어나는 사태를 스스로 관찰하고 실천하고 함으로 말미암아 정확하게 체득할 것이다. 유물사관은 방법이지 결론이 아니기 때문이다. 시방 조선적 사상을 부르짖는 사람이 있지만 조선적이란 조선이 상투 틀고 살던 대한시대의 조선이나 일본제국주의의 식민지이던 조선이 아니고 8·15를 맞이한 조선이라면 조선적 사상이라는 것은 관념론적 세계관은 아닐 게다. 왜냐면 급속도로 봉건주의와 일본제국주의를 소탕하고 민주주의 조선을 건설하지 않으면 또다시 외래세력의 지배를 면치 못할 조선에서 민족의 선두에 서야 할 젊은이가 물질적 현실을 멸시하고 관념 속에서 안심입명의 터전을 발견하여 좌도 아니요 우도 아닌 논리적인 세계를 구축하려 한다면 토지혁명의 정당성을 누가 주장하며 삼상회의결정에 의한 민주주의 임시정부를 누가 요구할 것인가. 토지혁명을 하지 않는 한 봉건주의의 뿌리는 깊을 것이요 삼상회의결정을 실천하지 않는 한 일본제국주의의 여독은 민족을 좀먹을 것이다.

　민주주의란 인민이면 누구나 정치적 권리와 의무를 가져야 한다는 이념이다. 조선의 학생대중이 조선의 현실을 파악하려는 노력이 없고 따라서 조선의 운명을 위하여 아무 행동이 없다면 민주주의 조선 건설은 그만큼 지연될 것이다.

　아니, 세계관이란 이러한 민족의 문제도 아울러 생각해야 할 것이다. 민족이 어찌되든 나 하나만 잘 살면 그만이라든지 나 하나만 문제를 해결하면 그만이라든지 하는 사상은 세계관은 될 수 있으되 옳은 세계관은 아니다. 관념론적 세계관이 어떤 개인이나 어떤 계급에게는 가장 좋은 세계관이 될 수 있다. 그것은 마치 토지는 지주의 것이라는 봉건적 관념이 지주계급에게는 가장 좋은 관념인 것이나 매일반이다.

과학의 세기인 오늘날 건전한 정신을 가진 사람이라면 인간의 정신을 떠나서 지구나 별이 객관적으로 존재하는 것을 의심할 사람은 없을 게다. 플라톤은 지구가 어떻게 생겼는지도 몰랐던 사람이니 오늘날 우리가 그 사람의 세계관을 곧이들을 필요는 없는 것이며 따라서 지구나 태양이나 별의 존재는 의심하면서 '이데아'라는 관념만이 실재한다고 주장한 그의 학설을 믿을 까닭이 없건만 현실의 속악한 것을 증오하고 완전무결한 이념을 추구하는 나머지 청춘을 플라톤의 제자가 되기 쉽다. 사실 플라톤은 몰락해가는 희랍의 현실에 만족하지 못하고 오로지 이념 속에서 '공화국'을 건설하려던 사람이다. 일제의 압박과 착취 때문에 나날이 더럽혀지는 현실에서 도피한 철학도들이 플라톤을 비조로 하는 철학적 관념론을 가지고 자기네들의 세계관을 삼으려던 것은 무리가 아니다. 유물론자가 된다는 것은 공산주의자가 되는 것을 의미하는 것이요 공산주의자가 되었다간 감옥으로 끌려갈 것이 아닌가. 세계관이란 단순한 지식이 아니요 생의 원리이기 때문에 일제시대에 유물론적 세계관을 갖는다는 것은 스스로 형극의 길을 자원하는 것이나 진배없다. 그렇다고 고문(고등관문시험高等文官試驗)이라도 패스해서 일제적 현실과 야합한다는 것은 양심 있는 인텔리겐치아로서 참을 수 없는 타락이었다.

　　그래서 그도 저도 아닌 길이 있는가 하여 찾아 헤맨 것이 플라톤, 아리스토텔레스, 토마스 아퀴나스, 버클리, 칸트, 셸링, 헤겔, 베르그송 등이 삼천 년이나 걸려서 축성하다간 무너뜨리고 한 관념론의 폐허였다. 아니 그것은 미궁이었다. 8·15의 해방을 맞이하여 응당 현실로 돌아가야 할 그들이건만 아직도 고전적인 3차원의 세계에서 방황하고 있는 그들이다. 그것은 조선의 현실이 아직도 평온하지 않기 때문이다. 비컨대 그들은 온실에서 자라난 화초다. 봉건주의와 일본제국주의의 서리가 아직도 걷히지 않은 이 땅에서 그들이 고개를 들 수는 없다. 그들은 좌도 싫고 우도 싫고 플라톤의 '공화국'같이 그들의 이상이 지배하는 나라만 출현하기를 고대하고 있는 것이다. 그러한 나라는 적어도 그들 생전엔 도래하지 않을 것이다. 유물사관이 가르치는 바에 의하면 그러한 이상국은 왼쪽으로 가야 다다른다는데 이들 관념론자는 유클리드기하학에 나 있는 직선 같은 중용의 길을 가려는 것이다. 아킬레스가 영원히 달음질쳐도 거북을 따라가지 못하는 길―그러한 길을 가는 철학자들. 그들의 뒤를 따르는 학생들. "불과 수십 년 동안에 서양이 오백 년 동안에 달성하려고 노력해온 그 모든 개혁을 받아들이지 않으면 아니 된다고 미국인이 말한 아시아에서 이들은 얼마나 복 받은 무리들이기에 이다지도 관념의 세계에서 안일한 세월을 보내려는 것이뇨. 민족이 또다시 외국세력의 지배를 받게 되더라도 이들 철학자는 통양痛痒을 느끼지 않을 것이다. 왜냐면 그들의 세계관은 일본제국주의의 식민지에서 그들의 관념 속에다 이룩한 나라이기 때문에 또다시 일제시대와 같은 사태가 오더라도 동요하지 않을 것이다. 아니, 일제의 질서가 소탕된다면 그들의 입장은 되레 곤란하게 된다. 일제가 유물론자를 감옥이나 지하실이나 해외 밖에 있을 데를 주지 않았을 때는 플라톤이나 칸트나 하이데거의 관념론을 가지고 무슨 위대한 학문이나 되는 것처럼 행세한 사람들이 젊은이들의 사상을 지도하는 것을 아무도 말리지 않았지만 8·15 후의 조선은 젊은이들에게 무한히 풍부한 지식과 체험의 기회를 주었는데 이들 젊은이들을 여전히 일제 때처럼 공허한 관념 속으로 끌고 들어가 이들 철학자들이 생애를 바치고도 아직도 찾지 못한 그 길을 찾게 하는 것을 사회나 학계가 묵인하지 않을 것이다. 아니, 해방조선의 학생은 그렇게 어리석지는 않을 것이다. 이들이 아직도 조선의 사상을 지도할 수 있다는 착각을 갖게 되는 것은 유물론자가 학원에서 내쫓기고 영어圄圄에서 신음하던 일제의 현실이 아직도 남아서 좀체로 없어질 것 같지 않기 때문이다. 8·15의 해방이 올 것을 믿어 의심치 않고 그때를 위하여 노력한 것이 유물론자이듯이 일제적 현실이 이 땅에서 소탕될 것을 믿고 그 신념에서 행동하는 것이 유물론자다. 일제시대나 시방이나 변함없이 관념의 도원경에서 책이나 읽고 있는 관념론자들. 그들은 역사의 움직임을 몸소 체험하고 파악하지 못하기 때문에 언제나 보수적이다. 그래서 일제도 그들을 잡아다 가두지 않았고 시방도 '일제'의 잔재와 더불어 보수적이다. 청년학도들은 조선의 현실보다 한발 앞서라는 것인데 이러한 보수주의자들의 뒤를 따라갈 것인가.

그러나 이렇게 반문할 학생이 있을 것이다. 관념을 위하여 살고 관념을 위하여 죽는 것은 인텔리겐치아의 본분이 아니냐고. 그렇다 인텔리겐치아는 마땅히 관념을 위하여 살고 관념을 위하여 죽어야 할 것이다. 그렇지 않으면 그 관념이 세계관이 될 수 없는 것이다. 그러나 이런 관념은 관념론자의 관념과는 정대립되는 유물론적 관념인 것이다. 히틀러, 무솔리니, 히로히토의 무리들이 발악을 할 때 관념론자들은 로젠베르크를 비롯해서 어용학자가 되고 유물론자는 학살을 당하던 것을 우리는 잊을 수 없다. 관념론자는 관념을 위해서 산다고 입으론 떠들면서 머리로도 그렇게 생각하기도 하지만 지위와 권력과 황금에다 자기의 관념을 예속시키는 자가 대다수인데 유물론자는 관념을 위하여―공산주의란 요컨대 관념이다―죽는 것도 무서워하지 않는다는 것은 현실에 뿌리박지 않은 관념론적 관념은 약한 것인데 현실 속에 뿌리를 박고 현실에서 영양소를 섭취하는 유물론적 관념은 강하다는 것을 여실히 증명한다. 관념을 위하여 살고 관념을 위하여 죽는 도度가 높을수록 높은 이상주의라면 조선에서 있어서 관념론적 세계관은 높은 이상주의가 될 수는 없다. 바람이 센 조선에서 무풍지대를 찾으려는 것이 관념론자들인데 그들이 어찌 주의를 위하여 생명이라도 바치는 이상주의자가 될 수 있겠느냐. 조선의 학생은 모름지기 생명을 바치더라도 미련이 없을 만한 세계관을 확립하도록 노력할 것이다. 그렇지 못하고 관념을 위한 관념을 추구하다가 그친다면 그대들에게 관념론을 강요하는 철학교도들이 생애를 허송하고 아직도 '영원한 존재의 수수께끼'를 생각하고 있듯이 그대들의 청춘의 노력은 수포로 돌아갈 것이다. 옳은 세계관을 파악하지 못하고 공허한 관념유회로 낭비한다면 그대들 자신에게도 변명할 여지가 없겠지만 담배를 줄여가며 그대들을 밥 먹이며 그대들이 암흑에서 광명으로 가는 길을 지원해줄 날이 있을 것을 손꼽아 기다리는 인민대중에게 무어라 사과를 할 것인가.

학원은 인생의 산보장散步場이 아니라 인생의 도량道場인 것이며 민족의 지도자를 길러내는 곳이라는 것을 학생들은 꿈에도 잊지 말아야 할 것이다.

—《신천지》, 1947. 1.

공맹의 근로관
— 지식계급론 단편斷片

　　주역을 가지고 인간의 운명을 점치는 것은 꼭 윷가락을 던져서 운수의 길 불길을 따지는 것이나 매일반으로 그냥 유희라고 보면 눈감아줄 수도 있는 것이지만 20세기에 있어서 이것을 정말 '우주의 서'라고 보는 사람이 있다면 틀림없이 상투잡이일 것이다.

　　하지만 주역을 버리더라도 다음과 같은 대목만은 남겨두고 싶다.

　　　　"상불재천上不在天, 하불재전下不在田."*

　　지식계급의 본질을 이 이상 간단 명확하게 파악한 말은 고금동서에 없을 것이기 때문에.

　　봉건사회에 귀족처럼 또는 상품사회의 자본가처럼 하늘에 있거나 그렇지 않으면 농민이나 노동자처럼 땅에나 공장에 있을 일이지 지식계급은 하필 그도 저도 아닌 새중간에 끼어 있느냐 말이다.

| * 위로는 하늘에 있지 않으며, 아래로는 밭에 있지 않다.(『주역周易』 제일괘第一卦 중천건重天乾)

그래서 봉건사회에선 귀족의 식객이 되고 상품사회에선 자본가의 주판이 된 것이 지식인의 운명이었다.

하지만 그때나 이때나 지식인이 근로의 귀한 것을 모르는 바 아니다. 등문공藤文公이 나라 다스리는 방법을 물으니 맹자 가로대

민사民事는 허술히 할 것이 아니올시다. 시에 가론

그대여 낮이면 갈대를 베고
밤이면 새끼를 꼬아서
빨리 그대의 지붕을 덮어라
그리고 나서 백곡을 씨 뿌리라

하였으니 백성이란 먹을 것이 넉넉해야 마음이 넉넉하고 먹을 것이 넉넉지 못하면 마음도 넉넉지 못한 것이니 마음이 넉넉지 못하고 볼 말이면 마음이 비틀리고 꼬부라져서 무슨 짓은 안 하겠사오리까. 그런 것을 죄를 저지른 뒤에야 잡아서 형벌한다면 백성을 그물 쳐놓고 고기 잡듯 하는 것이 아니오리까.

옳은 말이다. 이조의 샌님들은 왜 이런 유물론을 배우지 못하고 유교를 '명철보신明哲保身'의 도구로만 썼던고. 하긴 정다산鄭茶山 같은 실학—요새 말로 하면 유물론—의 대가가 없는 바는 아니로되.

맹자의 정전설井田說은 유치한 대로 경제학이다. 이것을 계승하고 발전시켰더라면 유교는 그 면목을 달리했을 것이다.

그러나 맹자는 결국 봉건주의의 대변자였다. 식객이 별 수가 있겠느냐. "노심자치인勞心者治人, 노력자치어인勞力者治於人, 치어인자식인治於人

者食人, 치인자식어인治人者食於人, 천하지통의야天下之通義也"라 하였으니 말이다. 지식인은 언제고 아는 체하지만 언제고 그 시대의 제약을 벗어나기란 어려운 일이다. 사회의식은 사회존재의 반영이니까.

"무항산이유항심자無恒産而有恒心者, 유사위능惟士爲能"의 '사士'가 지식인을 의미한다면 이 명제는 성립하지 않는다. 왜냐면 지식인의 대표자요 맹자의 스승인 공자도 무항산無恒産이면 무항심無恒心이었으니 말이다.

> 불힐이 부르매 공자가 가고자 하니 자로 가로대 언젠가 선생님이 이렇게 말씀하시지 않았습니까. 좋지 못한 일을 하는 자에겐 군자는 섞이지 않는 것이라고. 그런데 시방 불힐이 중모中牟에서 반란을 일으키고 선생님을 청하니까 선생님이 가시려 함은 어찌된 셈입니까. 하니 공자 가라사대 그렇다 내가 그런 말을 한 일이 있지. 하지만 내 어찌 뒤박처럼 매달려 먹지 않고 살 수 있겠느냐.
>
> —『논어』「양화」

공자도 뒤박처럼 먹지 않고 매달려 있기만 할 수 없었거늘 기여其餘의 유생이랴. 그러한 이조의 샌님들이 근로계급을 쌍놈이라 압박한 것은 시대의 죄과로 돌리더라도 일본제국주의 삼십육 년 동안 그러했고 해방된 오늘날 오히려 그 고약한 버릇을 행세하려는 봉건주의자가 있으니 사태는 딱하다.

---

* 마음을 써서 수고하는 이는 남을 다스리고, 힘을 써서 수고하는 이는 남의 다스림을 받는 법이다. 남에게 다스림을 받는 사람은 남을 먹여 살리고, 남을 다스리는 사람은 남에게 얻어먹는 게 하늘 아래 일반적인 이치이다 (『맹자孟子』「등문공滕文公 상上」)
** 일정한 생업이 없어도 일정한 마음을 가지는 자라야 오직 선비라야 할 수 있다.(『맹자孟子』「양혜왕梁惠王 상上」)
*** '뒤웅박'의 경남, 충청 방언.

296

인제는 우리나라를 위해서 일하는 데 하필 여덟 시간 노동제냐 열 시
간도 좋고 스무 시간도 좋지 않으냐.

그들은 이렇게 당당히 '8시간 노동제'를 비판한다. 말은 좋다. 그러
면 그대들은 왜 하루의 여덟 시간은 그만두고 한 시간도 힘 드는 일을 하
지 않으냐. 술 먹고 정담이나 하는 것은 노동이 아니라는 것쯤은 알아야
할 것이다. 삼천만이나 되는 조선민족이 맘과 힘을 합하여 하루의 여덟
시간 노동을 한다면 삼천리강산은 몇 해 안 가서 낙원이 될 것이 아니냐.
손발에 흙 묻히기 싫어하는 사람들은 시방 서울에 모여서 다 저 잘났다
고 한마디씩은 떠들어대고 있다. 그래서 서울은 정치적으로도 전선全鮮
을 통하여 제일 반동적이다. 지식인이 있는 대로 다 모인 서울이 정치노
선을 바로 걸어가지 못하는 원인은 그들이 '하불재전下不在田'이기 때문
이다. 지식인은 손발을 움직이지 않기 때문에 의식주에 있어서 사대주의
일 뿐 아니라 정치적으로도 갈팡질팡 영문을 모르는 것이다. 역사란 언
제고 손발을 움직이는 사람과 더불어 움직이는 것이다.

공자는 그래도 공자다. 자기 손으로 자기 빵 문제를 해결하지 못하는
것에 대해서는 자의식을 가지고 있었다.

자로가 공자와 더불어 여행을 하다가 뒤떨어졌더니 지팡이에 대광우
리를 꿰어 어깨에 멘 노인을 만나 물어 가로대 노인께서는 우리 선생님을
못 보시었습니까 하니 노인이 가로대 손발을 움직이지 않고 오곡을 구별
할 줄도 모르고 무슨 선생람, 하고는 지팡이를 꽂아놓고 김을 매는지라
자로는 공손히 서서 기다리었더니 노인은 자로를 데리고 자기 집에 가서
머무르게 하고 닭을 잡고 수수밥을 해서 대접을 하고 또 두 아들을 불러
인사하게 하였더라. 자로가 공자를 찾아뵈옵고 자초지종을 아뢰니 공자

가 가라사대 은자隱者로다 하고는 자로로 하여금 다시 가보라 하니 노인
은 간 곳 없더라.

— 『논어』 「미자」

공자는 자기를 무위도식자라 욕한 노인을 '은자'라 하였고, 자로를
다시 한 번 보낸 뜻은 한 번 만나고자 꾀하였음이리라. 헌데 자로는 닭고
기와 수수밥 얻어먹은 신세도 잊고—이불 속에서 활개치듯—"욕결기신
이란대륜欲潔其身而亂大倫"*이라고 그 노인을 그 노인 없는 데서 욕했으니
속이 좁은 인텔리라 아니할 수 없다. 과연 공자는 그 노인을 어떻게 생각
하였을까? 『논어』는 "자왈은자야사자로반견지子曰隱者也使子路反見之"** 하
였을 뿐이니 이천오백 년 뒤에 우리가 어찌 그 속을 알 수 있으랴. 다만
바로 전에 있는 「장저長沮」 장을 보아 추측할 따름이다.

장저長沮와 걸익桀溺이 나란히 밭을 갈고 있는데 공자가 지나다가 자
로를 시켜 나루를 묻게 하니 장저가 가로대 저 말고삐를 쥐고 있는 자가
누군가 하니, 자로 가로대 공구孔丘올시다, 가로대 노나라 공구인가, 가
로대 그렇습니다, 가로대 그 사람이면 모르는 게 없다면서 나루도 알 터
이지 함으로 걸익傑溺에게 물어보니, 가로대 자네는 누군가, 가로대 중유
仲由올시다, 가로대 그러면 노나라 공구의 무리가 아닌가, 대답해 가로대
그렇습니다, 가로대 온 세상이 대하장강처럼 도도히 흐르거늘 누가 거기
다 손을 댈 수 있으랴. 사람을 피하는 공구를 쫓아다니느니 차라리 세상
을 떠나 사는 우리를 쫓아다니느니만 못하리라 하고는 씨 뿌린 데다가 흙

---

* (신하가 관직에 나서지 않는 것은) 자신의 몸을 깨끗이 하고자 큰 윤리를 어지럽히는 일이다.(『논어』「미자
편」)
** 공자께서 말씀하셨다. "은자구나." (공자께서) 자로를 시켜 다시 찾아가 뵙도록 했다.(『논어』「미자편」)

을 건지면서 모른 체하는지라. 자로가 공자께 아뢰니 공자 무연히 탄식하야 가라사대, 그렇다고 새나 짐승과 같이 살 수도 없지 않으냐. 내가 인간들과 같이 살지 않으면 누구와 같이 살 것이냐. 천하에 도가 있다면야 나도 뭐 구태여 애쓰지 않으련다.

공자는 정치가였다. 지식인의 나갈 길은 기술이나 정치밖에 없다. 공자는 도연명처럼 도피하지 않고 하물며 굴원처럼 절망하지 않고 끝끝내 자기의 힘으로 중국사회를 경륜해보겠다는 신념이 있었다. 이 일면이 맹자에 있어서는 더욱 강조되어 치국의 근본을 경제정책에 두게 하였던 것이다. 이런 점은 오늘날 우리 인텔리겐치아도 본받아야 할 것이다.

하지만 지식인이 대중 속에 들어가지 않고 정치가가 되려는 것은 위험천만한 일이다. 공자나 맹자도 대중적 지반이 없었기 때문에 이 군주 저 군주를 찾아다니며 고문 노릇밖에 못 하였거늘 현대에 있어서 근로대중의 공복이 될 각오가 없이 지식인이 정계에 나선다는 것은 벌써 반동을 의미하며, 사실 반동 진영에 붙고 마는 것은 결국 목구멍이 포도청인데 그는 자본가처럼 생산수단이 넉넉한 것도 아니요 노동자처럼 제 손으로 벌어먹을 수 있지도 않기 때문이다. 허행許行의 무리는 요새 인텔리만큼 어디 가 붙을 줄 몰라서 굵은 베잠방이를 입고 짚신을 삼아 신고 돗자리를 짜가며 손수 땅 파먹고 살았을까. 지식인들은 자기의 관념을 과신하는 나머지 자기가 진보적이라고 믿고 있지만 진보적이기는커녕 반동적이 되지 않으려 앨 써도 앨 써도 반동적이 되기 쉬운 것이 동서고금의 인텔리가 지니고 있는 숙명이다. 로서아혁명 전야의 지식인이 얼마나 반동했나를 보라. 아니 실례를 옛날이나 딴 나라에서 들 것 없이 조선의 인텔리겐치아를 보라. 조선의 신문잡지가 바람에 불리는 갈대와 같은 것도 그 토대인 지식계급이 이리 쏠렸다 저리 쏠렸다 하기 때문이다. 신문잡지가 반동이 되는 반면에는 반동분자의 테러가 숨어 있는 것이 사실이지만 그보다도 더 근본적인 원인은 신문잡지를 가지고 먹고 살려는 지식계급이 있기 때문이다. 그들이 입으로 또는 활자 위에서 무어라고 떠들어대든지 간에 처자를 육체의 땀으로 먹여 살릴 수 없는 이른바 '정신노동자'이기 때문이다. 정신노동자! 말은 좋다. 하지만 더 많은 생산을 가져오는 것도 아니요 역사 발전에 이바지하는 것도 없는 정신이 무슨 노동이란 말인가. 기회주의자에 지나지 않는 지식인들이 신문잡지를 가지고 정치를 좌지우지한 데서 조선정계는 더욱 혼란에 빠진 것이다. 정당 배경 있는 신문 두서너 개를 빼놓으면 나머지 언론기관의 거개가 어찌도 요리 뒤뚱 조리 뒤뚱 하는지 어느 장단에 춤을 추어야 될지를 모르는 것이 서울시민이다. 신문을 보지 못하는 농부나 노동자들이 꾸준히 조선의 갈 바 길을 걸어가고 있는데 '서울양반'들이 갈팡질팡하는 것은 먼저도 말했거니와 반동분자의 테러와 모략책동이 가장 심한 곳이 서울이기 때문에 그렇기도 하지만 더 큰 이유는 지식계급의 동요가 심하기 때문이다. 그들만 태산교악泰山喬嶽의 자세를 취할 수 있었더라면 조선민족통일전선은 벌써 완성되었을 것이다.

특히 신문인이 인텔리 중에도 세상 돌아가는 것에 대해서 민감하다. 그러나 동시에 어느 쪽에 붙어야 유리하다는 타산이 빠른 것도 병이다. 그래서 판단이 너무 재빠르기 때문에 유구한 역사의 발전에 대해선 소를 만난 계도鷄刀와 같이 날이 서지 않는다. 역사는 생산력과 더불어 발전하는 것인데 직접 생산력의 요소가 되지 못하는 저널리스트들은 역사의 발전을 직접 체험하지 못하기 때문이다. 차라리 "행유여력즉이학문行有餘力則以學文"*이라 한 공자의 실천적인 일면을 본받든지 "조문도석사가의朝聞

| * 행하고 남는 힘이 있으면 글을 배운다.(『논어』「학이편」)

道夕死可矣"라 한 그 치열한 진리탐구의 정신을 본받든지 한다면 조선의 지식계급도 진보적 역할을 할 수 있을 것이다. 『논어』는커녕 맑스, 엥겔스, 레닌도 무불통지無不通知라는 지식인이 있을지 모르나 현실을 지배하지 못하는 지식이 맑스, 엥겔스, 레닌의 어느 저서에 숨어 있다는 말인지 몰라도 실천적으로 조선민족의 해방을 위하야 플러스한 것이 없는 사람은 안다고 뽐내는 그 자세가 벌써 반동 측에 기울어 있다는 것을 알아야 할 것이다.

조선에서 누구보다 심각한 자기비판 없이 새 나라의 일꾼이 될 수 없는 분자들이 지식계급이다. 마음에 없이 목구멍이 포도청이어서 또는 신변의 위험을 느껴서 그러했다 하더라도 조선의 젊은이들을 왜놈의 병정 만드는 데 또는 그놈들의 공장에다 징용 보내는 데 적극적으로 협력했으며 철모르는 어린이들을 황민화皇民化하는 데 노력했으며 노동자 농민을 속여서 착취하는 데 원조를 아끼지 않은 일본제국주의 행정기관에 있던 인텔리겐치아는 물론이려니와 언론교육기관에 있던 지식인으로 스스로 한번 자기를 매질해봄도 없이 명리를 위하여 염치불구하고 날뛴다는 것은 지식계급 자체를 위하여 통탄할 일이라 아니할 수 없다.

지식이란 비比컨대 칼과 같다. 칼이 더럽혔을 땐 씻으면 된다. 그리고 칼은 그것을 쓰는 사람에 따라 살인강도의 칼이 될 수도 있고 활인정의活人正義의 칼이 될 수도 있다. 지식인이여 스스로 이 칼을 의로운 데 쓸 용기가 없거든 차라리 간악한 무리에게 빌려주지나 말라. 그것조차 제 손으로 빌어먹을 줄 모르는 지식인에겐 어려운 일이다. 공자도 이 지식인의 비애를 깨달았음인지 『논어』「양화」에서 다음과 같이 의미심장한 술회를 하였다.

공자가 가라사대 내 아무 말도 아니하련다. 자공이 가로대 선생님이 아무 말씀을 안 하신다면 저 같은 놈은 무슨 소리를 하겠습니까. 공자 가라사대 하늘이 무어라 말하더냐. 그래도 사시는 가고 백물은 생하나니. 하늘이 무어라 말하더냐.

무언실행無言實行!이야말로 시방 조선지식계급에게 주는 가장 좋은 교훈일 것이다. 서울의 바람이 너무 세서 바르게 자세를 취하여 행동할 자신이 없는 인텔리겐치아는 농촌으로 가라. 또는 공장으로 들어가라. 거기서 한 삼 년 묵묵히 행할 수 있다면 반드시 조선민족의 지도자가 될 소질이 있다고 인정 받을 것이다. 그때엔 벌써 나쁜 의미의 인텔리 근성도 청산하였을 것이 아닌가.

—《신천지》, 1947. 2.

학자론

조문도석사가의朝聞道夕死可矣

— 공자

약하면서도 강한 것이 학자다. 일본이 망하려고 저이 나라의 좌익학자를 잡아다 가두고 내종에는 자유주의 학자까지 탄압하게 되니 조선의 학자들도 점점 움츠러든 것은 사실이지만 끝끝내 고집하고 일본제국주의에 타협하지 않은 것도 또한 사실이다. 육당六堂을 비롯해서 일본제국주의의 어용학자가 된 사람들도 있지만 그들은 자신들을 어떻게 규정하는진 몰라도 또는 일본인이나 친일파가 그들을 학자라 인정하는 것은 사실이지만 그들이 학자가 아니라는 것은 조선인민이 주지하는 바이다.

학자란 학문을 생명으로 하는 사람들이다. 그리고 학문이란 현대에 있어선 과학을 빼놓고 있을 수 없다. 그러므로 과학을 생명으로 하는 사람만이 학자가 될 수 있는 것이다. 일본의 육법전서를 외웠다거나 『삼국유사』에도 없는 단군론을 가지고 학생을 기만하려 들거나 미군정관한테 영어로 아첨을 잘하거나 조선을 대한이라 부르고 서기西紀 대신 단기檀紀

를 쓰는 것만 가지고는 학자가 될 수 없다. 빈 그릇(空器)이 소리가 더 요
란하다든가. 보통 땐 무슨 소리를 하는지 알아들을 수가 없는데 이따금
가다가 '반탁'이니 무어니 노호절규怒呼絶叫한다고 학자가 될 수는 없다.
하물며 조선말 한다고 학생을 때리고, 일본적 학문을 주장하고, 학병이
되라든지 황국신민이 되라든지 하는 대일협력을 한 실적만 가지고는 더
더군다나 학자가 될 수는 없다. 우리의 정치적 지도자를 따질 때엔 정견
이나 이해나 당파에 따라서 의견의 대립이 있을 수 있으되 학문적 지도
자를 규정할 때엔 이론이 있을 수 없다. 과거에도 현재에도 미래에도 과
학이 생명인 사람─이런 사람이라야 민족의 학문적 지도자가 될 수 있
다는 데 대해서는 아무도 반대할 수 없을 것이다.

그러면 과학이란 무엇이냐?

과거와 현재를 비판하여서 새로운 시대를 창조하는 학문을 일컬음이다.

조선은 정치도 경제도 문화도 모든 것이 있었던 것 또는 있는 것만
가지고는 만족할 수 없다. 얼마든지 새로운 것을 요구한다. 그것도 남의
것을 수동적으로 받아들임으로써가 아니라 우리의 손으로 우리를 위한
우리의 것을 요구한다.

그러자면 무엇보다도 우리의 힘으로 과학을 발전시켜야 할 것이다.
이에서 학자의 사명은 혁명가의 그것에 못지않게 중대하다 하겠다.

진정한 의미의 학자는 하나밖에 있을 수 없지만 시방 조선에는 이러
한 학자 외에 다른 두 가지 종류의 '학자'가 있다. 학자로 행세할 수 있는
자격이라고는 대학을 졸업했다는 것밖에. 실력으로는 도저히 학자의 대
우를 받을 수 없으니까 권세에 아부하여서 학원 행정의 실권을 잡음으로
말미암아 교수와 학생에게 자기를 위대한 학자로 추천하기를 강요하는
자. 이런 자 때문에 학원의 자유가 유린되는 수가 많다. 이런 자는 강권을
가지고 학생대중을 탄압할 수는 있을는지 모르나 학생대중이 이런 자들

을 학자로 잘못 알 염려는 없다. 그러나 여기 또 한 가지 종류의 '학자'가 있으니 일생을 학문을 한다고 책을 많이 읽기는 했으나 학문의 대로를 찾지 못하고 기로에서 방황하면서 자기네들이야말로 학문의 오롯한 길을 걷노라고 과시하는 사람들이다. 그들은 백과전서적인 지식을 가진 사람도 있고 교묘한 논리를 가진 사람도 있고 고상한 교양을 가진 사람도 있지만 과학이 무엇인지 모르는 것은 전자와 매일반이다. 그들은 학문의 세계를 무슨 꽃동산으로 잘못 알고 있는 신선들인지라. 시방 조선의 학원이 꽃동산이기는커녕 백사白蛇와 표랑豹狼이 넘나다니는 쑥밭인 것을 모르고 있다. 그래서 그들은 진정한 학자들이 피를 흘리다시피 악전고투하여서 조선의 학문을 개간 파종 제초하는 것을 오히려 이단시한다. 이런 신선들이야말로 학문의 무서운 적이다. 왜냐면 이런 신선들을 학생들이 학자로 잘못 알고 뒤따라서 조선의 현실을 떠난 그 비몽사몽의 관념세계로 들어가버릴 위험성이 있기 때문이다. 독일 관념론의 영향을 받은 일본의 학자가 조선에다 얼마나 많은 몽유병자를 길러놨나 하는 것은 앞으로 조선의 학자와 학문을 생각할 때 계산에 넣어야 할 것이다.

어느 시대고 어느 나라고 학자가 많을 수가 없다. 하물며 대학 하나 없던 일본의 식민지이던 조선이랴. 허지만 불행 중 다행으로 다른 선진국에 비하여 비록 수는 적을망정 '일제'의 그 무서운 탄압 밑에서도 일로 학문의 길을 걸어왔고 앞으로도 학문에 살고 학문에 죽으려는 학자들을 우리 민족은 가지고 있다. 대학은 마땅히 이런 학자들을 원시인이 불씨를 간직하듯이 아껴서 젊은 학도들에게 과학의 방법과 정신과 정열을 불붙인다면 불시에 조선민족의 손에 거화炬火가 들려질 것이다. 학문의 횃불! 이 세기적 광명을 마다할 자 누구냐. 하지만 행여 이러한 불이 붙을까 겁을 집어먹고 불씨를 지닌 학자들을 짓밟으려는 자들이 있다. 암흑과 죄악과 완미頑迷 속에서만 번창할 수 있는 무리들─봉건주의와 일본제국주의의 잔재가 광명과 진리와 진보를 두려워해서다. 정계의 혼란과 경제의 공황과 문화의 차질 때문에 인민대중이 어리둥절하고 있을 때 '봉건'과 '일제'의 잔재가 가장 권모술책을 쓸 수 있는 이만치 그들은 이 혼란과 공황과 차질을 정리, 해소, 발전시키려는 과학정신 앞에 전율한다. 일본의 독점자본가와 군부가 과학정신을 두려워하는 나머지 과학정신에 철저하지 못한 자유주의 학자까지도 대학에서 추방한 사실을 이들 조선의 반동분자 악질분자들이 모를 리 없다. 아니, 이들은 그들의 스승인 왜놈이 이 땅에 남기고 간 유훈을 철저히 수행하려는 것이다. 봉건적 내지 일본적 잔재가 숙청되지 않는 한 조선학자들의 전도는 형극荊棘의 길일 것이다. 그러므로 조선의 학자들은 연구와 동시에 투쟁을 하지 않으면 안 된다. 원래 과학이란 투쟁 없이는 전진할 수 없다. 갈릴레오가 '지동설'을 주장했을 때 지구는 움직이지 않는다는 구약성경을 절대부동의 진리라 믿었던 가톨릭 신부들은 사형으로써 그를 위협했다. 그러나 갈릴레오는 용감했다. 그리고 주장했다.

"그래도 지구는 움직인다."고.

이 투쟁적 정신이야말로 과학에서 뗄 수 없는 일면이다. 과학이란 자연과의 투쟁이요 사회악과의 투쟁이요 조선 같은 데서는 무엇보다도 봉건주의와 일본제국주의의 잔재와의 투쟁이어야 한다.

대학교수 중에는 연합군이 상륙하자 조선에서 일본제국주의가 완전히 소탕되었다고 사유하는 자가 있다. 일본인이 물러간 것은 사실이다. 하지만 그들의 파쇼적, 반과학적, 반인민적 정신은 친일파 민족반역자뿐 아니라 우리들의 정신 속에 남아 있다는 것을 잊어서는 안 된다. 관리는 미국식으로 말하면 공복이거늘 인민과 적대하려는 것은 도대체 누구의 주의인가를 알라. 하물며 어디보다도 자유가 보장되어야 할 대학까지도 교수의 인사를 자기들 관리의 수중에 넣으려는 수단은 누구의 수법인가를 알라. 자유와 민주주의의 나라 미국인이 이런 것을 조선사람에게 가르쳤을 리는 만무하다. 교수와 학생을 통틀어 이른바 '국립서울대학교' 안案에 반대하는 이유도 조선의 대학이 이조나 일제 때 모양 관료의 자의恣意에 맡겨질까를 두려워해서리라. 현대는 과학의 세기요 과학은 극도로 발달한 기술을 요하는 것이거늘 법률을 공부했다는 자들에게 천하사를 통틀어 맡긴 것은 일본식 관료주의요 민주주의 조선을 건설하는 이 마당에 대학의 문제를 교수와 학생들은 해결할 능력이 없고 몇 사람 관료만이 해결할 수 있다는 논리가 도대체 누구의 논리인가를 알라. 다수는 늘 오류를 범하고 소수만이 합법적이라는 논리는 적어도 미국적 민주주의에는 없는 논리일 것이다. 조선의 대학이 조선의 학자와 학생만 가지고는 성립할 수 없다면 조선의 대학은 성립할 수 없는 것이다. 교수나 학생이 관권을 무서워해서 학원의 자유까지를 희생하고 관제대학교에 만족한다면 그런 교수나 그런 학생을 가지고 조선의 학문을 건설하기는 틀렸다. 도대체 관료에게 무조건 복종을 하는 버릇이 일본제국주의의 잔재가 아니고 무엇이냐. 적어도 미국민에게는 이런 버릇이 없다. 진리를 위하야 살고 진리를 위하야 죽어야 하는 대학교수와 학생까지 왜놈에게 눌려 지내던 그 비굴한 근성을 버리지 못할진대 민주주의 조선 건설은 까마득하다 아니할 수 없다. 파괴적이 아니고 건설적인 일에 있어서 왜 용감하지를 못하냐 말이다. 그대들은 마땅히 이렇게 주장할 것이다.

관료는 관료의 사명을 다하라. 학문과 학원의 건설은 우리의 사명이니 안심하고 우리에게 맡기라.

하지만 오늘날 대학의 문제는 그렇게 단순하지 않다. '국립서울대학교' 안 배후에서 꿈틀거리는 학자가 아니면서 대학교수가 된 자들의 모략책동을 경계하여야 한다. 처음에야 누가 누구인지 모르는 학생들이 이들의 교수를 무조건으로 받아들였지만 이들의 마각馬脚이 드러남에 따라서 학생대중은 이들을 배척하기 시작했다. 하지만 그렇게 간단히 물러날 사람들이 아니다. 그들이 정말 학자라면 대학을 폐리弊履같이 버릴 수도 있다. 하지만 이 학자 아닌 대학교수들은 내세울 것은 그래도 학자라는 것밖에 없는데 대학교수라는 '가다가끼'*가 있어야만 학자 행세를 할 수 있을뿐더러 야망이나 욕심은—학자가 아니기 때문에—하늘의 별이라도 딸 것 같다. 그런데다가 권세에 아부하고 과학정신을 모르는 일부 무지한 학생들의 지지를 받아서 솔개가 까치집을 뺏고 들어앉듯이 대학을 독점하려는 것이다. 생각해보라, 미국의 데모크라시가 그 미덕을 자랑하려는 미군정의 문교당국이 조선의 학자와 학생을 무시한 사이비학자와 반동학생들에게 보금자리를 제공하기 위하야 일 년이나 걸려서 만들어놓은 대학을 깡그리 없애고 '국립서울대학교'를 세울까 보냐. 이판에 국립대학교수나 학장이나 총장을 해봐야지 언제 해본담 하는 모리배에 진배없는 자들의 야심과 무모가 배후에 숨어 있는 것을 그래 과학정신의 소유자인 교수와 과학정신의 탐구자인 학생이 모른다고 생각하느냐. 어리석도다, 과학을 모르는 무리들의 눈 가리고 아웅 하는 권모술책이여! 또 생각해보라, 그대들이 조선의 대학을 독점한다고—친일파 민족반역자 모리배가 조선을 왼통 집어삼키려는 짓과 같이 실현될 리 만무하지만—진정한 학자가 그대들의 종노릇을 하면서까지 대학교수라는 공석에 연연할 것 같으며 학생대중이 학자 없는 학원에서 만날 그대들한테 속고만 지낼 것 같으냐. 그대들이 점령할 수 있는 것은 최대한도가 소위 '적산敵産'인 대학설비뿐이라는 것을 알라. 기껏해야 공허한 관념 속에서 몽유하

| * 肩書, 직함 · 직책의 뜻.

는 자칭 학자나 대학에서 청춘을 허송하려는 학생들이나 거느리고 지위와 허명에 자만하려면 그것은 가능할는지 모른다.

하지만 조선은 이미 이조의 봉건사회도 아니요 일본의 식민지도 아니다. 조선의 학문은 조선의 학문이기를 주장한다. 그것은 한때 일본에서 어용학자들이 주장하던 일본적 학문이나 시방 조선에서 사이비학자들이 그것을 흉내 낸 조선적 학문을 의미하는 것이 아니라 조선민족의 손으로 조선민족을 위하야 조선민족의 과학을 수립할 때 비로소 조선의 학문이라 할 수 있는 것이다. 과학은 이념으로선 세계에 둘이 있을 수 없는 것이지만 조선민족의 손에 전취되지 않는 한 조선의 학문이 될 수는 없다. 다시 말하면 조선의 독립이 이념으로 약속되어 있지만 혁명가의 투쟁 없이 실현되기 어려운 거와 매한가지로 조선의 학문은 학자와 학생들의 투쟁 없이는 건설될 수 없다. 천조대신天照大神이 일본의 과학정신을 말살한 것을 번연히 알면서 단군을 가지고 무장하여서 대학을 독점하려는 무리들이 있는가 하면 조선말과 다름없는 말에 지나지 않는 영어를 잘한다고 대학을 좌우하려는 무리가 있고 정당이나 군정의 힘을 빌려 천사처럼 대학의 요직으로 하강하려는 무리가 있는가 하면 '열혈학생'을 책동하야 진정한 학자를 내쫓고 독차지하려는 무리들이 있는 조선에서 책이나 읽는다고 노트에 필기나 한다고 진정한 의미의 과학의 전당인 대학이 이루어질 것 같은가. 학자와 학생은 모름지기 투사가 되어서 이러한 불순분자를 숙청하고 진리만이 싹트고 자라고 열매 맺는 학원을 건설할지어다. 싸움이 없는 곳에 승리가 있을 수 없다. 과학은 승리의 기록이라는 것을 잊어서는 안 된다.

오백하고 삼십육 년 동안—지루한 암흑이었다. 광명의 불씨를 지닌 학자들이여 불을 켜대라. 수만의 젊은이들이 그대들로부터 민족의 희망인 이 불을 받아 스스로 이 땅의 횃불이 되고자 한다.

머지않아 삼천리강산엔 방방곡곡이 그대들이 붙인 불이 붙기 시작할 것이다. 아니, 이미 불은 붙었다. 죽은 사람의 옷을 태우듯 그대들이 붙인 이 불이 봉건주의와 일본제국주의의 잔재를 깡그리 불살라버릴 때가 왔다.

높이 들어라, 학문의 횃불! 조선의 학자와 학생대중의 앞길은 광명에 빛난다. 하지만 우선은 암흑을 뚫고 가야 할 것이다.

—『예술과 생활』

대한과 조선

시방 이 땅엔 두 나라 사람들이 싸우고 있다. 그것은 미국과 소련을 의미하는 것이 아니다. 미소는 대립되어 있는지는 또 모를 일이로되 싸우고 있지 않으며 또 앞으로도 싸울 것 같지 않은 것만은 명백한 사실이다. 그러면?

대한과 조선—이 두 나라 사람들의 싸움은 시방 최고조에 달해 있다. 한쪽에서,

"대한사람 대한으로" 하고 노래를 부르면 또 한쪽에서,

"조선사람 조선으로" 하고, 응하는 것쯤은 좋다. 이만한 대립이야 어느 나라엔 없겠느냐. 아버지의 세대와 아들의 세대가 잘 조화될 수 없다는 것은 역사적 필연인 것이다.

하지만 대한사람과 조선사람의 대립은 그냥 시대적 차라고만 볼 수 없게스리 심각하다. 그러면 무엇이 이 두 세대의 대립을 이렇게 격화하게 했느냐? 우리는 대한과 조선 사이에 삼십육 년의 오욕의 역사가 있었다는 것을 언제고 잊어서는 아니 될 것이다. 이 더럽힌 역사가 대한과 조선을 합칠 수 없는 두 나라로 만들었으며 이리하여 대한사람과 조선사람

은 싸우지 않을 수 없게 된 것이다. 같은 지붕 밑에서 살아도 아버지와 아들의 뜻이 맞기 어렵거늘 삼십육 년 동안 헤졌던 아버지와 아들이 상봉했음에랴. 하물며 이 두 세대를 이간질하는 자가 있음에랴.

대한사람과 조선사람은 이렇게 기쁘고도 슬픈 대면을 하게 된 것이다. 아니 인제는 서로 외면을 하게 된 것이다. 그것은 아버지의 잘못도 아들의 죄도 아니다. 일제에 유린되기 전 그 옛날을 그리워하는 대한사람과 일제의 식민지에 태났음을 지긋지긋이 여겨 모든 일제적인 것을 벗어버리고 앞으로 앞으로 달음질치려는 조선사람들의 갈 바 길이 반대 방향으로 나 있기 때문이다. 과거와 미래. 공통된 현재는 일본과 친일파의 것이기 때문에 한쪽에선 과거로 도피하자 하고 또 한쪽에선 미래로 돌진하자 하는 데서 비극적인 결렬이 생긴 것이다.

그러면 대한사람과 조선사람은 영원히 결별하는 수밖에 없느냐. 길은 둘밖에 없다.

대한사람이 조선사람이 되든지, 조선사람이 대한사람이 되든지. 다시 말하면 일제가 조선을 점령하기 전 그 옛날의 대한을 복구하든지 새로운 조선을 건설하든지 현재에서 양자가 한데 뭉치기는 어려운 형편이다. 일제의 잔재가 이간을 붙이기 때문에. 설사 한데 뭉칠 수 있다 하더라도 그것은 더럽힌 역사 속에 그대로 안여安如하자는 것에 지나지 않을 것이다.

그러면 결론은 뻔하다. 역사가 거꾸로 흐를 수는 없는 것이다. 대한사람이 조선사람이 되도록 노력할 것이다. 그것이 조선이 통일될 수 있는 유일한 원리요 원칙이다. 이 원리원칙을 무시한다면 조선이 또다시 청춘 없는 노폐국老廢國이 되거나 유혈혁명이 오거나 자주독립국가가 되지 못하거나 세 가지 중에 하나밖에 길이 없을 것이다.

역사는 결국 갈 데로 가고야 말 것이다. 하지만 삼십육 년의 고난과

궁핍과 학대를 무릅쓰고 민족의 해방과 독립을 위하여 싸워온 애국자가 천재일우인 이 마당에 있어서 골육상생의 비극을 연출하려는 것은 웬일이냐. 두렵도다. 민족과 역사를 배반하는 무리들의 모략책동이여! 우리의 살 길은 오로지 새로운 조선건설에 있는 것을 그래 대한인들은 모른단 말인가?

—『예술과 생활』

문화인과 노동자
— 메이데이를 맞이하야

5월 1일, 일 년 중에 이날만치 자연적으로 혜택 받은 날도 없을 게다. 올해처럼 겨울이 늦으럭 늦으럭 가기 싫어한 해도 없지만 이제야 아무리 움츠리고 추위에 떨던 사람도 기를 펼 수 있는 봄이다. 더군다나 전평 대표의 세계노련 프라그대회 참석과 모로토브 소련 외상의 서한을 계기로 미소공동위원회가 열리리라는 희소식이 노동자의 명절인 메이데이를 이중삼중으로 축복했다. 노동자들은 설날을 만난 어린이들처럼 좋아한다. 지방에서 쌀과 짠지를 꾸려가지고 상경한 노동자들이 부지기수라 한다.

그러나 우리들 문화인은 아직도 노동자만치 메이데이를 기뻐할 줄 모른다. 작년 메이데이 때 야구장 구경 가듯 기념대회에 참여한 우리들이었다. 그때 나는 숫제 스탠드에 깃발과 플래카드에 뒤덮인 야구장의 군중을 내려다보고 있었는데 누가 소매를 잡아당기기에 돌아다보니 시인 박산운朴山雲 군이 있다.

"우리 문화인들은 틀렸죠? 인첸 노동자다야드리요?"

그는 감격한 어조로 말했다. 그날따라 그의 얼굴은 더 핼쑥했었다. 말썽 많던 《뉴욕타임스》 특파원 존 스톤이 왔다 갔다 부산스런 것이 눈에 띄었다. 그도 역 전평 산하 노동자의 소효가 많은 데 놀란 것이었나 보다.

그러나 일 년 동안에 조선 역사는 비약했다. 조선의 문화인들이 메이데이를 진정으로 자기네들의 명정이라 생각하게 되었으니 말이다. 우리가 일 년 동안 떠들고 실천해온 '문학대중화'란 따지고 보면 삼십육 년간 이른바 총독부의 '문화정치'에 배어들 대로 들은 문화인들이 문화주의를 청산하고 노동자와 굳게 악수하는 것을 의미한다. 그러나 우리 문화인들은 일 년 동안에 봉건주의와 일본제국주의가 우리들과 노동자들 간에 만들어놓은 갭을 뛰어넘었는가? 남산에 모인 문화인들을 보면 그 대답은 자명한 것이다.

나는 문화인이고 너는 노동자라는 자의식 없이 한데 뒤섞여 '인민'이 된 그들을 보라. 노동자들 사이에까지 분열을 꾀하는 자들은 보라. 노동자가 여기 단결해 있을 뿐 아니라 문화인까지도 노동자의 메이데이를 자기네들의 명절로 알고 있는 것을……

무에서 유를 창조하는 자 셋이 있으니 하나는 자연이요 하나는 노동자요 하나는 문화인이다. 5월 1일! 이 세 창조자가 삼위일체가 된 메이데이는 남산 위에 만개했다.

내년 메이데이는 우리들 문화인도 전평 산하의 조합원으로서 참가하게 될 것이다. 교원조합, 작가조합 등 선진국에서는 벌써부터 문화인들이 전문에 의하여 단일노조를 조직하고 근육노동자들과 굳게 단결하여 싸우고 있다. 조선의 문화인들이 하나도 빠짐없이 전평 조직원이 될 때 문화대중화운동은 새로운 단계로 약진할 것이다.

문화인들이여, 일제히 다실茶室에서 나와서 5월 하늘이 높푸른 남산에서 새로운 시대를 보급하라. (4월 30일)

—《문화일보》, 1947. 5. 1.

대학의 이념

아는 것은 힘이다. 그래서 일제는 조선민족이 힘을 얻을까 두려워하여 대학을 세우지 못하게 하였다. 그랬던 것이 해방의 덕택을 입어 우후죽순처럼 대학이 생겨났다. 좋기는 좋은 현상이다. 하지만 대학이라는 간판을 걸고 교수라는 칭호를 주고 학생을 모집했다고 일조일석에 대학이 되는 것은 아니다. 더군다나 허다한 교수들이 진보적인 까닭에 학원에서 추방된 오늘날 일제가 두려워하던 조선민족에게 힘을 주는 대학이 건설되려면 한참 진통을 겪어야 할 것이다. 쫓아내기는커녕 다 모조리 모셔온대도 대학교수의 실력을 가진 사람은 그리 많지 못하다. 그런데 대학은 나날이 수효가 늘어만 간다. 교수는 줄어만 가고 대학은 늘어만 가는 남조선의 모순은 어떻게 지양될 것인가? 하긴 대학의 수효와 더불어 대학교수라는 명함을 가진 사람의 수효도 늘어가지만 명함을 가지고 대학을 건설할 수는 없다. 비컨대 악화가 양화를 구축할 때 화폐의 수가 주는 것은 아니다. 아니 정반대로 가치가 얕은 화폐의 수는 늘어만 가고 드디어는 악성 인플레이션을 일으키게 되는 것이다. 이리하여 교수보다 실력 있는 학생의 수가 늘어가고 따라서 학생에도 '그레셤의 법칙'이 작용하게 되는 것이다. 즉 정말 조선의 힘이 될 학생들이 학원을 등한시하게 되는 결과 그저 아무거나 덮어놓고 배우면 된다는 종류의 학생들만 남게 되는 것이다. 이것은 중대한 민족의 문제가 아닐 수 없다.

플라톤은 『대화편』 「프로타고라스」에서 소크라테스의 입을 빌려 "고기나 술을 사는 데보다 지식을 사는 데 훨씬 더 위험이 있는 것이다. 왜냐하면 고기나 술은 도매상이나 소매상한테 사서 그릇에 담아가지고 가서 양식으로서 육체에 집어넣기 전에 집에다 놓고 음식에 대해서 좋고 그른 것, 또 얼마나 또 언제 먹는가를 잘 아는 친구를 불러들일 수가 있지만 지식이라는 물건은 사서 다른 그릇에 담아가지고 갈 수는 없다. 돈을 내면 크게 손해를 보든지 이익을 보든지 간에 정신 속에 넣어가지고 가는 수밖에 없는 것이다." 하였다. 이것은 오늘날 우리가 대학의 문제를 생각할 때 좋은 교훈이 되는 말이다. 요리점에서 나쁜 술을 먹고 사람이 병났을 때는 야단법석이 되지만 대학에서 학생들이 나날이 독이 든 지식을 먹는 것에 대하여서는 아무도 문제시하지 않는다. 아니 문제시하는 사람이 없는 것은 아니로되 그런 사람은 도리어 위험인물로 취급되어 학원엔 얼씬도 못하게 하는 것이다. 오늘날 조선에서 가장 유해한 지식은 조선민족으로부터 현실을 바로 보고 정당히 비판하는 정신을 말살하려는 이른바 '순수'를 표방하는 지식이다. 하긴 일제의 탄압이 무서워 거북의 모가지처럼 움츠러들었던 우리의 사고가 아직도 움츠러든 채로 있는 것은 일제적 현실이 남아 있기 때문이지만 그보다도 일제 삼십육 년 동안 모가지를 움츠리고 있다가 아주 바위조각처럼 굳어버린 사람이 많기 때문이다. 지식을 위한 지식—그것은 한때 우리가 도피하기 위한 수단이었다. 그러나 해방이 되었다는 오늘날 우리들은 왜 이 도피처로부터 용감히 나오지 못하는 것인가? 비컨대 대학은 민족의 두뇌와 같다. 몽유병자나 천치바보가 아닌 바에야 그 두뇌가 현실과 유리된 사유를 위한 사유만을 일삼을 수 있을 것인가? 하긴 건전한 사람일지라도 때로 잔디 위에 팔을 베개로 하고 하늘을 바라보며 칸트적인 안티노미(이율배반)를 생각할 수도 있다. 그러나 언제까지든지 누워서 하늘을 바라보고만 있을 수는 없을 것이 아닌가. 그러나 문제는 전연 딴 데 있다. 진보를 두려워 하는 반동세력이 구질서를 합리화하기 위하여 이러한 사이비 교수들을 시켜 미래를 향하여 달리고 싶은 젊은이들로 하여금 3차원적 관념세계 에서 맴을 돌게 하는 것이다. 그들이 경제력을 쥐고 있기 때문에 또는 대 학의 실권을 쥐고 있기 때문에 대학은 민족의 두뇌가 되지 못하고 의연 히 상아탑이며 때로는 사이비학자들의 등용문이며 또 때로는 모리배의 명예욕을 만족시키는 빛 좋은 개살구이기도 하다. 그러므로 대학 문제가 근본적으로 해결되려면 대학의 운영이 군정청 관리의 고집에 좌우되거 나 자본가의 사의私意에 매어 지내거나 해서는 안 되고 전 민족의 의사를 반영시킬 수 있는 대학이 출현해야 할 것이다. 다시 말하면 대학이 관리 나 자산가를 위하여 있는 것이 아니고 학생과 교수를 위하여 있는 것이 며 나아가 전 민족을 위해서 존재 이유가 있어야 할 것이다. 이러한 대학 이라면 민족을 식민지의 운명으로부터 해방하기 위하여 학생에게 진정 한 지식과 역사관과 정치사상을 가르치는 교수를 내쫓기는커녕 국가에 서 상금을 내릴 것이다.

일언이폐지하면 민주주의를 이념으로 하는 대학이 건설되어야 할 것 이다. 즉 학생과 교수가 연구의 자유를 가지며 거기서 발견되는 진리가 민족을 해방하야 사회적, 경제적, 정치적 발전을 가져오는 진리일 때 비 로소 민주주의 학원이라 할 수 있는 것이다. 진리란 별똥처럼 죽은 것이 아니라 그것을 체득하는 사람 속에서 싹 트고 꽃피고 열매 맺어 더 많은 진리를 가져오는 것이다. 다시 말하면 일제의 대학에서 인민과 괴리된 또는 적이 되는 사람을 만들기 위하여 억지로 먹이던 독이 든 지식이 아니라 인민 속으로 들어가 인민의 지도자가 될 수 있는 지식이 진리인 것이다. 그러기에 민족의 피와 땀으로 되는 대학에서 길러낸 한 사람의 진리 체득자는 천 사람, 만 사람의 진리 체득자를 만들어내는 결과가 되는 것이다. 그렇지 않고 특권계급으로 또는 특권계급의 대변자로 인민에게 군림하려 할진대 누가 그 사람을 교육시키기 위하여 또는 연구시키기 위하여 피땀을 흘릴 것인가. 잉여가치만이 그들의 사료가 될 것이다.

바야흐로 국제민주주의의 각광을 받아 조선민족은 오랜 아시아의 암흑으로부터 세계무대에 새로 등장하려는 역사적 찰나다. 대학, 어찌 홀로 이 역사에서 초연할 수 있을 것이냐. 학생과 교수는 다 이 빛나는 찰나를 위하야 준비하고 있을 줄 믿는다.

해방 후 학원과 전연 인연을 끊은 나로서 핀트에 어그러진 말이 있을는지도 모르나 고려대학의 전신인 보성전문에서 십 년 가까이 대학을 꿈꾸던 나로서 그 꿈에 비하여 너무나 엉터리없는 대학의 현실을 볼 때 환멸을 느끼지 않을 수 없다. 그러나 많은 학생과 교수들이 또는 학생이나 교수이었던 사람들이 내가 꿈꾸던 대학을 실현하기 위하여 분투노력하고 있으리라 믿고 이것으로서 문책을 벗어나려 한다.

―고려대학교《경상학보》, 1947. 10. 1.

관념적 진로

─ 최재희崔載熹 저 『우리 민족의 갈 길』을 읽고

행동이 없이 관념만 가지고 민족을 지도하려는 사람이 있다. 일제시대에는 총칼이 무서워서 민족을 아랑곳하지 않고 관념 속에 칩거해 있던 사람이 8 · 15 후라고 혁명투사보다 민족을 더 잘 지도할 수 있을까?

최재희* 군은 사회주의자라 자처한다. 또 자기의 이론을 '발전적 자유주의'라고도 명명했다.

우리는 국민총선거에서 먼저 국수주의와 자본주의의 옳지 못한 이유를 천명하여 유권자를 설파개종說破改宗케 하고 사회주의 정당에 다수의 투표를 얻을 것이다. 이리하여 의회에서 최대다수 정당이 되고 드디어 정부를 조직하여 사회주의를 실현하는 것이다. 성급한 혁명주의자는 이같은 일이 백년하청을 기다리는 격이라 하여 무산자 독재 및 사회주의 실현의 불가능을 탄할 것이다. 그러나 만일 인격적으로 대다수 민중의 지지가

---

* 최재희(崔載熹, 1914~1984). 한국의 철학자. 1947년 고려대학교 교수, 1952년 서울대학교 교수 등을 역임했다. 사회사상에서는 발전적 자연주의에 입각하였다. 또 신본주의가 아닌 인본주의라는 의미에서 휴머니즘을 고수하였다.

배후에 있으면은 사회주의 정부는 반드시 확호부동의 지반 우에 서기 때문에 그 정부의 변혁에는 반동의 위구危懼가 없는 것이다.

태산명동泰山鳴動에 서일필鼠一匹*이라. 저자가 소미공동위원회를 불신임하고 혁명가까지 포함해서 조선의 정치가들을 '정치상인'이라고 '머리말'에서 욕했기에 이 책이 관념적인 것을 예상하면서도 그래도 무슨 색다른 관념인가 했더니 공상적 사회주의를 '우리 민족의 갈 길'이라고 간판만 크게 갈아붙인 것이다. '유권자를 설파개종'한다는 것은 저자가 그의 스승인 소크라테스로부터 계승한 신념인 듯한데 소크라테스 자신이 '공화국'을 그러한 방법으로 건설하려 한 지 이천 년이 넘었건만 희랍은 사회주의 국가가 되기는커녕 영군 주둔하에 왕당파의 테러로 파쇼정권이 서고 말았다. 군은 이상주의자인지라 이천 년보다도 더 먼 조선의 장래를 염두에 두고 이런 책을 썼을 것이나 우리 민족은 그렇게 우원한 길을 택할 수는 없다. 봉건 잔재와 일제 유독遺毒을 소탕하고 인민적 민주주의의 나라를 건설하려는 것이다. 그러기 위하여 우선 막부 삼상결정에 의하여 세계가 공인하는 민주주의 임시정부를 수립하려는 것이다. 천리 길도 일보로부터 비롯한다. 이 첫걸음을 내디디지 못한다면 삼팔통일선이 영구화하고 조선이 둘로 갈라져 한쪽은 외국의 식민지가 되든지 전쟁으로 말미암아 금수강산이 시산혈하屍山血河로 변하거나 할 것이다.

그러므로 조선에 무산자 독재니 사회주의 실현이니 하는 것은 군 같은 관념주의자의 궤상机上공론이거나 반동분자들이 민주진영을 모함하려고 뒤집어씌우는 말에 지나지 않는다.

군은 군의 전문이 아닌 경제적 숫자까지 들어가며 이 책을 과학적으

| * 태산이 떠나갈 듯 시끄럽더니 나온 것은 쥐 한 마리뿐이다.

로 가장하려 했으나 도처에서 마각이 드러나고 만다. 그래서 군은 인생이니 인격이니 이상이니 하는 아름다운 말로써 궁상을 면하려 했다.

그렇다고 군의 인생과 인격과 이상까지 의심하려는 것은 아니다. 군은 군의 말마따나 "조선의 혼돈한 이 상태를 궁극 누가 수습할는지 퍽도 초조한 가운데 있을 것이다." 그러나 스스로 자기 하나의 갈 길을 찾지 못한 군이 '우리 민족의 갈 길'을 지시하려는 것은 돈키호테적 기도라 아니할 수 없다. 군은 멀리 아름다운 구름이 피어오르는 지평선만 바라보지 그리로 가는 길을 모르고 있는 것이다.

―《중앙신문》, 1947. 12. 8.

민족문화건설의 초석
― 『조선말사전』 간행을 축하하야

조선말의 역사는 조선민족과 더불어 유구하다. 또 한글의 역사만 해도 오백 년을 헤아린다. 하지만 조선의 민족문화는 일제 삼십육 년 동안에 그 터전을 닦고 주춧돌을 놓았다 해도 과언이 아닐 것이다. 왜냐면 민족문화는 언문일치를 토대로 하고 건설되는 것인데 과거에 있어서는 일제 때만큼 언문일치를 위하여 문화활동이 집중된 때는 없었다. 그러므로 그동안 한글로 조선말과 사상을 표현 정리하는 데 전력한 문학가와 사전 편찬자가 누구보다도 민족문화 건설을 위한 주춧돌을 놓은 영예를 누릴 수 있을 것이다. 일제가 최후 발악할 때 말과 글이 생명인 문학자까지 이광수를 비롯해 그 말과 글을 버리고 앵무지인언鸚鵡之人言으로써 적에 아첨하는 자가 생겼을 때 조선말과 한글을 고집한다는 것은 그리 쉬운 일이 아니었다. 그러기에 일제는 먼저 문학가를 탄압하고 내종에는 조선어학자까지 탄압했다.

최초의 영어사전이라 할 수 있는 『영국어사전』을 만든 존슨 박사는 이 사전에서 '사전편찬자'라는 어휘를 설명하여 '무해한 노예'라 하였지만 피압박 민족의 사전편찬자는 결코 '무해한 노예'는 아니었다. 그 증거로는 일제가 『조선말큰사전』의 원고를 압수했고 그 편찬자들을 옥에 가두어 『표준조선말사전』의 저자 환산桓山 이윤재李允宰 선생을 고문치사케 한 사실만 들어도 족할 것이다. 혁명가가 모조리 옥이나 지하로 들어갔을 때 문학가가 붓을 꺾지 아니치 못하였을 때 순망치한이라 조선말과 글을 고르고 다듬고 엮는 학자까지도 제국주의자의 눈에는 위험인물로 보였던 것이다. 그때를 회상할 때 우리가 어찌 조선어사전의 간행을 축하하지 않을 수 있으랴. 지경은 다져지고 주춧돌은 놓여졌다. 인제는 이 초석 위에 민족문화를 건설하면 된다. 그러나 이 민족문화 건설은 벌써 문학가와 어학자만의 과업은 아니다. 온 겨레가 다 같이 힘을 합해야 비로소 이루어질 것이다.

어떤 시인의 말마따나 상해 같은 소갈머리가 되어가는 서울엔 외국인들이 내 고장처럼 꺼떡거리며 이완용의 후예들이 지도자연하며 심지어 "기찌꾸 베이에이"(귀축미영鬼畜米英)를 염불 외우듯 하던 무리들이 "할로 오케이" 한다. 이러한 때에 민족문화의 초석인 『조선말사전』의 간행을 축하함은 우리들 문화인뿐 아니라 조선민족 된 사람의 공통된 의무이며 기쁨일 것이다.

—《신민일보》, 1948. 4. 6.

연극평
— 〈달밤〉의 감격

연극의 고매한 정신은 항상 인민과 호흡을 맞추는 곳에 있는 것이다. 부당한 권력 밑에 절규하는 인민의 호흡은 그대로 연극이 체험하는 고통인 것이니 진정한 연극인들의 집약체인 조선연극동맹이 연극행위를 휴식하지 않으면 아니 되었던 이 현실은 그대로 저주의 대상이 아닐 수 없었던 것이다.

그러나 그들은 민족연극의 진로에서 굴하지 않았고 문화반동과의 투쟁을 감행하면서 이젠 또 리얼 일 년 만에 공연을 갖게 되었다. 이것은 무엇을 의미함인가. 나는 혁명극장과 자유극장이 합동하여 그 유능한 연기자들이 한 무대에서 빚어내는 〈달밤〉을 보고 우선 가슴이 뜨거웠다. 예술은 인민의 편에서 창조된다는 것을 새삼스럽게 느꼈다. 김이식金二植 씨가 민촌民村의 「서화鼠火」를 극으로 편한 이 〈달밤〉은 원작에서 보다 구체성을 얻었으며 안영일安英一, 박춘명朴春明 씨의 공동연출은 모처럼 무대다운 무대를 보여주었고 채남인蔡南仁 씨의 장치는 새로운 창조 면이 있어 좋았다. 연기진으로 그중 변기종(김첨지), 이재현(응칠), 백인(바보 응삼), 김선초(응삼 모), 제씨의 호연과 김○규(돌쇠), 임○봉(입분) 두 분

325

의 역에 대한 성실한 태도와 하옥주(순임), 최인수(면서기) 두 분의 완벽한 연기를, 아울러 조그만 기투에 이르기까지 열연을 다하여 3·1운동 직후의 절망해가는 민촌의 모습이 역연하였다.

험을 잡는다면 작품으론 1, 2막을 좀더 썼으면 좋았겠고 주연인물에 대해선 좀더 육체적 조건의 수심을 내고 싶다. 허나 이러한 숭허물이 능히 묻힐 수 있는 이번 이 슬기로운 공연에 대한 감격! 나는 누구에게나 이 연극을 려勵하여 마지않는다.

—《조선중앙일보》, 1948. 7. 24.

사진의 예술성

― 임석제 씨의 개인전을 보고

사진과 같다는 말이 있다. 미술에 있어서 객관세계를 사진처럼 그대로 묘사하는 것을 욕하는 때 쓰는 말이다. 그러나 나는 임석제* 씨의 사진 개인전을 보고 이 말이 얼마나 허무맹랑한 말이라는 것을 깨달았다. 남조선의 현실을 있는 그대로 사진으로 찍었는데 그 예술성이 높은 데 놀란 것은 나 하나뿐이 아니리라.

현실을 있는 그대로 파악하기란, 말이 쉽지 실상인즉 그리 쉬운 일이 아니다. 왜냐하면 사람은 특히 예술가는 자기 개인의 주관에 사로잡혀 현실을 어그러트려 보는 수가 많기 때문이다.

그 좋은 예로는 자기들만이 예술적 감각을 가진 듯이 자부하는 이른바 순수예술파들의 작품에 나타나는 왜곡된 현실을 보라. 더 구체적으로 실례를 든다면 얼마 전에 바로 이 전람회에서 본 이쾌대** 씨의 그림에

---

* 임석제(林奭濟, 1918~1994). 사진가. 1948년 해방 후 사진계를 통틀어 첫 개인전시를 열어 사회주의 리얼리즘 계열의 작품을 선보였다.
** 이쾌대(李快大, 1912~1953). 화가. 조선신미술가협회 등을 조직하여 진보적 미술가로 활동했다. 좌익 노선에 실망하여 정치색을 배제한 작품으로 선회하였으나 6 · 25 전쟁 이후 다시 남조선미술동맹에 가입하였다. 휴전 후 월북하였다.

나타난 인물들은 꼭 라파엘의 인물에다 조선옷을 입혀놓은 것 같았다. 그러한 인물들은 이쾌대 씨의 주관 속에나 있지 조선현실에는 실재하지 않는다.

그렇다고 사진기를 가지고 그냥 박아내면 현실이 있는 그대로 파악되는 것은 아니다. 현실은 역사적인 것 따라서 발전하는 것인데 사진의 정靜을 가지고 이러한 동動을 표현하기가 곤란하기 때문이다. 하긴 여기 사진술의 묘미가 있다. 임석제 씨의 작품이 고도의 예술성을 지니고 있는 것은 역사의 비약적 모멘트를 표현했기 때문이다.

〈담〉을 예로 들어보자. 높은 담 밑에 어린이들이 있다. 담은 높되 나날이 낡아갈 것이요 어린이들은 작되 나날이 성정할 것이다. 이리하여 이 어린이들이 무너진—또는 무너놓은—담을 뛰어넘어 새로운 시대를 맞이할 때가 반드시 올 것이다. 〈기다림〉이나 〈고개〉는 설명할 것도 없이 비약하려고 옹크린 인민을 그린 것이요 〈끄는 사람〉에서 작자의 현실감각, 즉 역사의식은 더욱 명백히 나타나 있다. 인력거를 탄 자와 끄는 사람 둘 중에 누가 역사의 수레를 돌리는 사람이냐?

"저 역亦 낡은 껍질을 아직도 완전히 탈피 못한 채 이 땅의 젊은 문화인으로서 짐진 바 책무의 무거움을 느끼곤 피투성이의 전진을 계속할 의지인 것입니다."라고 작자도 말했지만 〈전진〉이야말로 이 사진전의 주제라고 할 수 있다. 그러나 〈묵호에서〉라든지 〈수입식량〉이라든지 〈등燈〉이라든지 하는 작품은 낙관할 수 없는 남조선의 사태, 즉 역사의 수레는 전진만 하는 것이 아니라는 것을 보여준 예리한 비판이다.

예술에 있어서 비판정신이 얼마나 중요한가 하는 것을 눈으로 볼 수 있다.

하지만 부정만 가지고는 진정한 리얼리즘의 예술이 될 수 없다. 썩어가는 역사 속에서 싹트는 역사를 체험하게 하며 암흑 속에서 광명을 보게 하는 것이 리얼리즘인 것이다. 이러한 의미에서 임석제 씨의 개인전은 귀중한 시사를 주었다 할 것이다. 즉 부정적인 남조선 현실 속에서도 부정하려야 부정할 수 없는 힘이 움트고 있다는 것, 이것이 이 개인전이 주는 인상이다. 다만 역사를 창조하는 이 힘이 크고 거세게 표현되지 못한 것은 이 이상 표현할 자유가 제약되어 있기 때문이리라.

—《조선중앙일보》, 1948. 8. 11.

음악의 시대성
— 박은용 독창회 인상기

　박은용* 씨의 독창회가 끝난 뒤 밤거리를 걸어가면서 정희석鄭熙錫 씨
가 혼잣말처럼 말했다. (오늘밤도 그는 바이올린을 끼고 있었다.)

　"노래도 조선사람의 창작, 작곡도 조선사람의 창작, 독창도 조선사람
의 창작이다. 오늘밤은 참 감격적이었어……"

　그렇다. 순전히 조선사람의 시와 작곡만 가지고 그렇게 대성공을 거
두었다는 것은 조선민족의 한 사람 된 나로서도 정희석 씨 못지않게 감
격이 컸다. 그래서 문외한으로서 감히 이 평필을 드는 바이다.

　그러나 박은용 씨의 독창회가 가지는 의의는 그것이 조선색 일색으
로 되었다는 데 그치는 것이 아니라 슈베르트나 슈만의 가요곡이나 이태
리민요 등이 가지고 있지 못한 새로운 것, 즉 시대성을, 음악이란 상아탑
적인 것 또는 초시대적인 것으로 잘못 알고 있는 사람들에게 알려주었다

---

　* 박은용(朴殷用, ?~?). 테너 성악가, 음악평론가. 주로 1945년 전후에 활동했고, 1946년 5월 1일 발행한 〈임시
　중등음악교본〉의 편찬위원이기도 했다. 1946년 9월에는 음악의 아카데미즘을 수립하려는 '음악가의 집'
　을 김순남·이건우 등과 함께 창립하고 활동했다. 12월 26일에는 조선음악가동맹 서울지부에서 주최하는
　'시와 음악의 밤' 행사에 출연했다. 김순남이 월북한 상황에서 1948년 11월 12일 김순남의 〈진달래 꽃〉,
　〈농민의 노래〉 등 가곡 18곡을 발표한 '박은용 독창회'를 가졌다.

는 데 더 큰 의의가 있는 것이다.

토마스 만'은 「독일인과 독일」이라는 논문에서 독일민족으로 하여금 나치스를 따라가게 하고 따라서 세계사적인 반동을 하게 하여 자기 민족 뿐만 아니라 전 인류에게 해독을 끼치게 한 원인의 하나가 독일민족이 가지고 있는 음악성이라 하였다. 다시 말하면 시대의 발전을 따라가지 못하고 음악적인 주관 속에서 유아독존의 세계를 꿈꾸었기 때문에 세계와 가는 길이 어긋나게 되고 드디어는 반대 방향으로 가게 되어 씻을 수 없는 오점을 역사에다 남겼다는 것이다. 나는 토마스 만의 이 말을 지당한 말이라 믿어 의심치 않았었다. 왜냐면 바흐의 무한이나 모차르트의 감미 속에 취하여본 경험이 있는 나는 독일의 고전음악이 말할 수 없이 좋으면서도 어쩐지 그것이 우리를 시대에서 뒤떨어지게 하고 또 때로는 시대를 혐오하게까지 하여 이른바 순수라는 함정에 빠지게 하는 것이라는 느낌을 가지고 있었던 까닭이다. 그래서 이것은 독일 고전음악에 한한 것이 아니고 음악 자체가 지니고 있는 한계가 아닌가 생각했던 것이다.

그랬던 것이 박은용 씨의 독창회를 이틀 밤 두 번 다 듣고 나서 토마스 만의 음악관, 따라서 나의 음악관이 옳지 못했다는 것을 깨닫게 되었다.

나처럼 두 번 다 들은 청중도 있겠지만 대부분이 그렇지 않고 양일의 청중은 전연 다른 청중일 터인데 그 반향은 수학적이라 할 수 있을만치 정확하게 두 번 다 똑 같았다. 즉 임동혁任東爀 씨의 곡목에는 전연 반향이 없고 김성태金聖泰 씨의 곡목에는 조금 있고 이건우李建雨 씨의 가곡에 대해서는 상당한 반향이 있고 김순남 씨의 가곡에 대해서는 배재강당이 떠나갈 것 같았다. 또 이틀 밤 다 똑같이 〈진달래꽃〉을 재청하고 〈산유

---

* 토마스 만(Thomas Mann, 1875~1955). 독일의 소설가 · 평론가. 독일의 소설을 세계적 수준으로 높인 작가이자 '바이마르 공화국의 양심'으로 불리며 1929년에 노벨문학상을 받았다. 제2차 세계대전 직후 독일인의 성격을 파고든 〈독일과 독일인〉을 강연하였다. 대표작으로 『부덴브로크가家의 사람들Die Buddenbrook』(1901), 『토니오 크뢰거Tonio Kröger』(1903), 『마魔의 산Der Zauberberg』(1924) 등이 있다.

화〉의 재청에서 〈농민의 노래〉를 부르니까 삼청이 나올 지경이었다. 이 것이 무엇을 말하는가. 임동혁 씨 작품의 가사는 옛날 시조이고 김성태 씨 작품의 가사가 한시 번역이었다는 데도 그들의 가곡이 청중을 움직이 지 못한 원인이 있겠으나 더 근본적인 원인은 이들 작곡가가 그 창작의 원천을 시대적인 민족적인 민중의 심장의 고동에 두지 않고 고전적인 음 악에 두고 있기 때문이다. 시대의 움직임에 대해서 민감하지 못한 작곡 가가 어찌 그 시대의 민중을 감격케 할 수 있을 것인가. 이들과 정반대로 이건우 씨와 김순남 씨의 가곡이 청중에게 감격을 준 것은 김소월 등 현 대인에게 직접 연결되는 시인의 시를 선택하였다는 데도 원인이 있지만 더 나아가 이 두 작곡가가 시대에 대해서 민감하고 민족의 심장의 고동 을 몸소 체험하고 있기 때문이다.

음악이 놀고먹는 귀족의 독점물이었을 때 그것은 현실에서 도피하는 방향으로 갈 수도 있었다. 그러나 현대는 음악도 다른 모든 것과 더불어 전 인민의 것이 되어야 한다. 이것은 시대나 인민의 요구가 그러할뿐더 러 현대에 있어서 음악이 과거의 회상이나 반추로서는 성립할 수 없기 때문이다. 이번 독창회가 이것을 실지로 입증했다.

이러한 의미에서 박은용 씨는 그의 독창회를 성공시킨 작곡가 못지 않아 현명하였다고 할 수 있게 곡목 선택과 해석을 했다고 할 것이다. 성 악가라는 것이 박용구* 씨 말마따나 그냥 소리를 잘 내는 '풍각쟁이'가 아니라는 것을 알려준 점만 해도 박은용 씨의 이번 독창회는 우리 음단 音壇에 기여한 바 크다 할 것이다.

—《세계일보》, 1948. 12.

| * 박용구(朴容九, 1914~). 음악평론가, 희곡작가, 뮤지컬 제작자 등으로 활동한 예술인이다.

한자철폐론
— 이숭녕 씨를 반박함

　우리 문학자들은 한자철폐문제에 대하여 어학자들을 믿고 침묵을 지켜왔는데 이숭녕李崇寧 씨의 「한자철폐론시비」(《국제신문》)를 읽고 어학자들이라고 다 우리들 문학자보다도 한자폐지에 대해서 깊은 연구와 넓은 전망이 있는 것이 아니라는 것을 깨달았다. 아니 어학자가 이렇게 언어와 문자에 대해서 천박할 수가 있을까 하는 것이 나의 솔직한 감상이다. 이숭녕 씨는

　　오늘날 언론계의 간행물의 대부분이 의연依然 한자를 사용하여 종서縱書를 고수하고 있음은 무언의 의사표시다. 이 엄연한 사실을 직시하여야 될 것이다.

라 전제하고 이 전제를 합리화하기 위하여 언어학을 원용하였는데 그의 이 대전제가 벌써 아무 성찰도 없는 보수적인 억설인 것이다. 이조 말에 조선사람이 누구나 상투를 깎는 것을 반대했을 때 이 한 가지 사실만 가지고 상투철폐론을 반박하듯 반박할 수 있었을까. 이숭녕 씨는 여론을

무시하고 상투를 깎아버릴 만큼 신식이었으리라. 다수에 쫓는 것이 민족주의의 철칙일 것은 사실이로되 그 다수가 주장하는 것이 진리일 때만 그것이 민주주의라는 또 한 가지 요건을 잊어서는 아니 될 것이다. 온 인류가 지구는 움직이지 않는다 했을 때 갈릴레오 혼자서 감연히 지구는 움직인다고 한 갈릴레오보고 비민주주의적이라 할 수는 없지 않은가. 그나 그뿐인가. 조선민족 중에 한자를 아는 사람과 모르는 사람이 과연 어느 쪽이 더 많으며 장래할 수천만 수억 아니, 부지기수의 새로운 조선사람의 세대가 과연 이숭녕 씨 같이 완고한 한자철폐론 반대자일 것인가. 문자는 문자를 위해서 있는 것이 아니라 민족을 위해서 있는 것이며 과거나 현재만을 위해서 있는 것이 아니라 미래를 위하여 있는 것이다. 단테나 보카치오가 이태리어로 문학이 성립된다는 것 아니 토어土語를 가지고만 좋은 문학이 성립한다는 것을 증명하기까지는 이숭녕 씨 같은 이태리의 식자들이 나전어羅典語라야 "문화어의 아순雅純"을 살릴 수 있다고 빠득빠득 우긴 사실을 그는 알 것이다.

　이숭녕 씨는 조선어와 외국어가 같은 알파벳으로 되어 있지만 문자상 다르다고 했는데 무엇이 다르다는 것일까. 그는 kinght와 night를 예로 들었는데 영어에도 스펠링이 같고 의미가 다른 것이 얼마든지 있으며 도대체 이런 것을 가지고 한자폐지의 가능 불가능을 말한다는 것은 언어의 본질을 모르고 논하는 것이라 아니할 수 없다. 그는 소쉬르의 학설을 빌려 자기의 설을 합리화하려고 한 듯한데, 소쉬르에 의하면 언어의 본질은 말하는 사람의 입에서 나와서 듣는 사람의 귀로 들어가 이해되게 마련된 것이며 또 그것은 본질상 단어가 물리적으로 모여서 전체를 구성하는 것이 아니라 전체와 부분이 동시에 성립하는 것이며 때로는 아니 거의 항상 전체가 우위에 서는 것이다. 또 언어란 어디까지든지 사회적인 존재이며 사회적 현실과 유리시켜서 언어를 따로이, 하물며 단어를 하나씩 고찰해가지고 그 본질을 파악하려는 것은 아리스토텔레스적 희랍문법의 되풀이라는 것이 소쉬르의 주장이다. 또 그것은 언어에 대한 올바른 이해다. 예를 이숭녕 씨가 들은 '유문식'이라는 사람의 이름을 들어 생각해보자. '유'라는 성에 兪, 劉, 柳가 있는 것은 사실이다. 또 그것을 구별할 필요도 있다. 그러나 한글로 '유'라고 쓴다고 그것이 구별되지 않는다는 이론이 어디서 나오는가. 가령 조선이 이숭녕 씨 같은 보수주의자의 반대에도 불구하고 한자폐지를 해서 성명 삼자를 순 한글로 쓰게 될 때 동성동본끼리 결혼할 염려가 생긴다는 말인가. 성명이란 그 사람을 표시하면 족한 것이지 가족관계까지 표시할 필요는 없다. 이숭녕 씨는 외국인의 이름은 의미를 가지고 있다 했는데 요새 《국제신문》에 연재되는 미국인 '라우터백크'는 언어학자인 그가 잘 아시다시피 독일어요 독일식으로 발음하면 '라우테바흐'요 그렇게 발음하더라도 미국인이 그 의미를 알 이치가 없지 않은가. 그러면 '라우터백크'가 이름으로 불완전한가? 우리 조선사람들에게까지 그는 『한국미군정사』(1948)를 쓴 사람으로 알려져 있지 않은가. 사람은 그 성명 삼자의 자의가 표현하는 것이 아니라 사회적인 제 관계와 행동이 표시하는 것이다. 세계에는 한자로 써도 똑같은 이름이 얼마든지 있다. 그렇다고 동명이인이 아내나 재산이나 직업을 혼동해서 곤란했다는 이야기를 들은 적이 없다. 유독 '유문식'이란 사람만 문제를 일으킬 까닭이 없지 않은가.

또 그는 한자폐지론자를 전부 국수주의자로 잘못 알고 있고 '한자'폐지와 '한자어' 폐지를 혼동하고 있다. 어째서 한자폐지를 하면 '철학'이 '사뭇 깨치기'가 되고 '비행기'가 '날틀'이 되고 '동물학'이 '을사르갈'이 되고 '세포액'이 '쪼개국물'이 된다는 것인가. '철학', '비행기', '동물학', '세포액'이 어째서 한자보다 이해하기 곤란하다는 것인가. 이런 개념에 대한 이해는 한자로 표현하느냐 한글로 써놓느냐 하는 것이 문제라기보다 이런 개념에 대한 지식이 있느냐 없느냐에 있는 것이다. 한문을 아무리 잘하는 상투쟁이라도 비행기를 구경한 일도 없고 그것에 대한 지식도 없으면 '비행기'를 이해하는 태도가 '비행기'를 늘 보고 듣고 한국민학교 1학년생이 '비행기'를 이해하는 정도보다 얕을 것이다. 지식이나 교양이나 문화가 문자에만 의존하는 때는 지난 지 이미 오래다. 현대는 사실의 세기요 시험관과 현미경을 통하지 않고 한자 같은 표의문자를 통해서만 진리가 이해된다는 봉건적인 관념을 버릴 때는 왔다. 그는

> 일본 아동은 장개석, 모택동을 읽을 때 조선 아동은 '조선, 한국'이란 제 나라 지명 국호도 못 읽을 지경이니 이것은 참으로 문화정책의 '난센스'다.

하였는데 이것은 '한자폐지'와 '한문교육폐지'를 혼동하는 것이며 '읽는 것'과 '아는 것'을 동일시하는 데서 온 것이다. 한자를 폐지한다는 것은 조선어의 표기문자의 문제요 한자를 어느 시기에 아동에게 가르치느냐 하는 것은 전연 별개의 문제다. 또 일본아동이 '장개석'이니 '모택동'이니 하는 한자 여섯 자를 조선아동보다 더 많이 안다는 것은 결코 그들이 더 좋은 또는 더 많은 교육을 받는다는 것을 의미하는 것은 결코 아니다. 일본아동이 그리고 중국아동이 '장' 자, '개' 자, '석' 자, '모' 자, '택' 자, '동' 자를 배울 때 조선의 아동이 '장개석'과 '모택동'에 관한 사실과 진리를 배운다면 얼마나 행복할 것인가.

한자를 폐지하면 당장에 이조실록과 사고전서를 번역해야 된다는 이숭녕 씨의 억설은 무슨 말인가 이해하기 곤란하다. 그래 여태까지 이조실록과 사고전서를 읽은 초등학교 아동이 있다는 것인가. 한자폐지를 오해해도 분수가 있지. '고전'이 무엇인지 모르는 것은 이숭녕 씨 자신인가

한다. 한자폐지를 한 후에도 고전으로서 한자를 가르칠 것이요 또 학자는 희랍어로도 읽을 필요가 있으면 읽을 것이거늘 하물며 한자쯤이랴. 한자를 조선어 표기문자에서 제외한다고 조선학자가 이조실록이나 사고전서를 읽을 능력이 없어진다는 말인가.

인쇄 문제에 대해서는 더 이씨를 반박할 필요를 느끼지 않는다. 인쇄에 관한 한 그것은 단순히 어학의 문제가 아니다. 한자폐지를 주장하는 우리들은 횡서와 '풀어쓰기'를 전제하는 것인데 스물네 자를 가지고 조선어가 인쇄될 때 그것은 이숭녕 씨가 상상도 못한 비약을 가져올 것이다. 그러나 우선 한자만 폐지하더라도 인쇄계는 비약적 발전을 할 것이다.

한자제한이라는 것은 궤상机上 공론으로는 그럴듯하다. 하지만 가령 한자를 천 자로 제한했을 때 성명 삼자를 한글과 한자를 섞어 쓰게 되는 희극이 생길 것이 아닌가. 예하면 '芮' 자는 제한될 것이 뻔한 노릇이니까 '예─男'이 하는 식으로. 또 이씨의 제한론은 자기 자신이 전개한 이론과도 자가당착을 일으키고 있다. 이조실록과 사고전서를 읽게 해야 된다는 것이 이숭녕 씨의 주장인데 과연 한자제한을 해서 이런 것을 읽힐 수 있을 것인가.

한자폐지는 민족의 중대한 문제다. 그러므로 이것은 민족의 입장에서 고찰되고 논의되어야 한다. 어학의 기술적인 문제가 아닌 것을 가지고 어학책을 읽는 지식의 파편을 늘어놓아 이러한 중대한 문제를 논단하려는 그의 경솔을 책하지 않을 수 없다.

한글은 현재와 미래의 조선민족 전체의 것이 되어야 하며 그것이 전인민의 문화재가 될 때 비로소 그 본령을 나타내어 어떤 어학자가 찬미한 것같이 세계에서 가장 진보적인 문자가 될 것이다.

─《국제신문》, 1948. 12. 23~25.

제4부

외국문학 연구

나의 영문학관

영문학자는 '인디비듀얼리스트'다. 그런데 시방 조선의 현실은 개인주의를 용납하지 않는다. 여기에 나의 태도가 영문학자답지 않다는 인상을 주는 원인이 있다. 해방 후 김사량金史良 군은 만나자마자 "잡지가 다 뭔가. 영문학 연구실로 들어가지 않고" 한 것은 나에 대한 일반적 관념을 단적으로 표현했다 하겠다. 나 역亦 영문학 연구실이 그립지 않은 것도 아니다. 하지만 배고프고 헐벗은 조선이 나에게 그럴 여유를 주지 않는 것이다. 내가 나날이 사분오열된다는 자의식을 갖게 되는 것이 다름 아닌 조선과 영문학의 각축이 아닐까.

어떤 독일인이 조선의 지식계급을 비평하여 "배에서 쪼르륵 소리가 나는 대갈장군"이라 한 것은 우리의 폐부를 찌르는 말이다. 문화병! 이 문화병 때문에 시방 조선의 지식인은 가장 근본적인 문제를 망각하고 있다.

그러나 영문학은 나의 세포 알알이 배어 있어 각박한 현실이 '상아탑' 밖에서 아우성치고 있건만 나는 시나 수필이나 평론을 쓰지 않고는 배기지 못한다. 문학이 담배 모양 인이 배긴 것은 나로선 어쩔 수 없는 사실로서 내가 셰익스피어니 워즈워스 하는 시인을 탐독했기 때문이다.

영문학의 주류는 아직까지 '시'다. 제임스 조이스의 『율리시즈』도 러시아소설 같은 산문은 아니다. D. H. 로렌스는 다시 말할 것도 없고. 그러니 현재 조선의 영문학자도 들어갈 곳은 '상아탑'밖에 없지 않으냐. 《상아탑》지에서 상허를 비롯해 조선문학자를 논했기 때문에 내가 영문학을 버리고 조선문학으로 전향한 줄 아는 사람이 있는 모양인데, 나는 애당초부터 조선문학을 위해서 영문학을 했지 영문학을 위해서 영문학을 한 것은 아니다. 최재서崔載瑞는 싱가포르가 함락했을 때 영문학을 버린다고 성명했지만 나는 그런 사대주의자가 아니다. 또 연구실에 들어가 앉아서 『햄릿』을 읽어야만 영문학이 아니요 나는 나대로 《상아탑》에서 영문학을 하고 있는 것이다.

—《현대일보》, 1946. 4. 17.

시극과 산문
─ 셰익스피어의 산문

1. 서론

"아름다운 것은 영원한 기쁨"이라고 키츠는 노래했지만 셰익스피어의 예술은 그가 죽은 지 330년이 지난 오늘날도 변함없이 인류에게 기쁨을 주고 있다. 지난 4월 28일부附《뉴욕타임스》해외판의 보도에 의하면 셰익스피어 탄생 382주년 기념일은 그의 고향인 영국에서 성대한 축하식과 무대상연이 있었을 뿐 아니라 소련에서도 이날을 기념하여 각 공화국에서 여러 가지 셰익스피어 극을 상연하였는데 그 언어의 종류는 27개 국어나 된다고 한다. 영국 봉건사회의 소산인 셰익스피어가 이렇게 사회주의 사회에서도 인기가 있다는 것은 셰익스피어의 예술이 영원하고도 보편적인 가치를 지니고 있기 때문이리라.

조선에서도 셰익스피어 극이 무대의 각광을 보게 될 때가 오겠지만 그때를 준비하려면 우선 진지한 연구와 우수한 번역이 있어야 할 것이다.

셰익스피어 극은 입센 이후의 이른바 신극과는 전연 다른 시극이다. 블랭크 버스Blank Verse라고 하는 율문이 주되는 형식인데 이것은 결코 형

식에만 그치는 것이 아니라 필연적으로 셰익스피어 극을 내용에 있어서
도 산문극과 엄연히 구별하게 하는 것이다.

그러나 셰익스피어의 희곡도 순전히 시로만 되어 있는 것은 아니다.
(블랭크 버스는 무운시라고 번역되는데 편의상 시라고 부르기로 한다.)「헨리
6세」제1부와 제3부,「리처드 2세」,「존 왕」의 네 편을 예외로 하고 나머
지 33편에는 어느 것에든지 산문이 섞여 있다. 셰익스피어의 희곡이 포
함한 총 행수 105,866행 중 28,255행이 산문이니까[1] 셰익스피어의 산문
은 희곡 전체의 약 26퍼센트를 점령하고 있는 셈이다. 셰익스피어 극을
이해하려면 무엇보다도 먼저 그것을 시로서 대해야 하지만 이 26퍼센트
의 산문도 셰익스피어의 비밀을 여는 중요한 열쇠인 것이다.

시의 형식을 자유자재로 구사한 셰익스피어.

> 도롱뇽의 눈과 개구리의 발가락
> 박쥐의 털과 개의 혓바닥
> 살무사의 혀와 실뱀의 비늘
> 도마뱀의 다리와 올빼미 날개
>
> —『맥베스』4막 1장

심지어「달단인韃靼人의 입술」과「토이기인土耳其人의 코」와「유태인
의 간」에도 시의 형식을 준 셰익스피어가 산문의 형식을 빌려 표현했을
땐 반드시 시와 형식 이상의 무슨 다른 것이 있을 것이다. 즉 26퍼센트의
산문은 74퍼센트의 시와 무슨 본질적으로 다른 것을 갖고 있을 것이다.
이러한 가설을 세워가지고 셰익스피어를 연구하려는 것이 이 논문의 목

| 1) Morton Luce, Handbook to Shakespeare's Works.

적이다.

시와 산문은 형식적으로는 가를 수 있지만 그 이상 본질적으로 다른 점이 있느냐 없느냐 하는 문제는 과학적으로는 아직도 결론에 도달하지 못했다는 것이 T. S. 엘리엇의 결론이고[2], 또 이것은 대체로 보아서 영문학자가 오늘날까지 도달한 결론이기도 하다. 그러나 셰익스피어의 희곡은 시와 산문을 다만 형식적인 차差라고만 보기에는 너무나 뚜렷한 형식적이 아닌 차를 보여주고 있다. 이를테면 맥베스는 시로만 말하게 하고 폴스타프는 산문으로만 말하게 한 것은 무슨 까닭이냐? 셰익스피어의 시를 통틀어 '이성에 꼭 들어맞는 말'이 아니라 해서 또 '어느 때고 어느 곳에서고 맥이 통해 있는 사람이라면 도저히 쓸 수 없는 말이라' 해서 부정한 톨스토이가 산문만을 말하고 시를 말하지 않는 폴스타프는 "자연스럽고 특이한 인물이다. 하지만 그 대신 셰익스피어가 그려낸 인물 중에 거의 하나밖에 없는 자연스럽고 독자적인 인물이다."[3]라고 칭찬한 것은 무슨 까닭이냐? 『전쟁과 평화』 같은 위대한 산문을 낳은 톨스토이'가 셰익스피어의 작품에서 시적인 것은 전부 부정하고 산문적인 것만을 문학으로 시인한 것은 결코 우연이 아닐 것이다. 우리는 흔히 '문학'이라는 막연한 개념을 갖고 셰익스피어와 톨스토이를 일괄해버리지만 셰익스피어의 본질은 '시'며 톨스토이의 본질은 '산문'인 것이다. 시와 산문이 둘을 본질적으로 대립되는 것이라 볼 때 비로소 톨스토이의 셰익스피어관觀을

---

* 레프 톨스토이(Lev N. Tolstoi, 1828-1910). 러시아의 소설가·사상가. 도스토옙스키와 함께 19세기 러시아 문학을 대표하는 세계적 문호. 백작의 아들로 태어나 조실부모한 후 16세에 카잔대학 동양어학과에 입학하였으나 낙제·전과·중퇴하였다. 1848년에 모스크바에서 방랑생활을 하다가 1852년 코카서스 여행을 계기로 작가로 입신하였다. 대표작으로 『전쟁과 평화Voina i mir』(1864~1869), 『안나 카레니나Anna Karenina』(1873~1876), 『부활Voskresenie』(1899) 등이 있다.

2) T. S. Eliot, "The Borderline of Prose", Prose and Verse.
3) "シエクスピヤの戯曲に關して", 大トルストイ全集, 中央公論社版, 1卷 649頁.

이해할 수 있게 될 것이다. 만약 시와 산문의 두 개념을 막연히 문학이라는 개념으로 대체하고 나서 톨스토이와 셰익스피어를 이해한다면 셰익스피어의 시를 톨스토이의 주장대로 '미친 소리'라 하든지 톨스토이의 셰익스피어론을 '미친 소리'라 하든지 양자택일을 해야 할 곤경에 빠질 것이다. 50년 동안이나 셰익스피어를 연구한 끝에 얻은 대톨스토이의 작품을 '미친 소리'라 할 수 있을까. 그렇다고 셰익스피어의 희곡을 폴스타프의 산문을 빼놓고 남은 것을 전부 '미친 소리'라 할 수 있을까. 우리는 여기에서 셰익스피어적인 것, 즉 시와 톨스토이적인 것 즉 산문의 대립을 간취해야 할 것이다.

물론 순수한 시나 순수한 산문은 이념으로만 존재하는 것이지 실제에 있어서는 시에도 산문적인 것이 섞여 있고 산문에도 시적인 것이 섞여 있다. 셰익스피어 희곡에도 26퍼센트의 산문이 섞여 있을 뿐 아니라 나머지 74퍼센트의 시 속에도 산문적인 것이 섞여 있는 것이다. 셰익스피어의 산문에도 시적인 것이 섞여 있는 것은 다시 말할 나위도 없거니와……. 하지만 시적인 것과 산문적인 것 둘 중에 어느 것이 주로 되어 있느냐에 따라서 하나는 '시'라 하는 것이며 또 하나는 산문이라 하는 것이다. 폴 발레리는 시와 산문의 이러한 관계를 다음과 같이 말했다.

이 예술(즉 문학)은 우리들에게 두 국면을 보여준다. 즉 두 큰 양태가 그 속에서 공존하여, 그것들은 극단상태에 있어서는 서로 대립하지만 그러나 하고 많은 중간적 단계로서 서로 맺고 서로 이어 있는 것이다. 한쪽에는 산문이 있고 다른 쪽에는 운문이 있는 것이다. 이 둘 사이에 모든 형의 그 혼합물이 있다……. 이 양극단의 구조는 다소 이것을 과장함으로 말미암아 한층 더 분명하게 할 수 있을 것이다. 즉 언어는 그 한계로서 한쪽에 음악을 다른 쪽에 대수代數를 가지고 있다고 말할 수 있을 것이다.[4]

일언이폐지하면 셰익스피어의 언어는 톨스토이의 언어에 비할 수 없으리만치 음악적이다. 그러므로 톨스토이가 셰익스피어의 언어를 이성에 꼭 들어맞는 '말'이 아니라 해서 예술이 아니라 단정한 것은 확실히 산문에 입각하여 시를 판단한 아전인수의 오류다. 이성의 언어는 산문이지 시가 아닌 것을 시는 정서의 언어인 것을 톨스토이인들 몰랐을 리가 없다. 산문적인 시대정신이 톨스토이로 하여금 셰익스피어의 시를 부정하게 한 것이리라.

현대는 과학의 세기다. 산문이 시대정신의 기조다. 하지만 시를 산문으로 번역하여 이해하는 버릇은 결코 과학시대에 태어난 우리의 자랑은 아닐 것이다. 시를 시로서 파악할 줄 알아야만 사물을 왜곡하지 않고 '있는 그대로' 인식하는 과학정신에 이바지할 수 있을 것이다. 우리는 셰익스피어에 있어서 현대인이 가장 이해하기 쉬운 '산문'을 명백히 함으로 말미암아 결국 셰익스피어의 본질인 시를 드러나게스리 하는 기초 공작으로 삼으려는 것이다.

2. 폴스타프의 산문

폴스타프는 『헨리 4세』 제1부와 제2부, 『윈저의 유쾌한 아낙들』에서 활약하는 인물로서 셰익스피어 극에서 최대 희극인물일 뿐 아니라 아마 세계 연극사상에서 가장 큰 희극인물일 것이다. 이 인물의 말은 전부 산문이므로 셰익스피어 극에 나오는 희극적 인물들의 산문을 일괄하야 '폴스타프의 산문'이라 부르기로 한다.

---

4) Paul Valery—Propos sur la Poísie, Suivis d' une Lettre de René Fernandat, Au Pigeonnier, 1930.

모리스 모건Maurice Morgann이 1777년에 발표한 「폴스타프의 희곡적 성격에 관한 논문」에서 폴스타프를 옹호한 이래 폴스타프에 대한 가치판단 기준은 이에 확립되고 말았다.

폴스타프가 비겁한 자로서 웃음거리에 지나지 않는다는 것은 무대의 상식이었는데 모건은 이 상식을 뒤집는 폴스타프론을 세운 것이다. 그에 의하면 폴스타프는 얼른 보기엔 비겁한 놈 같지만 그것은 피상적 관찰이고 잘 검토해보면 셰익스피어가 놀라운 '희극적 기교의 천재'를 가지고 폴스타프가 비겁한 것처럼 보이면서 기실은 정말 용기의 소유자이도록 표현한 것이다. 즉 셰익스피어 극을 구경하는 관객의 상식적 판단과는 정반대의 의도가 폴스타프의 성격 속에 숨어 있는 것이라 한다. 그러면 모건의 교묘한 「폴스타프론」이 타당한가 아닌가를 『헨리 4세』 2부작을 한번 다시 읽어봄으로 말미암아 연구하기로 하자.

『헨리 4세』 제1부의 막이 열리자 첫 장면은 산문 없는 신scene인데 왕이 왕자의 폴스타프적인 생활을 개탄한다. 바로 이어서 제2장은 산문 신인데 왕자가 폴스타프의 무리와 더불어 왕이 개탄하듯이 왕자답지 못한 생활을 하는 것을 표현했다. 그러나 이 장면 맨 끝에 가서 왕자 홀로 무대에 남게 되자 이렇게 독백한다.

> 나는 너희들을 잘 안다 그리고도 얼마 동안은
> 너희들의 분방한 방탕벽을 북돋아주리라
> 하지만 나는 태양을 본받으련다—
> 지저분한 구름이 그 아름다움을 덮어도
> 그냥 모른 척 내버려두다가도 또다시 본연의 자태를 나타내고자만 하면
> 그를 압살할 것 같던 더럽고 추한
> 구름안개를 뚫고 빛나리니

없다가 나타나면 더욱 찬연하리라

....

이 독백만은 이 산문 장면에서도 시로 되어 있다는 것을 특히 주의해야 할 것이다. 폴스타프의 산문이 나오기 전에 왕의 시를 갖고 그 산문을 미리 부정해놓고 그래도 모자라서 폴스타프와 같은 산문을 말하던 왕자가 금방 시로써 그 산문을 부정하게 한 이 용의주도한 셰익스피어의 수법을 주의하지 않는다면 폴스타프에 대한 셰익스피어의 의도를 파악하기가 곤란할 것이다. 모건은 폴스타프를 일견 비겁한 자로 보이게 하였으나 기실은 용기의 소유자로 만들려는 것이 셰익스피어의 의도라고 논했지만 사실은 그렇지 않고 왕자가 폴스타프의 무리와 더불어 산문적인 생활을 함으로 처음에는 비겁한 자로 보이지만 결국엔 진정한 용기의 소유자라는 것을 드러내자는 것이 셰익스피어의 의도인 것이다. 셰익스피어 희곡에서 용기는 반드시 시로 표현되지 산문으로 표현되는 것은 없는 것이다. 왕자의 '본연의 자태'는 시인데 그 시가 태양이 구름 안개에 가리어 보이지 않듯 폴스타프의 산문 속에 화광동진和光同塵하지만 결국엔 그 찬연한 빛을 나타낸다는 것이다. 아니 "없다가 나타나면 더욱 찬연하리라."는 왕자의 말은 바로 극작가 셰익스피어의 말이라 해도 과언이 아닌 것은 햄릿을 비롯해 이중인격을 쓰는 인물을 가지고 극적인 효과를 노리는 그의 작극술을 말하고 있기 때문이다. 이것은 비단 셰익스피어 극에 한한 것이 아니라 동서고금의 극작가가 다 쓰는 수법으로서 이도령이 거지꼴을 하고 있을수록 그가 암행어사라는 것이 알려질 때 춘향에게 주는 기쁨은 큰 것이다. 따라서 관중에게 주는 극적인 효과도 큰 것이다. 셰익스피어의 극은 이러한 수법을 극도로 이용한 극인만치 왕자를 폴스타프의 도당을 만들어 시정의 '산문' 속에 뒤섞이게 한 것은 후의 왕자의 시가 더욱 빛나게 하려는 대조의 수법인 것이다. 『헨리 4세』 제2부 대단원에 가서 왕자가 등극하여 헨리 5세가 되었을 때 폴스타프는 얼씨구나 좋다 날뛰며 "영국의 법률은 내 맘대로 된다."고 대언장어大言壯語하면서 달려갔을 때 왕은 엄격한 시로써 폴스타프를 부정했다.

> 노인, 여余는 그대를 모르노라 하늘에 빌라
> 백발이 어릿광대 노릇을 함은 좋지 못하니라
> 그대처럼 살찌고 늙고 치분치분한 그런 종류의 인간을
> 여는 오래 꿈꾸어왔다
> 허나 깨고 보니 여는 여의 꿈이 남부끄럽다.

이것은 동시에 왕자시대의 산문적인 생활을 청산한 말이기도 하다. 왕은 폴스타프의 도당들을 십 마일 밖으로 추방해버리고 말았다. 이렇게 셰익스피어는 폴스타프를 부정했다. 그리고 「에필로그」에서 『헨리 5세』에다 폴스타프를 등장시킬 것을 약속했음에도 불구하고 『헨리 5세』에선 그의 명예스럽지 못한 죽음을 전했을 뿐 등장시키지 않았다. 셰익스피어는 폴스타프를 이렇게 간단히 죽여버렸을 뿐 아니라 그의 도당인 빠아돌프와 님은 출정 중에 도둑질을 하게 해서 사형에 처했으며 최후에 남는 피스톨은 매를 죽도록 때리고 그것도 부족해서 낙오자를 만들어버렸다. 이것이 무엇을 말하는 것이냐? 아서 퀼러—코치 경卿Sir Arthur Quiller-Couch은 그의 명저 『셰익스피어의 기교Shakespeare's Workmanship』에서 헨리 5세가 폴스타프에게 도의에 어그러지는 짓을 했다고 역설하였다.

> 폴스타프는 의식적으로 헨리를 불행하게 만든 적은 없었다. 헨리를 다정하게밖에는…… 불친절이란 말도 안 된다…… 생각한 일이 없다. 그

런데 헨리는 현명한 짓인지 아닌지—현명한 짓이라 할 수 있다—폴스타프를 죽도록 불행하게 만들었다. 그것도 무슨 새로운 실행이나 도덕적 또는 법률적 죄 때문이 아니라 단지 헨리가 친구로서 그 과오와 약점을 즐겨하던 바로 같은 과오와 약점의 인간으로 계속한다는 이유로 폴스타프를 죽도록 불행하게 한 것이다.[5]

다시 말하면 폴스타프가 죽은 원인은 그렇게 믿었던 친구 헨리에게 저버림을 받은 마음의 상처라는 것이다. 그리하여 이 사랑스러운 인간성의 소유자 폴스타프를 죽게 한 헨리는 인간성이 결여된 냉혈한이라는 것이 현대 영국비평계의 정평이다. 하지만 폴스타프를 죽인 자는 헨리가 아니라 극작가 셰익스피어다. 아니, 엘리자베스조朝의 시대정신이다. 차라리 버나드쇼 옹翁처럼 폴스타프의 비겁을 찬미하여 셰익스피어 극에 있어서 부정적인 것을 긍정함으로 말미암아 가치의 도도를 꾀한다면 문제는 다르다.[6] 폴스타프는 표면적으로는 비겁한 자처럼 보이지만 사실 용감한 무사로 표현하려는 것이 셰익스피어의 의도라는 둥, 또는 셰익스피어의 의도는 불문에 붙이고 헨리를 욕함으로써 폴스타프를 옹호하는 것은 적어도 셰익스피어를 똑바로 인식하는 태도는 아니다. 폴스타프의 산문은 엘리자베스조의 부정 면을 표현한 것이니까 그것이 시민사회에 가서는 긍정 면이 될 수 있지만 셰익스피어 극에 있어서는—셰익스피어가 살아 있을 때 말이다—도저히 적극적인 가치를 주장할 수는 없었던 것이다. 거듭 말하면 셰익스피어는 헨리의 편이지 폴스타프의 편은 아닌 것이다. 그것을 산문정신에 입각한 비평가들이 아전인수하여 셰익스피어가 자기들과 꼭 같은 입장에서 작극作劇했다고 우기는 것이다. 불연不

5) Sir Arthur Quiller-Couch, Shakespeare's Workmanship, pp. 155~156.
6) Bernard Shaw, Back To Methuselah, Part 4, Act 2.

然이면 셰익스피어는 폴스타프나 헨리를 일시동인一視同仁하는 시대나 사회의 의식을 초월한 예술가라는 것이다. 이 한 가지 사실만 보더라도 영문학계가 비평정신에 빈곤하다는 것을 알 수 있을 것이다.

셰익스피어 극에 있어서 폴스타프가 이렇듯 소극적인 의미밖에 없다면 어찌하여 셰익스피어는 폴스타프를 그렇게 방대한 인물로 만들었을까. 여기에 희곡문학이 다른 문학보다 다른 소지가 있는 것이다. "희곡작가란 무대를 위하여 쓰는 이상 관객의 기호에 추종하지 않으면 아니 된다. 그렇지 않았다간 관객이 그를 좋아하지 않는다. 셰익스피어의 위대한 천재가 관중을 획득하는 것도 이 원칙을 벗어나지 않는다."[7] 엘리자베스조의 관객도 시만 가지고는 만족시킬 수 없었다는 것은 '폴스타프의 산문'이 무엇보다도 웅변으로 증명하고 있지 아니한가. 앙드레 모루아는 『영국사』에서

'지구좌地球座'로 셰익스피어의 연극을 보러 테임즈 강을 건너간 도제徒弟나 선장들은 불쌍한 곰을 사냥개의 한 떼가 못살게 구는 것을 구경하며 반란죄수의 참혹한 처형을 보는 데 쾌락을 발견한 그 당자들이었던 것이다.[8]

라고 지적했지만 이러한 관객들이―귀족들도 예외는 아니다―폴스타프를 길러냈으며 심지어는 셰익스피어로 하여금 폴스타프를 주인공으로 하는 산문극 『윈저의 유쾌한 아낙들』을 쓰게 한 것이리라. 완성된 폴스타프를 보고 셰익스피어 자신도 하도 어이가 없어서 고소를 금치 못했으리라고 해즐릿은 평했지만[9]* 사실 폴스타프는 셰익스피어 극에 있어서

---

7) W. Wordsworth, Essay Supplementary to the Preface.
8) モロア, 『영국사』 上卷, pp.460~461.

'배보다 큰 배꼽'이다. 후세에 톨스토이를 비롯해서 이 배꼽만 칭찬하여 "폴스타프야말로 가장 셰익스피어적인 표현"이라 주장하는 비평가와 학자들의 말을 셰익스피어가 햄릿 왕처럼 지하에서 들을 수 있다면 또 한 번 너털웃음을 참지 못할 것이다.

셰익스피어의 본질은 시지 산문이 아니다. 콜리지 등 시인들이 『맥베스』의 유명한 「문지기의 산문」을 셰익스피어의 것이 아니요 딴사람이 써서 집어넣은 것이라고 주장한 것이라든지 괴테와 실러가 『맥베스』를 상연할 때 「문지기의 산문」을 빼고 노래를 대신 집어넣은 것이라든지가 다 폴스타프적인 산문이 셰익스피어의 본질인 시와 너무나 어긋나는 것을 시인적 입장에서 그들이 불만히 여겼기 때문이다. '폴스타프의 산문'에만 문학적 가치를 인정한 톨스토이와는 정반대되는 입장을 이에 발견할 것이다. 물론 '폴스타프의 산문'을 그 존재 이유까지 부정하려는 것은 너무나 시인적인 즉 셰익스피어의 산문을 전연 무시하는 주관주의적인 오류이지만……

블랭크 버스(무운시)가 인간의 맥박과 같이 약과 강의 리듬으로 되어 있듯이 셰익스피어 극 전체가 긴장과 이완이 교대하게스리 구성되어 있다. '폴스타프의 산문'은 이완의 요소로서 『나이터스 앤드로 니커스』, 『사랑의 헛수고』, 『베니스의 상인』, 『좋으실 대로』, 『12야』, 『햄릿』, 『리어왕』, 『안토니와 클레오파트라』, 『아텐스의 타이먼』, 『겨울이야기』, 『태풍颱風』 등에 나오는 어릿광대, 『여름밤의 꿈』에 나오는 장인들, 『이척보척以尺報尺』, 『밸리클리이즈』 등에 나오는 뚱쟁이들이 말하는 산문은 다 이와 동류라고 볼 수 있다. 『맥베스』의 「문지기의 산문」도 '폴스타프의

---

* 원본에 원주 위치가 누락된 것을 위치를 찾아 표시함.

9) W. C. Hazlitt, Shakespeare, Ch. 1, p. 5.

산문'에 속하는 것은 물론이다.

끝으로 '폴스타프의 산문'이라고 규정할 수 있는 것은 왕후 귀족이 농담 비슷하게 말하는 산문 특히 비극적인 인물이 희극적인 장면에서 분위기에 휩쓸려서 말하는 산문이다. 이런 산문은 그 인물의 본질과 어그러지는 수가 있다. 일례를 들면 코리올레이너스는 철저한 귀족주의자요 동시에 비극적 인물인데 제2막 제3장에서 집정관 선거에 있어서 평민의 표를 얻고자 자기의 본의가 아닌 평민의 말―산문을 쓰는 것은 그럴 법하다 하더라도 제4막 제5장에서 적장 오피디어스의 하인들과 농담하는 산문은 배우의 개그를 그대로 기록한 것이 아니면 셰익스피어의 과실일 것이다. 셰익스피어의 작품이 성실성이 있어서 호머나 단테보다 못하다는 것도 이런 '폴스타프의 산문'이 지나치게 작품을 좌우하기 때문이 아닐까. 하지만 '폴스타프의 산문'이야말로 셰익스피어를 호머나 단테처럼 그냥 '고전'이라고만 부를 수 없는 현대와 직결되는 작가로 만드는 중요한 요소인 것이다.

3. 리어왕의 산문

시인은 이성에 어그러지는 말을 가지고 인민을 오도한다고 철학자 소크라테스*는 시인을 그의 공화국에서 추방했지만[10] 시인 셰익스피어는 이성을 잃은 사람, 즉 미친 사람에게는 한 줄의 시도 부여하지 않았다. 셰익스피어 극에 있어서 정신이상이 생긴 사람은 반드시 산문으로

| 10) Plato, Republic, p.607.
| * 플라톤의 오기임.

말하게 되어 있다. 리어왕과 오필리어는 미쳤을 때, 햄릿과 애드가아는 미친 척할 때, 맥베스 부인은 몽유병자로 나타날 때, 산문으로 말한다. 오셀로는 아내가 간통을 했다는 말을 이아고한테 듣고는 격한 나머지 열 줄의 산문(판版에 따라서는 아홉 줄)을 외치고는 의식을 잃고 쓰러진다. 만약 오셀로의 산문이 열 줄 이상 계속하였더라면 그는 리어왕처럼 미치고 말았을 것이다.

햄릿이 정말 미쳤느냐 또는 미친 척하는 것이냐 하는 문제는 한때 의학자들까지 동원되어 대대적으로 논의된 문제이지만 시와 산문의 대립을 늘 염두에 두고서 『햄릿』을 읽어보면 햄릿이 같은 장면에서 자기의 비밀을 알고 있는 친우 호레이쇼에게는 시로 말하는 것을 볼 때(3막 2장과 5막 2장) 햄릿의 진심은 산문이 아니라 시라는 것 다시 말하면 미치지 않았다는 것을 알 수 있을 것이다. 햄릿이 정말 미쳤다고 주장하는 사람들은 대개가 의학자들이고 현실의 인간이 그렇게 종시일관하게 미친 척할 수도 없고 또 미친 척하는 심리상태가 벌써 정신이상이라는 것이 그들의 논지인데 이는 극중의 인물과 현실의 인간을 혼동하는 데서 오는 오류다. 그러나 햄릿이 미친 척하느라고 쓰는 산문이 정신이상 있는 사람의 말을 잘 표현했다는 것은 이들 의학자들이 충분히 증명해주었다. 요컨대 셰익스피어가 엘리자베스 귀족사회의 부정적인 면을 사실적으로 표현한 것이 '폴스타프의 산문'이요 인간정신의 부정적인 면을 사실적으로 표현한 것이 '리어왕의 산문'이다.

의학자의 증명을 빌릴 것 없이 '리어왕의 산문'이 정신이상을 표현하기 위하여 사용되었다는 것은 셰익스피어 자신이 그 의도를 빈틈없이 지나치게스리 빈틈없이 명백히 하였다.

리어왕은 3막 4장에서 옷을 찢을 때 비로소 미치지만 셰익스피어는 이 '리어왕의 산문'을 아무 복선도 없이 별안간 우리에게 내던지는 것이 아니라 다음과 같은 용의주도한 복선을 준비해서 리어왕의 정신상태가 점점 이상해가는 것을 관객에게 알리는 수법을 썼다.

> O! Let me not be mad, not mad, sweet Heaven;
>
> Keep me in temper; I would not be mad!
>
> —1. 5.
>
> I prithee, daughter, do not make me mad.
>
> —2. 4.
>
> O fool! I shall go mad.
>
> —2. 4.
>
> My wits begin to turn.
>
> —3. 2.
>
> O! that way madness lies; let me shun that.
>
> —3. 4.

이리하여 리어왕의 심리상태는 미치고 싶지 않은 리어왕 자신의 의식적인 노력에도 불구하고 드디어 거문고 줄이 끊어져 조화를 잃듯이 정신이상이 되고 마는 것이다.

정신이상과 좀 성질이 다르지만 술에 취한 사람의 말은 산문으로 표현하는 것이 셰익스피어 정석의 하나다. 『태풍』에서 괴물 켈리번도 끝에 가서는 시로 말하는데 취한醉漢 스테파논은 끝끝내 한 줄의 시도 말하지 않은 것은 셰익스피어가 술에 취한 사람의 정신상태를 불건전한 것이라고 보았기 때문이라고 해석할 수 없을까? 『안토니와 클레오파트라』에서 옥타비아누스, 안토니, 레피두스 이른바 로마의 삼두정치가의 삼파전을 2막 7장에서 술 먹는 신을 가지고 표현한 것은 흥미 있는 사실이다. 레피두스가 맨 먼저 취하여 실각하고 다음에 안토니가 취하고 옥타비아누스는 끝끝내 취하지 않고 승리자가 된다. "캐시오가 음주를 비난하는 말은 햄릿이 숙부의 폭음을 증오하는 말과 아울러 볼 수 있다. 무슨 까닭이 있기에 음주라는 것이 당시의 셰익스피어의 마음을 뒤흔든 것이리라."고 브래들리는 『셰익스피어의 비극』에서 말했지만 시인은 술을 찬미하는 자라는 상식적인 견해와는 정반대로 셰익스피어는 기회 있는 대로 그의 작품에서 술을 부정하였다. 폴스타프의 산문을 가지고 술을 찬미하는 것은—셰익스피어 산문의 본질에서 볼 때—부정을 부정하기 위한 또 하나의 셰익스피어적 수법에 불과한 것이다. 폴스타프 같은 인물의 말로 술을 찬미하게 한 것은 햄릿이 술을 부정한 것보다 더 효과적인 부정인 것이다.

그러나 셰익스피어 자신은 전설에 의하면, 문단의 친구인 밴 존슨*과 마이클 드레이턴**을 초대해다가 술을 진탕 마시고는 열이 나서 죽었다는 것이다.

4. 이아고의 산문

산문이 문학의 기조가 된 것은 불란서의 자연주의 문학운동에서 비롯한다. 조지 무어George Moore***가 「어떤 청년의 고백」에서 "상상에다 기

---

* 벤 존슨(Ben Johnson, 1572~1637). 영국의 시인·극작가. 셰익스피어와 함께 엘리자베스 왕조의 연극을 대표하는 극작가다.
** 마이클 드레이턴(Michael Drayton, 1563~1631). 영국의 시인. 궁정 가까이에 살면서 시대의 감정과 사상을 정교한 시구로 표현하였다.
*** 조지 에드워드 무어(George Edward Moore, 1873~1958). 영국의 철학자로, 버트런드 러셀, 루트비히 비트겐슈타인, 고틀로프 프레게 등과 함께 현대분석철학의 기초를 닦은 사람이다.

초를 두는 구세계의 예술에 반대해서 과학에 의거하게 된 신예술, 모든 것을 설명하고, 근대생활을 그 전모와 그 하찮은 지엽을 아울러 포용하지 않으면 아니 되는, 말하자면 새로운 문명의 새로운 신조가 되는 예술이라는 생각이 나를 깜짝 놀라게 하였다. 나는 그 개념의 광대무변한 것, 그 야심이 탑과 같이 높은 것에 아연하였다." 한 것이 졸라Emile Zola의 『술집L'Assommoir』을 읽은 감상을 고백한 것이거니와 『어떤 청년의 고백』이 출판된 해 1888년이야말로 시와 산문을 조화시키려 시로 평론으로 또 연구로 생애를 바친 매슈 아널드Matthew Arnold가 죽은 해다. 그러나 아직도 영문학에서는 산문정신이 확립되지 않았다. 그 원인의 하나가 실로 셰익스피어인 것이다. 즉 셰익스피어의 시정신이 아직도 영문학에 여운을 끌고 있기 때문이다. 그러나 셰익스피어에도 자연주의 문학에 지지 않는 산문이 있다는 것은 이미 우리가 '폴스타프의 산문'에서 보아온 바다. 아니 많은 셰익스피어의 연구가나 비평가들이 폴스타프를 '근대적 인간성'의 구상화라고 보는 것이 따지고 보면 폴스타프가 불란서 자연주의 문학운동이 낳은 인물의 복합체인 것 같은 인상을 주기 때문이다. 그러나 그것이 셰익스피어의 적극적인 의도의 소산이 아니라 오히려 '실수의 성공'이라는 것은 우리가 이미 논한 바이다. '이마지나시옹'(현상)을 버리고 '씨앙스'(과학)에 입각한 산문정신이 되기에는 시대가 너무 일렀다. 셰익스피어도 결국 시대를 초월할 수는 없었던 것이다. 과학을 토대로 하는 산문정신이 영문학의 기조가 되려면 아직도 멀었다. 하물며 삼백수십 년 전 셰익스피어에 있어서랴.

따라서 리어왕의 분노라든가 햄릿의 고민이라든가 로미오와 줄리엣의 사랑이라든가 푸로스페로의 체관諦觀이라든가 오셀로의 격정이라든가 하는 것은 시로 표현함으로써 인간성으로의 가치를 부여하였지만 이아고나 애드먼드의 이성은 산문으로 표현하여서 '인간성'의 안티테제인

'악'이라 단정한 것이 셰익스피어다. 선악의 판단이 단순하고 명확할수록 문학으로선 초기의 발전단계에 속한다. 셰익스피어 극이 중세의 '종교극'이나 '도덕극'을 지양했으되 이른바 '악역'이 너무나 노골적으로 나타난다. 하지만 그 '악'을 산문으로 표현했다는 것은 흥미 있는 사실이 아닐 수 없다.

도스토옙스키*는 『카라마조프의 형제들』에서 냉혈한 스메르자코프로 하여금 다음과 같이 시를 부정하게 하였다.

그것이 시적인 한 근본적으로 무용지장물입니다. 생각해보세요. 그래 시로 말하는 사람이 어데 있겠습니까. 만약 우리가 시를 말한다면 설사 정부의 명령으로 하는 것이라 하더라도 우리는 별로 말을 못할 것이 아네요. 시는 유해무익한 것입니다. 마리아 콘드라리에브나—

— 제5권 제2장

톨스토이가 셰익스피어의 시를 '어느 때고 어느 곳에서고 맥이 통해 있는 사람이라면 도저히 말할 수 없는 말이라'고 한 것을 연상시키지 않는가. 그러나 셰익스피어가 이아고 같은 악인의 일면을 산문으로 표현한 것에 대해서는 스메르자코프나 톨스토이도 반대하지 않을 것이다. 왜냐하면 '이아고의 산문'은 『리어왕』의 에드먼드나 『베니스의 상인』의 샤일록이나 『심벨린』의 아이애키모우 등의 '이성에 꼭 들어맞는 말'이기 때문이다. 다만 셰익스피어 극에 있어서 '이성'은 톨스토이의 소설에 있어

* 표도르 도스토옙스키(Fyodor M. Dostoevskii, 1821~1881). 러시아의 소설가. 모스크바에서 의사의 아들로 태어났다. 톨스토이와 함께 19세기 러시아 문학을 대표하는 세계적인 문호이다. 1884년 페트라셰프스키 그룹에 가담했다가 이듬해 피체되어 시베리아에 유형되었다. 이 체험을 통해 서구적 합리주의로부터 슬라브 신비주의로 변모하였다. 대표작으로 『죄와 벌』(1866), 『백치』(1868), 『악령惡靈』(1871~1872), 『카라마조프의 형제들』(1879~1880) 등이 있다.

서와는 정반대의 가치를 가지고 있는 것을 첨가해야 하지만…… 즉『부활』에서는 사람들을 죄악에서 벗어나게 하는 것이 '이성'인데『오셀로』에서는 이아고로 하여금 죄악을 범하게 하는 것이 '이성'이다.『오셀로』1막 3장에서 이아고가 이성을 추키는 말은 얼른 듣기엔 각자覺者가 된 사람의 설교 같다.

> 만약 인생의 저울이 한쪽의 이성을 가지고 다른 쪽에 있는 정욕을 누르지 않는다면 인간본능의 추한 성욕이 우리들로 하여금 참 정말 망나니 짓을 하게 할 텐데 우리에겐 이성이 있어서 날뛰는 욕정이라든지, 육욕의 충동이라든지 분방한 성욕을 냉각시키는 것이다. 자네가 연애라 하는 것도 그 욕정의 한 끝가지(梢)라고 나는 생각하네.

때문에 그 냉정한 두뇌에서 나온 말이다. 이아고에 의하면 인간의 애정은 모두 무용지장물이며 유해무익한 것이라는 것이다. 따라서 그러한 애정을 표현한 시는 부정된다. 뒤집어 말하면 셰익스피어 극에 있어서 시를 부정하는 자는 악인인 것이다.

> 몸에 음악이 배어 있지 않은 자 아름다운 소리의 조화에도 감동하지
> 않는 자
> 그런 자는 반역, 음모, 약탈을 하기 쉽다.
> 그의 정신은 밤처럼 둔하고
> 그의 감정은 저승같이 캄캄하다
> 이런 자를 믿어서는 못 쓰느니라.
>
> ―『베니스의 상인』 5막 1장

셰익스피어는 로렌조의 입을 빌려 이렇게 음악적인 언어인 시를 모르는 자를 악인이라 규정하였다. 셰익스피어의 시를 '미친 소리'라 단정한 톨스토이와는 대립되는 입장이다.

클로디어스가 햄릿에게 이성에 대해서 충고하는 말도 이아고의 '이성의 변'에 지지 않는 냉정한 말이다. 사람의 죽음도 나뭇잎이 바람에 떨어지는 것이나 마찬가지 필연인데 왕자여 왜 부왕의 사를 슬퍼하는 것이냐. 왕자의 비탄은 "자연을 배반하는 것이며, 이성에 대하여 참 불합리한 짓이라."고 클로디어스가 말할 때 그것은 '이성에 꼭 들어맞는 말'이기는 하나 제 손으로 햄릿의 아버지를 죽이고 왕위를 찬탈한 자로서 이렇게 말하는 것은 심정을 결여한 악인이기 때문이다. 시인 워즈워스*는 "보잘 것없는 한 떨기 꽃이 눈물로는 표현할 수 없을 만큼 깊은 사념을 나에게 준다."고 노래했는데 악인 클로디어스는 아버지의 죽음을 슬퍼하는 것까지 '남자답지 않은 슬픔'이라고 흉보는 것이다. 『타이터스 앤드로니커스』의 악인 아아론은 "나는 수없는 악행을 파리를 죽이듯 즐겨했다."고 고백했지만 이 역亦 시적 '인간성'을 결여하고 있기 때문이다.

그러나 셰익스피어는 클로디어스와 아아론의 악행을 표현하는 데 산문을 사용하지 않았다. 생각건대 『타이터스 앤드로니커스』는 셰익스피어의 작품이 아니라고 주장하는 학자가 있듯이 그가 독자적인 문체를 발전시키지 못한 초기의 작품이기 때문이요 『햄릿』의 클로디어스는 왕인지라 위엄 있는 언어, 즉 시를 쓰게 하지 않을 수 없었기 때문이다.

사실 셰익스피어 극에서 악인의 완벽이 이아고라는 것은 비평가들의 일치하는 점이다. '악'을 '인간성'을 결여한 차디찬 이성으로 표현한 것

---

* 윌리엄 워즈워스(William Wordsworth, 1770~1850). 영국 낭만파 시인. 영국 최초의 낭만주의 문학선언이라고 볼 수 있는 『서정가요집』 개정판 서문에서 "시골 가난한 사람들 스스로 감정의 발로만이 진실된 것이며, 그들이 사용하는 소박하고 친근한 언어야말로 시에 알맞은 언어"라고 하여 18세기식 기교적 시어를 배척했다. 그는 영문학에만 그치지 않고 유럽문화의 역사상 커다란 뜻을 지녔다.

은 이아고뿐 아니라 아아론에 있어서 벌써 그러하지만 산문을 가지고 악인의 일면을 표현하여 악인의 성격을 완성한 것이 이아고다. 『리어왕』의 에드먼드도 이아고에 비길 만한 악인이고 그의 일면도 역시 산문이다. 이아고는 로더리고 같은 것을 상대로 하면 자기의 지성을 더럽힌다고 독백에서 말했지만(1막 3장) 에드먼드도 지성이 두드러지는 것은 이아고에 지지 않는다.

> 이것은 세상에 이위 없는 어리석은 짓이다.
>
> ─『리어왕』 1막 2장

로 비롯하는 에드먼드의 산문 독백은 이아고의 '이성의 변'을 연상시킨다.

그러나 셰익스피어 극에서 '이아고의 산문'은 '폴스타프의 산문'이나 '리어왕의 산문'처럼 고정된 문체는 아니다. 악인은 아무 데서고 산문을 말하는 반면에 아무 데서고 시를 말한다. 과연 셰익스피어가 의식적으로 '악의 산문'을 사용했느냐 하는 것조차 의심할 여지가 있는 것이다. 하지만 시와 산문을 혼용한 것은 악인의 이중인격을 표현하기 위해서라고 해석하는 것이 타당할 것이다. 시적인 인물도 장면 전체가 산문적이 되면 해학이나 재담의 산문을 말하지만 이아고 같은 인물은 꼭 같은 신에서 시와 산문을 둘 다 사용한다. 하긴 악인 이외에도 시와 산문을 병용하는 인물이 있지만 그 이유는 악인의 경우와는 전연 다른 것으로 햄릿은 미친 척하기 위하야 산문을 말할 때 『이척보척』의 빈첸시오는 변장하여 자기의 인격을 감추기 위하야 산문으로 말한다. 리어왕이 정신이상이 생긴 뒤에 시와 산문을 뒤범벅하는 것은 그의 정신상태가 오락가락하기 때문이다. 그러므로 산문만을 말하는 폴스타프적인 인물들을 빼놓으면 산문이 그 인물의 본질이 되어 있는 것은 악인밖에 없다. 악인은 서로 대립해 있는 시와 산문을 둘 다 그의 본질로 가지고 있기 때문에 모순과 대립과 갈등을 본질로 하는 셰익스피어 비극에서 중요한 모멘트가 되어 있는 것이다.

5. 결론

K. A. 비트포겔*은 『시민사회사』(52편 3장)에서 "셰익스피어는 국왕과 귀족의 빵을 먹고 있었다. 그는 자기를 먹여주는 주인의 노래를 목청을 다하여 노래 부른 것이다."라고 욕했지만 셰익스피어 극은 엘리자베스 귀족사회가 낳은 것이다. 셰익스피어가 귀족의 말을 시로 표현하고 상민의 말을 산문으로 표현한 것이라든지 셰익스피어 극의 주요인물이 귀족 아닌 자가 없는 것이 무엇보다도 이 문학작품의 계급성을 웅변으로 말하고 있다. 셰익스피어는 자기주관이 없는 작가라는 등 셰익스피어는 '억만의 마음'을 가지고 있어서 어떤 것이 셰익스피어 자신의 주관인지 분별할 수 없다는 등 하는 따위의 말은 영문학자의 상식이기는 하지만 셰익스피어를 옳게 인식 파악한 말은 아니다. 적어도 시가 문학의 기조고 그 시는 귀족의 것이라는 것이 뚜렷한 의심할 여지가 없는 극작가 셰익스피어 자신의 주장이다. 영미의 부르주아 학자나 비평가들이 '폴스타프의 산문'을 가장 셰익스피어적인 것 또는 가장 문학적인 것이라 주장하는 것은 그들다운 당연한 아전인수다. 폴스타프를 '위대한 인간상'으

---

* 카를 비트포겔(Karl August Wittfogel, 1896~1988). 독일 출생의 미국 사회학자·경제학자. 중국사회에 대하여 마르크스주의의 입장에서 연구하였다. 국가의 치수관개 사업을 중국사회의 기초적 요인으로 생각하여, '물의 이론'을 제시하였다.

로 모시어 앉히려는 그들의 의도는 확실히 폴스타프 속에 근대 자본주의 사회의 주인공인 부르주아지가 구상화되어 있는 것을 발견했기 때문이다. 주색을 좋아하며 얼굴에 개기름이 흐르는 이 배불뚝이 폴스타프야말로 과연 자본가의 전형이라 할 것이다.

일언이폐지하면 우리가 여태껏 보아온 '셰익스피어의 산문'은 셰익스피어나 그 시대가 아직도 충분한 가치를 인정하지 않은 문학양식인 것이다. 그것은 그 시대에 있어서 시민계급이 아직도 사회의 주인공이 될 수 없었던 것과 일치한다. 그러나 드디어는 시민계급이 귀족사회를 둘러엎고 말았다. 그리하여 셰익스피어 희곡에 있어서 시에 대립물로서 부정적인 것에 지나지 않던 산문이 승리하고야 말았다.

영미의 학자나 비평가가 셰익스피어 희곡에 있어서 시와 산문의 가치를 전도하여 셰익스피어를 이것도 저것도 아닌 불가사의의 사신인두상獅身人頭像을 만들어놓고 무슨 수수께끼나 되는 듯이 셰익스피어를 취급하는 것은 과학적 기준이 없는 이른바 자유주의에서 오는 필연적 결론이다. 다시 말하면 셰익스피어는 자기들과 꼭 같은 문학관을 갖고 있었다고 주장하고 싶은데 셰익스피어의 시가 자기들의 문학과 너무나 동떨어지기 때문에 어리둥절하는 것이다. 왜 그들은 톨스토이처럼 대담 솔직하게 셰익스피어의 시를 부정하지 못하는 것인가. 셰익스피어의 시가 아직껏 영미문학의 시금석처럼 되어 있기 때문이다. 다시 말하면 노서아소설 같은 셰익스피어의 시를 부정할 만한 산문문학을 영미문학에서는 아직도 생산하지 못했기 때문이다.

삼백수십 년 전 셰익스피어 극에 있어서 벌써 자연주의적인 '폴스타프의 산문'과 심리주의적인 '리어왕의 산문'과 과학주의적인 '이아고의 산문'을 가진 영미문학이 아직도 시에 연연하다는 것은 조선문학에 있어서 아직도 시가 우세한 것과 아울러 연구할 문제이다. 또 셰익스피어의 연극이 소련에 있어서 대대적으로 상연되는 것은 주목해서 연구할 문제다. 이러한 모든 문제를 남긴 채 마치 맑스가 『경제학 비판』 서문에서 희랍예술을 논하다가 붓을 잠시 놓았듯이 필자도 다시 붓을 들어 '셰익스피어의 시'를 논할 때까지 붓을 멈추려 한다. ('무대예술연구회' 주최 연극 강좌에서 한 강연, 1946년)

—《문학비평》, 1947. 10.

구풍 속의 인간

─ 현대소설론 단편

현대에 있어서 소설은 옛날 얘기가 아니다. 아니, 옛날 얘기조차 현대에 존재하는 옛날 얘기는 현대적인 존재 이유가 있을 것이 아니냐. 현대소설이란 현대인의 인생관일진댄 현대사회에서 진보적인 행동을 해본 체험이 없이 조그만 두뇌에서 쥐어짜내는 소설─그런 소설은 소설이 아니다. 어떤 소설이 시방 조선에서 요구되느냐? 이에 대한 대답 대신에 현대소설의 본보기라 볼 수 있는 콘래드*의 『구풍颶風』을 소개하려는 것이다.

영문학에는 아직껏 이렇다 할 산문이 없었다. 셰익스피어가 표현하는 엘리자베스조朝의 앙양된 귀족정신이 잦아들다가 워즈워스 등 19세기의 낭만시대를 만나 다시 한 번 크게 울리더니 아직도 여운을 끌고 있어서 20세기에 이르러서도 영국의 소설은 '시'의 영향을 벗어나지 못했다. 조이스의 『율리시즈』가 이것을 구체적으로 증명하고 있다.

---

* 조지프 콘래드(Joseph Conrad, 1857~1924). 영국 소설가 겸 해양문학의 대표적 작가. 그의 작품은 제2차 세계대전 후에 실존주의적 인간관과 엄격한 정치인식으로 인해 대단한 주목을 끌었다. 대표 작품으로 『나르시소스 호의 흑인The Nigger of the Narcissus』(1897), 『로드 짐Lord Jim』(1900), 『구풍Typhoon』(1903) 등이 있다.

그러던 영문학에서 콘래드 같은 산문정신을 낳았다는 것은 기적과 같다. 허긴 콘래드는 원래가 폴란드 사람이다. 구라파의 폭풍지대인 파란波蘭. 이 파란을 모국으로 가진 콘래드가 『구풍』이라는 소설을 썼다는 것은 그것만으로도 흥미 있는 사실이 아닐 수 없다. 시방 세계는 안정을 얻으려는 동요 속에 있다. 조선 또한 이 역사적인 물결 위에 출렁거리고 있는 조고만 배 '남산'과 같다. '남산'의 선장이 태풍 속에서 어떻게 행동했나 하는 것은 시방 조선의 지도자로 자처하는 사람들에게도 좋은 교훈이 될 것이다.

『리어왕』이 폭풍우의 시라면 콘래드의 『구풍』은 폭풍노도의 산문이다. 『나르시소스 호의 흑인』에서는 아직도 콘래드가 주관을 선탈蟬脫하지 못하고 '우리'라는 말을 쓰다가 끝에 가서는 작자의 꼬리가 노골적으로 나타나서 '나'라고 명백히 일인칭으로 썼다. 물론 이 작품이 사소설과는 운니雲泥의 차가 있지만 『구풍』에 비하면 산문정신에 철저하지 못했다. 하긴 도처에 배와 바다의 시가 넘쳐흐르니만치 『구풍』보다 좋아할 사람도 있겠지만……

그러나 소설의 극치는 '시'를 부정하고 레스(物)에 육박하는 리얼리즘이다. 이러한 의미에서 『구풍』은 완벽을 이룬 작품이다. 거기는 자연과 일치된 인간 맥 휘가 있다. 그는 사물을 지원하는 외에 언어를 위한 언어의 존재 이유를 모르는 철저한 행동인이다. 그러므로 시에서 뺄 수 없는 비유를 조소한다. 일등건설사 쮸크스가 무더운 것을 형용하여,

"꼭 담요로 내 머리를 싸맨 것 같습니다."

하니까 선장 맥 휘는 그것을 비유로 이해하지 못하는지라

"누가 담요로 자네 머리를 싸맨 일이 있단 말인가? 그것은 무슨 까닭이었나?"

하고 반문한다. 쮸크스가 하도 어이없어

"이를테면 그와 같다는 말씀입니다."

하니까 선장은 분개하야 가로대

"자네들은 쓸데없이 지껄이거든!"

콘래드는 다시 "이렇게 선장 맥 휘는 말에서 비유의 사용을 반대하였다."고 주註하였다.

주인공이 이와 같이 산문정신에 투철하니까 이 소설이 산문으로 성공할 수 있었다. 이등운전사를 보라. 자아를 송두리째 통틀어 자연 속에서 투사하지 못하고 자기의 감정과 오점 때문에 얼마나 초라하고 옹졸한 인간이 되어버렸나! 구풍 속에서 당장 깨져 없어질 것 같은 '남산' 호를 조금도 마음의 동요를 일으키지 않고 냉철하게 지휘하는 선장은 영웅과 같은데 자연의 협위 앞에 무서워 떠는 이 인간은 비열하기 짝이 없고 결국 항구에 닿자마자 내쫓기니까 뒤돌아다보며 배에다 대고 주먹질을 한다. 이것이 셰익스피어의 극이라면 정반대로 맥 휘처럼 감정에 동하지 않는 인물은 에드먼드 같은 극악의 인물로 되었을 것이다. '시'에서 부정되는 것이 산문에선 긍정된다. 셰익스피어 극에서는 '시'가 없으면 논리도 없어지지만 『구풍』은 '시' 없는 논리를 확립했다. 맥 휘가 없었다면 '남산' 호는 가혹한 자연—아니, 비열한 인간성—의 희생이 되어 물속에 가라앉고 말았을 것이 아니냐. 기선은 현대생활의 사활을 쥐고 있느니만치 선장 맥 휘는 '선'을 대변하는 인물이며 '생활'을 위하여 싸우는 사람이 현대에서 선인이다.

과학이 인간성을 추상해버리듯이 산문정신도 인간성을 거부한다. 아니, 이 '인간성'이라는 관념부터 수정받아야 될 때는 왔다. 리어왕처럼 분노하고 로미오와 줄리엣처럼 연애하는 사람에게만 인간성이 허여된다면 오늘날 조선에서도, 세계사적인 동요 속에서 진공과 같은 독립을 꾀하여야 되는 조선에서도 완고 덩어리 영감님들이나 종로난봉꾼만이 인간성을 갖게 될 것이요 현대를 떠받치고 나가는 행동인들이나 과학자에 겐 인간성이 거부될 것이다.

콘래드는『구풍』에서 선장과 그 외 몇 사람에게만 이 새로운 의미의 인간성을 부여했다. 배가 이리 뒤집힐 듯 저리 뒤집힐 듯 동요하는 대로 굴러다니는 돈을 주우려 서로 쥐어뜯고 싸우는 고력苦力들은 야수와 같 다. 무서워서 웅크리고 있는 선부船夫들은 하찮은 인간들이다. 인간의 인 간다운 행동이 빛날 때는 난파선 같은 불안동요의 경우이다. 맥 휘를 보 라. 자기의 주위환경과 일치함으로 말미암아 조금도 빈틈없는 그의 일거 수일투족. 그가 없었다면 '남산'호는 거기 탄 모든 인간과 더불어 어복魚 腹에 장사지내는 수밖에 없었을 것이다.

관찰하고 파악하고 실천하는 사람이 현대의 기둥 될 인물이다. 이러 한 인물이 없이 현대조선은 일어설 수 없으며 따라서 이런 인물을 등장 시키지 않고 현대조선소설은 성립할 수 없다. 그러려면 누구보다 먼저 소설가 자신이 관찰하고 파악하고 실천하라. 대중이 '해방'에 일희—喜하 고 '탁치'에 일비—悲하는 것은 대중으로서 그럴 법한 일이지만 그 대중 에게 살아나갈 바 길을 가르쳐준다는 작가로서 대중보다 앞서서 경거망 동하는 조선의 현실을 볼 때 한심하지 않을 수 없다.『민족』이라는 소설 을 신문에다 발표하고 있는 박종화 씨가 다섯 달 동안에 발표한 시를 비 교해보면 정치적 주견이 없음에 우리는 놀라지 않을 수 없다.《자유신 문》신년호에 발표된「통곡」이라는 시에서 박종화 씨는

해방의 기꺼움이
다섯 달이 채 못 되서
민족은 또다시
천길 지옥으로 떨어진다.

했으니 조선민족이 언제 천당에 올라갔었다는 말인가. 8월 15일 날 독립만세를 부르고 좋아라 하는 것이나 '탁치'의 보도를 듣고 통곡하는 것이나 『민족』이라는 소설을 신문에 발표하는 작가로선 삼성三省해야 할 일이다. 조선의 역사문헌을 읽은 것만 가지고는 조선민족의 운명을 대중 앞에서 떠들어댈 자격이 없다. 대중 속에 들어가 실천한 사람의 혈관에만 대중의 요구가 피 흐르고 있고 이 피는 바로 세계사와 연결되어 있는 것이다. 관념적인 소설가는 관념적인 정치가와 더불어 위험한 존재다.

콘래드는 21년 동안이나 수부로서 또는 선장으로서 바다와 바람과 싸웠다. 자기 집 사랑에서 일찌감치 대소설가가 되어버리는 조선문단에서 『구풍』은 좋은 선물이며 산 소설 표본이다. 농민만이 농민의 소설을 쓸 수 있을 것이요 노동자만이 노동자의 소설을 쓸 수 있을 것이다. 원시적인 인간성을 주제하던 과거의 문학—또 현대도 시문학은 변함 있을 리 없다—은 몰라도 노동과 과학이 문명의 기초가 되어 있을 뿐 아니라 인간정신도 과학과 노동의 영향 하에 있는 현대에 있어서 산문정신, 즉 객관세계를 과학적으로 파악, 표현한 문학이 아니고는 현대를 대변하는 소설이라고는 할 수 없을 것이다. 그러나 소설보다 소설의 주인공이 먼저 실재하여야 할 것이 아니냐.

시방 조선은 누구보다도 구풍 속에서 '남산호'를 난파시키지 않고 무사히 항구에 가 닿게 한 맥 휘 같은 인물이 필요하다. 이러한 인물이 조선에도 있다. 다만 문제되는 것은 이러한 인물이 소설을 쓸 시간적 여유가 없다는 것이다. 이 동요를 체험한 사람들이 소설을 쓰게 될 때 진정한 구풍의 산문이 탄생할 것이다.

—『예술과 생활』

생활의 비평

─매슈 아널드 연구*

1

매슈 아널드**가 1869년에 그의 어머니에게 보낸 편지를 보면 다음과 같은 대목이 있다.

> 저의 시적 정서가 테니슨만 못하고 지적 정력과 풍족이 브라우닝만 못하다는 것은 틀림없습니다. 그러나 저는 그들의 누구보다도 더 이 두 가지를 융합해 가지고 있으며 이 융합을 더 본격적으로 현대적 발전의 주류에다 적용했기 때문에 아직껏 그들이 좋은 때를 가졌듯이 저에게도 좋은 때가 올 것입니다.

아널드의 이러한 주장을 그대로 받아들이기 전에 그가 말하는 '현대

---

* 김동석이 《문장》에 발표할 당시의 제목은 「생활의 비평─매슈 아널드의 현대적 음미」이다.
** 매슈 아널드(Matthew Arnold, 1822~1888). 영국의 시인·평론가. 옥스퍼드대학의 시학교수詩學敎授였던 그는 처음에 시인으로 출발해 고독과 애수의 색이 짙은 작품을 썼으며, 40대 이후에 비평에 전념하였다.

적'이라는 말이 무엇을 의미하는가를 명백히 할 필요가 있다.

현대는 현대가 아닌 시대로부터 물려받은 제도, 기성사실旣成事實, 공
인된 도그마, 관습, 원칙의 막대한 체계를 가지고 있다. 현대의 생활은 이
체계 속에서 전진해야 한다. 그러나 현대는 이 체계가 현대 자체의 소산
이 아니며, 따라서 현대의 실제 생활의 요구에 잘 들어맞을 수가 절대로
없으며 그것은 타성적인 것이지 합리적인 것이 아니라는 의식을 가지고
있다. 이 의식의 각성이야말로 현대정신의 각성인 것이다. 현대정신은 바
야흐로 도처에서 눈뜨고 있다. 현대 구라파의 제형식과 그 정신 사이에
모순이 있다는 의식은 시방 거의 누구나 지각하는 바이다. 이러한 모순이
존재한다는 것을 단언하는 것이 위험한 때는 지났다. 사람들은 그것을 부
정하기를 꺼리기 시작하게까지 되었다. 이 모순을 제거하는 것이 양식을
가진 사람들의 확호한 노력이 되기 시작했다. 우리들은, 공작의 능력을
가진 우리들은 모두 이 낡은 구라파의 지배적인 관념과 사실의 체계의 해
체자가 되어야 한다.

— 「하인리히 하이네론」

그리고 '낡은 구라파의 지배적인 관념과 사실의 체계'가 이미 역사발
전의 질곡으로 화한 자본주의 체제와 그 이데올로기라는 것을 아널드는
『교양과 무질서Culture and Anarchy』에서 명백히 했다.

아널드는 영국의 부르주아지를 속물이라 타매하고 그들의 이데올로
기인 자유주의를 필리스티니즘Philistinism(속물주의)이라 욕했다. 뿐만 아
니라 이 부르주아 리버럴리즘이 몰락할 것을 예언했다.

그러면 필리스티니즘의 이 위대한 세력은 시방 어디 있느냐? 제2위

로 뚝 떨어졌다, 과거의 세력이 되어버렸다, 미래를 잃어버렸다. 새로운 세력이, 그것이 무엇인지 아직은 충분히 판단할 수 없지만 확실히 부르주아 리버럴리즘과는 전혀 다른 세력이 돌연 나타났다. 신념의 방위가 다르고, 모든 영역에 있어서 경향이 다르다. 이 새로운 세력은 부르주아 계급의 의회나, 부르주아 계급 교구회의원의 지방자치나, 부르주아 계급 산업가들의 무제한의 경쟁이나, 부르주아 계급 비국교파의 비국교주의와 부르주아 계급 신교의 신교주의를 사랑하거나 찬미하지 않는다.

—『교양과 무질서』제1장

그러나 이 새로운 세력이 프롤레타리아 계급이라는 것을 몰랐던 것은 아널드의 한계였다. 아니, 전연 모른 것은 아니었다. 영국의 귀족계급을 야만이라 하고 부르주아 계급을 속물이라 하고 나서 노동계급은 "아직 태아다. 따라서 그것이 어떻게 종국에 발전할지는 아직 아무도 예견하지 못한다."(『교양과 무질서』제2장) 한 것을 보면 또 1851년 10월 15일에 맨체스터에서 그의 아내에게 보낸 편지에 다음과 같은 대목이 있는 것을 보면 아널드는 귀족계급과 부르주아 계급에 대해서 실망한 것처럼 노동계급에 대해서도 실망한 것은 아니었다. 다만 그와 동시대에 살던 맑스와 엥겔스처럼 과학적 신념을 가지지 못했을 따름이다.

얼마 있으면 학교에 재미를 붙일 것 같소. 아동에게 주는 효과가 아주 막대하고 또 하층계급의 다음 세대를 문명하게 하는 장래의 효과가 아주 중요하니까 시방 사태로 보면 그들이 이 나라의 정치적 세력을 장악하게 될 것이오.

그때부터 한 세기가 지나간 오늘날도 영국에서는 노동계급이 정권을 장악하지 못했다. 그러나 사적유물론이 가리키는 바에 의하면 그러한 때가 반드시 도래할 것이다. 또 아널드가 바라던 '감미와 광명'의 시대는 그러한 발전단계를 거친 후에야 올 것이다. 아직까지 영문학은 특히 그 시는 귀족 계급이나 부르주아 계급이 생산했다. 그러나 노동계급도 시를 낳을 때가 반드시 올 것이다. 그리하여 계급이 없는 사회에서 전 인민이 시를 창작할 때 그때 비로소 아널드가 예언한 시의 시대가 올 것이다. 양의 발전이 질의 발전을 가져온다는 것은 시에 있어서도 진리일 것이며 아널드가

> 시의 장래는 무한하다. 왜냐면 그 높은 사명에 남부끄럽지 않은 시라면 그 속에서 우리 겨레는 시대가 갈수록 더욱더욱 확호한 안심입명의 지주를 발견할 것이므로. 신조 쳐놓고 흔들리지 않은 것이 없으며, 공인된 도그마 쳐놓고 의심스럽게 되지 않은 것이 없으며, 용인된 전통 쳐놓고 붕괴하려 하지 않는 것이 없다. 우리의 종교는 사실 속에 가정된 사실 속에 굳어버렸다. 사실에다 종교심을 결부시켜 왔는데, 인제는 그 사실이 헛것이 되어간다. ……오늘날 우리 종교의 가장 힘 있는 요소는 무의식적 시다.
>
> ─「시의 연구」

한 시는 이러한 양적인 비약에서 오는 질적인 비약만이 가능하게 할 것이다. 시가 전 인민의 것이 될 때 '그 높은 사명에 남부끄럽지 않은 시'가 될 것이다. 아널드 자신이 그러한 시를 낳지 못한 것은 물론이지만 그러한 시가 어떻다는 것도 우리에게 명확히 말하지 못했다. 그러나 그러한 시의 시대를 준비하기 위하여 낡은 질서와 싸우는 것이 현대정신이며 시는 이러한 싸움에 동원됨으로써만 현대문학이 될 수 있다고 한 것은, 그리고 자신이 그런 방향으로 작품활동을 했다는 것은 높이 평가하지 않으면 아니 된다. 우리 자신이 낡은 질서와 외래 자유주의와 싸우고 있으며

시를 이 싸움에 동원해야 되는 때이니만치 아널드를 재음미함은 결코 무의미한 일이 아닐 것이라 믿고 이 소론을 쓰는 바이다.

2

생활을 그 전모와 더불어 자질구레한 지엽에 이르기까지 포용하지 않고는 배기지 못하는 말하자면 새로운 문명의 새로운 신조가 될 예술이라는 생각이 나를 깜짝 놀라게 하였다. 나는 그 개념이 광대무변함에 야심이 탑같이 높음에 아연했다.

이것은 아널드가 죽은 해인 1888년에 발표된 조지 무어의 「한 젊은이의 고백」의 일절이지만 아널드 역亦 이매지네이션의 시인을 대표하는 워즈워스와 키츠*를 "현대문학의 주류에 속하지 않는다."(「하이네론」)고 단언했다. 그러면 이매지네이션에 기초를 둔 시는 어떠한 것이냐? 아널드는 「모리스 드 게랑론」에서 다음과 같이 설명했다.

시의 숭고한 능력은 의미를 밝히는 힘이다. 의미를 밝히는 능력이란 우주의 신비에 대한 설명을 잉크로 써놓는 힘이 아니라 사물에 대한, 그리고 우리와 사물과의 제관계에 대한 놀랄 만큼 충만하고 새롭고 친밀한 의식을 우리들 속에 일으키도록 사실을 처리하는 능력이다. 우리들 밖에 있는 대상에 대하여 이러한 의식이 우리들 속에 일어나면 우리는 우리 자

---

* 존 키츠(John Keats, 1795~1821). 영국의 시인. 중세 취미가 넘친 자유스러운 형식의 소서사시 『성 아그네스의 전야』와 같은 역작을 비롯하여 『나이팅게일에게To a Nightingale』(1818), 『가을에To Autumn』 등 영국문학사에 주옥 같은 일련의 송시頌詩를 남겼다.

신이 그 대상의 본질과 접촉하고, 그것들로 말미암아 뒤숭숭하고 압박 받던 것이 없어지고 그들의 비밀을 파악하여 써 그들과 조화를 갖는 것을 의식하게 된다. 이러한 의식처럼 우리들을 안정시키고 만족시키는 것은 없다. ……이 의식이 착각인지, 착각이 아니라는 것을 증명할 수 있는지, 이 의식이 우리로 하여금 완전히 사물의 본질을 파악하게 하는지 아닌지를 시방 구명하려는 것은 아니다. 내가 말하고자 하는 것은 시가 우리들 속에 이러한 의식을 일으킬 수 있으며, 이 의식을 일으키는 것이 시의 가장 높은 능력의 하나라는 것이다. 과학의 제해석은 시의 제해석이 주는 것 같은 대상에 대한 이러한 친밀감을 우리에게 주지 않는다.

괴테가 『파우스트』에서 「대우주의 부符Das Zeichen des Makrokosmos」라 한 것이 다름 아닌 이매지네이션의 시인 것이다. 과학을 탐구하다 백발이 되었고 과학에 절망한 파우스트 박사는 「대우주의 부」를 펴보자…….

아, 이 어인 환희가 갑작스레
이를 본 내 오관에 넘쳐 뛰나뇨!
젊음과 성스런 삶의 축복이
내 세포 알알히 새로 빛나는도다.
나의 설레는 가슴에 숨어 들어와
괴로운 마음을 기쁨으로 넘치게 하며 신비롭고 그윽한 감동으로써
'자연'의 힘을 내 둘레에 드러내나니 하나님의 조화인가? 내가 신인가?
아, 이 밝음! 이 순수한 부호에서 생동하는 '자연'을 내 영靈은 본다.

지식에 절망하여 자살까지 하려던 존 스튜어트 밀이 워즈워스의 시

를 읽고 생의 기쁨을 느낀 것은 파우스트 박사가 '대우주의 부'를 보았을 때와 똑같은 체험이었다.

워즈워스의 「무지개」는 이매지네이션의 시의 좋은 표본이다.

> 하늘에 무지개를 볼 때
> 나의 가슴은 뛴다.
> 나의 삶이 비롯할 때 그랬고
> 내 어른 된 이제도 그렇고
> 내 늙은 뒤 또한 그러러니
> 아니면 차라리 죽게 하라!
> 어린이는 어른의 아버지어니
> 나의 삶의 하루하루가
> 자연을 공경하는 마음에 있어지이다.

그러나 이매지네이션의 시대는 지나가고 과학의 시대가 왔다. 워즈워스가 「무지개」를 쓴 것은 1803년 3월 26일인데 1812년에는 기선이 클라이드 강을 거슬러 올라갔고, 1819년에는 증기선이 대서양을 횡단했고 1821년에는 스티븐슨이 최초의 증기기관차를 제작했다. 이리하여 워즈워스가 "문지방까지 푸른" 전원에서 "인간성의 고요하고 슬픈 음악"을 듣던 목가적인 영국은 산업혁명으로 상전벽해의 변모를 하였다. 이러한 급속한 사회적 발전을 따라가려면 조지 무어의 말마따나 예술에 있어서도 과학정신이 요청되는데 이매지네이션의 시인들은 도리어 과학에 반발했다. 좋은 예로 키츠는

차디찬 철학이 건드리기만 하면

모든 신비가 달아나지 않는가.

한때 하늘에 장엄한 무지개 있더니

우리가 그 올의 씨를 알게 됨에

보잘것없는 칠색의 물건이 되어버렸다.

—「레이미아」 제2부(229~233)

하였는데 '차디찬 철학'이란 과학을 가리키는 것이며 키츠는 램과 더불어 헤이든의 집에 모여서 "뉴턴이 무지개를 프리즘의 빛깔로 분석해서 무지개의 시를 송두리째 없애버렸다."고 개탄했다. (헤이든의 『자서전』 제1권 354) 이를테면 이매지네이션의 시인들은 에덴동산을 거닐던 천둥벌거숭이 이브와 같다. 과학이라는 '지식의 열매'를 따먹게 되자 비로소

하늘은 높다,

지상의 것을 똑똑히 보기엔

너무 높고 멀다.

— 밀턴, 『실락원』 제9권(811~813)

는 대상의식이 생기게 된 것이다. 삼천세계가 유심이라는 이매지네이션만 믿고 살던 시인들이 이러한 대상인식이 생기게 될 때 당황하는 것은 무리가 아니다. 하늘이 자기들 속에 있고 자기들이 하늘 속에 있다고 믿어 의심치 않던 시인들에게 하늘이 높고 멀다는 의식은 시가 될 수 없었다. 이리하여 그들은 시를 찾아 객관세계에서 점점 더 멀어져 '현대문학의 주류'에서 멀어졌던 것이다.

현 시각에 있어서 영문학은…… 구라파문학 가운데 제삼위를 차지하

는 데 불과하다. 즉 불란서와 독일의 문학에 다음 가는 것이다. 이 두 문학의 주되는 노력은 구라파의 지성일반이 그러하듯이 다년간 비평적 노력이었다. 즉…… 대상을 실재하는 그대로 보려는 노력이었다. 그러나 영문학에는 괴패乖悖하고 방일한 정신이 존재하기 때문에 영국작가가 대상을 생각할 때 개인적 공상을 지어 넣는 완강한 경향 때문에 영문학에서 거의 찾아볼 수 없는 것은 시방 구라파가 가장 욕구하는 바로 그것— '비평정신'인 것이다.

—「호머 번역에 대하여」 제2강

'대상을 실재하는 그대로 보는' 비평정신 위에 새로운 문학을 수립하려는 아널드의 의도는 「현대에 있어서의 비평의 기능」이라는 논문에서 가장 잘 표현되었다. 워즈워스 같은 이매지네이션의 시인들은 "자기 자신의 정열과 의욕에 만족하는 사람"(「서문」)인지라 대상을 실재하는 그대로 보려고 노력하지 않았던 것이다. "다시 말하면 19세기 초엽의 영시는 많은 정력, 많은 창작력을 가지고 있었지만 아는 것이 부족했다."

시인은 생활과 현실을 시에서 처리하기 전에 알아야 한다. 그리고 현대에 있어서 생활과 현실은 대단히 복잡한 것이니까 현대시인의 창작이 높은 가치를 가지려면 위대한 비평적 노력이 배후에 있어야 한다. 그렇지 못하면 비교적 빈약하고, 내용 없고, 생명이 짧은 것이 될 수밖에 없다.

—「비평의 기능」

이리하여 아널드의 유명한 명제—"시는 생활의 비평이다."—가 나오는 것이다.

3

"시는 생활의 비평이다."—아널드의 이 정의는 "시는 생활을 실재하는 그대로 보는 것이다."라고 고칠 수 있다. 비평은 아널드가 정의하기를 "대상을 실재하는 그대로 보는 것"이니까.

오늘날 우리가 이 시의 정의를 음미해볼 때 새삼스러이 아널드의 문학관이 현대적이라는 것을 발견하게 된다. 시가 생활을 무시하고 따로 존재할 수 없는 것이 현대요, 시라고 해서 비과학적으로 생활을 보는 특권을 가질 수 없는 것이 현대다. 현대에 있어서는 시와 생활이 따로 있을 수 없고 생활의 진실을 표현함으로써만 시는 존재할 수 있는 것이다. 이매지네이션의 시는 "정밀靜謐 속에서 회상된 감동"이었는데 아널드는

> 남달리 벅차는 감동이 있지만
> 자기 자신의 길이 아니라
> '인간'의 길을 보기 위하여
> 그 벅차는 힘을 누른다.
>
> —「체관諦觀」

하였다. 이것을 T. S. 엘리엇의 말을 빌려 다시 한 번 설명하면 현대에 있어서 "시는 감동의 해방이 아니라 감동으로부터의 도피인 것이며 개성의 표현이 아니라 개성으로부터의 도피인 것이다. 개성과 감동을 가진 사람이 아니면 이런 것으로부터 도피하고자 하는 것이 무엇을 의미하는지 모르는 것은 물론이지만."

예술이 과학의 상태에 접근한다고 말할 수 있는 것은 이와 같은 비개

성화에서다.

—「전통과 개인적 재능」

이리하여 워즈워스나 키츠 같은 이매지네이션의 시인에게 있어서 과학과 대립되던 시가 그 대립을 지양하고 '생활을 실재하는 그대로 보는' '과학의 상태'에 접근한 것이 시의 현대적 특징이다. 그러나 현대에도 워즈워스나 키츠의 아류가 있어—자칭 '순수파'이다—생활을 도외시하고 아니, 도외시해야만 시가 성립한다고 주장한다.

왜 그러냐 하면 시의 본성은 일상 현실세계의 일부나 또는 그 모사가 되어서는 아니 되고, 독립한 완전한 자율적인 그 자신에 의한 세계가 되어야 하니까. 그러므로 이 시의 세계를 우리의 것으로 만들려면 우리는 그 세계로 들어가 그 세계의 법칙을 좇고 우리가 현실세계에서 갖는 의견이나 의도나 특수 조건 등은 잠시 포기해야만 되니까.

— 브래들리,「시를 위한 시」

그래도 브래들리 등 현대의 순수파는 현대인이다. 시의 세계로 들어가기 위하여 현실의 세계를 잠시—이 말은 대단히 중요하다—포기한다. 다시 말하면 그들의 시적 체험은 어쩌다가 있는 찰나적인 것에 지나지 않는다. 그러나 그들의 스승인 워즈워스나 키츠는 그렇지 않았다. 그 증거로는 이 두 시인의 시를 들면 그만이지만 워즈워스의 다음과 같은 고백은 그의 시의 비밀을 잘 설명하고 있다.

나는 자주 외적 사물이 내적 존재를 가졌다는 것을 생각할 수가 없었다. 그리하여 나는 눈에 보이는 모든 것을 내 자신의 비물질적 본성에서 독립해 있는 것으로서가 아니라 그 속에 내재해 있는 것으로서 친교를 가졌었다. 나는 내 자신을 이러한 관념론의 심연으로부터 현실로 돌아가게 하려면 여러 번 담벼락이나 나무를 꼭 붙잡아야 했다.

—「불멸송不滅頌」의 주註

　　현대의 순수파들이 들어가려 애쓰는 그 비현실적 세계가 워즈워스에 있어서는 이렇게 '일상 현실세계'이었으며 실재하는 그대로의 세계로 돌아가려면 담벼락이나 나무를 꼭 붙잡아야 될 지경이었다. 현실을 실재하는 그대로 보는 데서 시를 발견하려 하지 않고 현실도피에서 시를 조작하려는 순수파들이 워즈워스 등 이매지네이션의 시인을 사숙하게 되는 것은 당연한 일이다. 한때 구라파 문단에 파문을 던진 순수시 운동이 워즈워스 등의 복벽운동이었다는 것은 순수시의 제창자 앙리 브르몽Henri Bremond이 '불란서한림원'에서 한 강연 「순수시La Poesie Pure」를 읽어보면 명백하다.

　　그러나 여기서 오해가 있어서는 안 될 것은 우리가 워즈워스 등의 시를 시로서 부정하려는 것이 아니라 그것이 19세기 초엽에 영국에 있어서 최선의 시였다 하더라도 오늘날 우리가 시를 창조하는 데 있어서 모범이 될 수는 없다는 것이다. 워즈워스는

　　　　봄 숲에서 받는 한번 충동이
　　　　모든 슬기로운 사람들보다도
　　　　그대에게 인간이 무엇이며
　　　　도덕적 선과 악이 무엇이라는 것을
　　　　더 잘 가르쳐주리라.

하였는데 채국동리하茱菊東籬下하고 유연견남산悠然見南山하던 워즈워스의 시대는 또 몰라도 단순한 '충동'을 가지고는 도저히 인간이나 선악에 대하여 그 진실을 파악할 수 없게스리 현대는 복잡하다. 워즈워스가 현대에 살았더라면 한 편의 좋은 시도 쓰지 못했을 것이다. 그가 만년에ㅡ1850년에 죽었다ㅡ좋은 시를 쓰지 못하였을 뿐 아니라 브라우닝이 「잃어버린 지도자」에서 통렬히 공격했듯이 시대를 배반하는 반동분자가 된 것만 보아도 알 것이다. 예이츠는

아아커디의 숲은 죽어
그 옛의 기쁨은 끝났다.
그때 세상은 꿈을 먹고 살았더니라.

하고 노래했지만 이 노래는 이매지네이션의 시를 조상弔喪한 것이라 보면 틀림없다. 아니, 현대를 기다릴 것 없이 이매지네이션의 시인 자신이 그 시에 대해서 환멸의 비애를 느낀 것을 키츠는 「야앵송夜鶯頌」에서 노래했다. 이 시는 "눈에 보이지 않는 시의 날개"를 타고 "권태와 열병과 신경질"이 없는 이매지네이션의 세계로 우화등선羽化登仙했던 시인이 현실로 돌아가는 것으로 끝을 막았다.

환상이었더냐 또는 눈 뜬 채 꾼 꿈이었더냐?
그 음악은 사라졌다ㅡ나는 깨어 있느냐 잠자고 있느냐?

문학사적으로 볼 때 이매지네이션의 시는 이미 사라진 꿈이다. 그러나 그 당시에는 이 꿈이 오늘의 순수파의 백일몽처럼 인민의 진취성을 마비시키려는 반동적 역할을 놀지 않았다. 아널드 말마따나 "빛나는 날

개로 효과 없이 허공을 치는 아름답고 약한 천사"의 소극적 반항이었던 것이다.

그러나 꿈을 가지고는 시가 될 수 없게스리, '생활을 실재하는 그대로 보는 것'만이 시를 가능하게 하게스리 우리의 생활은 발전했다. 아니 시는 발전했다.

> 그러므로 다음과 같은 확고한 신념을 가지는 것이 중요하다. 즉 시는 본질에 있어서 생활의 비평이라는 것, 시인의 위대함은 사상을 생활 즉 어떻게 사느냐 하는 문제에 힘 있고 아름답게 적용하는 데 있다는 것.
>
> ─「워즈워스론」

생활을 실재하는 그대로 보는 데서 시의 내용이 되는 사상이 귀납되며 이 사상이 힘 있고 아름답게 표현될 때, 즉 예술적 표현을 얻을 때 시가 완성되는 것이다. 아널드가 시는 "사상과 예술의 일체"(「시의 연구」)라고 말한 것은 이러한 의미에서다. 그가 내용에만 치중하고 현상에는 등한한 것 같은 오해를 없이 하기 위하여 다시 한 번 더 아널드를 인용하기로 하자.

> 그러나 시에 있어서는 생활의 비평이 시적 진과 시적 미의 제법칙에 일치해서 이루어져야 한다. 내용과 소재의 진실과 성실에다가 용어와 양식의 교묘와 완벽을 가한 것이─최고의 시인들에서 볼 수 있듯이─시적 진과 시적 미의 제법칙에 일치해서 이루어지는 생활의 비평을 형성하는 것이다.
>
> ─「바이런론」

4

'대상을 실재하는 그대로 보는' 아널드의 비평은 생활에서 도피하여 날로 공허하게 되어가는 영시에다 옳은 방향을 지시했을 뿐 아니라 판도 版圖의 팽창과 부의 축적과는 반비례해서 국수주의의 강도를 높이고 있는 영국인들에게 넓은 시야를 제공했다. 그의 비평의 대상은 영문학에 그치지 않고 희랍 나전羅典의 고전문학은 물론이려니와 독일, 불란서 등 구라파 현대문학에까지 이르러 광범했다. 심지어 톨스토이의 『안나 카레니나』를 비평하고는 영국인도 노서아어를 배워야 될 때가 왔다고 말했다.

노서아의 귀족들이 노서아어를 미개의 언어라 해서 불란서어만 쓰던 시대에 유아독존의 제국주의 영국에 앉아서 이러한 발언을 했다는 것은 아널드가 '대상을 실재하는 그대로 보는' 비평정신을 가졌기 때문에 가능했다. 문학을 그 역사적 전통에 있어서 가치규정을 하려는 노력은 당시 영국에 없지 않았으나 문학은 또한 국제적인 관계에 있어서도 가치규정을 받는다는 것을 안 사람은 드물었다. 아널드가 영국인도 노서아어를 배워야 될 때가 왔다는 의미는 노서아어로 위대한 문학창조가 이루어질 때 그것을 무시하고서 영문학이 독존적으로 창작활동을 할 수는 없다는 것이다. 만약 그랬다가는 가치가 저하될 것이라는 것이다. 오늘날 이것은 누구나 아는 사실이다. 그러나 그때 영국에서는 그렇지 못했다. 그래서 아널드는 다시 한 번 비평의 참된 의의를 강조했다.

혹자 말하리라, '잠깐만 기다리시오. 당신의 장광설은 우리에게는 조금도 실제적 소용이 닿지 않소. 당신이 말하는 비평이라는 것은 우리가 비평이라고 말할 때 의미하는 것과는 달소. 우리가 비평가와 비평을 말할 때 우리는 오늘에 유행하는 영문학의 비평가와 비평을 의미하는 것이요. 당신이 비평을 그 기능에 대해서 말한다 하기에 우리는 당신이 이러한 비평에 대해서 말하리라 기대했던 것이요'라고. 유감이다. 왜냐면 나는 이러한 기대에 어그러질 수밖에 없으니까 나는 내 자신의 비평의 저의에 대해서 책임을 진다―비평이란 세계에서 알려지고 사색된 가장 좋은 것을 배우고 퍼뜨리려는 공정무사한 노력이다. 그러면 시방 유행하고 있는 영문학의 얼마만한 분량이 '세계에서 알려지고 사색된 가장 좋은 것'에 드는가? 대단치 않다고 나는 생각한다. 이 시각에 있어서는 확실히 불란서나 독일의 현존 문학만 못하다.

― 「비평의 기능」

아널드는 영시를 '그 높은 사명에 남부끄럽지 않은 시'에까지 높이기 위하여 시를 정의하는데 '저 위대하고 무진장인 생활이라는 말'(『워즈워스론』)을 썼으며 세계에서 가장 좋은 지식과 사상을 수입하여 써 시에 담으려 했던 것이다.

특히 자기네들의 시정신creative mind을 과신하는 나머지 비평정신을 이단시하고 외국의 문학활동을 무시하는 영국시인들에게 문화의 세계성을 가르쳤다는 것은 중대한 의의가 있는 것이다. 이십 세기 영문학에서 획기적인 비평이라 할 수 있는 T. S. 엘리엇의 「전통과 개인적 재능 Tradition and Individual Talent」은 다음과 같은 아널드의 말을 부연한 것에 지나지 않는다.

문명한 제민족의 전체를, 행동 통일이 되어 공통된 결과를 향해서 노작勞作하고 있는 지성적, 정신적 목적을 위한 일대 총동맹으로 간주하자. 그 성원들이 자기 민족이 발전해나온 과거와 함께 타민족에 대하여 옳은 지식을 가지고 있는 총동맹.

—「워즈워스론」

자연과학자라면 자기나 자기 민족이 독립해서 과학을 할 수 없다는 것을 잘 안다. 즉 다른 과학자와 다른 민족들의 과학연구의 총 결과가 시시각각으로 자기와 자기 민족의 과학에 영향을 주며 역으로 자기와 자기 민족의 결과도 다른 과학자와 다른 민족의 과학에 영향을 준다는 것. 그러므로 이십 세기 중엽인 현대에 있어서 중세기적 연금술이나 점성술을 가지고 과학이라 자랑하는 과학자나 민족은 있을 수 없다. 그러나 과학에는 있을 수 없는 현상이 문학에는 나타난다. 연금술이나 점성술에 진배없는 국수주의 문학자와 이른바 순수문학자들이 행세한 것이 일본에서는 황도문학으로 나타났고 독일에서는 나치스문학으로 나타났다. 남조선에는 뒤늦게 이러한 시대착오의 문학이—월가의 달러를 믿고—대담하게 실로 대담하게 '민족문학'을 참칭하고 있다.

그러나 생활을 실재하는 그대로 보지 못하기 때문에 현실에서 괴리되고 국수주의로 말미암아 세계에서 고립한 일본의 황도문학이나 독일의 나치스문학이 문학이 아닌 것은 연금술이나 점성술이 과학이 아닌 것이나 마찬가지로 명백하다. 남조선의 '순수문학'이나 국수주의 문학만이 문학이 될 까닭이 없지 않은가. 문학이 아닌 것이 '민족문학'이 될 수 없는 것은 다시 말할 나위도 없다. 오늘날 '순수문학'은 일본의 황도문학이나 독일의 나치스문학과 다를 것이 없다는 것을 이해하지 못하는 사람들은—순수문학파 자신들과 그들을 따르는 문학청년들이겠지만—독일이 낳은 유명한 작가 토마스 만이 제2차 세계대전이 끝나자 발표한 논문 「독일과 독일인」(번역명 「마魔의 민족」)을 읽어보라.

만일 『파우스트』가 독일혼의 상징이라면 그는 반드시 음악적이어야 될 것이다. 왜 그러냐 하면 '독일인'의 세계에 대한 관계는 추상적이고 신비적이기 때문이다. 즉 환언하면 음악적이다―마魔에 좀 눌린 한 교수― 어색하기는 하나 교만한 지혜가 가득 찬 그는 결국 '깊이'에 있어서 세계를 극복할 수 있다고 자부하는―와의 관계와 같다. 무엇이 이 '깊이'를 구성하는가? 단순히 독일혼의 음악성―우리가 따져 말하기를 그 내재적이라 하는 것 그 주관성 인간정력이 사회 정치적 행동에서 유리된 사색 그리고 절대적으로 우세한 후자의 우위 그것이 '깊이'를 구성하는 것이다. 구라파는 항상 이것을 감지하였고 또 그 해괴하고 불행한 일면을 목도하였다.

―《문학》 2호, 설정식 역

페이터가 "음악적 상태가 되려고 한다."고 단정했고 브래들리가 "의미의 음악"이라고 정의한 아니, 이미 워즈워스가 "고요하고 슬픈 인간성의 음악"이라고 노래한 이른바 순수문학은 독일민족이 객관세계를 추상적, 신비적으로밖에 보지 못하게 했으며 '사회 정치적 행동에서 유리된 사색'의 심연에 빠지게 하여 "말하자면 히틀러의 레벨에까지 저하할 때 독일 낭만주의는 정신병자적 번성蕃性, 흥행적 함위緘圍, 교만, 범행에까지 이르게 되는 것이니 바로 현재 독일이 받고 있는 국가적 대난, 비길 바 없는 정신적 내지 육체적 파멸은 자연히 따라온 그 결과라 할 것이다."(동상同上)

문학이 한 사람을 망쳐도 문학이라 할 수 없겠거든 황차 한 민족을 멸망의 구렁으로 끌어넣는 문학이랴. 순수문학은 문학이 아닐뿐더러 민족을 해치는 것이다. 국수주의 문학은 다시 노노呶呶할 필요조차 없지 않은가.

아널드가 시를 정의하여—때로는 문학이라는 말을 쓰기도 했다—
'생활의 비평'이라 하고 비평을 두 가지로 정의하여

    1. 대상을 실재하는 그대로 보는 것
    2. 세계에서 알려지고 사색된 가장 좋은 것을 배우고 퍼뜨리려는 공
정무사한 노력

이라 한 것이 얼마나 깊고 넓은 시의 통찰과 전망에서 나왔느냐 하는 것
이 현대에 와서 명백해졌다. 그러나 완전하지는 못하다. (아니 완전이란
'기능에 응해서 노동하고 필요에 응해서 소비하는' 시대가 오기 전에는 기대할
수 없는 것이다.) 우리는 아널드가 끝나는 데서 출발하여야 한다. 끊임없
는 발전이야말로 아널드의 체계에 있어서 가장 중요한 사상이다.

    인류의 정신이 그 이상을 발견하는 것은 인류의 정신에다 끝없이 보
태며 그 능력을 끝없이 발전시키며 슬기로움과 아름다움에 있어서 끝없
이 성장하는 데 있는 것이다. 이 이상에 도달하기 위하여 교양은 뺄 수 없
는 힘이며 또 그것이야말로 교양의 참된 가치인 것이다. 소유와 휴식이
아니라 성장과 생장이 교양이 생각하는 완전의 성격인 것이다.

—『교양과 무질서』

5

    아널드의 한계는 영국의 부르주아지와 그들의 이데올로기인 자유주
의에 실망하면서도 미처 프롤레타리아의 장래에 대해서 과학적 신념이

없었던 것이다. 이것은 이미 이 논문의 1에서 지적한 바이다. 그 당시의 영국 노동자들의 생활이 '실재하는 그대로 보아서'는 도저히 시가 될 수 없게스리 비참한 상태에 있었다는 것은 디킨스의 소설만 읽어보아도 알 수 있는 일이다.

> 노동자를 보호하는 법률은 한 조목도 없었다. ……노역은 주야를 가리지 않고 계속되었다. 노동자들은 식사 시간에도 나가지 못하게 하여 기계를 소제시켰다.
> 자연시간을 연장시키려 덜 가게 만들어놓은 공장시계와 대조해보지 않도록 노동자가 시계를 휴대하는 것을 금했다. 매로 때리는 것이 항다반사恒茶飯事이며 지독한 병으로 병신이 된다든지 둘러막지 않은 기계에 치어 죽는 수가 많았다. 이렇게 하여야만 영국이 외국과 경쟁해서 세계에 있어서의 그 지위를 보존할 수 있다고 지배인들은 이러한 제도를 극력 변호했다. ……여자들은 탄광에서 마소 모양 쇠사슬로 도로꼬에 얽히어 하루에 십칠 마일 내지 삼십 마일의 거리를 기나긴 탄갱 속을 기어서 끌고 다녔다. 어린이들도 다섯 살부터 탄광의 암흑 속으로 보냈다. 데이비드 테일의 모범공장에서는 다섯 살부터 여덟 살의 어린이들이 아침 여섯 시부터 저녁 일곱 시까지 일을 했다.
> — T. R. 그리인, 『영국민소사英國民小史』 840항

맑스와 엥겔스 같은 과학적 형안炯眼과 혁명적 정열의 소유자가 아니면 이러한 인간 이하의 생활에서 '자유의 왕국'을 건설하는 데 주동적 역할을 놓을 프롤레타리아의 빛나는 장래를 보지 못했던 것은 그리 놀랄 것이 없다. 한 세기가 지난 오늘날도 오히려 아널드에게 배워야 될 사람이 많은 영국이다.

그러나 위대한 시월의 프롤레타리아혁명을 거쳐 "새로운 생활과 새로운 존재와 새로운 문화"(스탈린)를 건설한 소련에 있어서는 아널드의 명제가 진리라는 것이 입증되었다. '제일차 오개년 계획'(1927~1931년) 때 여러 해 동안 시인 니콜라이 티호노프*가 전국을 두루 여행한 목적도 '생활을 실재하는 그대로 보는' 데서 시의 원천을 발견하려는 데 있었던 것이다.

> 위대한 건설사업의 영웅적 행동을 보이려는 것은 무진장의 새로운 말과 새로운 개념과 생활의 실재를 시에 도입하는 것을 의미한다. 이러한 것은 다른 사람들의 인상을 통해서 이해될 수 없으며 서적이나 신문만 가지는 진실을 알 수 없는 것이다.
>
> —《소련문학》, 1947년 제9호

이 티호노프의 말은 이를테면 가설에 지나지 않았던 아널드의 명제— '시는 생활의 비평'—를 사실을 가지고 증명한 것이라고 볼 수 있다.

그러면 조선의 현실은 어떠하냐?

북조선에서는 이미 민족의 손으로 민족을 위한 민족의 경제와 정치와 사회와 생활을 확립했다. 따라서 시는 민족의 생활을 실재하는 그대로 보는 것으로서 성립한다. 남조선에 앉아서 북조선의 시를 개념적이요 공식적이라 보는 사람들은 어떻게 하다가 입수하는 잡지나 책을 통해서 시는 읽었으되 그 시가 반영하는 남조선과는 전연 다른 비약적 발전을 한 사실을 보지 못하고 남조선의 사실을 시금석으로 하여 또는 과거나

---

* 니콜라이 티호노프(Nikolaj S. Tikhonov, 1896~1979). 소련의 시인. 처음에는 비정치적인 '세리피온형제'의 동인이었으나 내전 중에 적군지원병으로 싸우면서 혁명적 로맨티스트로 변모하였다. 소련의 사회주의 건설을 반영한 서정시를 지었다. 제2차 세계대전 후 최고회의 대의원, 세계평화옹호위원회 소비에트부 회장 등을 역임하였다.

외래의 예술을 시금석으로 하여 비판하기 때문이다. 하긴 의식이 존재의 반영이라 하되 존재보다 하루 뒤떨어지는 것이니까 북조선의 민족시가 북조선의 민족적 사실에 비하여 손색이 있는 것은 어찌 할 수 없는 노릇이다. 이것은 이번에 내가 직접 눈으로 보고 안 것이다. 그러므로 북조선의 민족시는 민족의 생활을 실재하는 그대로 보고 표현하는 리얼리즘을 확대 강화할 것이다. 사실 그러기 위하여 시인들은 속속 공장과 농촌으로 들어가 노동자 농민의 생활을 체험하고 있다. 아니 이미 노동자 농민 속으로부터 시인이 나오기 시작했다.

그러면 남조선의 현실은 어떠하냐? 아널드가 처해 있던 영국 그대로다. 아니, 일본식민지에서 벗어난 줄 알았던 것은 8·15 찰나의 기쁨이요 생산은 파괴의 일로를 걷고 있다. 그러니 그대로 시가 될 생활이 있을 까닭이 없다. 영제국에서 생활을 실재하는 그대로 보는 것으로서 시를 만들지 못했거늘 외국의 상품시장이 되어가는 남조선에서랴. 그러나 조국을 위기로부터 구출하기 위하여 영웅적으로 궐기한 인민들이 있다. 이 인민들의 투쟁은 그대로 표현한다면 시 이상의 것이 될 것이다. 오늘날 '구국문학'이 제창되는 것은 시인도 민족의 한 사람으로서 구국투쟁에 참가해야 된다는 것을 의미하는 동시에 구국투쟁에서만 시는 그 마음에서 또 시를 사랑하는 마음에서 이 투쟁에 적극 참가해야 한다.

이 투쟁이 성공할 때 비로소 '생활을 실재하는 그대로 보는 것'이 시가 되는 시대가 올 것이다. 불연不然이면 시는 민족과 더불어 외제의 철제에 짓밟히고 춘원의 황국문학 아닌 또 무슨 문학이 나올 것이다. 아니 이미 춘원을 비롯한 친일문학자들이 다시 고개를 들기 시작했다.

이러한 민족의 위기, 시의 위기에서 아널드의 다음과 같은 말은 우리에게 용기를 북돋아준다.

그 약속받은 땅은 우리가 들어가지 못하고 우리들은 황야에서 죽을 것이다. 그러나 그 땅으로 들어가고자 했다는 것, 그 땅을 향해 멀리서 소리쳤다는 것이 벌써 우리들이 오늘날 누구보다도 자랑할 수 있는 것이며 후세가 존중히 여길 가장 좋은 훈장이 될 것이다.

— 「비평의 기능」

(6월 26일)

—《문장》속간호, 1948. 10.

뿌르조아의 인간상

― 폴스타프론

1

영국의 유명한 셰익스피어 학자 J. 도우버 윌슨 교수는 스트랫퍼드어 폰에이번에서 거행된 셰익스피어 탄생 제384주년 기념축하 오찬회 석상에서―1948년 4월 23일―"영원한 기억 The Immortal Memory" 축배를 올리기 전에 뜻 깊은 연설을 하였는데, 그가 특히 강조한 것은 셰익스피어가 인류 공통의 문화재라는 것, 사람마다 셰익스피어라는 거울 속에서 자기의 얼굴을 발견하고 그것을 셰익스피어의 얼굴로 착각하듯이 국민마다 이 거울 속에서 그 국민의 얼굴을 발견하고―예하면 십구 세기의 독일인이 햄릿을 자기들의 표현이라고 믿었듯이―좋아라 하지만 셰익스피어는 영원한 비밀로 남아 있다는 것이었다. 따라서 도우버 윌슨 교수 자신이 아전인수를 하고 있는 것이 분명하지만 그것은 동시에 현재 영국에 있어서 셰익스피어 연구가 어느 방향으로 가고 있는가 하는 암시를 주기에는 충분함으로 그의 연설을 한 대목 소개하고자 한다.

소학교 아동도 다 『베니스의 상인』을 안다. 하지만 근년에 이르기까지 이 작품을 이해한 사람은 드물었다. 『베니스의 상인』은 친유태적이냐 반유태적이냐? 하는 것이 백년 이상을 끌고 온 비평가들의 의문이었다. 십육 세기 무대에서 샤일록은 반半 희극적 늙은 악한으로 그가 돈과 딸에 대하여 튜발과 수작하는 장면은 박장대소를 환기했다. 그는 훌륭한 기독교 신사의 생명을 음해하려다가 제 꾀에 제가 넘어간 것이다. 그러나 머크리이디Macready와 어빙Irving은 샤일록을 전연 다르게 연출하여 영원히 학대 받는 민족의 숭고한 챔피언, 즉 피압박 민족을 위하여 희생된 수난자로 만들었다. 이 두 해석이 다 작품을 옳게 파악하지 못하였다. 샤일록은 무서운 늙은이, 즉 일종의 인간 호랑이지 희극적인 데는 전연 없는 인물이다.

『베니스의 상인』은 인류의 병을 폭로하는 신화다. 셰익스피어는 친유태적도 반유태적도 아니다. "지긋지긋한 현실 속에 이러한 사태가 있으니 이해하라."고 셰익스피어는 말하는 것 같다.

『베니스의 상인』은 아주 불편부당한 극이요 편당적으로 해석하면 힘이 많이 빠져버리는 까닭에 나는 그의 불편부당성을 강조한 것이다.

『베니스의 상인』에게 영향을 주었으리라는 말로*의 『몰타도의 유태인』의 주인공 버래버스만 보더라도 또 엘리자베스 여왕을 독살하려고 서반아가 음모한 데 끼었다는 죄목으로 교수형대에 올라 증오심에 불타는 군중의 고함 속에 처형된 여왕의 시의이었던 유태인 로페즈Lopez 사건만 보더라도 또 그 후에 무수한 반유태적인 연극이 런던에서 상연되었다는

---

* 크리스토퍼 말로(Christopher Marlowe, 1564~1593). 셰익스피어와 동시대에 활동한 작가. 셰익스피어의 유명세 때문에 그의 업적이나 능력이 빛에 가려질 수밖에 없었던 불행한 작가이다. 어두운 비극을 주로 써서 비극성을 영국에서 최초로 다룬 작가로 평가된다. 시의 형태는 Blank Verse(무운시)를 이용하였다. 그의 3대 비극은 『탬벌린 대왕Tamburlaine the Great』 『몰타섬의 유대인The Jew of Malta』 『포스터스 박사 Dr. Faustus』 이다.

사실만 보더라도 아니, 『베니스의 상인』을 읽어만 보더라도 셰익스피어가 샤일록에게 동정했다는 해석은 어불성설이다. 그러나 극을 만드는 것이 시대와 관중이기 때문에 후세에 샤일록에게 동정하는 사람들이 생겨났다는 것은 우리가 셰익스피어를 연구할 때 그냥 일소에 붙일 수 없는 사실이다.

『로마법의 정신』이란 대저로 유명한 법리학자 루돌프 폰 예링Rudolf V. Jhering은 『권리를 위한 투쟁』이라는 저서에서 셰익스피어를 맹렬히 공격하고 샤일록을 다음과 같이 변호했다.

나는 샤일록의 증서를 유효하다고 인정해야 된다고 주장한 것이 아니라 일단 그것을 유효하다고 인정한 이상 그 증서를 내종에 선고를 내릴 때에 이르러 비열한 속임수로 제쳐 무효라 해서는 안 된다는 것을 주장한 것이다. ……대체 피 없는 살이 있는가? 안토니오의 몸에서 한 파운드의 살을 베는 권리를 샤일록에게 시인한 재판관은 그와 동시에 그것 없이는 살일 수가 없는 피도 또한 벨 것을 그에게 시인한 것이다. 그리고 한 파운드를 베는 권리를 가진 자는 그가 하고자 하면 더 적게 요구할 수는 있다. ……그리하여 비열한 기지로 말미암아 그의 권리를 수포로 돌아가게 한 판결에 억눌려서 그 자신이 무너졌을 때, 그가 쓰디쓴 조소를 받으며 맥없이 까불어져서 비틀비틀 걸음을 옮겼을 때에 그와 더불어 베니스의 법률이 왜곡된 것이다. 거기서 쥐죽어 달아난 것은 유태인 샤일록이 아니라 중세기에 있어서의 유태인의 전형인 자태, 즉 권리를 찾아 헛되이 소리를 지르던 저 사회의 천민이었다는 감정을 뉘 감히 금할 수 있으랴.

시인 하이네도—그도 유태인이었다—자기 옆에 앉았던 어떤 영국인 관객이 『베니스의 상인』의 제4막을 보고 나자 흐느껴 울면서 몇 번이고

"저 불쌍한 사람이 억울하다."고 소리쳤다는 말을 하고 "그 울음이야말로 십육 세기 동안 학대 받던 민족이 당한 수난을 안고 있는 가슴에서만 우러나올 수 있는 울음이었다."고 설명했다.

아니, 샤일록에 동정한 사람들은 예로 들 것 없이 우리들 자신이 포시어의 저 유명한 「자비의 시」보다 샤일록의 말에 솔깃할 염려가 있다.

잘못한 일 없는 제가 무슨 판결인들 무서워하겠습니까. 당신네들은 사온 종을 많이 집에다 두곤 나귀나 개나 노새처럼 천한 일에 마구 부려 먹지 않습니까. 돈 주고 샀다고 해서요. 제가 이렇게 말씀 드리면 어떨까요. 그들을 해방하여 당신네 자녀들과 결혼을 시키세요. 왜 그들은 무거운 짐을 지고 땀을 흘립니까? 그들의 잠자리도 당신네들 것처럼 보들보들하게 해주고 그들의 입 속에도 꼭 같은 맛있는 음식을 넣어주시오, 라고요. 그러면 당신네 대답이 "종은 우리의 소유다." 하시겠지요. 저도 그렇게 대답하겠습니다. 내가 저 사람에게 요구하는 한 파운드의 살도 비싼 값에 산 것입니다. 내 것이니까 내가 소유하려는 것입니다. 만약 그것을 안 된다고 하시면 당신네들의 법률은 무엇에 말라비틀어진 것입니까. 베니스의 법령은 아무 힘이 없게 됩니다. (4막 1장)

셰익스피어가 의식했건 안 했건 『베니스의 상인』 속에는 귀족계급과 신흥귀족인 부르주아와의 대립이 역연歷然이 나타나 있다. 샤일록이 이 새로운 계급을 대표하는 요소가 있기 때문에 근대에 와서 그를 옹호하는 사람들이 부쩍 늘은 것이다. 맑스는 『자본론』에서 지적하기를 샤일록이 '살과 피'를 요구한 것은 자본가로서는 당연한 것이며 자본가의 돈이란 결국 '살과 피'를 착취한 것이라 했다. 샤일록이 귀족을 대표하는 안토니오의 미움을 받는 까닭은 유태인이라든지 기독교도가 아니라는 데 있는 것이 아니라 돈을 빌려주고 이자를 받는다는 데 있었다. 친우 바싸니오의 결혼비용을 조달하기 위하여 샤일록에게 삼천 두카트의 대금을 빚내러 가서도

> 이후라도 나는 또 너를 욕하고 침 뱉고 발길질할는지 모른다. 그러니 이 빚을 주려거든 친구에게 주는 심 잡지 말라. 왜냐면 생산력 없는 금속을 친구끼리 꾸어주고 이자를 받는 우정이 있을 수 있는가? 그러니 차라리 원수에게 꾸어주는 심 잡으라. (1막 3장)

한다. 또 샤일록이 안토니오를 미워하는 이유로 그의 방백 말마따나

> 안토니오는 돈을 거저 꾸어주어서 베니스에 있어서 이자의 율을 떨어트리는데 (1막 3장)

있는 것이다. 『베니스의 상인』에 있어서 사건을 진전시키는 가장 중요한 모멘트인 안토니오와 샤일록의 대립은 실로 돈을 빌려주고 이자를 받는 것이 정당하냐 아니하냐 하는 문제라고 볼 수 있다. 다시 말하면 봉건적 이데올로기와 자본가적 이데올로기의 대립인 것이다.

도우버 윌슨이 말하듯이 십팔 세기 무대에서 샤일록은 반半 희극적 늙은 악한으로 연출되어 돈과 딸에 대하여 같은 고리자본업자 튜발과 수작하는 장면이 박장대소를 환기했는데 같은 샤일록이 현대에 와서는 심지어 눈물까지 자아낸다는 사실, 즉 '십육 세기 동안 학대 받던 민족이 당한 수난을 안고 있는 가슴에서만 우러나올 수 있는 울음'을 자아낸다는 사실은 그냥 간단히 "작품을 옳게 파악하지 못했다."고 치워버릴 수는 없는 문제다. 샤일록을 악한으로 보느냐 그와 정반대로 억울한 일을

당한 늙은이로 보느냐는 분기점은 돈을 빌려주고 이자를 받는 것이 옳으냐 그르냐에 달려 있는 것이다. 돈의 이자를 받는 것이 버젓한 논리가 되어 있는 자본가적 사회의 통념으로 볼진댄 안토니오는 아무 죄도 없는 샤일록에게 침을 뱉고 발길질을 한 것이다.

> 안토니오 씨 당신이 날 보고 돈놀이하여 취리한다고 욕한 것이 골백 번은 되겠습니다. ……내 수염에다 침을 뱉고 남의 집 개새끼를 문 밖으로 차 내쫓듯이 나에게 발길질을 했겠다요. (1막 3장)

그러나 이렇게 인종유린을 당하고도 샤일록은 "어깨를 으쓱하고 꿀꺽 참았다."고 셰익스피어는 썼다. 사람들을 종으로 팔고 사고 그 사온 종을 '많이 집에다 두곤 나귀나 개나 노새처럼 천한 일에 마구 부려먹던' 안토니오가 돈놀이한다고 샤일록에게 침을 뱉고 발길질을 해도 오히려 잘했다고 칭찬을 받고 샤일록은 그래 싸다 하는 생각을 갖게 한 것은 봉건적 이데올로기가 지배하던 엘리자베스조의 무대에서는 당연했던 것이다. 그러나 현대는 어떠한가? 샤일록보다 굉장히 더 큰 자본업자인 월가의 금융자본가에게 침을 뱉고 발길질을 한다면—감히 그럴 사람도 없겠지만—어떻게 될 것인가? 미국의 데모크라시란 트루먼 대통령이 입버릇처럼 말하듯이 '기업의 자유Freedom of Enterprise'가 근본정신인데 훌륭한 아니, 가장 현대적인 기업인 금융업을 탄압하려는 안토니오는 분명히 소위 데모크라시의 적인 것이다. 그래서 퀼러—코치 경은 『셰익스피어의 기교』에서 안토니오의 무리들에 대한 적의를 표명했다. 그는 소년 때 처음 『베니스의 상인』을 볼 때부터 좋아하지 않았는데 그 까닭을 분석해 본 결과 안토니오를 싸고도는 무리들이 기생충적 존재에 지나지 않고 생산은 없는데 소비만 많이 하는 무리들이며 인정이 눈곱만치도 없는 놈들이라는 것을 증명했다. 그리고 자기의 의식이 자본가 사회에서 생겨난 것을 잊고 봉건사회에 살던 셰익스피어도 꼭 같은 의식을 가지고 있다고 견강부회했다.

　　그러면 왜 이러한 베니스인들이 그렇게도 몰인정하냐? 내 생각엔—독자 여러분도 나와 같은 생각일 것이다—셰익스피어가 일부러 베니스를 르네상스의 몰인정하고 천박한 면을 나타낸 것으로 만들었다.

—「셰익스피어의 기교」(103페이지)

　셰익스피어가 안토니오와 바싸니오의 무리들을 인간성을 결여한 기생충적 존재로 표현했다고 주장하는 것은 자본가 사회의식을 봉건사회 의식에 대치해놓고서 셰익스피어 극을 해석한 데서 오는 오류다. 퀼러 코치 경이 『베니스의 상인』을 보고 안토니오의 무리들에 대하여 좋지 못한 감정을 가진 것을 진실한 감정이 아니라는 것이 아니라 셰익스피어 시대의 관객도 꼭 같은 감정을 가졌다고 생각하면 큰 잘못이라는 것이다. 즉 긍정적이던 것이 부정적이 된 가치의 전도를 이에서 발견하게 되는 것이다. 따라서 셰익스피어 시대에 있어서 증오의 대상이던 샤일록이 현대에 와서는 동정을 사게 되는 것도 똑같은 이치가 아닌가. 결국 셰익스피어 시대에는 부정적이던 것이 긍정적인 것이 되는 시대가 온 것이다. 월가의 금융자본가들이야말로 샤일록의 후예인 것이다.

　셰익스피어의 작품에 있어서 현대에 와서 가치가 전도된 것의 가장 뚜렷한 예가 폴스타프이기 때문에 폴스타프를 논하여 셰익스피어 시대에 부정적이던 것 아니, 셰익스피어 작품에서 부정적인 것이 어떻게 현대에 와서 긍정적인 것이 되었나 하는 것을 밝힘으로 말미암아 셰익스피어는 불편부당한 작가라느니 셰익스피어는 주견이 없는 작가라느니 셰익스피어는 영원한 비밀이니 하는 영미의 부르주아학자들의 신화를 비판하려는 것이 이 소론의 목적이다.

2

톨스토이는 셰익스피어를 통틀어 그 가치를 부정해버렸다.

오십 년 동안 나는 자신을 시험하기 위하여 때로는 노서아 말로 때로는 영어로 때로는 독일어로 또 때로는 사람들이 권하는 대로 쉴레겔의 번역으로 가능한 한 다방면으로 셰익스피어를 몇 번이고 읽어보았다. 몇 번이고 몇 번이고 비극, 사극, 희극을 읽었다. 그러나 의연히 동일한 기분—반감과 염증과 의혹—을 맛볼 뿐이었다. 지금 이 논문을 쓰기 전에 일흔다섯이나 된 노령의 내가 다시 한 번 자신을 시험해보려고 새로이 헨리의 사극으로부터 『트로일러스와 크레씨다』, 『태풍』, 『심벨린』에 이르기까지 셰익스피어의 전 저작을 통독하고 더 강렬하게 꼭 같은 기분을 경험했다. 그러나 이제 와서는 그것은 벌써 의혹이 아니다.

셰익스피어의 여하한 극을 읽은 경우에도 처음부터 곧 나는 십이분+二分 명확하게 다음과 같이 단언할 수 있다. 셰익스피어에게는 성격 묘사의 유일한 수단—적어도 그 중요한 수단—인 '말'이 결여되어 있다. 즉 각개의 인물이 각자의 이성에 꼭 맞는 말을 가지고 말하지 않는다. ……셰익스피어의 인물은 모두 자기 자신의 말을 쓰지 않고 무슨 경우에든지 항상 동일한 셰익스피어 일류一流의 수식투성이인 부자연한 말을 쓴다. 참말이지 그 말은 거기 등장하여 행동하는 인물이 말할 수 없을 뿐 아니라 어느 때 어떠한 장소에서도 맥이 통해 있는 인간 쳐놓고 도저히 말할 수 없는 말인 것이다.

—「셰익스피어의 희곡에 대하여」

　세계문학사에 있어서 새로운 시대를 가져온 노서아의 소설가 톨스토이의 이러한 주장을 일소에 붙일 수는 없지 않은가. 같은 시대에 나서 또 같은 소설가로서 어깨를 나란히 한 투르게네프가 셰익스피어에 심취한 것은 누구나 아는 바이지만 톨스토이와 투르게네프가 셰익스피어에 대해서 늘 의견충돌을 한 것도 유명한 사실이다. 투르게네프가 셰익스피어를 읽다가 흥분해서 무릎을 치고 좋다는 대목을 톨스토이가 읽고는 무엇이 좋으냐고 아무 감흥을 느끼지 않았던 것이 한두 번이 아니었다. 또 이들과 같은 시대의 소설가 도스토옙스키가 『카라마조프의 형제들』에서 냉혈의 악한 스메르자코프로 하여금

　　그것이 시인 한 근본적으로 무용지장물입니다. 그래 시로 말하는 사람이 어디 있겠습니까. 만약 우리가 시로 말한다면 설사 정부의 명령으로 하는 것이라 하더라도 우리는 별로 말을 못할 것이 아네요. 시는 유해무익한 것입니다. 마리아 콘드라레브나— (제5권 제2장)

라고 말하게 하여 시를 모르는 자는 인간성이 결여되었다는 것을 예술적으로 풍자한 것이 직접 셰익스피어의 시를 부정한 톨스토이를 두고 욕한 것인지 아닌지는 모르겠으나 투르게네프와 더불어 도스토옙스키는 시를 지양하지 못한 소설가라는 것은 누구나 시인하는 바다. 그리고 이른바 예술을 위한 예술을 주장하는 사람들의 의견과는 정반대로 현재 소련에서는 톨스토이가 이 두 사람보다는 훨씬 더 높게 평가된다는 사실도 결코 우연이 아니다. 리얼리즘에서 볼 때 투르게네프와 도스토옙스키는 톨

스토이에 멀리 미치지 못하는 것이다.

이러한 톨스토이가 폴스타프를 평하여

> 폴스타프는 참 철두철미 자연스럽고 특이한 인물이다. 그러나 그 대
> 신 셰익스피어가 그려낸 거의 유일한 자연스럽고 독자적인 인물이다. 그
> 렇다. 이 인물은 자연스럽고 독자적이다. 하고何故냐 하면 셰익스피어의
> 제인물 중에서 폴스타프만이 자기의 성격이 본래 가지고 있는 말로써 말
> 을 하기 때문이다.

라고 하였다. 폴스타프가 순전히 산문으로 말하는 인물인 것을 생각할
때 스메르자코프의 말마따나 '정부의 명령으로 하더라도' 블랭크 버스
(무운시)로 말하는 것은 불가능하다고 생각할 때 톨스토이의 입장에서
폴스타프가 가장 잘 표현된 인물이라는 것은 당연한 결론이다. 『전쟁과
평화』에서 나폴레옹이 노서아를 처들어갈 때 역사에 나타나는 바로 그
언덕 위에 서서 불란서 말로 말하게 한 톨스토이가 볼 때 셰익스피어가
로미오나 햄릿이나 오셀로나 맥베스나 리어왕으로 하여금 시로 말하게
한 것을 '그 말은 거기 등장하여 행동하는 인물이 말할 수 없을 뿐 아니
라 어느 때 어떠한 장소에서도 맥이 통해 있는 인간 쳐놓고 도저히 말할
수 없는 말'이라 한 것은 당연하다 하겠다.

하지만 폴스타프의 말을 가장 '셰익스피어적인 말'이라 한 톨스토이
는 자기모순에 빠졌다 할 것이다. 더군다나 셰익스피어가 그 극에 있어
서 하고 많은 인물 중에 폴스타프만은 성공한 이유로 셰익스피어가 폴스
타프같이 타락한 비겁하고 음탕하고 도둑질이나 사기를 일삼는 놈이었
기 때문에 자기와 꼭 같은 성격을 묘사한 까닭이라 한 것은 지나친 판단
이다. 가장 셰익스피어적인 말은 시지 산문이 아니요 셰익스피어 역시

톨스토이와 같이 폴스타프를 논리적으로 부정하고 있는 것이다. 하긴 셰익스피어가 어떠한 의도에서 폴스타프를 그렸느냐 하는 것은 본론의 중심점이기 때문에 잠시 그 판단을 보류하기로 하자. 다만 폴스타프론을 전개하기 전에 톨스토이를 끌어낸 것은 산문정신에서 볼 때 셰익스피어의 가치가 전도된다는 것, 또 이렇게 셰익스피어가 송두리째 부정될 때도 폴스타프만은 긍정된다는 것을 증명하기 위해서다. 대 톨스토이가 오십 년 동안이나 셰익스피어를 연구한 결론이 전연 무의미할 까닭이 없지 않은가. '맥이 통해 있는 인간'의 말, 즉 산문을 가지고 소설을 쓴 톨스토이와 154편의 14행 시, 「비너스와 애도니스」 등의 장시를 빼놓고도 37편의 희곡에서 105,866행 중의 74퍼센트를 시(주로 블랭크 버스)로 쓴 셰익스피어가 질적으로 다른 작가라는 것은 빤한 노릇이요 톨스토이가 셰익스피어를 이질적인 것으로 느끼고 그것을 솔직히 고백한 것이 그의 셰익스피어론인 것이다. 폴스타프는 셰익스피어의 유일한 산문극 「윈저의 유쾌한 아낙들」의 주인공이요, 『헨리 4세』 2부작에서도 산문으로만 말하는 인물이기 때문에 톨스토이의 가치 기준에 합격한 것이다. 셰익스피어를 철두철미 시인의 입장에서 이해하려고 애쓴 콜리지가 그의 유명한 『셰익스피어 강의』에서 폴스타프를 한마디로 자미 없는 인물이라 한 것은 흥미 있는 사실이다. 폴스타프가 둘째 왕자 랭카스너를 미워하는 이유도 후자가 그의 싱거운 기지에 대하여 아무 반응이 없는 때문이라고 콜리지는 단정했다. 영문학에 있어서 최대의 희극적 인물인 폴스타프가 시인 콜리지에게 아무 감흥을 주지 않았다는 것은 셰익스피어를 통틀어 욕하고도 폴스타프만은 걸작이라고 한 산문가 톨스토이의 주장과 대비해볼 때 가볍게 볼 수 없는 사실이다. 즉 폴스타프란 현대와 산문정신이 클로즈업시킨 인물이며 셰익스피어를 하느님처럼 모시던 괴테와 실러를 비롯해서 낭만주의자들은 폴스타프를 문제시하지도 않았던 것이다.

그러나 현대에 와서 샤일록이 동정을 받은 것과는 비교가 되지 않을 만큼 폴스타프는 사랑을 받고 있다. 아니, 그를 위대한 인간상으로 모시어 앉히는 것은 퀼러—코치나 A. C. 브래들리 등의 셰익스피어 학자만도 아닌 것이다. 자유주의자들이 이상으로 하는 인간이 폴스타프에 구현되어 있기 때문이다. 브래들리를 빌려 이들의 우상인 폴스타프를 그려보면

유머 속에서 자유의 축복을 획득한 것이 폴스타프의 본질이다. 그의 유머는 오로지 또는 주로 명백히 불합리한 것에 대해서만 공격을 가하는 것이 아니라 그의 안일을 방해하는 것 따라서 진지한 것 더욱이 체면 차리고 도덕적인 것은 무엇이든 적대시한다. 왜냐하면 이러한 것들은 한계와 의무를 부과하여 우리들로 하여금 법률이라는 우스꽝스런 늙은이라든지 지상명령이라든지 우리의 지위와 그에 따르는 책임이라든지 양심이라든지 평판이라든지 타인의 의견이라든지 모든 종류의 유해한 것에 종속하게 만들기 때문이다. 내 말은 그래서 폴스타프는 이런 것들의 적이라는 것이다. 그러나 나의 말은 옳지 못하다. 폴스타프가 이런 것들의 적이라는 것은 폴스타프가 이런 것들을 대단한 것으로 여겨서 그 힘을 인정하는 것을 의미하는데 실상인즉 폴스타프는 이런 것들은 전연 인정하려 하지 않는다. 이런 것들은 폴스타프가 볼 때 못난 것이며 어떠한 사물을 못난 것으로 돌리는 것은 그것을 무로 돌려버리고 자유롭고 유쾌하게 돌아다니는 것을 의미한다. 이것이 인생에 있어서 소위 대단한 것들에 대하여 폴스타프가 때로는 말로만 때로는 행동으로까지 취하는 태도이다.

—「폴스타프의 부정否定」

이리하여 폴스타프는 진리도 명예도 법률도 애국심도 용기도 전쟁도 종교도 죽음의 공포도 못난 것으로ad absurdum 돌려버리고 어린아이처럼 천

진난만하다는 것이다. 폴스타프는

> 청산靑山도 절로절로
> 녹수綠水도 절로절로
> 산山 절로 수水 절로절로
> 산수간山水間에 나도 절로절로
> 그 중에 절로절로 자란 몸이니
> 늙기도 절로절로 하리라.

는 시조가 말하듯 자유의 경지에서 사는 노인이라는 것이다.

그러므로 우리들은 폴스타프를 칭찬하고 우리들은 폴스타프를 찬미한다. 왜냐면 폴스타프가 비위를 거스르는 것은 도덕지사뿐이요 폴스타프는 생활이 진실하다든지 생활이 진지하다든지 하는 것을 부정하며 우리들을 이러한 가위눌림에서 구원하여 완전한 자유 분위기 속으로 우화등선시키기 때문이다.

—동 논문

일언이폐지하면 폴스타프는 '부르주아의 인간상'인 것이다. 현실의 속박을 받지 않는 자유—그런 자유란 자본가 사회엔 있을 수 없는 자유인데—를 구현한 것이 폴스타프이며 따라서 인간의 이상적 타입이라는 것이다. 이것은 확실히 부르주아가 셰익스피어의 거울 속에서 자기의 얼굴을 발견한 것이라 하겠다.

3

샤일록이 16세기까지 '반半 희극적 늙은 악한'으로 관중의 웃음을 터트렸듯이 폴스타프도 비겁한 놈으로서 웃음거리밖에 되지 않았다는 것은 최초로 폴스타프를 옹호한 모리스 모건 자신이 인정하는 바다. 모건은 1774년에 써서 1777년에 발표한 유명한 논문「존 폴스타프 경의 희극적 성격에 관한 논문」의 서문에서 셰익스피어는 폴스타프를 비겁한 놈으로 만들었다는 것이 일반의 압도적인 여론이지만 자기는 정반대라고 생각한다고 전제하고 교묘한 폴스타프론을 전개하였다. 후세의 폴스타프론이 거개가 이 논문의 영향을 받았으므로 폴스타프의 가치를 전도시키는 데 선구가 된 모건의 이론을 좀 자세히 소개할 필요가 있다.

모건은 인간의 인식능력을 지성과 감성의 둘로 나눠서 우리가 사람을 판단할 때 지성은 행동을 가지고 동기와 성격을 추리하며 감성은 정반대로 '성격의 제일원리'에서 행동을 규정한다고 했다. 그리고 지성으로 인식하는 것은 명확하게 언어로 표현할 수가 있지만 감성으로 파악하는 것은 욕변이망언欲辯已忘言*이라 언어로 표현하기란 곤란하다는 것이다. 가령 어떤 사람의 형언하기 어려운 음성이라든지 표정이 우리에게 어떤 형언하기 어려운 정열을 일으키게 할 때 그 인상을 언어로 표현할 수 있을 것인가. 그러나 지성이 어떤 행동을 가지고 좋다 그르다 하는 것은 언어로 용이하게 표현되는 바다. 그러므로 소설이나 희곡은 현실 그대로의 인물을 표현하지 못하고 행동에서 성격을 이해시킴으로 인간 생활의 그릇된 표현이며 행위의 옳은 안내자가 되지 못한다. 그러나 셰익스피어만은 열외로 그의 희곡에 나오는 인물을 실재의 인물과 꼭 같다는

| *설명을 하려고 해도 이미 말을 잊었네.(도연명陶淵明,「음주飮酒」)

것이다. 즉 셰익스피어는 실재 그대로의 인물을 표현하는 놀라운 재조를 가지고 있으므로 그 인물을 무대에 올렸을 때 관중은 자기네들의 지성이 파악하는 것과는 모순되는 인상을 받게 되는 것이다. 폴스타프를 예로 들면 그가 가는 곳마다 비겁한 행동을 하니까 지성이 볼 때 폴스타프를 비겁한 놈으로 판단하기가 첩경이지만 그 사람이 비겁하냐 아니하냐를 결정하는 것은 행동이 아니라 그 행동을 낳는 동기와 성격에 있는 것이니까 또 동기와 성격은 감성만이 파악할 수 있는 것이니까 우리가 존 폴스타프 경에 대하여 좋은 인상을 가지게 되는 것은 셰익스피어가 폴스타프를 비겁한 놈으로 만들지 않았다는 강력한 증거라는 것이다.

우리의 이러한 설이 통용되는 것은 폴스타프의 용기만이 아니다. 이 성격의 어떠한 부분이고 우리들 마음에 십분十分히 결정된 것은 없다. 적어도 폴스타프에 관해서 우리들의 말과 감정에는 이상한 모순이 있다. 우리들은 누구나 폴스타프 군을 사랑한다. 하나 어떤 이상한 얄궂은 인연으로 우리들은 누구나 그를 천대하고 그에게 눈곱만 한 좋은 점도 체면도 인정하지 않는다. 이에는 무슨 비상한 곡절이 있을 것이다. 이렇게 부도덕한 대상에 대하여, 우리들의 사랑과 선의를 자아낼 수 있는 것은 셰익스피어의 이상한 예술이라 할 것이다. 폴스타프는 기지와 가장 독특한 매력 있는 변죽 좋음과 유머를 가지고 있다손 치자. 부도덕의 유머와 변죽 좋음이 그렇게도 대단히 매력적인 것일까? 비속과 같은 좋지 못한 성질에 특유한 기지가 사람의 마음을 이끌어 사랑하게 할 수 있을까? 그와 반대로 이러한 유머의 두드러짐과 이러한 기지의 번쩍임이 성격의 결함을 더 강하게 폭로하므로 말미암아 이 인물에 대하여 우리들의 증오와 경멸을 그만큼 더 효과적으로 도발하는 것이 아닐까? 그러나 폴스타프의 성격에 대한 우리들의 감정은 그렇지 않다.

폴스타프의 실재적 성격과 현상적 성격의 모순—전자는 우리의 감성으로 파악하는 폴스타프요 후자는 우리의 지성으로 인식하는 폴스타프다—이 우리가 폴스타프를 사랑하는 동시에 비난하게 하는 모순을 설명하는 것이며 이 모순이야말로 폴스타프로 하여금 웃음과 기쁨을 낳는 유머러스한 성격으로 만드는 것이라 한다. 다시 말하면 폴스타프는 본질적으로는 용기의 소유자인데 현상적으로는 비겁한 놈처럼 셰익스피어는 표현했다는 것이다. 그래서 용감한 사람이 일견 비겁한 짓을 하는 것이 희극적인 효과를 나타낸다는 것이다.

모건은 다음과 같이 폴스타프의 성격을 그린다. 폴스타프는 천품이 고도의 기지와 유머에다 풍부한 자연의 생명력과 정신의 경쾌함을 타고 나온 사람으로 그의 성격은 이러한 것이 근본이 되어 구성되는 것이다. 이러한 성격의 소유자인지라 폴스타프는 소시少時 때부터 사교계에서 대환영을 받았으며 그 이상 다른 덕을 쌓을 필요가 없었던 것이다. 그는 천성이 악의나 무슨 악한 원리를 모르는 마음의 소유자인 것 같다. 그렇다고 선을 바라고 노력한 일은 전연 없다. 그의 결점에도 불구하고 아니, 결점 때문에 사람들이 존중하고 사랑한다는 것을 그는 발견하였다. 게다가 그는 군인이었다. 타고나기를 용감과 모험의 정신을 가진 데다가 시대가 전국시대라 폴스타프는 종소욕이불유거縱所欲而不逾矩* 하는 자유분방한 생활을 할 수 있었던 것이다. 사교계에서 아니, 주막에서 계속하여 방탕과 음주와 간음과 폭식과 안일 속에 탐닉했으며 때로 거짓말을 하여 가며 차차 건전한 생활에 도전하게 된 것이다. 그의 기지를 연원한 밑천으로 삼아 돈을 꾸고 요리조리 둘러치고 편취하고 때로는 강도질까지 하지만 불명예스럽지 않다. 즉 폴스타프의 무절제는 웃음과 칭찬을 동반할

| * 마음이 하고 싶은 바를 따르더라도 법도에 어긋나지 않는다.(『논어』「위정편爲政篇」)

따름이다. 그의 행동이 무슨 확실한 나쁜 주의나 좋지 못한 의도가 지배하지 않는 것이 명백하니까 모든 것을 장난과 해학諧謔으로 돌리게 된다. 그러나 저점 방종으로 말미암아 나쁜 버릇을 얻게 되고 해학가가 되고 굉장히 비대해지고 노년의 결함에 빠지게 된다. 그러나 잠시도 젊은이의 부박이나 죄과를 하나도 버리지 않으며 그로 하여금 인생행로를 안이하게 걷게 하였고 다른 사람들에게 기쁨을 준 정신의 뇌락磊落함을 조금도 잃지 않는다. 이리하여 구경에는 젊음과 늙음을, 모험과 비만을, 재기와 무모를, 빈곤과 낭비를, 체면과 골계를, 순진한 의도와 간악한 실천을 뒤범벅한다. 나쁜 주의로 말미암은 증오라든지 비겁으로 말미암은 경멸을 자초하는 일이 없음에도 불구하고 증오와 경멸을 받는 사건에 휘말려 들어간다. 우리가 셰익스피어에서 발견하는 폴스타프는 폴스타프가 그의 생애에 있어서 이러한 시기에 다다른 때다. 즉 폴스타프의 천성이 제이의 천성으로 말미암아 가려져서 우리의 지성만으로는 알아볼 수 없게 되었을 때 비로소 무대에 나타나는 것이다. 폴스타프는 '체질적 용기constitutional courage'의 소유자다. 즉 본질적으로는 용감한 성격인데 무대에서 비겁한 행동을 하기 때문에, 즉 현상적인 비겁 때문에 본질까지 비겁한 자로 오해를 받는 것이다.

모건은 이러한 폴스타프의 성격론을 더욱 합리화하기 위하여 주를 달아서 셰익스피어 작극술의 비밀을 다음과 같이 설명한다.

자주 셰익스피어는 대담스럽게도 자기의 작품에서 추단할 수는 있으나 명백하게 표현하지 않은 언행을 그의 인물에게 시킨다. 이것이 놀라운 효과를 나타내는 것이다. 즉 이로 말미암아 우리들은 시인을 넘어서 실재에 접근하게 되는 것 같다. 그리하여 달리는 불가능한 성실과 진실을 사실과 인물에게 부여하는 것이다. 이것이 정말 셰익스피어의 기교이며 이

기교를 우리가 의식하지 않게 되므로 이것을 실재라고 강조하여 부르는 것이다. 눈에 보이지 않는 원인에서 감득되는 타당과 진실이 시적인 작품의 절정이라고 나는 생각한다. 다른 작가들의 인물이 거의 다 보잘것없는 모방에 지나지 않는데 셰익스피어의 인물들은 이렇게 완전하고 말하자면 독창적이라면 이 인물들은 희곡적 인물로 보는 것보다도 오히려 역사적 인물로 보는 것이 적당한 것이다. 즉 경우에 따라서는 그들의 행위를 성격 전반에서 일반 원리에서 잠재적 동기에서 표명하지 않은 의도에서 연역하는 것이 적당할 것이다.

이리하여 모건은 폴스타프와 그를 따라다니는 어중이떠중이들의 입에서 나오는 편언쌍구片言雙句를 긁어 모아가지고 그야말로 독창적인 폴스타프의 성격을 구성하여 폴스타프를 '체질적 용기'의 소유자라고 단정하고 『헨리 4세』 2부작에 나타나는 그의 비열한 행동을 모두 현상적인 것이라 하여 이른바 그의 현상적인 행동을 이렇게 형이상학적으로 창조한 폴스타프의 '성격 전반에서 일반 원리에서 잠재적 동기에서 표명하지 않은 의도에서 연역'한다. 그러므로 셰익스피어 극의 장면장면을 따라 거기서 하는 폴스타프의 언동이 그의 성격을 결정하는 것이 아니라 미리 형이상학적으로 구성된 전체적인 폴스타프를 가정하지 않고는 폴스타프의 언동을 이해할 수 없다는 것이다. 다음과 같은 한 가지 예만 들더라도 모건의 논법을 짐작하기에는 족하다.

이 극 처음에 나오고 또 우리에게 폴스타프를 소개하는 강도질하는 장면과 그에 따르는 꼴사나움은—나는 이 장면이 부당한 편견을 낳았다고 보기 때문에—우리가 폴스타프의 성격 전체를 더 충분히 알게 될 때까지 보류해두자고 제언한다.

아니, 모건의 의견을 좇는다면 그가 우리에게 제공하는 폴스타프의 성격에 관한 교묘한 철학을 체득하기까지는 폴스타프에 대한 판단을 끝까지 보류해야 될 것이다.

철학자 아리스토텔레스도 극을 논할 때

극에 있어서는 인물들이 이야기를 행동한다.

— 『시론』 제3장, 1448

하였다. 극을 논함에 있어서 행동을 현상적이라 하여 치지도외하고 작가가 '명백하게 표현하지 않은…… 성격 전반에서 일반 원리에서 잠재적 동기에서 표명하지 않은 의도에서' 역으로 연역하여 극에 나오는 인물의 행동을 설명한다는 것은 극 이론으로서도 본말을 전도한 것일뿐더러 셰익스피어를 거꾸로 해석하는 것에 지나지 않는다. 모든 것을 감추어두는 것이 셰익스피어의 기교라고 모건은 거듭 강조하지만 정반대로 삼척동자라도 얼른 알아차릴 수 있게 하는 것이 셰익스피어의 수법인 것이다.

셰익스피어는 그 표현에 있어서 언제나 공식화한 엘리자베스조의 방법을 답습하고 있다. 즉 의미 있는 점은 무엇이든 대낮처럼 명백하게 하고 작가가 중요하다고 생각하는 것은 하나도 빼놓지 않는다. 극중인물들끼리는 서로 아무리 감추더라도 관중이 어리둥절하게 하는 일은 절대로 없다. 에드가는 베들럼 거지로 변장하고 등장한다. 우리는 첫눈으로 그를 알아차릴 수 있다. 왜냐면 이미 그는 이렇게 차리고 나올 자기의 의도를 성명聲明한 바 있었고 '이 나라에 경험과 전례가 있는' 베들럼 거지가 어떠한 외관과 행동거지를 가지고 있다는 것을 자세히 기술한 바 있었으니까. 그럼에도 불구하고 두뇌가 모자라는 저급한 관중이 행여 혼란을 일으킬까 보아 이 변장한 사람은 무대에 나오자마자 자기가 그렇게 행세하기로 선언한 그 이름을 되뇌인다.

이것이 셰익스피어 수법의 정석이다. 변장에 대한 기교만 그런 것이 아니라 인물의 동기라든지 그들 성격의 주요한 특징이라든지 관객을 놀라게 하거나 혼란을 일으키게 할 염려가 있는 한 그들의 행위에 있어서의 돌변에 대하여서도 꼭 마찬가지다.

— G. L. 키추리쥐, 「셰익스피어」(강연)

이러한 셰익스피어가 폴스타프만은 그 정체를 끝까지 숨기었을 리가 만무하다. '주막에서, 계속하여 방탕과 음주와 간음과 폭식과 안일 속에 탐닉했으며…… 편취騙取하고 때로는 강도질까지 하는' 폴스타프를 진정한 자유와 용기를 구현한 인간상으로 만들려는 것이 셰익스피어의 의도이었더라면 그것을 감추기는커녕 처음부터 관중에게 그것을 명백히 했을 것이다. 「셰익스피어의 산문」에서 폴스타프에 대한 셰익스피어의 의도를 명백히 했으니까 여기서 또다시 깊게 논할 것은 없지만 폴스타프는 철두철미 산문으로 말한다는 이 한 가지 사실만 들더라도 폴스타프가 '체질적 용기'를 가졌다는 주장은 난센스에 불과하다. 셰익스피어에 있어서 용기가 산문으로 표현되는 일은 절대로 없다. 『리어왕』에서 자기의 상전 코온월 공公이 글로스터 백伯의 눈을 빼는 것을 보다보다 못해 용기를 내어 나머지 한쪽 눈을 마저 빼려는 것을 제지할 때 시로 말하게 한 (제3막 제7장) 셰익스피어, 언제나 산문으로 말하는 것이 원칙인 하인도 의분을 느끼고 용기를 낼 때 시로 말하게 한 셰익스피어가 폴스타프는 철저히 산문만을 말하게 한 것이 무엇을 의미하는가. 또 한 세기 동안 관중이나 독자가 폴스타프를 비겁한 놈이라 믿어 의심치 않았다는 것은 모. 건 자신이 인정하는 바인데 셰익스피어의 기교는 이렇게 오랫동안 사람마다 오해하게스리 신비한 것일까.

존슨 박사에게—그는 모건의 초대를 받아 하룬가 이틀 같이 지낸 일이 있다—모건의 폴스타프론에 대한 의견을 물었더니

모건이 폴스타프가 비겁한 놈이 아니라고 증명했으니까 요담엔 이아고가 대단히 착한 인물이라는 것을 증명할는지 모른다.

— 모스웰, 『존슨 박사전』(1783년조條의 주註)

고 대답하였다. 이아고가 악한이라는 것이 의심할 여지가 없듯이 폴스타프가 비겁한 놈이라는 것도 명약관화한 사실이다. 그럼에도 불구하고 모건은 폴스타프가 비겁한 놈이 아니라는 것을 증명하기 위하여 「존 폴스타프 경의 희곡적 성격에 관한 논문」을 썼다. 이 논문 자체는 교묘한 궤변에 지나지 않지만 후세에 영미 부르주아 시대에 와서 모건의 폴스타프관이 승리하였다는 사실과 아울러 생각할 때 이 논문을 그냥 궤변이라고 가벼이 일축해버릴 수는 없는 것이다. 퀄러—코치나 브래들리 등의 폴스타프관의 토대를 닦은 것이 모건이라고 볼 수 있다.

관중이 극을 볼 때 인물을 파악하는 능력을 지성과 감성으로 나누어 지성은 주로 행동을 그리고 감성은 동기와 성격을 인식한다고 한 것이라든지 셰익스피어는 다른 작가와 달라서 감성에 호소하는 숨은 기교를 가지고 있어서 그가 표현하는 인물은 책에서 읽은 그런 추상적 인간이 아니라 실재하는 인간과 꼭 같이 복잡하다는 것이라든지 따라서 폴스타프는 본질적으로 용감한 사람인데 겉으로는 비겁하게 보이게 하여 관중의 지성과 감성이 폴스타프의 현상과 본질을 동시에 체험하게 됨으로 모순을 느끼게 되는 것이 희극적 효과를 나타낸다고 한 것이라든지가 이론으로는 사실을 왜곡시킨 것이면서도 셰익스피어가 비겁한 놈으로 만든 폴스

타프를 셰익스피어의 의도와는 전연 다르게 연출할 수 있는 구실은 충분히 주었다 할 수 있을 것이다. 다시 말하면 후세에 폴스타프의 가치를 전도시킬 때 아무도 이상히 여기지 않을 이론적 근거를 주었다 할 것이다.

셰익스피어가 샤일록에 대해서 긍정적인 태도를 취했다는 것이 엉터리 아전인수이듯이 폴스타프를 긍정적인 인물로 표현했다는 것은 엉터리 같은 수작이지만 모건의 교묘한 이론이 계기가 되고 또 마땅히 시대의 변천에 따라 변할 폴스타프의 가치고 봄에 드디어 폴스타프는 셰익스피어가 의도한 바와는 정반대의 인물이 되고 만 것이다. 다시 말하면 셰익스피어 극에서 산문밖에 말하지 못하여 부정적인 요소이던 부르주아가 승리하여 사회의 주인공이 되자 셰익스피어 극에서 가장 많은 산문을 차지하고 있는 인물인 폴스타프를 자기네들의 이상적 인간 라이프로 모시게까지 된 것이다.

4

폴스타프를 옹호하는 사람들도 『윈저의 유쾌한 아낙들』에 나오는 폴스타프는 옹호하지 않는다. 정말 폴스타프는 『헨리 4세』 2부작에서 활약하고 『헨리 5세』에서 죽는 폴스타프지 『윈저의 유쾌한 아낙들』의 주인공인 폴스타프는 가짜 폴스타프라는 것이다. 그것은 『윈저의 유쾌한 아낙들』에서 폴스타프는 옹호할 여지가 없게 되어 있기 때문이다. 그러면 과연 셰익스피어가 두 가지 종류의 폴스타프를 창조했을까? 브래들리는 셰익스피어 자신이 폴스타프를 타락시킨 것이 『윈저의 유쾌한 아낙들』의 폴스타프라고 주장하고 이 극은 셰익스피어 극으로선 열외적인 것으로 산문적인 '영국의 부르주아 생활'에다 근거를 두었기 때문에 자연 그

환경에 휩쓸려서 폴스타프가 타고나온 고매한 시정신을 상실한 것처럼 말했는데 폴스타프는 그때나 이때나 똑같은 산문을 말하며 폴스타프를 주인공으로 하는 이상『윈저의 유쾌한 아낙들』같은 산문극이 될 수밖에는 다른 도리가 없는 것이요『헨리 4세』에서는 폴스타프와 대조되는 왕태자 내지 왕인 헨리의 시가 찬란한 빛을 던지기 때문에 그 여광을 받아서 폴스타프도 돋보이는 것이다.『헨리 4세』를『춘향전』에다 비하면『헨리 5세』는 방자 없이 이도령만 가지고 만든 극이요『윈저의 유쾌한 아낙들』은 이도령 없이 방자만 가지고 만든 극이다.『헨리 4세』의 폴스타프와『윈저의 유쾌한 아낙들』의 폴스타프가 전연 다른 인상을 주는 것은 동명이인이기 때문이 아니요 시극과 산문극이 주는 인상의 차이에서 오는 것이다. 이것은 시와 산문의 대립을 염두에 두고『헨리 4세』 2부작을 읽어보면 여기에 나오는 폴스타프와『윈저의 유쾌한 아낙들』에 나오는 폴스타프가 조금도 다른 데가 없는 동일인물이라는 것을 알 수 있을 것이다.

그러므로「셰익스피어의 산문」과 중복되지만『헨리 4세』를 한번 다시 읽어보기로 하자.『헨리 4세』제1부의 제1막 제1장은 시로 된 신인데 왕이 왕태자의 산문적인 생활을 한탄하는 것을 강조하였다. 바로 이어서 제2장은 왕이 한탄하듯이 왕태자가 폴스타프의 무리들과 산문적인 생활을 하는 산문 신이다. 그리고 왕태자는 일부러 포인즈에게도 비겁한 척 보인다. 그러나 무대에 혼자 남게 되자 돌연 시로 변하여 다음과 같이 독백한다.

> 나는 너희들을 잘 안다. 그리고도 얼마 동안은
> 너희들의 분방한 방탕벽을 북돋아주리라.
> 그러나 나는 태양을 본받으련다―

지저분한 구름이 그 아름다움을 덮어도

그냥 모른 척 내버려두다가도

또다시 본연의 자태를 나타내고자만 하면

그를 압살할 것 같던 더럽고 추한

구름 안개를 뚫고 빛나리니

없다가 나타나면 더욱 찬연하리라.
....

위로는 왕을 비롯해 아래는 폴스타프의 무리에 이르기까지 왕태자를 산문적 성격으로 오해하고 있지만 관중까지 오해하면 안 되니까―극중 인물들이 서로 모르는 것을 관객이 알게 만드는 것이 희극적 효과를 나타내는 중요한 모멘트인 것이다―산문으로만 말하던 왕태자로 하여금 시로 말하게 하여 이렇게 왕태자의 의도 아니, 작가의 의도를 분명히 하는 것이 먼저도 말했거니와 셰익스피어의 정석이다. 이것은 비단 셰익스피어 극이나 엘리자베스조의 극에서만 쓰는 수법이 아니라 고금동서의 극에 공통되는 것이요 우리는『춘향전』에서 이도령이 암행어사로 나오는 장면만 상기하면『헨리 4세』에서 왕태자가 폴스타프의 무리들과 화광동진和光同塵하는 장면은 용이하게 이해할 수 있을 것이다.

그러나 이 독백은 폴스타프를 옹호하는 논객들에게는 눈엣가시와 같은 것이다. 왜냐면 이것 하나만 가지고도 셰익스피어의 의도는 애당초부터 폴스타프를 부정하려는 데 있다는 것이 명백하니까. 그래서 퀄러―코치는 이 독백은 셰익스피어의 기교 중에서 가장 졸렬한 것이라 하고―그는 damnable*이라는 심한 형용사를 썼다―셰익스피어가 처음에는 넣

| * 가증스러운, 저주받을 만한.

지 않았다가 동료 삐어비지나 누구의 충고로 어리석은 관중의 이해를 돕기 위하여 후에 집어넣은 것이리라 했다.

그러나 요컨대 모든 문제는 폴스타프와 막역해 보이던 왕태자가 황위에 올라 헨리 5세가 되자 폴스타프를 부정해버리는 데 있는 것이다.

> 노인, 짐은 그대를 모르노라. 하늘에 빌라.
> 백발이 어릿광대 노릇을 함은 좋지 못하니라.
> 그대처럼 뚱뚱하고 늙고 치분치분한 그런 종류의 인간을
> 짐은 오래 꿈꾸어왔다.
> 하나 깨고 보니 짐은 짐의 꿈이 남부끄럽도다.
>
> ─『헨리 4세』 제2부 제5막 제5장

폴스타프의 도당에게는 이것은 청천벽력이 아닐 수 없다. 『베니스의 상인』 제4막 재판 신에서 샤일록이 부정되었을 때 '저 불쌍한 사람이 억울하다'고 소리치며 통곡한 관객이 있었고, 패소한 샤일록이 '비틀비틀 걸음을 옮겼을 때에…… 거기서 쥐죽어 달아난 것은 유태인 샤일록이 아니라 중세기에 있어서의 유태인의 전형적인 자태, 즉 권리를 찾아 헛되이 소리를 지르던 저 사회의 천민이었다는 감정을 뉘 감히 금할 수 있으랴고 비분강개한 법리학자가 있듯이 폴스타프가 『헨리 4세』의 대단원에서 부정되었을 때 의분을 참지 못한 영문학자들이 많다. 모리스 모건은

> 우리는 왕이 되어 새로운 덕을 차고 나온 왕태자의 배은망덕을 용서하기 어렵다. 그리고 우리는 우리의 늙고 온후하고 유쾌한 친구를 구금하여 불명예스러운 감옥 신세가 되게 한 저 시적 판결poetic justice의 가혹함을 저주하는 바다.

라고 하였고 퀼러—코치 경은

> '시'에 있어서는 한 사람이 다른 사람에게 억울한 짓을 했을 때는 이 사실만으로도 억울한 짓을 당한 사람이 더 좋은 사람이다. 헨리가 (무슨 대의명분을 내세우든) 폴스타프에게 억울한 짓을 하여 절망케 했지 폴스타프는 헨리의 맘을 상하게 하려는 것을 염두에 두어본 적도 없는…… 해즐릿도 말했지만 폴스타프가 헨리보다 더 훌륭한 사람이다.

라고 하고 셰익스피어가 『헨리 4세』의 에필로그에서 폴스타프를 『헨리 5세』에 등장시켜 활약시킬 것을 약속했음에도 불구하고 직접 등장시키지 않고 죽었다는 소문만 간접으로 전하게 한 것은 폴스타프가 헨리보다 더 훌륭한 사람이기 때문에 헨리를 민족적 영웅으로 나타내려는 극에 등장시키었다가는 헨리가 압도당할까 봐 그렇게 아니할 수 없었다고 단정했다.

A. C. 브래들리는 「폴스타프의 부정」에 대하여 옥스퍼드대학에서 강의까지 하였다. 그는

> 그러면 왜 셰익스피어는 그의 희곡을 이렇게도 불쾌한 인상을 주는 장면을 가지고 끝막았을까?

하고 문제를 제기한다. 폴스타프 옹호론자들에게는 새로 등극한 헨리가 폴스타프를 부정하는 장면은 불쾌한 감정을 일으키는 것이 이른바 보편타당 필연적인 사실인 것처럼 가정한다. 그것은 마치 샤일록이 포오시어의 판결에 넘어갈 때 의분을 느끼는 것이 당연하다고 가정하는 것이나 마찬가지다. 그러나 브래들리의 이론을 더 들어보기 위하여 그렇다고 해두자.

폴스타프를 옹호하려면 셰익스피어를 그렇게 하기에 편리한 작가로 만들지 않으면 아니 된다. 그래서 브래들리는

> 셰익스피어의 불편부당성이 사람들에게는 못마땅하다. 즉 태양처럼 모든 것을 환하게 비치면서 아무것도 판단하지 않는 셰익스피어를 차마 볼 수가 없는 것이다. 셰익스피어의 역사극에 있어서 아마 특히 그러한데 사람들은 늘 그를 당파심이 강한 작가로 만들려 한다.

고 하고는 셰익스피어의 가치 관념을 흐리게 하여 폴스타프의 가치를 전도시키기에 편하도록 만든 다음 왕태자의 족보까지 들척거려 가지고 볼리부루크 가家가 대대로 "다른 사람들을 자기 목적의 수단으로 쓰는 데 능하다."는 것이 『헨리 4세』 처음에 있는 왕태자의 시 독백에 명시되었으며, 왕태자의 이러한 몰인정함과 정책적인 것을 보이려는 것이 셰익스피어의 의도인데 이 의도가 당파적으로 강하게 표시되지 않고 셰익스피어 독특한 은근한 수법으로 표현되었기 때문에 사람들이 모르고는 대단원에서 헨리가 몰인정하게도 정책적으로 폴스타프를 부정하는 장면을 보고 깜짝 놀란다는 것이다. 그러나 헨리가 마지막 가서 폴스타프에 대하여 몰인정한 짓을 하는 것은 그의 성격을 그렇게 셰익스피어가 만들었으니까 놀랄 것은 없다는 것이다.

폴스타프를 옹호하기 위하여 셰익스피어를 가치 관념이 명확하지 않은 이른바 순수문학파로 만들고 주인공인 왕태자까지 나쁜 놈으로 만들었다는 것은 흥미이지 않은가. 그러나 이것만 가지고는 충분한 설명이 되지 못한다고 생각하고 결국 폴스타프는 셰익스피어의 붓이 삐뚜로 나가서 작가의 의도한 것보다는 지나친 인물이 되어버렸기 때문에 대단원에 가서 그를 부정하려다 부정을 못하는 결과를 내었다고 결론했다.

이리하여 우리가 느끼는 마음 아픔과 분노는 작가의 의도에 호응하는 것이 아니라는 의미에서 부당하다. 그러나 그것이 더 캐 들어가 볼 때도 부당하다는 결론은 나오지 않는다. 작가가 겨냥한 것을 맞추지 못했으니까 그것이 타당할 수도 있다. 작가가 셰익스피어지만도 그렇다고 나는 제안提案한다. 폴스타프가 나오는 장면에서는 셰익스피어가 관역을 지나쳐 버렸다. 셰익스피어는 그렇게도 비상한 인물을 창조하여 그렇게도 확고히 지성의 옥좌에 다 올려 앉혔기 때문에 그를 폐위시키려 할 때 실패한 것이다. 우리가 폴스타프를 진지한 관점에서 바라보게 되어 이 희극적 영웅이 낭패한 책사로 나타나는 순간이 온다. 그러나 우리는 태도에 있어서나 공감에 있어서나 요구되는 변경을 할 수가 없다. 우리는 헨리가 영광에 빛나는 치세를 가지기를 그리고 그가 거느리고 있는 위선적 정치가들의 행복을 빈다. 그러나 우리의 진심은 폴스타프와 더불어 감옥으로 간다. 아니, 필요하다면 무덤 속으로라도 어디고 그가 있는 데로 간다.

이렇게 셰익스피어가 부정하려던 인물이 긍정되어 '영혼의 자유(브래들리)'를 구상화한 인물로 떠받듦을 받게 된 원인은 결코 셰익스피어의 붓이 빗나갔기 때문이 아니다. 폴스타프가 배보다 큰 배꼽모양 부당하게 커진 것은 사실이다. 그러나 셰익스피어는 그의 가치판단을 아무도 그르치지 않게 명백히 하기 위하야 폴스타프는 처음부터 끝까지 산문으로만 말하게 만들었다. 도저히 인간 구실을 할 것 같지 않던 괴물 칼리반도 음악을 듣고 감흥을 일으킬 때와 끝에 가서 진실에 눈뜨게 될 때 시로 말하게 한 셰익스피어가 끝끝내 시를 주지 않고 산문으로만 말하게 한 것이 어찌 우연이랴. 모건은 폴스타프를 부정한 것을 '시적 판결poetic justice'이라 하였지만 시를 가지고 산문을 부정하는 것은 셰익스피어 극에서는 형식논리학의 모순율 같은 공리인 것이다. 그러므로 끝에 가서 비로소 억울하게 폴스타프가 '시적 판결'을 받는 것이 아니라 처음부터 끝까지 일관하게 시와의 대조에서 폴스타프의 산문이 극적인 효과를 높이는 것이다. 『윈저의 유쾌한 아낙들』에서 폴스타프가 딴 인물이라는 것이 정평일 정도로 생기를 잃은 까닭도 그와 대조되는 시가 없기 때문이다. 왕태자의 시와 폴스타프의 산문은 마주 보는 두 얼굴로 보이기도 하고 컵으로도 보이는 심리학 실험에 쓰는 그림을 가지고 설명할 수 있다. 검정 바탕에다 주의의 중점을 두면 얼굴로 보이고 흰 바탕에다 주의의 중점을 옮기면 컵으로 보이듯 폴스타프의 산문에다 가치의 중점을 두고 셰익스피어 극을 보아나가는 것과 왕태자의 시에다 중점을 두고 보는 것과는 정반대의 효과를 나타낼 수가 있는 것이다. 즉 시에 가치의 중점을 두고 셰익스피어를 본 것이 모리츠 모건에서 비롯하는 폴스타프관인 것이다. 그리고 이것은 셰익스피어의 기교의 문제가 아니라 가치의 문제이며 셰익스피어에 있어서 부정적인 것이 긍정되는 시대가 왔다는 것을 의미한다.

그들은 톨스토이처럼 대담솔직하게 셰익스피어를 폴스타프적인 산문을 빼놓고 그 시를 통틀어 부정하지 않는다. 그 이유는 폴스타프만 '부르주아의 인간상'으로 모셔 앉히려는 음모가 숨어 있기 때문이다. 폴스타프를—그는 틀림없는 '부르주아의 인간상'이다—그들의 우상으로 숭배하는 것은 좋다. 그러나 인류의 공통한 문화재인 셰익스피어(역사적으로는 봉건시대의 산물이다)를 독점하려는 샤일록적 음모를 분쇄하지 않으면 아니 된다.

5

셰익스피어가 살던 영국은 로마법왕이 불란서와 서반아를 시키어 이

'이단의 국왕'을 정복하려는 시도가 집요하던 시대다. 특히 서반아는 저 유명한 '무적함대'를 보내어 일격에 영국을 무찌르려고 하였다. 이러한 위기에 처하여 영국 조야는 애국열로 불탔고 "가톨릭까지도 그 가슴속에 는 종교적 광신보다 애국심이 더 강렬하였다."(J. R. 그린, 『영국민소사』, 418페이지) 『헨리 5세』의 유명한 「애진코오트의 시」가 얼마나 영국민의 사기를 북돋았을까는 가히 짐작할 수 있지 않은가. 청교도들이 극장을 '부랑자, 주인 잃은 하인, 도둑놈, 말도적, 뚜쟁이, 사기사, 역적, 기타 허 송세월하는 위험한 인물들의 집합장소'라 해서 그리고 거기서 상연되는 연극이 '청년들을 타락시키는 특별한 원인'이 된다 해서(J. D. 윌슨 편, 『셰익스피어 영국의 생활』, 180페이지) 탄압하려 했을 때 이에 대하여 극장 을 변호한 토머스 내시는 불란서에서 승리를 얻는 헨리 5세가 무대 위에 서 영원성을 획득한다는 것을 예로 들어 다시 말하면 이 민족적 영웅을 무대에 내세움으로 말미암아 국민에게 얼마나 좋은 영향을 주는가를 강 조하여 극장을 탄압해서는 안 되는 이유의 하나로 내세웠다.(『셰익스피어 영국의 생활』, 182페이지) 그러므로 왕태자로 있을 때나 왕이 되었을 때나 헨리가 '다른 사람들을 자기 목적의 수단으로 쓰는 데 능한' 몰인정하고 모략적인 성격의 소유자로 만들려는 것이 셰익스피어의 숨은 의도라는 브래들리의 주장은 아전인수가 지나친 망단이라 하겠다. 셰익스피어 시 대에 있어서 관객들이 『헨리 4세』의 왕태자요 『헨리 5세』의 주인공인 헨 리를 무조건 하고 좋아했을 것은 마치 조선사람이 『춘향전』의 이도령을 무조건 하고 좋아하는 것과 마찬가지요 셰익스피어가 노린 효과도 여기 에 있었다.(폴스타프를 용감한 사람으로 만들려는 사람들도 왕태자를 비겁한 놈이라고 하지 못하는 것만 보아도 왕태자의 용기는 그의 적에게까지 명백한 사실이다.)

또 이러한 시대에 있어서 민병을 모집할 때 싸울 만한 체력을 가진 장정들은 뇌물을 강요하여 면제해주고 어데서 거지 같은 것들만 모아가지고 칼 대신 술병을 차고 싸움터에 나가서 적을 보면 나가 자빠져 죽은 척하여 피하는 비겁한 폴스타프가 무대에서 동정을 살 수 있었을까. 브래들리는 폴스타프를 진리도 명예도 법률도 애국심도 용기도 전쟁도 무시하는 자유의 인간상이라고 찬미했지만 이러한 인간이 셰익스피어의 영국에서 인간 구실을 할 수 있었겠는가. 그 시대 그 사회에 있어서 적극적인 가치를 가진 것을 일체 부정하는 인물을 관객의 동정을 받는 인물로 등장시킬 수 있을 것인가. 셰익스피어가 폴스타프를 엘리자베스시대를 떠엎고 부르주아 데모크라시의 시대를 만들려는 혁명가로 만들지 않은 것이 분명한 이상 어찌하여 부정적인 이 인물에도 긍정적인 가치를 부여하려는 것일까. 그것은 누차 말했지만 부르주아가 자기의 본색을 폴스타프에서 발견했기 때문이다. 그러나 브래들리 등은 폴스타프를 보편타당한 영원의 인간상이라고 우긴다. 그들이 가장 유력하다고 생각하는 근거는 폴스타프를 보고 셰익스피어의 관객도 웃고 좋아했고 자본가 사회의 관객도 웃고 좋아하고 아마 사회주의 사회의 관객도 웃고 좋아할 것이기 때문이다. 그러나 그것을 가지고 우리가 폴스타프에게 적극적인 가치를 지닌 인간성을 인정하는 것이라 하면 암행어사가 출도하여 변학도가 망신하는 장면을 보고 웃고 좋아하는 것이 변학도를 긍정하는 것이라는 논법과 같다. 우리가 폴스타프를 보고 웃는 것도 그가 변학도와 같은 타입의 인물은 아니더라도 부정적인 인물이기 때문에 그의 망신하는 꼴을 보고 웃는 것이다. 따라서 그의 망신 중에도 가장 재미있는 망신—그의 망신인 동시에 관중이 사랑하는 헨리가 산문의 누명을 벗어나는 장면이니까—새로 왕이 된 헨리에게 부정당하는 장면을 보고 불쾌감을 느낀다는 것은 말이 안 된다. 이 장면에서 불쾌감을 느낀다면 그것은 순전히 부르주아의 계급의식에서 나오는 불쾌감이다.

그러나 폴스타프는 부르주아 데모크라시의 주인공이 되기에는 가장 중요한 것이 부족하다. 즉 다른 것은 다 부르주아와 같은데 돈이 없는 것이다. 폴스타프를 진리도 명예도 법률도 애국심도 용기도 전쟁도 무시할 수 있는 자유의 우상으로 모시어 앉힌 브래들리도

폴스타프가 육체를 가지고 있는 이상 그의 하나님 같은 자유를 가지고도…… 영원히 돈 없이 먹고 마실 수는 없다. ……그래서 그는 할 수 없이 나쁜 짓을 하게 된다.

하였다. 물론 이것은 브래들리가 하고 싶어서 한 말은 아니다. 그러나 새로 등극한 헨리에게 부정을 당하자 진리도 명예도 법률도 애국심도 용기도 전쟁도 우스꽝스럽게 여기던 폴스타프가 일시에 까부러지는 까닭이 '방탕과 음주와 간음과 폭식과 안일'의 밑천인 돈 나올 구멍이 막혀버렸기 때문이다.(헨리 4세가 죽었다는 소문을 듣자 폴스타프가 '영국의 법률은 내 맘대로 된다.'고 좋아하는 것도 그 산문적 생활의 밑천인 돈을 무슨 짓을 해서든지 구해도 왕의 보호로 아무 일 없게 된다는 뜻이다.) 그래서 생각이 깊은 헨리는 폴스타프를 부정해놓고도

돈이 없으면 할 수 없이 나쁜 짓을 할 테니
짐이 그대의 생활비는 대어주리라.

고 약속한다. 그러나 '생활비'로 만족할 폴스타프가 아니다.

셰익스피어 극에 나오는 폴스타프는 『헨리 5세』 제2막 제3장에서 하나님과 아울러 술을 달라고 부르짖고는 죽었다는 것으로 되어 있지만 역사적 폴스타프는 결국 헨리가 대표하던 봉건사회를 뒤집어 부르주아 데

모크라시의 사회를 만들고 돈을 모아 인제는 샤일록을 뺨치는 독점 금융 자본가가 되었다. 그리하여 금력으로써 진리도 명예도 법률도 애국심도 용기도 전쟁도 경멸할 수 있다고 자부하는 명실상부한 자유의 인간이 되었다. 아니 현대의 폴스타프는 그가 향락하고 있는 자유를 더더욱 확대시키려는 팽창주의로 나가고 있다. 그러면 이 폴스타프가 영원한 인간상으로 존속할 것인가?

역사는 부정의 부정으로 발전한다. 셰익스피어에 있어서 부정적이던 폴스타프가 그 부정을 부정하여 긍정적인 '부르주아의 인간상'이 된 것이 역사의 발전이듯이 오늘날 영미의 부르주아 학자들이 자유의 우상으로 모시어 앉히는 폴스타프지만 그는 자본주의와 운명을 같이하지 아니할 수 없는 인간이다. 봉건주의가 역사의 발전을 저해하는 질곡이 되었을 때 자본주의는—그것은 자유주의라는 간판을 내세웠다—진리와 명예와 법률과 애국심과 용기와 전쟁을 한 몸에 지닌 인간의 가치일 수가 있었다. 다시 말하면 자본주의가 봉건주의보다도 인류에게 더 많은 자유를 가져왔고 따라서 그만큼 역사를 발전시켰다. 그러나 자본주의가 갈 데까지 다 가서 인류의 질곡으로 변한 지는 이미 오래다. 두 번이나 일어난 세계대전이 무엇보다도 좋은 증거다. 그러니 현대에 있어서 자본주의가 인류에게 자랑할 것은 돈밖에 아무 진리도 진상도 없다. 그래서 폴스타프를 '부르주아의 인간상'으로 모시어 앉히는 작가나 학자들도 감히 이 인간상에게 무슨 적극적인 가치를 인정하지 못하고 다만 모든 가치에서 초월해 있다는—그들은 이것을 '영혼의 자유'라고 부르지만—소극적인 인격만을 인정했다. 그러면 그 돈은 무엇에 쓰는 것이냐? '방탕과 음주와 간음과 폭식과 안일'에 낭비될 따름이요 인민의 '살과 피'의 결정이 이렇게 부정을 위하여 소비된다. 다시 말하면 이제는 '부르주아의 인간상'은 인류의 부정 면을 대표하는 것으로 전화하였다.

문학적으로 폴스타프에 대하여 결론을 짓는다면 셰익스피어에 있어서 부정적이던 산문이 긍정된 것이 부르주아 문학인데 이 산문을 다시 부정하여—셰익스피어의 시와 산문을 아울러 지양해서—새로운 가치를 표현하는 리얼리즘이 장래할 문학이다. 폴스타프의 산문이 '진리도 명예도 법률도 애국심도 용기도' 부정하는 이른바 자유주의의 산문이라면 진리와 명예와 법률과 애국심과 용기를 지닌 산문이 아마 다음에 올 인민적 리얼리즘 또는 인민적 휴머니즘의 문학이 아닌가 한다. 이것이 셰익스피어를 연구한 데서 귀납되는 결론이다. (1948년 10월 2일 「조선영문학회 보고 논문」)

—『뿌르조아의 인간상』

고민하는지성
— 사르트르의실존주의

강단철학에서 '실존주의'는 새로운 것은 아니다. 야스퍼스나 하이데 거가 한때 일본의 철학계를 풍미한 것은 아직도 우리 기억에 새롭다. 그 러나 실존주의가 문학에서까지 문제 되기는 불란서의 소설가이며 극작 가이며 단편작가인 장 폴 사르트르Jean Paul Sartre가 문제를 제기한 후라 하 겠다. 그래서 제2차 세계대전 후에 우리들은 미국이나 일본의 신문, 잡 지에서 그의 이름과 실존주의를 발견했다. 그러나 그의 저서에는 직접 접촉할 기회가 없었는데 일전에 구라파에서 돌아온 친구가 사르트르의 신저『실존주의와 휴머니즘』이라는 책을 선물로 가져왔다. 1945년에 파 리에서 강연한 것을 1948년에 영역한 것이다. 사르트르에 의하면 실존 주의에도 두 가지가 있다. 하나는 하이델베르크 대학교원 칼 야스퍼스 Karl Jaspers가 대표하는 기독교적 실존주의(야스퍼스는 천주교도다)이며 또 하나는 사르트르 자신이 주장하는 무신론적 실존주의다. 양자의 차이는 신의 존재를 믿느냐 안 믿느냐에 있을 뿐 주관주의이며 유물론에 대립한 다는 점은 일치한다. 우선 조선의 독자의 귀에 익지 않은 실존주의라는 것을 사르트르의 저서에 의하여 소개하기로 하자.

기독교적이거나 무신론적이거나 '존재'가 '본질'보다 앞선다는 것을 믿는 것은 실존주의자에게 공통한 사실이다. 다시 말하면 실존주의자는 주관적인 것에서 시작한다.

그는 이렇게 전제하고 다음과 같은 실례를 들어 그의 의미하는 바를 해설한다. 물건—이를테면 페이퍼 나이프—을 갖고 생각해보건대 그것을 만든 직공은 그것의 본질을 모르고 무턱대고 그것을 만들었을 이치가 없다. 그러므로 페이퍼 나이프는 그것이 존재하기 전에 본질이 있다. 그러나 사람은 페이퍼 나이프와 달라서—사람들을 만든 신이 존재하지 않으니까—먼저 존재하고 그 후에 스스로 자기의 본질을 결정하는 것이다. 사람은 스스로 자기를 만드는 것이다.

이것이 실존주의의 제일원리다. 또 이것이야말로 사람들이 말하는 '주관성'이며 우리를 욕할 때 쓰는 말이다. 그러나 그것은 사람이란 돌멩이나 테이블보다는 더 존엄한 것이라는 것을 의미하는 것밖에 무엇이냐? 왜냐면 우리가 의미하는 바는 사람은 먼저 존재한다—즉 사람이란 무엇보다도 먼저 미래를 향하여 자신을 떠다밀며 또 스스로 그것을 자각하고 있는 존재라는 것이다. 사람은 이끼(苔)나 버섯이나 양배추의 일종이 아니고 주관적 생명을 가진 주체인 것이다.

사람에게 있어서는 존재가 본질보다 앞서기 때문에 사람은 자기 본질에 대하여 책임을 지게 되는 것이다. 이리하여 실존주의는 사람 사람으로 하여금 자기 자신을 완전히 소유케 하며 자기의 존재에 대한 전 책임을 자기의 두 어깨로 짊어지게 하는 것이다. 그리고 사람이 자기에 대하여 책임이 있다는 것은 그가 자기 개성에 대해서만 책임이 있는 것이 아니라 모든 사람에 대하여 책임이 있다는 것을 의미한다. 한 사람이 자기 자신을 창조하기 위하여 취하는 모든 행동은 동시에 하나도 빼놓지 않고 인간상을 창조하는 행동이 되는 것이다. 이리하여 사람은 자기의 행동이 자기 하나만을 결정하는 것이 아니라 동시에 전 인류를 결정한다는 것을 깨닫게 될 때 전적이고 심각한 책임감에서 도피할 수 없게 된다. 이것을 왈 '고민'이라 하는 것이다.

사람은 이러한 고민 속에 있다고 실존주의는 말한다. 이러한 고민이 없다고 생각하는 사람, 즉 자기의 행동이 인류와 관계가 없다고 생각하는 사람은 자기기만이 아니면 양심의 가책을 면할 수 없다. 스스로 자기의 고민을 감추는 데서 도리어 그 고민이 나타나는 것을 키르케고르는 '아브라함의 고민'이라 하였다. 천사가 아브라함에게 그의 아들을 희생으로 바치라고 명령했다. 그것이 정말 천사이었느냐? 둘째 내가 정말 아브라함이냐? 증거는 어데 있느냐? 나한테 말하는 소리가 있을 때 그것이 천사의 소리인지 아닌지를 결정하는 것도 나 자신이다. 내가 어떤 행동을 좋다고 생각할 때 그것이 좋고 나쁘지 않다고 말하는 것을 택하는 것도 나밖에 없다. 내가 아브라함이라는 것을 증명하는 것은 아무것도 없다. 그럼에도 불구하고 나는 언제고 모범이 되는 행동을 해야만 한다.

우리가 여기서 말하는 고민이 정적주의나 무위로 끌고 가는 고민이 아니라는 것은 명백하다. 책임을 져본 사람이면 다 아는 종류의 고민, 즉 순결하고 소박한 고민인 것이다. 예를 들면 군대의 지휘자가 공격의 책임을 지고 많은 부하를 죽음으로 보낼 때 그는 그것을 행하기를 택했으며 근본에 있어서 그가 독단으로 택하는 것이다. 물론 더 높은 상관의 명령으로 행동할 것이지만 그 명령은 일반적인 것이요 그의 해석을 필요로 하며 열, 열넷 또는 스물의 생명이 그의 해석에 달려 있다. 그러한 결정을 할 때 그는 고민을 느끼지 않을 수 없다. 모든 지도자는 이 고민을 안다. ……실존주의가 말하는 고민이란 이러한 종류의 고민이다.

실존주의자가 말하는—특히 하이데거가 즐겨 쓰는— '포기'라는 말은 신은 존재하지 않는다는 것을 의미하며 또 신이 존재하지 않는 데서 결과하는 것을 철저히 받아들이는 것이 필요하다는 것을 의미한다. 신은 부정해놓고 도덕과 사회와 법 있는 세계를 갖기 위하여 정직과 진보와 인간성의 범주를 선험적인 것으로 가정하는 미적지근한 태도는 실존주의가 타기하는 바다. "만일 신이 없다면 무슨 짓이든 해도 좋다."고 일찍이 도스토옙스키가 말했지만 이것이야말로 실존주의의 출발점을 잘 표현했다 할 것이다. 참말이지 신이 존재하지 않으면 무슨 짓이든 해도 좋고 따라서 사람은 고독하다. 왜냐면 사람은 자기의 안에도 밖에도 의지할 것은 아무것도 없으니까 사람은 곧 자기에게 핑계가 없다는 것을 발견한다. 존재가 본질보다 앞선다면 사람의 행동을 어떤 일정한 인간성에 비추어 설명할 수 없기 때문에 다시 말하면 결정론은 있을 수 없기 때문에 사람은 자유롭다. 아니 사람은 자유와 동일물이다. 또 한편 신이 존재하지 않으니까 우리의 행위를 정당화하는 가치나 생명이 우리에게는 없다. 이리하여 우리는 빛나는 가치의 영역에서 우리의 뒤에도 앞에도 정당화나 핑계의 수단이 없는 것이다. 우리는 외롭고 핑계할 데가 없다. 사람은 자유롭게 마련되었다. 사람은 이 세상에 내던져진 찰나부터 무엇이든 자기가 하는 것에 대하여 책임이 있는 것이다. 실존주의자는 정열의 힘을 믿지 않는다. 실존주의자는 대정열大情熱이 숙명처럼 사람을 어떤 행동으로 휩쓸어 넣는 파괴적 분류奔流이며 따라서 그 행동에 대한 핑계가 되는 것이라고 그렇게 생각하는 일은 절대로 없다. 사람은 자기의 정열에 대하여 책임이 있다고 생각한다. 또 실존주의자는 사람이 그의 방향을 결정하는 데 도움이 되는 표지標識가 세상에 있다고 생각지 않는다. 왜냐면 사람 자신이 자유 선택할 때 표지를 해석한다고 생각하니까. 사람마다 아무 지지나 원조 없이 시시각각으로 사람을 창조하게 마련되어 있다고 실존주의자는 생각한다. 퐁쥬는 "사람은 사람의 장래"라고 말했지만 인간이 현재 어떠한 모양으로 나타나 있든지 간에 만들어질 장래 그를 기다리고 있는 처녀지의 장래가 있다는 의미에서 이 말은 진리다.

그러나 현재에 있어서는 사람은 포기되어 있는 것이다.

이 포기의 상태를 설명하기 위하여 사르트르는 그의 제자 한 사람의 경우를 예로 들었다. "그의 아버지는 그의 어머니와 사이가 나쁠 뿐 아니라 '협력자'가 되어가고 있었다. 그의 형은 1940년의 독일 공세로 전사했다. 그래서 이 젊은이는 원시적인 것에 가까운 그러나 숭고한 감정으로 열렬히 원수를 갚고 싶어했다. 그의 어머니는 남편의 반半매국적 행위와 장남의 죽음으로 말미암아 심각한 불행 속에 아들과 따로 살고 있었다. 그러나 이 젊은이에게는 그때 두 갈래 길이 있었으니 하나는 영국으로 가서 '자유불란서군'에 입대하는 길이요 또 하나는 어머니 곁에 머물러 어머니의 삶을 돕는 길이었다."

이 청년이 두 길 중에 하나를 선택하는 데 의거할 것은 아무것도 없다는 것이다. 애정이라 가정하자. "나의 어머니에 대한 사랑이 다른 모든 것을 희생하기에 족하다고 느끼면 나는 어머니 곁에 머무를 것이요 그와 반대로 어머니에 대한 사랑이 나를 어머니 곁에 머무르게 할 만하지 않으면 나는 갈 것이다."라고 그 청년이 사르트르에게 말했다. 사르트르는 반문한다. 어머니 곁에 머물거나 떠나거나 하는 행동이 없이 어머니에 대한 사랑이 어떠니 저떠니 하는 것은 본말을 전도하는 것이다. 사실로 어머니 곁에 머물러 있은 뒤에야 비로소 "나는 어머니 곁에 머물러 있을 만큼 어머니를 사랑한다."고 말할 수 있는 것이다. 그러므로 행동으로 결정하기 전에 애정이 행동의 지표가 될 수는 없는 것이다. 따라서 기로에 서 있는 이 청년은 아무것도 의지할 데 없이 포기된 상태에 있는 것이다. 그는 그의 속에서도 그의 행동을 정당화할 충동을 찾을 수 없으며 또 밖에서도 그로 하여금 행동을 가능하게 하는 무슨 논리를 기대할 수도 없다. 사르트르가 이 포기의 상태에 있는 청년에게 준 충고는 빤한 것이다.

그대는 자유다. 그러니 선택하라. 다시 말하면 창조하라. 그대에게 할 바를 가르칠 수 있는 일반적 도덕률은 없다. 이 세상에는 아무 표지도 없다.

이리하여 포기에는 고민이 따른다고 실존주의자는 말한다. 고민과 포기와 더불어 실존주의의 기조가 되는 개념에 '절망'이 있다.

행동과 긴밀히 관계되어 있는 가능성 이외의 가능성에 대해서는 희망을 갖지 말라는 것, 즉 희망 없이 행동하라는 것이 '절망'의 의미다. 따라서 인류의 역사도 사르트르에 있어서는 행동을 규정하는 척도가 될 수는 없는 것이다. 그는 '하나님의 나라'와 아울러 '자유의 왕국'을 어리석은 희망—환상으로 돌린다.

나는 내가 알지 못하는 사람들에게 기대를 가질 수 없다. 사람들은 자유이고 또 모든 사람의 근본이라고 볼 수 있는 인간성이 존재하지 않는 이상 인간의 선이라든지 사회의 선에 대한 인간의 관심이라든지 하는 것에다 나의 신뢰를 둘 수는 없다. 노서아의 혁명이 다다르는 곳이 어딘지 나는 모른다. 다만 오늘날 노서아에서는 노동계급이 다른 나라에서 보지 못한 역할을 놀고 있는 것이 명백한 한 그 혁명을 찬탄도 하고 본보기라 생각할 수도 있다. 그러나 나는 이것이 반드시 노동계급의 승리로 인도한다고 단정할 수는 없다. 나는 나 자신을 내가 알 수 있는 것에 국한하지 않으면 아니 된다.

　내가 죽은 뒤에 이른바 동지들이 나의 사업을 계승하여 완전의 절정까지 가지고 간다고 나는 믿을 수 없다. 왜냐면 그 사람들도 자유로운 행동자요 내일 그들은 그때에 맞는 인간의 본질을 자유로 결정한다는 것을 내가 알기 때문에 내일 내가 죽은 뒤에는 어떤 사람들이 파시즘을 수립하기로 결정할는지 모를 일이요 또 다른 사람들은 비겁해서 또는 태만해서 그들이 하는 대로 내버려둘는지 모른다. 그렇게 되면 파시즘이 그때엔 인간의 진리가 되는 것이다.

　이렇게 사르트르는 인류 전체에 대해서도 아무 희망을 가지고 있지 않지만 자기 개인에 대해서는 절대 자신을 가지고 있다. 이상이나 희망이 믿지 못할 개연성이라는 것이 그의 주장이니까 개인의 행동 이외에는 확실한 것이 없다는 근거가 있어야 할 것이다. 이리하여 사르트르는 데카르트의 "나는 사유한다. 그러므로 나는 존재한다."라는 명제를 절대의 진리라고 내세우고 사람의 직접적인 자아의 의식이야말로 절대적인 진리라고 주장한다.

　이상은 사르트르의 『실존주의와 휴머니즘』을 그의 서술을 좇아서 소개한 것이다. 사르트르의 실존주의는 이만하면 그 윤곽이 드러났다고 믿고 그것을 한 번 다시 비판해보기로 하자. 사르트르와의 대담에서 나비유 씨가 지적했듯이 실존주의란 별 것이 아니요 불란서의 아니 세계의 사회적 위기가 낡은 자유주의로서는 어찌할 수 없게 되었을 때 생겨난 고민하는 자유주의의 한 표현에 불과한 것이다. 1920년에 패전 독일이 시방 불란서와 꼭 같은 사회상태에 있었고 그래서 야스퍼스, 하이데거 등의 실존주의가 제창된 것이었다. 사르트르는 독일 점령시대의 불란서 청년을 예로 들어 자기의 철학을 설명했지만 사르트르 자신이 좌냐 우냐

하는 기로에 포기되어 있는 것이다. 사르트르와 같은 불란서의 지식인 폴 발레리는 현대를 '사실의 세기'라고 말했지만 크나큰 두 가지 사실이 부딪치고 있는 불란서에서 새중간에 끼여서 고민하는 것이 선의로 본 사르트르의 위치다.

파리 9일발 UP통신은 다음과 같이 불란서의 위기를 전하고 있다.

오리올 대통령은 전수상이며 불국 정계의 원로인 에리오 씨에 대하여 전후 불국의 최대위기에 당하여 불국민 통일정부의 수반이 되도록 요청할 것을 고려 중이라 한다. 그는 자기가 영도하는 정권의 종언을 초래할 공산당과 드골파의 결전을 회피코자 전력을 다하기로 결의하고 있다 한다.

정치적으로 사르트르 같은 불란서의 인텔리를 대표한다고 볼 수 있는 오리올은 이와 같이 포기된 상태에 있고 따라서 사르트르의 말마따나 '지도자의 고민' 속에 있을 것이다. 그에게는 아무 희망도 없다. 아니 있어서는 안 된다. 불란서의 운명을 결정하는 것은 오리올 대통령의 행동인데 그 행동은 절망 속에서 오리올 개인이 결정해야 한다. 이 얼마나 위태위태한 일이냐. 불란서의 운명—그것은 세계의 운명에도 관련이 있다—이 개인의 자유 재량에 달려 있다니—실존주의를 위기의 철학이라 함이 과연 옳은 말인지! 또 오리올이 포기-고민-절망의 상태에 있음이—그가 실존주의자라면—당연하다 하겠다. 그러면 오리올 아니 사르트르는 이 심연에서 어떻게 구원 받을 것인가. 사람을 위기에서 구원하는 것은 행동뿐이라고 사르트르는 몇 번이고 되뇌지만 이론도 없고 논리도 없는 행동—맹목적인 행동이 반드시 구원으로 인도한다는 결론이 어디서 나오는 것이냐. 칸트도 개념이 없는 직관은 장님이니라.

하였거든 인류가 그 문화 있은 지 오천 년 동안에 자자면면孜孜勉勉히 쌓아올려 오늘날 금자탑을 이룬 과학적 세계관을 '개연의 세계인 객관'에 대한 지식이라 해서 다시 말하면 인간의 주체적인 지식이 아니라 해서 진리가 아니라고 우기는 사르트르는 다시 말하면 자기가 존재한다는 것만을 절대의 진리라 믿는 사르트르는 자기의 행동이 결코 파멸로 가는 맹목적 행동이 아니라는 것을 어떻게 증명하려는 것인가. 사르트르는 피카소의 그림을 예로 들어 자기의 행동을 해설한다.

　　미술가가 선험적으로 설정된 법칙을 쫓아서 그림을 그리지 않는다 해서 그를 비난할 수 있을 것인가? 누구나 아는 바와 같이 미리 결정된 그림을 미술가가 그리는 것은 아니다. 또 누구나 아는 바와 같이 아 푸리오리로 미적 가치가 존재하는 것은 아니고 가치는 창조하고자 하는 의지가 완성된 작품으로 표현되는 동안에 나타나는 것이다. 피카소의 그림을 가지고 논하더라도 그 작품은 그가 그리고 있는 그때에 비로소 그렇게 된다는 것을 우리는 잘 안다.

　　햄릿의 말마따나 "죽느냐? 사느냐?" 하는 것이 문제인데 이 위기에서 벗어나는 행동을 논할 때 그림 그리는 것을 가지고 행동을 설명하는 것이 벌써 일종의 도피이거니와 백보를 양讓해서 그림을 가지고 논하는 것을 용허헌다 하더라도 사르트르는 그림이 무엇인지, 적어도 피카소의 그림이 무엇인지도 모르고 있다. 피카소 자신의 말을 빌려 사르트르의 오류를 지적하기로 하자.

내가 그림을 그릴 때 나의 목적은 내가 이미 발견할 것을 보이기 위함이지 내가 찾고 있는 것을 보이기 위함이 아니다. 미술가를 눈깔만 가진 천치바보로 아느냐?

그렇다. 미술가는 눈깔만 가진 천치바보는 아니다. (아니 천치바보인 미술가가 없는 것은 아니다. 이른바 순수를 주장하는 미술가는 눈깔만 가진 천치바보다.) 하물며 일국민의 운명을 좌우하는 지도자가 덮어놓고 행동해서야 될 말이냐. 사르트르적인 지도자가 포기-고민-절망에 있는 것은 좋다. 객관적인 진리를 믿는 것이 인간의 존엄을 손상한다고 우기는 그들이니까 얼마든지 자아의 절대성을 믿고 그 주관적인 진공 속에 포기되어 고민하고 절망하는 것은 그들의 절대자유라 하자. 그러나 이 포기-고민-절망의 철학인 실존주의가 인간을 구원하는 낙관주의라고 사르트르가 역설하는 데는 우리가 반문하지 않을 수 없다.

불란서가 시방 처해 있는 위기는 과연 사르트르가 말하듯이 사람 사람을 포기-고민-절망에서 행동을 요구하는 위기인가? 자본주의적인 정치, 경제, 사회에 대하여는 환멸의 비애를 맛보았고 그렇다고 새로운 정치, 경제, 사회에 대하여 아무 희망도 가지고 있지 않은 사르트르 같은 무기력한 지식인이 시방 불란서에서 고민과 절망 속에 포기되어 있는 것은 사실이다. 하지만 드골파나 노동계급이 똑같은 상태에 있느냐 하면 절대로 그렇지 않다. 실존주의자들이 말하는 성질의 위기는 그들 몇 사람—자포자기에 가까운 자존심을 가진 일부 지식인—의 주관 속에 있는 위기다. 이러한 위기를 조성한 객관적 정세는 제2차 세계대전으로 말미암아 흔들린 불란서를 월가의 달러를 빌려 현상을 유지하느냐 불연不然이면 노동계급을 전위로 하는 인민의 힘으로 새로운 불란서를 건설하느냐 하는 배중율적 대립에서 오는 것이다. 사르트르의 무리들이 아무 희망이 없듯이 불란서인 전체가 희망이 없는 것은 아니다. 드골파를 선두로 하는 반동노력은 달러에 대하여 희망을 가지고 있으며 불란서의 인민은 인민경제에 희망을 갖고 있는 것이다. 그것을 둘 다 확실성이 없는 것을 믿는 환상에 지나지 않는다는 것이 사르트르의 입장이지만 그가 포기니 고민이니 절망이니 하는 동양적인 불교적인 말을 가지고 무슨 굉장한 새 발견이나 되는 것처럼 떠들어대지만 기회주의에 불과한 것이다. 불연이면 도피주의인 것이다.

"나는 나 자신을 내가 알 수 있는 것에 국한하지 않으면 아니 된다." 고 그는 가장 양심적인 지식인인 것처럼 말하지만 오늘날 파시즘과 민주주의에 대하여 가치판단을 할 자신이 없는 사람에게 지식인이라는 이름을 붙일 수 있을 것인가? 히틀러가 마이다네크Majdanek 수용소에서만도 생사람을 사백만이나 불에 사르고 거기서 분해되는 화학성분을 갖고 민주주의를 무찌르는 화약을 만들고 거기서 나오는 열을 가지고 파시스트들을 뜻뜻이 하는 수난로水煖爐를 핀 사실이 엊그제이거늘 그리고 그 죽은 사람들의 재를 만지며 미국의 지식인 에드거 스노*는 다시 한 번 파시즘에 대하여 전율을 금치 못했거늘—그의 저『소련세력의 형型』을 보라—그 파시즘의 피해를 직접 입은 나라에 앉아서 "내일 내가 죽은 뒤에는 어떤 사람들이 파시즘을 확립하기로 결정할는지 모를 일이요. 그렇게 되면 파시즘이 그때엔 인간의 진리가 되는 것이다."라는 말이 어디서 나오느냐. 불란서의 진리가 파시즘이 될는지 모르니까 파시즘에 대립되는 민주주의를 진리로 믿어 행동의 원리로 삼는 것은 어리석다는 사르트르를 그냥 진리에 대한 양심이라고 할 수 있을 것인가? 진리에 대한 양심이란 저 갈릴레오처럼

* 에드거 스노(Edgar P. Snow, 1905~1972). 미국의 언론인. 1932~1941년《런던 데일리헤럴드》특파원으로 마오쩌둥과 회견하여『중국의 붉은 별』을 출간, 세계적 명성을 얻었다.

— 에푸르 씨 무오베.(그래도 지구는 움직인다.)

고 외칠만치 객관세계에 대한 정확한 판단력과 그 판단을 주장할 만한
용기가 있어야 한다.

　천보를 양讓해서 선의로 해석해서 사르트르는 정말 객관세계에 대해
서는 결정적으로 아는 것은 없고 다만 자기가 존재한다는 사실만을 절대
적인 것으로 믿고 이 자아를 출발점으로 하여 행동하려는 전야에 있다고
하자. 사람이 다 면벽 삼년에 다리가 문드러진 달마 같은 이 사르트르와
같이 객관세계에 대하여 결정적인 판단이 없다는 결론이 어디서 나오는
것이냐. 불란서의 인민이 다 사르트르처럼 텅 빈 추상적 자아만을 가진
실존주의자인 줄 아느냐? 그들의 용감한 대독항쟁과 또 전후에 씩씩한
행동이 아무 가치판단 없이 무턱대고 한 또는 하는 것인 줄 아느냐? 지
식이 이른바 지식인에게만 있다는 불손한 생각을 지식인이 버려야 된다
는 것은 이 한 가지만 보더라도 알 수 있다. 히틀러의 무리들이 불란서를
점령했을 때 항쟁한 인민이 대독 협력자나 도피자가 모르던 진리, 즉 민
주주의는 절대의 진리이며 진리이기 때문에 결국은 승리한다는 사실을
알고 있었듯이 시방도 사르트르 등이 모르는 진리를 그들은 알고 있는
것이다.

　사르트르는 인간 개성의 존엄을 옹호하기 위하여 실존주의를 주장한
다고 호언장담하지만 다시 말하면 포기-고민-절망에서 인간을 해방하
려는 것이 실존주의라 하지만 그의 작품에 나오는 인물들이 비굴하거나
약하거나 비겁하거나 또는 악하기만 한 것은 무슨 까닭이냐? 이것은 사
르트르 자신이 인정하는 바이며 이렇게 변명한다.

　행동으로써 그렇게 자신을 결정했기 때문에 그렇게 된 것이다.

이것으로서 사르트르가 말하는 행동이 인류를 구원하는 행동만을 의미하는 것이 아니라 타락시키는 행동까지 의미하는 것이며, 그의 작품 행동으로 볼 때 주로 후자를 의미하는 것을 알 수 있다. 여기 소개한 사르트르의 저서를 가져다준 친구가 파리를 본 인상을

"무척 타락했더라."

는 말로써 전한 것이 생각난다. 사르트르의 무리들이 행동 행동하고 염불 외우듯 하지만 날로 타락하고 있다는 것을 알 수 있다.

불란서의 구원은 불란서의 인민과 민주주의에 달려 있는 것이며 그 인민과 민주주의를 무시하는 사상은 그것이 아무리 교묘한 논리로 표현되더라도 그 논리를 주장하는 사람 자신 하나도 구원하지 못한다는 것이 사르트르가 우리에게 주는 교훈이다.

"내 온종일 먹지 않고 밤새 잠자지 않고 생각했지만 배움만 같지 못하더라."

한 공자의 말은 사르트르와 같이 코기토(나는 생각한다)를 가지고 진리라고 생각하는 인텔리에게 주는 가장 좋은 교훈이다. 세계와 역사를 배우라. 자아의 행동 원리는 그 객관적 진리에서 저절로 귀납될 것이다.

—《국제신문》, 1948. 9. 23~26.

실존주의 비판
— 사르트르를 중심으로

불교의 주관주의가 현대에 있어서 얼마나 무력하고 또 때로는 유해한가는 인도나 비루마*에 가보아야 안다 한다. 외국상품에게 피를 빨려 경제가 피골이 상접할 지계地界에 이른 인도나 버마에서 불교는 물질적인 건설을 무시하고 아니 오히려 적대시하고 주관적 안심입명安心立命을 약속하여 어리석은 민중은 이에 기만欺瞞되며 특권계급은 이것을 이용하여 천년 묵은 아시아적 지배의 꿈에서 깨어날 줄을 모르고 있다. 그리하여 그렇지 않아도 산업의 발전이 뒤떨어져 선진 자본주의 국가의 식민지 노릇을 하던 이러한 나라들은 겉으로는 독립한 것 같지만 알짱 독립의 알맹이인 경제생활에 있어서는 여전히 외국의 상품시장 및 원료공급지요 따라서 대중은 식민지적 빈곤 속에 허덕이고 있다. 인도의 풍부한 자원과 노동력을 가지고도 인민의 대다수가 아사지경餓死之境에 있다는 것은 그 원인이 여러 가지 있으나 불교도 책임이 있는 것이다.

천상천하天上天下 유아독존唯我獨尊이오 삼천세계三千世界가 유심唯心

| *버마의 일본식 발음임.

이라 주관적인 자아 속에서 모든 문제를 해결하려던 석가釋迦 이래 이천 수백 년에 인도가 이 모양 이 꼴인데 이와 똑같은 주관주의적 세계관을 가지고 불란서를 더 나아가 서구라파를 구원할 수 있을까? 사르트르의 실존주의가 '구원'의 철학으로 자처하여 위기에 직면한 불란서나 서구라파를 구원하는 행동의 원리라고 자부하지만 실존주의라는 그 이름은 새로울 망정 동양에서는 이천 년 이상 된 낡은 사상이요 불교 속에는 더 교묘한 논리로 포장되고 더 심각한 이론으로 아로새긴 실존주의가 있는 것이다.

이 사르트르 등이 인류의 역사도, 과학적 진리도, 인민의 노동과 투쟁도 다 믿을 수 없는 개연성이라 해서 행동을 의거하는 기준이 되지 못한다 하고 "나는 사유한다. 그러므로 나는 존재한다Cogito ergo sum."라는 데카르트의 명제만을 절대적 진리라고 주장하며 이 '코기토'에서 출발하는 자아의 존재를 실존이라 하여 목석의 존재와 구별하는 것이다.

데카르트가 철학상에 남긴 공적은 비판정신이다. 그의 『방법론』은 객관세계를 다 부정하고 모든 것을 천상천하 유아독존적 삼천세계 유심적 자아로 환원시켜버렸다는 점에서는 새로울 것이 없을 뿐 아니라 반동적이었지만 과거에 있던 모든 비과학적인 사상체계를 부정하였다는 점에서는 진보적이었다.

> 나는 고대 도덕가들의 논문은 모래와 진흙 이외에 아무 토대가 없이 높이 솟아 있는 ○○한 누각에다 비겼다. 즉 그들은 덕을 대단히 중시한다. 그리고 덕에 이 세상에서 무엇보다 그것이 귀중하다 한다. 그러나 그들은 우리에게 충분한 덕의 기준을 제시하지 않고 그들이 덕이라는 미명을 보이는 것이 ○○이나 자존심이나 절망이나 ○○에 지나지 않는 때가 많다.
>
> — 데카르트, 『방법론』 제1부

이러한 데카르트의 말은 데카르트를 스승으로 모시는 사르트르에게 역으로 적용하면 묘미가 있는 말이다. 사르트르의 철학은 모래나 진흙으로 얹는 진공 속에다 이룩한 공중누각이다. 왜냐하면 자아의 존재만을 전제하고—그도 팔다리를 움직여야 노동하는 '호모 파베르'의 인간이 아니라 '코기토'의 관념 인간인 것이다—거기서 백척간두 일보를 내딛는 식으로 행동이 저절로 나오는 것처럼 주장하니 말이다. 아무 의거할 가치의 기준이 없는 실존(자아의 존재)이 따라서 포기되어 고민하고 절망하는 철학에 있는 주관에서 어떻게 행동이 나온다는 것인가. 비컨대 실존주의자는 '뷰리동의 당나귀'와 같다. '뷰리동의 당나귀'는 좌우 양측 똑같이 ○○ 똑같이 입맛이 당기는 먹을 것이 있을 때 이자택일을 하려다가 결단을 하지 못하고 고민하다가 드디어 절망 끝에 굶어 죽고 마는 것이다. 마찬가지로 실존주의자는 시방 두 가지 거대한 사실을 좌우에 두고 고민하고 있는 것인데 '뷰리동의 당나귀'모양 아무 행동 없이 끝끝내 포기되어 절망에서 죽음으로 가는 것이 아니고 스스로 행동하여 자기를 이 위기에서 구출한다는 사르트르의 주장은 '엔당 비탈'인지는 또 모를 일이로되 이론적 근거는 전연 없지 않은가. 그의 스승 데카르트가 오늘날 살아 있다면 사르트르를 다음과 같이 비판할 것이다.

(너 같은) 사람들은 자기네들의 힘을 과신하는 사람들인지라, 자기네들의 판단만 절대시하고 이로정연하고 용의주도한 사고에 필요한 인내력이 결여되어 있다. 따라서 이런 종류의 사람들이 한번 건방지게도 그들의 관습이 된 의견을 의심하게 되어 오래 걸어갈 때 행길을 버리게 되면 그들은 가까운 길로 인도할 줄 알았던 이 샛길에서 벗어날 수 없게 되어 길을 잃고 일생 방황을 계속하게 되는 것이다.

—『방법론』제2부

사르트르의 무리들은 결국 자유주의자들인데 그 자유주의가 "오래 걸어간 대행길"인 불란서의 자본가 사회가 제2차 세계대전으로 말미암아 내포한 모순을 들어버려 그냥 그대로 걸고 자기는 불가능하게 된지라 버리게 된 것이다. 아니 사르트르는 자본주의가 가장 그 매력과 번영을 자랑하는 ○○까지도 부정한다. 《뉴욕타임스 매거진》은 사르트르 소개판에서

> 미국을 방문한 다른 불란서인들과는 달라서 사르트르는 미국이 구라파 문제의 해결을 제공하리라고 생각지 않는다. 그렇다고 로서아에다 해결을 기대하는 것도 아니다. 사르트르는 전쟁으로 파괴된 구라파를 복구할 수 있는 진테제는 아직도 조짐이 보이지 않는다고 느끼고 있다.

라고 결론지었다. 그러면 새로운 시대—사르트르가 말하는 시대—를 가져오는 것은 오직 행동뿐이라 하는 그 행동의 기준을 무너져가는 사실에 둘 수 없다 하더라도 인류의 역사와 과학적 진리와 인민의 노동과 투쟁에 두지 않고 오로지 자아의 존재에다 두는 까닭은 '자기'들의 입을 과신하는 사람들인지라 자기네들의 판단만 절대시하고 이로 정연하고 용의주도한 사고에 필요한 인내력이 결여되어 있기 때문이다. 언제 어느새 사르트르의 무리들이 인류의 역사에 대한 연구가 깊고 과학적 진리를 파악하고 인민의 노동과 투쟁을 체험했기에 이런 것들은 행동의 원리가 될 수 없고 자아의 주관만이 행동의 원리라는 것이다.

사르트르가 독일의 관념철학자 특히 후설이나 하이데거를 많이 읽은 것은 사실이다. 리세 콩도르세의 교원으로 있을 때 독서와 토론의 시간이 많았던 것이다. 또 그의 체험은 '글로드'라는 유명한 카페에 본부를 두고 몽마르트와 몽파르나스의 나이트클럽에서 얻은 것이요,

그는 독일의 실존주의를 연구했을 뿐 아니라 지적이고 예술적인 파리의 주변에 존재하는 이상한 생활형태—건축적 또는 ○○적이 아닌 매춘부 강간을 좋아하는 자들, 술집보이, 탕자의 생활형태로 연구하나 이러한 것들이 그의 소설 『이성의 시대』에 등장하는 것이다.

사르트르와 그의 제자들은 루이지아나 호텔에서 관념과 돈과 정열과 첩을 나누어 같이 산다. 여름이면 지붕 위에 벌거벗고 누워서 미국 재즈 레코드를 듣는다. 겨울에는 흑인무도회에서 춤추며 나이트클럽으로 돌아다니며 포크너나 포트웰같이 맹렬한 소설 쓰기를 꿈꾼다.

—《뉴욕타임스 매거진》

미국에서는 실존주의Existentialism를 사전에서 어떻게 정의할 것인가에 대하여 사전편찬자들에게 물어보고 있는데 'G&C메리얼회사'에서는 우선 다음과 같은 정의를 얻었다 한다.

개인의 현실적 존재를 실재적이라 하고 이념적 또는 가능적인 것과 대립되는 것이라 하는 철학적 해석이다. 실존주의는 각 개인을 윤리적 의무로부터 해방한다.

이러한 실존주의는 『금강경』에 있는 다음과 같은 구절이 더 잘 표현하고 있다.

응무소주이생기심應無所住而生其心

즉 불교에서도 가장 불타의 정신을 잘 전한다고 자부하는 경은 실존주의처럼 아무 의거할 것 없이 덮어놓고 행동하라고 가르친다. 사르트르는 조국과 어머니 새중간에 끼어 번민하는 제자가 가르침을 구했을 때 "그대는 자유다. 그러니 선택하라. 즉 창조하라. 그대에게 할 바를 가르칠 수 있는 일반적 도덕률은 없다. 이 세상에는 아무 표준도 없다."고 대답했다는 것을 그의 저서 『실존주의와 휴머니즘』에서 자랑삼아 말했지만 『오조록五祖錄』이라는 선종어록禪宗語錄에 나오는 송대宋代 법연法演의 다음과 같은 설화가 실존주의의 방법과 정신을 더 잘 표현하고 있다.

사람들이 선禪이란 무엇이냐고 묻는다면 나는 선이란 야도술夜盜術을 배우는 것과 같다고 대답할 것이다. 어떤 날 밤 야도의 아들이 자기 아버지가 늙은 것을 보고 생각하였다. "아버지가 일을 못 하게 되면 나밖에 우리 집에선 일할 사람이 없지 않은가. 내가 이 일을 배워야지." 그는 이 계획을 아버지에게 넌지시 이야기하고 아버지도 승낙하였다. 어느 날 밤 아버지는 아들을 데리고 어떤 부잣집에 이르러 담을 뚫고 집 속에 들어가서 옷을 꺼내라고 명령했다. 아들이 그 속에 들어가자마자 아버지는 뚜껑을 닫고 쇠를 굳게 채웠다. 그리고는 안마당으로 뛰어나가서 도둑이야 하고 소리쳐 문을 두들겨 집안사람들을 일으키고는 자기는 뚫어놓은 그 담 구멍으로 도망해버렸다. 그 집 사람들은 놀라 깨어 불을 켰으나 도적은 이미 달아난 것을 알았다. 이러는 사이에 옷과 속에 굳게 폐쇄된 아들놈은 아비의 무정함을 원망하였다. 그는 대단히 번민한 끝에 좋은 생각이 훌쩍 떠올랐다. 쥐가 무엇을 씹는 것 같은 소리를 내었으나 집 사람들은 사녀를 시켜서 불을 가지고 가서 옷궤를 조사해보라고 명령했다. 뚜껑을 열자마자 거기 갇혀 있던 포로捕虜는 후닥닥 뛰어나왔다. 그리하여 줄행랑을 쳤다. 사람들이 그의 뒤를 쫓았다. 그는 노방路傍에 우물이 있는 것을 알고 큰 돌을 안어 들어서 물속에 던졌다. 그랬더니 깜깜한 우물 속에 도적이 빠진 줄 알고 쫓아오던 사람들은 모두 우물 둘레에 모였다. 그 사이에 그는 무사히 집으로 돌아왔다. 그는 위기일발이었다고 하면서 아버지의 잘못을 비난하였다. 아버지는 말했다.

— 머 곯낼 것 없이 어떻게 도망했나 좀 이야기해라.

그래서 아들은 그 모험의 자초지종을 이야기했더니 아버지는 말했다.

— 됐다. 너는 야도술의 오묘한 이치를 터득한 것이다.

실존주의가 가르치는 행동이란 이 야도의 행동 같은 것이다. 그때그때에 따라 암중비행暗中飛行을 해야 하는 것이다. 시방 위기에 직면한 불란서에서 오리올 대통령이 취한 바 길은 불란서가 가지고 있는 역사와 그 인민의 투쟁과 세계의 동향과는 별개로 순전히 오리올 개인의 자아의 창의에서 결정된다는 것이 사르트르의 주장이다. 하긴 오리올 대통령은 이른바 중간으로서 무의식 대중에게는 좌도 아니요 우도 아니라는 인상을 주려 애쓰고 있는 것은 사실이다. 그러나 오리올은 정치가인지라 사르트르처럼

나는 나 자신을 내가 알 수 있는 것에 국한하지 않으면 아니 된다.

—『실존주의와 휴머니즘』

할 수 없지 않은가. 적어도 자기가 대표하는 계급의 이해를 초월하여 자기 개인의 존재만을 절대시하고 거기다가 행동의 근거를 둘 수는 없는 것이다. 오리올이 대표하는 계급의 한 사람, 한 사람이 사르트르도 민주주의도 대수롭게 여기지 않는 자유주의자, 개인주의자, 유심론자라 가정하더라도 아, 사람들을 정치적으로 대표할 때 자기 하나의 자유의사로 행동할 수는 없는 것이다. 사르트르 자신은 계급적 의식을 의식하지 못하고 달마대사達磨大師의 재림 같은 허울 좋은 설교를 하고 있는 것인지

모르지만 오리올 대통령까지 사르트르와 같이 천진난만할 수는 없다. 즉 오리올의 고민은 결코 사르트르가 말하는 그러한 선적 고민이 아니다. 즉 객관에서 유리된 진공과 같은 자아 속에서 엘랑 비탈로서의 행동을 낳으려는 고민은 아니다.

우리가 여기서 말하는 고민이 정적주의나 무작정 끌고 가는 고민이 아니라는 것은 명백하다. 책임을 져본 사람이면 다 아는 종류의 고민, 즉 순결하고 소박한 고민이다. 예를 들면 군대의 지휘자가 공격의 책임을 지고 많은 부하를 죽음으로 보낼 때 그는 그것을 행하기를 택했으면 근본에 있어서 그가 단독으로 택하는 것이다. 물론 더 높은 상관의 명령으로 행동할 것이지만 그 명령은 일반적인 것이요 그의 해석을 필요로 하며 열, 열넷 또는 스물의 생명이 그의 해석에 달려 있다. 그러한 결정을 할 때 그는 고민을 느끼지 않을 수 없다. 모든 지도자는 이 고민을 안다. 실존주의가 말하는 고민이란 이러한 의미의 고민이다.

—『실존주의와 휴머니즘』

이렇게 실존주의자 사르트르는 지도자의 고민을 가장 잘 파악한 것처럼 말하고 따라서 실존주의가 현대에 있어서 지도적 철학이라고 자부하지만 불란서의 문약文弱한 인텔리들이 처해 있는 포기-고민-절망의 상태는 두 거대한 사실, 즉 민주주의 세력과 반민주주의 세력이 대립된 데서 생긴 것이다. 다시 말하면 몰락해가는 자유주의적 인텔리들이 과거의 경제, 사회, 정치에 대해서는 환멸의 비애를 맛보고 미래에 대해서는 아무 전망 혹 희망이 없는 데서 생겨난 것으로 이렇게 포기되어 고민하고 절망하는 무기력한 자아를 자위하는 사상이 선의善意로 본 실존주의다. 그러므로 이러한 사상은 "사람은 한 오래기 갈대에 지나지 않는다.

자연 속에서 가장 약한 자다 그러나 사색하는 갈대다."라 한 파스칼에서 발견할 수 있었다. 그의 『팡세』의 다음과 같은 대목은 사르트르의 전 사상체계를 설명하고도 남음이 있다.

> 과거와 미래의 영원 속에 사라지고 말 짧은 나의 생과 내가 알지 못하고 또 그것이 나를 알아주지 못하는 무변공간無邊空間 속에 혼적도 없이 내가 점령하고 있는 적은 공간을 생각할 때 나는 무섭다. 그리고 저기가 아니고 여기 그때가 아니고 이때에 내가 존재함을 놀라는 방이다. 누구의 명령으로 그리고 누구의 행동으로 이 공간과 이 시간이 부여되었는가? 사람은 누구든지 때로 이러한 고민을 체험했다. 그러나 사람은 의무나 쾌락이나 일상생활 속에 이 고민을 묻어버리는 데 성공했다.

다시 말하면 "소인한거위불선小人閑居爲不善"*이라. 이마의 땀을 흘리고 손발을 움직여 인민과 역사 속에서 살지 않고 기껏해야 책이나 관념 속에 사는 인텔리가 따지기 쉬운 함정이 실존주의인 것이다. 그러므로 현실에서 도망하려는 사상 속에서는 어디서고 실존주의와 비슷한 것을 발견할 수 있다. 특히 워즈워스 같은 시인의 사상 속에서 실존주의를 발견하기는 용이한 일이다. 사실 사르트르 등이 ○격한 논리적 표현을 짐짓 보이는 실존주의는 과거의 이러한 현실도피적 낭만시적 기분의 배음倍音을 힘입어 그것이 데카르트나 칸트 같은 ○○ 말며 버물어진 관념이 아니라 무슨 생기 있는 철학 같은 착각을 일으키는 것이다. 한 세기 전에 이미 엥겔스가 『반듀링론』에서 "제과학 위에 솟아 있는 철학을 필요로 하지 않는다."고 하였거니와 현대에 있어서는 객관적 현실과 과학적 진

| * 소인은 한가하게 거하면 나쁜 일만 한다.(『대학大學』)

리를 무시하고 따로 세계관이 자아의 진공 속에 건설될 수 있다는 망상을 자칭 지식인이 버려야 할 것이다. 객관적인 진리를 파악한 사람만이 진정한 의미의 지식인이라는 것은 고금동서를 가리지 않는 보편적 진리가 아닌가.

고립은 타락의 시초다. 인민과 민주주의와 역사에서 고립한 자아의 주관을 신주로 모시는 실존주의는 타락으로 가는 행동의 원리밖에 되지 못한 것이다. 불연不然이면 타락한 행동의 자기합리화에 지나지 않을 것이다. 그렇지 않아도 인민과 민주주의와 역사에서 낙후되어 있던 조선의 지식인이 어찌 실존주의에 연연할 수 있으랴. 사르트르는 미국이나 일본에서는 추종하는 사람들이 있지만 조선에서는 지반을 발견할 수 없을 것이다. 그러나 이것이 사상의 방균이니만치 혹시 전염되는 ○柳質의 인텔리가 있을까 저어하여—이것은 나의 기우杞憂에 지나지 않겠지만—이미 내가 《국제신문》에서 소개 비판한 사르트르를 《신천지》 편집자의 청을 들어 또 한 번 예방주사를 놓는 것이다. 독자들은 전염될 염려 없는 병의 예방주사를 두 번 맞은 셈 잡으라. (10월 12일)

—《신천지》, 1948. 10.

셰익스피어의 주관酒觀

플라톤의 대화편 『향연』을 읽어보면 소크라테스는 술을 잘 먹는다. 술잔이 돌아가는 대로 받아먹는 것은 물론이려니와 술잔이 작다고 대접으로 바꾸어 돌린 때도 소크라테스는 사양 한번 안 하고 받아서 들이켠다. 남이 다 술에 취하여 곯아떨어진 뒤에 소크라테스는 자리를 툭툭 털고 일어나서 언제 내가 술을 먹었더냐는 듯이 집으로 돌아간다. 천하에 바가지 긁기로 이름난 소크라테스 부인 크산티페가 무서워서 술을 암만 먹어도 정신이 또렷또렷했는지는 또 모를 일이다. 그러나 소크라테스가 술을 잘 먹었던 것만은 사실이요 따라서 술에 대해서 그의 의견을 물어봄 직도 한 일이라 생각하는 제자가 있을지 모르나 내 생각으로는 소크라테스의 주관은 문제가 되지 않는다. 첫째 그는 셰익스피어처럼 술을 좋아하지 않았다. 에릭씨마커스는

나는 소크라테스는 예외로 돌린다. 술을 먹기도 하고 안 먹기도 하고 둘 다 능하니 말이다.

— 『향연』 176

하였지만 소크라테스가 술을 먹을 땐 억수로 퍼 먹고 안 먹을 땐 또 막 끊을 수 있었던 것은 그가 술맛을 몰랐기 때문에 가능했다. 정말 주정酒精이 세포 알알이 스미고 배여서 중독이 된 술꾼이라면 술을 먹었다 안 먹었다 하는 재주는 없을 것이 아닌가. 셰익스피어는 교우 밴 존슨과 마이클 드레이턴과 더불어 술을 너무 먹어 열이 나서 죽었다고 전하여진다.

둘째 소크라테스는 예술을 좋아하지 않았다. 예술가의 시민권을 박탈할 것을 주장까지 하지 않았는가. 이러한 속물의 주관이 술과 예술을 좋아하는 이 땅의 풍류객에게 무슨 소용이 있겠는가 말이다. 그래서 술과 예술에 있어서 동서고금에 둘째가라면 설워하는 셰익스피어에게 술에 대한 견해를 물어보기로 한 것이다.

셰익스피어의 주장은 그의 작품을 읽어도 알기 어렵다는 것이 정평이다. 또 그것은 문학작품은 작자의 의도가 숨어서 나타나지 않을수록 성공한 것이라 하는 의미에서 셰익스피어의 위대함을 말하기도 한다. 그러나 그것은 셰익스피어가 전연 의도를 가지고 있지 않다든지 주관이 없다든지 하는 것과는 다르다. 따라서 그의 주관도 따지고 보면 전연 알 수 없는 것은 아니다.

나는 이미 「셰익스피어의 산문」과 「뿌르조아의 인간상」에서 셰익스피어의 주관에 대하여 그 결론만을 이야기한 일이 있다. 즉 셰익스피어는 술 취한 사람에게는 시를 인정치 않고 산문으로 말하게 하여 자기의 의도와 태도를 명백히 했다는 것이다. 『위지동이전魏志東夷傳』을 읽어보면 조선의 시가는 술과 더불어 우러나온 것처럼 쓰여 있는데 위대한 시인 셰익스피어는 정반대로 시는 술과 상극이라는 것이다. 그러나 이것은 술과 시를 아울러 좋아하는 사람들이 철썩 뛸 일인 만큼 더 상세히 논할 필요가 있다.

셰익스피어를 거꾸로 읽어 폴스타프가 산문으로만 말하는 사실, 즉 부정적인 인물로 되어 있는 것을 잊고 풍부한 인간성의 표현으로 잘못 알고 그가 술을 찬미하는 소리를 듣고 그것이 바로 셰익스피어의 주관이라고 우길 사람이 있는지 모른다. 폴스타프는 『헨리 4세』 제2부 제4막 제3장에서 50행에 가까운 독백으로 술의 덕을 찬양한다. 술을 먹지 않으면 바보가 되고 겁쟁이가 된다는 것이다. 그러면 폴스타프가 술을 용기와 지혜의 원천이라고 주장하는 것은 무엇을 의미하는가. 그는 술김에 허장성세하고 기지와 해학을 난발하지만 본정신으로 돌아가면 바보요 겁쟁이라는 것밖에 안 된다. 그러나 이것만 가지고는 셰익스피어가 술을 부정했다는 것을 폴스타프의 후예에게 알아듣게 할 수 없다. 그래서 나는 아래와 같이 셰익스피어의 저작에서 내적증거를 제시하는 바다.

셰익스피어의 주장은 알 수 없다는 사람들도 셰익스피어가 햄릿을 악인으로 만들지 않았고 그의 원수 클로디어스를 선인으로 마련하지 않았다는 것쯤은 인정할 것이다. 그러면 불과 물 같은 이 두 성격이 술에 대하여 정반대의 태도를 취하도록 표현한 셰익스피어의 의도는 과연 무엇일까? 제1막 제2장에서 왕이 주연을 베풀어 덴마크의 수도 엘시노어가 불야성을 이루고 바야흐로 환락이 무르녹을 때 햄릿 홀로 떨어져

오오 이 너무나 굳은 육체가 녹고 녹아 이 술이 되어버렸으면!

으로 시작되는 비창悲愴한 독백을 하고 나서 윗렌베르히에서 돌아온 친우 호레이쇼를 만나 "무엇 하러 엘시노어엔 왔소? 이 길을 떠나기 전에 술을 고래로 마시는 것을 배우리라." 하는 것이라든지 제1막 제4장에서 햄릿이 호레이쇼더러 "외국인이 우리 민족을 모주니 술 취한 개니 하는 까닭이 난음에 있는 것이오."(그때 왕이 술을 마시는데 반주하는 나팔과 대포소리가 들려왔던 것이다.)

"캐시오가 음주를 욕하는 말은 햄릿이 숙부의 폭음을 혐오하는 말과 비교할 수 있을 것이다. 무슨 까닭이 있어 음주가 당시에 셰익스피어의 마음을 강하게 포착했을 것이다."라고 브래들리는 『셰익스피어의 비극』에서 논했는데 무슨 까닭이 있었는지 없었는지는 작품만 읽어서는 알 수 없지만 셰익스피어가 술을 비난한 것만은 명백한 사실이다. 악한 이아고가 흉계를 꾸밀 때 캐시오에게 못 먹는 술을 먹이어 취하게 한다. 캐시오는 술 때문에 신세를 망친 뒤에 "하느님 맙소사 원수를 입 속에 넣어 정신을 훔쳐가게 하다니! 우리가 좋아서 즐겨서 혹해서 박수하면서 자신을 짐승으로 화해버린다니!" 하면서 땅을 치고 한탄한다. 이는 "만약 나에게 아들이 천 명 있다면 내가 그들에게 가르치고 싶은 인간의 첫 원리는 물 같은 음료는 마시지 말고 독한 술에 몸을 바치라는 것이다." 하는 폴스타프와 좋은 대조가 아닌가.

『안토니와 클레오파트라』에서도 술이 극의 중요한 모멘트가 되어 있다. 서로 천하를 제 것으로 만들려는 생각을 가지고 있는 삼두정치가 레피두스, 안토니우스, 시저가 술을 마시는 데는 레피두스가 제일 먼저 취해서 안토니우스의 놀림감이 된다.

> 레피두스 ― 악어가 무슨 빛깔이지?
> 안토니우스 ― 그 자체의 빛깔이지 뭐야?
> 레피두스 ― 거 참 이상한 뱀이로군.

― 제2막 제7절

그러나 안토니우스도 시저를 당하지 못한다. 그것은 시저가 안토니우스보다 술이 세기 때문이 아니라 술잔을 잘 피하기 때문이다.

안토니우스 ─ 자아 시저, 술잔을 받게.

시저 ─ 그만두었으면 좋겠네. 머릿속을 술로 씻는 것이 죽어라 하고 힘이 들고 씻을수록 더 나빠진단 말이야.

이래서 레피두스가 먼저 실각하고, 안토니우스가 다음에 망하고 시저가 최후의 승리를 얻는 이 삼두정치가의 운명이 술좌석에서 벌써 복선으로 암시되는 것이다. 셰익스피어가 술에 대해서 얼마나 용의주도한가는 이 한 가지 사실만 가지고도 증명하기에 족하지 않은가?

『오셀로』 제2막 제3장에서 이아고로 하여금 영국인이 세계에서 술을 제일 잘 먹는다고 칭찬하게 한 셰익스피어의 교묘한 풍자를 잊을 수 없다. 이태리인이요 악한인 이아고의 입을 빌려 셰익스피어는 패러독시컬한 설교를 하고 있는 것이다. 엘리자베스조의 관객이 악한 이아고한테 술 잘 먹는다는 칭찬을 듣고 얼굴을 붉혔겠는가 안 붉혔겠는가 생각만 해도 재미있지 않은가?

칼리반은 모두 스테파노의 술을 얻어먹고 취하자 스테파노를 신으로 알고 섬긴다. 그러나 결국 칼리반은 술의 허위를 깨닫고 진실에 눈뜬다.

내가 얼마나 바보였던가. 이 모주를 신으로 알고 이 못난 멍텅구리를 숭배하다니!

─『템페스트』, 제5막 제1장

한다. 이 칼리반의 말은 술에 취한 셰익스피어의 최후의 단언이라 해도 과언이 아닌 것이다. 짐승인지 사람인지 분간할 수 없었던 괴물 칼리반의 입을 빌려 이렇게 술을 부정한 셰익스피어의 신랄함을 이해 못 한다면 문학을 이해한다 할 수 없을 것이다. 그러나 주객들은 항변할 것이다.

그런 사람 같지 않은 칼리반한테 욕을 먹었댔자 통증을 느낄 우리가 아니라고. 그러면 예수 같은 성인의 말이나 그 성인의 사도라고 자처하는 목사의 말이라야 된다는 말인가. 하여튼 시를 좋아하는 주객이라면 위대한 시인 셰익스피어가 주객인 스테판에게는 종시일관 한 줄의 시도 말하게 하지 않고 칼리반이 주객 스테파노를 욕하는 말은 시로 표현했다는 사실은 경시할 수 없을 것이다.

그러나 전설에 의하면 셰익스피어 자신은 술을 너무 마시어서 열이 나 죽었다 한다. 이 전설이 사실이든 아니든 인생의 한 아이러니라고 아니할 수 없다. 셰익스피어는 그의 극에 나온 인물 중에 으뜸가는 주호 폴스타프의 임종을 다음과 같이 그렸는데 이것은 전설이 말하는 셰익스피어의 임종을 연상시킨다.

> 님 — 폴스타프가 (죽을 때) 술을 달라고 소리쳤다지.
>
> 주막마나님 — 네 그랬어요.
>
> 빠아돌프 — 그리고 여자를 달라고 했다지.
>
> 주막마나님 — 아뇨 그러지는 않았어요.
>
> — 『헨리 5세』, 제2막 제3절

하여튼 술이란 요물이다. 클레오파트라한테 녹아나지 않은 영웅이 없듯이 술에 곯지 않은 문학자는 드문가 보다. 줄리어스 시저와 버나드 쇼를 예외로 하고…….

—《희곡문학》, 1949. 5.

제5부
대담, 기타

국수주의를 경계하라

한자의 폐지 없이 조선문화의 완전해방은 생각할 수 없다. 그러나 한자를 폐지한다는 것은 한자로 된 조선말을 다 없애는 것을 의미하는 것은 아니다. 말조차 생활의 수단이다. 하물며 글자는 말보다도 이차적인 것이다. 조선민족의 생활현실에 토대를 두지 않는 한자폐지론은 시대에 역행하는 국수주의적 과오를 범하게 될 것이다. 일본제국주의 교육의 관념병觀念病을 청산하기 위하여서도 한문의 영향을 벗어나 싱싱한 현실에서 우러나는 조선말을 쓰도록 할 것이며 한자폐지가 가져오는 교육적, 경제적, 정치적 발전은 일로 다 헤아릴 수가 없는 것이다. 한자에 익숙한 세대여, 새로운 조선의 발전을 위하여 조선인민의 문자인 조선글자만 가지고 조선인민의 사상과 감정을 표현하기로 하자.

그러나 한자폐지는 이상이요 그 실현에는 많은 곤란이 있을 것이며 시간이 걸릴 것이다.

—《신조선보》, 1945. 12. 21.

사상 없는 예술 있을 수 없다!
— 장총감 고시*에 대한 평론가 김동석 씨 담談

　　예술은 술과 다릅니다. 히틀러가 독일국민에게 술과 노래와 제전을 장려하고 정치에는 관심을 갖지 말라고 권한 일이 있지요. 대중이 정치에 관심을 갖는 것, 다시 말하면 민주주의는 파시즘의 가장 무서운 적이니까요. 우리 민족이 다 같이 갈망하는 것이 민주주의 독립국가인데 흥행업자가 돈 벌기에 바빠서 대중의 정치의식을 마비시키는 흥행만 한다면 큰일입니다. 흥행업자는 모름지기 대중을 즐겁게 하는 동시에 민주주의적으로 계몽하는 기획을 하도록 힘써야 합니다. 그렇지 않아도 흥행업자란 일제 때 모양으로 민중의 정치의식을 마비시키는 오락을 위한 오락, 즉 저급한 오락만 제공하고 있는 것이 시방 남조선의 딱한 현상이 아닙니까? 장총감 고시를 보고 이번 모리배 흥행업자는 좋아라 했을 것입니다. 왜냐하면 이 '고시'대로 된다면 흥행계는 그들의 독단장이 될 테니까요.

—《경향신문》, 1947. 2. 4.

---

* 1947년 1월 31일, 장택상 제1경무총감이 발표한 극장의 흥행 취체에 대한 고시告示를 말한다. 오락을 빙자해서 정치적 선전을 일삼는 흥행업자와 극장에 대하여 경찰이 엄중히 감시하는 동시에 치안교란을 꾀하는 자는 군정위반으로 엄벌할 것이라는 것이 그 요지이다.

세계인민의 기쁨*

36년 동안 제2차 세계대전의 원흉 일본제국주의의 암흑이 억누르고 있었던 조선에서 국제 민주주의의 광명을 보게 된 것은 장님이 눈을 뜬 듯한 느낌이었다. 이 광명 속에서 조선의 민주주의는 꽃 피고 열매 맺을 것이다. 이것은 비단 조선이나 미국이나 소련이 축하할 회합일 뿐 아니라 민주주의와 평화를 사랑하는 세계의 인민이 경하하여 마지않을 힘 모둠이었다.

—《문화일보》, 1947. 6. 26.

---

* 1947년 6월 25일 개최된 미소공동위원회 개최에 참여한 문화인, 예술인의 감격과 소회를 게재한 것이다. "조미협문朝美協文 김동석金東錫"의 이름으로 발표되었다.

『길』을 내놓으며

열 손 배 위에 얹어놓고야 큰소리 하랬다는데 인제 겨우 서른의 고개를 넘어 네 번째 새해를 맞이하는 나로서 처녀시집의 이름을 '길'이라 한 것은 위태로운 짓이다. 하지만 아직껏 내가 걸어온 길을 세상에 드러나게스리 그린다면 이 시집은 조금도 거짓 없는 바로 그 그림인 것이다.

Sogui il too corso, e lascia dir le gentil(그대의 길을 가라, 그리고 사람들로 하여금 떠들게 내버려두라.)―이것이 나를 인도한 지남철이다. 나를 "유아독존"의 인간으로 보는 사람이 있지만 바람이 센 이 땅에서 혼자서 버텨보려는 나의 자세이었음을 알라. 산마루에 외로이 서서 하늬바람에 얼고 떠는 나무, 그것이 바로 나의 모습이었다.

그러나 약하고 겁이 많은 나는 "무저항의 저항"밖에는 저항할 용기가 없었다. '시'는 위기에 처한 조선문화를 생각다 못해 발표한 것인데 그리 많은 지음知音을 얻지 못했던 것은 순전히 나의 표현력이 부족한 탓이리라. 「연鳶」도 내 딴엔 파시즘의 폐부를 예언한 산문시이었는데 상징이 지나쳐서 무언지 모르게 되어버렸다.

이 시집을 '풀잎배', '비탈길', '백합꽃'의 3부로 나눈 것은 '풀잎배'

는 어디인지 모르게 사라지는 시의 세계를 상징하며, '비탈길'은 반동적이 안 되려고 애를 쓴 나의 조그만 고집이요 '백합꽃'은 조선의 표징으로서—희고도 아름다우니까—내가 아껴온 꽃이다.

달은 밝아도 조선은 아직도 밤이다. '한데 뭉치자'는 식의 구호가 아니라 정말 조선민족의 통일전선이 완성될 때 비로소 먼동이 트고 붉은 태양이 홰치며 솟으리라. 나는 그때가 올 것을 믿어 의심치 않고 앞으로 또 몇 해인지 몰라도 밤길을 묵묵히 걸어가련다. 그러나 벌써 나는 외로운 나그네가 아니냐.

—시집 『길』, 1946.

『해변의 시』를 내놓으며

수필은 생활과 예술의 샛길이다. 시도 아니요 소설도 아닌 수필—이것이 소시민인 나에게 가장 알맞은 문학의 장르였다.

이를테면 어버이 덕에 배부르게 밥 먹고 뜨뜻이 옷 입고 대학을 마치고 또 오 년 동안이나 대학원에서 책을 읽고 벗과 차를 마실 수 있었다는 것은 조선 같은 현실에서는 보기 드문 행복이었다. 그러나 나의 예술을 위해선 불행했다. 이러한 산보적인 생활에서 나오는 것은 수필이 고작이다. 때로 시도 썼지만 그 역亦 희미한 것이었다.

허지만 자기를 송두리째 드러내는 것이 예술이라면 이 수필집은 나의 시집 『길』과 더불어 나의 과거를 여실히 말하고 있다. 뒤집어 말하면 지난날의 내 밑천을 털어놓고 보면 요것밖에 없는 것이다.

내가 수필을 발표하게 된 직접 동기는 최영주 씨가 편집하던 수필잡지 《박문》에다 매달 한 편씩 써달라는 노성석盧聖錫 군의 원고에서 우러났다. 이제 또 군의 손을 빌려 이 수필집을 세상에 내놓게 되는 것은 끝끝내 무슨 인연인가 보다. 사실 조선말조차 압살을 당할 뻔한 그 시대엔 누가 떠다 밀어라도 주기 전엔 글 쓸 용기가 나서질 않았다. 섣불리 글을 쓰다간 자기본의도 아닌 유치장 신세를 지거나 그렇지 않으면 마이너스의 글이 되어버릴 염려가 결코 기우가 아닌 시대였다.

나의 글이 그 시대에 플러스한 것이 없거늘 이제 또 세상에 내놓는 것은 뭣한 듯하지만 시방 조선민족은 자기비판을 할 때인지라 나도 세상의 매를 맞아보겠다는 생각이 없지 않다.

독자제형은 이 소시민의 문학을 여지없이 비판해주기를 바라는 바다.

1946년 4월 23일

김동석

—수필집 『해변의 시』, 1946.

평론집 『예술과 생활』을 내놓으며

　나의 수필집 『해변의 시』는 전혀 8·15 이전에 쓴 것이며 시집 『길』 또한 거개가 그러하다. 이를테면 나는 '일제'의 검열과 고문이 무서워서 남몰래 글을 써 모아놓고는 때를 기다렸던 것이다.

　그러나 막상 8·15를 당하고 보니 글보다 더 급한 것이 있었다. 쇠사슬은 풀렸으나 민족은 마음껏 움직이지 못했다. 더군다나 내가 살던 안양安養엔 일본군대가 많이 남아 있었고 친일파들이 이 패잔병들을 믿고 '일산日産'에 눈이 어두워져서 일군日軍의 총칼로 무장하고는 대담하게 조선의 건국을 방해했다. 그자들 중엔 시방도 '반탁'이니 무어니 해가지고 애국자를 가장하고 떠들어대는 자들이 있지만 그때 그자들의 기세란 대단했다. 일인경찰이 조선청년 하나를 검거해서 서울로 보내버려 생사가 모르게 된 일이 있었는데 군민郡民의 뜻으로 내가 단신 그 경비가 어마어마한 경찰서에 달려가서 일인 경무주임에게 항의를 하고 있을 즈음에 친일파들과, 그들의 사주使嗾에 영문도 모르고 날뛰는 방위대원들이─경방단警防團과 감시초監視哨를 이름만 고쳐서 방위대라고 한 것이다─수십 명 와아 하고 몰려들더니 불문곡직하고 곡괭이 자루며 목검이

466

며 목총이며 할 것 없이 그놈들이 들고 온 연장으로 나를 후려갈겼다. 나는 나로서도 알 수 없게스리 아무 말 않고 얻어맞았다. 나의 머리가 문자 그대로 뼉 갈라져서 내 온몸이 피를 뒤집어쓰자 그자들은 피를 보고 겁이 나서 물러났다.

나는 불행 중 다행으로 살아났다. 그리하여 두어 달 동안 일본제국주의의 잔재를 소탕하기 위하여 싸웠다. 그러니 글이라고는 삐라밖에 쓸 겨를이 없었다. 8·15 전엔 무서워서 글을 못 썼다 하더라도 8·15 직후엔 왜 글을 쓰지 않았느냐 하고 이상히 여기는 독자가 있을 것 같아서 내가 서울에 나타나서 《상아탑象牙塔》이란 것을 만들어놓고 평필을 들게 되기까지의 경과를 보고하는 바이다.

현대를 '세실의 세기'라 하는 것을 폴 발레리와 더불어 나도 절대동감이다. 문학은 어떠한 종류, 어떠한 내용을 불문하고 상아탑적인 것에 지나지 않는다. 사실을 움직이는 데는 문학이 과학을 따를 수 없을 뿐 아니라, 과학과 일심동체가 되는 행동에 비해선 너무나 무력하다.

하지만 아직까지 내가 일구월심日久月深 갈고 닦은 기능은 문학이다. 기능에 응해서 노동하는 것이 가장 양심적이라면 나는 '상아탑'에서 글을 쓰는 것이 나로선 제일 좋은 일일 것이다.

이러한 견지에서 나는 부지런히 글을 썼다. 때로 상아탑을 뛰어나가 민족문제에 부딪혀보기도 하지만 아편阿片에 인이 배기듯 문학을 떠나면 허전해서 살 수 없는 나이기 때문에 금방 상아탑 속으로 다시 기어 들어가서 글을 쓰곤 하는 것이다.

이 평론집에 모은 글의 대부분이 《상아탑》에 발표된 것임은 이러한 나의 생활태도에 연유하는 것이다.

독자제형은 이 평론집을 읽으시고 나의 글뿐 아니라 나의 생활태도까지도 비판해주기를 바라는 바다. 작년 8·15에 나올 것이 이제야 상재

上梓케 된 것은 여러 가지 사정이 있으나 무엇보다도 삼팔 이남 조선의 출판사정이 딱한 탓이었다. 그래서 나의 글이 그동안 발전한 현실과 어긋나는 데가 생긴 것도 할 수 없는 노릇이다. 가필함이 없이 다만 최근에 발표한 글을 몇 편 더 넣어 판을 짠 것에 대하여 나는 여러 가지로 불만을 갖고 있다.

끝으로 이 책 출판에 백방 노력해주신 박문출판사 제형과 대동인쇄소 제씨에게 감사를 드리는 바이다.

1947년 2월 1일
김동석

—평론집『예술과 생활』, 1947.

『뿌르조아의 인간상』머리말

　　나의 제1평론집『예술과 생활』에다 대면 이 평론집은 일보 후퇴한 느
낌이 있다. 내가 나오려고 그렇게 애쓴《상아탑》으로 다시 한 걸음 들어
간 데 대하여 나는 길게 변명하고 싶지 않다. 이 땅의 객관적 정세와 나
의 생활태도에서 온 것이라고만 말해두자.

　　내가 이 평론집에서 문학을 비평하는 방법이나 태도는 상아탑적이
아니다. 아니,『예술과 생활』에서보다도 오히려 일보 전진했다고 자부한
다. 그러나 평론의 대상이 문학에 국한되어 있다는 것은 이 책이 먼저 책
과는 다른 것이며 일보 후퇴라 인정하지 않을 수 없는 점이다. 문학이 문
학만을 대상으로 하다간 소위 순수파가 빠진 그 함정에 빠질 염려가 있
는 것이다. 언제나 우리는 현실과 시대와 역사에 부딪히지 않으면 아니
된다. 그렇지 않았다간 헤라클레스 신에게 번쩍 들려 다리가 땅에 닿지
않아서 죽고 만 대지의 아들 안타이오스의 꼴이 되고 말 것이다. 민족의
거대한 사실에 대하여는 의식적으로 눈을 감고 피하여 문학만 가지고 이
러니저러니 하다가 개미가 쳇바퀴 돌 듯 아무 발전이 없는 문학주의자들
의 꼴을 보라. 일찍이 단테는 "그들을 생각할 것도 없다. 슬쩍 보고 지나

가자."고 『신곡』에서 이러한 관념론자들을 욕했거니와 나는 어째서 이러한 문학가들을 언제까지나 붙들고 생각하는 것일까. 그것은 내 자신 속에 그러한 잔재가 있기 때문이다. 다시 말하면 '부르주아의 인간상'은 내 자신이 영미문학의 영향을 받아 오랫동안 지니고 있던 옳지 못한 문학관을 상징하는 것이다. 다행히 8 · 15는 나를 이 미몽에서 깨여나게 하였다. 그럼에도 불구하고 나는 내가 꿈에 보던 그 영상을 아주 깨끗이 잊어버리지 못하고 있는 것이다. 내가 김동리 군 같은 올챙이 문학가를 즐겨 논하는 까닭은 나도 한때 그와 같은 올챙이였고 또 아직도 그 올챙이가 가지고 있는 치기와 아만我慢을 가지고 있기 때문이다.

나는 개구리가 되고 싶다. 똘창에서 그 간드러진 꼬리를 치며 자기도취에 빠져 있는 올챙이가 메타모포시스를 일으켜 대지에 뛰어올라 개구리가 되는 그 생명의 약동을 얼마나 바랐던가. 그리고 나 하나만이 아니라 나와 같은 올챙이 족속들이 다 같이 일제히 뭍으로 뛰어오르는 그 빛나는 찰나를 고대하고 있다.

1949년 1월 12일
김동석

—평론집 『뿌르조아의 인간상』, 1949.

민족문학의 새 구상

─김동리·김동석 대담

편집자주 : 8·15 이후 민족문학을 중심으로 민족문화 수립이라는 민족적 대과제를 둘러싸고 불행히도 이념을 달리하는 양대 사조로 말미암아 다방면 다각도로 논의되어 삼개 성상을 경과한 오늘에도 하등의 이렇다 할 결론과 구체적 방안을 보지 못하고 지금에 이르렀던 것이다.

이에 본사에서는 현 우리 문단의 중견이요 창작과 이론의 부분에서 실제로 꾸준한 노력을 경주하고 있는 김동석·김동리 양씨에게 특청特請하여 지난 12월 20일 하오 6시부터 본사 회의실에서 대담회를 개최하여 민족문학 수립에 대한 열의 있는 의견을 들은 바 있어 정초 새로운 설계에 몰두하실 강호 독자제언諸彦에게 보내는 바이다.

본사 오늘 두 분을 모시고 민족문화 전반에 걸쳐서 좋은 말씀을 많이 들을까 하였습니다마는, 문제가 너무 해대該大하고 막연한 점이 있어 그 범위를 좁혀 주로 민족문학 수립에 대한 두 분의 의견을 들려주었으면 합니다.

김동리 내가 생각하고 있는 민족문학은 하나의 고전 형성을 의미한다. 가령 로서아 문학을 예로 든다면 푸시킨 이전에도 로서아 문학이라는 것이 있기야 했겠지만 오늘날 일반적으로 말하는 로서아 문학이란 주로 푸시킨 이후 19세기 말까지의 로서아 문학일 것이다. 이것이 진정한 로서아의 고전문학인 동시에 또 민족문학이라고도 할 수 있을 것이다. 이런 의미에서 조선의 문학, 즉 신문학은 아직도 확호한 고전적 지위를 갖지 못하고 있다. 더욱 해방 후의 민족문학운동도 민족적, 정치적 현실에 너무도 몰두하여 이 고전적 지위를 확보하는 참다운 민족문학을 몰각하고 있다. 이원조 씨가 말하듯이 소위 역사적 범주로서의 민족문학—봉건문학에 대한 하나의 민주주의 민족문학—이라는 의미가 아니고, 이 민족의 영원한 생명이 되고 정신적 원천이 될 하나의 고전으로서의 민족문학의 수립되어야 한다는 것입니다.

본사 그러면 고전적 견지에서 민족문학을 생각지 않으면 안 된다는 것입니까?

김동리 그렇지 않습니다. 지금까지의 문화유산이라든가 고전이란 것에서 새로운 출발을 하는 것이 민족문학이란 뜻이 아니라 이 시대에 생산된 문학이 그대로 이 시대의 조선민족의 의욕과 희망을 반영한 채, 그것이 일시적 어떠한 정치적 선전도구가 되지 않고 영원한 생명을 가진 그러한 문학, 다시 말한다면 장래 오랜 동안을 두고 우리 민족이 이 시대에 제작된 문학을 하나의 고전적 지위에서 재음미·재인식할 그것은 민족문학인 동시 세계문학의 일환이 될 수 있는 그러한 문학—이것이 신생민족의 참다운 민족문학이라고 생각합니다.

김동석 우리가 말하는 민족문학이라는 것은 8·15 해방 이후에 제창된 것인데, 기실 따지고 본다면 이 8·15 이전엔 우리에게 민족문학이 없었다. 왜 그러냐 하면, 한 개의 민족문학이라면 응당 그것은 민족 전체의 문제를 문제로 하고 진실을 그려야 할 것인데, 8·15 이전의 우리 문학은 그렇지 못하였다. 그야 물론 8·15 이전에도 조선문학이 없었던 것은 아니다. 그러나 그것은 용어에 있어서 조선어를 사용했고 형식에 있어 조선적이었지만 그 내용에 있어서는 민족적이 되지 못했다. 즉 민주주의적 내용이 없는 주변의 문학이 되었던 것이다. 민족의 갈 바 길을 비출 수 있는 문학—동리 군이 말하는 문학적 생명이라는 용어를 빌린다면 이것이야말로 문학적 생명일 것이다—이 되지 못한 문학을 위한 문학이 되기가 첩경이었던 것이다. 그러므로 8·15 이전 문학을 민족문학이라고 할 수는 없습니다. 그것은 문학 하는 사람들만이 책임질 일은 아니겠지만 하여간 크게 말하면 우리 민족 전체가 일제의 압력에 눌리어 결국은 모두 궁지에 빠져 질식상태에 있었던 것이다. 그러는 동안 작가들 자신도 쫓기고 도망하여 숨은 곳이 자아이거나 이른바 순수시가 아닌가. 예를 들면 동리 군의 단편집 『무녀도』와 나의 수필집 『해변의 시』…… 그러나 8·15가 되자 민족이 일제의 쇠사슬을 끊고 역사적 행진을 시작한 후에도 그 대열에 끼지 않고 구태의연한 순수를 주장한다는 것은 시대착오도 착오려니와 문학을 망치는 것이다.

민족문학의 수립과 동시에 문제되는 것은 리얼리즘의 문제입니다. 일제 땐 문학가가 정면으로 현실을 태클할 수 없었던 만큼 리얼리즘을 창작방법으로 하기가 곤란했던 것이다. 동리 군이 조선문학이 세계문학의 일환이 되어야 한다고 하였는데 그 말에는 나도 동감이다. 즉 조선문학은 형식에 있어서 조선적이고 또 그 내용이 조선의 현실과 생활이라 하더라도 리얼리즘의 문학이라면 번역되어 세계 어느 나라 인민에게도 공감을 일으킬 수 있을 것이다. 괴테가 문학은 번역되어도 남는 것이 있어야 된다고 말했는데 이러한 의미에서 진리라고 생각한다. 문학사적으로 보아 세계는 이제 리얼리즘이 아니면 문학이 될 수 없게 되었고, 조선문학은 이러한 세계문학의 일환으로서 또 민족문학으로서 리얼리즘밖에는 갈 길이 없는 것이다.

본사 그 리얼리즘이란 무엇을 말하는 것입니까?

김동석 쉽게 말하면 그것은 생활을 위한 문학이 되라는 것이다. 봉건제도하에서나 또는 일제시대와 같이 조선민족의 생활이 전체적으로 암흑 속에 있어, 갈 바 길을 잃었을 때에는 리얼리즘이 성립하기가 곤란했던 것이다. 그러나 민족의 갈 바 길을 찾은 오늘날, 새로운 생활을 건설하기 위하여 실천해야 되는 오늘날, 그것을 바라고 조선민족 전체가 싸우듯, 문학가도 민족문학을 세우려고 싸우지 않아서는 아니 된다. 그리하여 민족문학이라는 것은 형식으로는 민족적이고 내용에 있어서는 민주주의적이 되어야 하는 것이며, 꿈이 아니라 현실에서 광명과 희망을 탐구하고 발견하는 문학이라야 한다. 그런데 소위 순수문학이라는 것은 일부러 문제를 국한하거나 회피하거나 해서, 역사와 인민에게서 유리된 인간이니 개성을 가정하고 고집하니 좋은 문학을 창조할 수 있겠는가. 문학도 인류의 다른 모든 문화재와 마찬가지로 인간이 거대한 역사와 부딪쳐 발하는 불꽃입니다. 리얼리즘의 어원인 나전어羅典語 '레스'는 물物을 의미하는 것인데 동리 군 등은 물物을 피해 달아나니 무엇에 부딪쳐 문학의 불꽃을 발할는지? 그러니까 작가는 자기 개인 속에 숨어 있던 과거의 타성을 버리고 넓고 큰 진실에 접촉하여야 할 것이다. 우리가 요사이 인민이라는 말을 쓰고 있는데 문학가는 인민의 생활에 접촉하려는 노력이 있지 않으면 안 된다고 생각한다. 그것은 마치 바닷속 깊이 숨어 있는 진실의 물고기를 찾아내려는 것과 같다. 생명이 약동하는 물고기는 큰 바다에 있으니까 우리가 종래의 타성을 버리고 거기 뛰어들어—역사의 대해라 해도 좋고, 진리의 대해라 해도 좋고, 사실의 대해라 해도 좋지만—거기에 뛰어들어야만 민족문학의 내용이 되는 체험을 얻을 수 있다고 생각한다.

김동리 지금 김동석 군이 세계문학은 리얼리즘이라고 하였는데 리얼리즘이라고 하면 그것은 무엇을 말함인지. 토론하기 전에 용어를 규정해야겠는데…….

김동석 그것은 물론 해야지. 주관적인 센티멘트라든가 기분이라든가 이마쥬라든가, 이른바 순수라든가 낭만이라든가 하는 것을 가지고 문학을 조작하려 하지 않고 진실에서, 생활에서, 행동에서 문학의 내용을 얻는 것을 의미한다.

김동리 그것은 리얼리즘의 문제가 아니야. 지금 우리가 말하는 문학이란 개념은 근대문학에서 오는 것인데 근대문학 가운데서도 특히 구라파 문학을 말하는 것이다. 김군이 말하는 문학이란 것도 근대 구라파 문학을 의미하는 것인데…….

김동석 아니다. 지금 문제가 되고 있는 것은 어떻게 민족문학을 수립하느냐 하는 문제다. 문학사를 논하는 것은 아니다. 조선의 현실에 가장 적합하고 가장 진실한 문학을 논하는 것이다. 그것이 몇몇 사람의 기교에 그친다든가 몇 개인의 취미에 끝난다든가 해서는 안 될 것이다. 가령 예를 든다면 어떤 사람은 우표딱지를 모으는 취미가 있어 우표딱지를 가지고 진리를 발견한 듯이 날뛰는 사람도 있지만 그런 몇 개인의 취미나 기호에만 맞는 그런 의미의 문학이어서는 아니 됩니다.

김동리 이건 웬 엉뚱한 소리야. 자네가 세계문학이니 리얼리즘이니 하는 용어를 독단적으로 발음하고 있으니 근본적으로 그 개념을 시정是正해두고 이야기하자는 거지……. 그러면 자네 말대로 세계의 문학이 리얼리즘의 문학이라면 괴테의 『파우스트』나 도스토옙스키의 『악령』 같은 것도 요컨대 리얼리즘 문학이란 말이지.

김동석 괴테의 『파우스트』와 도스토옙스키의 『악령』은 리얼리즘의 좋은 예가 될 수는 없어.

김동리 문제는 거기 있어. 그러면 『파우스트』와 『악령』은 좋은 세계문학이 못 된단 말인가. 그렇지 않으면 좋은 세계문학은 되지만 리얼리즘의 좋은 예는 될 수 없단 말인가. 만약 좋은 세계문학이 못 된다면, 김군이 말하려는 세계문학이란 김군들만이 아는 세계문학이 있을 게고, 그렇지 않고 후자라면 김군이 먼저 한 말과 근본적 모순이 생긴다. 왜 그러냐 하면 만약 세계문학이 리얼리즘의 문학이라고 말할 수 있다면 가장 좋은 세계문학의 예는 가장 좋은 리얼리즘 문학의 예가 되어야 할 것이다. 여기에 김군이 말한 리얼리즘이란 용어의 허구성이 들어 있는 거야. 나에게 있어서는 리얼리즘이냐, 로맨티시즘이냐, 또는 무슨 고전주의냐 근대주의냐 하는 것이 문제가 아니다. 왜 그러냐 하면 『파우스트』와 『악령』 속엔 리얼리즘, 로맨티시즘뿐만 아니라 모든 주의가 다 들어 있기 때문이다. 요는 생명의 창조가 있느냐 없느냐의 문제인 것이다.

김동석 그러면 내가 말하는 리얼리즘이 타당치 못하다면, 김군은 문학을 무엇으로 규정해야겠는가?

김동리 나는 문학의 본령을 리얼리즘으로 규정하고 싶지 않다. 구태여 말한다면 그렇게는 말할 수 있을 것이다. 그야 인간이 가지고 있는 문학정신 속에는 리얼리즘의 요소가 물론 없다는 것은 아니다. 그러나 그렇다고 문학 전체를 리얼리즘이라고 규정지을 필요는 없다.

본사 리얼리즘론이 너무 복잡해지는군요. 인제 그 문제는 그만해둡시다. 그와는 조금 다른 각도로 결국은 동일한 문제긴 하겠습니다마는 요새 새삼스럽게 야단들 하고 있는 인민문학과 순수문학 문제—즉 문학은 인민대중의 문학이 아니어서는 안 된다. 즉 누구든지 이해할 수 있는 모든 대중의 문제를 구비하지 않으면 안 된다는 점. 그와는 반대로 순수문학은 어떠한 특수한 사람들에게만 통용하는 문학…… 등등의 문제로 주장이 각각 다른 모양입니다. 과연 문학이 인민대중을 이탈해서 존재할 수 있을까요. 소위 백만인의 문학! 전 민족이 이해하고 전 민족이 다 같이 호흡할 수 있는 그런 문학을 수립하지 않으면 안 된다는 것이겠지요. 특히 조선은 문학적 수준이 대체로 낮기 때문에 그런 것이 더욱 요청된다는 등—이러한 문제야말로 오늘의 현실적인 문제가 아닐까 생각됩니다. 이에 대하여 김동리 씨 어떻게 생각하십니까?

김동리 대단히 좋은 말씀입니다. 그런데 김(동석)군은 문학보다도 정치를 먼저 하려고 해서 문학에 대한 이야기는 잘 안 된단 말이야 하…….

김동석 정치를 하려고 한다니? 문학에서 정치를 피하지 않는 내가 정치를 하는지, 문학에서 정치를 빼자는 동리 군이 더 정치를 하는지 나는 모르겠는데…….

김동리 아까 이야기 말인데, 사실 문제는 거기 있다. 도대체 어떠한 문학이 소수인만이 생각하는 문학인지, 어떤 문학이 대다수가 생각할 수 있는 문학인지, 또 어떤 것이 진실하고 어떤 것이 거짓 문학인지, 이것부터 먼저 생각해야 한다.

김동석 그 기준을 어디다 두는가?

김동리 그것은 '생명'이다. 그 문학이 가지고 있는 문학적 생명—가장 영구성을 가질 수 있는, 즉 다시 말하면 시간과 공간을 초월할 수 있는 그러한 문학—만이 진실한 문학이라는 것이다. 그러므로 시간의 경과에 따라 그 가치가 멸각滅却되거나 감퇴된다면 그 문학은 진실한 문학이라고 할 수 없다.

본사 그러면 그 생명이라는 것은 단순히 시간성을 초월한다는 그것뿐입니까?

김동리 그렇지 않습니다.

본사 그러면 그 문학의 생명이라는 그 생명의 정체는? 그 기준은 어디 있습니까?

김동리 그 생명의 기준이란 건 물론 우리가 미美를 완전히 분석할 수 없듯이 십분 분석하거나 증명할 수 있는 건 아니야. 가령 자네는 현재 생명을 가지고 있지만 자기 자신의 그 생명의 비밀을 설명할 수 있는가?

김동석 설명할 수 없는 것을 가지고 어떻게 기준을 삼는다는 말인가?

김동리 밀턴의 말과 같이 미란 우리가 분석하고 설명할 수 있는 것은 그것의 한 백분지 일쯤이야. 그러나 그 백분지 일쯤이라면 문학에 있어서의 생명이란 것의 기준도 설명하고 증명할 수 있다.

김동석 고양이나 쥐에게도 생명이 있는가? 고양이나 쥐에도 문학이 있는가?

김동리 나는 생물학적인 생명을 말하는 것은 아니다. 예술이란 것은 생명을 갖지 않으면 안 된다는 것을 말할 뿐이다.

김동석 생명을 분석이나 설명해달라는 게 아니다. 예술작품의 가치를 판단하는 기준이 없으면 안 된다는 말이다.

김동리 그 기준이란 것을 백분지 일이라도 설명한다면 우선 우리는 '인간성'이란 것을 말할 수 있다. 왜 그러냐 하면 문학세계의 영원한 주인공은 인간이기 때문이다. 그리고 이 인간은 그 시대와 사회의 지배와 변천을 얼마든지 받는 동시, 또 모든 시대와 사회를 초월한 보편적 요소도 가지고 있기 때문이다. 우리가 보통 말하는 시대성이니 사회성이니 하는 것이 원칙적으로는 인간성과 대척적인 것도, 분리될 것도 아니지만 우리 문학과 같이 전통이 빈약한 데서는, 그것이 그대로 인간의 영원성이나 보편성에 대립되는 일시적이요 현상적인 부문을 의미하게 된다. 그러므로 우리가 문학에 있어서 생명의 기준을 무리로라도 찾는다면 그것은 이러한 인간이 가지는 바, 초시대적 · 초사회적 영원성과 보편성을 의미하게 되는 것이다.

김동석 우리는 역사적으로 약소민족이니까 항상 압박이 가해졌었고 그 압박에서 해방되려고 인민은 싸워왔던 것이다. 이런 정치적 환경을 문학에서 무시할 수 없는 것이다. 그걸 가지고 정치적 목적의식이 있다 하여 비난함은 부당하다. 모든 대중이 갈망하고 욕구하는 바를 문학에서 표현한다면 그것은 가장 진실한 생명을 가지는 문학일 것이다.

김동리 정치적 일시적 선전목적의식 밑에 씌어진 작품이면 문학적 생명이 그만큼 박약할 것이다. 셰익스피어의 『햄릿』 같은 것을 생각해보더라도…….

김동석 『햄릿』은 좋은 예다. 300년 전 영국에서 이 극이 상연되었을 때, 그것이 이른바 순수문학이었느냐 아니었느냐 하는 것은 흥미 있는 문제다. 그 작품이 제시된 그 당시의 영국을 생각해보자. 외우내란으로 국난에 봉착하고 있는 때였다. 즉 스페인 무적함대는 영국을 침범하려고 갖은 위협을 다하였고 로마의 법왕은 법왕대로 영국에 대한 큰 야심을 행동으로 표시하였고, 국내는 국내대로 가톨릭 문제로 내홍內訌이 심한 시대였다. 셰익스피어는 이런 국가적 환경 속에서 전 영국 국민의 욕구를 표현하여 시대적 의식, 정치적 의식 밑에 의식적으로 무대 위에서 전쟁을 선전했고 국난을 인식시킴으로써 인민에게 어필했던 것이다. 문학이란 그 시대의 환경—따라서 정치가 그 시대의 핵심이 되어 있는 때에는 그 정치적 환경—을 이탈할 수 없는 것이다.

김동리 그러한 것을 일시적 정치적 선전 목적의식이라고 말하지 않는다. 그것은 인간생활이 무엇인지도, 또는 문학이 인간생활의 산물이란 것도 모두 잊은 사람의 말이다.

본사 잘 알겠습니다. 그리고 유물사관에 입각한 문학이라든가 또는 그와는 달리 불란서 등지에는 철학사조에 입각한 새로운 문학—사르트르 등의 문학—이 대두하고 있다는데 두 분께서 이에 대한 말씀이 혹 없겠습니까?

김동석 유물사관 이야기가 나왔으니 말이지만 조선에는 유물사관에 입각하여 문학행동을 하려고 하는 것을 덮어놓고 반박하는 사람들이 왈티 공식주의라고 하는데, 그 사람들은 도대체 우물사관에 입각한 문학이라는 것이 어떠한 것인지 그것도 알지 못하면서 그저 반박만 일삼고 있다. 그들이 도리어 공식주의라고 할까. 어떤 공식 같은 것을 가지고 유물사관을 덮어놓고 욕한다. 언제든지 생생한 새로운 사실과 그날그날 일어나는 현실을 그대로 진지하게 그리려고 하지 않고 자기의 주관적 공식이라든가 구실 또는 입장이나 감상을 가지고 거꾸로 그것을 현실에 뒤집어 씌우려고 하고 있다.

본사 불란서의 사르트르의 문학 같은 것은 어떻게 보십니까?

김동석 물론 반동이다. 막다른 골목에 든 자유주의의 마지막 발악으로서 시대와 역사에 반항하는 발악문학 이외에 아무것도 아니라고 본다.

김동리 나에게는 주의니 반동이니 그러한 따위들이 문제가 아니다. 도대체 20세기의 문학은 무력하고 빈약한 문학이다. 실존주의든 공산주의든 또는 무슨 프루스트류의 잠재의식의 문학이든 모두가 문학정신이 엷고 약하다. 그러나 우리의 형편은 반드시 그렇지도 않다. 우리에게는 서구사람과 같은 의미의 20세기가 아니다. 우리에게 있어서의 현대는 그 사람들의 18, 9세기와 20세기를 합친 데다 동양이란 특이한 전통을 가지고 있다.

김동석 그것이 문제다. 20세기 문학을 부정하는 그 이론이 대단 중요하다. 김군은 20세기 현재의 문학을 적조한 것으로 보는 것이 당연하다. 왜냐하면 김군의 문학은 20세기 이전의 문학이기 때문이다. 거기서 완고한 자기를 폭로하였는데 그것은 김군이 가지고 있는 문학이 과거에 속하는 문학이기 때문이다.

김동리 어떤 말을 하든 우선 김군 자유라고 해두자. 그러나 오늘날의 우리의 문학을 서구의 20세기 문학이란 개념으로 일괄하려는 자네의 그 기계주의와 공식주의란, 이 경우 문자 그대로 난센스일 뿐이다.

본사 좋은 말씀 많이 들려주셔서 고맙습니다. 그러면 이만 정도로 그치겠습니다.

—《국제신문》, 1949. 1. 1.

'상아탑'의 지식인,
김동석의 삶과 문학

_이희환

1. 김동석의 생애

김동석金東錫은 1913년 9월 25일, 지금의 인천광역시 숭의동에서 아버지 김완식金完植 씨와 어머니 파평坡平 윤尹씨 사이의 2남 4녀 중 장남으로 태어났다. 아명은 김옥돌金玉乭, 본관은 경주慶州이다.* 그가 본적지인 외리外里에서 태어나지 않고, 지금의 수봉산 밑 숭의동 근처인 장의리에서 태어난 것은 아마도 부친의 상업활동이 이유인 것 같다. 김동석의 보통학교 학적부**를 보면 보호자의 직업란에 "포목잡화상布木雜貨商"으로 나와 있다. 그의 부친은 인천부 근교를 왕래하며 상업활동을 했던 것이다.

김동석의 유년기에서 특기할 만한 것은, 그가 보통학교 입학 전에 서당에 다녔다는 것이다. 그의 보통학교 학적부 〈입학 전 경력〉란을 보면 "서당書堂"이라고 명기되어 있다. 서당교육은 아마도 장의리에서부터 시

---

* 김완식金完植 제적등본(제적년도 1943), 인천직할시 중구청 소장.
** 김옥돌金玉乭 학적부, 인천공립보통학교(18회, 1928년 졸업).

작해서 1922년 인천공립보통학교仁川公立普通學校에 입학하기 전까지 삼사 년간 계속되었을 것으로 추정된다. 근대적 문물이 흘러넘치는 인천에서 성장하였고, 보통학교에 입학한 뒤로는 줄곧 근대적 교육만을 받았던 그였지만, 서당교육을 통해 그는 동양의 인문적 전통에도 친연한 기반을 마련할 수 있었던 것이다. 이 점은 영문학을 전공한 그가 비평에서 어떻게 그처럼 동양의 인문적 전통에 깊은 이해를 가지고 있었는지를 설명할 수 있는 단초가 된다. 서당에서의 한학 수학은 이후 그의 문학활동에 큰 재원이 되는 것이다.

김동석이 인천공립보통학교에 입학한 것은 1922년 4월로, 그의 나이 10세 때의 일이다. 다소 늦은 입학이었다. 아버지가 경동京洞 134번지에서 포목잡화점을 운영하여 집안이 경제적으로도 점차 안정되어 가던 시기에 시작된 이후의 학창시절은 소년 김동석에게 "나팔꽃 넝쿨처럼 뻗어가는" 꿈을 키우던 시기다. 크레용을 사주지 않는 아버지를 원망하며 내 손으로 크레용을 만들겠다고 초에다 물감을 들이려 했던 보통학교 1학년 때의 기억이라든가(수필 「크레용」), 월미도月尾島에서 갈매기와 백범白帆과 수평선을 바라보며 "망미인혜천일방望美人兮天一方"* 하던 낭만과 동경을 키우던 일(수필 「해변의 시」), 사기등잔불 밑에서 방바닥에 배를 깔고 《어린이》니 《별나라》를 읽던 일(수필 「나의 서재」), 시계포가 많던 동네를 나다니며 미지의 세계를 꿈꾸던 일(수필 「시계」), 애관愛館에서 보았던 활동사진의 영향(수필 「토끼」) 등은 모두 소년 김동석에게 삶의 귀중한 자양분이 되었을 것이다.

그의 집안은 구두쇠로 유명했던 아버지와 그 곁에서 고생하시는 어머니 사이에서 그리 정이 넘치는 화목한 집안은 아니었던 듯하다. 때론

| * 미인을 하늘 한쪽에서 바라보네.(소동파蘇東坡, 「적벽부赤壁賦」)

이런 아버지에게 강한 불만을 나타내기도 했고, 어머니를 몹시 불쌍히 여기기도 했다. 가정에서의 아버지의 절대적 군림과 경제적 절제의 강요는 성장기의 그에게 의외로 커다란 영향을 주었던 것으로 생각된다. 그의 글에 일관되게 보이는 봉건적 관념에 대한 강한 회의와 거부의식은 여기에서 싹튼 것이다. 그의 성격은, 수필의 일화들과 회고담을 보건대, 야무지면서도 자존심이 세고 남달리 강한 주체의식을 가진 성격의 소유자였음을 알 수 있다. 학교 성적 또한 대단히 우수해서 체조과목을 제외하고는 거의 모든 과목이 전 학년에 걸쳐 만점에 육박하고 있다.

김동석이 보통학교를 졸업하고 인천상업학교仁川商業學校에 입학한 것이 1928년이다. 그가 우수한 성적에도 불구하고 상업학교에 진학하게 된 것은 아마도 부친의 경제적 고려에서 나온 권유에 의한 것으로 짐작된다. 그가 중학교 과정인 인상仁商에 입학하던 1928년은 조선에서 한창 학생운동이 맑시즘의 영향을 받아 조직적이고도 치밀하게 전개되던 시기였다. 우수한 성적을 유지하면서도 다방면에 다재다능했던 김동석이 맑시즘의 세례를 받았으리란 추측은 그러므로 자연스럽다. 그 연장에서 행동으로 나아가는 것 또한 시대적 분위기와 그의 기질을 생각하면 수긍이 가는 바이다. 그는 실제로 3학년 때인 1930년 겨울에 친구 김기양金基陽, 안경복安景福 등과 광주학생의거 1주년 기념식을 주도하다 학교를 그만두게 된다. 1년 3학기제인 학교를 3학년 2학기까지 수료하고 퇴학처분 당하게 된 것이다. 그러나 당시의 무카이(向井最一) 교장의 추천과 편입시험을 거쳐서 서울의 인문계 학교인 중앙고보中央高普에 전학하게 된다.

중앙고보를 24회로 졸업한 김동석이 입학하기가 낙타가 바늘구멍에 들어가기보다 어렵다는 경성제국대학京城帝國大學에 거뜬히 입학한 것이 1933년이다. 주지하다시피 경성제대는 3·1운동 이후 팽배해진 민간의 민립대학운동을 제국주의 일본이 저지하고, "황국皇國의 도道에 기초基礎하여 국가사상國家思想의 함양涵養 및 인격人格의 도야陶冶에 유의하며 그로써 국가의 주석柱石이 됨에 족할 수 있는 충양유위忠良有爲의 황국신민皇國臣民을 연성鍊成함"을 제1의 목적으로 했던, 식민지 문화통치의 일환으로 설립된 9개 제국대학 중 6번째로 설립된 대학이었다. 그러나 경성제대는 일제의 뜻대로 단지 황국신민을 기르는 역할에만 충실했던 것은 아니었다. 이미 1931년 터져나온 반제동맹 사건에서 알 수 있듯이 1926년 설립 이후 줄곧 다른 어느 학교에 못지않은 강한 맑시즘의 전통을 지녀왔던 곳이다. 그러하기에 이곳 출신의 맑시스트들 예를 들면, 김태준이라든가 이강국, 신남철, 최용달, 박치우 등의 이론가들을 배출하기도 했던 것이다. 그러나 김동석이 입학할 당시는 이미 만주사변이 일어나고 시운이 불리하여졌음은 물론, 경성제대 내의 자유스러운 학풍도 반제동맹사건과 미야케(三宅鹿之助) 교수 사건 등으로 하여 점차 지사로의 길과 입신양명의 길이라는 두 극단만이 선택 가능하게 되는 지경에 이른 때였다.

김동석은 문과 A조에 입학하였다. 그러나 김동석은 예과 2년을 마치고 본과에 진학할 때 식민지 관료로의 출세가 보장되는 법학 전공의 문과 A조를 버리고 영문학을 선택하였다. 그리고 이로부터 그의 문학 역정은 시작된다고 여겨진다. 워낙에 예술을 좋아했던 기질에 더하여, 그는 점차 열악해가는 일제말의 현실에서 "외국문학에의 그들의 목마름을 풀어주는 어떤 요소"를 돌연 영문학에서 발견했고, 그 속에서 매슈 아널드의 비판정신과 교양정신을 배웠으며, 셰익스피어 등과 같은 영문학 연구로 자신의 입지를 세웠나갔던 것이다. 그의 대학생활은 대학시절 가장 절친한 벗이었던 배호裵浩의 『예술과 생활』 서문에 잘 표현되어 있다.

군은 경성-인천 간을 16년간이나 기차 통학을 하고 대학에서는 법과를 집어던지고 문과로 전향하야 영문을 전공했지만 영어보다 일본말보다 무엇보다 가장 조선말을 사랑하고 능숙하였다. 나는 그를 관찰컨대, 16년간의 기차통학에서 과학을 배우고 의지력을 닦고, 인천 해변가에서 시정신을 기르고, 졸업논문 매슈 아널드 연구에서 비판정신을 배우고, 졸업 후에는 셰익스피어에서 시와 산문의 원리를 발견했다고 생각한다.

그는 학생시대에 '퓨리탄'이니 '아스파라가스'니 하는 별명이 있었는데, 물론 이것을 붙인 자는 바카스의 후예들이었지만, 가장 적절하게 그의 성격과 생활을 상징한 표현이라고 생각한다.*

해방 이후의 문학적 행보를 줄곧 같이한 배호의 언급에서 간명하게 드러났듯, 김동석에게 있어 대학시절은 한마디로 비판적 지식인이 되기 위한 수련기였다. 그리고 그러한 수련의 목적이자 방법으로서 영문학에 몰두했던 것이며, 그 갈피 사이에서 문학을 발견하고 열정을 조금씩 키워나갔던 것이다.

김동석의 공식적 문학활동은 대학시절에 시작되었다. 대학 재학 중인 1937년 9월에 《동아일보》에 발표한 최초의 글 「조선시朝鮮詩의 편영片影」은 김동석이 학위논문으로 연구하고 있던 매슈 아널드의 문학관에 기대어 당대의 한국 현대시를 비평한 글이다. 서구 비평이론의 소개에 머물거나 기껏해야 서구이론으로 조선문학의 왜소함을 불평하던 이전의 연구관행에 비하여 김동석은, 조선시에 애정을 가지고 대학에서 배운 것과 그것을 나름으로 소화하여 애정 어린 비평을 시험하고 있는 것이다. "부정否定만을 일삼는 것은 비평批評의 본도本道가 아니다."라고 전제하

| * 배호, 「서序」, 『예술과 생활』, 박문출판사, 1947. 3면.

고 조선의 고전문학인 한시와 시조의 공과를 논하여, 그것을 극복한 현대 조선시의 좋은 예를 살피려고 노력한 시험적 비평문이다. 그가 이러한 논의를 전개함에 있어 아널드의 "비평이란 세계에서 가장 좋은 지식과 사상을 추구하며 또 그것을 전파하려는 공정무사한 노력"이라는 비평관에 힘입고 있음도 사실이나, 동시에 그는 서양이론에만 추수하지 않고 『논어』에 젖줄을 대고 있는 것도 특기할 만하다.

그러나 당시의 시운時運은 1937년 일제의 중일전쟁 도발과 전시체제로 급전직하하고 있었다. 식민지 지식인 김동석이 그의 평필을 자유롭게 놀리기에는 이미 시대상황이 닫혀 있었던 것이다. 문학에 뜻을 두었던 김동석은 「조선시의 편영」으로 시험한 데 그치고, 이후로는 생활 속으로 침잠하게 된다. 그러한 생활의 가운데에서 기껏해야 "생활과 예술의 샛길"*에서 나온 수필이나 시를 짓는 데서 그의 문학적 열정을 온축했던 것이다. 1938년에 경성제대 본과를 마치고, 졸업논문 「매슈 아널드 연구」를 쓰고 난 이후 김동석은 대학원에 진학하여 학문 연구의 길로 나아간다. 이후 5년간의 대학원 과정에서 그는 셰익스피어를 깊이 연구하였다. 그가 셰익스피어 연구에서 무엇을 찾았는지는 해방기에 발표된 「뿌르조아의 인간상」에 잘 나타나 있거니와, 매슈 아널드와 함께 셰익스피어는 그의 문학관에 방향키가 되는 것이다.

대학원에 진학함과 동시에 모교인 중앙고보에 영어 촉탁교사로 부임한 시기부터 해방될 때까지 그는 학교에서 교편을 잡았다. 그러나 교육에 건 기대와 각오도 일제말의 상황 속에서 꺾이고 말았으니, 그는 교육과 문학의 새중간에서 소시민적 일상에 안주하거나 아니면 자연이나 서책에로의 도피 아닌 도피로, 그의 말마따나 '무저항의 저항'에 머무는 창

| * 「『해변의 시』을 내놓으며」, 『해변의 시』, 127면.

백한 지식인으로 매운 시절을 감내한다. 이때 썼으나 발표하지 못했던 시들은 나중에 시집 『길』에 수록되었고, 수필 역시 소시민적 생활 속에서 나온 수필들은 대부분 『해변의 시』에 수록되었다.

1940년에 함흥 출신의 인텔리 여성 주장옥朱掌玉과 결혼한다. 결혼과 동시에 평소 그가 소원하던 자그만 마당이 딸린 집을 인천 경동京洞 145번지에 마련하기도 한다. 결혼 이듬해인 1941년에는 장남 상국相國을 얻는다. 그러나 상국은 병약하여 이듬해 병원에서 사망한다. 자식을 잃고 난 아픔은 그의 처를 시의 화자로 쓴 「비애」에 잘 나타나 있다. 부부는 곧 그 아픔을 잊고자 경성부 종로구 당주동唐珠洞 114번지에 단칸 셋방을 얻어 상경한다. 그리고 이곳에서 둘째아들 상현相玄을 얻는다. 부친이 사망한 것은 1943년이다. 부친의 사망과 함께 부친이 남긴 재산을 가지고 그는 마치 현실을 잊으려는 듯 은둔처럼, 시흥군 안양면 석수동 안양풀pool 앞 나무 많은 곳에 문화주택을 구입하여 이사하였다.

2. 해방기의 문필활동

8·15 해방이 되었다. 김동석은 해방을 안양에서 맞았다. 소시민적 일상에 안주하며 수필가임을 자처하고, 수필과 시로써 꽃과 책, 음악으로 울분을 달래던 그에게도 해방은 감격 그 자체가 아닐 수 없었을 것이다. 해방이 되자마자 김동석이 제일 먼저 겪은 일은, 안양에서 일인경찰에 체포되어 생사가 불명인 조선청년 문제를 항의하려 경찰서에 갔다가 친일파 방위대원들에게 테러를 당한 일이었다. 그 후 그는 두어 달가량을 안양에서 온몸으로 일본제국주의 잔재의 소탕을 위해 선전 삐라를 작성하는 일에 몰두한다. 그는 누구보다도 적극적으로 "글보다 더 급한"

현실로 달려갔던 것이다.

해방과 함께 그는 줄곧 재직하던 보성전문도 그만둔다. 해방은 무엇보다도 그에게 "아편에 인이 배기듯"한 문학을 마음껏 할 수 있는 자유로 다가왔다. 그는 곧 안양을 떠나 정치적, 문화적 심장부인 서울에 들어선다. 그리고 몇 편의 시를 발표한 후, 자신의 사재 일부와 대학 동창 노성석의 도움으로 잡지《상아탑象牙塔》*을 창간하기에 이른다.

> 저속한 현실에서 초연한 것이 상아탑이다. (……) 이러한 현실 속에서 예술의 전당이요 과학의 아성인 상아탑을 건설하려 애쓰는 사람들—
> 명리를 초월하야 자기의 시간을 전부 바쳐서 조선의 자랑인 꽃을 가꾸며 자연과 사회의 비밀을 여는 '깨'를 거두는 예술가와 과학자들은 상아탑밖에는 아무 데도 갈 곳이 없다. (……) 조선의 역사와 운명은 조선인민의 혈관 속에 흐르고 있는 것이거늘 그들 속에 들어가 그들의 손을 잡지않고 부동하고 있는 인테리겐치아여, 섣불리 정치를 건드리지 말라. (……) 상아탑은 희고 차다. 그것은 조선의 이성을 상징한다.**

1945년 12월 10일에 창간된 46배판 크기의 잡지《상아탑》의 창간사에서 그는 문화인에 의한 조선민족문화의 건설을 주장하였다. 그 지향은 이성과 생명의 약동으로 충만한 '상아탑'으로 표상하고 있다. 그는《상아탑》을 무대로 몸소 조선문화의 건설을 향해 "시탄詩彈을 내쏘고", 문화의 씨를 뿌리기를 게을리 하지 않았다. 비록 일제시대에 본격적인 문학활동을 전개하지 못하고 숨죽였던 그였지만, 해방과 함께 그는 문화건설의

---

* 《상아탑》은 1945년 12월 10일에 주간週刊으로 창간되어 4호까지 발간하다가 5호부터 월간月刊으로 전환하여 1946년 7호로 종간하였다. 주간은 배호가 맡았다. 김동석의 시평이 매호 표지에 실렸고, 배호, 함세덕, 김철수, 오장환, 이용악, 청록파 시인들의 글과 시가 실리기도 하였다.
** 「상아탑」, 『예술과 생활』, 200~201면.

최전선으로 상아탑의 이상을 가지고 달려나왔던 것이다. 이미 33세의 나이에 이른 그였기에 해방을 맞는 각오는 남달랐던 것이다. 이후 해방기의 짧았던 5년간의 시간 동안에 김동석은 그야말로 정력적인 문필활동을 전개하였다.

1945년 8월 15일 해방부터 미군정의 좌익에 대한 탄압이 강화되고 이에 따라 남로당이 신전술을 채택하게 되는 1946년 7월까지를 그의 해방기 문필활동의 제1기로 볼 수 있다. 김동석이 잡지《상아탑》을 창간하여 종간호인 7호가 발간된 1946년 6월까지의 시기와 대략 일치한다. 문학의 독자적 역할을 강조하고, 조선문화의 건설을 주목적으로 했던 사회평론과 문학비평, 작가론 등을 주로《상아탑》및 여타 신문에 발표한 시기다. 이 시기는 해방을 맞는 자신의 문학적 포부를 건설함과 동시에 일제시대 자신의 작품활동을 반성하고 결산하는 청산의 기간이기도 했다. 수필집『해변의 시』와 시집『길』을 이 시기에 상재하였다.《상아탑》등에 발표한 비평문들을 모아 평론집『예술과 생활』을 애초 1946년 8월 15일경에 발간할 예정이었으나, 출판사정으로 인하여 1947년에 발간하였다. 이 시기 문학적 지향을 단적으로 말하면 '상아탑의 정신'이라고 요약할 수 있을 것이다. 조선의 이성을 상징하는 상아탑의 지식인들은 적극적으로 저속한 현실 속으로 나아가서 지식인으로서의 사명과 민족문화 건설을 위해 해야 할 역할을 자각하고 실천해야 한다는 것이, 그가 표나게 내세운 '상아탑의 정신'이다.

김동석의 해방기 제2기의 활동은 1946년 7월경부터 남한에 단독정부가 수립되는 1948년 8월까지의 시기로 주로 문학적 논쟁과 정치적 투쟁을 병행하여 활동했던 시기다. 시국상황이 급박해짐에 따라 문학 안에서의 작품연구나 본격비평보다는 시사비평과 문학논쟁, 문학운동에 전념했던 시기다. 이 시기 그의 문학비평을 대표하는 글로, 우익의 대표적

논자인 김동리를 비판한 「순수의 정체—김동리론」(《신천지》, 1947. 12)이
있다.

> 그러나 8 · 15가 왔다. 조선문학이 무슨 문제든지 문제 삼고 해결하려
> 고 노력할 수 있는 다시 말하면 민족문학을 수립할 때는 왔다. 학숙으로
> 하여금 「혼구」를 헤매게 한다든지 학란으로 하여금 「다음 항구」 카페에서
> 술과 담배를 먹게 한다든지 또는 낭이로 하여금 「무녀도」를 그리게 한다
> 든지 하는 것으로 소설을 끝막을 필요가 없는 조선—누구나 '개성과 생
> 명의 구경에서' 행동할 수 있는 조선이 바야흐로 도래하련다. 아니 반은
> 이미 도래하였다.
> —가야 된다, 가야 된다!
> 김동리 홀로 민족과 민족문학을 두고 어디로 가려는 것인가?
>
> —「순수의 정체—김동리론」(《신천지》, 1947. 12.)

위 글은 '순수문학'의 기수인 김동리 문학을 비판한 「순수의 정체-김
동리론」의 일절이거니와, 해방기의 민족적 현실에 초연하게 '순수'를 외
치는 청년문학가협회 문인들과의 문학논쟁은 김동석이 얼마나 치열하
게 당대의 문학적 현실에 직핍했는지를 보여주는 장면 중의 하나다.
1946년부터 1949년 초반까지 이어진 김동석과 청문협 문인 간의 소위
'순수문학 논쟁'은 이후 남한의 문학사에서 다시 되풀이된 문학사의 핵
심적 쟁점이기도 하였다.
1946년 5월 25일 조선연극동맹의 보선위원에 뽑히는 것을 시작으
로, 1946년 6월경에 문학가동맹 특수위원회 산하의 외국문학위원회에
김영건, 배호, 설정식 등과 함께 가담하였고, 8월에는 문학가동맹 서울
시 지부의 문학대중화운동위원회에서 적극 활동하기도 한다. 여러 문화

강연에 참가하기도 하고, 1946년 10월에는 문련文聯 산하 분과 대표로
다른 문화인들과 함께 군정청 러취 장관에게 좌익탄압 일변도의 문화정
책에 대한 공개 항의서한을 전달하기도 하였다. 1947년에 들어서는 장
택상 수도청장의 '극장에 관한 고시'에 대하여 논박하는 공개서한을 신
문에 발표하였고, 문련이 주최한 '문화옹호남조선문화예술가 총궐기대
회'에 준비위원으로도 활동하였다. 4월 초에는 방한한 세계노동자연맹
대표단의 통역을 맡아 일하기도 한다. 1947년 중반을 넘어서는 문련의
노선에 따라 문화공작대 사업에도 적극 가담한다. 춘천지역에 공연을 나
갔던 문화공작대 3대가 테러를 당하자 함세덕과 함께 조선문화단체총연
맹의 파견 자격으로 현지를 방문하기도 하고, 7월에는 부산의 문화공작
대 1대가 테러를 당하자 역시 현지를 방문하고 나서 당시 문화상황에 대
한 비판적인 견해를 담은 글을 발표하기도 하였다. 미소공동위원회가 결
렬되고 서서히 38선이 굳어져 남과 북의 단독정권이 수립되려는 기운이
팽배했던 1948년에 4월에 들어 김동석은 급기야 《서울타임스》 특파원
자격으로 평양에서 열린 '남북 정당 및 사회단체 대표자 연석회의' 취재
차 김구 주석의 뒤를 따라 평양을 방문하기도 했다. 1948년 8월의 단정
수립까지의 김동석의 행보는 문학을 넘어 정치적 현실의 한가운데로 나
아가는 가열찬 실천적 지식인의 면모 바로 그것이었다.

　　제3기의 문학활동은 남북한에 각기 단독정부가 수립된 이후부터 정
확한 시기는 알 수 없으나, 그가 월북하였을 것으로 짐작되는 1949년 중
반까지의 시기로 잡을 수 있다. 남한의 정치적 현실이 더 이상 그의 문학
적, 정치적 이상을 전개하기에는 어려운 형국으로 전개되고, 그가 가담
했던 문학가동맹이나 민전 또한 정치적 탄압으로 사라지고 난 상황에서
그의 문학활동 또한 조심스러울 수밖에 없었다. 1947년 말부터 본격화
된 순수논쟁의 여진으로 1949년 벽두에 김동리와 대담을 한다거나, 《문

장》지의 평론부문 추천위원으로 활동하고, 문학강연회에 나가서 외국문학을 소개하는 등, 이전 시기와는 다른 소극적인 모습을 보여주었다. 김민철金民轍이라는 필명으로 몇 편의 글을 발표하는 것도 이때에 들어와서이다.* 시사적 비평이나 맹렬한 문학운동 대신에 문학연구나 강연에 많은 시간을 할애하며 지내다가, 1949년 중반 무렵에 심대한 고민을 거쳐 월북을 결행한 것으로 보인다. 1949년 2월에 상재된 두 번째 평론집 『뿌르조아의 인간상』은 당시의 시대적 상황 탓에 상대적으로 사회나 문화 일반에 대한 발언이 줄고, 5편의 작가론과 3편의 묵직한 연구논문, 그리고 약간의 비평문으로 채워져 있다.

공식적인 지면에 김동석이 발표한 최후의 글은 1949년 5월에 《희곡문학》에 발표한 문예수필 「셰익스피어의 주관酒觀」과 《태양신문》 5월 1일자에 발표한 수필 「봄」이다. 이때는 이미 그의 친구 배호가 남로당 서울시 문련 예술과책으로 활동하다가 1949년 5월에 체포되었고, 그 밑에서 활동하던 이용악마저 1949년 8월에 검거되었다. 분단체제의 현실이 점차 노골화되던 이 무렵 그의 심경은 짐작건대 일제 말기에 쓰인 시 「비탈길」의 그것과 다름없었으리라 여겨진다. 다시는 돌아오지 못하는 분단의 고갯길 저 너머로 사라지는 그의 마지막 모습은 아마도 이러했을 것이다.

나는 짐 실은 수레를 끌고 비탈길을 올라간다.

인생의 고개는 허공에 푸른 활을 그리고
그 넘어 흰 구름이 두둥실 떴다.

---

* 「고민하는 지성―사르트르의 실존주의」(《국제신문》, 1948. 9. 23~26), 「위선자의 문학―이광수를 논함」(《국제신문》, 1948. 10. 16~26), 「음악의 시대성―박은용 독창회 인상기」(《세계일보》, 1948. 11. 18) 등의 글이 '김민철金民轍'이라는 필명으로 발표되었다.

길은 올라갈수록 가파르고 험하야—
나는 잠시 수레를 멈추고
올라온 길을 나려다본다.

············(중략)············

아아, 영영 돌아올 리 없는 이 길에
나는 청춘의 그림자를 떨치고

인생의 고개 넘어 무엇이 있는지 몰라도

나는 짐 실은 수레를 끌고 비탈길을 올라간다.

—「비탈길」 부분

3. 김동석의 문학사적 의미

　정치와 문학이 혼효混淆 상태에 있던 해방기에 김동석은 '상아탑의
정신'을 주창하면서, 정치와 일정한 거리를 유지하면서도 해방기의 역사
적 현실 속에서 지식인이 할 수 있는 적극적인 역할을 모색하여 조선민
족문화의 건설을 위해 다양한 비평활동을 전개하였다. 이러한 그의 해방
기 비평활동은 그가 대학에서 영향 받았던 매슈 아널드의 비평관을 조선
의 현실에 적극적으로 적용하면서 이를 뛰어넘어 당대성 실천성을 획득
했다는 점에서 의의가 크거니와, 좌우의 이데올로기적 대립에 발목 잡혀
있던 해방기 한국문학사에서 작지 않은 자취를 남겼다.

해방기의 4년 남짓한 기간 동안 김동석이 발표한 글을 유형별로 묶는다면, 작가론, 문학비평, 사회·문화비평, 외국문학 연구, 기타의 글로 분류할 수 있을 것이다. 이 가운데 특히 김동석의 해방기 비평활동에서 가장 주목할 만한 부분은 《상아탑》지를 거점으로 전개된 사회·문화비평과 좌우익을 가리지 않고 날카롭게 전개된 작가론이다.

이태준, 임화, 정지용, 김기림, 오장환, 김광균, 유진오, 안회남, 김동리, 이광수 등 좌·우파와 중간파, 시인과 소설가를 가리지 않고 전개된 그의 작가론은, 문학의 독자적인 역할을 적극 옹호하는 대신 그것의 시류적 정치성을 특유의 비유와 논리로 비판·논구해나간 김동석 비평의 역작들이다. 이와 함께 우파문단의 수장인 김동리와 중간파 김광균을 다룬 작가론과 문학논쟁을 통해서 김동석은 해방기의 시대적, 문학적 과제를 과감하게 제기하고, 이를 통해 진보적 민족문학의 건설을 향한 이론적 지향을 구체화했던 것이다. 문학 이외에도 지식인 김동석은 다양한 영역에 걸쳐 사회·문화비평을 개진하고 있는데, 이는 해방기의 시대상과 정신사를 이해하는 데도 소중한 자료가 되고 있다. 동양고전에 대한 이해와 서구문학 및 사상사조에 대한 깊은 이해 속에서 조선이 처한 구체적 현실을 투과하며 전개된 김동석의 사회·문화비평 또한 그의 문필활동에 있어 소중한 고갱이라 하지 않을 수 없다.

작가론과 사회·문화비평 외에도 김동석이 남긴 외국문학 연구는 아직까지 깊이 검토된 바가 없다. 김동석은 매슈 아널드와 셰익스피어를 전공하면서 특유한 연구방법론을 적용하여 창조적으로 해석하고 이를 바탕으로 해방기 민족문학의 이론적 바탕으로 삼았다. 매슈 아널드가 「현대에 있어서의 비평의 기능」에서 제기한 '비평은 있는 그대로 보되, 가장 좋은 것을 널리 퍼트리는 공정무사한 노력'이라는 비평관을 문학사적 맥락에서 분석하여 그 자신의 것으로 수용하면서도 "영국의 부르주아지와 그들의 이데올로기인 자유주의에 실망하면서도 미처 프롤레타리아의 장래에 대해서 과학적 신념이 없었던" 아널드의 한계를 지적하고, 조선의 역사적 현실을 과학적 신념을 가지고 공평무사하게 보고 적극적으로 실천하였다는 점에서, 김동석은 아널드를 역사적으로 상대화하고 또는 넘어서고 있었던 것이다. 「시극과 산문-셰익스피어의 산문」과 「뿌르조아의 인간상」을 통해서는 셰익스피어의 희곡에 투영된 시적 언어와 산문적 언어를 분별하고, 특히 산문으로만 말하는 '폴스타프'라는 '부르조아의 인간상'을 영문학에서 어떻게 왜곡하여 해석하였는가를 밝혀, "진리와 명예와 법률과 애국심과 용기를 지닌 산문"으로 구성되는 "다음에 올 인민적 리얼리즘 또는 인민적 휴머니즘의 문학"을 전망하였다. 이러한 영문학 연구와 아울러 당대 서구에서 유행처럼 번져가던 사르트르의 실존주의 철학사조에 대한 김동석의 소개와 비판도 주목할 만한데, 서구의 지성계와 학계의 동향을 동시대적 지평 속에서 학구하고 해석, 평가해나간 그의 탁월한 지성은 그러나 한국현대사의 불행 속에서 지속되지 못하고 수편의 글만 남긴 채 중단되고 말았던 것이다. 하지만 국내에서 영문학을 전공한 첫 세대로서 그가 남긴 영문학 연구와 실존주의 비평은 오늘의 시점에서도 깊이 있게 검토되어야 할 것이다.

이상에서 개략적으로 소개한 해방기 김동석의 비평, 연구활동은 곧, 인민을 기초로 한 민족문학의 수립을 위한 노력이었다고 요약할 수 있다. 조선적 형식에 민주주의적 내용을 담는다는 민족문학의 이념적 원리와, 생활을 있는 그대로 드러내는 방법적 원리로서의 리얼리즘에 대한 그의 논리는 포괄적이긴 하나마, 당대의 실제적 현실에서 실천적 노력을 통해 귀납된 것이어서 의의가 크다 할 것이다. 여기서 해방기의 문학사에서 김동석이 차지하는 문학사적 위치는 거칠게 제시한다면 다음의 다섯 가지로 일단 정리해볼 수 있을 것이다.

첫째, 김동석의 문학활동이 비록 1945년에서 1949년 사이의 짧은 시기에 집중적으로 전개된 것이었다 해도, 그는 해방기의 문학사가 제기하는 모든 문제들에 대해 적극적으로 참가하고, 실천한 문인이었다고 평가할 수 있을 것이다. 새로운 국가의 건설과 식민지·봉건 잔재의 청산이라는 역사적 과제를 그는 지식인으로서의 사명감에 입각하여 다양한 문화적 모색을 통해 보여줌으로써, 해방기 문학사의 일각을 떠받치는 실천적 지성을 대변한다고 할 수 있을 것이다. 그가 남긴 사회·문화비평과 순수주의 문학에 대한 비판은 이를 대변해서 보여주거니와 남·북의 문학사에서 종적이 묘연하게 된 그의 비극적 생애 또한 이를 역설적으로 웅변해준다.

둘째, 문학의 정치사설화가 만연하던 해방기의 비평사적 맥락에서 김동석은 '상아탑의 정신'이라는 문학관을 통해서 문학의 독자적 역할에 대한 모색과 그것의 소산으로서의 작가론과 비평을 선보임으로써, 식민지시대 카프의 이론비평 이후 줄곧 문제되었던 비평의 교조화, 관념화에 대한 극복의 대안을 보여주었다. 좌와 우의 대립뿐만이 아니라 좌익 내부의 이념논쟁이 정치적, 조직적 배경을 전제하고 횡행하던 당시의 비평사에서 그가 보여준 대중성과, 현장성을 거느리며 전개된 그의 민족문학론은 오늘날에도 귀중한 문학적 자산으로 남는 것이다. 여기에 그의 비평문체와 수사학이 주는 독특함이 함께하여, 비평의 전통이 그리 오래지 않은 한국 비평문학의 수준을 한 단계 높인 성과를 남겼다고 생각된다.

셋째, 식민지 지배정책의 일환으로 건립된 경성제국대학에서 영문학을 전공한 김동석이었지만, 그의 문학적 모토는 항상 조선의 민족문학에 있었으며, 그 연장에서 외국문학 연구의 주체화를 도모했다는 점이다. 이 점은 식민지시대 외국문학을 전공한 일부 비평가들의 외국문학에 대한 비주체적 추종과 경사라든가, 오늘날까지도 만연해 있는 지식수입상적 외국문학 연구의 풍토를 감안할 때 값진 것이다. 그의 비평이 갖는 탄탄의 힘이 바로 외국문학 연구를 통한 이론적 깊이를 통해 가능했음도 알 수 있다.

넷째, 그가 종국에 다다른 민족문학에 대한 인식은, 비록 임화나 안함광에 의해서 일찍이 정식화된 것에서 크게 벗어나지 않은 수준이었다 하여도, 이념에 의해 선험적으로 주어진 교조에 긴박된 것이 아니라, 실천 속에서 검증된 구체성을 보여준 것이었기에 의의가 크다는 점이다. "민족적 형식에 민주주의적 내용을 담고, 인민이 주체가 되어 리얼리즘의 방법적 원리를 통해 세계문학의 일환으로 참여하는 민족문학"(「민족문학의 새구상」)에 대한 그의 인식은, 분단의 현실이 계속되고 있는 오늘날 민족문학의 이념적 원리로서도 크게 손색이 없다고 생각된다. 더욱이 그의 그러한 모색이 대중적 성격을 지니고 다양한 형태로 전개되었다는 점에서, 앞으로의 실천적 실례로 기억하기에 부족함이 없다고 생각된다.

그러나 김동석의 문학적 실천과 민족문학에 대한 모색이 분단의 확정과 함께 더 이상 지속되지 못하고 스러진 것이 아쉽기는 하지만, 그의 한계 또한 역사적인 동시에 비교적 그에게 귀책될 근거가 또한 없지 않다. 그가 활동했던 '해방 공간'이 가지는 본질적 성격, 즉 자주적 민족해방을 통한 주체적 민족국가의 건설을 이루지 못하고, 미·소를 중심으로 한 냉전구도의 한가운데 놓임으로 해서 분단이 예정되었던, 그 역사적 한계에 그가 갇혀 있기는 하였지만, 그러나 동시에 김동석 개인의 다소 낙관적이고도 낭만적인 현실대응 또한 엿보이는 것이다. 그가 실천적 지식인이기 이전에 학자였기 때문에 그러한 아쉬움은 더욱 큰데, 역사적 시공간을 벗어난 창조적 개인이란 존재하지 않는다는 점을 그를 통해서 다시 곱씹게 되는 것이다.

하지만 아직도 온전한 의미의 근대성을 이루지 못한 한국문학에 있어 해방기의 열린 공간에서 적극적으로 모색되었던 김동석의 문학적 행적은, 현대 한국문학의 실천적 노력의 한 성과로 새삼 재평가되어야 하며, 분단 극복을 이루지 못한 오늘날 민족문학의 새로운 모색에 있어서도 의미 있는 한 출발점으로 기억되어야 할 것이다. 이를 위해서 그가 남긴 모든 글을 수록한 이 책이 자그마한 계기가 되길 바라 마지않는다.

1913년 9월 25일 경기도京畿道 부천군富川郡 다주면多朱面 장의리長意里 403번지(현 인천시 남구 숭의동)에서 부 경주 김씨 완식完植과 모 파평 윤씨 사이에 2남 4녀 중 장남으로 출생. 손위 누이 금순今順이 1911년에 일찍 사망하고, 아우 옥구玉求와 옥순玉順이 어려서 잇달아 사망하여 김동석은 이후 1남 2녀의 장남으로 성장함. 아명은 김옥돌金玉乭.

1916년 2월 28일 아우 옥구玉求가 출생. 그러나 이듬해 5월 20일에 사망함.

1918년 3월 31일 누이 옥순玉順 출생. 역시 이듬해 10월 10일에 사망함.

1920년 11월 15일 누이 도순道順 출생.

1921년 3월 23일 경기도 인천부 외리 75번지로 이사. 이 무렵부터 서당에서 한학 수학.

1922년 4월 1일 인천공립보통학교 입학.

1923년 4월 28일 인천부 외리 134번지로 이사. 부친은 경동 2층 상가에 살림집이 딸린 가게를 차려놓고 포목잡화상을 함. 방 두 칸이 전부인 이 집에서 이후 17년간 생활. 인천 애관극장에서 활동사진을 보고 성장함. 10월 10일, 누이 덕순德順 출생.

1928년 3월 20일 인천공립보통학교 졸업. 인천상업학교 입학. 학창시절 내내 우수한 성적이었다고 함. 조용하고 모나지 않은 성격에, 음악과 운동을 좋아했고 바이올린도 잘 켰다 함.

1930년 이해 겨울에 인천상업학교 동기생인 김기양, 안경복 등과 광주학생의거 1주년 기념식 시위를 주도하다 퇴학당함. 그 결과로 이듬해 3월에 1년 3학기제인 인천상업학교를 3학년 2학기 수료.

1932년 3월 소정의 입학시험을 거쳐 서울 중앙고등보통학교 4학년으로 편입함. 5월 12일, 아버지가 이름을 김동석金東錫으로 개명.

1933년 2월 중앙고등보통학교 졸업하고 3월에 경성제국대학교 예과 10회로 입학.

1935년 3월 본과에 진학하면서 영문학부로 전과. 대학 때 별명이 '퓨리탄', '아스파라가스'였다 함.

1937년 《동아일보》 지상에 처녀비평 「조선시의 편영」(9. 9~14)을 4회에 걸쳐 발표.

1938년 3월 경성제대 졸업. 졸업 논문은 「매슈 아널드 연구」. 곧 대학원 입학함. 대학원에 입학해서는 셰익스피어에 관심을 갖고 연구.

1939년 모교 중앙고보의 영어 촉탁교사로 부임하는 것을 시작으로 사회생활에 나아감. 중앙고보 촉탁교사로 근무한 지 얼마 지나지 않아 보성전문학교(현재의 고려대학교) 전임강사로 초빙되어 전근. 이후 해방될 때까지 재직. 이 무렵부터 시와 수필을 개인적으로 쓰기 시작. 1941년까지 5편의 수필만을 발표하고는 식민지시대 내내 절필하다시피 함.

1940년 5월 24일 6세 연하의 경기여고 출신 인텔리 여성 주장옥朱掌玉(본적 함흥咸興)과 결혼. 혼인과 함께 인천부 경정 145번지로 가족이 모두 이사함.

1941년 4월 7일 누이 도순, 일본인과 혼인. 10월 5일에 장남 상국相國이 인천부 경정 145번지에서 출생함. 그러나 상국은 병약하여 이듬해 병원에서 사망함.

1942년 8월 16일 장남 상국, 병원에서 사망. 첫아들을 상실한 슬픔으로 「비애」란 시를 남김. 자식을 잃고 나서 김동석 내외는 분가하여 경성부京城府 종로구鐘路區 당주정唐珠町 114번지의 셋방으로 이사.

1943년 8월 29일 차남 상현相玹이 경성부 당주정 114번지에서 출생. 10월 13일, 부친 김완식 사망. 부친이 남긴 유산을 가지고, 그의 평소 소원대로 시흥군 안양읍 석수동(현 안양유원지 부근)에 있는 정원이 딸린 이층 양옥집으로 이사.

1944년 일제말의 억압적 상황하에서 어쩔 수 없이 조선연극문화협회朝鮮演劇文化協會 상무이사직을 잠시 맡았던 것으로 추정됨. 이 무렵 삼남 출생.

1945년 8·15 해방을 안양에서 맞음. 이후 두 달간 적극적으로 선전 삐라를 만드는 등의 활동을 전개하다가 우익 테러를 당하기도 함. 10월경부터 시를 발표. 11월경에 서울로 셋방 이사. 해방 직후 남원지방의 사회상을 르포 형식으로 담은 「남원사건南原事件의 진상眞相」(《신조선보》, 12. 5~10)을 발표함. 12월 10일, 자신의 사재와 대학 동창 노성석의 도움으로 주간《상아탑》 간행.

1946년 1월 식민지시대부터 써두었던 자신의 모든 시를 모아 시집『길』 출간. 2월 15일에서 17일에 개최된 민주주의민족전선(民戰) 결성대회에 대의원(무소속)으로 초대됨. 3월 3일에는 민전 산하 전문위원회 중 외교문제위원회 연구위원에 보선. 4월 23일에 식민지시대에 썼던 수필을 모아 수필집『해변의 시』 출간. 4월 우익 측의 청년문학가협회 결성을 보고 「비판批判의 비판批

判—청년문학가에게 주는 글」을 발표. 5월 25일, 연극동맹 보선위원에 피선됨. 6월 25일, 7호를 마지막으로《상아탑》폐간. 이후 정력적인 문화운동 전개. 조선문학가동맹, 제4회 중앙집행위원회 결정으로 외국문학부 위원에 보선됨. 8월부터는 문학가동맹 서울시지부 산하, 문학대중화운동위원회 위원 활동. 8월 29일, 문학가동맹 주최, 국치기념 문예강연회 개회사를 함. 9월에는 조선문화단체총연맹(文聯) 주최의 민족문화강좌에 참가함. 10월 20일에 배호, 김철수와 함께 해방 후 각자 발표한 수필을 모아 수필집『토끼와 시계와 회심곡』출간. 10월 20일부터 30일까지 개최된 무대예술연구회 주최 제2회 추계연극강좌에서「셰익스피어 연구—주로 그 산문을 중심으로 하야」라는 강연을 함. 12월 5일, 중간파 김광균을 비판한「시단詩壇의 제삼당第三黨」을《경향신문》에 발표.

1947년 《경향신문》2월 4일자에 장택상 수도청장의 '극장에 관한 고시'에 대한 공개 반박문인「사상 없는 예술 있을 수 없다!」를 게재. 2월에는 문련文聯 주도, 문화옹호 남조선문화예술가 총궐기대회 준비위원으로 활동. 3월에는 방한하는 세계노동자연맹 대표단의 통역과 안내를 맡아 노동현장을 시찰하고, 그 인상기「암흑暗黑과 광명光明—노련대표단勞聯代表團의 인상印象」을《대중신보》에 발표. 4월, 중간파 김광균을 본격 비판한「시인의 위기—김광균론」을 발표. 5월 22일 대법정에서 결성된 조선인권옹호연맹의 5인 위원으로 선임됨. 6월에 첫 평론집『예술과 생활』을 박문출판사에서 출간. 7월부터는 문화공작단 사업에 전념함. 문화공작단 3대 지원사업으로 함세덕과 함께 춘천에 다녀옴. 부산 문화공작단 1대에 대한 우익의 폭탄테러를 비판한「예술藝術과 테러와 모략謀略」(《문화일보》, 7. 15)을 발표함. 12월《신천지》21호에 우익문단의 수장인 김동리를 정면 비판한「순수純粹의 정체正體—김동리론金東里論」을 발표.

1948년 4월부터 한 달간《서울타임스》(주간 설정식)의 특파원 자격으로 '남북정당 및 사회단체 대표자 연석회의'가 열리는 평양을 취재하고 돌아와「북조선의 인상」을《문학》8호(문학가동맹 기관지)에 게재함. 8월 15일의 남한 단독정부 수립 무렵부터는 문화비평과 함께 주로 연구, 강연활동에 전념함. 9월 23일에서 26일까지《국제신문》에 4회에 걸쳐서 실존주의를 최초로 소개한 논문「고민苦悶하는 지성知性—싸르트르의 실존주의」를, 신천지 10월호에

「실존주의 비판」을 연달아 발표. 10월에는 속간된 잡지 《문장》의 평론부문 추천위원으로 위촉됨. 10월 2일, 조선영문학회에서 셰익스피어 연구논문 「뿌르조아의 인간상—폴스타프의 산문」을 발표. 10월 16일부터 9회에 걸쳐 《국제신문》에 이광수를 본격 비판한 「위선자의 문학」 발표. 12월에는 여성 문화협회 주최의 '여성문화' 주제 강연.

1949년 1월 1일 김동리와 민족문학을 둘러싼 대담 「민족문학의 새구상」이 발표됨. 한동안 쓰지 않던 수필을 월북 직전까지 5편 발표함. 2월 5일, 탐구당서점 에서 제2평론집 『뿌르조아의 인간상』 출간. 2월 중순경, 그의 문우였던 배 호와 이용악 등이 체포되자 가족과 함께 월북한 것으로 추정됨.

1950년 6월 한국전쟁 발발 직후 인민군 점령하의 서울에 소좌 계급장을 달고 와서 문화정치 공작원 노릇을 했다는 설이 있음.

1951년 11월 9일 판문점 휴전회담 때에 북한군 통역장교로 참가했었다는 증언이 있 음. 생사가 확인 안 됨.

■ 평론

● 작가론

1945년 「예술과 생활—이태준의 문장」,《상아탑》1~2, 12월 10, 17일.
1946년 「시와 행동—임화론」,《상아탑》3~4, 1월 14, 30일.
「시를 위한 시—정지용론」,《상아탑》5, 4월 1일.
「소시민의 문학—유진오론」,《상아탑》6, 5월 10일.
「탁류의 음악—오장환론」,《민성》, 5~6월.
「금단의 과실—김기림론」,《신문학》, 8월.
1947년 「시인의 위기—김광균론」,《문화일보》, 3월 30일~4월 5일.
「순수의 정체—김동리론」,《신천지》, 12월.
1948년 「비약하는 작가—(속)안회남론」,《우리문학》, 4월.
「부계의 문학—안회남론」,《예술평론》, 6월.
「위선자의 문학—이광수론」,《국제신문》, 10월 16~26일.

● 문학비평 · 서평

1937년 「조선시의 편영」,《동아일보》, 9월 9~14일.
1945년 「시와 정치—이용악 시 「38도에서」를 읽고」,《신조선보》, 12월 17~18일.
1946년 「글 짓는 법—소년문장독본」,《주간소학생》, 2월 11일~4월 29일(?).
「희곡집 『동승』」,《문화일보》, 4월 21일.
「신연애론」,《신천지》, 5월.
「신간평 『병든 서울』」,《예술신문》, 8월 17일.
「시와 자유」,《중외신보》, 9월 11~14일.
「조선문학의 주류」,《경향신문》, 10월 31일.
「시단의 제삼당—김광균의 「시단의 두 산맥」을 읽고」,《경향신문》, 12월 5일.
1947년 「민족의 종—『설정식시집』을 읽고」,《중앙신문》, 4월 24일.

「비판의 비판―청년문학가에게 주는 글」, 『예술과 생활』, 6월 10일.

「시의 번역―유석빈『시경』서문」, 『예술과 생활』, 6월 10일.

「시와 혁명―오장환 역『에세닌시집』을 읽고」, 『예술과 생활』, 6월 10일.

「인민의 시―『전위시인집』을 읽고」, 『예술과 생활』, 6월 10일.

1948년　「분노의 시―김용호 시집『해마다 피는 꽃』」, 《조선중앙일보》, 7월 13일.

「행동의 시―시집『새벽길』을 읽고」, 《문학평론》, 8월 28일.

● 사회 · 문화비평

1945년　「남원사건의 진상」, 《신조선보》, 12월 5, 8, 10일.

「문화인에게―《상아탑》을 내며」, 《상아탑》 1, 12월 10일.

「학원의 자유」, 《상아탑》 2, 12월 17일.

1946년　「예술과 과학」, 《상아탑》 3, 1월 14일.

「상아탑」, 《상아탑》 4, 1월 30일.

「전쟁과 평화」, 《상아탑》 5, 4월 1일.

「민족의 양심」, 《상아탑》 6, 5월 10일.

「애국심」, 《상아탑》 7, 6월 25일.

「기독의 정신」, 《상아탑》 7, 6월 25일.

「민족의 자유」, 《신천지》, 8월.

「조선문화의 현단계―어떤 문화인에게 주는 글」, 《신천지》, 11월.

1947년　「조선의 사상―학생에게 주는 글」, 《신천지》, 1월.

「공맹의 근로관―지식계급론 단편」, 《신천지》, 2월.

「암흑과 광명―노련대표단의 인상」, 《대중신보》, 4월 6~9일.

「문화인과 노동자―메이데이를 맞이하야」, 《문화일보》, 5월 1일.

「학자론」, 『예술과 생활』, 6월 10일.

「대한과 조선」, 『예술과 생활』, 6월 10일.

「예술과 테로와 모략―부산예술제를 보고 와서」, 《문화일보》, 7월 15일.

「대학의 이념」, 《경상학보》, 고려대, 10월 1일.

「관념적 진로―최재희 저『우리 민족의 갈 길』을 읽고」, 《중앙신문》, 12월 8일.

1948년　「민족문화건설의 초석―『조선말사전』 간행을 축하하야」, 《신민일보》, 4월

6일.

「북조선의 인상」,《문학》 8, 7월.

「연극평—〈달밤〉의 감격」,《조선중앙일보》, 7월 24일.

「사진의 예술성—임석제 씨의 개인전을 보고」,《조선중앙일보》, 8월 11일.

「음악의 시대성—박은용 독창회 인상기」,《세계일보》, 12월.

「한자철폐론—이숭녕 씨를 반박함」,《국제신문》, 12월 23~25일.

● 외국문학 연구

1946년   「나의 영문학관」,《현대일보》, 4월 17일.

「시극과 산문—셰익스피어의 산문」, 무대예술연구회 연극강좌, 10월.

1947년   「구풍 속의 인간—현대소설론 단편」,『예술과 생활』, 6월 10일.

1948년   「고민하는 지성—사르트르의 실존주의」,《국제신문》, 9월 23~26일.

「생활의 비평—매슈 아널드 연구」,《문장》 속간호, 10월.

「실존주의 비판—사르트르를 중심으로」,《신천지》, 10월.

「뿌르조아의 인간상—폴스타프론」, 조선영문학회보고논문, 10월 2일.

1949년   「셰익스피어의 주관」,《희곡문학》, 5월.

● 시

1945년   「알암」,《한성시보》, 10월.

「경칩」,《신조선보》, 11월 14일.

「희망」,《신조선보》, 11월 23일.

1946년   「나는 울엇다-학병 영전에서」(송가),《자유신문》, 2월 4일.

1947년   「나비」,《우리문학》 3, 3월.

● 수필

1940년   「고양이」,《박문》 16, 3월.

「꽃」,《박문》 19, 7월.

「녹음송」,《박문》 20, 8월.

1941년   「나의 돈피화」,《박문》 23, 1월.

「당구의 윤리」,《신시대》 5, 5월.

1945년　「기차 속에서」,《신문예》3, 10월.

　　　　　「어떤 이발사」,《상아탑》1, 12월 10일.

1946년　「나의 경제학」,《조선경제》, 6월.

　　　　　「뚫어진 모자」,《서울신문》, 6월 30일~7월 1일.

　　　　　「톡기」,《신천지》, 7월.

　　　　　「칙잠자리」,《중외신보》, 8월 10일.

　　　　　「우리 살림」,《부인》4호, 11월.

1949년　「나」,《세계일보》, 1월 1일.

　　　　　「신결혼론」,《신세대》, 1월.

　　　　　「나의 투쟁」,《조선일보》, 3월 10~12일.

　　　　　「봄」,《태양신문》, 5월 1일.

● 대담 · 기타

1945년　「국수주의를 경계하라」,《신조선보》, 12월 21일.

1946년　「『길』을 내놓으며」,『길』.

　　　　　「『해변의 시』를 내놓으며」,『해변의 시』, 4월 23일.

1947년　「사상 없는 예술 있을 수 없다!」,《경향신문》, 2월 4일.

　　　　　「평론집『예술과 생활』을 내놓으며」,『예술과 생활』, 6월 10일.

　　　　　「세계인민의 기쁨」,《문화일보》, 6월 26일.

1949년　「민족문학의 새 구상—김동리 · 김동석 대담」,《국제신문》, 1월 1일.

　　　　　「『뿌르조아의 인간상』머리말」,『뿌르조아의 인간상』, 2월 5일.

● 작품집

1946년　시집『길』, 정음사.

　　　　　수필집『해변의 시』, 박문출판사, 4월 23일.

　　　　　수필집『토끼와 시계와 회심곡』(김철수 · 배호 · 김동석 공저), 서울출판
사, 10월 20일.

1947년　평론집『예술과 생활』, 박문출판사, 6월 10일.

1949년　평론집『뿌르조아의 인간상』, 탐구당서점, 2월 5일.

1986년	박연구 편, 수필집『해변의 시』범우문고 111, 범우사.
1988년	『이원조·김동석 외 평론선』한국해금문학전집 18, 삼성출판사, 11월 20일.
1989년	『예술과 생활』『부르조아의 인간상』, 김동석평론집 1, 2(영인본), 토지, 2월 5일.
	『김동석 평론집』, 서음출판사, 11월 20일.
2009년	구모룡 책임편집,『예술과 생활(외)』, 종합출판 범우, 9월 15일.

|연구 목록|

■ 기초 자료

김동석, 『길』, 정음사, 1946.

김동석, 『해변의 시』, 박문출판사, 1946.

김철수·배호·김동석 공저, 『토끼와 시계와 회심곡』, 서울출판사, 1946.

김동석, 『예술과 생활』, 박문출판사, 1947.

김동석, 『뿌르조아의 인간상』, 탐구당서점, 1949.

김동석, 『해변의 시』, 박연구 편, 범우사, 1986.

김동석, 『김동석 평론집』, 서음출판사, 1989.

구모룡 편, 『예술과 생활(외)』 범우비평한국문학 49-김동석 편, 범우, 2009.

■ 단행본

권영민, 『해방 직후의 민족문학운동 연구』, 서울대학교출판부, 1986.

김승환, 『해방공간의 현실주의 문학연구』, 일지사, 1991.

김용직, 『해방기 한국시문학사』, 민음사, 1989.

김윤식, 『한국현대문학사』, 일지사, 1976.

＿＿＿, 『해방공간의 문학사론』, 서울대학교출판부, 1989.

＿＿＿, 『한국근대문학사상연구』 1, 일지사, 1984.

＿＿＿, 『한국근대문학사상연구』 2, 아세아문화사, 1994.

송희복, 『해방기 문학비평 연구』, 문학과지성사, 1993.

신동욱, 『증보 한국현대비평사』, 시인사, 1988.

신형기, 『해방직후의 문학운동론』, 화다, 1988.

이희환, 『김동석과 해방기의 문학』, 역락, 2007.

이충식, 『경성제국대학』, 다락원, 1980.

임헌영, 『분단시대의 문학』, 태학사, 1992.

＿＿＿, 『한국현대문학사상사』, 한길사, 1988.

정한숙, 『해방문단사』, 고려대출판부, 1980.

최원식, 『민족문학의 논리』, 창작과비평사, 1982.

■ 논문

곽종원, 「해방문단의 이면사」, 《문학사상》 1993. 2~8.

김민숙, 「김동석 연구—비평문학을 중심으로」, 공주대학교 석사논문, 2002.

＿＿＿, 「김동석 비평의 문체상의 특징—10여 편의 작가론을 중심으로」, 《한어문교육》 11집, 2003.

김영진, 「김동석론 ; 김동석의 비평과 그 한계」, 《우석어문》 8호, 1993. 12.

김윤식, 「지식인 문학의 속성과 그 계보—김동석을 중심으로」, 《한국문학》 1996년 봄호.

김재용, 「8·15 직후의 민족문학론」, 《문학과 논리》 2, 태학사, 1992.

김효신, 「김동석 시집 『길』에 나타난 순수·이념의 이분 양상 소고」, 《한민족어문학》 48집, 2006. 6.

김흥규, 「민족문학과 순수문학」, 『문학과 역사적 인간』, 창작과비평사, 1980.

손영숙, 「김동석 비평 연구」, 이화여대 석사논문, 2001.

손정수, 「김동석—'상아탑'의 인간상」, 『한국현대비평가연구』, 강, 1996.

염무웅, 「8·15 직후의 한국문학」, 《창작과비평》 1975년 가을호.

유종호, 「평론가 김동석의 형성」, 『예술논문집』, 대한민국예술원, 2004.

＿＿＿, 「김동석 연구—그의 비평적 궤적」, 『예술논문집』, 대한민국예술원, 2005.

＿＿＿, 「어느 잊혀진 비평가—김동석에 부쳐」, 《문학수첩》 11호, 2005년 가을호.

윤영천, 「8·15 직후 시」, 『한국근현대문학연구입문』, 한길사, 1990.

안소영, 「해방 후 좌익진영의 전향과 그 논리」, 《역사비평》 1994년 봄호.

엄동섭, 「'상아탑'에서 민족문학에 이르는 해방기 지식인의 변증법적 도정—김동석론」, 《한국문학평론》 17호, 2001년 여름호.

이원규, 「국토와 문학—인천」, 《문예중앙》 1988년 겨울호.

이현식, 「역사 앞에 순수했던 양심적 지식인의 삶과 문학—김동석론」, 《황해문화》 1994년 여름호.

＿＿＿, 「김동석 연구 1—역사 앞에 순수했던 한 양심적 지식인의 삶과 문학」, 《작가연구》 1호, 1996. 4.

＿＿＿, 「김동석 연구 2—순수문학으로부터 민족문학으로의 도정」, 《인천학연구》 2권 1호, 2003. 12.

이혜복, 「판문점에서 만난 김동석」, 《세대》, 1964. 8.

이희환, 「김동석 문학 연구」, 인하대학교 석사논문, 1995.

조연현, 「순수의 위치—김동석론」, 《예술부락》 1946. 6.

채수영, 「김동석의 시적 특질」, 《동악어문논집》 25집, 1990. 12.

하수정, 「경성제대 출신의 두 영문학자와 매슈 아널드—김동석과 최재서를 중심으로」, 《영미어문학》 79호, 2006.

하정일, 「해방기 민족문학론연구」, 연세대 박사논문, 1992.

한상열, 「소시민적 일상을 투영한 산보문학의 진수」, 《학산문학》 1995년 봄 · 여름 합본호.

홍성식, 「생활과 비평—김동석론」, 《명지어문학》 1994. 3.

홍성준, 「김동석 문학 연구」, 연세대 석사논문, 1999.

홍정선, 「해방 후 순수참여론의 전개양상」, 『역사적 삶과 비평』, 문학과지성사, 1986.

황선열, 「해방기 민족문학론의 특성 연구—김동석을 중심으로」, 영남대 석사논문, 1993.

한국문학의재발견-작고문인선집

김동석 비평 선집

지은이 | 김동석
엮은이 | 이희환
기 획 | 한국문화예술위원회
펴낸이 | 양숙진

초판 1쇄 펴낸날 | 2010년 1월 15일

펴낸곳 | ㈜**현대문학**
등록번호 | 제1-452호
주소 | 137-905 서울시 서초구 잠원동 41-10
전화 | 516-3770
팩스 | 516-5433
홈페이지 www.hdmh.co.kr

ⓒ 2010, 현대문학

값 12,000원

ISBN 978-89-7275-532-6 04810
ISBN 978-89-7275-513-5 (세트)